ALTIN
KİTAPLAR

Kitabın Orijinal Adı
The Secret of Secrets

Yayın Hakları

Kitap Tasarımı
Casey Hampton

Kapak Tasarımı
Will Staehle / Unusual Co.

Harita
Jeffrey L. Ward

Editör
Hülya Şat

Baskı
1. BASIM / TEMMUZ 2025 / İSTANBUL
ALTIN KİTAPLAR YAYINEVİ TİCARET AŞ
Bağlar Mah. 62. Sok. Yıldızlar Plaza No: 10/A
34212 Bağcılar, İstanbul
Tel: 0.212.446 38 88 Sertifika No: 44011

ISBN 978 - 975 - 21 - 3067 - 8

ALTIN KİTAPLAR YAYINEVİ
Gülbahar Mah. Altan Erbulak Sok.
Maya Han Apt. No: 14 Kat: 3 Şişli / İstanbul
Yayınevi Sertifika No: 44011

Tel: 0.212.446 38 88 pbx
Faks: 0.212.446 38 90

http://www.altinkitaplar.com.tr
info@altinkitaplar.com.tr

DAN BROWN

SIRLARIN SIRRI

TÜRKÇESİ

PETEK DEMİR İPEK DEMİR

ALTIN KİTAPLAR

Yazarın Yayınevimizden Çıkan Kitapları

DA VINCI ŞİFRESİ
MELEKLER VE ŞEYTANLAR
İHANET NOKTASI
DİJİTAL KALE
KAYIP SEMBOL
CEHENNEM
BAŞLANGIÇ

Editörüm ve en iyi arkadaşım Jason Kaufman'a...

O olmadan bu romanları yazmak neredeyse imkânsız olurdu... ve çok daha az eğlenceli.

Bilim, fiziksel olmayan olayları incelemeye başladığı gün, önceki yüzyıllarda gösterdiği ilerlemenin daha fazlasını bir on yılda kat edecektir.

Nicola Tesla

GERÇEKLER

Bu romandaki tüm sanat eserleri, semboller ve belgeler gerçektir. Tüm deneyler, teknolojiler ve bilimsel sonuçlar gerçeğe uygundur. Bu romanda adı geçen kuruluşların hepsi mevcuttur.

ÖNSÖZ

Herhalde öldüm, diye düşündü kadın.

Altında uzanan Eski Şehir'in kulelerinin üzerinde süzülüyordu. Görkemli Aziz Vitus Katedrali'nin ışıklı kuleleri, yanıp sönen parıltılı bir ışık denizinin üstünde kendini belli ediyordu. Castle Hill'den Bohemya başkentinin tam kalbine inen eğimli yolu ve oradan da yeni yağmış kar örtüsünün altındaki dolambaçlı sokakları gözleriyle takip etti; elbette, hâlâ gözleri varsa.

Prag.

Aklı karışmış bir halde, ne kadar kötü bir durumda olduğunu anlamaya çalıştı.

Kendini, *ben bir nörobilimciyim,* diye düşünerek teselli etmeye çalıştı. *Aklı başında bir insanım.*

Ama bu ikinci cümlenin doğruluğundan şüphe etti.

Doktor Brigita Gessner'ın o anda tek bildiği, yaşadığı şehir olan Prag'ın semalarında dolaştığıydı. Bedeninde değildi. Bir kütlesi veya biçimi yoktu. Buna rağmen, Vltava Nehri'ne doğru yavaşça süzülürken bedeninden geri kalanı yani *kendisi,* özbenliği, bilinci yerindeydi ve olan bitenin farkındaydı.

Gessner bedensel acı çektiğine dair silik bir hatıradan başka yakın geçmişine ait hiçbir şey hatırlamıyordu. Ancak şimdi, bedeni adeta içinde yüzdüğü atmosferden ibaretti. Bu, şimdiye dek deneyimlediği hiçbir hisle kıyaslanamazdı. Entelektüel öngörülerine rağmen, bu duruma tek bir açıklama getirebiliyordu.

Öldüm. Ölüm sonrasını yaşıyorum.

Düşünce aklında belirdiği anda saçmaladığına karar verdi.

Ölümden sonraki yaşam ortak bir yanılsamadır... Yaşadığımız hayatı katlanılır kılmak için ortaya atılmıştır.

Bir doktor olan Gessner, ölüme aşinaydı ve bunun bir son olduğunu biliyordu. Tıp fakültesinde insan beynini incelerken bizi biz yapan tüm kişisel özelliklerin –ümitlerimizin, korkularımızın, hayallerimizin, hatıralarımızın– beyinlerimizdeki elektrik yükleri tarafından tutulan kimyasal bileşiklerden ibaret olduğunu öğrenmişti. Kişi öldüğünde beyindeki güç kaynağı zarar gördüğünden, tüm bu kimyasallar çözünerek anlamsız bir sıvıya dönüşüyor ve kişinin benliğinden kalan tüm izleri siliyordu.

Öldüğün zaman, ölürsün. Nokta.

Yine de şimdi, Wallenstein Sarayı'nın simetrik bahçelerinin üstünde gezinirken kendini olabildiğince canlı hissediyordu. Etrafında –yoksa *içinden geçerek* mi demeli?– yağan karı izlerken hiç üşümediğini fark etti. Adeta bilincinden ve mantığından hiçbir şey kaybetmeden zihni boşlukta uçuyordu.

Beynim çalışıyor, diye düşündü. *O halde yaşıyor olmalıyım.*

Klinik olarak öldükten sonra hayata döndürülen ağır yaralı hastaların gördüğü bir tür halüsinasyon olan ve tıp literatüründe BDD denilen beden dışı deneyim yaşadığı sonucuna vardı.

BDD'ler hemen her zaman aynı kelimelerle anlatılırdı; kişinin zihninin fiziksel bedeninden ayrıldığı, yukarı doğru havalandığı ve herhangi bir biçime sahip olmadan uçtuğu algısını uyandırırdı. Gerçek bir deneyim hissi verse de BDD'ler genellikle aşırı gerginlikle tetiklenen ve ketamin gibi anestezilerin kullanıldığı acil vakalarda beynin oksijensiz kalmasından kaynaklanan hayali yolculuktan başka bir şey değildi.

Gessner aşağıdaki şehrin içinde kıvrılarak ilerleyen Vltava Nehri'nin siyah kavisine bakarken, *halüsinasyon görüyorum,* diye düşündü. *Ama eğer beden dışı deneyim yaşıyorsam... ölüyor olmalıyım.*

Soğukkanlılığına hayret eden Gessner başına gelenleri hatırlamaya çalıştı.

Ben kırk dokuz yaşında, sağlıklı bir kadınım... Neden öleyim?

Kör edici bir parlamayla birlikte Gessner'ın zihninde korkutucu bir hatıra canlandı. O anda, fiziksel bedeninin nerede yattığını... hatta daha da korkuncu, kendisine ne yapıldığını fark etti.

Kendi tasarladığı bir makineye sıkıca bağlanmış halde sırtüstü yatıyordu. Bir canavar tepesinden kendisine bakıyordu. Bu yaratık, yeraltından fırlamış ilkel insanlara benziyordu. Yüzü ve saçsız başı, ay yüzeyi gibi çatlamış ve kabuklanmış kalın bir kil tabakasıyla kaplıydı. Bu toprak maskenin ardından sadece gözleri seçilebiliyordu. Alnına eski bir dilde üç harf kabaca kazınmıştı.

Gessner korkuyla haykırdı. "Bunu neden yapıyorsun?! Sen kimsin?!" *Sen nesin?*

Canavar, "Ben onun koruyucusuyum," diye cevap verdi. Sesi boğuktu, belli belirsiz Slav aksanıyla konuşuyordu. "O kadın sana güvenmişti... ama sen ona ihanet ettin."

"Kim?!" diye sordu Gessner.

Canavar, bir kadının ismini söylediğinde Gessner paniğe kapıldı. *Ne yaptığımı nereden bilebilir!?*

Kollarında soğuk bir ağırlık hissedince Gessner canavarın işlemi başlattığını anladı. Hemen ardından sol kolunda duyduğu dayanılmaz acı dirsek orta veninden omzuna doğru yayıldı. "Lütfen dur," diyerek inledi.

Canavar, "Bana her şeyi anlat," derken dayanılmaz acı Gessner'ın koltuk altına kadar gelmişti.

"Anlatacağım!" Gessner'ın telaşlı cevabını duyan canavar, makineyi durdurdu. Yoğun yanma hissi geçmese de kadının omzundaki ağrı hafiflemişti.

Korkuyla kıvranan Gessner dişlerini sıkarak olabildiğince hızlı konuştu ve tutmaya yemin ettiği sırları açıkladı. Canavarın sorularını cevaplarken Prag'ın altında ortaklarıyla birlikte kurdukları rahatsız edici gerçeği anlattı.

Kalın kil maskesinin ardından bakan canavarın parlayan gözleri kadını anladığını ve ondan nefret ettiğini belli ediyordu.

"Yeraltında bir korku evi kurmuşsunuz," diye fısıldadı. "Hepiniz ölmeyi hak ediyorsunuz." Hiç tereddüt etmeden makineyi yeniden çalıştırdı ve kapıya doğru yürüdü.

"Hayır!.." Yeni bir acı dalgası omzundan göğsüne doğru yayılırken haykırdı Gessner. "Lütfen bırakıp gitme... Bu beni öldürür!"

Başını yan çeviren canavar, "Evet," dedi. "Ama ölüm bir son değildir. Ben daha önce pek çok kez öldüm."

Bunu söyledikten sonra gözden kayboldu. Gessner yine yukarıdan bakıyordu. Haykırarak merhamet dilemek istedi ama başının üstündeki gök adeta yarılırken sağır edici bir gök gürültüsü sesini bastırdı. Görünmeyen bir güç tarafından ele geçirildiğini hissetti. Bir tür ters yerçekimi onu gittikçe yukarı çekti.

Doktor Brigita Gessner yıllar boyunca hastalarının ölümün eşiğinden dönme iddialarını hafife almıştı. Oysa şimdi silinip gitmeden geri gelebilmiş, hiçliğe bakabilmiş ve bir şekilde felaketin eşiğinden dönebilmiş olan o nadir ruhların arasına katılabilmek için dua ediyordu.

Ölemem... Diğerlerini uyarmak zorundayım!

Ancak çok geç olduğunu biliyordu. Artık hayat onun için bitmişti.

1. BÖLÜM

Robert Langdon komodinin üzerindeki telefonunun alarmından gelen klasik müzik melodileri arasında huzur içinde uyandı. Grieg'in *Sabah Modu* sıradan bir seçim olabilirdi ama ona göre mükemmel bir güne başlama müziğiydi. Nefesli çalgılar yükselirken Langdon tam olarak nerede olduğunu hatırlayamamanın keyfini çıkardı.

Kendi kendine gülümseyerek, *ah, evet,* diye hatırladı. *Yüz Kuleli Şehir.*

Loş ışıkta odanın Edward Dönemi'ne ait antika bir şifoniyer ile su mermerinden bir lamba arasında kalan kemerli büyük penceresini inceledi. El dokuması lüks halının üzerinde otel görevlilerinin akşamki yatak hazırlama hizmetinden yere saçılan gül yaprakları duruyordu.

Langdon üç gün önce Prag'a gelmiş ve daha önceki ziyaretlerinde olduğu gibi Four Seasons Otel'e yerleşmişti. Müdür rezervasyonu üç yatak odalı kral dairesine yükseltmek için ısrar edince Langdon bunun sebebinin, kendisinin marka sadakatinden mi yoksa birlikte seyahat ettiği kadının şöhretinden mi kaynaklandığından emin olamamıştı.

Müdür, "En meşhur misafirlerimiz, en meşhur odamızı hak ediyor," demişti.

Süitte, her birinin kendi banyosu olan üç ayrı yatak odası, bir salon, bir yemek odası, büyük bir piyano ve merkezinde kırmızı, beyaz, mavi renkli lalelerden oluşan bir aranjmanın durduğu cumbalı bir pencere bulunuyordu. Laleler Amerikan Büyükelçiliği'nin hediyesiydi. Langdon'ın özel giyinme odasında üzerinde *RL* harfleri işlenmiş bir çift yün terlik vardı. Bu jestten oldukça etkilenmiş olan Langdon, *içimden bir ses bana bu harflerin Ralph Lauren'i temsil etmediğini söylüyor,* diye düşünmüştü.

Yatakta telefon alarmından yükselen müziği dinleyerek keyif yaparken omzunda yumuşak bir el hissetti.

Tatlı bir ses, "Robert?" diye fısıldadı.

Langdon yan dönerken nabzı hızlandı. Yanında yatmış kendisine bakıyordu; dumansı gri gözleri yarı uykuluydu, uzun siyah saçları omuzlarına dökülmüştü.

"Günaydın güzellik," diye karşılık verdi.

Kadın elini uzatıp onun çenesini okşadı. Balade Sauvage parfümünün kokusu hâlâ bileklerinden yayılıyordu.

Langdon kadının zarif hatlarına hayranlıkla baktı. Kendisinden dört yaş büyük olmasına rağmen her geçen gün derinleşen gülme çizgileri, siyah saçları arasındaki gri tutamlar, flörtöz bakışları ve büyüleyici zekâsıyla daha da güzelleşiyordu.

Langdon bu muhteşem kadını Princeton'daki ilk günlerinden beri tanıyordu. Kendisi daha asistanken kadın doçentti. Öğretmenine duyduğu sessiz hayranlık karşılıksız kalmış olsa da o zamandan beri flörtöz ve platonik arkadaşlıkları devam ediyordu. Kadın kariyerinde zirve yaptıktan, Langdon da dünya çapında tanınan popüler bir profesör olduktan sonra bile iletişimi koparmamışlardı. Bu spontan iş seyahatinde birbirlerine nasıl tutulduklarına hâlâ hayret ediyordu. Langdon, *zamanlama her şeydir,* diye düşünmüştü.

Sabah Modu tam orkestrasyona doğru yükselirken Langdon güçlü bir kol hareketiyle kadını kendine doğru çekip göğsüne yatırdı. "İyi uyudun mu?" diye sordu. "Başka kâbus gördün mü?"

Kadın başını "hayır" anlamında sallarken içini çekti. "Çok utanıyorum. Gerçekten korkunçtu."

Kadın geceleyin son derece sarsıcı bir kâbustan korku içinde uyanmış ve ancak Langdon onu bir saat boyunca teskin ettikten sonra tekrar uyuyabilmişti. Langdon bu kâbusun nedenini, akşam içtiği Bohem tarzı absent içkisine bağlayarak onu rahatlatmaya çalışmıştı. Langdon her zaman bu içkinin *halüsinojenik özelliklerinden* *ötürü Belle Epoque* popüler bir içkidir,* uyarısıyla servis edilmesi gerektiğini düşünürdü.

Kadın, "Bir daha ağzıma sürmem," dedi.

Langdon uzanıp müziği kapattı. "Gözlerini yum. Kahvaltıya burada olurum."

Kadın, "Benimle kal," diyerek onu ayartmaya çalıştı. "Bir gün yüzmesen de olur."

Langdon çapkınca gülümseyerek yatakta doğrulurken, "Fit bir genç erkekle birlikte olmak istiyorsan olmaz," dedi. Geldiğinden beri her sabah Strahov Yüzme Merkezi'ne üç kilometre koşarak gidiyordu.

Kadın, "Hava hâlâ karanlık," diye ısrar etti. "Burada yüzemez misin?"

"*Otel* havuzunda mı?"

"Neden olmasın. Su, sudur."

"Çok küçük. Bir çırpıda işim biter."

"Bunun üzerine bir espri yapardım ama kibar olacağım."

Langdon gülümsedi. "Komik şey... Sen uyumaya devam et. Kahvaltıda buluşuruz."

Kadın somurtarak ona bir yastık fırlattıktan sonra uykuya geri döndü.

Langdon, Harvard amblemli süveterini giydikten sonra süitin dar asansörüne binmek yerine merdivenden inmeye karar verdi, odanın kapısına doğru ilerledi.

Aşağı inip otelin nehir kenarındaki Barok tarzı eklentisiyle binanın lobisini birbirine bağlayan zarif koridor boyunca yürürken o hafta Prag'daki konserleri, turları ve konferansları ilan eden çerçeveli posterlerin sergilendiği şık vitrinin yanından geçti.

Ortadaki parlak postere bakarken gülümsedi.

KARL ÜNİVERSİTESİ KONFERANS SERİSİ
DÜNYACA ÜNLÜ NOETİK BİLİMCİ
DOKTOR KATHERINE SOLOMON'I
PRAG KALESİ'NDE AĞIRLAMAKTAN ONUR DUYAR.

---

* 19. yüzyılda Avrupa'da sanatsal ve kültürel gelişimin zirve yaptığı dönem

Biraz önce yukarıda öptüğü kadının vesikalık fotoğrafına hayranlıkla bakarken *günaydın güzellik,* diye içinden geçirdi.

Katherine'in dün akşamki konuşmasını sandalye bulamayanlar ayakta dinlemişti. Prag Kalesi'nin efsanevi Vladislav Salonu Rönesans Dönemi'nde, şövalyelerin ve atların tam teçhizatlı olarak katıldıkları mızrak dövüşü yarışmalarına ev sahipliği yapan büyük tonozlu bir salondu ve Katherine'in burada konuşma yaptığı düşünülürse bu azımsanmayacak bir başarıydı.

Avrupa'nın saygın Prag Karl Üniversitesi Konferans Serisi, dünyanın dört bir köşesinden başarılı konuşmacıları ve meraklı seyircileri kendine çekiyordu. Geçen akşam da bir istisna değildi. Katherine takdim edildiğinde hıncahınç dolu salonda büyük bir alkış kopmuştu.

Katherine kendinden emin bir ifadeyle sahneye çıkıp, "Teşekkür ederim," demişti. Üzerinde beyaz kaşmir bir kazak ve vücuduna kusursuz bir şekilde oturan tasarım bir pantolon vardı. "Bu akşama bana her gün sorulan bir soruyla başlamak istiyorum." Mikrofonu ayaklığından çıkarırken manalı bir şekilde gülümsemişti. "*Noetik bilim* de neyin nesi?!"

İzleyicilerden bir kahkaha dalgası yükselmişti.

Katherine, "Basitçe anlatmak gerekirse," diye söze başlamıştı. "*Noetik bilim,* insan bilincini inceler. Çoğu kişinin düşündüğünün aksine, bilinç araştırması yeni bir bilim değil; aslına bakarsanız, dünyanın en eski bilim dalı. Tarihin başlangıcından beri insan zihninin gizemlerine… bilincin ve ruhun doğasına dair cevaplar arıyoruz. Ve yüzyıllardır bu soruların cevaplarını *dinlerin* merceğinden öğrenmeye çalıştık."

Katherine sahneden inip ön sırada oturanların yanına gitmişti. "Dinler demişken hanımlar beyler, bu akşam, dünyaca ünlü dini simgebilim uzmanı Profesör Robert Langdon'ın aramızda olduğunu söylemeden edemeyeceğim."

Langdon seyircilerin heyecanla fısıldaştığını duymuştu.

Tanrı aşkına Katherine, ne yapmaya çalışıyorsun?

Katherine önünde durup gülümseyerek, "Profesör," demişti. "Acaba bir dakikalığına uzmanlığınızdan istifade edebilir miyiz? Ayağa kalkabilir misiniz?"

Langdon kibarca ayağa kalkarken Katherine'e *bunu sana ödeteceğim* bakışı atmıştı.

"Profesör, dünyadaki en yaygın dini sembol nedir acaba?"

Cevap çok basitti. Katherine büyük ihtimalle Langdon'ın bu konu hakkında yazdığı makaleyi okuduğu için bu soruyu sormuştu. Öyle değilse birazdan çok büyük hayal kırıklığına uğrayacaktı.

Langdon mikrofonu alıp demir zincirlerden sallanan antika avizelerle aydınlanmış meraklı yüzlere doğru dönmüştü. Hoparlörlerden yankılanan derin bariton sesiyle, "Herkese iyi akşamlar," demişti. "Ve Doktor Solomon size de önceden haber vermeden beni ortaya attığınız için teşekkür ederim."

Seyircilerden alkışlar yükselmişti.

Langdon, "Tamam öyleyse," demişti. "Dünyanın en yaygın dini sembolü? Bir tahmini olan var mı?"

Birkaç el havaya kalkmıştı.

Langdon, "Harika," demişti. "Haç dışında bir tahmini olan var mı?"

Bütün eller aşağı inmiş, Langdon hafifçe gülümsemişti. "Haçın çok yaygın olduğu bir gerçek ama bu *Hıristiyanlığa* ait bir sembol. Oysa tarihteki tüm dinlerin sanat eserlerinde kullanılmış *evrensel* bir sembol var."

Seyirciler soran gözlerle birbirlerine bakarken Langdon, "Onu birçok kez gördünüz," demişti. "Mesela, Mısır Tanrısı Horakhty Steli'nde?"

Biraz durup beklemişti. "Budist Kanishka Kutusu? Pantokrator İsa?"

Sessizlik. Boş bakışlar.

Langdon, *oh Tanrım,* diye düşünmüştü. *Tipik bir bilim topluluğu.* "Birçok ünlü Rönesans tablosunda da yer alıyor. Leonardo da Vinci'nin *Kayalıklar Bakiresi*, Fra Angelico'nun *Müjde*, Giotto'nun *Ağıt*, Titian'ın *İsa'nın Ayartılması* ile *Meryem ve Çocuk İsa*'nın sayısız tasviri?.."

Yine kimseden ses çıkmamıştı.

Langdon, "Bahsettiğim sembol hale," demişti.

Katherine'in gülümsemesinden bu cevabı vermesini beklediği anlaşılıyordu.

Langdon, "Hale aydınlanmış bir varlığın başının üzerindeki ışık diskidir," diye devam etmişti. "Hıristiyanlıkta haleler İsa'nın, Meryem'in ve azizlerin başının üzerinde bulunur. Daha geriye gidersek, güneş diski antik Mısır Tanrısı Ra'nın ve Doğu dinlerinde de bir *nimbus* halesi Budha ve Hindu tanrılarının üzerinde bulunur."

Katherine mikrofonu almak için uzanarak, "Harika, teşekkür ederiz profesör," demişti ama Langdon onu görmezden gelip keyifle konuşmaya devam etmişti, ödeşme zamanıydı. *Bir tarihçiye tam olarak cevaplamasını istemediğiniz soruları asla sormayın.*

İzleyiciler gülüşürken, "Şunu eklemeliyim ki," demişti. "Haleler her türlü şekilde ve boyutta olabilir. Bazıları sert altın disklerdir, bazıları şeffaf hatta bazıları da kare şeklindedir. Antik Musevi yazıtları, Musa'nın başında bir 'hila' –'hale'nin ya da 'ışık halkası'nın İbranice karşılığıdır– olduğundan bahseder. Bazı özel hale şekillerinde ışık ışınları… her yöne doğru ışık saçan parlak ışınlar görülür."

Langdon şeytani bir gülümsemeyle Katherine'e bakıp, "Belki Doktor Solomon bu tür halelere ne dendiğini biliyordur?" dedikten sonra mikrofonu Katherine'e tutmuştu.

Katherine hiç tereddüt etmeden cevaplamıştı. "Güneş tacı." diye cevap vermişti.

Birisi okuma ödevini yapmış. Langdon mikrofonu tekrar kendi dudaklarına götürmüştü. "Evet, güneş tacı oldukça bilinen bir semboldür. Horus'un, Helios'un, Ptolemy'nin, Sezar'ın ve hatta Rodos Heykeli'nin başlarını süslemiştir."

Langdon sırıtarak kalabalığa bakmıştı. "Çok az kişi bunun farkındadır ama New York şehrinde en çok fotoğrafı çekilen nesne bir güneş tacıdır."

Seyirciler hatta Katherine bile şaşırmıştı.

Langdon, "Bir tahmininiz var mı?" diye sormuştu. "New York Limanı'nın doksan metre yukarısındaki güneş tacının kimse fotoğrafını çekmedi mi?" Kalabalıktan mırıltılar yükselirken Langdon biraz beklemişti.

Birisi, "Özgürlük Heykeli!" diye bağırmıştı.

Langdon, "Evet," demişti. "Özgürlük Heykeli'nde bir güneş tacı, antik bir hale var. Bu evrensel simgeyi tarih boyunca ilahi aydınlanmaya veya ileri bir *bilinç* düzeyine sahip olduğuna inandığımız özel kişileri belirtmek için kullandık."

Langdon, Katerine'e mikrofonu geri verirken onun mutluluktan ışıldadığını fark etmişti. Alkışlar arasında koltuğuna geri otururken Katherine sadece dudaklarını oynatarak ona, *teşekkür ederim,* demişti.

Katherine sahneye geri dönmüştü. "Profesör Langdon'ın biraz önce etkileyici bir şekilde ifade ettiği gibi insanlar uzun zamandır *bilinç* üzerine düşünüyor. Ama günümüzde, bilim bu kadar ilerlemişken bile onu *tanımlamakta* güçlük çekiyoruz. Aslına bakarsanız, bilim insanları bilinç hakkında konuşmaktan korkuyorlar."

Katherine önde oturan gözlüklü bir kadına başıyla işaret ederek, "Hanımefendi, *siz* bilinci nasıl tanımlarsınız?" diye sormuştu.

Kadın bir süre düşündükten sonra, "Sanırım... *kendi varlığımın farkındalığı olarak,*" diye karşılık vermişti.

Katherine, "Mükemmel," demişti. "Peki, bu farkındalık *nereden* geliyor?"

Kadın, "Sanırım, beynimden," demişti. "Düşüncelerimden, fikirlerimden, hayallerimden... beni ben yapan beyin aktivitelerinden."

"Çok güzel açıkladınız, teşekkür ederim." Katherine bakışlarını tekrar izleyiciye yöneltmişti. "Peki o zaman, temel konularda bir fikir birliğine varabilir miyiz? Bilinç, kafatasımızın içinde bulunan ve seksen altı milyar nörondan oluşan bin dört yüz gram ağırlığındaki beynimiz tarafından yaratılıyor. Ve bu da *bilincin* kafamızın içinde olduğu anlamına geliyor."

Seyirciler başlarıyla onaylamışlardı.

Katherine, "Harika," demişti. "İnsan bilincinin kabul edilen modeli üzerinde hepimiz uzlaştık." Bir süre sonra derin bir nefes alarak, "Sorun şu ki..." demişti. "Bu model *son derece yanlış. Bilinç, beyin tarafından yaratılmıyor. Aslına bakarsanız, bilinç beynimizin içinde bile değil."*

Bu söylediklerini bir sessizlik izlemişti.

Ön sırada oturan gözlüklü kadın, "Ama... bilincim kafamın *içinde* değilse... o zaman *nerede*?" diye sormuştu.

Katherine seyircilere doğru gülümseyerek, "Bu soruyu sormanıza çok memnun oldum," demişti. "Kemerlerinizi bağlayın dostlarım. Bu akşam hızlı bir yolculuğa çıkacağız."

Langdon otel lobisine doğru yürürken Katherine'in ayakta alkışlandığını hatırlayarak içinden, *tam bir rock yıldızı,* diye geçirdi. Sunumu seyirciyi kendine hayran bırakan ve merakını uyandıran bir güç gösterisi olmuştu. Birisi son zamanlarda ne üzerinde çalıştığını sorduğunda, Katherine mevcut bilinç yaklaşımını yeniden belirleyeceğini umduğu bir kitabın son düzenlemelerini yaptığını söylüyordu.

Langdon, Katherine'e bir yayın sözleşmesi garantilemiş ama henüz kitabın taslağını okumamıştı. Katherine etkilenmesine ve okumak için can atmasına yetecek kadarını anlatmış olsa da Langdon onun en şok edici kısımları kendisine sakladığını hissetmişti. *Katherine Solomon sürprizleri sever.*

Şimdi otel lobisine yaklaşırken Langdon birden Katherine'in o sabah saat sekizde Doktor Brigita Gessner –Katherine'i konferansta konuşma yapması için bizzat çağıran ünlü Çek nörobilimci– ile bir toplantısı olduğunu hatırladı. Gessner'ın bu daveti oldukça önemliydi ama Langdon geçen akşam konferanstan sonra *kendisiyle* buluştuklarında kadını çekilmez bulmuştu ve şimdi de içten içe Katherine'in uyuyakalıp toplantıya gitmek yerine kendisiyle kahvaltı yapmasını diliyordu.

Lobiye girerken bu fikri bir kenara bıraktı ve her zaman otelin ana girişinde bulunan muhteşem güllerin kokusunu içine çekti. Ama lobide onu bekleyen sahne, onlar kadar hoş değildi.

Siyahlara bürünmüş iki polis memuru tasmalarından tuttukları iki Alman çoban köpeğiyle birlikte açık alanda geziniyorlardı. Her iki köpeğin üzerinde kurşun geçirmez *POLICIE* yazılı yelekler vardı. Köpekler bir şey arıyormuş gibi etrafı kokluyorlardı.

Bu hiç de iyi gözükmüyor. Langdon danışmaya doğru ilerledi. "Her şey yolunda mı?"

"Oh, elbette Bay Landgon!" Jilet gibi giyinmiş otel müdürü onu neredeyse reverans yaparak karşıladı. "Her şey yolunda profesör. Dün akşam ufak bir sorun çıktı ama yanlış alarmmış. Sadece önlem amaçlı kontrol ediyoruz. Bildiğiniz üzere, Four Seasons Prag'ta güvenlik önceliğimizdir."

Langdon polislere baktı. *Ufak bir sorun mu?* Bu adamlar hiç de ufak görünmüyordu.

Müdür, "Yüzme kulübüne mi gidiyorsunuz efendim?" diye sordu. "Size bir araba çağırayım mı?"

Langdon kapıya doğru ilerlerken, "Hayır, teşekkürler," dedi. "Koşarak gideceğim. Temiz hava almak istiyorum."

"Ama dışarıda kar yağıyor!"

Amerika'nın New England bölgesinden olan Langdon ağır ağır düşen küçük kar tanelerine bakıp müdüre gülümsedi. "Bir saat içinde geri dönmezsem köpekleri beni aramaya gönderin."

2. BÖLÜM

Golĕm karda güçlükle ilerlerken uzun siyah pelerininin eteği Kaprova Caddesi'ndeki çamurlu birikintileri süpürüyordu. Pelerininin altında kalan platformlu botları o denli ağırdı ki, bacaklarını zor bela hareket ettirebiliyordu. Yüzünü ve başının derisini kaplayan kalın kil tabakası soğuk havada iyice gerilmişti.

Eve gitmeliyim. Eter birikiyor.

Eterin kendisini ele geçirmesinden korkan Golĕm elini cebine soktu ve yanından hiç ayırmadığı küçük, metal bir çubuk çıkardı. Nesneyi başına götürdü ve kafasının tepesine sıkıca bastırarak kurumuş kil tabakasının üstünde küçük daireler çizdi.

Kısık bir sesle büyü yapar gibi, *"Henüz erken,"* derken gözlerini kapattı.

Eter en azından o an için dağılmıştı, bu yüzden çubuğu yeniden cebine sokup ilerledi.

Birkaç bina sonra bırakabilirim.

Bu karanlık sabahta *Staromák* adıyla bilinen Prag'ın Eski Şehir Meydanı, ellerinde sımsıkı tuttukları hamur işi tatlılarıyla ortaçağdan kalma saate bakan birkaç turist dışında boştu.

Golĕm, *on beşinci yüzyıldan beri amaçsızca dönüp durmasına rağmen hâlâ görüntüsüyle koyunları kendine baktırıyor,* diye düşündü.

Golĕm bir çiftin yanından geçerken çift dönüp ona baktı ve geriye doğru çekilerek hayretle soluğunu tuttu. Yabancıların bu türden tepkilerine alışkındı. Her ne kadar gerçekte ne olduğunu göremeseler de bu tutum ona fiziksel bir biçimi olduğunu hatırlatıyordu.

Ben Golĕm'im. Ben sizin dünyanızdan değilim.

Golĕm bazen sanki uçup gidecekmiş gibi dünyadan kopuk hisseder, ölümlü bedenini ağır cübbelerin altına saklamayı severdi. Pelerinin ve platform tabanlı botların ağırlığı yerçekimini arttırır, onu dünyaya bağlardı. Kil kaplı başı ve kapüşonlu pelerini, geceleri kostüm giyilmesine alışık olan Prag'da bile onu korkunç bir ucubeye çeviriyordu.

Ama Golĕm'in görüntüsünü asıl unutulmaz kılan, alnına kazınmış üç eski harfti. Bir spatula yardımıyla kilin üstüne kazınmıştı.

אמת

Sağdan sola doğru üç İbranice harf –*alef, mem, tav*– EMET diye okunuyordu.

Gerçek.

Gerçek, Golĕm'i Prag'a getiren şeydi. Ve Doktor Gessner akşamın erken saatlerinde ona gerçeği açıklamıştı. Prag'ın yeraltı derinliklerinde ortaklarıyla birlikte gerçekleştirdiği acımasızlıkları ayrıntılarıyla itiraf etmişti. İşledikleri suçlar tiksindirici olmasına rağmen, gelecek için planladıklarıyla karşılaştırıldığında hafif kalırdı.

İçinden, *hepsini yok edeceğim,* dedi. *Paramparça edeceğim.*

Golĕm onların yarattığı kötülüğü gözünde canlandırdı... sonra yok olduğunu... cayır cayır yanan bir çukura dönüştüğünü. Daha başından yıldırıcı bir görev olsa da başarabileceğine inanıyordu. Doktor Gessner bilmesi gereken her şeyi anlatmıştı.

"Hızlı davranmalıyım. Şans kapısı kapanıyor." Kendi kendine bunları mırıldanırken plan zihninde şekillenmeye başlamıştı.

Meydandan uzaklaşan Golĕm şimdi güneydoğuya dönmüş, yaşadığı daireye giden dar sokağa doğru ilerliyordu. Canlı gece hayatı ve seçkin publarıyla bilinen Eski Şehir'deki bu mahalle, ara sokaklardan oluşan bir labirent gibiydi. Týnská Literary Café'ye yazarlar ve entelektüeller, Anonymous Bar'a bilgisayar korsanları ve entrika peşinde koşanlar, Hemingway Bar'a kalburüstü tabaka ve kokteyl tadımcıları giderdi. Elbette Seks Makineleri Müzesi gece geç saatlere kadar açıktı ve kapanana kadar ziyaretçileri olurdu.

Golĕm ara sokaklarda sağa sola saparak yürürken ne Doktor Brigita Gessner'a az önce yaşattığı dehşeti ne de ağzından zorla aldığı şaşırtıcı bilgiyi düşünüyordu. Aklında sadece *o kadın* vardı.

Her zaman onu düşünüyordu. *Ben onun koruyucusuyum. O ve ben sonsuza dek birbirine dolanmış, iç içe geçmiş iki parçayız.*

Bu dünyadaki yegâne amacı onu korumaktı ama kadın onun varlığından bile haberdar değildi. Buna rağmen ona hizmet ettiği her an kendisi için bir onurdu. Başka birinin sıkıntılarını yüklenmek en asil görevlerden biriydi; hele ki bunu ismi bilinmeden yapmak, tanınmadan yapmak... işte bu, tam bir umarsız sevgi göstergesiydi.

Koruyucu meleklerin pek çok biçimi olur.

O kadın, farkında olmadan karanlık bir bilim dünyasına iplerini kaptırmış güvenilir biriydi. Etrafında dönen köpekbalıklarını görememişti. Golĕm bu gece o köpekbalıklarından birini öldürmüştü ama artık kan suya karışmıştı. Büyük güçler, yaradılışlarının gizini korumak için yakında derinlerden yüzeye çıkarak olanları öğrenecekti.

Çok geç kalacaksın, diye düşündü. Yeraltında kurdukları dehşet evi yakında kendi günahlarının ağırlığı altında kalacak ve kendi marifetinin kurbanı olacaktı.

Karlı sokaklarda ilerlerken eterin geri geldiğini ve yoğunlaşmaya başladığını hissetti. Metal çubuğu yeniden başında gezdirdi.

Birazdan, diyerek kendi kendine söz verdi.

*

Bay Finch isimli Amerikalı, Londra'daki lüks ofisini arşınlarken Cartier Panthere gözlüğünü temizliyordu. Sabırsızlığı derin bir kaygıya dönüşmüştü.

Gessner hangi cehennemde? Neden ona ulaşamıyorum?

Çek nörobilimcinin dün akşam Katherine Solomon'ın Prag Kalesi'ndeki konferansına katıldığını biliyordu. Sonrasında Finch'e yakında yayımlayacağı kitapla ilgili uyarı niteliğinde bir mesaj göndermişti. Haberler iyi değildi. Finch'i son gelişmelerle ilgili arayacağına söz vermişti ama Finch henüz ondan tek kelime bile duymamıştı ve şafak sökmek üzereydi.

Altı saat oldu... Gessner titiz biridir, bu hiç de onun tarzı değil.

İçsesini dinleyerek mesleğinin zirvesine tırmanan Finch, önsezilerine kulak vermeyi öğrenmişti. Ne yazık ki şu anda önsezileri ona Prag'da bir şeylerin felaket derecesinde ters gittiğini söylüyordu.

3. BÖLÜM

Robert Langdon buz gibi soğuk havada Křižovnická Caddesi'nden güneye doğru koşarken uzun adımları, kaldırımdaki kusursuz ince kar tabakasının üzerinde izler bırakıyordu.

Prag onu her zaman büyülerdi. Şehir sanki zamanda donmuş gibiydi. İkinci Dünya Savaşı sırasında diğer Avrupa şehirlerinden daha az hasar almış olan bu tarihi Bohemya başkenti, orijinal mimarisiyle –Romanesk, Yeni Sanat ve Neoklasik tasarımların eşsiz ve bozulmamış örnekleriyle– hâlâ göz kamaştırıcı bir siluete sahipti.

Şehrin lakabı olan Stověžatá tam anlamıyla "yüz kuleli" anlamına gelmesine rağmen Prag'daki kulelerin gerçek sayısı yedi yüze yakındı. Yazın, şehir kuleleri bazen yeşil projektör ışıklarıyla aydınlatılıyordu. Bu büyüleyici görüntünün Hollywood'un *Oz Büyücüsü* filmindeki Zümrüt Kent'e –Prag gibi, sihirli olasılıkların mümkün olduğuna inanılan gizemli bir yer– ilham kaynağı olduğu söyleniyordu.

Langdon, Platnéřská Caddesi'nde koşarken bir tarih kitabının sayfaları arasında gezindiğini hissetti. Prag'ın Klementinum'unun devasa cephesi solunda yükseliyordu. İki hektarlık kompleks, Tycho Brahe ve Johannes Kepler gibi gökbilimcilerin kullandığı gözetleme kulesiyle yirmi binden fazla eski teoloji kitabının bulunduğu muhteşem Barok kütüphaneyi barındırıyordu. Bu kütüphane, Langdon'ın Prag'da ve belki de tüm Avrupa'da en sevdiği yerdi. Katherine ile birlikte bir önceki gün orada sergiyi gezmişlerdi.

Assisili Aziz Francis Kilisesi'nden sağa dönerken tam karşısında, Prag'ın nadir gazlı sokak lambalarının amber ışığıyla aydınlanmış, şehrin en ünlü simgelerinden birinin doğu girişini gördü. Bohemya kumtaşından yapılmış dünyanın en romantik köprüsü olarak bilinen Karl Köprüsü'nün her iki tarafında Hıristiyan azizlere ait otuz heykel yer alıyordu. Sakin Vltava Nehri'nin üzerinde yarım kilometre boyunca uzanan ve her iki ucundaki dev nöbetçi kuleleri tarafından korunan köprü, bir zamanlar Doğu ile Batı Avrupa arasında önemli bir ticaret yoluydu.

Langdon doğu kulesindeki kemerli girişten koşarak geçerken önünde uzanan ayak değmemiş kardan battaniyeyi gördü. Köprü sadece yayalar içindi ve bu saatte üzerinde tek bir ayak izi bile yoktu.

Langdon, *Karl Köprüsü'nde yalnızım,* diye düşündü. Hayati bir an. Bir seferinde, Louvre Müzesi'nde de *Mona Lisa* ile yalnız kalmıştı ama o zamanki şartlar şu ankinden çok daha tatsızdı.

Langdon ritmini tutturunca adım mesafesi uzadı, nehrin diğer tarafına ulaştığında artık hiç zorlanmadan koşmaya başlamıştı. Sağında, siyah gökyüzünde şehrin en sevilen mücevheri pırıl pırıl parlıyordu.

Prag Kalesi.

Batı kapısından doğu ucuna kadar yarım kilometreden fazla uzanan ve yaklaşık beş milyon metrekarelik bir alanı kaplayan dünyanın en büyük kale kompleksiydi. Dış duvarları; altı bahçe, dört saray ve popüler Noel ilahisinde anılan Aziz Wenceslas'ın tacı ile Bohemya Kraliyet Mücevherleri'ni koruyan muhteşem Aziz Vitus Katedrali dahil dört Hıristiyan kilisesini kuşatıyordu.

Langdon, Karl Köprüsü'nün batı kulesinin altından geçerken önceki gece Prag Kalesi'nde gerçekleşen etkinliği hatırlayarak kendi kendine güldü.

Katherine çok ısrarcı olabiliyor.

İki hafta önce onu Prag'a gelmeye ikna etmek için aradığında, "Konferansıma gel Robert!" demişti. "Bunu bir kış tatili gibi düşün, harika geçecek. Seyahat sana hediyem olacak."

Langdon, *cazip bir teklif,* diye düşünmüştü. İkisinin arasında her zaman karşılıklı saygıya dayalı platonik bir ilişki olmuştu ve Langdon bu kez tedbiri elden bırakıp bu spontan teklifi kabul etmeye meyilliydi.

"Kulağa çok cazip geliyor Katherine. Prag büyülü bir yer ama gerçekten..."

Kadın, "Açık konuşayım," diye araya girmişti. "Yanımda birini götürmem gerekiyor, tamam mı? Kendi konferansım için bana eşlik edecek birine ihtiyacım var."

Langdon kahkaha atmıştı. "Bu yüzden mi aradın? Dünyaca ünlü bir bilim insanının eskorta mı ihtiyacı var?"

"Koluma takacak biri lazım diyelim Robert. Resmi kıyafet gerektiren bir akşam yemeği olacak ve meşhur bir salonda konuşma yapacağım. Vlad... bir şey."

"*Vladislav Salonu* mu? Prag Kalesi'ndeki?"

"Evet, orası."

Langdon etkilenmişti. Üç ayda bir gerçekleştirilen Karl Üniversitesi Konferans Serisi, Avrupa'nın en saygın konferanslarından biriydi ve anlaşılan tahmin ettiğinden daha resmi bir etkinlikti.

"Bu kadar resmi bir yemeğe bir semboloji uzmanıyla katılmak istediğinden emin misin?"

"Clooney'e sordum ama smokini kuru temizlemecideymiş."

Langdon, "*Tüm* noetik bilimciler bu kadar ısrarcı mı?" diye sormuştu.

"Sadece iyi olanlar. Ve cevabını evet olarak kabul ediyorum."

Karl Köprüsü'nün diğer ucuna ulaşan Langdon, *iki haftada ne çok şey değişti,* diye düşündü. Prag gerçekten de büyülü bir şehirdi ve kadim güçlerin katalizörü şöhretini hak ediyordu. *Burada bir şey oldu.*

Langdon bu gizemli yerde Katherine ile geçirdiği ilk günü; arnavutkaldırımlı sokaklarda kendilerini kaybedişlerini, yağmurda el ele koşturup nefes nefese Eski Şehir Meydanı'ndaki Kinský Sarayı'nın kemerli girişinin altına sığınışlarını ve orada, Saat Kulesi'nin gölgesinde, onlarca yıllık arkadaşlıktan sonra şaşılacak derecede normal gelen ilk öpüşmelerini asla unutmayacaktı.

Prag'ın, bu mükemmel zamanlamanın ya da görünmez bir elin beklenmedik şekilde aralarında ateşlediği simya, her geçen gün daha da güçleniyordu.

*

Golěm son bir köşeyi dönüp yorgun argın yaşadığı binaya vardı. Dış kapının kilidini açıp apartmanın basit antresine girdi.

Giriş karanlıktı ama ışığı açmadı. Dar bir koridordan geçerek gizli merdivene doğru ilerledi ve tırabzanlara tutunarak karanlıkta basamakları tırmanmaya başladı. Yukarı çıkarken ağrıyan bacakları yüzünden oldukça zorlandı. Dairesinin kapısına vardığında rahatladı. Botlarındaki karı dikkatlice silkeledikten sonra kapıyı açıp içeri girdi.

Dairesinin içi zifiri karanlıktı. *Tam olarak yarattığım gibi.*

Dairesinin duvarları ve tavanı siyaha boyalıydı, pencereler ise kalın perdelerle örtülüydü. Mat ve koyu renkli parkeler ışığı yansıtmıyordu. İçeride neredeyse hiç mobilya yoktu.

Golěm ana şalteri açınca bir düzine siyah ışık dairenin içini aydınlattı ve soluk renkli nesnelerden morumsu bir parıltı yayıldı. Evinin gerçekdışı –fani ve ışıl ışıl– görünümü onu anında rahatlatıyordu. Burada, parıldayan bir nesneden diğerine gezinmek derin bir boşluğun içerisinde süzülüyormuş hissi veriyordu.

Geniş spektrumlu ışığın yokluğu, onun için "zamansız" bir ortam yaratıyordu. Bu, fiziksel formunun günlük hiçbir uyaran almadığı zaman dışı bir dünyaydı. Golěm'in görevleri düzensiz saatlerde çalışmasını gerektiriyordu ve ışığın olmayışı biyoritmini bilinen zamanın etkisinden kurtarıyordu. Öngörülebilir programlar daha basit ruhların –yüksüz ruhların– hoşlandığı bir lükstü.

Hizmetlerime beklenmedik saatlerde –gece gündüz– ihtiyacı var.

Karanlığın içinde ilerleyip giyinme odasına girdi, pelerinini ve botlarını çıkardı. Çıplak vücudu siyah ışıkta solgun bir şekilde parlıyordu ama kendisine bakmaktan kaçındı. Sığınağında, yüzüne kil sürerken kullandığı el aynası dışında ayna yoktu.

Fiziksel kabuğunu görmek onu her zaman huzursuz ediyordu.

Bu beden benim değil. Sadece onun içinde var oldum.

Golěm yalınayak banyoya gitti ve duşu açıp içine girdi. Kafasındaki kil takkeyi ovarak akıtırken gözlerini kapatıp yüzünü yukarıdan akan ılık suya doğru çevirdi. Kurumuş kil vücudundan gidere doğru akarken suyun altında arındığını hissetti.

Golĕm bir önceki geceden kalan aktivitelerin izlerinden tamamen arındığından emin olunca duştan çıkıp kurulandı.

Eter şimdi iyice etkisini göstermeye başlamıştı ama çubuğuna uzanmadı.

Zamanı geldi.

Çıplak bir halde karanlığın içinde *svatyně'ye* –hediyesini almak için tasarladığı özel odaya– doğru ilerledi.

Zifiri karanlıkta zeminin tam ortasına yerleştirmiş olduğu kenevir yatağına doğru yürüdü. Yatağın tam ortasına, sırtüstü ve çıplak bir halde uzandı.

Sonra delikli *chengbaobaby* silikon tıkacı ağzına götürdü... ve kendini bıraktı.

4. BÖLÜM

Görevli, binanın kapısını tam açtığı sırada Strahov Yüzme Merkezi'ne varan Langdon, *buraya da ilk gelen benim,* diye geçirdi içinden. Yirmi beş metrelik havuza tek başına sahip olmaktan daha büyük bir lüks düşünemiyordu. Kiraladığı soyunma dolabını buldu, Speedo'sunu giydi, hızlıca bir duş aldı ve Vanguisher yüzücü gözlüğünü kaptığı gibi havuza yöneldi.

Tepedeki floresan lambalar yeni ısınmaya başlamıştı ve içerisi hâlâ karanlık sayılırdı. Havuzun kenarında ayak parmaklarının ucunda durdu ve siyah devasa bir aynaya benzeyen suya baktı.

Eski Yunanların geleceklerini görmek için karanlık suya baktıkları kehanet yöntemlerini hatırlayarak, *Athena Tapınağı,* diye düşündü Langdon. Oteldeki odalarında uyuyan Katherine gözünün önünde belirince kendi geleceğinde de onun olabileceği fikrine kapıldı. Bu düşünce tam bir müzmin bekâr olan Langdon için hem kaygı hem de heyecan vericiydi.

Yüzücü gözlüğünü taktı, derin bir nefes aldı ve havuza atlayarak suyun dibine daldı. Suyun altında iki saniye süzüldükten hemen sonra, on metre kadar yunus ayak vuruşuyla yüzdü.

Nefes alıp verişinin ritmine odaklanan Langdon, yüzmenin üzerinde yarattığı yarı-meditatif duruma geçti. Gevşeyen adaleleri ve esneyen vücudu, elli yaşlarındaki bir adam için hiç de azımsanmayacak bir hız sağlıyordu.

Normalde yüzmek zihnini tamamıyla boşaltırdı ama bu sabah, dört tur attıktan sonra bile kafası meşguldü... Katherine'in dün akşamki ilginç konuşmasından sahneler gözünde canlanıyordu.

"Bilinciniz beyninizde oluşmaz. Aslına bakarsanız, bilinciniz beyninizin içinde bile değildir."

Bu sözler orada bulunan herkesin pür dikkat kesilmesini sağlasa da Langdon, kadının yayımlanacak olan kitabında yazanlardan sadece ufak bir kesit anlattığını biliyordu.

Akıl almaz bir şey keşfettiğini iddia ediyor.

Katherine'in buluşu, artık her neyse, bir sırdı. Kitabı için yaptığı araştırma sayesinde çığır açıcı bir buluş yaptığıyla ilgili son günlerde pek çok kez imada bulunmuş olsa da sırrını henüz Langdon da dahil kimseyle paylaşmamıştı. Dün akşamki konuşmasından sonra Langdon'ın içinde Katherine'in kitabının bir bomba etkisi yaratacağı hissi büyümeye başlamıştı.

Aykırı görünmekten kaçınmıyor, diye düşünmüş, dinleyiciler arasındaki gelenekçileri kızdırmasını eğlenerek izlemişti.

Katherine'in sesi Vladislav Salonu'nda yankılanıyordu. "Bilimin uzun bir *hatalı* modelleme geçmişi vardır. Düz Dünya Teorisi, Yermerkezli Güneş Sistemi, Süredurum Kuramı... Bunların hepsi yanlıştı, yine de bir zamanlar ciddiye alınmış ve doğru kabul edilmişlerdi. Neyse ki, yeterince açıklanamayan tutarsızlıkla karşılaştığında inanç sistemlerimiz değişir."

Katherine eline bir uzaktan kumanda alınca arkasındaki ekran aydınlanmış ve bir ortaçağ astronomi modelini yansıtmıştı. Görseldeki güneş sisteminin merkezinde Dünya yer alıyordu. "Bu yermerkezli model mutlak doğru kabul edildi. Ama zaman içinde astronomlar bu modelle tutarsızlık oluşturan gezegen hareketlerini fark ettiler. Anomaliler o kadar fazlaydı ki yeni bir model oluşturdular." Bu sırada yeni bir görsele geçmişti. Şimdi ekranda merkezinde Güneş'in yer aldığı modern bir güneş sistemi görseli vardı. "Bu yeni model tüm sıra dışı olayları açıklıyordu. Güneş merkezli model artık bizim kabul edilmiş gerçekliğimiz."

Katherine sahnenin ön tarafına yürürken dinleyiciler sessizce oturuyordu.

Konuşmaya devam etmişti. "Benzer şekilde, *küre* Dünya'nın alay konusu olduğu bir dönemi de yaşadık, hatta buna bilimsel sapkınlık deniyordu. Dünya yuvarlak olsaydı okyanuslar dökülmez miydi? Pek çoğumuz tepetakla duruyor sayılmaz mıydık? Yine de Düz Dünya Teorisi'yle tutarsızlık oluşturan olaylar görmeye başladık. Ay Tutulması'nda Dünya'nın gölgesinin kavisli düşmesi, ufukta ilerleyen gemilerin tamamen gözden kaybolması ve sonra elbette, Dünya'nın etrafında dolaşan Magellan." Gülümsemişti. "Hop. Yeni bir model zamanı."

İnsanlar ortak bir keyifle onaylarcasına başını sallamıştı.

Katherine ciddi bir sesle devam etmişti. "Hanımlar beyler, *insan bilinci* alanında benzer bir evrimin eşiğine geldiğimize inanıyorum. Beynin nasıl işlediği, bilincin doğası hatta gerçekliğin kendisi anlayışımızda büyük değişiklikler yaşamak üzereyiz."

Hedefi yüksek tutmak gibisi yoktur, diye düşünmüştü Langdon.

"Eskimiş tüm inanışlar gibi bugün kabul edilen insan bilinci anlayışı da açıklama getiremediği bir dizi olay karşısında bocalıyor. İnsanların yüzyıllardır şahit olduğu bu olayların gerçekliği, dünyadaki noetik laboratuvarlarda yapılan titiz çalışmalar sonucunda doğrulandı. Buna rağmen, gelenekçi bilim bu olayların varlığıyla ilgilenmeyi reddettiği gibi, varlığını bile kabul etmiyor. Tesadüf veya aykırılık diyerek paranormal başlığı altında önemsizleştiriyor ki, bu da 'bilim değil' demenin kısayolu."

Bu yorumun üzerine konferans salonundan mırıldanmalar yükselmişti ama Katherine istifini hiç bozmadan devam etmişti. "Aslına bakarsanız, hepiniz bu *paranormal* olaylara aşinasınız. ESP*... önsezi... telepati... durugörü... beden dışı deneyim. 'Para'– normal denilmesine karşın aslında tamamen *normal*dirler. Gerek dikkatle kontrol edilen laboratuvar deneylerinde gerekse gerçek hayatta her gün görülürler."

Artık salon tamamen sessizleşmişti.

"Asıl soru bu olayların gerçek olup olmadığı değil. Bilim gerçek olduklarını ispatladı. Asıl soru... bazılarımızın neden bunu görmezden geldiği."

Uzaktan kumandaya basınca arkasındaki ekranda yeni bir görsel belirmişti.

---

* Extra Sensory Perception (Duyu Dışı Algı)

Hermann ızgarası yanılsaması. Gözlerinizi odakladığınız bölgeye bağlı olarak siyah noktaların belirip kaybolduğu ünlü görsel yanılsama şemasını Langdon hemen tanımıştı.

Dinleyiciler etkisini deneyimlemeye başlayınca salondan şaşkınlıklarını gösteren mırıltılar yükseldi.

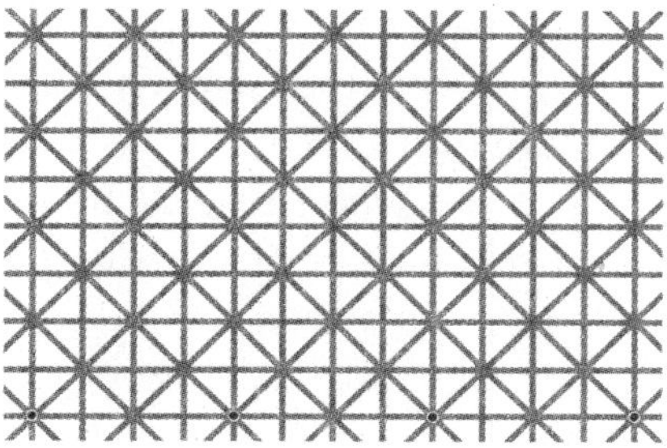

"Size bunu basit bir sebepten ötürü gösteriyorum. İnsan bilinci *kör noktalarla* doludur. Bazen yanlış yöne bakmakla öylesine meşgulüzdür ki gözlerimizin önündeki doğruyu göremeyiz."

Katherine bunları söyleyerek son sözlerini tamamlamıştı.

*

Langdon yüzme salonundan çıkarken hava hâlâ zifiri karanlıktı. Otuz dakikalık su meditasyonu onu rahatlatmıştı ve otele dönerken tek başına yaptığı bu yürüyüş günün en sevdiği zamanı olmaya adaydı. Nehre yaklaştığında turizm danışma bürosunun üstündeki dijital saat 06.52'yi gösteriyordu.

Çok vakit var, diye içinden geçiren Langdon yeniden Katherine'in yanında yatabilmeyi ve onu saat 08.00'de Brigita Gessner ile olan randevusunu iptal etmeye ikna edebilmeyi umuyordu. Nörobilimci bu sabah Katherine'in laboratuvarına gelmesi için resmen baskı yapmıştı. Katherine ise reddedemeyecek kadar kibardı.

Karl Köprüsü'ne vardığında Langdon kar örtüsünün artık bozulmuş olduğunu fark etti. Erken kalkmış olan başka insanların ayak izleri göze çarpıyordu. Köprünün başında, hemen sağ tarafta, ortaçağdan ayakta kalan tek eser olan Judith Kulesi yükseliyordu. Biraz daha uzakta, on dördüncü yüzyıldan kalma "yeni" nöbetçi kulesi vardı. Habsburg'ların hâkimiyetini sorgulayacak olanlara ibret olması açısından mızrakların ucunda kesik başların sergilendiği kule burasıydı.

Yanından geçerken acıyla inlediklerinin hâlâ duyulduğu söylenir.

Prag'ın kelime anlamı "eşik"ti ve Langdon buraya her geldiğinde bir eşikten geçtiğini hissederdi. Bu büyülü şehir yüzyıllar boyunca mistisizm, hayaletler ve ruhlarla anılmıştı. Bugün bile rehber kitaplar şehrin, algısı açık olanların hissedebildiği doğaüstü bir havası olduğunu yazıyordu.

Galiba ben onlardan biri değilim. Yine de bu sabah, düşen karın gaz lambalarının etrafında haleler oluşturduğu Karl Köprüsü'nün uhrevi bir hali olduğunu itiraf etmek zorundaydı.

Bu şehir yüzyıllar boyunca okültizmle ilgilenenlerin bağlantı noktası olmuştu. Kral II. Rudolf yeraltındaki Speculum Alchemiae'de* gizlice simya ilmiyle uğraşmıştı. John Dee ve Edward Kelley isimli kâhinler ruhları çağırmak ve meleklerle konuşacakları seanslar yapmak için buraya gelmişlerdi. Gizemli Musevi yazar Franz Kafka burada doğmuş ve *Dönüşüm* isimli gerçeküstü eserini burada kaleme almıştı.

Köprüden geçerken gözleri uzaktaki Four Seasons Otel'e ilişti. Vltava'nın dalgaları, nehrin hemen üstüne konduruluvermiş otelin temeline çarpıyordu. Parıldayan nehrin üstünde kalan ikinci kattaki süit odalarının penceresi hâlâ karanlıktı.

Katherine hâlâ uyuyor, diye geçirdi içinden. Gördüğü kâbusun onu gece boyunca uyutmadığını düşününce buna hiç şaşırmamıştı.

Dev köprünün üçte birini kat eden Langdon, Nepomuklu Aziz John'un bronz heykelinin yanından geçerken içi ürperdi. *Tam bu noktada öldürülmüştü,* diye düşündü. Gizlilik yeminini bozup kraliçenin günah çıkarırken anlattıklarını açıklamasını isteyen kral, rahibin bunu yapmayı reddetmesi üzerine işkence edilip köprüden atılmasını emretmişti.

Karşıdan gelen alışılmadık bir görüntü derin düşüncelere dalmış olan Langdon'ın dikkatini çekti. Köprünün neredeyse yarısına vardığında, baştan aşağı siyahlar giyinmiş bir kadın ona

---

* Simyanın Aynası

yaklaşıyordu. Başına tuhaf bir taç taktığından Langdon, onun bir kıyafet balosundan döndüğünü tahmin etti. Kafatasından dışarı doğru çıkan sivri uçlar, yukarı ve dışarı doğru yayılıyor ve başını çevreliyordu. Tıpkı siyah bir... Langdon'ın tüyleri ürperdi. *Güneş tacı gibi mi?*

Bu sabah bir güneş tacı görmesi tuhaf bir tesadüf olduğu kadar şaşırtıcı ve sinir bozucuydu. Yine de kendine Prag'da korkutucu kostümler giymenin sıra dışı bir şey olmadığını hatırlattı.

Ama kadın yaklaştıkça manzara iyice tuhaflaştı. Hale şeklinde sivri uçlu taç takan kadın adeta kendinden geçmiş gibiydi. Yarı ölü gibi yürüyor, boş gözlerle ileri bakıyordu. Langdon tam ona iyi olup olmadığını soracaktı ki elinde tuttuğu nesneyi gördü.

Olduğu yerde kaldı. *Ama bu... imkânsız!*

Kadın elinde sıkı sıkıya gümüş bir mızrak tutuyordu.

Tıpkı Katherine'in kâbusundaki gibi...

Sivri uçlu silaha bir göz atan Langdon, rüya gördüğünden şüphe etti. Kadın onunla yan yana geldiğinde Langdon kendi şaşkınlığından ötürü artık hareket edemez olduğunu fark etti. Sersemliğinden sıyrılınca dikkatini çekmek için başını çevirip kadına seslendi.

"Affedersiniz!" dedi. "Hanımefendi?!"

Kadın onu duymuyormuş gibi duraksamadan devam etti.

Yerinden kıpırdayamayan Langdon, *"Merhaba!"* diye seslendi ama kadın hayalet gibi yanından geçip gitti. Köprünün karşı tarafındaki görünmeyen bir güç tarafından çekilen kör bir ruh gibiydi.

Arkasından koşmak ister gibi yerinde dönen Langdon iki adım attıktan sonra, bu kez de iğrenç bir koku yüzünden olduğu yerde çakılıp kaldı.

Hayalet ardında belirgin bir koku bırakıyordu. *Ölüm kokusu.* Koku Langdon üzerinde hemen etkisini gösterdi. İçi bir anda korkuyla doldu. *Tanrım, hayır... Katherine!*

Tamamen dürtüleriyle hareket eden Langdon, Karl Köprüsü üzerinde otele doğru hızla koşmaya başlarken telaşla telefonunu cebinden çıkardı. Telefonu ağzına götürüp seslendi, "Hey Siri, bir-bir-ikiyi ara!"

Arama gerçekleştiğinde Langdon çoktan köprüyü geçmiş, Křižovnická Caddesi'ne varmıştı. Bir ses cevap verdi. "Bir-bir-iki. Acil durumunuz nedir?"

"Four Seans Otel, Prag." Langdon sola dönüp karanlık kaldırımdan otele doğru koşarken bağırıyordu. "Oteli boşaltmalısınız! Hemen!"

"Affedersiniz, isminizi söyler misiniz lütfen?"

"Robert Langdon. Ben bir Ame..."

Karşıdaki park alanından çıkan bir taksi aniden önünde belirince arabanın yan tarafına sertçe çarptı ve telefonunu karlı sokağa düşürdü. Yerden alıp koşmaya devam etse de arama sonlanmıştı. Önemli değildi, otelin girişi hemen önünde duruyordu.

Nefes nefese otel lobisine daldı ve müdürü fark edip ona seslendi. "Herkesin dışarı çıkması lazım!"

Polisler gitmişti ama sabah kahvesinin tadını çıkaran bir avuç turist şaşkınlıkla ona baktı.

"Herkes tehlikede!" Langdon yeniden müdüre doğru seslendi. "Dışarı çıkın!"

Yanına koşan adam korkmuş gibiydi. "Profesör lütfen! Ne oluyor?!"

Langdon duvardaki yangın alarmının yanına doğru koştu. Hiç tereddüt etmeden camı kırdı ve kolu indirdi. Alarm o anda çalmaya başladı.

Hızla lobiden ayrılan Langdon, uzun koridordan kendi süitlerinin bulunduğu eklentiye koştu. Otelin arka tarafına vardığında asansörü es geçip özel odalara giden iki kat merdiveni çıktı. Kral dairesinin kilidini açtı, içeri daldı ve karanlığa doğru heyecanla seslendi.

"Katherine! Uyan! Gördüğün rüya!..." Oda ışığının düğmesini açıp yatak odasına koştu. Yatak boştu. *Nerede?!* Banyoya koştu. Yoktu. Çaresizlik içinde süitin her yanını aradı. *Burada değil mi?!* O sırada yakınlardaki kilisenin çanları kederle çalmaya başladı.

Bu ses Langdon'ın dehşete kapılmasına neden oldu. İçinden bir ses, otelden zamanında çıkamayacağını söylüyordu. Hayatını kaybetmekten korktu ve adrenalinin etkisiyle hemen cumbalı pencerenin yanına koştu. Aşağıdaki Vltava'nın derin sularına baktı.

Nehrin düzgün, karanlık yüzeyi hemen altındaydı.

Çanlar daha yüksek sesle çaldı.

Düşünmeye çalıştı ama zihni bomboştu. O an hissettiği tek şey o her şeye galip gelen insani güdüydü: hayatta kalmak.

Langdon tereddüt etmeden pencere kanadını açtı ve pervazın üstüne çıktı. Yüzüne gelen soğuk hava ve kar, yaşadığı paniği bastırmaya yetmiyordu.

Bu tek şansın.

Pervazın kenarına geldi. Sonra derin bir nefes alıp kendini karanlığa bıraktı.

5. BÖLÜM

Robert Langdon'ın nefesi kesilmişti.

Vltava Nehri'nin buz gibi soğuk suyu vücudunu neredeyse felç etmişti. Suyun üzerinde kalmaya çalışırken ıslanıp ağırlaşan giysileri yüzünden dibe doğru çekiliyordu.

Katherine...

Langdon başını kaldırıp biraz önce atlamış olduğu otelin ikinci katındaki pencereye baktı. Gerçekleşmesinden korktuğu patlama yaşanmamıştı. Four Seasons Otel hâlâ ayakta ve sağlamdı.

Otel müşterileri, acil durum aydınlatmasının ışıkları altında yan taraftaki çıkıştan otelin iskelesine bakan geniş terasa doğru ilerliyorlardı.

Langdon suyun üzerinde kalmaya çalışırken akıntının kendisini sürüklediğini fark etti. Otelin iskelesi, Karl Köprüsü'nün altına doğru sürüklenmeden önce suyun üzerine çıkmak için tek şansıydı.

Paniğe kapılmamak için elinden geleni yaparak iskeleye doğru serbest stilde yüzmeye çalıştı ama kollarını kaldırmakta zorlanıyordu. Sırılsıklam olmuş süveteri onu bir çıpa gibi olduğu yere mıhlıyordu. Soğuk su kan dolaşımını yavaşlatmaya başlamıştı bile. Langdon el ve ayak bileklerindeki keskin acının hipoterminin ilk sinyalleri olduğunun farkındaydı.

Yüz Robert.

Tuhaf bir kurbağalama stiliyle akıntıya karşı otelin iskelesine doğru yüzmeye çalıştı. İskelenin ardına bakınca akıntıyla birlikte Karl Köprüsü'nün altından sürüklenerek şelaleden aşağı düşebileceğini düşünüp gerildi. Düşmeden çok önce bilincini kaybedip batacağını bilmek de onu teselli etmiyordu.

Lanet olsun, hadi!

Kollarıyla suyu çekmeye çalışırken siyah güneş tacı takmış hayalet kadının görüntüsü gözünün önüne geldi. Başlık ürkütücü bir tesadüf olabilirdi ama ya mızrak? Ya ölüm kokusu?

İmkânsız. Açıklaması yok.

Langdon bir anlığına hâlâ uykuda olabileceğini düşündü. Belki de dün gece Katherine'in gördüğüne benzer bir rüyanın içine hapsolmuştu. *Hayır.* Canını yakan soğuk ve deli gibi atan kalbi onu uyumadığına ikna etti. Buz gibi suya düşen herkesin doğrulayacağı gibi akut hipotermi başlangıcı birbirini izleyen ruh hallerini de beraberinde getiriyordu; şok, panik, yansıtma ve son olarak da teslimiyet.

Paniği lehine kullan, diye düşündü. *Daha hızlı yüz.*

Akıntıya karşı koymaya ve gittikçe artan acıyı yok saymaya çalışarak iskeleye doğru yüzdü. Sarf ettiği çaba acısını arttırsa da otelden gelen alarm sesini daha yüksek duymaya başlamıştı. *Yaklaşıyorum.* Soğuk su yüzünden gözlerine adeta iğneler batıyordu ve görüşü iyice bulanıklaşmıştı.

Acil durum aydınlatmasının altında karanlık bir kütle gibi görünen iskeleye yaklaşmıştı, kendini son bir kez zorlayarak platforma doğru yüzdü. Elinin sert bir şeye çarptığını hissettiğinde neredeyse donmuş olan parmaklarıyla sert tahtayı kavramakta zorlandı. İskelenin altında tutuna tutuna ilerleyerek küçük metal merdiveni kavradı. Son bir gayretle kendini yukarı çekip iskelenin üzerine yığıldı. Tükenmiş bir halde, tir tir titreyerek orada yatarken hâlâ tehlikede olduğunun farkındaydı.

Burada anında donarım. Bir an önce ısınmam gerekiyor.

Dizleri üzerine çömelip otele baktı. Otel müşterileri üzerlerinde bornozlarıyla terasa doluşmuşlardı. Arkasını dönüp yağan karın altında sıcak ışıklar saçan gaz lambalarıyla kartpostal gibi görünen Karl Köprüsü'ne baktı. *Göreceğimi gördüm.*

Langdon iskelenin üzerinde kendisine doğru yaklaşan ayak seslerini duydu.

Otel müdürü telaş içinde, "Bay Langdon!" diye seslendi. Karla kaplı iskelenin üzerinde kayarak durabilmişti. "Efendim, iyi misiniz? Neler oldu böyle?"

Langdon başını salladı. "Ben... şey olduğunu sandım."

"Yangın mı?"

Langdon soğuktan kasılırken, "Hayır..." diyebildi.

"O zaman neden alarma bastınız?" Normalde nazik bir sesle konuşan adamın sesi öfkeli çıkıyordu.

"Ben... bir tehlike olduğunu sandım."

"Ne tehlikesi?"

Langdon doğrulmaya çalıştı. Başı zonkluyordu. Hipoterminin etkisinin başladığını hissedebiliyordu.

Otelin güvenlik görevlilerinden biri hızla koşarak yanlarına geldi. Kaslı adam, Langdon'ın üzerine doğru eğilip onu koltuk altlarından kavrayarak sertçe ayağa kaldırdı. Langdon adamın yardım etmeye mi yoksa zapt etmeye mi çalıştığından emin olamadı.

Müdür gözlerini Langdon'a dikerek, "Neden alarma bastınız efendim?" diye tekrar sordu.

Langdon, "Ben, özür dilerim..." diye cevap verdi. Dişleri birbirine vurmaya başlamıştı. "Kafam... karıştı."

"Lobideki polisler yüzünden mi? Size önemli bir şey olmadığını söylemiştim!" Otel müdürünün kendisine güçlükle hâkim olduğu belliydi. "Bir şeyi bilmem gerekiyor. İçeri girmemiz *güvenli* mi?"

Langdon otelin arka tarafındaki çıkıştan hâlâ misafirlerin çıktığını görebiliyordu. Otelin ana girişindeki kaosu düşünemiyordu bile. *Bunu onlara açıklayamam. Deli olduğumu düşünürler.*

Müdür sinirlenmeye başladığını belli eden bir ses tonuyla, "Profesör Langdon," dedi. "Bir cevap istiyorum! Dört yüz misafirimiz karın altında bekliyor. Bina güvenli mi? Evet ya da hayır! Misafirlerimiz içeri girebilir mi?"

Langdon'ın gözünün önüne yine siyah güneş tacı takmış kadının görüntüsü geldi. Metal mızrak... ve ölümün iğrenç kokusu. *Başka bir açıklaması olmalı. Dünyada böyle şeyler olmaz! Kendine gel Robert.*

Langdon sonunda başıyla onayladı. "Evet... Sanırım, güvenli. Çok üzgünüm. Dediğim gibi... kafam..."

Müdür güvenlik görevlisine, *"Vypněte alarm!"* diye seslenince adam Langdon'ı anında bıraktı. Profesör titreyen bacaklarının üzerinde durmaya çalışırken güvenlik görevlisi telsizini çıkarıp emirler yağdırmaya, müdür de cep telefonuyla konuşmaya başlamıştı.

Saniyeler içinde alarm sustu ve yaklaşmakta olan acil durum araçlarının sirenleri duyuldu. Müdür gözlerini kapattı, derin bir nefes aldıktan sonra yavaşça nefes verdi. Sonra gözlerini açıp siyah takım elbisesinin üzerindeki kar tanelerini sakince temizledi.

Sıktığı dişlerinin arasından, "Profesör Langdon," diye söze başladı. "Yetkilileri karşılamam gerekiyor. Güvenlik görevlisi odanıza kadar size eşlik edecek. Hiçbir yere *ayrılmayın.* Yetkililer sizinle konuşmak isteyecektir."

Langdon anladığını belli eden bir tavırla başını salladı.

Müdür aceleyle yanlarından ayrılırken güvenlik görevlisi, Langdon'ı küçük bir servis girişinden geçirip arka taraftaki merdivenlere doğru ilerletti. Birlikte kral dairesine çıkarlarken profesörün her adımında ayakkabılarından sular fışkırıyordu. Odanın kapısı ve ışıkları, bıraktığı gibi açıktı.

Güvenlik görevlisi odayı göstererek, *"Zůstaňte tady."* dedi.

Langdon Çekçe bilmiyordu ama güvenlik görevlisinin vücut dili oldukça açıktı. *İçeri gir ve dışarı çıkma.* Başını sallayıp odaya girdi ve kapıyı arkasından kapattı.

Langdon'ın atladığı cumbalı pencere hâlâ açıktı. Pervazda duran çiçek aranjmanı soğuktan solmuştu. Amerikan ve Çekya bayrağındaki renkleri temsil eden kırmızı, beyaz, mavi laleler, Katherine'in vereceği konferansın şerefine Amerikan Büyükelçiliği tarafından gönderilmişti.

Langdon pencereyi kapatırken Hussit Savaşları'nın ve Otuz Yıl Savaşları'nın kurbanın yüksek bir pencereden aşağı atılmasıyla başladığını hatırladı. Kendisinin otel penceresi Prag Kalesi Kulesi'nden oldukça alçaktaydı ve bu sabah sebep olduğu sorunlara rağmen bir savaş başlatmış olabileceğini hiç sanmıyordu.

Katherine ile konuşmam... ve ona neler olduğunu anlatmam lazım.

Karl Köprüsü'ndeki karşılaşma Langdon'ın kafasını son derece karıştırmıştı ve Katherine'in "paranormal" olaylara açık görüşle yaklaştığını bilse de onun bile bu olaya bir açıklama getirebileceğinden emin değildi.

Katherine'den otelden güvenli bir şekilde çıktığını haber veren bir mesaj görmeyi umut ederek ıslak eşofmanın cebine uzanınca telefonunun artık orada olmadığını fark etti; büyük ihtimalle Vltava Nehri'nin dibinde bir yerdeydi.

İçine soğuk bir dalganın yayıldığını hissetti. Katherine'i aramak için yatak odasındaki telefona doğru koştu. Ahizeye uzanırken komodinin üzerindeki notu gördü.

Daha önce panikten notu fark etmemişti.

R–

Doktor Gessner'ın laboratuvarındaki toplantıya yürüyerek gitmeye karar verdim. Bugün egzersiz yapan tek kişi *sen* olamazsın! 10.00'a kadar dönmüş olurum. Bana smoothie ayır! ☺

–K

Langdon derin bir nefes verdi.

Katherine güvende. Bunu bilmek bana yeter. Rahatlayarak banyoya doğru gitti. Duşu açıp giysileriyle birlikte kabinin içine girdi.

6. BÖLÜM

Eter geçmişti ve Golĕm kenevirden hasırın üstünde çıplak vaziyette yatıyordu.

Yolculuğu her zamanki gibi coşku dalgaları ve her şeyle ruhsal bir bağlantıda olma hissiyle zirveye ulaşmıştı. Eteri almak seks dışı bir orgazmdı. Gerçekliği olduğu gibi gördüğü kapının kilidini açan mistik bir mutluluk dalgasıydı.

Bunun gibi mistik yolculuklar sıklıkla hezeyanlı hayaller diye küçümsenirdi ama Gerçek'i görenlerin öyle aklı yetmezlere ihtiyacı yoktu. Golĕm evrenin çoğu kişinin anlayabileceğinden çok daha karmaşık ve güzel olduğunu kendi deneyimlerinden biliyordu. Modern insan antik insanların anladığı Gerçek'i hâlâ kabul edemiyordu... İnsan bedeni dünya âlemini deneyimleyebilmek için geçici bir aracıdan başka bir şey değildi.

Kendi *Svatynĕ*'sinin karanlığında silikon tıkacı ağzından çıkartıp ayağa kalktı. Işığın yokluğunda karşı duvara ilerleyip orada kendi oluşturduğu mabedin önündeki yastığa dizüstü çöktü.

Karanlıkta el yordamıyla bir kutu kibrit buldu ve kuru çiçekler konulmuş bir masanın üzerindeki üç dua mumunu yaktı. Titrek mum alevi büyürken önündeki duvarda asılı duran fotoğraf göründü.

Başını kaldırıp sevgiyle gülümsedi. *Beni tanımıyorsun ama ben seni kötülüklerden korumak için buradayım.*

Kadını tehdit eden karanlık güçler çok kuvvetliydi ve her yere ulaşabiliyordu. Kadın şimdi her zamankinden daha fazla tehlikeye açıktı, özellikle de aklı başka yerde olduğu için.

O sevgiyi buldu. *Ya da kendisi bulduğuna inanıyor...*

Kadının bedenini bu kadar değersiz birine vermesi Golĕm'in midesini bulandırdı.

O seni benim gibi anlamıyor. Kimse anlayamaz.

Kadın burada, Prag'da yeni sevgilisiyle sarmaş dolaş yatarken Golĕm ara sıra onu izlemek konusunda kendine izin vermişti... Kadının zihnine girmek, sessizce bakan bir ziyaretçi olarak umutsuzca kulağına, "O göründüğü gibi biri değil!" diye seslenmek istiyordu. Ama Golĕm sessizliğini korudu ve bunlar düşünce olarak kaldı.

Burada olduğumu asla bilmemeli.

7. BÖLÜM

Dünyanın en büyük yayınevi Penguin Random House yılda yaklaşık yirmi bin kitap basıyordu ve brüt geliri beş milyar doların üzerindeydi. Amerika merkezi, Midtown Manhattan Broadway'de bulunuyordu ve Random House Kulesi olarak bilinen gri camdan bir gökdelenin yirmi dört katını kapsıyordu.

O akşam ofisler sessizdi. Vakit gece yarısını geçmiş ve temizlik görevlileri mesailerini bitirmişti. Ama yirmi üçüncü kattaki köşe ofisin ışığı hâlâ yanıyordu.

Editör Jonas Faukman tam bir gece kuşuydu. Elli beş yaşındaki adam, ergenler gibi geç saatlere kadar uyumuyor, her gün Central Park'ta koşuyor, işe siyah kot pantolon ve spor ayakkabıyla geliyordu. Dalgalı siyah saçları hâlâ formundaydı ama sakalı kırlaşmıştı, bu havasıyla Joseph Conrad'ı andırdığını düşünerek avunuyordu.

Faukman geç saatlerin sessizliğini seviyordu. Karmaşık hikâyelerle boğuşurken ve yazarlarına sayfalarca ayrıntılı notlar yazarken yalnızlığın tadını çıkarıyordu. O akşamı dünyada en sevdiği şeyi yaparak, yepyeni bir yazardan gelmiş taslağı okuyarak geçirebilmek için masasını düzenlemişti.

Potansiyeli olan ama henüz tanınmayan bir yazar.

Yayımlanan birçok kitap iz bırakmadan geçip gider, sadece birkaçı okuyucuların zihinlerini ele geçirir ve çok satanlar listesine girerdi. Faukman okumak üzere olduğu kitaptan umutluydu. Aylardır gelmesini bekliyordu. Kitap, ünlü noetik bilimci Katherine Solomon tarafından yazılmış, insan bilincinin gizemlerine dair cesur bir araştırmaydı.

Bir yıldan biraz uzun bir süre önce Faukman'ın yakın arkadaşı Robert Langdon, kitap fikrinden bahsetmesi için Katherine'i New York'a getirmişti. Solomon, Faukman'ın şimdiye kadar tanık olduğu en sürükleyici kurgu dışı kitap sunumunu yapmıştı. Birkaç gün içinde Katherine'e kârlı bir yayın sözleşmesi ileterek kitabı hemen ortalıktan çekmişti.

Katherine son bir yıldır büyük gizlilik içinde kitap üzerinde çalışıyordu. O gün Prag'dan arayıp metnin üzerindeki son düzenlemeleri bitirdiğini ve Faukman'ın okuması için hazır olduğunu haber vermişti. Faukman, Langdon'ın titizlenmeyi bırakıp editörünün fikrini alması için Katherine'i teşvik ettiğini düşünüyordu. Sebep ne olursa olsun, Faukman bir şeyden emindi: Katherine Solomon'ın metni, sunumunun yarısı kadar bile sürükleyici ise bu kitap Faukman'ın kariyerinin en önemli projelerinden biri olacaktı.

Aydınlatıcı... şaşırtıcı... dünya çapında karşılık bulacak.

İnsan bilincini anlama arayışı, hızla bilimin yeni Kutsal Kasesi hâline geliyordu ve Faukman, Katherine Solomon'ın bu alanda öncü bir ses olacağını düşünüyordu. Eğer teorisi doğrulanırsa insan bilincinin hiç de zannedildiği gibi olmadığı anlaşılacak ve bu gerçek; insanlık, hayat ve hatta ölüm hakkındaki fikirlerimizi büyük ölçüde değiştirecekti.

Faukman, belki bir gün *Türlerin Kökeni* ve *Zamanın Kısa Tarihi* gibi ezber bozan kitaplarla birlikte anılacak bir çalışmanın editörlüğünü yapmak üzere olduğunu düşünerek heyecanlandı.

Sakin ol Jonas... diye kendini uyardı. *Henüz metni okumadın bile.*

Kapısının sertçe çalınmasıyla irkilerek yaşadığı ana geri dönen Faukman gece karanlığında bir ziyaretçisi olmasına şaşırmıştı.

"Bay Faulkman?" Kapıdaki genç adamı tanımıyordu.

"Evet? Siz kimsiniz?"

Genç adam şirket kartını göstererek, "Ürküttüğüm için özür dilerim," dedi. "Ben Alex Conan, veri güvenlikten. Genellikle sistem trafiğinin nispeten az olduğu akşam saatlerinde çalışıyorum."

Genç adam sarı saçları ve Pizzeria Papagayo tişörtüyle teknisyenden çok sörfçüye benziyordu. "Sana nasıl yardımcı olabilirim Alex?"

Teknisyen, "Büyük ihtimalle yanlış alarm ama sistemimiz bir veriye giriş yapıldığına dair uyarı verdi," diye açıkladı. "Önemli bir şey olmadığına eminim. 'Doğrulanmamış Kullanıcı' nadir gördüğümüz bir uyarı olduğu için endişelendim. Ama sizin *burada* olduğunuzu ve sisteme girdiğinizi görünce rahatladım. Sanırım, hesabınızda bir aksaklık olmuş."

Faukman ekranını göstererek, "Ama ben giriş *yapmadım*," dedi. "Bilgisayarımı bu akşam hiç açmadım."

Genç adamın gözleri hafifçe açıldı. "Oh..."

Faukman bir sorun olduğunu hissetti. "Birisi şu an hesabımda mı?"

Teknisyen, "Hayır, hayır," dedi. "En azından artık değil. Her kimse, çıkış yapmış."

"Her kimse mi? *Bu da* ne demek?"

Teknisyen endişeli görünüyordu. "Birisi, şifre ya da yetkili kimlik bilgisi olmadan şahsi belleğinize girmiş demek. Her kimse üstün becerileri varmış çünkü biz askeri güvenlik duvarı..."

"Dur bir dakika, tam olarak *neye* girilmiş?" Faukman bilgisayarını açtı. *Tüm profesyonel hayatım bu lanet sunucuda!*

Teknisyen, "Birisi GSÇ'nize* saldırmış," dedi.

Faukman donup kaldı. *Duymak istediğim cevap bu değildi.*

GSÇ, PRH'de** yeni uygulanmaya başlayan bir sistemdi. Korsan kitapçılığın artışıyla bazı PRH editörleri çok satan yazarları ekstra güvenlik için *sadece* Penguin Random House sunucularında çalışmaları konusunda teşvik etmeye başlamışlardı. PRH'nin en değerli metinleri güvenli tek bir yerde –şirketin Random House Kulesi'ndeki güvenlik duvarlı, şifreli sınırlarında– yazılıyor, düzenleniyor ve kaydediliyordu. Bir yedeği de Maryland'de duruyordu.

Faukman, *Katherine Solomon'dan GSÇ kullanmasını istemiştim,* diye düşünürken huzursuzlandı.

Faukman kitabının satış rekorları kırabileceğini hissettiği için Katherine'den metnini yazarken güvenlik protokollerine sıkı sıkıya

* Güvenlikli Sanal Çalışma Alanı

** Penguin Random House

bağlı kalmasını istemişti. O da dünyanın herhangi bir yerinden sunucuya bağlanıp metni üzerinde çalışabileceğini ve çalışmasının güvenli bir yerde otomatik olarak kaydedileceğini bilmenin kendisini mutlu edeceğini söyleyerek seve seve kabul etmişti.

Birçok yazar aynı şekilde düşünmüştü. Tek bir endişeleri vardı. *Gizlilik.* Hiçbir yazar, çalışmasını tamamlamadan sabırsız bir editörün metnin ilerleyişini görmesini istemiyordu. Bu nedenle GSÇ kullanan her yazar kendi sanal çalışma alanını, metnini okutmaya hazır olana kadar bir şifre –sadece yazarın bildiği bir giriş kodu– ile koruma altına alıyordu.

Faukman, *Katherine için o gün, bugündü,* diye düşündü.

O gün erken saatlerde Prag'dan aradığında okuyup düzenlemeye başlayabilmesi için Faukman'a giriş kodunu vermişti. Faukman metni o akşam okumaya başlayıp hafta sonu bitirmeyi planlayarak hemen masasının üzerindeki diğer işleri kaldırmıştı. Ve şimdi de uzun zamandır beklediği bu okuma gecesi, huzursuz edici haberler veren tişörtlü teknisyen tarafından sekteye uğramıştı.

Faukman, "*Hangi* GSÇ'ye girildi?" diye sordu. Boğazının kuruduğunu hissediyordu. "Hangi kitap?"

Genç adam cebinden çıkardığı katlanmış kâğıdı açarken, "Sanırım *matematikle* ilgili bir kitaptı," dedi.

Biraz olsun umutlanan Faukman kesin cevabı merakla bekliyordu.

Alex, "Hah, burada işte," dedi. "Başlığı... *SAM.*"

Nefes al Jonas. Nefes al.

SAM bir matematik kitabı değildi. Bir kısaltmaydı. "Solomon–Adsız Metin" anlamına geliyordu.

8. BÖLÜM

Otel odasındaki duşun tadını çıkaran Robert Langdon gözlerini kapatıp buharı ciğerlerine çekti. Islak giysilerinden kurtulmayı başarmıştı ama bu sabahki olayların yarattığı kafa karışıklığından sıyrılmayı başaramıyordu.

Katherine'i arayıp Doktor Gessner'ın laboratuvarına yapacağı geziyi bölmeyi ve olanları anlatmayı aklından geçirdi ama sonra vazgeçti. *Bu garip sohbeti döndüğünde yüz yüze yapmamız gerek,* diye düşündü. Vücudunun yavaş yavaş ısındığı ve zihin bulanıklığının dağıldığı şu anda bile Karl Köprüsü üzerindeki hayaletimsi görüntüye bir açıklama getiremiyordu. Kendi verdiği tepkiye de öyle.

Baskı altındayken genellikle soğukkanlı hareket ederdi ama bu sabah paniklemiş, tuhaf ve ilkel bir korkuya yenilmişti. Kadının görüntüsü, ölüm kokusu, mızrak, çanların korkutucu sesi... Tüm bunlar sağduyusuna galip gelmişti. Bu hayalet hikâyesi zihninde durmadan dönüp duruyordu.

Bu nasıl olabildi?

Yaklaşık beş saat önce yaşadıklarını, Katherine'in onun adını haykırdığını ve gerçekçi bir kâbustan sarsılarak uyandığını hatırladı. Katherine gördüğü sinir bozucu rüyayı hararetle anlatırken Langdon onu teselli etmişti.

"Korkunçtu Robert... Yatağımızın ayak ucunda kapkara biri duruyordu. Siyahlar giyinmişti... başında sivri uçları olan hale şeklinde bir taç vardı... ve elinde gümüş bir mızrak tutuyordu. Ayrıca, ölüm gibi iğrenç kokuyordu. Sana seslendim ama orada değildin. Kadın bana, 'Robert

seni kurtaramaz. Öleceksin,' diye çıkıştı. Sonra sağır edici bir gürültüyle birlikte bir aydınlanma oldu ve otel alevler arasında patladı. Yandığımı hissettim..."

Katherine'in dehşet verici bir kâbustan uyandığını kabul etse de, anlattığı sırada rüyasında gördükleri Langdon'a belli nedenlerden ötürü mantıklı gelmişti. Sivri uçlu hale veya güneş tacı, dün akşamki konuşmasında öne çıkan unsurlardı. Brigita Gessner ile birlikte düzenlenen etkinliğin ardından içki içilirken gümüş mızrak konusu geçmişti. Yakınlardaki Karlovy Vary Kaplıcaları'na yaptıkları geziden sonra kükürt kokusu burnunda kalmış olabilirdi. Oteldeki patlamayı ise hiç şüphesiz dün izledikleri Güneydoğu Asya'daki bombalı saldırı haberinin etkisiyle görmüştü.

Langdon, Katherine'i teselli ederken absentin güçlü bir halüsinojen olduğunu hatırlattı. Ayrıca editörü yazdıklarını okuyacağı için sinirleri gergindi. *İnsanın sinirlerinin nasıl gerildiğini iyi bilirim,* diye düşünmüştü Langdon. *Geceyi uykusuz geçirdiğine hiç şaşırmamak gerek.*

Şimdi, üstünden saatler geçtikten sonra duş alırken gördüklerine açıklama getiremiyordu. En azından bildiği gerçeklik sınırları içinde bir açıklaması yoktu.

Einstein şöyle demişti: *Tesadüf Tanrı'nın kendini gizleme yöntemlerinden biridir.*

Langdon'ın içsesi, *gördüklerim tesadüf değildi,* diyordu. *İstatiksel olarak imkânsızdı.* Ya Katherine rüyasında geleceği görmüştü ya da gelecek onun rüyasına göre şekillenmişti. Hangisi olursa olsun, Langdon hayretler içindeydi. Aslında daha da ürkütücü olanı, Katherine'in dün akşam tam olarak bu olaydan bahsetmiş olmasıydı.

Önsezi. Gelecekte olacakları henüz olmadan önce görme veya sezme yeteneği.

Katherine, Vladislav Salonu'ndaki konuşmasında tarihteki bazı kehanetlerden, Carl Jung, Mark Twain ve Jeanne d'Arc'ın önsezilerinden bahsetmişti. Öldürülmeden üç gün önce Abraham

Lincoln koruması Ward Hill Lamon'a rüyasında üstü örtülü bir ceset gördüğünü ve başında duran askerin, "Başkan bir cinayete kurban gitti," diye duyurduğunu anlatmıştı.

Ardından Katherine içlerinde en acayip olanı, Morgan Robertson vakasını anlatmıştı. Amerikalı yazar 1898'de yayımlanan *Futility* isimli romanını gördüğü gerçekçi bir kâbus üzerine kurgulamıştı. Hiç batmayacak kabul edilen *The Titan* isimli bir okyanus gemisi, Atlantik Okyanusu'ndaki ilk seferlerinden birinde buzdağına çarparak batıyordu. Kitabın *Titanic* felaketinden on dört yıl önce basılmış olması inanılmazdı. Geminin yapısını, seyir rotasını ve batışını öylesine detaylı anlatıyordu ki rastlantılar açıklanamıyordu.

"Dinleyicilerden bazılarının şüphe duyduğunu biliyorum." Katherine, Langdon'ın bulunduğu yöne doğru muzip bir bakış fırlatmıştı. "Ben de bu yüzden sizlerle bir deneyi paylaşmak istedim. Noetik Bilimler Enstitüsü'ndeki bir meslektaşım bu deneyi yıllar önce tasarlayıp yürütmüştü. O günden bugüne dünyadaki çeşitli laboratuvarlarda tekrar ediliyor. Şöyle..."

Katherine elindeki kumandayı arkasındaki ekrana doğru çevirince bir görsel belirmişti. Beyin monitörü takılmış olan bir denek, küçük sinema perdesinin önünde karanlıkta oturuyordu.

Katherine konuşmaya başlamıştı. "Deneğin beyin dalgaları özel bir cihazla gözlemlenirken ona rastgele resimler gösterdik. Bu resimler üç ana kategoriye ayrılıyordu: korkutucu dehşet, sakinleştirici huzur ve müstehcen cinsel içerik. Bu kategorilerden her bir resim beynin farklı bir bölgesini tetiklediği için bilincin resmi algıladığı gerçek zamanı izleyebiliyorduk."

Katherine kumandaya yeniden basınca alçalıp yükselen beyin dalgalarını gösteren bir grafik belirdi. Hangi tür resmin gösterildiği belli olsun diye renklere ayrılmıştı. "Beklediğimiz gibi, gösterilen resmin türüyle uyumlu olan beyin bölümlerinde hareket görüldü. Şu ana kadar anlattıklarımı takip edebildiniz değil mi?"

Dinleyenler başını "evet" anlamında sallamıştı.

"Çok güzel." Şimdi grafiğin yatay eksenini yakınlaştırıyordu. "Buradaki zaman çizelgesi, bilgisayardaki resmin belirdiği anla beyin dalgasındaki artışın yaşandığı anın son derece hassas bir kaydını tutuyor."

Langdon lafın nereye gittiğini merak etmişti.

Tekrar kumandaya basıp daha da kısa zaman aralıklarını ekrana yansıtmıştı Katherine. "Eğer iyice yakınlaştırırsak milisaniye aralığına gelmiş oluyoruz... ve büyük bir sorunla karşılaşıyoruz."

Başka bir şey söylemedi ama geniş salondaki kalabalıktan şaşkınlık ifade eden mırıltılar yükseldi. Langdon da aynı şaşkınlığı yaşıyordu. Bu grafiklere göre deneğin beyin dalgası, bilgisayar henüz resmi göstermeden *önce* artmıştı.

Katherine yeniden konuştu. "Açıkça göreceğiniz gibi, bu adam resimleri önceden algılıyor. Resim gösterilmeden dört yüz milisaniye *önce* beyninin ilgili bölümü faaliyete geçiyor. Bilinci bir şekilde ne tür bir resim göreceğini *zaten biliyor."* Gülümsemişti. "Ama en şaşırtıcı kısmı bu değil..."

Salondan çıt çıkmıyordu.

"Beyin resim gösterilmeden önce tepki vermekle kalmıyor, bilgisayarın rastgele sayı üreticisi hangi resmi göstereceğini *seçmeden* önce tepki veriyor! Adeta beyin gerçekliği tahmin etmiyor... sanki onu *yaratıyor!"*

Çevresindeki herkes gibi Langdon da afallamıştı. İnsanın düşüncelerinin gerçekliği yarattığı fikrinin, büyük spiritüel öğretilerin temelinde yer aldığını biliyordu.

Buda: *Düşüncelerimizle dünyayı yaratırız.*

İsa: *Duada her ne dilerseniz, sizin olur.*

Hinduizm: *Tanrı'nın gücüne sahipsiniz.*

Langdon bu kavramın ilerici düşünürler ve sanatsal dehalar arasında da karşılık bulduğunu biliyordu. Liderlik uzmanı Robin Sharma şöyle demişti: *"Her şey iki kez yaratılır. Birincisi zihinde, ikincisi gerçek dünyada."* Pablo Picasso'nun günümüze gelen en ünlü sözlerinden biri şuydu: *"Hayal edebildiğiniz her şey gerçektir."*

Birinin kapıya vurmasıyla Langdon'ın zihnindeki Vladislav Salonu hayali kayboldu. Hâlâ duştaydı. Banyo kapısının açıldığını duydu. Buzlu duş camının ardında, içeri giren birinin siluetini görünce rahat bir nefes aldı. *Tanrı'ya şükür erken geldi.* Katherine oteldeki olayı duyunca hemen geri dönmüş olmalıydı.

"Hemen çıkıyorum," diyen Langdon sıcak suyu kapattı ve başından aşağı son bir soğuk su dökme kısmını atladı. *Bu sabah soğuk suya doydum.* Duşakabinin kapısına asılı havluyu aldı, beline doladı ve banyoya doğru bir adım attı. "Katherine..."

Olduğu yerde kaldı. Karşısındaki Katherine değildi. Deri ceketli, zayıf bir adamla yüz yüze duruyordu.

"Sen de kimsin?!" diye bağırdı. "Buraya nasıl girdin?!"

Biraz daha yaklaşan davetsiz ziyaretçinin yüz ifadesi çok ciddiydi. Ağır bir Çek aksanıyla, "Bay Langdon?" dedi. "Ben Úřad pro zahraniční styky a informace'den Yüzbaşı Janáček. Pasaportunuzu yatak odanızdan izniniz olmadan aldım. Umarım sizin için sakıncası yoktur."

Pasaportumu mu aldın?! Langdon bu yabancı adamın karşısında sadece bir havluyla dururken kendini çıplak hissetti. "Affedersiniz, *siz* kimsiniz?"

Adam çarçabuk rozetini çıkartıp gösterdi ama içerideki buhar yüzünden Langdon, arka ayaklarının üstüne kalkmış aslan figürlü kurum armasından fazlasını göremedi. *Aslan arması mı?* Sık kullanılan bir semboldü, ayrıca Langdon'ın gittiği hazırlık okulunun da logosuydu ama bu adamın Phillips Exeter Akademisi'ne gittiğini hiç sanmıyordu.

Adam sert bir dille, "ÚZSI'denim," dedi. "Çekya'nın ulusal istihbarat teşkilatı. Sizdeki Amerikan FBI'a benzer."

Langdon içinden, *hiç FBI'dan birine benzemiyorsun,* diye geçirdi. Adamın gözleri kan çanağına dönmüştü ve ağlamaklı bakıyordu, seyrelmiş saçları taranmamıştı ve deri ceketinin altındaki gömleği fena halde buruşmuştu.

"Size yalnızca bir defa söyleyeceğim Bay Langdon." Çek yetkili sanki aralarındaki görünmez bir çizgiyi aşıyormuş gibi Langdon'a doğru bir adım attı. "Az önce beş yıldızlı bir oteli boşalttınız. Ya bana çok iyi bir neden açıklarsınız ya da sizi tutuklarım."

Langdon söyleyecek kelime bulamıyordu. "Ben... ben çok üzgünüm," diye ağzında geveledi. "Açıklaması zor memur bey. Bir hata yaptım."

"Aynı fikirdeyim," diye sertçe çıkışan adamın ifadesinden hiçbir şey anlaşılmıyordu. "Büyük bir hata. Neden alarmı çalıştırdınız?"

Langdon doğruyu söylemekten başka şansı olduğunu sanmıyordu. "Ben bir patlama olacak sandım."

Yüzbaşı kaşlarını belli belirsiz oynatmak dışında tepki vermedi. "İlginç. Peki patlamaya ne sebep olacaktı?"

"Bilmiyorum... belki bir bomba."

"Anladım. Belki bir bomba. Yani bu otele bir bomba yerleştirilmiş olmasından endişe ettiniz... ama yine de koşa koşa binaya geri geldiniz ve merdivenlerden kendi odanıza çıktınız, öyle mi?"

"Ben... arkadaşımı uyarmak istedim."

Janáček ceketinin cebinden bir not defteri çıkarıp okudu. "Arkadaşınız Katherine Solomon mı?"

Katherine'in isminin Çek istihbarat memurunun dudaklarından döküldüğünü duyunca Langdon'ın içi ürperdi. Şimdi durum ona daha ciddi görünmeye başlamıştı. "Doğru. Ama geldiğimde çoktan gitmişti."

"Peki, anlıyorum. O halde, arkadaşınızın güvenliğinden emin olunca merdivenlerden aşağı inmek yerine, pencereden atlayarak buz gibi nehir sularında boğulmayı göze aldınız?"

Langdon yaptığı şeyin kendisini bile şaşırttığını kabul etmek zorundaydı. "Paniklemiştim. Birden kilisenin çanları çalmaya başladı... Uğursuz bir şeyler olacak gibi geldi."

"Uğursuz mu?" Yüzbaşı alınmışa benziyordu. "Buna *Angelus* denir profesör. Burada sabah duasına çağırmak için kilise çanları çalar. Bunu bilmenizi beklerdim."

"Evet, elbette ama aklım karışmıştı. Kilisenin çanları sanki... bilmiyorum... yanlış zamanda çalıyor gibiydi. Daha önce lobide polisleri görmüştüm..."

"Yanlış zaman mı? Yani... sizin şu bomba, saatli bomba mıydı? Saat yediye mi kurulmuştu?"

Benim bombam falan değil! Langdon üslubunu bozmamak için kendini zor tuttu. "Hayır, sadece aklım fazlasıyla karışmıştı, içgüdülerimle hareket ettim. Elbette ben ödeyeceğim..."

Janáček sesini yumuşatarak, "Bir şey ödemenize gerek yok beyefendi," dedi. "İnsanların aklı karışabilir. Bu sorun değil. Ben sadece *neden* bir patlama olacağını sandığınızı anlamaya çalışıyorum. Bu bilgiyi *nereden* aldınız?"

Langdon bunu ona söyleyemeyeceğini biliyordu. İşin doğrusu mantıksızdı, inanılmazdı ve dürüst bir itiraf çok kötü geri tepebilirdi. *Bana asla inanmaz.* Langdon o anda bir avukata ihtiyacı olduğunu hissetti.

Yüzbaşı, "Bay Langdon?" diye üsteledi.

Langdon havlusunu belinde tutmaya çalışırken yerinde döndü. "Dediğim gibi aklım karışıktı. Yanlış bilgi edinmişim."

Gözlerini kısıp bir adım daha yaklaşan yüzbaşı sesini alçalttı. "Aslına bakarsanız profesör, sizin sorununuz bu değil. Sizin sorununuz *iyi* bir bilgi almış olmanız. Hem de *çok iyi* bir bilgi."

"Anlamıyorum."

Yüzbaşının gözleri öfkeyle parladı. "Anlamıyor musunuz?"

Langdon başını iki yana salladı.

Janáček buz gibi bir sesle, "Profesör," dedi. "Sabahın erken saatlerinde, bu otelde ekibim... bir bomba bulup etkisiz hale getirdi. Saat tam yedide patlamak üzere kurulmuştu."

9. BÖLÜM

Golĕm titreyen mum ışığında bir kez daha duvardaki kadın fotoğrafına baktı. Sonra mumları söndürüp kutsal yerinden çıktı.

Yeniden doğdum.

Dairesinin kısa süren aydınlığında yıkandıktan sonra giyinme odasına gitti. Her zaman çıplak ve zifiri karanlıkta yaptığı bir yolculuk olduğunu düşündüğü eteri karşılayabilmek için alelacele çıkarmış olduğu kapüşonlu pelerini ve platformlu botları yerde duruyordu.

Golĕm dikkatli bir şekilde pelerinini asıp yakasındaki kurumuş kil parçalarını temizledi. Görünüşü, çoğu zaman turistlerin tuhaf bakışlarını üzerine çekiyordu ama yerel halk neredeyse onu fark etmiyordu bile. Dram ve fantezi şehri olan Prag'da, eğlence düşkünleri sık sık sokaklarda tarihi karakterlerin –ünlü hayaletlerin, cadıların, talihsiz âşıkların, şehit olmuş azizlerin ve kilden yapılmış bu iri canavarın– kılığında geziniyorlardı.

Prag'ın en eski efsanesi. Mistik bir koruyucu… tıpkı benim gibi.

Golĕm kil canavarın hikâyesini ezbere biliyordu çünkü bu, onun hikâyesiydi; fiziksel bir şekle sokulmuş… başkasının acısını yüklenmek için kendi konforundan vazgeçen koruyucu bir ruh.

On altıncı yüzyıl efsanesine göre, Judah Loew adındaki güçlü bir haham, halkını koruyacak bir canavar yapmak için Vltava Nehri'nin kıyılarından ıslak kil çıkarmış. Haham, Kabala sihrini kullanarak cansız koruyucunun alnına o İbranice kelimeyi yazmış ve kilden canavar başka âlemden gelen bir ruhla aşılanıp canlanmış.

Alnına yazdığı kelime אמת – *emet* imiş. Gerçek.

Haham tasarımına, canavarın yapıldığı kile atıfta bulunan –İbranicede "ham materyal" anlamına gelen– *Golĕm* ismini vermiş. Ve böylece Golĕm, Yahudi gettosunun sokaklarında dolaşarak tehlikede olanları korumaya, kötülük yapanları öldürmeye ve topluluğun güvenliğini sağlamaya başlamış. Ama bu noktadan sonra efsane karanlık bir hal almış.

Yalnızlaşan canavarın, yarattığı vahşetten kafası karışmış ve sonunda kendisini yaratana da düşman olmuş. Haham, yaratığın alnındaki İbranice harflerden birini silerek canavarın saldırısından kendisini güçbela kurtarabilmiş.

Haham **א** *–aleph–* harfini silince Gerçek kelimesinin İbranice karşılığı olan –Emet– çok daha karanlık bir anlama dönüşmüş; –met– yani İbranice *Ölüm* anlamına gelen kelimeye...

אמת, **מת**; yani Gerçek, *Ölüm* olmuştu.

Canavar cansız bir halde yere yığılmış.

Haham işini şansa bırakmamış. Kilden bedeni hemen parçalara ayırıp kalıntıları, sonradan kendisinin gömüleceği eski mezarlığa bakan Prag'ın Eski-Yeni Sinagogu'nun çatı arasına saklamış. Kilden parçaların hâlâ orada olduğu düşünülüyormuş.

Golĕm asılı duran kostümüne ifadesiz bir yüzle bakarken, *o mezarlık benim hikâyemin başladığı yer,* diye düşündü. *Ben Golĕm'im. Ruhların dönüşümünde... beden bulma hâline başka bir örneğim.*

O da bir koruyucu *–svatynĕ*'sinin duvarında fotoğrafı asılı olan kadının koruyucusu– olarak göreve çağrılmıştı. Kadın onun varlığından ya da kendisi için yaptıklarından *–ve yakında yapacaklarından–* asla haberdar olmayacaktı.

Ona ihanet edenlerin en sinsisini, Brigita Gessner'ı öldürmüştü. Kadının çaresizlikten suç ortaklarıyla birlikte yaptıkları her şeyi itiraf edişi hâlâ kulaklarında yankılanıyordu.

Hain suç ortaklarından bazıları Prag'ta, Golĕm'in yakınındaydı. Diğerleri –gizlice iş çeviren güç simsarları– binlerce kilometre uzaktaydılar.

Hepsi cezalandırılana kadar rahat etmeyeceğim.

Golĕm bunu başarabilmesinin sadece tek bir yolu olduğunu biliyordu.

Yaptıkları her şeyi paramparça edeceğim.

10. BÖLÜM

Etkisiz hale getirdikleri bir bomba mı var?!

Otel odasında giyinen Langdon'ın zihninde düşünceler dönüp duruyordu. Bu sabah bombalı bir saldırının gerçekten engellenmiş olması bir yana, köprüdeki kadınla yaşadıklarını aklı almıyordu.

Birkaç dakika önce Çek görevlinin kimliğine yakından bakmak istemiş ve adamın zoraki uzattığı kimlikten onun sahiden de Oldřich Janáček isminde, ÚZSI'de çalışan, altmış bir yaşında bir yüzbaşı olduğunu teyit etmişti. Yüzbaşı ona ÚZSI'nin "Úřad pro zahraniční styky a informace" yani Dış İlişkiler ve Bilgi Bürosu için bir kısaltma olduğunu ve tıpkı makineli tüfek Uzi gibi okunduğunu söylemişti.

Teşkilatın aslan armasında yazılı *"Sine Ira et Studio"* sözleri her ne kadar *"Öfke ve Önyargı Olmadan"* anlamına gelse de yüzbaşının tavırlarında her ikisi de mevcuttu.

Janáček son üç dakikadır oda kapısının eşiğinde gözünü Langdon'dan ayırmadan telefonda Çekçe birileriyle tartışıyordu.

Acaba kaçacağımı mı sanıyor?

Nihayet giyinmeyi bitiren Langdon kalın pantolonunu, balıkçı yaka kazağının üstüne de kalın Dale süveterini giyince ısındı. Eski Mickey Mouse saatini şifoniyerin üstünden alıp koluna takarken gün içinde neşesini kaybetmemek için ona ihtiyaç duyabileceğini hissetti.

"Ne!" Janáček telefondakine bağırıyordu. *"Tady velím já!"*

Telefonu kapatıp Langdon'a döndü. "Sizin *chůva* ile konuşuyordum. Odaya geliyor."

Benim chůva mı? Langdon'ın kelimenin ne anlama gelebileceğine dair hiçbir fikri yoktu ama her kimse Janáček onun gelişinden pek memnun olmamıştı.

Janáček alışılmadık derecede uzun boylu, her an öne doğru atılacakmış gibi eğik duran bir adamdı. Langdon adamın peşinden oturma odasına girdi. Burada yüzbaşı kendi evindeymiş gibi gidip gazlı şömineyi yaktı, deri koltuğa yerleşti ve sıska bacaklarını üst üste attı.

Langdon koltuğuna geçerken süitin kapı zili çaldı.

Janáček eliyle kapıyı işaret etti. "İçeri alın."

Benim chůva? Langdon aklındaki soruyla koridora geçip kapıyı açtı. Yaklaşık bir doksan boylarında, kafası tıraşlı, parlak bir gülümsemeye ve keskin yüz hatlarına sahip, otuzlu yaşlarında yakışıklı siyahi bir adam kapı girişinde duruyordu. Lacivert ceketi, pembe gömleği ve Foulard kravatıyla özenle giyindiği belli olan adam, Yüzbaşı Janáček'in az önce tartıştığı birinden çok, erkek mankenlere benziyordu.

"Michael Harris," diyen adam elini uzattı. "Sizinle tanışmaktan onur duydum Profesör Langdon." Amerikan aksanıyla konuşuyordu, Main Line'dan olabilirdi.

"Teşekkür ederim," diyerek adamın elini sıktı Langdon. *Artık her kimseniz.*

"Öncelikle sizden özür dilemek istiyorum. Yüzbaşı Janáček sizi sorgulamadan önce ofisimi aramalıydı."

"Anlıyorum," diyen Langdon hiçbir şey anlamamıştı. "Sizin ofisiniz de?.."

Harris şaşırmışa benziyordu. "Size söylemedi mi?"

"Hayır, benim *chůva*'m olduğunuzu söyledi."

Kaşlarını çatan Harris, süite girmekte acele etmedi. "Janáček eğlenmek istemiş. Chůva, *dadı* demek. Ben ABD Büyükelçiliği'nin hukuk ataşesiyim. Size yardım etmek için buradayım."

Hukuki destek almak Langdon'ı hayli rahatlatmıştı ama bir yandan da önceki akşam büyükelçinin hoş geldin hediyesi olarak gönderdiği pahalı lale aranjmanını soldurduğunu görmemesini umuyordu.

Ataşe usulca konuşmaya başladı. "Benim işim, sizin yurtdışındaki bir Amerikalı olarak haklarınızı korumak ama gördüğüm kadarıyla bu sabah haklarınız çiğnenmiş."

Langdon omzunu silkti. "Yüzbaşı Janáček biraz aksi olsa da içinde bulunduğumuz şartları düşününce ona hak verebiliyorum."

"O sizin teveccühünüz," diye fısıldadı Harris. "Ama sizi nezaket göstermek konusunda tedbirli davranmaya davet ederim. Yüzbaşı Janáček kibarlığı zayıflık olarak görmekte çok yeteneklidir, ki içinde bulunduğumuz durum... sıra dışı değil mi?"

Tahmin bile edemezsin, diye düşündü Langdon. Hâlâ köprüde gördüklerinin şaşkınlığını yaşıyordu.

Harris, "Bir tavsiyede bulunayım," diye ekledi. "Gerek bu otel gerekse Karl Köprüsü pek çok güvenlik kamerasıyla izleniyor. Yani Janáček olanların her detayını zaten biliyor. O yüzden gerçeği anlatın. *Yalan söylemeyin."*

"Harris!" Janáček'in sesi uzaktan gürledi. *"Čekám!"**

*"Už jdeme!"*** diye seslenen Harris'in cevabı kulağa mükemmel bir Çekçe gibi geliyordu. Ardından Langdon'a güven verici gözlerle baktı. "Gidelim mi?"

Şöminenin önünde oturan Janáček, sakince yerel Petra sigarasını tüttürürken başını geriye atıp dumanı havaya üflüyordu.

Güya sigara içilmeyen süit tuttuk.

"Herkes otursun," talimatını veren Janáček sigarasının külünü yerdeki saksıya silkeledi. "Profesör başlamadan önce telefonunuzu alayım." Cılız elini uzattı.

"Hayır, yüzbaşı." Harris araya girdi. "Yasal olarak sizin..."

Langdon, "Telefonum yok," dedi. "Nehirdeyken kaybettim."

"Tabii öyledir," diye homurdanan Janáček sigarasının dumanını savurdu. "Bak sen şu işe! Oturun."

Langdon ile Harris, Janáček'in karşısındaki koltuğa geçtiler.

Yüzbaşı konuşmaya başladı. "Profesör siz giyinirken benim durumu ele alış biçimimi sorguladınız. Bombayı bulur bulmaz oteli boşaltmamam sizi çok şaşırtmıştı."

---

* "Bekliyorum."

** "Gidiyoruz."

"Şaşırmıştım ama sizi eleştirmiyordum..."

"Bay Harris?" Janáček ataşeye dönüp sigarasından bir nefes daha çekti. "Profesörü belki siz aydınlatmak istersiniz?"

Harris sakin bir sesle cevap verdi. "Elbette. Makul bir istek. Yüzbaşı Janáček'in usule yönelik uygulamaları hakkında konuşamayacak olsam da yöntemlerinin terörle mücadele stratejisiyle uyumlu olduğunu tereddüt etmeden söyleyebilirim. Kamuya duyurulan saldırılar, başarısız girişimler olsa bile teröristleri yüreklendirmekten öteye gitmez. Doğru olan tepki mümkünse tehlikeyi püskürtmek, hiç olmamış gibi davranmak ve teröristlerin kamu gündemine gelmesini engellemektir."

"Tamam." Langdon halk farkında olmadan günde kaç terörist saldırısının önlendiğini merak etti.

Janáček dirseklerini dizlerine dayayarak Langdon'a doğru eğildi. "Başka sorunuz var mı?"

"Hayır, memur bey."

"Güzel, o halde *benim* soruma geçelim... çünkü tek bir sorum var. Ve bu soruyu şimdiye dek yanıtlamayı reddettiniz." Janáček sigarasından bir nefes daha aldıktan sonra adeta bir çocukla konuşur gibi sorusunu sordu. "Profesör... siz bir bomba olduğunu *nereden* biliyordunuz?"

"Bilmiyordum." Langdon cevap vermeye çalışıyordu. "Ben sadece..."

"Alarmı çalıştırdınız!" Janáček kendini tutamamıştı. *"Bir şeyler* biliyordunuz! Ve lütfen bir kez daha, 'Bu iş biraz karışık,' demeyin. Ünlü bir akademisyen olmanızı takdir ediyorum ama ben de akıllı bir adamım. Durumunuzun karmaşıklığını anlayabileceğimi sanıyorum."

"Bay Langdon." Harris sakin bir sesle konuşuyordu. "Şimdi zamanıdır, gerçeği söyleyin."

Derin bir nefes alan Langdon Yuhanna İncili'nde, "Gerçek sizi özgür kılacak," diyen İsa Peygamber'in haklı çıkmasını diledi.

11. BÖLÜM

Editör Jonas Faukman bilgisayarının daha çabuk açılmasını sağlayacakmış gibi faresini tıklatıp duruyordu. Yeryüzünde sadece iki kişinin –Katherine'in ve bu akşamüstü itibarıyla kendisinin– Katherine Solomon'ın özel GSÇ'sine girme izni vardı.

Dışarıdan biri nasıl giriş yapmış olabilir?

Faukman hangi bilgilerin –Katherine'in bilimsel araştırmalarının, notlarının ve daha da önemlisi, metnin kendisinin– dışarı sızmış olabileceğini düşündükçe midesine kramplar giriyordu. Makinenin açılmasını beklerken, "Hadi!" diye söylendi.

Omzunun üzerinden bakan genç teknisyenin kendi kendine huzursuzca mırıldanışı onu daha da geriyordu. Bilgisayar sonunda açılınca Faukman dosyayı bulup SAM –Solomon Adsız Metin– rumuzuna tıkladı.

Faukman, Katherine'in giriş kodunu bir dosya kartına yazıp çekmeceye koymuştu ama onu almasına fırsat kalmadan bilgisayardan tuhaf bir ses –üç kısa bipleme– duyuldu. Faukman, Katherine'in giriş penceresini görebilme umuduyla ekrana baktığında kırmızı harflerle yazılmış hata mesajını gördü.

ETKİN BÖLÜM BULUNAMADI.

"Bu da ne?" Faukman tekrar SAM simgesine tıkladı. Üç kısa bip sesi ve aynı hata mesajıyla karşılaştı. *Etkin bölüm bulunamadı mı?* Faukman hızla arkasını dönüp Alex'e baktı. "Tüm bölüm... *uçmuş mu?!"* Faukman o akşamüstü Katherine'in şifresini test ettiğinde bölüm oradaydı. *Nereye gitti?*

Gözleri fal taşı gibi açılan teknisyen, Faukman'ın yanına diz çöküp klavyeyi ve fareyi ondan aldı. Teknisyen çalışırken Faukman nefesini tutmuş bekliyordu. Teknisyen her denemesinde aynı sonucu aldı. Üç yüksek bipleme.

ETKİN BÖLÜM BULUNAMADI.

Teknisyen son derece endişeli bir sesle, "Panik yapmayın," dedi. "Bu, sadece izlerini gizlemek için bölümü temizledikleri anlamına geliyor."

"Temizlemek mi?"

"Evet, efendim. *Silinmiş* anlamına geliyor. Veriniz..."

"Teşekkürler, 'temizlemenin' ne anlama geldiğini biliyorum. Sen şimdi bana birinin bu başlık altındaki bütün araştırmayı ve metni sildiğini mi söylüyorsun?"

"Evet, efendim. Temizleme, yaygın bir korsan saldırı sonrası protokolüdür. Bilgisayar korsanlarının izini bulmayı zorlaştırır." Tekrar yazmaya başladı. "Ama merak etmeyin Bay Faukman, yedekli sistemlerimiz var ve tüm veriniz PRH'nin yerleşke dışı yedekleme merkezinde duruyordur. Maryland'deki dağıtım merkezimizde hepsi mevcuttur. Şimdi, kurtarmak için giriş yapıyorum."

Alex'in parmakları klavye üzerinde adeta uçuyordu. "Uzak bölmeye giriş yapmamız ve..."

Bilgisayardan tekrar üç kısa bip sesi duyuldu. Tanıdık uyarı penceresi ekranda belirdi.

ETKİN BÖLÜM BULUNAMADI.

Teknisyen fal taşı gibi açılmış gözlerle tekrar yedekli sisteme giriş yapmayı denedi.

ETKİN BÖLÜM BULUNAMADI.

Teknisyen, "Oh... hayır," dedi.

Faukman birden kendini tükenmiş hissetti. *Katherine'in bölümü her iki sunucudan da silinmiş mi? Metni ve notlarıyla birlikte?*

Alex Conan ayağa fırlayıp kapıya yöneldi. "Kendi bilgisayarıma geçmem gerekiyor efendim. Daha önce hiç böyle bir şey görmedim. Bu çok ciddi bir güvenlik ihlali."

Olamaz!

Genç teknisyenin ayak sesleri boş koridorda uzaklaşırken Faukman felç olmuş gibi sandalyesinde oturuyordu. "O dosyalar bana lazım Alex!" diye teknisyenin arkasından seslendi. "Yazarım bir yıllık çalışmasını bana emanet etti!"

*

Bay Finch, Londra akşamında değişen durumu takip ediyordu. İlk konu Brigita Gessner'dı. Nörobilimci, Finch'e Katherine Solomon'ın metniyle ilgili son derece tedirgin edici bir mesaj göndermiş ve sonra da neredeyse buhar olup uçmuştu. *Tam anlamıyla sessizliğe büründü.*

İkinci konu da Katherine Solomon'dı. Solomon otuz beş dakika önce Prag'da o kadar beklenmedik bir şey yapmıştı ki, bunu göz ardı edemezdi. *Acil müdahale edilmesi gerekiyordu.*

Finch, Amerika'daki üstüne haber vermeyi düşündü ama orada gece yarısıydı ve ona stratejik kararlar alabilmesi için "tek yönlü istihbarat kontrolü" yetkisi vermişlerdi. Güçlü pozisyonlardaki üstlerinin etik olarak muğlak sayılabilecek operasyonlarda makul inkâr hakları bulunuyordu.

Meslektaşlarının, bazı sonuçları nasıl elde ettiğini bilmemeyi tercih ettiklerini bilen Finch, *tıpkı bunun gibi operasyonlarda,* diye düşündü.

Solomon'ın eylemlerini öğrendikten dakikalar sonra içsesini dinleyip tetiğe basmıştı. Sahaya o iki kelimeyi göndermişti.

Harekete geçin.

Emir, Prag ve New York'ta beklemede olan bağlantıları tarafından onaylanmıştı.

12. BÖLÜM

"Gördüğünüz kadın bu muydu?" diye soran Janáček elinde tuttuğu tablet bilgisayarı gösteriyordu. Ekranda başına dikenli, siyah bir taç takmış ve elinde mızrak taşıyan bir kadının karıncalı video görüntüsü vardı.

Janáček ile Ataşe Harris şöminenin önünde, Langdon'ın karşısında oturuyorlardı.

"Evet, bu o." Langdon yaşadığı paniği hatırladı.

Janáček, "Kamera kayıtlarına göre siz köprüdeydiniz," diye açıkladı. "Yarısına geldiğinizde bu kadının yanından geçtiniz, onunla konuşmak için durdunuz, sonra aniden buraya kadar koşup oteli boşalttınız. Bu kadın size ne söyledi?"

"Hiçbir şey," diye cevapladı Langdon. "Beni görmezden geldi ve yürümeye devam etti."

"*Hiçbir şey* söylemedi mi?" Janáček kahkaha attı. "Profesör, eğer bir şey söylemediyse... siz niye paniklediniz?"

Harris de başkomiser kadar şaşkın görünüyordu.

"Başında o tuhaf taç vardı... ve bir mızrak taşıyordu. Ayrıca çok kuvvetli bir... koku vardı." Langdon o anda söylediklerinin kulağa ne kadar garip geldiğini fark etti.

Janáček kaşlarını kaldırdı. "Koku hoşunuza mı gitmedi? O yüzden mi koşarak kaçtınız?"

"Kadın... ölüm kokuyordu."

Janáček gözlerini ona dikti. "Ölüm mü? Peki *ölüm* tam olarak nasıl kokuyor?"

"Bilmiyorum... çürümüşlük, kükürt... karmaşık..."

Janáček, "Profesör Langdon!" diye bağırdı. "Bu binanın boşaltılması gerektiğini nerden bildiniz?"

Harris araya girdi. "Memur bey. Bay Langdon'ın kendini ifade etmesi için biraz zaman tanıyalım."

Janáček göz temasını hiç kaybetmeden kalemiyle not defterine vurmaya başladı.

Langdon derin bir nefes aldı. *Ne olacaksa olsun artık.*

Olabildiğince soğukkanlı bir ses tonuyla anlatmaya başladı. "Dün akşam meslektaşım Katherine Solomon, Prag Kalesi'nde bir konferans verdi. Ardından, birlikte bu otele döndük ve aşağıdaki barda birer içki içtik. Tanınmış bir Çek nörobilimci olan Doktor Brigita Gessner bize eşlik etti. Katherine'in Prag'a davet edilmesinde önemli bir rol oynamıştı. Doktor Gessner, Katherine'in yerel içki absentin tadına bakması konusunda ısrar etti. Katherine de içti ve gece uykusunu kaçırdı."

Janáček notlarını aldı. "Devam edin."

"Saat bir buçuk civarında Katherine dehşet içinde bir kâbustan uyandı. Son derece rahatsız olmuştu. Onu bu odaya getirdim, şöminenin yanına oturttum, biraz çay yaptım ve kendini toparlamasını bekledim. Sonra sakinleşince birlikte yatağa gittik."

Janáček, "Çok iyi etmişsiniz," diye homurdandı. "Peki, bununla oteli boşaltmanız arasında nasıl bir bağlantı var?"

Sessizleşen Langdon, en iyi şekilde nasıl açıklayabileceğini zihninde tasarladı. Ardından, verecekleri cevaba kendini hazırlayarak gerçeği anlattı. "Katherine'in gördüğü kâbus," dedi soğukkanlı bir sesle. "Rüyasında ölümcül bir patlama olduğunu görmüştü... bu otelde."

Ne Janáček'in ne de Harris'in bu cevabı beklemediğini anlayabiliyordu.

Harris alçak bir sesle konuştu. "Elbette bu hayli endişe verici. Ama şu kadın... köprüdeki? Onu gördüğünüzde neden koşmaya başladınız?"

Langdon derin bir nefes alıp yavaşça anlatmaya başladı. "Çünkü Katherine'in rüyasında, bu süitteki yatağımızın yanında bir kadın belirmişti. Kadın siyahlar giyinmişti ve başında..." Langdon iPad'deki görüntüyü işaret etti. "Tam da bunun gibi dikenli bir taç vardı. Ayrıca gümüş bir mızrak taşıyordu. Kadın ölüm kokuyordu ve Katherine'e öleceğini söylemişti." Langdon biraz durdu. "Ve sonra, rüyasında tüm otel patlamış ve herkes ölmüştü."

Janáček, *"Hovadina!"* diye haykırdı. *"Saçmalık artık!* Bunun tek kelimesine inanmıyorum!"

Harris'in yüz ifadesinden de inanamadığı anlaşılıyordu.

"Tepkinize hak veriyorum," dedi Langdon. "Ben de henüz tam anlamıyla sindirebilmiş değilim ama size gerçeği söylüyorum. Bu sabah Katherine'in rüyasındaki kadının aynısını kanlı canlı görünce panikledim. Rüyanın bir çeşit... bilemiyorum... uyarı niteliğinde olabileceğini sandım."

"Uyarı niteliğinde bir rüya mı!?" Janáček'in ağır Çek aksanı, Langdon'ın anlattıklarının inandırıcılığını daha da azaltıyordu. "Söylesenize, Bayan Katherine'in şu sihirli rüyasındaki bomba saat kaçta patlıyordu?"

Langdon biraz düşündü. "Bilmiyorum. Saatten bahsetmedi."

"Buna rağmen saat yedi olduğunda siz pencereden aşağı atladınız. Bombanın patlamak üzere kurulduğu saatte. Saat yediyi nerden biliyordunuz?"

"Bilmiyordum," dedi Langdon. "Kilise çanları çalmaya başladı ve nedense hepsi zihnimde bir araya gelince..."

"Ještě větši hovadina!" diyerek karşı çıkan Janáček ayağa fırladı ve Langdon'la tehdit edercesine konuştu. "İyice saçmaladınız! Bana yalan söylüyorsunuz!"

Harris onu korumak için yerinden kalkıp yüzünü Janáček'e döndü. "Memur bey bu kadarı yeterli."

"Öyle mi?" Hemen karşılık veren Janáček ataşeye döndü. "Bu sabah saat yedide yani tam da bombanın patlamak üzere kurulduğu saatte, hem Robert Langdon hem de Katherine Solomon otelden çıkmıştı. Belli ki hayatlarını kaybetmekten korkmuşlar."

"Bu çok *saçma!"* Langdon öfkesine yenik düşmüştü.

"Kükürt kokulu bir rüya kadar saçma mı?"

"Yüzbaşı Janáček." Harris onu sertçe uyardı. "Artık burada çizgiyi aşıyorsunuz."

Yüzbaşı, "Ne çizgisi?!" diye bağırdı. "Bir terör saldırısı ucu ucuna savuşturuldu ve tüm deliller bu iki Amerikalının patlamadan haberdar olduğunu gösteriyor. Ben öyle sihirli rüya masallarını kabul etmiyorum!"

Gözlerini Janáček'e diken Harris yerinden bir milim bile kıpırdamadı. "Robert Langdon ile Katherine Solomon'ın bir oteli havaya uçurma planı yapmalarının imkânsız olduğunu ikimiz de biliyoruz. Bu hiç mantıklı değil."

"Katherine'in bir gerekçesi olduğunu düşününce mantıklı," dedi Janáček.

"Bir oteli havaya uçurmak için gerekçesi mi vardı?!" Langdon duyduklarına inanamıyordu.

"Kesinlikle. Kriminal soruşturmalarda kendime basit bir soru sorarım. Bu suç kimin işine yarayacak? O kişi her kimse, ne kadar imkânsız görünürse görünsün, benim baş şüphelim olur."

Harris, yüzbaşının sözünü kesti. "Memur bey, Katherine Solomon'ın bu işten ne gibi bir *çıkarı...*"

Yeniden Langdon'a dönen Janáček araya girdi. "Size bir şey sorayım profesör. Bayan Katherine Solomon bir kitap yazıyor, öyle değil mi?"

"Bu doğru." Dün akşamki konuşmasında Katherine kitabından bahsetmiş olsa da bu adamın bilmesi Langdon'ı huzursuz etmişti.

"Ayrıca, sanırım bu kitap Bayan Katherine'in uzmanlık alanıyla ilgili ESP gibi, geleceği görme gibi paranormal güçlerin varlığını destekliyor. Bana öyle geliyor ki sihirli bir rüya sayesinde insanlarla dolu bir otelin kurtarıldığı haberi kitabının inanırlığını arttırırdı... ve elbette satışını."

Langdon hayretler içinde polis memuruna baktı.

Harris de onun kadar şaşkındı. "Yüzbaşı imalı sözleriniz belli ki..."

"Mümkün olan *tek* açıklama," diye karşılık verdi Janáček.

Langdon alçak bir sesle konuştu. "Bakın, siz şimdi yangın alarmı ve kâbusun... bir tür *tanıtım* olduğunu mu ima ediyorsunuz?"

Janáček sırıttıktan sonra sigarasından uzun bir nefes çekti. "Soruşturmalarla geçen otuz sekiz yılın ardından profesör, her şeyi gördüğümü sanıyordum. Ama şimdiki bu sosyal medya dünyasında, insanların medyada görünmek, siz Amerikalıların dediği gibi 'viral' olmak için neler yapabildiği beni hayrete düşürüyor. Aslında planınız dâhiceydi, şaşırtıcı biçimde tehlikesizdi ve halletmesi kolaydı."

Langdon, "Bir bomba yerleştirmenin *tehlikesiz* olduğunu nasıl söyleyebilirsiniz?!" diye çıkıştı.

Harris'ten ses çıkmıyordu.

"Tehlikesiz olmasını siz sağladınız," diye tekrarladı Janáček. "Bulduğumuz bomba hayli küçüktü ve bodrum katta asgari zarar vereceği bir noktaya yerleştirilmişti. Kimse yaralanmadan bombanın bulunması için isimsiz ihbarda bulundunuz."

Lobideki polis köpekleri...

"Unutmadan," diye ekledi Janáček. "Dikenli taç iyi bir ayrıntıydı. Akılda kalıcı ve güvenlik kayıtlarında atlanamayacak bir detay."

Langdon'ın midesi bulanmaya başlamıştı. "Memur bey, gerçeklerden bundan daha fazla uzaklaşamazdınız."

"Eğer buna inanıyorsanız, belki de gerçeklerden *haberiniz* yoktur. Belki de Katherine Solomon'ı zannettiğiniz kadar iyi tanımıyorsunuzdur. Belki de tüm bu dolapları sizin arkanızdan çevirdi ve sizi bir aksesuvar gibi kullandı."

Langdon cevap vererek adamın sözlerini ciddiye almış gibi görünmek istemedi.

Janáček sözünü sakınmadan konuştu. "Ben gerçeği ortaya çıkartmakta oldukça iyiyimdir profesör. İşte bu yüzden, Bayan Katherine'in hikâyesini de dinlemek istiyorum. Doğrusu, eğer gerçek çıkan bir rüya gördüyse belki de masumdur. Ama o zaman bundan Katherine Solomon'ın geleceği görebildiği anlamı çıkar, ki bu da onu çok özel biri yapar. Bayan Solomon o kadar özel biri mi Profesör Langdon?"

Adamın sesindeki alaycılık, Langdon ile Katherine'in zorlu bir mücadele vereceğini iyiden iyiye belli ediyordu. *Masumiyeti kanıtlanana kadar suçlu.*

"Bu da beni son soruma götürüyor. Bayan Katherine şu anda nerede?"

"Bir meslektaşıyla görüşüyor." Langdon'ın cevabı kısa ve netti.

"Kim?"

"Daha önce bahsettiğim Çek nörobilimci... Doktor Gessner."

"İkisi Doktor Gessner'ın laboratuvarında mı buluşacaktı?"

Langdon, yüzbaşının bunu bilmesine şaşırmıştı.

"Sakin ol," diyen Janáček bir not kâğıdını havaya kaldırdı. "Pasaportlarınızla birlikte bunu da yatak odanızdan aldım."

Katherine'in bıraktığı notu almıştı. Janáček, Langdon'ı yalnızca sınıyordu.

"Görüşme saat kaçta?"

"Sekizde."

Janáček saatine baktı. "Yani birkaç dakika içinde. Bu laboratuvar nerede?"

Langdon önceki akşam Gessner'ın laboratuvarının Prag'da Haç Burcu isimli güvenli bir alanda bulunduğunu öğrenmişti. Ortaçağdan kalma küçük sur duvarı şehir merkezinden dört kilometre uzaklıktaki ultramodern bir araştırma tesisine dönüştürülmüştü.

"Katherine'i arayacağım," derken onun Gessner'ın önünde sorguya çekilmek istemeyeceğini düşünüyordu. "Eminim hemen geri dö..."

"Laboratuvar nerede?!" Janáček ona çıkıştıktan sonra Harris'e çarparak yanından geçti ve Langdon'ın karşısına dikildi. "Sizi hemen şu an tutuklarım profesör. Konsolosluğunuz bürokratik engelleri aşana kadar haftalar geçer."

Langdon istifini bozmadı. "Ataşe Harris ile özel olarak konuşmak istiyorum."

"Son şansınız." Janáček beklemeden konuşuyordu. "Laboratuvar nerede?"

Uzun bir sessizliğin ardından, hemen yanı başından gelen ses Langdon'ı adeta sırtından bıçaklamıştı.

Harris, "Haç Burcu," dedi. "Buraya dört kilometre uzaklıkta."

13. BÖLÜM

Langdon, Yüzbaşı Janáček'in ve Ataşe Harris'in eşliğinde otel lobisinde ilerlerken kendini bir suçlu gibi hissetti. Resepsiyonun yanından geçerlerken Janáček çalan telefonuna cevap vermek için yanlarından ayrıldı.

Yalnız kalışlarını fırsat bilen Harris alçak sesle, "Profesör," dedi. "Lütfen anlamaya çalışın. Yüzbaşı Janáček laboratuvarın yerini *zaten* biliyordu. Karşı koymanız için sizi tuzağa düşürmeye çalışıyordu. Yüzbaşı Janáček sizi soruşturmayı engellemekle suçlayamasın diye laboratuvarın yerini söyledim. Aksi takdirde anında tutuklanacaktınız."

Teşekkür ederim... demeliyim, sanırım.

Konuşmasını bitiren Janáček, *"Dost řečí!"* diye seslenip Langdon'a doğru yürüdü. "Bu kadar konuşma yeter! Gidiyoruz!"

Langdon sorun çıkarmadan Janáček ve Harris ile birlikte otelden çıktı. Şubatta hava geç aydınlanıyordu ama güneş sonunda doğmuştu ve şehre grimsi bir aydınlık veriyordu. Kaldırıma doğru yürürlerken Harris başını telefonundan kaldırıp, "Yüzbaşı, büyükelçiye haber verdim," dedi.

Janáček, "*Büyükelçi* hanımefendinin kendisine mi?" diye sordu. "Kendi muhakemene güvenmiyor musun?"

Harris çekinmeden, "Güvenmediğim *sizin* muhakemeniz," diye karşılık verdi. "Suçlamanızın ciddiyetini ve suçladığınız kişilerin önemini düşünürsek büyükelçiliğe haber vermek mecburiyetindeyim."

Janáček başından savıyormuş gibi bir el hareketi yaparak, "Ne istersen onu yap," dedi. "Eminim Bay Langdon ve ben sensiz idare edebiliriz."

Harris, "Yanlış anladınız," dedi. "Bay Langdon'ı büyükelçiliğe götürüyorum. Siz Doktor Solomon'ı getirene kadar orada rahatça bekler."

Langdon'ın, Katherine'i Janáček'le yalnız bırakmaya hiç niyeti yoktu ve tam itiraz edecekken yüzbaşı bir kahkaha attı. "Bay Harris, siz isterseniz tabii ki gidebilirsiniz ama şüpheli Bay Langdon benimle birlikte laboratuvara geliyor."

Harris, "*Şüpheli* mi?" diye sordu. "Onu henüz hiçbir şeyle suçlayamadınız ve Bay Langdon'ın hakları..."

"Tercihiniz bu yöndeyse onu hemen suçlayabilirim. Prag'ın en lüks otellerinden birinin boşaltılmasına sebep olduğu ve mazereti de fantastik bir rüya olduğu için suçlamada zorluk çekeceğimi hiç sanmıyorum."

Harris seçenekleri tartarken bir süre sessiz kaldı. Sonra son derece endişeli bir ifadeyle Langdon'a doğru dönerek, "Profesör, büyükelçiyle acil toplantı talebinde bulundum. Yarım saatliğine yalnız idare edebilir misiniz?" diye sordu.

Langdon, "Tabii ki," dedi.

"Tamam. Büyükelçiye durumu anlatacağım ve sonra da sizinle laboratuvarda buluşacağım. Belki büyükelçinin kendisiyle birlikte gelirim."

Langdon, "Teşekkür ederim," dedi. "Katherin'le konuştuğumuz anda bu konuyu halledeceğimize eminim."

Harris yeni bir sigara yakmış olan Janáček'e döndü. "Yüzbaşı, büyükelçiliğin sizi izlediğini unutmayın. Belki kabalığınızı engelleyemeyiz ama etik ya da yasal herhangi bir sınırı aştığınızı..."

Janáček ince dudaklarının arasında tuttuğu sigarayı çekmeden, "Anlaşıldı," dedi. Arkasını dönüp yakında bekleyen bir arabaya işaret etti. Anında harekete geçip hızla ilerleyen araba grubu sıyırarak sertçe durdu.

Langdon geriye doğru sıçradı. *Yavaş!*

Škoda marka siyah arabanın her iki tarafında da ÚZSI logosu vardı. Janáček arka kapıyı açıp Langdon'a içeri girmesini işaret etti.

Langdon içeri girerken Janáček, Harris'e dönüp, "Uyarıda bulunayım ataşe. Acele etsen iyi olur. Bayan Solomon'ın sorgulamasını geciktirmeye hiç niyetim yok."

*

Michael Harris'in taksisi Four Seasons Otel'in önünden kalktı. Harris'i Amerikan Büyükelçiliği'ne nasıl gideceğini bilmeyen masum bir Amerikalı turist zanneden taksi şoförü sağa sinyal verdi. Şehri dolaştırıp fahiş bir ücret almak için mükemmel bir hedefti ona göre.

Harris, *"Jed'te přes Mánesův most, sakra!"* diye bağırarak Çekçe küfretti. *"Spěchám!"*

Gözleri fal taşı gibi açılan taksi şoförü hemen sola döndü. Akıcı bir şekilde Çekçe konuşan bir Amerikalı gördüklerinde özellikle de bu bir doksan boylarında takım elbiseli siyahi bir Amerikalı ise yerel halk çok şaşırıyordu.

Brno'dan göç etmiş dadısı tarafından yetiştirilen Michael Okhu Harris, Philadelphia'lı varlıklı bir ailede büyümüştü. Ebeveynlerinin isteği üzerine dadısı onunla sadece Çekçe konuşmuştu ve Michael on beş yaşına geldiğinde bu dili de anadili gibi konuşuyordu. UCLA Hukuk Fakültesi'nden mezun olduktan sonra dildeki uzmanlığını Prag'daki Amerikan Büyükelçiliği'nde bir iş bularak değerlendirmeye karar vermişti. Sonuçta burası değişik yemekler, güzel kadınlar ve ufuk açıcı iş fırsatı sunan bir şehirdi.

Ancak son haftalarda bu iş onun beklediğinden çok daha ilginç bir hal almıştı. Ve bu sabah "ilginç" kavramı tamamıyla farklı bir boyuta ulaşmıştı.

Karl Köprüsü'nde yaşanan olay onun için hâlâ bir muammaydı. Janáček'in, bu olayın Katherine Solomon'ın çıkacak olan kitabının reklamı için gerçekleştirdiği iddiası ona saçma geliyordu ama sonuçta bunun mantıklı bir tarafı olduğunu da kabul etmek zorundaydı. Başarılı insanların kariyerlerinde ilerlemek için aldıkları riskler onu hep hayrete düşürmüştü.

Harris, *bu insanlara ben de dahilim,* diye düşündü.

Harris birkaç aydır büyükelçi için birtakım "görev dışı" işler yapmaktaydı. Yaptığı iş teknik açıdan yasal olsa da riskli ve tatsızdı. Ama el altından verilen ödeme ve büyükelçinin üzerindeki baskısı bu teklifi reddetmesini imkânsız hale getirmişti. Harris, *umarım başıma sonradan dert açmaz,* diye düşünmüştü. Ama içinde öyle olacağına dair bir his vardı.

14. BÖLÜM

Golĕm, Eski Şehir'de bulunan apartman dairesinin çevresindeki daracık ara sokaklardan döne döne ilerledi. Bazısı sadece iki metre genişliğindeki bu ara yollar, eski mahalleye adeta asma dalları gibi sarılıyordu.

Golĕm yürürken zihnini toplamak için derin nefesler alıp soğuk havayı iyice ciğerlerine çekti. Eter deneyimleri onu fiziksel gerçeklikten koparır ama aynı zamanda duyularını hassaslaştırırdı.

Uyanık olmalısın. Yapman gereken işler var.

Golĕm'in intikam planı, henüz sahip olmadığı özel bir bilgiyi edinmesini gerektiriyordu. Fazlasıyla dikkatli hareket etmek zorundaydı. Eğer aradığı şeyle ilgili en ufak bir iz bırakırsa kendini ele verebilirdi. Bu yüzden bir sonraki varış noktasını dikkatle seçmişti. İstediği cevapları ismini vermeden alabileceği sessiz bir yerdi.

Bu sabah sade kıyafetler giymişti: pantolon, gömlek, parka, gazeteci çocuk şapkası ve yüzünün büyük kısmını kaplayan güneş gözlükleri. Bu kıyafeti diğer kostümünden daha sık giyerdi ama yine de sokaklarda Golĕm olarak dolaşmak ona daha çok keyif verirdi. Golĕm olduğunda dış görünüşü ruhunu yansıtır, başka âlemden gelen güçlü bir koruyucu olurdu.

Giydiği kostüm dünyevi bir yarar da sağlıyordu. Prag sürekli izlenen bir şehirdi ve kamuya açık alanlardaki kameralarda yüz tanıma yazılımı vardı. Praglılardaki kostüm ve maske merakının, kimliklerini belli etmeden geçirecekleri zamanın tadını çıkarmaya çalışmalarından kaynaklandığı söylenirdi. Bu yüzden Golĕm kimliğini tamamen gizlemek istediğinde kendini kalın bir kil tabakasının altına saklıyor ve bu sayede fiziksel dünyada dilediğince özgür hareket edebiliyordu.

Dün akşam ise görünmez olmak için değil, yüzünü Doktor Gessner'dan saklamak için öyle giyinmişti. *Ve onu korkutmak için.* Doktor Gessner hiç şüphesiz onun görüntüsünün verdiği dehşetle en büyük sırrını açıklamaya ikna olmuştu ve Golĕm hâlâ ondan edindiği bilgiyi sindirmeye çalışıyordu.

Yeraltında inşa ettikleri o iğrençlik... Ortaklarının kimlikleri... Ve farkında bile olmadan... her şeyi dâhiyane bir biçimde başlarına yıkabilecek olması.

Golĕm artık Melantrichova diye bilinen daha geniş bir sokağa sapmıştı. Yine de tek bir araba için bile dar sayılabilecek bu sokaktaki birkaç dükkân ve kafeterya kepenklerini yeni kaldırıyordu. Bir avuç turist bir yandan kahvelerini yudumlarken bir yandan da dar sokakların oluşturduğu labirentte dolaşmaya başlamıştı.

Sağa dönen Golĕm insan bedenine zevk vermek için tasarlanmış aletleri sergileyen Seks Makineleri Müzesi'nin önünden geçti. Onu cezbetmiyordu; eterin verdiği haz bedensel zevklerden çok daha doyurucuydu. Buna rağmen müzenin vitrinindeki görüntüler zihninde o kadının hayalini canlandırdı... sevgilisinin kollarında yatıyordu. Bu düşünce onu hasta ediyordu. Golĕm, kadın için yapabileceği en nazik şeyin bu adamı bir an önce ortadan kaldırmak olduğuna çoktan karar vermişti. Elbette adamın ölümü kadını üzecekti ama Golĕm onun acısını tamamen üstlenecek ve unutmasına yardımcı olacaktı.

Bir golĕmin görevi daha zayıf bir ruhun yükünü taşımaktır.

Şehir meydanına vardığında havayı saran közlenmiş kestane kokusuna, buradaki müzisyenlerin en çok tercih ettiği küçük Bohemya çalgısı olan tulum sesleri eşlik ediyordu. Kaldırım taşlarının üstündeki erimiş kar, saat kulesindeki azizlerin sabah sekizdeki geçitini izlemek için gelen turistlerin ayak izleriyle dolmuştu.

Kostüm giymiş insanlar bahşiş almak için kameralara poz veriyordu. Silindir şapka takmış bu adamlar, uzun siyah pelerin giymiş, siyaha boyadıkları göz yuvaları hariç tüm yüzlerine bembeyaz palyaço makyajı yapmıştı.

Fırsatçılar, diye içinden geçirdi Golëm. Bu adamların gerçekten de Prag'daki ünlü *Církev Satanova* –Şeytan Kilisesi– üyesi olduklarını hiç sanmıyordu. *Daily Mail* gazetesi fotoğraflarıyla birlikte "Prag'daki Korkunç Palyaçoların Şeytani Ritüeli" başlıklı makalesini yayımladığından bu yana, şehre gelen turistler gerçek bir satanistin fotoğrafını çekmek için yüklüce para vermeye razıydı.

Din ve okültizm bu şehrin dokusuna işlemişti ve gelen ziyaretçiler sokaklarda dolaşan meleklerin, azizlerin, şeytanların ve mitolojik karakterlerin yokluğunu hiç çekmiyordu. Şehir meydanında genellikle siyah melek gibi giyinmiş bir oyuncu durur ve U Prince Otel'in önünde siyah kanatlarını açarak ziyaretçileri otelin bodrum katındaki ünlü Black Angel's Bar'a davet ederdi.

Kanatlı melek bu saatte evine uyumaya gitmişti ve otelin şık girişi tam da beklediği gibi boştu. Golëm içeri girip sarmal merdivenden aşağıdaki bara indi. Cevapları burada bulmayı planlamıştı.

Black Angel's otelin birkaç kat altında on ikinci yüzyıldan kalma gotik bir taş mağaranın içindeydi. Anlatılanlara bakılacak olursa restorasyon sırasında işçiler içeride hazine sandığı barındıran gizli bir odaya rastlamıştı. Sandığın içinden Alois Krcha isimli bir adama ait eski günlükler çıkmıştı. Günlükte geçmişten kalma egzotik kokteyl ve gizemli iksir tarifleri yazıyordu, ki bunlardan bazılarının sihirli özellikleri olduğu söyleniyordu. Turistler Black Angel's Bar'a ait şu sloganın gerçek çıkması ümidiyle buraya geliyordu: BURADA İMKÂNSIZ MÜMKÜNDÜR.

Gerçekten de öyle olsun. Her şey plana uygun giderse imkânsız olana ulaşmak için aradığı bilgiyi bu bodrum katında bulacaktı.

Ölüm meleğinin lütfuyla, diye düşündü.

15. BÖLÜM

Jonas Faukman sabahın ikisinde yirmi üçüncü kattaki ofis penceresinin önünde durmuş boş gözlerle Manhattan'ın ışıklarına bakıyordu. Editör, *hiç uyumayan şehir,* diye düşündü. Yazarının kıymetli metnini bulamazsa kendisinin de uzun süre uyuyamayacağını biliyordu.

Teknisyenin arayıp sadece dijital bir arızayla karşı karşıya olduklarını söylemesini umut etse de içten içe daha büyük bir sorun olduğunu hissedebiliyordu.

Etkilenen başka bir bölüm yok. Sadece Katherine'inki...

Prag'da bulunan Katherine'i aramak için ofis telefonunun ahizesini kaldırıp hemen yerine bıraktı. Orta Avrupa'da sabahın erken saatleriydi ve bu haber Katherine için fazlasıyla yıkıcı olacaktı. Katherine ona güvenmişti ve bu işi doğru bir şekilde halletmesi gerektiğini hissediyordu, daha doğrusu bunu ona borçluydu... özellikle de şirket sunucusunda çalışması için onu ikna ettiği için.

Peki, Katherine'in metnini kim çaldı? Birkaç saat içinde karaborsaya mı düşecek?

Faukman derin bir nefes alıp bıraktı. Bu akşam *bir tek* şeyin lehine olduğunu kendisine hatırlattı... Ufacık da olsa bir şansı vardı... ve dikkatli bir şekilde hemen harekete geçmesi gerekiyordu.

Faukman ofisinin kapısını kapatıp kilitledi. Sonra, hatıra koleksiyonuyla –reklam pankartları, edebiyat ödülleri, çerçeveli çok satanlar listesi ve sınırlı sayıda basılmış ön okuma baskıları– dolu olan kitaplığının yanına gitti. Üst raftan en değerli eşyalarından birini çıkardı; kişiye özel hazırlanmış bir kahve bardağı.

Bardağın üzerinde kadeh, üçgen ve gül resimleri vardı. Yirmi yıl önce birlikte yayımladıkları ilk kitaptan –*Kutsal Kayıp Kadının Sembolleri*– sonra Robert Langdon'ın ona verdiği bir hediyeydi. Kitap, Langdon'ın Faukman'a ancak bu kahve bardağını almasına yetecek kadar satmıştı. Yıllar içinde bu bardak Langdon'la hem ebedi arkadaşlıklarının hem de iş ortaklıklarının bir sembolü hâline gelmişti.

Faukman bardağın içinden bir anahtar çıkarıp masasına gitti ve alt çekmecenin kilidini açtı. İçinde, düzgünce bir araya getirilip iki plastik bantla tutturulmuş, kalın bir sayfa yığını –çift satır aralıklı basılmış dört yüz seksen bir sayfa– duruyordu. Faukman metni çekmeceden çıkarıp geniş ahşap masasının üzerine koydu. Baş sayfada sadece iki satır yazıyordu.

BAŞLIKSIZ
YAZAN: KATHERINE SOLOMON

Elinde hâlâ bir kopya olduğunu bilmenin verdiği rahatlamayla, *neyse ki, hâlâ düzeltmelerimi kâğıt üzerinde yapıyorum,* diye düşündü. Katherine birkaç saat önce ona metnine giriş izni verir vermez yılların verdiği alışkanlıkla hemen editör kopyasını basmıştı.

Çoğu editör, dijital metinlerin redaksiyonu için sözlük işlemcisi ve "Değişiklikleri İzle" özelliğini kullanıyordu ama Faukman hâlâ kâğıt ve mavi tükenmez kalemle çalışmayı tercih ediyordu. *Eski usul çalışmak bir kez olsun işe yaradı.*

Yayın dünyasında bir zamanlar –çok da eskiden değil– metinlerin sadece *tek* kopyası olurdu. Yazarlar metinlerini elyazısıyla yazıp bir kutuya yerleştirir ve yayıncının ofisine postalardı. *Uğultulu Tepeler, Karamazov Kardeşler ve Çanlar Kimin İçin Çalıyor* kitapları hayatlarına orijinal, elyazması kâğıt müsveddeler olarak başlamışlardı.

Sakin ol, diye kendini telkin etti. *Maxwell Perkins, Hemingway ve Fitzgerald'dan gelen metinleri elinde tutarken sakinliğini koruyabildiyse sen de Katherine Solomon'dan gelen taslak için aynısını yapabilirsin.*

Öncelikli olarak dijital bir yedek dosya hazırlamayı planlıyordu. Eskiden bunun için tüm metni Word işlemcisinde yeniden yazmak gerekiyordu. Ama günümüzde optik karakter tanıma özellikli tarayıcılarla bu iş dakikalar içinde halloluyordu.

PRH neler olduğunu çözene kadar küçük bir sigorta.

Ne var ki Faukman bu planı düşünürken aklına rahatsız edici bir detay geldi. Yayınevinin OKT* özellikli tarayıcılarının ve fotokopi makinelerinin hepsi şirket ağına bağlıydı. Bir bilgisayar korsanı PRH'nin en güvenli veritabanına girebildiyse, ağa bağlı OKT özellikli makinelerin güvenli olacağı düşünülemezdi. Faukman akşam olanlardan sonra böyle bir riske giremezdi.

Saatini kontrol etti; sabah 02.09'du. Yakınlardaki yirmi dört saat açık FedEx Office Print&Ship bayilerinden birine gidip kimsenin takip etmeyeceği OKT özellikli makinelerinden birini kullanabilirdi. Bu, yayınevinin ağa bağlı makinelerini kullanmaktan çok daha güvenli olurdu.

Planını uygulamaya karar veren Faukman metni korumalı bir zarfa yerleştirdikten sonra sırt çantasının içine koydu. Siyah koşu ayakkabılarını bağlayıp gri renkli eski denizci paltosunu giydi ve sırt çantasını omzuna takarak ofisten çıktı. On saniye sonra aşağıya inen asansörün içindeydi.

Asansörden çıktıktan sonra geniş lobideki güvenlik masasının arkasında oturan gece bekçisine el sallayarak, "Yarın görüşürüz Mark," dedi.

"Teşekkürler Bay Faukman. Güzel bir akşam geçirmenizi dilerim."

Faukman, *bunun için artık biraz geç,* diye düşündü.

Hızla çıkışa doğru ilerlerken lobinin iki duvarını kaplayan ve tavana kadar uzanan kitaplıkların yanından geçti. Bennett Cerf ve Donald S. Klopher'ın tekrar baskılar yapan küçük bir şirket olarak kurdukları Random House'un 1900'lere kadar uzanan klasiklerini içeren kitaplarla doluydular. Yayınevi sahiplerinin edebi zevkleri o kadar çeşitliydi ki neredeyse gelişigüzel kitap basıyorlardı. Bu nedenle de girişimlerine bunu en iyi şekilde yansıtan "Random"** ismini vermişlerdi.

Faukman'ın kitaplarından birkaçı bu kutsal raflarda yer alıyordu ve o geceye kadar Katherine'in kitabının ilk baskısının da bir gün orada yer alacağına inanmıştı.

---

* Optik Karakter Tanıma

** Gelişigüzel, raslantısal

Büyük döner kapılardan geçerken, *artık tek bir görevin var,* diye düşündü. *Bu metni korumak.*

Hava buz gibiydi ve o saatte kaldırımlar boştu. Faukman, Broadway'den sağa dönüp hızla güneye, Elli Beşinci Cadde'ye doğru yürüdü. Dondurucu rüzgâr paltosunun eteklerini havalandırıyordu.

Caddeyi geçerken bir süredir kendisini takip eden siyah minibüsü fark etmeyecek kadar dalgındı.

*

Random House Kulesi'nin on dördüncü katında bulunan PRH Veri Güvenliği, vınlayan sunucu raflarından oluşan bir labirentin derinliklerine yerleştirilmiş altı güvenli terminalden oluşuyordu. Düzenli tesis, yayınevinin iç sunucularında aşılmaz bir güvenlik duvarı sağlamaktan sorumluydu.

Güvenlik Teknisyeni Alex Conan hararetli bir şekilde klavyesinin tuşlarına basıyordu. Katherine Solomon'ın metninin ve araştırma dosyalarının kurtarılamayacak şekilde silinmiş olduğundan artık emindi.

Artık bir kurtarma operasyonu değil, diye düşündü. *Hayatta kalan kimse yok.*

Saldırı tespit sistemi, istismar edilen güvenlik açığı –kayıt defteri girişi, değiştirilmiş dosyalar, değiştirilmiş sistem konfigürasyonları ya da şüpheli paket yakalama– bulamamıştı. Bilgisayar korsanlarının çok becerikli olduğu belliydi.

Kim bu herifler?!

Jonas Faukman'a haber vermek için ofisini aradı ama ona ulaşamadı. *Çok tuhaf.*

Lobideki gece nöbetçisini aradı. "Mark, ben Sistem'den Alex Conan. Bay Faukman'ı benim için hemen güvenlik merkezine çağırabilir misin? Çok önemli."

Nöbetçi her zamanki neşeli sesiyle, "Beni duyamaz," dedi. "Biraz önce binadan ayrıldı."

Faukman gitti mi? Biraz önce sistemimize saldırıldı... onun kitabı yüzünden!

Alex onun biraz hava almak için dışarı çıktığını ve hemen geri döneceğini düşündü. PRH'nin üst düzey yöneticilerine haber vermeyi düşündü ama sonra artık kimsenin bir şey yapamayacağına ve böyle bir şeye engel olamadığı için kendisini anında kovacaklarına karar vererek vazgeçti.

Hasar kontrolü yap, diye düşündü. *Bu işi çözmek için hâlâ vaktim var.*

Sistem güvenliğinde çalışan herkes gibi Alex'in de korsanlık becerileri iyiydi. Birkaç saatlik çalışma ve biraz da şansla PRH'ye *kimin* saldırdığını bulma ihtimali vardı. Sonra, ne bulduğuna bağlı olarak, onlara geri saldırmanın bir yolunu bile bulabilirdi.

16. BÖLÜM

Robert Langdon, Škoda Octavia sedan aracın arka koltuğunda sıkışıp kalmıştı. Önde oturan Yüzbaşı Janáček koltuğunu arkaya itince, dizleri göğsüne yapışan Langdon içten içe hortlamaya başlayan kapalı yerde kalma korkusunu savuşturmaya çalıştı. Aracın havalandırması yüzbaşının sigara dumanıyla karışık sıcak hava üflüyordu. İçerideki hava boğucuydu ve Langdon, Patagonia marka şişme montu yerine Dale kazağını giymiş olduğuna memnundu.

Araç Vltava Nehri kıyısında hızla güneye doğru ilerlerken Janáček kısık sesle Çek dilinde bir telefon görüşmesi yapıyordu. Yüzbaşının yirmi yaşlarındaki kalın enseli şoförü, lacivert ÚZSI üniforması giymiş ve askeri beresini yan takmış bir teğmendi. Kolluk görevlisinden çok vücut geliştiren birine veya profesyonel güreşçiye benziyordu. Şimdiyse amirini etkilemek ister gibi tek eli direksiyonda, trafikte makas atıyordu.

Araba Masarykovo nábřeži üzerinden nehir kıyısında ilerlerken midesi bulanan Langdon camdan dışarı açıklığa baktı.

Neo-Rönesans mimarisinde inşa edilmiş açık sarı renkteki Žofín Sarayı'nın yer aldığı küçük adanın önünden geçtiler. İleride, sol tarafta bulunan ultramodern bina bu eski sarayla tam bir tezat oluşturuyordu. Dans Eden Ev'in adeta dans ediyormuş gibi birbirine yaslanan iki küçük kulesi vardı. Mimar Frank Gehry kulelerine *Fred ve Ginger* ismini vermişti. Bu belki kulağa hayal gücünü fazla zorlamak gibi gelebilirdi ama Londra semalarını dolduran *The Gherkin**,

* Acur

The Walkie-Talkie ve *The Cheesegrater** gibi isimli yapıların yanında dans eden film yıldızları hiç kalırdı.

Prag'ın avangart sanat tutkusu Langdon'ı her zaman etkilerdi. Dünyanın en yenilikçi koleksiyonları buradaki DOX Çağdaş Sanatlar Merkezi'nde, Ticaret Fuarı Sarayı'nda ve Kampa Müzesi'nde bulunurdu. Şehirde bir anda beliren "pop-up" sanat eserleri buraya özgüydü. İçlerinden *Lennon Wall*** ve *The Hanging Umbrella People**** gibi bazıları o kadar çok beğenilirdi ki yerinden kaldırılmazdı.

Aniden, "Profesör," diyerek arkasını dönen Janáček'in koltuğu Langdon'ın dizlerine daha da yapıştı. "Haç Burcu'na vardığımızda sizi Bayan Katherine'le ayıracağım. Onu yalnız sorgulamak istiyorum. Hikâyelerinizi birbirinize uydurmanızı istemiyorum."

"*Hikâyelerimizi* mi?" Langdon sinirlendiğini sesinden belli etmemeye çalıştı. "Size anlattığım her şey tamamen doğru."

"Güzel o zaman. Endişelenmenizi gerektiren bir durum yok." Janáček yeniden öne döndü.

Langdon, Katherine'in Janáček ile karşılaşacak olmasından endişe duyuyordu. Yüzbaşı iki Amerikalının –en azından *Katherine*'in– kişisel çıkarları için bu tuhaf olaylar silsilesini ayarlamış olduğuna kanaat getirmiş gibiydi.

Tam bir delilik.

Buna rağmen, Langdon durumu defalarca gözden geçirmiş olsa da Karl Köprüsü üzerinde yaşadıklarını Katherine'in rüyasında görmüş olmasına bir açıklama getirememişti.

Rüyasından kimseye bahsetmedi... ve doğruca yatağa gittik.

Her ne kadar pek akla yatkın gelmese de geriye kalan tek açıklama Katherine'in rüyasında geleceği görmüş olmasıydı. *Titanic* kehanetinin benzerini yaşamıştı. Ne var ki Langdon için durumu zorlaştıran şey, kehanetlere asla inanmıyor olmasıydı. Mesleğini yaparken bu konuya eski metinlerde denk gelmişti ama hangi isimle olursa olsun –kahinlik, durugörü, falcılık, geleceği görme, astroloji– bu geleceği görme meselesi onun için dünyanın en eski aldanışlarından biriydi.

---

* Peynir Rendesi

** Lennon Duvarı

*** Şemsiyeyle Asılı İnsanlar

İnsanlık geçmişin kaydını tutmaya başladığından beri geleceği de görmek istemişti. Nostradamus, Delphi Kâhinleri ve Mayalı astrologlar gibi kâhinlere yarı Tanrı gözüyle bakılmıştı. Bugün bile hatırı sayılır bir kısım iyi eğitimli insan, el çizgilerini okuyanlara, falcılara, medyumlara ve çağdaş astrologlara başvuruyordu.

Geleceği bilmek insani bir tutku.

Langdon'ın tarih öğrencileri ona sıklıkla, tüm zamanların en ünlü kâhini Nostradamus'u sorardı. Bu kâhinin esrarengiz dizeleri Fransız Devrimi'ni, Hitler'in yükselişini, Dünya Ticaret Merkezi'nin yıkılışını öngörmüştü. Kâhinin bazı dörtlüklerinin gelecekle ilgili çok şaşırtıcı öngörülerde bulunduğunu inkâr edemese de öğrencilerine daima Nostradamus'un "bol miktarda *şifreli* ve genele hitap eder" tarzda yazdığını hatırlatırdı. Bir başka ifadeyle bu kâhin, şifreli ve muğlak bir dil kullanarak savaşlar, doğal afetler ve güç savaşları gibi *olağan* olayları önceden tahmin ettiği dokuz yüz kırk iki şiirden oluşan *geniş* bir koleksiyon yazmıştı.

Langdon derslerinde şöyle derdi: "Ara sıra benzerlikler görmemiz şaşırtıcı değil. Hepimiz sihire veya bu dünyanın ötesinde bir şeylere inanmak isteriz, bu yüzden zihinlerimiz aslında ortada olmayan şeyleri gördüğümüze bizi inandırır."

Anlatmak istediğini açıklığa kavuşturmak için her yıl birinci sınıf öğrencilerine verdiği seminerde her birinden doğum tarihlerini ve saatini tam olarak yazmasını isterdi. Bir hafta sonra onlara üzerinde isimlerinin yazdığı kapalı bir zarf verir ve doğum bilgilerini tahminde bulunması için tanınmış bir astrologa verdiğini söylerdi. Öğrenciler zarfları açtığında astrologun tahminleri karşısında istisnasız hepsi hayretle ağzını açardı.

Ardından Langdon onlara kendi kâğıtlarını başka bir öğrenciye vermelerini söylerdi. Öğrenciler tüm astrolojik tahminlerin aynı olduğunu anladığında iyice şaşırırdı. Yazılanlar onlara çok doğru gelirdi çünkü ortak şahsi kanaatlerden bahsederdi:

Kendini eleştirmeye meyillisin.

Bağımsız düşünceye sahip olduğun için kendinle gurur duyuyorsun.

Bazen doğru kararı verdiğinden emin olamıyorsun.

Langdon genel ifadelerden kişisel gerçeklik çıkarma hevesinin Barnum Etkisi ismiyle bilindiğini anlatırdı. Barnum Etkisi ismini, sirk izlemeye gelenleri psişik güçlere sahip olduğuna inandırmak için P. T. Barnum'ın uyguladığı "kişilik testleri"nden almıştı.

ÚZSI aracı aniden sola döndü. Prag merkezinin biraz dışındaki halka açık Folimanka Park'ın ağaçlıklı geniş manzarasına doğru inerken Langdon'ı düşüncelerinden uzaklaştırdı.

Langdon tepede kalan Haç Burcu'nun taş yükseltisini görebiliyordu. Yıllarca yıkıntı halinde durduktan sonra yakın zamanda yenilenmiş olan bu küçük kaleye daha önce hiç gitmemişti ama artık yenilenmesiyle alakalı, ilgilenebileceğinden çok daha fazlasını biliyordu çünkü gururlu yeni kiracısı önceki akşam hiç durmadan anlatıp durmuştu.

Doktor Brigita Gessner.

Çek nörobilimci, Karl Üniversitesi Konferansları heyetinde yer alıyordu ve Katherine'i konuşmacı olarak bizzat davet etmişti. Konuşmadan sonra otelin barında bir içki içmek için Katherine ile Langdon'a eşlik etmişti. Ama Katherine'i tebrik etmek şöyle dursun, konuşmasından neredeyse hiç söz açmamış, bunun yerine kendi işiyle ve muhteşem yeni laboratuvarıyla böbürlenmişti.

Gessner coşkuyla anlatmıştı. "Kale biraz küçük ama bir araştırma tesisi için *olağanüstü* bir yer. Eski kale, eşsiz şehir manzarasıyla bir dağ yamacının üstünde kalıyor ve kalın taş duvarları elektromanyetik müdahaleyi engelliyor. Nörogörüntüleme alanında yaptığım hassas çalışmalar için ideal bir yer."

Gessner beyin görüntüleme teknolojisi ve nörobilişim ağları alanında elde ettiği başarı sayesinde araştırmalarında gerek finans gerekse programlama açısından, tam bir özerklik kazandığıyla gurur duyuyordu. Şimdiyse vaktini "son derece özel bir ortamda, canının istediği her şey" üzerinde çalışarak geçiriyordu.

ÚZSI aracı ağaçların arasından çıktığında, tepede beliren laboratuvarın görüntüsü Katherine'in güvenliğiyle ilgili beklenmedik bir kaygı duymasına neden oldu.

Langdon her nedense aniden bir tehlike olduğunu hissetmişti. Bunun bir önsezi olmamasını diledi.

17. BÖLÜM

Jonas Faukman, gecenin o saatinde bomboş olan Elli İkinci Cadde'den doğuya doğru yürürken ısınmak için birleştirdiği avuçlarına üfledi. Hava buz gibi soğuktu ve sırt çantasındaki taslak ağırlık yapıyordu. Neyse ki Yedinci Cadde üzerindeki FedEx ofisi sadece bir blok ilerideydi.

Faukman neden *sadece* Katherine'in kitabının hedef alındığını anlamakta güçlük çekiyordu. PRH veritabanında daha tanınmış birçok hedef –PRH'nin gelir kaynağı olan ünlü yazarların çok satacağı garanti olan kitapları– vardı. Mantığı almıyordu. Faukman bu saldırının kitap korsanlığıyla ilgisi *olmadığını* düşünmeye başlamıştı.

Faukman'ın yirmi metre ilerisinde siyah bir minibüs kaldırımın kenarına yaklaşıp durmuştu. Editör içgüdüsel olarak yavaşladı. Bu saatte boş bir sokakta olduğu için huzursuzdu. Bir dakika sonra paranoyasının yersiz olduğunu anladı. Minibüsün sürücüsü dışarı çıkmış, keyifli bir şekilde ıslık çalarak elindeki sekreterliğe bakıyordu. Kendisine bir kez olsun bakmadan ters yönde yürümeye başladı.

Faukman rahatlayarak minibüsün yanından geçti.

Önündeki sürücü durup önce bina numaralarını sonra da elindeki not panosunu kontrol ettikten sonra geri dönüp geldiği tarafa doğru yürümeye başladı. Minibüse doğru, "Johnny!" diye seslendi. "E-postadaki adres neydi? Ben burada Yunan restoranı falan göremiyorum."

Faukman ileriyi göstererek, "Bir blok ileride," dedi. "Yedinci Cadde'yi geçtikten..."

O sırada arkasından gelen bir yumruk Faukman'ın sağ böbreğine indi ve siyah bir torba başından aşağı geçirildi Editör daha neler olduğunu anlayamadan iki güçlü el onu havaya kaldırıp minibüsün içine doğru fırlattı. Sert zemine düşünce alcığı darbeden nefesi kesildi. Kapısı kapanan minibüs saniyeler içinde hareket etti.

Nefes almakta zorlanan ve hiçbir şey göremeyen editör korku içinde neler olduğunu kavramaya çalışıyordu. Bir karakter gözleri bağlanıp bir minibüsün arkasına atılınca neler olduğunu bilecek kadar gerilim romanı okumuştu. Sonuç hiçbir zaman iyi olmazdı.

*

Üç blok ilerideki Random House Kulesi'nde Alex Connor, Faukman'ın tüm iletişim numaralarını –ofis, ev, cep telefonlarını– aramış ama hiçbirinden bir cevap alamamıştı.

Nereye gitti bu adam? Bir krizin tam ortasındayız!

Görünüşe bakılırsa Faukman telefonunu kapatıp kendini gecenin karanlığına ya da gece saatlerinde sinirlerini yatıştırmaya çalışan nevrotik editörlerin uğrak mekânı On the Rocks isimli bara bırakmıştı.

Alex henüz korsanların kim olduğuna dair bir bilgi edinememişti. Hasarı incelemiş ama önemli bir şey bulamamıştı. *Daha detaylı bir araştırmaya ihtiyacım var.* Bir sonraki adımı, kayıp metne özel yapay olguları –anahtar kelimeler, kavramlar, isimler– taramak üzere geliştirilmiş tescilli bir adli algoritma kullanmasını zorunlu kılıyordu. Ama bunu yapabilmesi için Faukman'la konuşması gerekiyordu.

Ya da… doğrudan Katherine Solomon'ı arayabilirim.

PRH protokolü bu görüşmeyi yapmasını engelliyordu. Yazarlarla sadece editörleri –yazarın tuhaflıklarını, aykırılıklarını ve güvensizliklerini nasıl yöneteceğini bilen güvenilir kişi– üzerinden iletişim kurulabiliyordu.

Alex, *umurumda değil,* diye düşündü. Katherine'in kitabı hakkında daha fazla bilgiye sahip olması gerekiyordu. Ayrıca, Katherine'in kitabının hedef alındığını öğrenmeye hakkı olduğunu düşünüyordu. Kendisi de tehlikede olabilirdi.

Alex, Katherine Solomon'ın yazar dosyasına giriş yapıp cep telefonu numarasını buldu. Numarayı çevirirken Faukman'ın, Katherine'in Avrupa'da olduğunu söylediğini hatırladı. Büyük ihtimalle onu çok erken bir saatte uyandıracaktı ama kadının durumun aciliyetini anlayacağından emindi.

Katherine'in telefonu dört çalıştan sonra telesekretere düştü. *Lanet olsun.* Alex kendisini tanıtan ve bir an önce aramasını rica eden kısa bir mesaj bıraktı.

Telefonu kapattıktan sonra Faukman'ı tekrar cep numarasından aradı. Cevap yoktu.

O sırada Faukman'ın, Solomon'ın yazarlardan biriyle –Harvard profesörü Robert Langdon ile– seyahat ettiğini söylediğini hatırladı. Alex, *o da PRH veritabanındadır,* diye düşünerek denemeye karar verdi.

Langdon'ın dosyasına giriş yapıp cep numarasını buldu. Adamın hattı çalmadan telesekretere düştü. Alex telefonu kapatırken bir anda kendini çok yalnız hissetti. *Nerede bu insanlar?!*

18. BÖLÜM

Londra'daki Finch, acil durum planlarının gerek Prag gerekse New York'ta işlemeye başladığının teyidini aldı. Haber "Signal" diye bilinen askeri düzeyde güvenlikli bir haberleşme platformu aracılığıyla iletilmişti. Bütün haberleşmeler için zorunlu kılınan bu platform tüm metin ve sesli mesajlar için uçtan uca şifreleme sağlıyordu.

Bir Amerikalı olan Finch, üyelerinin "Q" ismiyle andığı uluslararası bir organizasyonun Avrupa genel merkezinde gizli bir pozisyondaydı. Şirket gizemli ismini, James Bond romanlarındaki bir karakterden, majesteleri kraliçenin hizmetinde ölümcül icatlar yapan "Q" isimli bir teknoloji mucidinden almıştı.

Roman kahramanı adaşı gibi gerçek hayattaki Q da yüksek bir mevki için ileri teknolojiler geliştiriyordu... Ancak bu yüksek mevki herhangi bir kraliçeden çok daha etkiliydi. Q'yu 1999'da sessizce kuran oluşum tüm dünyada benzersiz bir nüfuza sahipti. Varlığından pek kimsenin haberi olmasa da Q'nun faaliyetleri küresel olayların akışına yön veriyordu.

Yetmiş üç yaşındaki Everett Finch'in satrançtaki FIDE puanı iki bin üç yüz yetmiş dörttü; kondisyon küreği aletinde günde dokuz bin metre kürek çekiyordu ve kahvaltının ardından üç yüz miligram Nuvigil alıyordu. Zihin işlevini arttıran bu nootropik ilaç sayesinde beyni tıpkı minivanlarla dolu bir otoyolda ilerleyen Formula 1 aracı gibi hızlanıyordu.

Hayatının son on yılında Q'nun ana kuruluşunda yetki sahibi bir pozisyonda bulunan Finch'e üç yıl önce Q'nun Londra ofisinde gizli bir görev verilmişti. Bunun dışında, dünyanın en iddialı ve en gizli girişimlerinden birinin gelişmesine öncülük edeceği de söylenmişti.

Eşik.

Projenin hukuki ve etik sınırlar ölçüsünde esneklik gerektirdiği bilgisi verilmişti. Finch "başarı ağırlıklı etik" kurallarındaki uzmanlığı sebebiyle yani başarıyı vicdan rahatlığına yeğleyen bir etik anlayışına sahip olduğu için bu göreve seçilmişti.

Atama mektubunda yazanlar onu şaşırtmamıştı:

> *"Eşik'in önemi ne kadar vurgulansa azdır. Başarılı olmasını garantilemek için gerekli gördüğün her türlü olağanüstü önlemi almaya değer."*

Mesaj alındı, diye düşünmüştü Finch. *Hiçbir kural yok.*

*

Golĕm U Prince Otel'den içeri girip yeraltındaki Black Angel's Bar'a ineli otuz dakika olmuştu. O geldiğinde bar kapalıydı, temizlikçiler yerleri süpürüyor, deri koltukları cilalıyor ve kaba yontulmuş taş duvarlardaki sigara izmaritlerini topluyordu.

Herhangi biri varlığını fark etmeden barın yanından geçip köşeyi döndü ve içinde bir masa ile ekranında Black Angel's Bar logosunun göründüğü iki eski bilgisayarın durduğu küçük, kapalı bir alana girdi. Eskiden yabancıların cep telefonları Prag'da pek de iyi çalışmaz, turistler sırf bir e-posta gönderebilmek için Black Angel's Bar'da içmeyi tercih ederdi. İşte o günlerden kalma bir gelenekle bu bar müşterilerine yirmi dört saat internet hizmeti sağlıyordu.

Planının işlemesi için özel bir teknik bilgiye ihtiyaç duyduğunu fark eden Golĕm'in aklına hemen Black Angel's gelmişti. Buradaki makineyi kimse takip etmezdi.

Karşısındaki ekranda yazan teknik bilgiye baktı. *İşte şimdi aradığımı buldum.* Detayların pek çoğu onun anlayabileceğinin ötesindeydi ama önemi yoktu. Bir silahı ateşlemek için balistik bilimlerden diploma almaya gerek yoktu... tetiğe ulaşması yeterliydi.

Ve şimdi o tetiğin yerini tespit etmişti.

Gessner hayatını kurtarmak için pek çok sırrını açıklamıştı. Yeraltındaki laboratuvarlarında, iki metre kalınlığındaki beton duvarlarla güçlendirilmiş hava geçirmez bir kasada bulunan inanılmaz güçlü bir teknolojik cihazın varlığı da verdiği bilgiler arasındaydı.

Tüm dünyalarını başlarına yıkacak bir teknoloji.

Az önce edindiği bilgiden sonra artık bunu nasıl yapacağını biliyordu. Hemen tarayıcının arama geçmişini temizledi ve bilgisayarı yeniden başlattı. Yukarı çıkıp yeniden meydana vardığında, etkisi Prag'dan binlerce kilometre ötede bile duyulacak şiddetli bir intikam almanın ümidiyle canlandığını hissetti. Sorumluluk taşıyan herkes bu şoku yaşayacaktı.

19. BÖLÜM

Haç Burcu, Folimanka Park'ın kuzey ucunu kaplayan ormanlık tepenin üzerinde bulunuyordu. Kutsal Roma İmparatoru IV. Charles, 1300'lerin ortasında, bu yüksek tepenin Hıristiyanlık dünyasının yükselen değeri olan kıymetli Prag'a tepeden bakan bir tahkimat inşa etmek için ideal bir konum olduğuna karar vermişti.

İmparator tepeyi kaplayan taştan kale duvarları ve üzerine de küçük ama sağlam bir kale inşa ettirmişti. Yüksek konumu, ona İsa'nın çarmıha gerildiği tepeyi hatırlattığı için tahkimata "Haç Burcu" ismini vermişti.

ÚZSI sedan, giriş yolundan yukarı doğru kıvrılarak tepeyi tırmandıktan sonra kalenin önünde durdu. Langdon eski hisarın modern renovasyonu karşısında oldukça etkilenmişti.

Gessner'ın laboratuvarı burası mı? Görünüşe bakılırsa nörobilimci, Langdon'ın tahmin ettiğinden çok daha fazla kazanıyordu.

Yolcu koltuğundan dışarı fırlayıp Langdon'ın kapısını açan Janáček sabırsızca dışarı çıkmasını işaret etti. Sıkışık arabadan bir an önce çıkıp Katherine'i görmeye can atan Langdon hemen emre itaat etti.

Janáček yağan kar altında Langdon'ı laboratuvara doğru götürürken haydut kılıklı şoför arabada kaldı. Langdon karla kaplı çakıllı giriş yolunda üzeri kapanmak üzere olan birkaç ayak izi –hiç şüphesiz, birkaçı Gessner'la buluşmaya gelen Katherine'e aitti– fark etti.

Ana girişin üzerinde GESSNER ENSTİTÜSÜ yazan bronz bir panel asılıydı. Burcun, çelik çerçeveyle desteklenmiş buzlu cam kapısı büyük ve gösterişliydi. Janáček kapı kolunu çekti ama kapı yerinden oynamadı. Kalın cama sertçe vurdu.

Cevap veren olmadı.

Janáček kapının yanındaki biyometrik parmak izi tarayıcısı, hoparlör ve çağrı butonundan oluşan telefon kutusuna doğru döndü. Gessner'ın geçen akşam laboratuvarının "çok zekice düşünülmüş bir şifre" ile korunduğunu böbürlenerek anlatışını hatırlayan Langdon, *şifre için tuş takımı yok mu,* diye düşündü.

Belki de içerideki bir kapıdan bahsediyordu.

Janáček sabırsızca arama butonuna basınca hoparlörden bir cızırtı duyuldu. İçerideki dahili telefon beş kere çaldıktan sonra zil sesi kesildi.

Yüzbaşı geriye çekilip yukarıya yerleştirilmiş güvenlik kamerasına baktı. Bakışlarıyla onu alt etmeye çalışıyor gibiydi. ÚZSI kimlik kartını kameraya doğru yaklaştırıp arama butonuna tekrar bastı.

Beş kere daha çaldı ama cevap veren olmadı.

Langdon, Katherine'in kendisini izliyor olabileceğini düşünerek güvenlik kamerasına baktı. *Gessner neden kapıya cevap vermiyor? Bizi neden içeri almıyor?* Her iki kadının da Janáček'in orada olduğunu gördüklerine emindi ve Gessner'ın bir ÚZSI memurunu geri çevirecek kadar gizliliğe önem verdiğini sanmıyordu.

Janáček cep telefonunu çıkarırken, "Bana Katherine Solomon'ın cep telefonunu söyle," dedi.

Langdon rakamları ezberinden söylerken Janáček hoparlöre aldığı numarayı tuşladı. Arama doğrudan Katherine'in telesekreterine düştü.

Langdon, *kalın taş duvarlar yüzünden sinyal çekmiyor olabilir mi,* diye düşündü. Ama Gessner gibi bir teknoloji dehasının laboratuvarına sinyal güçlendirici yerleştirmemiş olduğunu sanmıyordu.

Janáček alçak sesle bir şeyler mırıldandıktan sonra arabaya doğru dönüp, "Pavel!" diye seslendi.

Direksiyondaki kalın enseli şoför dışarı fırlayıp sahibine koşan bir köpek gibi hızla Janáček'in yanına geldi. *"Ano, pane kapitáne?!"*

Janáček cam kapıyı göstererek, *"Prostřílej dveře,"* dedi.

Teğmen Pavel başını sallayıp bir tabanca çıkardı ve çömelerek kapıya hedef aldı.

Teğmenin silahı ateş alırken Langdon geriye doğru sıçradı. *Tanrım!*

Peş peşe altı el silah sesi duyuldu; kurşunlar cam levhanın üzerinde mükemmel bir daire şekli oluşturdu. Temperli cam kırılmadı, yapışkan iç yüzeyi onu sağlam tutuyordu. Teğmen Pavel hiç vakit kaybetmeden ağır botlarıyla kurşun deliklerinin oluşturduğu daire şeklindeki alanı tekmelemeye başladı. Örümcek ağına benzeyen çatlakların oluştuğu yer çeşitli çıkıntılar yapmıştı. Tekrar tekmeleyince tüm panel çerçeveden kurtulup içeri doğru döküldü. Temperli cam kırıkları parlak şeker küpleri gibi zemine saçılmıştı.

Langdon, Janáček'in ateş emrini verirken buzlu camın diğer tarafında birinin olup olmadığını bir kez olsun düşünmeyişine hayret ederek olanları izliyordu.

Teğmen Pavel silahını doldurup yerle bir olmuş kapıdan içeri girdi. Botları kırık camların üzerinde gıcırdıyordu. Sağı solu kontrol ettikten sonra Janáček'e içeri girebileceklerini işaret etti.

Janáček, "Önden buyurun profesör," dedi. "Tabii, arabada beklemeyi tercih etmiyorsanız?"

Langdon'ın Katherine'i Janáček ve ateş etmeye meraklı çılgın bir adamla yalnız bırakmaya hiç niyeti yoktu. Tuzla buz olmuş kapıdan içeri girerken bu ortaçağ kalesinin güvenliğinin kim bilir kaç kere geçildiğini düşünüyordu.

20. BÖLÜM

Prag'daki Birleşik Devletler Büyükelçiliği Schönborn Sarayı'nda yer alır. Stükko süslemeli alçı duvarları ve dokuz metre tavan yüksekliğiyle yüzden fazla odası bulunur. Rudolf von Colloredo–Waldsee isimli tek bacaklı bir kont tarafından 1656'da inşa ettirilen gösterişli sarayda, kontun atını binadan içeri sokmasına imkân sağlayan pek çok rampa yapılmıştır. Bugün ABD Büyükelçiliği'nin resmi binası haline gelmiş olan sarayda ABD'nin bölgedeki çıkarlarını gözetmekle görevli yirmi üç personel görev yapmaktadır.

Büyükelçiliğin basın yetkilisi Dana Daněk sabah saatlerinde ofisinde tek başına günlük işlerini organize ediyordu. Bugün otuz dört yaşında olan Praglı, yirmili yaşlarında Londra'da mankenlik yaparken İngilizcesini mükemmelleştirmişti. Prag'a döndükten ve bilgisayar bilimleri diplomasını aldıktan sonra ABD Büyükelçiliği'ndeki bir iş ilanına başvurmuş ve halkla ilişkiler ofisinde göreve başlamıştı.

Bu karlı Prag sabahında Dana'nın ofisi her zamankinden daha soğuktu. Klasik radyatör peteğinin yanına gidip ısıyı arttırmak üzere vanayı çevirmek için eğildi.

Arkasından gelen bir ses, *"Pěkný výhled,"* dedi. *Güzel manzara.*

Arkasını döndüğünde, yakışıklı ataşe Michael Harris'i görünce ayakları yerden kesildi. Harris ona ofisteyken hep nazik davranırdı ama Dana'ya en çekici gelen, elbette ofisin dışında ve yatak odasındayken kendisine davranış şekliydi. Fiziksel yeteneklerinin dışında Dana'nın neşesini yerine getiren keyifli bir ruh hali vardı.

Dana şakacı bir sesle konuştu. "Yanlış kattasın." Harris'in büyükelçiyle acil bir toplantı yapmak istediğini duymuştu. "Yukarıda ofisinde, seni bekliyor."

"Benim için bir şey yapabilir misin?" Harris'in sesi şaşırtıcı derecede ciddiydi. "Önemli."

Dana "evet" anlamında başını salladı. *Sen ne dilersen Michael Harris.*

Harris hemen ne istediğini anlattı.

Gözlerini dikip ona bakan Dana şaka yapmadığından emin olmaya çalışıyordu. "Anlayamadım... dikenli taç takan bir kadın mı?"

Harris başıyla teyit etti. "Bu sabah saat yediden biraz önce Karl Köprüsü'nün üzerindeydi. Tek bilmek istediğim nereden geldiği ve sonra nereye gittiği."

Bu alışılmadık bir istekti. Dana'nın kamera sistemine teknik erişimi, halkla ilişkileri etkileyebilecek siyasi mitingler, gösteriler ve protestolar gibi özel durumlarla kısıtlıydı. Bu sanki... başka bir işmiş gibi geliyordu.

Harris ısrarcıydı. "Sen endişe etme. Arkanı ben kollarım."

Umarım öyle yaparsın, diye düşündü Dana. Sır olarak sakladıkları ofis aşkı, büyükelçilik çalışanları arasında kesinlikle yasaktı.

"Bakalım bir şey bulabilecek miyim."

Harris onun omzunu hafifçe sıktı. "Teşekkürler. Toplantıdan sonra uğrarım."

Dana arkasından ona baktı. *Dikenli taç takan bir kadını takip etmemi istiyorsun... Neden?*

Michael son haftalarda, özellikle de akşamları yaptıklarıyla ilgili alışılmışın dışında gizemli davranıyordu. İşten sonra Dana ile buluşmaya vakit ayıramıyor, ne yaptığını sorduğunda kaçamak cevaplar veriyordu. Dana başka bir kadının varlığından şüphelenmeye başlamıştı.

Bir an için kıskançlığa kapılan Dana belki de bu kadını *özel* bir mesele yüzünden takip etmek istediğini düşündü. Ama şüpheleri yersizdi. Devletin imkânlarını şahsi işleri için kullanmaması gerektiğini herkesten önce hukuk ataşesi bilirdi ve ayrıca başka bir kadın varsa Michael'ın yardım isteyeceği son insan Dana olurdu.

Yine de beni kullanıyor. Böyle düşünmesine rağmen masasına oturdu ve büyükelçiliğin kamera sisteminin arayüzünü açtı. "Pekâlâ Michael, bakalım ne bulacağız."

Çek Cumhuriyeti 1999'da NATO'ya katıldıktan sonra ABD tarafından finanse edilen ve Echelon adıyla bilinen gözetim ortaklığı gereğince Prag'a bin yüz kamera yerleştirilmişti. Çekya'da kameralara erişimle ilgili çok sıkı kanunlar olmasına rağmen ABD ağını kurmuş ve birkaç istisna hariç büyükelçiliklerine tam erişim yetkisi vermişti. Bu konu yetkililerle aralarında şiddetli bir çekişme mevzusuydu.

Kameralar konusunda Dana Daněk de kendini pek rahat hissetmiyordu. Orta Avrupa vatandaşlarının günlük yaşantılarını takip eden Echelon'ı kabul etmekten başka çaresi yoktu. Dana'nın durumundaysa Echelon gece geç saatlerde onun gizlice Michael Harris'in evine giriş çıkışlarını da görüyordu.

Kimse beni takip etmiyor, diye kendini teselli etti. Çok fazla veri var.

Bununla birlikte, @ReclaimYourFace gibi sivil mahremiyet kampanyaları Prag'daki güvenlik kameralarına karşı anti-Amerikancı protestolar düzenliyordu. Büyükelçiliğin karşı savunması ise hem basit hem de gerçekti: *Vatandaşların çoğu teröristler tarafından havaya uçurulmaktansa izlenmeyi tercih ediyor.*

Dana bu düşüncelerle imleci detaylı bir Prag haritası üzerinde gezdirdi, Karl Köprüsü'nü buldu ve arşivlenmiş güvenlik kayıtlarını açtı.

21. BÖLÜM

Langdon, Haç Burcu'nun parçalanmış kapısından içeri girerken silah sesinden hâlâ kulakları çınlıyordu. Pembe mermer zemine saçılmış cam kırıklarını mokasen ayakkabılarıyla ezerek gösterişli girişte duran Janáček ile Pavel'e doğru ilerledi.

Sağ tarafta bir koridor göze çarpıyordu ama Janáček tam önlerinde duran heybetli çelik kapıya odaklanmıştı. Üzerinde LAB yazan kapının güçlendirilmiş camlı küçük bir penceresi ve biyometrik okuyuculu bir paneli vardı.

Janáček pencereden içeri bakıp kilitli kapıyı zorlarken, "Laboratuvara inen merdivenlere açılıyor," dedi.

Langdon gözleriyle bir asansör aradı. Gessner'ın ağır bilimsel araç gereçlerini aşağıdaki laboratuvara nasıl taşıdığını anlamaya çalışıyordu. Ama giriş salonunda, merdiven boşluğuna açılan kapı ve sağ taraftaki koridordan başka bir şey yoktu. Langdon, geçen akşam Gessner'ın böbürlenip durduğu "çok zekice düşünülmüş şifre"sinin girileceği tuş takımını da henüz görememişti.

Janáček yerde duran kapı çerçevesini inceliyordu. Bir süre sonra eğilip çerçeveyi kaldırdı ve laboratuvarın girişine doğru sürükleyip laboratuvarın kapısına dayadı. "El yapımı alarm," dedi. "Arkadaşın, biz fark etmeden kaçmaya çalışırsa diye."

Langdon, Janáček'in Katherine'in kaçacağını düşünmesine bir anlam veremiyordu ama elindeki imkânları kullanma becerisini etkileyici bulmuştu.

Teğmen Pavel her an pusuya düşürülebilirmiş gibi silahını doğrultmuş bir halde yavaş yavaş koridorda ilerliyordu. Langdon, *indir şu lanet olası silahını,* diye bağırmak istedi. *Onlar silahsız bilim insanları!*

Janáček ve Langdon arkasından ilerlerken Pavel ufak bir tuvaletin içini kontrol edip koridorun sonuna doğru ilerledi. Sola kıvrılan koridoru dikkatlice döndü ve bir tehlike olmadığına karar verince tabancasını kılıfına koyup amirine, "*Nikde nikdo,*" diye seslendi.

Langdon, Janáček'in arkasından köşeyi dönünce doğal ışıkla aydınlanmış göz kamaştırıcı bir mekânla karşılaştı. Bir butik otelin avlusuna benzeyen odada sade beyaz kanepeler, döküm bakır masalar ve zarif bir kahve istasyonu bulunuyordu. Yerden tavana uzanan pencereler, burcun iç bahçesinden Prag siluetine, Petřín Kulesi'ne ve Vyšehrad Kalesi'ne uzanan muhteşem bir manzara sunuyordu.

Langdon alanı incelerken karşı duvardaki dev sanat eserini –kendine özgü stilini anında fark ettiği Brütalist duvar heykelini– fark etti.

Tanrım, bu orijinal bir Paul Evans eseri mi?

Bir metrekarelik pas rengindeki metal, her birinde bir heykel bulunan dikdörtgen şeklindeki bölmelere ayrılmıştı. Langdon, *Merak Dolapları* üzerine bir doğaçlama olan Paul Evans eserinin çeyrek milyon dolar değerinde olduğunu tahmin etti. Gessner geçen akşam patent kârlarını böbürlenerek anlatırken Langdon bu patentlerin *böylesine* kârlı olduğunu tahmin etmemişti.

Janáček odanın diğer ucundaki açık duran büyük ahşap kapıya doğru yürüdü. İçerisinin Doktor Gessner'ın ofisi olduğu anlaşılıyordu.

Janáček ofise girerken, "Doktor Gessner?" diye seslendi.

Langdon, Katherine'i görme umuduyla arkasından gitti ama ofiste kimse yoktu.

Nörobilimcinin ofisi canlı renkli soyut resimlerle –farklı renklerde biçimsiz küremsi şekillerle– donatılmıştı. Langdon bunların insan beynine ait MR görüntüleri olduğunu hemen anladı.

Bilimden sanat.

Langdon, Gessner'ın *kendi* beyninin görüntülerini asacak kadar egosantrik olup olmadığını merak etti. Tamamıyla müşterilerinin DNA mikroskopisine dayalı sanat eserleri oluşturan DNA11 gibi görüntüleme şirketlerinin ortaya çıkışıyla otoportreler popüler hale gelmişti. Şirket bu hizmetini, *kişiye özel genetik sanatı*, olarak pazarlıyordu.

Janáček, Gessner'ın masasının üzerindeki enterkomda bir tuşa basıp mikrofona doğru, "Doktor Gessner?" diye seslendi. "Ben ÚZSI'den Yüzbaşı Oldřich Janáček. Profesör Robert Langdon'la beraber olduğumu görebildiğinizi düşünüyorum. Bayan Solomon'la birlikte derhal yukarıya gelmeniz gerekiyor. Tekrar ediyorum, *derhal*. Lütfen cevap verin."

Janáček tuşu bırakıp cevap beklerken tavandaki balıkgözü kameraya baktı.

Sessiz geçen her saniye Langdon'ın huzursuzluğu artıyordu. *Katherine neden cevap vermiyor? Aşağıda bir şey mi oldu? Bir kaza mı yaşandı?*

Janáček yavaş yavaş Langdon'a doğru yürürken, "Profesör?" dedi. "Sizce Bayan Solomon bana neden cevap vermiyor olabilir? *Burada* oldukları çok belli. Doktor Gessner'ın ofisinin kapısı açık ve dışarıdaki *ayak izleri* de çok yeni."

Langdon ayak izlerinin ne kadar "yeni" olduğunu bilmiyordu ama burada buluşmayı planladıkları düşünüldüğünde, Katherine'in aşağıda Gessner'la birlikte olması kulağa mantıklı geliyordu. Tamamıyla aklındakini söyleyerek, "Hiçbir fikrim yok," dedi.

Janáček, Langdon'ı bekleme salonuna doğru yönlendirip beyaz kanepelerden birini işaret etti. "Oturun."

Langdon duvarın yanındaki uzun kanepeye otururken Janáček telefonunda bir arama yapıp hararetle Çekçe konuşmaya başladı.

Langdon beklerken bakışları yine Gessner'ın odasını süsleyen renkli resimlere kaydı. Görüntülerdeki gizemli konturları ve birbirine bağlı kıvrımları incelerken, *sadece bin dört yüz gramlık bir organ ama bilim hâlâ nasıl işlediğini çözemedi,* diye düşündü.

Katherine geçen akşamki konuşmasında insan beyninin *daha az* etkileyici görünen bir resmini paylaşmıştı; paslanmaz çelikten bir tepsinin içinde duran grimsi, kırış kırış bir dokunun laboratuvar fotoğrafı.

Kalabalığa, "Bu şekilsiz şey sizin beyniniz," diye açıklamıştı. "Bayat bir hamburgere benzediğinin farkındayım ama sizi temin ederim ki bu mucizevi bir organ. Yaklaşık seksen altı milyar nörondan oluşuyor. Bunlar birlikte, karmaşık bilgileri neredeyse anında işleyebilen yüz trilyondan fazla sinaptik bağlantı oluşturuyorlar. Dahası, bu sinaptik bağlantılar zaman içinde ihtiyaç halinde kendilerini yeniden organize edebiliyorlar. Nöroplastisite denilen bu olay, beynin uyum sağlamasını, öğrenmesini ve hasarları iyileştirmesini sağlıyor."

Katherine bir fotoğraf daha –masanın üzerinde duran bir DVD– gösterip, "Bu, dört nokta yedi gigabayt bilgi depolayabilen standart bir DVD," diye anlatmaya devam etmişti. "Bu da yüksek çözünürlüklü yaklaşık iki bin fotoğrafa denk geliyor. Peki, ortalama bir insan beyninin hafızasını depolamak için sizce kaç DVD gerekir? Size bir ipucu vereyim... Gerekli olan DVD'leri üst üste koyarsanız..." Vladislav Salonu'nun tavanını göstermişti, "bu binanın tepesini aşarlar. Hatta... bu DVD yığını, Uluslararası Uzay İstasyonu'na ulaşabilir."

Katherine parmağıyla şakağına hafifçe vurarak, "Hepimiz burada milyonlarca gigabayt veri depoluyoruz," demişti. "Görüntüler, hatıralar, hayatımız boyunca aldığımız eğitimler, edindiğimiz beceriler, öğrendiğimiz diller... Hepsi titizlikle sınıflandırılıp bu minik alanda depolanıyor. Modern teknoloji hâlâ ona erişebilecek bir veri ambarı geliştiremedi."

Powerpoint sunumunu kapatıp sahnenin önüne doğru yürümüştü. "Materyalist bilim insanları böylesine *küçük* bir organın bu kadar *muazzam* miktarda bilgiyi depolayabilmesi karşısında şaşkınlar. Bunun fiziksel açıdan imkânsız olduğuna katılıyorum... İşte bu yüzden ben bir materyalist değilim."

Seyirciler arasında hafif bir kıpırdanma olmuştu. *Yine arı kovanına çomak sokuyor.* Langdon, insan bilincine karşıt görüşler söz konusu olduğunda Katherine'in insanların damarına basmaktan çekinmediğini çoktan öğrenmişti.

Materyalizme karşı noetik bilim.

Materyalistler, bilinçlilik dahil her fenomenin, fiziksel madde ve onun etkileşimiyle açıklanabileceğine inanıyordu. Materyalistlere göre bilinç, fiziksel süreçlerin –beynin içindeki diğer kimyasal süreçlerle birlikte nöral ağların aktivitesi– bir yan ürünüydü.

Ancak noetik bilimciler için resim daha az sınırlıydı. Noetik bilimciler, bilincin beynin süreçleriyle *yaratılmadığına,* kainatın –uzay, zaman veya enerjiyle bağlantılı– temel bir unsuru olduğuna ve hatta bedenin içinde yer almadığına inanıyordu.

Langdon insan beyninin, vücut ağırlığının sadece yüzde ikisini oluşturduğunu ama beden enerjisinin ve oksijeninin yüzde yirmisini tükettiğini öğrendiğinde çok şaşırmıştı. Katherine bu bariz orantısızlığın beynin geleneksel biyolojinin henüz kavrayamadığı bir şey yaptığının kanıtı olduğuna inanıyordu.

Langdon, *kitabı büyük ihtimalle bu gizemi ortaya çıkaracak,* diye düşünürken Jonas Faukman'ın metni okumaya başlayıp başlamadığını merak etti. *Jonas'ı tanıyorsam, bütün gece uyumayıp kitabı yarılamıştır bile.*

Janáček bir arama daha yapmıştı ve telaşlı ses tonu Langdon'ın zaten yıpranmış olan sinirlerini iyice bozuyordu. Saatine bakarken Harris ile büyükelçinin bir an önce gelmesini diledi.

Langdon kanepede otururken gözleri yine odanın diğer ucundaki büyük Paul Evans duvar heykeline takıldı. Pahalı parçayı gördüğü anda rahatsız olmuştu.

Zengin sanat meraklılarının birinci sınıf sanat eserlerini güvenli müzelerden alıp kötü aydınlatmalı ve güvensiz ortamlarda sergilemeleri hiç hoşuna gitmiyordu.

Ayrıca, Gessner eseri yanlış asmış.

Hiç şüphesiz, Paul Evans heykelin bir tablo gibi –ortalanarak ve duvara monte edilerek– asılmasını amaçlamıştı ama Gessner eseri doğrudan zeminin üzerine dik bir şekilde yerleştirip devrilmesini engellemek için bir çubukla desteklemişti.

Langdon, *halbuki, şu taş duvar heykelin ağırlığını kolaylıkla taşıyabilirdi,* diye düşündü. Ağır, yatay çubuğu incelerken aklına bir fikir geldi. *Eğer amacı…*

Sanat eserini bir süre daha inceledikten sonra ayağa kalkıp yavaşça ona doğru yürümeye başladı. Anında ayağa fırlayıp önünü kesen Pavel silahını çıkarıp Langdon'ın göğsüne doğrulttu. *"Nechte toho!"*

Langdon ellerini havaya kaldırdı. *Tanrı aşkına!*

Janáček telefon görüşmesini bitirip soğukkanlı bir şekilde başıyla teğmene işaret verirken Çekçe bir şeyler söyledi. Pavel silahını indirip kılıfına soktu.

Langdon, Janáček'e, "Ne yapmaya çalışıyor bu?" diye seslendi.

Yüzbaşı, "İşini," diye karşılık verdi. "Bizi *ekmeye* mi çalışıyorsun?"

Langdon öfkeyle, "Ekmek mi?" dedi. "Hayır, ben sadece..."

"Sen *ne?*"

Langdon biraz durup söyleyeceklerini tarttıktan sonra, "Ben sadece tuvalete gidecektim," diye yalan söyledi. "Ama bekleyebilir."

*

Golĕm, Eski Şehir Meydanı'nın arnavutkaldırımlarında taksi durağına doğru yürürken güneş gözlüğünü taktı. Uykusuz olmasına rağmen kendini enerjik hissediyordu. Düşünceleri, intikam eylemini uygulamak için neye ihtiyacı olduğuna odaklanmıştı.

Geçen akşam Gessner karanlık bir gerçeği, meslektaşlarının Prag şehrinin altında mağaraya benzeyen geniş bir tesis inşa ettiklerini itiraf etmişti. *Adını Eşik koymuşlar.* Projenin kapsamı son derece şaşırtıcıydı ama Golĕm'i en çok şaşırtan tesisin *konumuydu.*

Şehrin tam merkezinde. Her gün üzerinden... orada olduğundan habersiz... yüzlerce insan geçiyor.

Golĕm, Gessner'a içeri nasıl gireceğini sorduğunda kadın karşı koymaya çalışmıştı ama acı karşısında pes edip cevabı vermişti: Eşik'e sadece girişin nerede olduğunu bilen *...ve* özel RFID anahtar kartı olan biri girebilir.

Golĕm'in şiddet kullanarak her ikisinin cevabını almasını sadece birkaç dakika sürmüştü. Gessner'ı ölüme terk ettiğinde ihtiyacı olan tüm bilgiye ve Gessner'ın RFID anahtar kartına sahipti.

Golĕm sonradan nörobilimcinin ondan kritik bir bilgiyi saklamayı başardığını anlamıştı: anahtar kart *tek başına* içeri giriş için yeterli değildi.

Kendini yenilmiş ve yorgun hisseden Golĕm cebinde işe yaramayan anahtar kartıyla karanlıkta eve doğru yürürken sorununa bir çare bulabileceğini fark etmişti. Düşündükçe kendine güveni yerine gelmişti. Güneş doğarken son derece emindi.

İkinci bir eşyaya ihtiyacım var.

Golĕm bu eşyanın o sırada tam olarak nerede olduğunu çok iyi biliyordu. Gessner'ın şehre tepeden bakan laboratuvarındaydı.

Taksiye binerken, *"Bastion u Božích muk,"* dedi. "Beni Haç Burcu'na götür."

22. BÖLÜM

Teğmen Pavel, Robert Langdon'ı tuvaletinin geldiğini unutturacak kadar korkutmuş olmanın sarhoşluğunu yaşıyordu. Amerikalı şimdi bir kanepeye oturmuş ve gözlerini boşluğa dikmişti.

Yüzüne silah dayanınca aklın öyle karmakarışık olur.

Pavel biraz da inat olsun diye köşeyi dönüp koridordan yürüdü ve tuvalete gitti. Langdon'ın duyabileceği şekilde kapıyı açık bıraktı ve gürültüyle işedikten sonra sifonu çekti. Tuvaletten çıkarken Janáček'in köşeyi dönerek koridora çıktığını gördü.

Yüzbaşı, "Ben sigara içmeye çıkıyorum," dedi.

Pavel, amirinin canı nerede isterse orada sigara içtiğini bilecek kadar uzun zamandır onunla birlikte çalışıyordu. Özel bir telefon görüşmesi yapacak olmalıydı. Janáček sık sık böyle görüşmeler yapardı.

"Yıkım ekibi şunu havaya uçurmak için otuz dakika sonra burada olacak." Janáček laboratuvarın aşağı katına inen merdivenlerin önündeki çelik girişi işaret etti.

Tek bir kontrollü patlama. Laboratuvarın kapısına bakan Pavel onunla aynı görüşteydi. *O zaman aşağı kata inebileceğiz.*

Ön kapının kırık çerçevesi tedbir amaçlı hâlâ laboratuvar kapısına yaslanmış duruyordu ama Pavel kimsenin kendi rızasıyla oradan çıkmayacağını hissediyordu. Yüzbaşı Janáček'in emirlerinden birine zaten muhalefet göstermişlerdi... Bu da geriye çok az seçenek bırakıyordu.

"Ben ekibi dışarıda bekleyeceğim," dedi Janáček. "Sen burada kal ve kimsenin laboratuvardan çıkmadığına emin ol. Ve Langdon'ı gözünün önünden ayırma."

Pavel topuklarını birbirine vurdu. *Anlaşıldı.*

Teğmen Pavel yaklaşık beş yıldır Janáček'in sağ koluydu. Pavel'in Oldrich Janáček'in yeğeni olduğu teşkilatta pek bilinmezdi. Pavel dokuz yaşındayken babası bir motosiklet kazası sonucu ölmüştü. Bir de annesi alkol bağımlılığı yüzünden şiddet uygulamaya başlayınca Pavel vaktinin çoğunu sokaklarda geçirmeye, mahallesinde hırsızlık yaptıktan sonra da dükkânları korumak için onlardan para istemeye başlamıştı.

On dokuz yaşına geldiğinde tutuklanmıştı ve annesi ortalarda yoktu. Bunun üzerine dayısı Oldrich pek de tanımadığı yeğeni için devreye girmişti. ÚZSI'deki pozisyonu yükselmekte olan Oldrich, yeğeninin cesaretinden ve kurnazlığından etkilenince ona bir seçenek sunmuştu: *"Ya hapse girer hayatını suçlularla geçirirsin... ya da ÚZSI eğitimi alır ve ben de sana onları nasıl yakalayacağını gösteririm."*

Zor gelse de basit bir seçim yapması gerekiyordu. Pavel görev bilincine sahip bir memur olmak için çok çalıştı. ÚZSI okulundan ortalama bir notla mezun olsa da görev yaparken peş peşe terfi aldı. Yirmili yaşlarında bir memur için teğmen derecesi alışılmadık bir rütbeydi ve dayısına sadece Yüzbaşı Janáček diye hitap ediyordu.

Her şeyimi ona borçluyum. Janáček ona baba olmuştu, Pavel ise yüzbaşının cesaretini ve azmini kendine örnek almıştı. *Bazen kanunu uygulamak, kanunun üstünde olmayı gerektirir.* Yüzbaşı Janáček'i tanımlayan cümle buydu ve bir soruşturmada sınırları zorlaması gerektiğinde üstünü örtmesi için Pavel'e güvenirdi. Bu sabah da öyle yapmıştı.

Sonuna kadar onu koruyacağımı biliyor.

Pavel şimdi antrede durmuş, Yüzbaşı Janáček'in kalenin karlı avlusuna çıkmasını izliyordu. Uzun bir dörtgen şeklindeki geniş avlu, ziyaretçilerin kenardan aşağı düşmesini önlemek için alçak taş duvarlarla çevrelenmişti. Yüzbaşı çimlerin üstünde duran çiçekli saksıların arasında ilerlerken telefonla birini aradı ve avlunun en uzak köşesine gidip Prag manzarasını seyre daldı. Bu sırada Pavel nihayet kendi telefonuna gelen mesajlara bakmaya fırsat bulmuştu. Yeni indirdiği *Dream Zone* isimli uygulamadan bir bildirim gelmiş olmasını umuyordu. Bu sanal çöpçatan platformu Avrupa'yı sallamıştı. Pavel bilgisayar tarafından üretilmiş kadınlarla sohbet etmenin ilgisini çekeceğini hiç düşünmezdi ama pek çok erkek gibi o da fantezi hikâyelerinin paylaşıldığı, fotoğraflı seksi sohbetlerin müptelası olmuştu.

On bir yeni bildirim.

Beklerken okuyacak bir şeyler bulduğuna keyiflendi ve gülümsedi. Pavel elinde telefonla, Langdon'a bakıcılık yapmak üzere içeriye girdiğinde, adamın oturduğu kanepenin boş olduğunu görünce şaşırdı. Sağa sola bakınıp gözleriyle her yeri taradı. Hemen Gessner'ın ofisine koştu ama orası da boştu.

Pavel'in akıl karışıklığı kısa sürede paniğe döndü. Telaşla odada koşturup sandalyelerin koltukların arkasına baktı. *Hangi cehenneme gitti?*

Robert Langdon adeta buhar olup uçmuştu.

*

Langdon yirmi metre ötede, Paul Evans duvar heykelinin arkasındaki girintide kıpırdamadan duruyordu. Az önce yalnız olduğunu fark ettiğinde kanepeden fırlamış ve yakından bakmak için sanat eserinin yanına koşmuştu. Tahmin ettiği gibi, heykelin üstünde duran çelik çubuk bir sabitleme kolu değil sürgülü bir sistemin rayıydı. Tıpkı çok pahalı bir depo kapısı gibi.

Langdon heykeli sağ köşesinden sıkıca kavrayıp sola doğru çekmişti. Devasa heykel bilyeli rulmanların üzerinde dengesini koruyarak hiç zorlanmadan kaymıştı. Bunun arkasında, tam da beklediği gibi bir açıklık vardı. Çabucak içeri girdiğinde yaylı sürgü arkasından sessizce kapanmıştı.

Gözleri loş ışığa alışırken Teğmen Pavel'in bekleme salonunda koşuştururken yüksek sesle küfürler savurduğunu duyabiliyordu.

Heykelin arkasındaki girinti de dışarısı kadar iyi döşenmişti. Lambri kaplı duvarlar ve üzerinde bir dizi sahte mumun titreştiği mermer sütun buraya dingin bir hava veriyordu. Mum ışığı zımparalanmış metal bir kapıyı aydınlatıyordu.

Özel bir asansör.

Bu, Gessner'ın küçük laboratuvarı için servis merdiveninden çok daha uygun bir girişti. Ardından Langdon, asansör kapısının yanındaki ışıklı bir tuş takımını fark etmişti.

Görünüşe bakılırsa Gessner laboratuvarını dâhiyane bir şifreyle koruduğu konusunda şaka yapmıyordu. Artık Langdon'ın tek yapması gereken şifrenin ne olduğunu bulmaktı.

23. BÖLÜM

Jonas Faukman daha önce birçok korkutucu an yaşamıştı. Mesela; helikopterden paraşütsüz atlamak, bir psikopat tarafından neredeyse boğulmak, düşmemek için yüksek bir çatıya tutunurken kurşun yememeye çalışmak gibi ama bu senaryoların hepsi editörlüğünü yaptığı gerilim romanlarında gerçekleşmişti. Ama şu anda yaşadığı tehlike gerçekti.

Kafasındaki torba nefes almasını neredeyse imkânsızlaştırıyordu ve elleri arkasından bağlıydı. En azından on dakikadır otobanda hızla ilerleyen bir aracın sert metal zemininde yatıyordu. Sırt çantasındaki telefonunun birkaç kez titreştiğini duymuştu ama ona ulaşması mümkün değildi.

Ses tonlarından anlayabildiği kadarıyla Amerikalı iki adam tarafından kaçırılmıştı ve adamlar sırt çantasını didik didik aramışlardı.

Metin ellerinde. Korkusuna merak da eklenmişti. *Neden?*

Minibüs otobandan ayrılıp ara yollarda ilerledikten sonra aniden durdu. Onu kaçıranlar sonunda kafasındaki torbayı çekip çıkardıklarında otuzlu yaşlarında, kaslı, asker tıraşlı bir adamla yüz yüze geldi. Simsiyah giyinmiş adam Faukman'ın tam karşısındaki bir süt kasasının üzerine oturmuş duygusuz gözlerle ona bakıyordu.

Korkudan buz kesmiş Faukman, adamın arkasındaki ön camdan dışarı baktı. Tek görebildiği ağaçlar ve karanlıktı. Uzakta çalışan ağır makinelerin sesini duyabiliyordu. *Hangi cehennemdeyim?*

Faukman'ı kaçıranlardan diğeri birinciye nazaran daha az iriydi, yolcu koltuğunda oturmuş dizüstü bilgisayarda bir şeyler yazıyordu. *Kaldırımda sekreterlikle gezinen adam.*

Dizüstü bilgisayarın başındaki adam, "Hazır," dedi.

Asker tıraşlı ortağı minibüsün tavanına yerleştirilmiş video kameraya uzanıp Faukman'ın yüzüne doğru çevirdi.

Faukman, *hayatta kalmanın birinci kuralı; asla korktuğunu belli etme,* diye kendine hatırlattı.

Faukman, "Çok havalı bir kamera," dedi. "TikTok mu çekiyoruz?"

Adam, Faukman'ın cüretkârlığına şaşırmış bir ifadeyle ona baktı.

Faukman soğukkanlılığını korumaya çalışıyordu. "Yoksa, aileme göndermek için fidye videosu mu çekeceğiz?"

Adam duygusuz bir ses tonuyla, "Senin bir ailen yok," diye karşılık verdi. "Evli değilsin, haftada altı gün çalışıyorsun ve dört yıldır ülkeden ayrılmadın."

Tanrım! Kim bu adamlar?

Faukman'ın ilk tahmini Amerikan ordusundan olduklarıydı ama son zamanlarda bundan emin olmak zordu. Birkaç yıl önce paralı askerlerin; Blackwater, Triple Canopy Wackenhut ve International Development Solutions gibi gizemli isimleri olan özel eğitimli sözleşmeli askerlerin– gizli dünyasıyla ilgili kurgu dışı bir kitap yayımlamıştı.

Bu iki ajan herhangi biri için çalışıyor olabilirdi.

Asker tıraşlı adam paltosunun cebinden çıkardığı küçük tabletin ekranını birkaç kez kaydırdıktan sonra Faukman'ın yüzüne yaklaştırdı. "Burayı tanıdın mı?"

Faukman'ın fotoğrafı algılayabilmesi birkaç saniye sürdü. *Bu da ne?* Kendi evinin salonuna bakıyordu. Yukarı Doğu Yakası'ndaki havalı dairesinin altı üstüne getirilmişti. Duvarlardaki sanat eserleri yere düşmüş, kitap rafları boşaltılmış, kanepeler parçalanmış, masalar ters çevrilmişti.

Asker tıraşlı adam, "Bil bakalım ne arıyorduk?" dedi.

Faukman, adamın kısacık kesilmiş saçlarına bakarak, "Daha iyi bir berber mi?" diye karşılık verdi.

Adam bir anda fırlayıp Faukman'ın midesine sert bir yumruk indirdi. Nefesi kesilen editör iki büklüm bir şekilde yan tarafa doğru düştü.

Adam onu çekerek dizleri üzerine kaldırırken, "Bir daha dene bakalım," dedi. "Ne arıyorduk?"

Güçlükle nefes alan Faukman, "Ben... ben... bilmiyorum," diyebildi.

Adam, "Sana son kez soracağım," dedi. "Cevap vermeden önce seni Avatar'la tanıştırayım." Tepedeki video kamerayı gösterdi. "Bu; göz hareketlerini, yüzdeki mikro değişimleri ve duruş değişikliklerini izleyen bir AI motoru. Teknoloji harikası bir doğruluk analizi sistemi."

Doğruluk analizi sistemi mi? Faukman üç kuruşluk bir zamazingoya fazla değer biçtiği için adama sataşmamaya karar verdi. En azından video kameranın neden orada olduğunu anlamıştı.

Süt kasasının üzerindeki adam öne doğru eğilip yüzünü iyice Faukman'a yaklaştırdı. "Senin hakkında her şeyi biliyoruz Jonas. Gece geç saatlere kadar çalıştığını, iş yemeğin olmadığında öğlenleri Central Park'ta koşuya çıktığını, White House Tavern'de yazarlarınla cin martini içtiğini biliyoruz. Benimle oyun oynama. Sana basit bir soru soracağım."

Hâlâ acıdan midesini tutan Faukman onu dinliyordu.

Adam, "Sırt çantanda bulduğumuz taslak elindeki *tek* kopya mı?" diye sordu.

Faukman duymayı *istedikleri* cevabı biliyordu. Ne yazık ki, gerçeği söylemek pazarlık gücünü ve büyük ihtimalle de hayatını anında kaybetmesi anlamına geliyordu.

Faukman gözlerini kapatıp popüler gerilim serilerinden birinin kahramanını –basit üç teknik kullanarak yalan makinesini atlatmayı başaran bir ajanı– gözünün önüne getirdi. Kendisi de bu teknikleri kullanmaya karar verdi.

İlk önce omuzlarını indirip midesindeki gerilimi boşaltmaya çalıştı. İkinci olarak, işaretparmağıyla hafifçe başparmağına dokunup nefesini yavaşlatmaya çalıştı. Üçüncü olarak, gerçek olmasını *istediği* şeyin –Random House'daki masasının üzerinde duran on iki taslak kopyasını– net görüntüsünü gözünün önüne getirdi. Sakinleştiğini hissedebiliyordu.

Faukman elinden geldiği kadar sakince, "Hayır," dedi. "Çantamdaki *tek* kopya değil. Başka kopyalar da var."

Diğer adam dizüstü bilgisayarda bir şeyleri kontrol ettikten sonra başını iki yana sallayarak, "Yalan söylüyor," dedi.

Lanet olsun Jonas! Kurgu roman demelerinin bir sebebi varmış!

Asker tıraşlı adam yumruğunu bir kez daha kaldırıp Faukman'ın midesine indirmeye hazırlandı.

Faukman, "Dur!" dedi. "PRH sunucularındaki *dijital* kopyalardan bahsediyordum."

Adam eğleniyor gibiydi. "Bay Faukman, *tüm* dijital kopyaları sildik. Bu yüzden alelacele fotokopiciye koşturuyordun, hatırladın mı?"

Kalbi hızlanan Faukman sessizleşti. Uzaktaki gürültülü endüstriyel makinelerin sesini duyabiliyordu.

Asker tıraşlı adam, "İşini kolaylaştırayım," dedi. "Bu metnin sırt çantandaki ve PRH sunucularındaki kopyalarından *başka* dijital ya da basılmış bir kopyası var mı?"

Faukman başını iki yana salladı. "Hayır, çantamdaki son kopya."

Adam, "Son kopyaydı," diye onu düzeltti. "Onu çoktan imha ettik."

*

PRH güvenlik merkezinde yalnız olan Alex Conan dehşet içindeydi.

Olamaz.

Ekrandaki bilginin yanlış olmasını umut ederek sürekli sayfayı yenileyip duruyordu ama her seferinde aynı görselle karşılaşıyordu.

Tanrım, hayır...

Alex; Faukman, Katherine Solomon ve Robert Langdon'a ulaşamayınca birkaç dakika önce cesur bir karar vermişti.

Yeteneğin var. Giriş iznin var.

Metotlarının yasallığı kuşkulu olsa da onları bulabilmek için elde etmemesi gereken bilgiye ulaşmayı başarmıştı. Ve şimdi de ekranındaki rahatsız edici görsele bakıyordu. Alex baktığı şeye iyi bir açıklama bulmaya çalışıyordu ama sürekli aynı kan dondurucu sonuca ulaşıyordu.

Bu PRH kitabını yok etmeye çalışan her kimse... bir PRH yazarını da yok etti.

24. BÖLÜM

Langdon gizli bölmenin karanlığında Gessner'ın özel asansörüne ait alfanümerik tuş takımını inceledi. Dün akşamki karşılaşmaları zihninde dönüp duruyordu.

Gessner saçlarını bir Flamenko dansçısı gibi geriye doğru toplamıştı, dudakları gergindi, benzi solmuştu, keyifsiz ve ciddiydi. Langdon karşılaştıkları ilk andan itibaren nörobilimciden hoşlanmamıştı. Katherine'in konuşmasının ardından Four Seasons'da gittikleri CottoCrudo Bar'da onlara katılmıştı.

"Doktor Gessner!" Kadın, Langdon'ın barın arka tarafında seçtiği oturma bölümüne yaklaşırken Katherine sıcak bir sesle onu karşılamıştı. "Bize eşlik ettiğiniz için ve elbette bu muhteşem şehirde konuşma yapmak üzere beni davet ettiğiniz için teşekkür ederim."

Kadın bu sözlerine üstünkörü bir tebessümle karşılık vermişti. "Bu akşam dinleyiciler kalabalıktı." İngilizcesinde hafif bir Çek aksanı vardı. "Epey sükse yaptınız."

Katherine iltifata fazla aldırış etmeden Langdon'ı göstermişti. "Çok naziksiniz. Eminim meslektaşım Profesör Robert Langdon'ı tanıyorsunuzdur."

Duymazdan gelen Gessner yanlarına oturmuştu. "Umarım henüz içkilerinizi sipariş etmediniz. Yerel içkilerden getirmelerini istedim." Langdon'a döndü. "Profesör, sizin için 'Luce' söyledim. CottoCrudo'ya özgü bir karışım. Kanada viskisi, acı kiraz aroması, akçaağaç şurubu ve domuz pastırmasıyla yapılıyor."

Domuz pastırması mı? Langdon her zaman içtiği Nolet's Reserve cinle yapılan Vesper martiniyi tercih ederdi.

Gessner, Katherine'e dönmüştü. "Katherine senin için de *Staroplzenecký* söyledim. Yerel bir Bohemya absentidir. Eğer hâlâ ismini söyleyebiliyorsan bir tane daha içmen gerekiyordur, diye şaka yaparız."

Misafirperverlik perdesi ardına gizlenmiş güç gösterisi. Langdon'ın içinden bir ses böyle diyordu. Bohemya usulü absentten daha güçlü bir içki yok gibiydi ve Katherine alkole hiç dayanıklı değildi.

Katherine nezaketle cevap vermişti. "Çok incesiniz. Burada olmaktan ve büyülü şehrinizde konuşmaktan çok keyif aldım. Gerçekten onur vericiydi." Langdon, onun asil duruşuna ve kat kat kesilmiş koyu renkli uzun saçlarının çevrelediği zarif çehresine hayranlıkla bakmıştı.

Gessner omuz silkmişti. "Konuşman keyifliydi ama bahsettiğin konu, nasıl desem... bilirsin işte, *metafizikle* ilgili."

"Ah, bunu duyduğuma üzüldüm," demişti Katherine.

"Noetik bilime saygısızlık etmek istemem ama benim gibi kabul gören bilim insanları ruh, spiritüel önsezi veya kozmik bilinç gibi ruhani kavramlara pek önem vermez. Dini hazdan sarsıcı korkulara kadar tüm insani deneyimlerin sadece beyin kimyasından kaynaklandığına inanırız. Neden-sonuç fiziği. Gerisi... sadece kuruntu."

Az önce kendine kabul gören bilim insanı, Katherine'e de kuruntulu mu dedi? Langdon kızmıştı ama Katherine gülümseyerek, masanın altından muzipçe Langdon'ın bacağını sıkmıştı.

Gessner konuşmasına devam etmişti. "Merak ediyorum, tüm uzmanlık alanları arasında en materyalisti olan nörokimya dalında doktora yaptıktan sonra neden noetik bilime kendini kaptırdın?"

Katherine, "Kaliforniya'dan mı bahsediyorsunuz?" diye espri yapmıştı. "Sanırım büyük resmi görmek istememi sağladı."

"Affedersiniz." Langdon kendini tutamayarak araya girmişti. "Noetik bilim hakkındaki düşünceleriniz böyleyse neden Profesör Solomon'ı konuşma yapması için davet ettiniz?"

Soru Gessner'ın hoşuna gitmiş gibiydi. "Aslına bakarsanız iki sebebi var. Birincisi, asıl konuşmacımız, Avrupa Beyin Konseyi'nden Doktor Ava Easton konuşmasını iptal etmek zorunda kaldı. Onun yerini doldurması için başka bir kadın konuşmacıya ihtiyacımız vardı. Katherine gibi birinin bu şansı kaçırmayacağını düşündüm. Ve ikincisi, okuduğum bir röportajda Katherine makalelerimden birinin yeni çıkacak kitabına ilham verdiğini itiraf ediyordu."

"Doğru," demişti Katherine. "Acaba gördünüz mü diye merak ediyordum."

"Gördüm Katherine." Gessner'ın büyüklük taslayan ses tonu bir çocukla konuşur gibiydi. "Ama hangi makalemin ilham verdiğinden bahsetmemişsin."

"Epilepsinin Beyin Kimyası," diye yanıtlamıştı Katherine. "*European Journal of Neuroscience.*"*

"Bir noetik bilimcinin alanının dışında kalmıyor mu? Umarım kendi çıkarımlarına uydurmak için araştırmalarımı eğip bükmüyorsundur."

"Kesinlikle hayır," demişti Katherine.

Langdon, Katherine'in nezaketine hayran kalmıştı. *Ben bu kadına bu kadar sabredemezdim.*

Gessner devam etmişti. "Yine de mesleki nezaket icabı o bölümü önden okuyabilmeyi isterim. Metnin bir kopyası yanında olmalı."

Katherine samimiyetle cevap vermişti. "Aslına bakarsanız, yok."

Gessner şüpheyle bakmıştı. "İyi o halde, herhalde benim için bir kopyasını bulabilirsin. Eğer beğenirsem kitabının tanıtımını yapmayı düşünebilirim, ki ilk kitabının tanınırlığı için epey faydası olur."

"Çok incesiniz," diyen Katherine azizlere yaraşır bir sabır gösteriyordu. "Editörüme sorarım."

Gessner teklifinin geri çevrilmesine bozulmuşa benziyordu. "Sen bilirsin ama en azından çalışmalarımdan bazılarını göstermek için seni yarın laboratuvarıma davet edeyim. Zihin açıcı bulacağına inanıyorum, seni aydınlatmak isterim."

Langdon huzursuzca yerinde kıpırdanınca Katherine masanın altından elini tutmuş ve şaşırtıcı bir güçle sıkmıştı. Gessner'ın teklifini kabul ederken Langdon'ı zapt etmeye çalışmıştı.

---

* *Avrupa Nörobilim Dergisi*

Aradan yirmi dakika geçmişti ve Gessner hâlâ Langdon'ın takip etmeyi bıraktığı bir konuda konuşmaya devam ediyordu. Yarısını içtiği o berbat akçaağaç şurubu–domuz pastırması kokteyli ağzında kahvaltı tadı bırakmıştı. Gessner'ın monoloğu devam edecekse bir tane daha içmesi gerekecekti.

Belki de sahanda yumurtalı bir martini, neden olmasın...

Katherine absentinden biraz içmiş olmasına rağmen etkisini göstermeye başlamıştı. Kelimeleri ağzında yuvarlıyor, gözlerini açık tutmakta zorlanıyordu.

Gessner pervasızca konuşuyordu. "Çalışmalarımın çığır açıcı doğasını göz önünde bulundurursak, yarın laboratuvarıma gelmeden önce bir gizlilik sözleşmesi imzalaman gerekecek."

Langdon'a göre bu, meslektaşlar arasında aşırıya kaçan bir istekti.

"Aslında yanımda bir tane var." Gessner küçük bir deri evrak çantası çıkarıp açmıştı. "Yarın olmadan şu işi halledelim..."

Langdon sözünü kesmişti. "Doğrusunu isterseniz, Katherine'in şu anda resmi bir evrakı okuyabilecek durumda olduğunu sanmıyorum. Yarın laboratuvarınıza geldiğinde imzalasa daha iyi olmaz mı?"

Bundan hiç hoşlanmadığı açıkça anlaşılan Gessner evrak çantasının üstünden gözlerini dikip Langdon'ın kararlılığını ölçmeye çalışmıştı. Sonunda kabul etmişti. "Tamam, o da olur."

Gessner yeniden Katherine'le sohbete daldığında Langdon, Katherine'in çalışmalarını böylesine küçümseyen bir nörobilimcinin neden laboratuvarını ona göstermeye bu denli hevesli olduğunu merak ediyordu. Gessner'ın amacı ne olursa olsun, Langdon yarın sabah Katherine'in bu turu nazikçe reddetmesini sağlamayı planlamıştı.

"Kişisel algılama Katherine!" Gessner'ın yüksek sesi Langdon'ın zihnindeki düşünceleri dağıtmıştı. "Bilirsin ben paranormal ve psişik bilime karşı olan düşüncelerimi söylemekten hiç çekinmedim. *Scientific American* dergisinin kapağını hatırlıyor musun?"

"Hatırlıyorum." Katherine gülümsemişti. "Doktor Brigita Gessner, ona nöro-PSİ-lojist demeyin."

"Evet." Gessner yüksek sesle kahkaha atmıştı. "O şakaya herkes dahil olmuştu. Hayranlarımdan biri mouse pad göndermişti. Üstünde benim sözüm yazıyordu: 'Bilimde PSİ yoktur.' Hatta bir meslektaşım tüm şifrelerimi P-S-İ diye değiştirmem gerektiğini, çünkü benim böyle bir şey seçebileceğimin kimsenin aklına gelmeyeceğini söyleyerek şaka yapmıştı."

Katherine absentinden bir yudum almıştı. "Çok komik."

"Yıllar sonra olan daha da komik. Yeni laboratuvarıma şifre seçerken meslektaşımın tavsiyesini hatırladım... ve şifremi PSİ yaptım."

Tek kaşını kaldıran Langdon hangisinin daha muhtemel olduğunu sorguluyordu. Gessner'ın laboratuvarını korumak için üç harfli bir şifre seçmiş olması mı yoksa şifresini onlara söylemesi mi?

Sonra kahkaha atarak sözlerine şunları eklemişti; "Tam olarak P–S–İ değil elbette. Şifreledim. Çok da zekice oldu diyebilirim."

Az önce dedin.

Bakışlarını Langdon'a çevirmişti. "Profesör siz bir bulmaca kurdusunuz öyle değil mi? Şifremi bilseniz çok etkilenirdiniz."

"Hiç şüphesiz," diyen Langdon dediklerini pek de dinlemiyordu.

Gessner kendiyle böbürleniyordu. "Küçük dahiyane şifremi şöyle tanımlıyorum: 'Antik bir Yunan'a içinde Latince bir şaşırtma barındıran Arapça bir övgü.'" Bardağının kenarındaki limon kabuğunu çekip hızlıca içkisinin içine atmıştı. *Son noktayı koydu.*

Neden bahsettiğine dair Langdon'ın bir fikri yoktu. "Kulağa çok zekice geliyor."

"Robert bunu çözebilir." Absentin Katherine üzerindeki etkisi artık tamamen görülebiliyordu. "Şifreler konusunda uzmandır."

"Haydi bir iddiaya girelim." Gessner sırıtmıştı. "Bence profesörün bunu tahmin etme olasılığı üç buçuk trilyonda bir."

Langdon hiç tereddüt etmeden karşılık vermişti. "Kulağa yedi basamaklı bir alfanümerik gibi geliyor."

İrkilerek gözlerini açan Gessner, bu kadar çabuk alt edildiği için şaşırmıştı.

Katherine bir sarhoş kahkahası atmıştı. "Size söyledim, şifreler konusunda çok iyidir!"

"Belli ki üslü sayılarda da öyle." Gessner'ın tedirgin olduğu anlaşılıyordu. "Tamam profesör. Size daha fazla ipucu vermeyeceğim."

Langdon nezaketi bırakıp ayağa kalkmıştı. "Bunu da söylemişken artık geceyi burada sonlandırsak iyi olacak."

"Oo, babası parti bitti diyor." Ayağa kalkan Gessner votka toniğinin çoğunu içmeden bırakmıştı. "Katherine, sabah görüşürüz. Saat tam sekizde Haç Burcu'nda."

Göreceğiz, diye düşünmüştü Langdon.

Katherine ayağa kalkarken absentin kalanını tek dikişte içmişti. Langdon'ın hesabına göre kokteyl onu tamamen çarpmadan Katherine'i yukarıya çıkarması için üç dakikası vardı.

Vedalaştıktan sonra Katherine'i koridordan kendi süitlerine doğru götürmüştü. Gessner'a gece boyunca tahammül ettiği için kendi kendine kızmıştı. Daha önce pek çok kendini beğenmiş akademisyenle karşılaşmıştı ama Brigita Gessner küstahlığı bambaşka bir seviyeye çıkarıyordu.

Antik bir Yunan'a içinde Latince bir şaşırtma barındıran Arapça bir övgü. Sahi mi?

Sırf o dayanılmaz kibrini alaşağı etmek için Gessner'ın dâhiyane şifresini hemen orada çözebilmeyi isterdi. Ama artık o an geçmişti. *Unut gitsin,* diye düşünmüştü Langdon. *Kimin umurunda?*

Süite girdiklerinde Katherine yatmadan önce banyoya gitmişti. Oturma odasında adım atan Langdon ise uyuyamayacak kadar gergindi. Gessner ile geçirdiği zamanı her ne kadar unutmak istese de, ukalalık taslaması Langdon'ın rekabetçi ruhunu harekete geçirmişti. Çoktan çalışmaya başlayan analitik zihni, Gessner'ın bulmacasını çözmenin bir yolunu arıyordu.

Her biri diğerinden ayrı, diye düşünmüştü. *Arapça bir övgü…*

Alfanümerik alfabede Arapça harflerin yer almadığını biliyordu. Bu yüzden Gessner'ın diğer Arapça alfabeden bahsettiğine neredeyse emindi. Matematiğin dili olan sayılar bin yıl kadar önce Araplar tarafından dünyaya yayılmıştı.

Gessner'ın şifresi bir sayı olmalı.

Yüksek sesle bulmacayı tekrarlıyordu. "Antik bir Yunan'a, Arapça övgü."

Mantıken eğer Gessner'ın şifresi bir sayıysa, "övgü" de sayısal olmalıydı. Bu yüzden bahsi geçen antik Yunan muhakkak matematikle ilgili biriydi.

Antik zamanların en ünlü üç matematikçisi Yunan'dı.

Bu isimler hazırlık okulunda Langdon'ın beynine kazınmıştı. Matematik öğretmeni Brown, okulun "PEA" kısaltmasının herkesin sandığı gibi Phillips Exeter Academy kelimelerinin baş harflerinden oluşmadığını, matematiğin üç büyük ustası Pisagor, Öklid* ve Arşimet'e gizli bir övgü olduğunu açıklamıştı.

Peki, Gessner acaba hangisinden bahsediyordu? Langdon liste üzerinde düşünmeye başlamıştı.

PİSAGOR: Pisagor teoremi, orantı teorisi, küre dünya
ÖKLİD: Geometrinin babası, konik kesitler, sayı teorisi
ARŞİMET: Arşimet spirali, pi sayısı, çemberlerin alanı

Langdon biraz durup düşünmüştü.

Yüksek sesle, "Pi!" diye haykırmıştı.

Katherine diğer odadan seslenmişti. "Odaya her ne söylüyorsan bana da söyle. Bir parça alırım."

Ben başka bir şeyden bahsediyorum. Kendi kendine gülen Langdon yatak odasına gidip Katherine'in yatağa girmesine yardım etmişti. İyi geceler öpücüğünü verdikten sonra yeniden oturma odasına dönmüş, storlu çalışma masasından bir kâğıtla kalem çıkarmış ve koltuğa yerleşirken kendini başladığı işi bitirmenin hevesine kaptırmıştı.

Henüz Gessner'ın bulmacasını çözememişti ama tarihteki en ünlü sayı kabul edilebilecek Pi'nin yazılışı PSİ'ye fazlasıyla yakındı.

Gessner şifresinin PSİ olduğunu söyledi... şifrelenmiş.

Doğru yolda ilerlediğini hissediyordu.

3.14159. Pi'nin en sık kullanılan halini hızlıca not etmişti.

Pi sayısının antik bir Yunan'a atıfta bulunduğu kesinlikle söylenebilirdi. Ayrıca Arap sayılarıyla ifade ediliyordu ve bu yüzden Gessner'ın belirttiği üç koşuldan ikisini sağlıyordu.

---

* İngilizce Euclid yazılır

Antik bir Yunan'a Arapça övgü.

Ne yazık ki 3.14159 sayısının ondalık işareti sorun çıkarıyordu. Her şeyden önce, alfanümerik bir şifrede ondalık işareti bulunmazdı. Ayrıca, ondalık işareti Arapların bir icadı değildi; John Napier adlı bir İskoç tarafından icat edilmişti.

Ondalık işaretini kaldırarak her iki sorundan da kurtulabilirsin.

Geriye tek bir sorun kalıyordu: 314159 sayısı PSİ'yi değil, pi sayısını temsil ediyordu.

Ama şu "Latince şaşırtma" hâlâ eksik.

On dakika geçmesine rağmen hiçbir ilerleme kaydedemeyen Langdon geceyi kendisi için de sonlandırmanın vakti geldiğine karar vermişti. *Gessner'ın şifresi biraz beklesin... hatta unutayım gitsin.*

Katherine'in yanına uzanan Langdon saatlerce deliksiz uyumuştu... ta ki, Katherine çığlıklarla gördüğü kâbustan uyanana kadar.

Şimdi asansör girintisinin karanlığında duran Langdon, *sanki üzerinden bir ömür geçti,* diye düşündü. Sayısal tuş takımına bakarken Gessner'ın sinir bozucu bulmacasını daha önceden çözmüş olmayı diliyordu.

Duvarın diğer tarafındaki Pavel yüksek sesle küfürler savuruyordu. Langdon onun antreden dışarı çıktığını duydu, Janáček'i bulmaya gitmiş olmalıydı. Kimseye görünmeden kaleden uzaklaşmanın tam zamanı olduğunun farkındaydı... ama nereye gidecekti? *Katherine'siz buradan gitmeyeceğim.* Başına bir şey gelmiş olmasından giderek daha çok endişeleniyordu. *Aşağı inmeliyim.*

Bir kez daha tuş takımına baktı. Üstünden bir gece geçmişti ve şimdi Gessner'ın şifresini çözmek için daha iyi bir fırsat yakalamış olabilirdi. Sorunları "ertesi güne bırakmamızın" bir nedeni olmalıydı; bilinçaltı biz uyurken kayda değer bağlantılar kurabilirdi.

Dün akşam yatağa girerken 314159'un "antik bir Yunan'a Arapça övgüyü" mükemmel temsil ettiğini düşünüyordu. Ama bu doğru değildi. *Latince şaşırtmayı gözden kaçırıyorum.*

Bunu düşünürken şekillerin en basiti zihninde canlandı; S harfinin sağa giderken sola dönen şaşırtmalı bir kıvrımı vardı.

Aman Tanrım! Latin alfabesinden şaşırtmalı bir harf!

O anda Gessner'ın ukala tavırlarıyla limon kabuğunu içkisinin içine attığını hatırladı ve biraz hayranlık duydu. *Bulmacanın eksik parçası S harfi.* Gerisi kolaydı. *Pİ sayısı PSİ'ye* dönüşüyor!

Gessner'ın şifresi Arap ve Latin sembollerin –sayıların ve harflerin– bir karışımıydı ve eğer yanılmıyorsa 314S159 olmalıydı.

Gessner'ın söylediklerini bir kez daha mantık süzgecinden geçirdi. "Antik bir Yunan'a içinde Latince bir şaşırtma barındıran Arapça bir övgü."

314159 sayısı tamamen Arapça... Yunanların Pi sayısı... ve Pİ sayısını PSİ'ye dönüştüren tam ortadaki Latin alfabesinden "S" harfi... Gessner şifresini böyle tarif etmişti.

Hayatının herhangi bir yerinde Arşimet gibi "Evreka!" diye bağıracak olsa o dakika işte tam bu andı ama öyle yapmadı. Sessizce tuş takımına yaklaştı.

Nefesini tutarak dijital ekrana yedi karakteri girdi.

3 1 4 S 1 5 9

Diziyi bir kez daha kontrol ettikten sonra derin bir nefes alıp GİRİŞ tuşuna bastı. Hiçbir şey olmadı.

Bir anda büyük bir hayal kırıklığı yaşadı ama az sonra bir tıkırtı duydu. Kapının arkasından mekanik bir uğultu yükseldi. Ses giderek artıyordu... Asansör yukarı çıkıyordu.

Evreka... Rahatlayan Langdon gülümsedi. *Demek üç buçuk trilyonda bir.*

Asansörün kapısı yana doğru açıldığında lambri kaplı geniş bir kabin ortaya çıktı. Klostrofobisini aklına getirmemeye çalışan Langdon içeri adımını attı. Onu aşağıdaki laboratuvara indirecek bir düğme aradı ama bulamadı. Bu asansörün herhangi bir düğmesi yoktu.

Kapılar kendiliğinden kapandı ve Langdon aşağı inmeye başladığını hissetti.

25. BÖLÜM

Taksi, Haç Burcu'na doğru tepeyi tırmanırken Katherine Solomon'a dair görüntüler Golĕm'in zihninde dönüp duruyordu. Prag Kalesi'ndeki sahnede olağanüstü konuşmasını yapışı hâlâ gözünün önündeydi. Şu anda olduğu gibi normal kıyafetler giymiş olan Golĕm arka tarafta sessizce oturup konuşmayı dinlemişti.

Golĕm, Katherine'i dinlerken bazen onun doğrudan kendisiyle konuştuğunu düşünmüştü. *Ben haklı olduğunun canlı kanıtıyım Katherine.* Katherine, Vladislav Salonu'nda bir saatten uzun bir süre boyunca yeni bir olasılığın heyecanı, insan bilincine getirdiği yeni bakış açısıyla kalabalığın ilgisini canlı tutmayı başarmıştı.

Özellikle bir an sanki sadece kendisiyle konuşuyormuş gibi hissetmişti.

Katherine, "Bilinçle ilgili geleneksel görüşlerimizin tamamıyla yanlış olduğunu su götürmez bir şekilde kanıtlayan olağanüstü bir fenomen var," demişti. "Buna ani Savant Sendromu deniyor ve klinik açıklaması şu şekilde: 'İnsan beyninde önceden var olmayan bir beceri ya da bilginin aniden var olması.'" Gülümseyerek devam etmişti. "Başka bir deyişle; başınıza bir darbe alıyorsunuz ve sabah, daha önce sahip olmadığınız bir beceriyle; mesela bir keman virtüözü olarak ya da Portekizce konuşarak veya bir matematik dehası olarak uyanıyorsunuz."

Katherine ekrana birdenbire Savant Sendromu yaşamış kişileri gösteren slayt ve video klipler yansıtmıştı.

REUBEN NSEMOH: Futbol maçı sırasında kafasına darbe alıp komaya giren ve mükemmel bir şekilde İspanyolca konuşarak uyanan on altı yaşındaki Amerikalı.

DEREK AMATO: Havuza dalınca kafasını çarpan, sonra da bir müzik dehası ve bir piyano virtüözü olarak uyanan orta yaşlı adam.

ORLANDO L. SERRELL: Kafasına beysbol topuyla darbe alan ve bir anda son derece karmaşık takvimsel hesaplamalar yapabildiğini keşfeden on yaşında bir çocuk.

Katherine, "Tabii ki akla gelen ilk soru," demişti. *"Bu nasıl mümkün olabilir?* Kafaya alınan bir darbe beyne birdenbire İspanyolca dilini nasıl yükleyebilir? Ya da yıllar süren keman eğitimini? Hatta yüzlerce yıl öncesine veya sonrasına ait bir tarihi kesin olarak belirleyebilme becerisini? Beynimizin şu anki modeliyle bu olayların hepsi imkânsızdır."

Telefonunu kurcalayan genç bir adama seslenmişti Katherine. "Bayım, o telefonu duvara fırlattığınızı ve telefonu yeniden elinize aldığınızda fotoğraf galerinizin daha önce hiç görmediğiniz yerlere ait fotoğraflarla dolu olduğunu hayal edin."

Genç adam, "Bu imkânsız," demişti.

Tabii ki Golĕm bunun nasıl olabileceğini biliyordu. Kozmik sinyallerin neden karıştığını biliyordu. Katherine Solomon'ın da bildiği çok açıktı.

"Ayrıca, bir de Michael Thomas Boatwright'ın inanılmaz hikâyesi var."

Katherine otel odasında bilinci kapalı bir halde bulunan ve mükemmel bir şekilde İsveççe konuşarak uyanan Amerikan Deniz Kuvvetleri gazisinin hikâyesini anlatmaya başlamıştı. Kendi hayatına dair hiçbir şey hatırlamayan adam, Johan Ek adında İsveçli bir adamın tüm hayat hikâyesini biliyordu.

Fikirlerini vurgulamak için James Leininger'in iyi bilinen hikâyesini anlatmıştı. Buna göre iki yaşındaki James rüyasında sürekli yanan bir savaş uçağının kokpitinde sıkışmış olduğunu görüyordu. James uyandığında yanmış bir savaş uçağının resimlerini çiziyor, karmaşık uçuş öncesi rutinlerden bahsediyor, ailesinin ve kendisinin daha önce hiç duymadığı teknik terimler kullanıyordu. Dehşete kapılan ailesi ona bu bilgileri *nereden* edindiğini sorduklarında çocuk, isminin James Leininger değil, James *Huston* olduğunu ve arkadaşı Jack'le birlikte "Natoma"dan havalanan bir savaş pilotu olduğunu söylüyordu. Ailesi, İkinci Dünya Savaşı'yla ilgili yaptıkları araştırmalardan sonra *Natoma Bay* uçak gemisinde arkadaşı Jack'le birlikte görev yapmış James Huston isminde bir savaş pilotu olduğunu öğrenmişti. Uçağı düşen Huston kokpitte sıkışarak hayatını kaybetmişti. Buradan sonra daha da tuhaflaşan hikâye, artık birçok belgeselin ve sonu gelmeyen çevrimiçi spekülasyonların konusu hâline gelmişti.

Katherine, "Açıklanamayan bu olayların hepsi *gerçek,*" diye devam etmişti. "Bunlar gerçek anomaliler... ve mevcut bilinç modelini o kadar temelinden sarsıyorlar ki, kendimizi insan anlayışına dair bir dönüm noktasında buluyoruz. Aynı şok edici gerçeği kabullenmekten başka bir şansları olmayan dehaların –nörobilimciler, fizikçiler, biyologlar ve filozoflar– sayıları gün geçtikçe artıyor. Basitçe açıklamak gerekirse insan beyninin nasıl çalıştığına dair yerleşik bilimsel görüşlerimiz artık yeterli değil. Yeni bir modelin vakti geldi. Oldukça basit bir sorunun cevabını bilmediğimizi itiraf etmek zorundayız: Düşüncelerimiz, yeteneklerimiz ve fikirlerimiz nereden geliyor? Ve dostlarım, bu akşamki konuşmanın konusu da bu."

Golĕm'in taksisi Haç Burcu'na çıkan son virajı da döndükten sonra uzaktaki laboratuvar göründü. Ama Golĕm önündeki şeyi gördüğü anda pleksiglas bölmeye vurdu. *"Zastavte! Zastavte!"*

Şoför aniden durdu.

Golĕm orada yalnız olacağını düşünmüştü ama binanın önünde bir ÚZSI aracı duruyordu. *Bu saatte burada kimse olmamalıydı!*

Taksiyi gönderdi ve tesisi çevreleyen ağaçların arasından yavaşça burçlara doğru yürüdü. Yaklaştıkça binanın giriş kapısının paramparça olduğunu fark etti. Giriş sonuna kadar açıktı ve zemin cam kırıklarıyla doluydu.

ÚZSI, Gessner'ın laboratuvarına mı girmiş?

Eğer öyleyse Golĕm aradığı şeyi kolay kolay geri alamayacağından korktu.

O olmadan Eşik'e ulaşamam.

Golĕm içeride hareket halinde olan kimseyi görmedi ama avulunun uzak köşesinde bir hareket fark etti.

Yaklaşık yetmiş metre ötede takım elbiseli ve uzun boylu bir adam alçak duvarın üzerinden bakarak telefon konuşması yapıyordu.

Bu bir ÚZSI görevlisi mi? Yoksa Gessner'ın adamlarından biri mi?

Her iki durumda da varlığı sorun yaratıyordu... ve halledilmesi gerekiyordu.

26. BÖLÜM

Haç Burcu'nun en ileri ucundaki Yüzbaşı Janáček telefon görüşmelerini bitirdi ve alçak taş duvarın üzerinden aşağıdaki geniş vadiyi seyre daldı. Her nedense kendini tazelenmiş gibi hissediyordu. Belki aşağıdaki manzaraya tepeden bakmak tehlikeli olduğundan ona böyle geliyordu veya belki de sabah gelişen olaylar onu heyecanlandırmıştı ama sebebi ne olursa olsun önemi yoktu.

Güzel bir gün oldu.

Prag turistlerle dolup taşmaya başladığından bu yana teşkilatta kalmak onun için giderek zorlaşıyordu. Herkes güvenli bir şehir istiyor, Janáček ise üstüne düşeni yapıyordu. Buna rağmen ya istenen sonuca ulaşılmadığı ya da fazla saldırgan davrandığı için hep kınama alıyordu.

Janáček, *ya biri ya öbürü,* diye düşünüyordu. *Ya sopayı göstereceksin ya da kargaşadan şikâyet etmeyeceksin.*

Birkaç yıl önce âlem yapan bir grup Amerikalı üniversite öğrencisine yönelik muamelesi nedeniyle ÚZSI'deki yüzbaşı pozisyonuna atanması defalarca reddedilmişti. Sarhoş, mağrur ve kavgacı gençler Janáček'le karşılaştığında mukavemet göstermişti. Durumdan sıkılan Janáček akılları başlarına gelsin diye onları bir geceliğine kodese tıkmıştı.

Maalesef gençlerden biri ABD'li bir senatörün oğluydu. Öfkeli baba hemen ABD Büyükelçiliği'ni aramıştı. Gençler derhal serbest bırakılmış, "aşırı güç kullanmaktan" ve "duygusal hasara sebep olmaktan" Janáček'e dava açılmıştı.

Janáček mesleki anlamda bu durumu hiç aşamamıştı.

Bugün Amerikalılara güç kimdeymiş göstereceğim.

Yıkım ekibi gelmelerine az kaldığını teyit etmişti. Janáček bir saat sonra bir basın açıklaması yapacaktı. Elleri kelepçeli halde Haç Burcu'ndan çıkan ünlü bir Harvard profesörüyle önemli bir Amerikalı bilim insanına eşlik ettiği fotoğrafları şimdiden gözünde canlandırabiliyordu.

Ciddi bir sesle konuşacaktı. *"Bu iki Amerikalı bugün pek çok hayatı tehlikeye attı. Hem de bir kitabın reklamı uğruna."*

Yapacağı suçlamalar tamamen doğru sayılmazdı ama yalanının gizli kalacağından emindi. Yeğeni Pavel yaptıklarının üstünü örtmesine yardım ederdi. ÚZSI bir kardeşlikti ve kanunları uygulamak için kolluk güçlerinin bazen aynı kanunları çiğnemesi gerektiği bilinirdi. Özellikle de ABD Büyükelçiliği'nin bu ülkede sahip olduğu dehşet yetkiler göz önüne alındığında.

Janáček yakında intikam alacak olmanın keyfine varırken telefonu çalmaya başladı. Telefon ekranında arayanı görünce yüzünde kendinden emin bir gülümseme belirdi. *İti an çomağı hazırla.* Bu kadınla sayısız kez karşı karşıya gelmiş ve girdiği her tartışmayı kaybetmişti. *Bugün öyle olmayacak.*

Telefona cevap verdi. "Sayın büyükelçi. Bu ne onur." Sesindeki alaycılığı Amerikalı diplomattan saklamak için bir çaba sarf etmedi.

"Yüzbaşı Janáček. Haç Burcu'nda mısınız?"

"Evet, öyleyim." Janáček küstahça karşılık vermişti. "Yıkım ekibinin gelmesini bekliyorum ve en az bir Amerikalıyı tutuklamayı planlıyorum."

Büyükelçi ciddi sesiyle, "Ataşe Harris yanımda," dedi. "Katherine Solomon ile Robert Langdon'ın bomba yerleştirmekle herhangi bir ilişkilerinin bulunamayacağına ikna olmuş."

"O halde Bayan Katherine Solomon neden tutuklamaya direniyor?"

"Yüzbaşı Janáček. Bunu bir kez söyleyeceğim. Sizin haberiniz olmayan bazı hassas durumlar..."

"Sizin Amerikan hassasiyetlerinize sıçsınlar sayın büyükelçi! Haç Burcu'nda hiçbir yetkiniz olmadığının gayet iyi farkındayım ve beni durdurmak için yapabileceğiniz hiçbir şey yok."

"A DOST!" Büyükelçinin Çek dilinde haykırması Janáček'i şaşırtmıştı.

Onu susturan büyükelçi öfkeyle fısıldadı. Ağzından sadece altı kelime çıktı. Janáček ise kamyon çarpmışa döndü. İşte o an, her şey değişmişti.

27. BÖLÜM

Asansör durmak için yavaşlarken Langdon'ın kalp atışları kısmen dar kabin yüzünden kısmen de Katherine'i bulma ihtimalinin heyecanıyla hızlanmıştı.

Burada bir yerde olmalı.

Kapı açıldığında Langdon kendisini kaba yontulmuş taştan duvarları sekiz yüz yıllık bir kaleye aitmiş gibi görünen -ki zaten öyleydi- uzun bir koridorda buldu. Eşit aralıklarla yerleştirilen iyi ayarlanmış spot lambaların aydınlattığı koridor zemini balıksırtı ahşap parkeyle döşenmişti.

Langdon dar asansörden çıktığı sırada alçak sesle, "Katherine?" diye seslendi.

Asansör kapısı arkasından kapanırken koridorun sağ duvarına sıralanmış taş pervazlı beş zarif ahşap kapı gördü. Laboratuvar bir nörobilim tesisinden çok lüks bir butik oteli andırıyordu.

Yukarıdaki Teğmen Pavel'in kendisini duymasına imkân olmadığını düşünerek, "Doktor Gessner?" diye seslendi.

Langdon'ın kontrol ettiği ilk kapı, taş duvarları olan, lüks bir halı ve yüksek dolaplarla döşenmiş büyük bir suit ofise açılıyordu. Masanın üzerinde iki bilgisayar, sabit hatlı bir telefon ve kâğıt yığınları vardı. Burasının Gessner'ın işlerini yaptığı gerçek ofisi olduğunu düşündü.

Odaya bitişik ofise göz atarken, "Merhaba?" diye seslendi. Ofiste; üzerinde fotoğraflar, yapay bir saksı çiçeği, *Пей воду* yazılı koyu pembe renkli su şişesi duran bir masa vardı. Langdon şişenin üzerindeki yazının ne anlama geldiğini bilmiyordu ama Kiril alfabesini tanımıştı ve Gessner'ın asistanının Rus olduğunu söylediğini hatırlıyordu.

Asistanın ofisinden çıkıp koridordaki ikinci kapıya yöneldi. Kapının üzerindeki sembolü hemen anlayamadı.

Bir an için sembolün, daire içinde yer alan bir nokta –eski zamanlardan kalma ortasında nokta işareti olan daire sembolü– olduğunu düşündü. Biraz da Philadelphia Flyers hokey takımının amblemine benziyordu. Az sonra bunun geniş bir borunun içine sırtüstü yatmış bir insanı gösteren modern bir piktogram olduğunu anladı.

Langdon, *görüntüleme laboratuvarı,* diye düşünürken kuvvetli bir şekilde kapıya vurdu.

Sessizlik.

Alçak sesle, "Katherine? Orada mısın?" diye seslendi.

Kapıyı iterek açtı. Odanın ışıkları otomatik olarak yanınca detaylı bir kontrol istasyonuyla kocaman iki görüntüleme cihazı –bilgisayarlı tomografi cihazıyla MR cihazı– gördü. İçeride kimse yoktu.

Langdon odadan çıkıp üçüncü kapıya doğru yürüdü. Kapının üzerindeki yazı birden umutlanmasına neden oldu.

SANAL GERÇEKLİK

Gessner sanal gerçeklikle ilgili çalışmalarından bahsetmişti. Langdon iki kadının içeride tam duyusal bir sanal gerçeklik seansında oldukları için dahili telefonu duyamadıklarını düşündü.

Langdon'ın SG ile ilgili deneyimleri son derece rahatsız edici olmuştu. Bir öğrencisi onu *The Climb* isimli bir kaya tırmanışı simülasyonunu denemesi için ikna etmiş ve Langdon SG gözlüğünü taktığı anda kendisini yerden binlerce metre yükseklikte tehlikeli bir kaya çıkıntısının üzerinde bulmuştu. Ayaklarının sağlam bir şekilde yere bastığını bildiği halde korkudan donup kalmış, dengesini kaybetmiş ve tek bir adım bile atamamıştı. Şaşırtıcı bir şekilde, beyni *sanal* gerçekliği *gerçek* gerçeklikten daha inandırıcı bulmuştu.

Langdon kapıyı açıp içeri girerken, *bir daha asla denemem*, diye düşündü.

"Katherine?" diye seslendi. "Doktor Gessner?"

İçerisi taş duvarlı, halı kaplı küçük bir odaydı. Ortada bir televizyon koltuğu duruyordu. Ekranı olmayan, tek koltuklu bir ev sinemasına benziyordu. Koltuğun arkasına ucundan kablolar sarkan büyük bir SG gözlüğü takılıydı.

Langdon, *çok ürkütücü bir yer*, diye düşündü. *Ve Katherine burada değil.*

Hızla SG odasından çıkıp koridorda ilerledi. Acil göz yıkama ünitesi ve bir duşakabinin bulunduğu tuvaletin yanından geçti. Orada da kimse yoktu.

Langdon koridorda ilerleyip son kapıya ulaştı. Kapının üzerinde; popüler bir yazı vardı.

TEKNOLİŞME

Langdon yeni girişimler arasında trend olan bu terimi iyi biliyordu çünkü Jonas Faukman bir seferinde ona bunun "gereksiz bir birleştirme" olduğunu ve "teknolojik gelişme" yazmaya enerjisi olmayan gençlere bir şeyler geliştirmeleri için milyonlarca dolar verilmesini doğru bulmadığını söylemişti.

Langdon kapıya hafifçe vurdu. Katherine'in içeride olmasını umut ederek kapıyı açarken, *son şansım*, diye düşündü.

Kapı içeri doğru açılırken Langdon anlık bir körlük yaşadı. Odanın içi aşırı derecede aydınlık... ve gürültülüydü. Sert floresan ışıkları beyaz linolyum zeminin üzerinde vınlıyor, endüstriyel fanlar gürültüyle çalışıyor ve alarma benzeyen aralıksız bir bipleme sesi kulakları tırmalıyordu. Langdon gerildiğini hissetti.

Gürültüde sesini duyurmaya çalışarak, "Merhaba?" diye seslendi. "Katherine?!"

Langdon içeri girince üzerleri elektronik aletler, çeşitli malzemeler, parçalar ve ozalit baskılarla dolu bir sürü çalışma masası gördü. Kendisini çılgın bir bilim insanının mağarasına girmiş gibi hissediyordu. Dağınık tezgâhların arkasında, odanın gerisinde eski tip ana bilgisayar ile endüstriyel bir jeneratörün birleşimine benzeyen hantal bir teçhizat duruyordu. Aletten çıkan yüksek ve aralıksız bipleme sesiyle soğutma fanlarının vınlaması dayanılmazdı.

Gürültünün arasında, "*Kimse* yok mu?" diye bağırdı.

Langdon makineye doğru yaklaşırken yan tarafından çıkan kablo ve tellerin ikinci bir alete; plastik ve camdan yapılmış daha ince ve yere yakın bir konteynere bağlanmış olduğunu fark etti. Şeffaf kapağının altındaki iç bölmeden yumuşak bir ışık yayılıyordu.

Bu da neyin nesi?

Langdon aletin boyutu ve şeklinden dolayı onu bir uyku kapsülüne benzetti. Aniden umutsuzluğa kapılıp *ya da bir tabut,* diye düşündü.

Kapsüle yaklaşırken şeffaf kapağının içeride gerçekleşen şey yüzünden buharla kaplanmış olduğunu fark etti. Bipleme sesi devam ediyordu. Dikkatli bir şekilde alete yaklaşıp cam kapağın üzerinden içeri bakınca dehşet içinde geri çekildi.

Kapsülün içindeki yoğun sisin altında hareketsiz bir şekilde yatan şeyin bir insan olduğunu anlamıştı.

Aman Tanrım.... Katherine!?

28. BÖLÜM

Michael Harris, ABD Büyükelçiliği'nin ikinci katında büyükelçiyle yaptığı özel görüşme sona erdiğinde allak bullak olmuştu. Henüz bir kısmını okumuş olmasına rağmen büyükelçinin az önce kendisiyle paylaştığı gizli bilginin sonuçlarını kestirmeye çalışıyordu.

Her şeyi kendisiyle paylaşmadığının farkındaydı ama bir şey çok açıktı. *Bugün olanların yanında Four Seasons'daki bomba ihbarı hafif kalır,* diye düşündü.

Kendini toparladıktan sonra hızlıca Dana'nın aşağıdaki ofisine yönelen Harris onu bu işe bulaştırmadan önce büyükelçiyle konuşmadığına pişmandı. Dana bilgisayarının başında oturmuş Karl Köprüsü'ne ait kamera görüntülerini incelemekle meşguldü. *Kahretsin.*

O içeri girerken Dana başını kaldırıp baktı. "Dikenli taç takan kadını buldum Michael. Çok tatlıymış. Bana söylemedin..."

"Kapat onu Dana." Harris hemen yanına koştu. "Bir hata yaptım."

"Ama dedin ki..."

"Biliyorum. Üzgünüm. Lütfen kapat. *Hemen.*"

Kadın dikkatle ona baktı ve ayağa kalktı. Eski bir manken olan Dana bir seksenlik boyuyla Michael Harris'in gözlerinin içine bakabilen az sayıdaki kadından biriydi. O daha tek kelime edemeden Harris dizüstü çöktü.

"Ciddi misin? Dizlerinin üstüne çöküp bana yalvaracak mısın?"

Tam olarak öyle sayılmaz. Harris masanın altına uzandı ve fişini çekerek bilgisayarın elektriğini kesti.

Dana kararan ekrana bakıp, "Sen ne halt ediyorsun?" diye çıkıştı.

"Bana güven," diyerek yeniden ayağa kalktı Harris.

"Bakıyorum da son zamanlarda sırlarla dolusun."

Olanları bilsen. "Dinle... Senden ne istediğimi unutmanı ve işine geri dönmeni istiyorum."

Dana gözlerini kırpmadan bakışlarını diktiğinde Harris onun işin peşini bırakmayacağını anladı. Kafasını çalıştırdı. Muzip bir tebessümle sesini alçaltıp fısıltıyla konuştu. "Buradaki duvarlar bizi duyuyor. Bu akşam yemekte sana her şeyi anlatayım mı?"

Bu vaadin üzerine dudaklarını büzen Dana'nın gözleri parladı. "Paket servis? Senin evin?"

Harris ona göz kırptı. "Yemek isteğe bağlı."

Dana gülümsedi. "Düşünme şeklini seviyorum."

Harris ona bir öpücük yolladıktan sonra dışarı çıktı. Birkaç dakika sonra, büyükelçiliğe ait siyah bir Audi A7'nin içinde Tržiště Caddesi'nde hızla ilerliyordu. Doğrudan Haç Burcu'na gideceğini zannediyordu ama büyükelçi daha önce kendisi için bir şey yapmasını istemişti.

Büyükelçi, "Profesör Langdon bir süre daha güvende olacak," demişti. "Yüzbaşı Janáček kontrolümüz altında."

Kontrol altında demek hafif kalır. Harris büyükelçiyle yüzbaşı arasındaki sert konuşmaya şahit olmuştu. *Janáček kendine fazla güvendi ve kaybetti.* Harris oraya varana kadar yaralarını sarmakla uğraşacak ve efendi gibi davranacaktı.

Büyükelçiden öğrendikleri dehşet verici olsa da sanki bir perde kalkmış gibi hissediyordu. Masanın üstündeki bulmaca parçaları ve aralarındaki bağlantı tek tek ortaya çıkıyordu: Harris'in büyükelçi adına yaptığı kayıt dışı işler... Gessner'ın Haç Burcu'ndaki laboratuvarı... Karl Köprüsü'nün üstündeki kadın... hatta Katherine Solomon'ın yayımlanacak olan kitabı.

*

Dana Daněk'in tepesinden dumanlar çıkıyordu.

Benim ne yapacağıma sen karar veremezsin Michael Harris.

Sen benim sevgilimsin, patronum değil.

Ataşenin akşam yemeğiyle onu kandırmaya çalışması Dana'yı çileden çıkarmıştı. Bunun da ötesinde, tuhaf davranışları Karl Köprüsü'nün üstündeki gizemli kadınla ilgili şüphelerini arttırmaktan başka işe yaramamıştı.

Neyse ki ünlü köprü Prag'daki her yerden daha fazla kamerayla izleniyordu. Köprünün nöbetçi kulelerinin tepesine birer adet 360 derecelik kamera, gaz lambalarının içine de on üç adet göz hizası kamera yerleştirilmişti.

Havadan alınan kayıtlardan birini seçen Dana, arşivlenmiş video kaydını saat 06.40'tan başlattı. Dikenli taç takan kadının orada durduğunu görünce şaşırdı. Kadın sanki birini bekliyormuş gibi boş köprünün doğu ucunda oyalanıyordu.

Ama kimi bekliyor?

Göz hizası kameralarından birinin kayıtlarını açtı ve kadının yüzüne yakınlaştırdı. Kostüm giyen kadının iri gözlü, gamzeli, genç ve güzel biri olduğunu görünce keyfi kaçtı. Dar siyah mantosunun altında ufak tefek ve fit bir vücudu olduğu anlaşılıyordu.

Michael bu yüzden mi seninle ilgileniyor?

Michael'ın romantik bir heves için Dana'dan araştırma yapmasını istemesi akıl almazdı ama belki de acımasız bir oyun oynuyordu. Önsezileri haftalardır ona Michael'ın başka biriyle birlikte olduğunu söylüyordu.

Kadınlar daima hisseder...

Harris'in gittiğinden emin olunca masanın altına eğildi, bilgisayarın fişini taktı ve video takip portalını yeniden açtı.

Yeniden o güzel kadını takip etmeye başladı. Kadının nereye gittiğini bulmaya niyetliydi... ama ondan önce daha önemli bir sorusu vardı.

Kimsin sen?

Dana'nın büyükelçilikteki görevlerinden biri de hizmet almaya veya sığınmaya gelen ziyaretçilerin kimliklerini ve özgeçmişlerini teyit etmekti. Tek ihtiyacı olan bir pasaport fotoğrafı veya büyükelçiliğin kapıdaki güvenlik kameralarından alınan bir kareydi, sonrasında tüm dünya ayakları altına serilirdi. Bugünlerde yüz tanıma yazılımları sayesinde gezegendeki herhangi birinin kimliğini saptamak sadece birkaç dakika sürüyordu.

Üzgünüm hayatım. Dana kadının yüzünün yüksek kalitede birçok yakından görüntüsünü aldı. *Ama benden kaçamazsın.*

Fotoğrafları büyükelçiliğin uluslararası yüz tanıma veritabanına yükledi. Bu kadının dünyanın herhangi bir yerinde bir suç kaydı varsa otuz saniye içinde ortaya çıkacaktı. Eğer yoksa, fotoğrafı pasaportlardan, sürücü belgelerinden ve medyadan elde edilen geniş bir uluslararası fotoğraf veritabanına gönderilecekti.

Ve son olarak, eğer o da işe yaramazsa fotoğraf dünyanın en yeni ve en geniş veritabanında taranacaktı: insanların hiç şüphe duymadan özçekimlerini paylaştığı Instagram, LinkedIn, Snapchat gibi platformlarda.

Sosyal medya, diye düşündü. *Katolik Kilisesi günah çıkarmayı icat ettiğinden bu yana en büyük istihbarat kaynağı.*

29. BÖLÜM

Langdon kapsülün içindeki insan figürüne bakarken kısa bir an için felç olduğunu hissetti.

Tanrım... Katherine.

Dizleri üzerine çöküp camı yumruklarken yüzünü cama iyice bastırıp içeriyi görmeye çalıştı.

Onu oradan çıkartmalıyım!

Kapsülün iç tarafına bastırılmış bir şekilde duran hareketsiz elin parmakları solgun ve kaskatı görünüyordu. Bilekleri ise hareket etmelerini önlemek için ağır kayışlarla bağlanmış gibiydi.

Langdon elini cam kapsülün üzerinde gezdirerek onu açmanın bir yolunu bulmaya çalıştı. Buz gibi soğuk olan yüzeyini kavradı ama açma düğmesine benzer bir şey bulamadı. Kulakları sağır eden alarm çalmaya devam ediyordu.

Açıl lanet olası şey!

Langdon'ın yüzünden sadece birkaç santim uzakta duran bedenin puslu hatları girdap gibi dönen sisin altında bir görünüp bir kayboluyordu.

Aniden arkasında seramik zeminin üzerinde hızla yaklaşan ayak sesleri duydu. Arkasını dönünce sarı saçları omuzuna kadar dökülen uzun boylu bir kadın gördü. Elindeki paslanmaz çelikten yangın söndürme aletini Langdon'ın suratına indirecekmiş gibi ona doğru koşuyordu.

Kadın gürültünün üzerinden, *"Co to sakra děláš?!"* diye bağırdı.

Langdon teslim oluyormuş gibi ellerini havaya kaldırdı. "Dur!"

Kadın ağır metal yangın söndürücüyü başının üstüne doğru kaldırırken yoğun bir Rus aksanıyla, "Buraya nasıl girdin!" diye sordu.

"Burayı açmamız gerekiyor, lütfen yardım..."

"Buraya nasıl girdin?!"

Langdon, "Asansör şifresiyle!" diye bağırdı. "Şifreyi bana Doktor Gessner verdi! Arkadaşım Katherine Solomon ve ben..."

Son derece şaşırmış görünen kadın hemen yangın söndürücüyü indirdi. "Profesör Langdon? Ben çok özür dilerim... Ben Sasha Vesna. Brigita'nın laboratuvar asistanıyım."

Langdon kapsülü göstererek, "Katherine bunun içinde!" dedi. "Yardıma ihtiyacı var."

Bipleme sesini o an fark etmiş gibi görünen Sasha'nın şaşkınlığı bir anda dehşete dönüştü. Elindeki yangın söndürücüyü yere attı ve kapsüle bağlı makineye doğru koşup çekmecesinden bir dizüstü bilgisayar çıkardı ve hararetle bir şeyler yazmaya başladı.

"Oh, hayır... Hayır!"

Langdon neler olduğunu anlamıyordu ama kadının paniği kendisininkini de artırmıştı. "Şu lanet şeyi açsana!"

Sasha, "Çok tehlikeli!" diye bağırdı. "İlk önce süreci tersine çevirmeliyiz."

Hangi süreci? "Lütfen onu dışarı çıkar!"

Asistan kadın korku dolu gözlerle kapsülün içine bakarken şok olmuş gibi görünüyordu. "Ben anlamıyorum!... Doktor Solomon neden bunun içine girdi?"

Langdon yerden yangın söndürücüyü alıp kapsülün camını kırmamak için kendini zor tutuyordu. *Bu gerçek olamaz...*

Gessner'ın asistanı klavyeyi tekrar tuşlayınca alarm sesi sonunda kesildi. Saniyeler sonra fanlar sessizleşti ve kapsülü daha büyük alete bağlayan borulardan akan su sesine benzer sesler duyuldu. Langdon şeffaf borulardan ne geçmesini beklediğini bilmiyordu ama kapsülün içindeki bedene doğru akan kıpkırmızı sıvıyı görünce paniğe kapıldı.

Başı dönmeye başlayan profesör, "Bu şey... kan mı?" diye sordu. "Nedir bu?"

Sıvı, kapsüle doğru akarken dizüstü bilgisayarda bir şeyler yazmaya devam eden Sasha panik içinde, "AKC!" dedi. "Acil Durum Koruma ve Canlandırma Makinesi. Brigita'nın prototipi! Henüz kullanıma hazır değil!"

Vücudun etrafındaki soğuk sis girdap gibi dönerken Langdon, Gessner'ın geçen akşam AKC'den bahsettiğini hatırladı. Bu hayat kurtaran teknoloji, Maryland Tıp Fakültesi'nden Samuel Tisherman isimli bir cerrah tarafından sunulmuştu ama Brigita Gessner henüz hipotez aşamasındaki konseptin üzerine atlayıp son derece gelişmiş bir prototipini tasarlamış ve patentini –bir servet değerinde olduğunu söyleyerek böbürlendiği patentini– almıştı.

Gessner onlara, "Uzun süreli hipoksi* beyin hasarına yol açar," diye anlatmaya başlamıştı. "Ama benim AKC makinem, hücresel aktivitesini yavaşlatarak yani bir tür geçici ölüm hali gerçekleştirerek beyni oksijen yoksunluğundan *koruyabiliyor.* Makinem aslında modifiye edilmiş bir ECMO cihazı; yani kanı dakikada iki litre hızla aşırı soğutulmuş serum fizyolojikle değiştiren bir ekstrakorporeal membran oksijenizasyon ünitesi. Beyni ve vücudu hızla soğutarak on dereceye düşürüyor. Ve cerrahi ekibe *saatler* kazandırarak normalde dakikalar içinde beyin ölümü gerçekleşecek bir hastayı tedavi edebilmelerine fırsat tanıyor."

Gessner'ın AKC cihazının yanında ayakta duran Langdon kusmak üzereydi.

Kapsülün içinde hafif bir patlama sesi duyuldu ve camın iç tarafına kanlar sıçradı. Langdon ürkmüştü. *Kanıyor!*

Sasha dizüstü bilgisayarında yaptığı işi bırakıp, "Блядь!!" diye söylenerek duvardaki acil durum paneline doğru koştu. Plastik bir mührü kırıp hiç tereddüt etmeden altındaki parlak kırmızı düğmeye bastı. Tıslar gibi bir ses çıkaran kapsülün kapağı bir martı kanadı gibi açıldı. Sis dağılırken Langdon kapsülün içine doğru eğildi.

Tanrım...

Profesör onu görür görmez ölmüş olduğunu anladı. Gözleri ifadesiz ve cansızdı. Yüzü, dehşet dolu bir ifadeyle donup kalmıştı. Langdon bir cesedin onda hem çaresizlik hem de rahatlama duygularını uyandırabileceğini hiç düşünmemişti ama o anda tam olarak böyle hissediyordu.

Kapsülün içinde yatan ceset Katherine Solomon değildi.

Brigita Gessner'dı.

* Kanda oksijen eksikliği

30. BÖLÜM

Sasha Vesna acıyla inledikten sonra içinde ceset bulunan tankın yanında dizlerinin üstüne yığıldı. "Brigita! Hayır!" Yüzünü kapattı ve hıçkırıklara boğuldu.

Langdon'ın tek yapabildiği acıyarak ona bakmaktı. Tankın içindekinin Katherine olmadığını görünce hissettiği rahatlama ne kadar yoğunsa belli ki Sasha da Doktor Gessner'ı gördüğünde o kadar üzülmüştü.

Bir süre daha gözyaşı döken Sasha sonra endişeli bir yüz ifadesiyle başını kaldırdı. Bir şey kaybetmiş gibi ceplerini yoklamaya başladı. Hızlı ve derin nefesler alıyordu. "Hayır..." diye fısıldarken çenesi gerildi. "Lütfen... şimdi olmasın!"

Langdon hemen yanına koştu. "Ne oluyor?!"

Sasha ayağa kalkıp kapıya doğru hamle yapmaya çalışırken sendeleyip yeniden dizlerinin üstüne çöktü. Sanki nöbet geçirmek üzereymiş gibi görünüyordu.

Langdon onu sabit tutmak için elinden geleni yapıyordu. "Ne yapabilirim?" diye sordu.

Bir inilti çıkaran Sasha az ötede yere düşürdüğü çantasını işaret etti.

İlaçları mı? Langdon hemen çantayı kaptı ve Sasha'ya götürürken telaşla içindekileri karıştırdı.

Doktor Gessner dün akşam laboratuvar asistanında temporal lob epilepsisi olduğundan bahsetmişti. Gerçi Gessner bundan bahsederken merhamet göstermekten çok, iyileştirdiği epilepsi hastalarının sayısıyla övünmüştü. "Epilepsi nöbeti aslında beyindeki elektrik fırtınasından başka bir şey değil," diye açıklamıştı. "Ben bu fırtınaları önlemenin bir yolunu buldum. Aslına bakılacak olursa mükemmel bir tedavi."

Mükemmel mi? Sasha o sırada pek de "iyileşmiş" gibi görünmüyordu.

Sadece anahtarları, eldivenleri, gözlükleri, mendilleri ve çantaya konmuş diğer eşyaları bulan Langdon çıldıracak gibi oldu. İlaç şişesi, şırınga, astım spreyi veya içinde bulundukları duruma faydası olacak herhangi bir şey yoktu. Elinde çantayla Sasha'nın yanına geldiğinde, "İhtiyacın olan ne?" diye sordu ama geç kaldığını anladı. Gözleri donuklaşan Sasha yan dönmüş, şiddetle sarsılırken başını yere çarpıyordu.

İlaç için çok geç, diye düşünen profesör hemen yanına çöktü, başını avuçlarının arasına aldı ve yere sertçe çarpmasını önlemeye çalıştı. Öğretmen olduğu için nöbet geçiren bir öğrenciye nasıl yardım edeceği konusunda eğitim almıştı.

Önce zarar verme. Televizyondaki sağlıkçıların hastanın "kendi dilini yutmasını önlemek için" yaptığı gibi kişiyi karın üstü yatırmaması gerektiğini biliyordu. Bu tuhaf hurafe aslında fiziksel olarak da mümkün değildi. Kimilerinin mantıklı bir müdahale varsaydığı, hastanın ağzına kemer sıkıştırmak da asla yapılmaması gerekenler arasındaydı. *Bu şekilde ya hastayı boğarsın ya da hasta parmağını ısırır.* FDA'in* nöbetlerde kullanılmasını onayladığı tek alet PATI ağız koruyucusuydu ama Sasha'nın çantasında bundan yoktu. *Sağ salim atlatmasına yardım edeceğim.*

"Sorun yok," diye fısıldadı. "Seni tutuyorum."

Kadının başını ellerinin arasında tutarken burnunun daha önce kırılmış ve iyi düzeltilmemiş olduğunu fark etti. Ayrıca çenesinin altında kırmızı bir yara izi vardı. Bunlar daha önce geçirdiği nöbetlerden kalma yaralar olmalıydı. Gür sarı saçlarının arasından görülen yara izleri de benzer kazalar sırasında oluşmuş olmalıydı.

Langdon'ın kadına duyduğu sempati gitgide artıyordu.

Sara nöbetleri kişinin *fiziksel* bedenine büyük zararlar verirdi.

---

* Food and Drug Administration (ABD Gıda ve İlaç Dairesi)

Buna hiç şüphe yoktu. Ama beklenenin aksine, bu kişilerin *zihinsel* durumu tarihsel süreçte çok farklı kaydedilmişti. Aslına bakılacak olursa durum tam tersiydi.

Katherine dün akşamki konuşmasında epilepsiden bahsederken, "insan zihninde doğal olarak meydana gelen değişken bilinç durumları" demişti. MRI cihazında bakıldığında epilepsi nöbetleri halüsinojenlere, ölümden dönme deneyimlerine ve hatta orgazma benzer bir elektrik sinyali üretiyordu.

Vincent van Gogh, Agatha Christie, Sokrates ve Fyodor Dostoyevski gibi en yaratıcı dehalardan bazıları epileptikti. Rus yazar geçirdiği epilepsi nöbetlerini "normal bir zihnin düşünemeyeceği bir mutluluk ve ahenk" diye açıklamıştı. Diğerleri ise nöbetleri "ilahi dünyaya açılan kapı", "zihni bedenin sınırlarından kurtaran bir mutluluk", "gerçekdışı yaratıcılık patlamaları" diye tanımlamıştı.

Hıristiyan sanatında epilepsi fark edilir bir sıklıkla kullanılmıştı. Kutsal kitapta yazan ilahi karşılaşmaların ve vahiylerin çokluğu düşünülecek olursa bu pek şaşırtıcı sayılmazdı. Ezekiel, Aziz Pavlus, Jeanne d'Arc, Azize Brigit ile anılanlar dahil olmak üzere bahsedilen mistik deneyimler inanılmaz bir kesinlikle epilepsi nöbetini tarif ediyordu. Raffaello Sanzio'nun İsa'nın göğe yükselişini betimlediği ünlü *Başkalaşım* tablosunda nöbet geçiren bir genç tasvir edilmişti.

Langdon'ın kollarındaki Sasha'nın titremesi durmuş, nefes alıp vermesi normale dönmüştü. Krizi yaklaşık bir dakika devam etmiş ve onu halsiz düşürmüştü. Langdon sabırlı olması gerektiğini biliyordu ve ona kendini toparlaması için zaman tanımalıydı.

Yerde baygın yatan Rus'a bakarken bu sabah kontrolden çıkan olayların kendi kafasını da karıştırdığını hissetti. Henüz birkaç saat önce havuzda sakince kulaç atıyordu. Şimdiyse düne kadar hiç tanımadığı iki kadınla birlikte özel bir laboratuvarda yerde oturuyordu. Kadınlardan biri kollarının arasında baygın, diğeriyse EPR tankın içinde cansız yatıyordu.

Ama en can sıkıcısı, Katherine'den bir iz olmamasıydı.

*

Teğmen Pavel burcun yıkılmış kapısında telaşla dururken gözleri avluda ÚZSI yüzbaşısını arıyordu. Birkaç dakika önce Janáček'i duvarın kenarında telefon görüşmesi yaparken görmüştü. Ama şimdi yoktu. Pavel onu iki kez aramış, cevap alamamıştı.

Janáček de mi kayboldu?

Neyse ki Langdon'ın ortadan kaybolmasının gizemini çözmüştü. Bekleme salonundaki kayan duvarın arkasına gizlenmiş asansörü bulmuştu. Asansöre bir yetki kodu girilmesi gerekiyordu ama Langdon'ın bu sorunu kolay aştığını tahmin ediyordu. Aşağıdaki biri güvenlik kamerasından Langdon'ı izlemiş ve onu almak için yukarı çıkmış olmalıydı.

Langdon'ın kaybolması Solomon ile Gessner'ın aşağıda olduğunu ve ÚZSI yüzbaşısı Janáček'in emrine gerçekten de karşı geldiklerini doğruluyordu. Amerikalıların başlarını ne kadar ciddi bir belaya soktuklarının farkında olduklarından şüpheliydi.

Pavel ana girişten gelen gürültüyü duyduğunda gizli girintiyi inceliyordu. Sesi duyduğu anda yüzbaşının iptidai bir alarm olarak merdiven girişine dayadığı kırık kapı kasasından geldiğini anlamıştı.

Solomon, Langdon ve Gessner laboratuvardan kaçıyor!

Teğmen silahını çekip asansör girintisinden dışarı fırladı ve köşeyi dönerek koridora koştu. *"Stůj!"* diye bağırdı. "*Dur!"*

Ama kimse yoktu. Kırık kapı kasası sahiden de yere devrilmişti ve bu da kapının açıldığını gösteriyordu ama antre boştu.

Pavel antreye fırlayıp dışarı baktı. Açık alanda kimseler yoktu. *Kimse bu kadar hızlı kaçamaz.* Karda duran Pavel dönüp laboratuvar kapısına tekrar baktığında, belki de laboratuvardan dışarı birinin çıkmadığını... tam tersine birinin içeri girmiş olabileceğini düşündü.

Bu kişi her kimse biyometrik giriş iznine sahip olduğu belliydi. *Bir laboratuvar çalışanı olabilir mi?* Janáček'in bu haberi nasıl karşılayacağını düşündükçe soğuk terler döküyordu. Langdon'ı kaybetmekle kalmamış, üstüne bir de laboratuvara birisinin girmesine izin vermişti.

Ne kadar aptalsın Pavel. Sana burada durup o laboratuvar kapısına göz kulak olmanı söyledi.

Rüzgârdan üşüyünce içeri girdi. Laboratuvar kapısının yanındaki biyometrik panelde bir değişiklik olduğunu fark ettiğinde tam da telefonuna sarılmak üzereydi. Küçük yeşil gösterge ışığına bakarken, *bu tuhaf,* diye düşündü. Bu sabah gelip de kapının kilitli olduğunu fark ettiklerinde panelin ışığı *kırmızı* yanıyordu. Bundan emindi. Oysa şimdi *yeşil*di ve yanıp sönüyordu. Pavel şaşkınlık içinde laboratuvar kapısına doğru yürüdü, kolunu kavrayıp aşağı indirdi.

Kolayca açılan kapının karşısına bir merdiven çıktı. Görünüşe bakılırsa içeri giren son kişinin arkasından kapı tam kilitlenmemişti. Bakışlarını aşağı indiren Pavel bunun sebebini anladı. Kapı pervazına kalın bir cam parçası sıkışmıştı.

Hemen yüzbaşıya haber vermeliyim, içeri girebiliyoruz!

Pavel boş merdivenlerden aşağı bakarken aklına başka bir seçenek geldi. Biraz cüretkâr, belki biraz da tehlikeliydi ama düşüncesi bile onu heyecanlandırmıştı, özellikle de son zamanlarda yüzbaşıyı defalarca hayal kırıklığına uğrattığı için.

Aşağıdaki sahneyi hayalinde canlandırdı. *Silahsız birkaç akademisyen...*

Silahını doğrulttuğu kaçakları koltukta yan yana dizdiğini gördüğünde Janáček'in nasıl keyifleneceğini hayal etti. Kılıfında duran CZ 75 D marka silahına elini attı. Tabanca kabzasının pürüzlü dokusunun verdiği his sanki eski bir arkadaşa dokunmak gibiydi.

Ben tam da bu görev için özel eğitim aldım.

Robert Langdon silahtan korktuğunu zaten belli etmişti, diğerlerinin de onun gibi olduğuna şüphe yoktu. Deneyimlerine göre silahlı bir ÚZSI memuruyla karşılaşan siviller hep aynı şeyi, memurun her dediğini yapardı.

*

Yüzbaşı Janáček burç yamacının çok aşağısında gökyüzünü seyrederken bilinci gidip geliyordu. Ayakları yerden kesilip de korkunç bir hızla aşağı düşeli ne kadar zaman geçtiğini bilmiyordu. Müthiş bir güçle vadinin sonundaki kayalara çarpmıştı. Büyükelçiden aldığı haberle kıyaslandığında intihar şairane kalırdı ama o intihar etmemişti.

Biri beni itti.

Her yanı kırık ve kanlar içinde kayaların üstünde yatan Janáček kendisini sertçe iterek alçak taş duvardan aşağı yuvarlanmasına sebep olan güçlü ellerin dokunduğu iki noktayı hâlâ hissedebiliyordu. Kimin kendisine arkadan sinsice yaklaştığına dair bir fikri yoktu ama nedense şu anda bu konu onu hiç ilgilendirmiyordu.

Sona geldim... ölüyorum.

Fakat bu geçişin doğal gelmesi ve sakinliği onu şaşırttı. Çok az fiziksel rahatsızlık duyuyordu. Dakikalar önce onu yiyip bitiren kaygılar hatta büyükelçiyle yaptığı nahoş telefon görüşmesi bile uçup gitmişti. Büyükelçinin söylediği altı kelime hâlâ kulaklarındaydı. *Biz otele hiç bomba koyulmadığını biliyoruz.*

Janáček'in küçük bir bomba buldukları iddiası yalandı. Durumun kontrolünü ele geçirmek için yaptığı bir eklemeydi. *Bana emredileni yaptım.*

Bu sabah Londra'dan gelen tuhaf arama Janáček'i derin uykusundan kaldırmıştı. Telefondaki adam arama yaptığı saat için özür dilemiş ve yüzbaşıya mesajlarına bakmasını söylemişti. Janáček de dediğini yapmış ve bu adamın oldukça yüksek kademelerde olduğuna dair çarpıcı referanslar bulmuştu.

Adam, "Özel bir durum var," demişti. "Yardım edersen sevinirim."

Dikkatini vermeye çalışan Janáček, gözlerini ovuşturmuştu. "Nasıl?"

"Şu anda Prag'da iki önemli Amerikalı var. Onları tutuklamanı istiyorum."

"Biliyorsunuz ben kafama göre yabancıları tutuklayamam..."

"İhtiyaç duyacağın tüm istihbarat sana sunulacak. Dikkatli dinle."

Janáček iki Amerikalının neyin peşinde olduğunu dinlerken tanıdık bir öfkeye kapıldı. *Reklam kampanyası mı? Four Seans'da bomba ihbarı mı? Korkunç!* Yabancıların onun ülkesinde kanunsuz bir oyun parkındaymış gibi davranmalarından bıkmıştı.

"Sizi uyarmalıyım," demişti Janáček. "Sadece 'huzuru kaçırmakla' suçlayabilirim. Eğer bu Amerikalılar zenginse veya ünlüyse ABD Büyükelçiliği hemen devreye girecektir."

"Sen büyükelçiliği kafana takma," demişti adam. "Ben büyükelçiyi hallederim. Tek yapman gereken işledikleri suçun derecesini arttırmak. Ben sana nasıl yapacağını söyleyeceğim."

Adamın basit, temiz ve zeki bir planı vardı. Küçük bir süslemeyle Janáček haklı gerekçeyle onları tutuklayabilecek ve büyükelçiye "Amerikalı olmanın" kimseyi Çekya kanunlarının üstüne çıkarmadığını nihayet gösterebilecekti.

Adalete hizmet eden beyaz bir yalan onurlu bir yalandır. Janáček böyle olduğuna inanıyordu. Yardımları karşılığında adamın yaptığı cömert teklifle ilgilenmiyordu. *Büyükelçiyi alt etmek yeterince büyük bir ödül,* diye düşünürken hâlâ geçmişteki sürtüşmelerinin etkisindeydi. Ve böylece arayan kişinin söylediği gibi çizgiyi aşmış ve gerçeği abartmıştı. Bomba yoktu, sadece bomba ihbarı vardı ama bu basit çarpıtma suçlamaları çok daha ciddi bir seviyeye tırmandırıyordu.

Şimdi vadide kırıklar içinde yatan Janáček bu zafer anının bir serap gibi dağılıp gittiğini görmüştü. Amiriyle görüşmeyi planlayan büyükelçi tarafından küçük düşürülünce basın açıklamasını iptal etmiş ve yıkım ekibine gelmemesini söylemişti. Adından bahsettirecek bir tutuklama yapma hırsı onu kolay hedef haline getirmişti... hatta gönüllü bir piyon olmuştu.

Belki de arayan Amerikalı beni kendi çıkarları için kullandı. Adamın kimlik bilgisini ve aradığı numarayı incelemişti. Ama artık bunların hiçbir önemi yoktu. Kayaların üstüne serilmiş yatan Janáček başının arkasından akan ılık kanı hissediyordu. Hayatın içinden akıp gittiğinin farkındaydı. Tuhaf bir biçimde Amerikalı büyükelçinin, özellikle de o ukala Michael Harris'in önünde diz çökmektense ölmek daha iyi bir seçenek gibi geliyordu.

Bu bir lütuf, diye düşündü. Hiç telaşlanmıyor oluşuna şaşırıyordu.

Yüzbaşı şimdi *kendinden* uzaklaştığını hissediyordu. Kırıklar içindeki fiziksel bedeninden memnuniyetle ayrılırken ne bir acı ne de bir ağrı hissediyor, adeta yükselirken dünyanın tüm kargaşasını geride bırakıyordu.

Korku değil... sadece bir dinginlik hissediyordu. Bu daha önce deneyimlediği hiçbir şeye benzemiyordu.

31. BÖLÜM

Karl Köprüsü'ndeki kadının kimliğini öğrenmek için başvurduğu yüz tanıma veritabanından bir türlü gelmeyen sonuçlar Dana Daněk'in sabırsızlığını arttırıyordu. İşlem tahmin etmediği kadar uzun sürmüştü.

Sonuçları beklerken kuşbakışı izleyen güvenlik kamerası görüntülerine geri dönmüştü. Şimdi, köprünün doğu ucunda hareketsiz bir şekilde, bir şey bekliyormuş gibi duran taçlı kadını izliyordu.

Saat 06.52'de kadına bir telefon geldi. Kadın birkaç saniyelik bir görüşmeden sonra telefonu tekrar cebine koydu. Ardından, cebinden küçük bir şişe çıkarıp içindekini omuzlarına ve siyah mantosunun kollarına serpiştirdi.

Parfüm mü? Kutsal su mu?

Şişeyi cebine sokup sivri uçlu tacını düzeltti ve mantosunun içine uzanıp bir tür metal çubuk çıkardı. Küçük, gümüş bir mızrağa benziyordu.

Yanında silah mı taşıyor?

Sonra ıssız köprüde neredeyse bir zombi gibi ağır ağır yürümeye başladı. Köprünün ortasına vardığında görüntüye uzun boylu, koyu renk saçlı bir adam girdi. Adam karşıdan geniş adımlarla doğu tarafına, kadına doğru ilerliyordu. Eşofman ve spor ayakkabı giymişti. Kadının yanına geldiğinde aniden durdu, ona doğru dönüp bir şeyler söyledi. Kadın onu ya duymazdan geldi ya da duymadı. Yürümeye devam etti. Adam bir anlığına donup kalmış gibiydi. Kadına tekrar seslendi, bir karşılık alamayınca dönüp kendi yolunda koşmaya devam etti ve sonra da görüntüden çıktı.

Bu da neydi böyle?

Dana görüntüyü geri sarıp sahneyi yeniden izledi. Adamın nereye doğru koştuğunu merak ediyordu ama şimdilik hayalete benzeyen tuhaf kadına odaklanmaya karar verdi. Yazılımın yüz tanıma, yapay zekâ ve projeksiyon algoritmalarını kullanarak özneye odaklanan "otomatik izleme" modunu devreye soktu. Program bir kameradan diğerine geçerek köprüdeki tuhaf kadını takip etti.

Kadın, Aziz Augustine heykelinin yanından geçerken aniden durdu. Yalnız olduğundan emin olmak istiyormuş gibi etrafı kontrol ettikten sonra tacını çıkarıp köprüden aşağı attı. Mızrak da arkasından sulara gömüldü. Sonra cebinden beyaz yün bir bere çıkarıp başına taktı ve koyu renk saçlarını içine soktu. Son olarak, siyah mantosunu çıkarıp üzerinde koyu kırmızı bir kazakla kaldı. Mantosunu katlayıp Aziz Augustine heykelinin altına bıraktı. İnsanlar genellikle buraya, evsizlere ya da yardıma ihtiyacı olanlara bağış olarak bir şeyler bırakırlardı.

Artık tamamıyla farklı görünen kadın sola dönüp köprünün dış duvarına bitişik inşa edilmiş ve nehrin batı kıyısına bağlanan dar bir merdivenden aşağı indi. Bu bukalemun kadın her kimse takip edilmek istemediği belliydi.

Dana arşiv görüntülerini yüksek hızda izlemeye başladı. Kadın, Liechtenstein Sarayı'nın önündeki arnavutkaldırımlı meydandan geçip bahçesinde barkod yüzlü üç büyük bronz bebek heykelinin bulunduğu Kampa Müzesi'nin yanından geçti. Kampa Parkı'nın içine girip bir süre dolandıktan sonra bir büfeden kahve aldı, bir banka oturdu ve kahvesini içerken telefonu çaldı.

Telefon görüşmesi bittikten sonra aceleyle artık üzerinde işe giden insanların yürüdüğü Karl Köprüsü'ne geri döndü. Kadın geldiği yönden hızla geri yürüyerek köprüden çıktı ve sola dönüp Křižovnická Caddesi'nde ilerlemeye başladı. Kaldırımda yürürken kayıttan oynatım birden yavaşladı ve ekranda "CANLI YAYIN" yazısı belirdi. Kadının hızlı yürüyüşü normal adımlara dönüşmüştü.

Gerçek zamanlı. Bu şu anda oluyor...

Dana'nın gelişmiş izleme sistemini bu şekilde kullanmaya izni yoktu ama gözlerini kılık değiştiren kadından alamıyordu.

Kaldırımda ilerleyip sola dönen ve zarif bir park avlusundan Prag'ın en güzel otellerinden birinin girişine doğru yürüyen kadını izlemeye devam etti.

Four Seasons'a mı gidiyor?

Kadın otelin döner kapısından geçip gözden kaybolurken Dana'nın gözüne bir şey çarptı. Otelin önündeki rezerve park alanına bir Audi A7 park etmişti. Sedan arabanın diplomatik araç olduğunu gösteren kırmızı harflerle yazılmış plakası Dana'nın dikkatini çekmişti.

Bu bizim büyükelçiliğin araçlarından biri mi?

Birkaç saniye sonra Michael Harris zarif bedeniyle sedan arabadan inip otele doğru yürümeye başlayınca Dana'nın sorusu da cevaplanmış oldu. Dana şok içinde ekrana bakarken midesinin bulandığını hissetti.

Seni orospu çocuğu! Biliyordum!

*

Four Seasons Otel'in müdürü hâlâ Amerikan büyükelçisinden aldığı telefonun etkisindeydi. Büyükelçi, o sabah Bay Langdon'la yaşanan talihsiz olayda sağduyulu davrandığı için kendisine teşekkür etmiş ve ondan bir iyilik istemişti.

Müdür, resepsiyona doğru ilerleyen şık giyimli adamı görünce, *iyiliği yapacağım kişi geldi,* diye düşündü.

Müdür elini uzatarak, "Bay Harris," dedi. "Büyükelçi biraz önce aradı."

Adam mengene gibi elini sıktı. "Teşekkür ederim."

Müdür, "Sizi bu sabah Bay Langdon'la birlikte görmüştüm," dedi. "Ve... ÚZSI ile." Yüzünü buruşturdu. "Umarım her şey yolundadır."

"Kesinlikle. Talihsiz bir yanlış anlaşılmaydı ve halletmeye çalışıyoruz. Burada bulunma sebebimi biliyorsunuzdur. Bay Langdon büyükelçilikten süitindeki birkaç parça eşyasının alınmasını rica etti. Sanırım, önemli bir ilacı varmış ve..."

"Tabii ki. Oda anahtarını sizin için bastırdım bile. Sadece, mümkünse bir kimlik görmem gerekiyor. Formalite için özür dilerim ama tahmin edebileceğiniz gibi biraz sıra dışı bir durum ve otel politikası..."

Michael Harris, büyükelçilik kartını müdüre uzatırken, "Hiç sorun değil," dedi. "İlginize teşekkür ederim. Büyükelçilik Four Seasons'dan her zaman en mükemmel hizmeti alacağını biliyor."

Yüzü memnuniyetle ışıldayan müdür, kimlik kartını geri verdi. "Çok naziksiniz. Sanırım, kral dairesine nasıl çıkıldığını hatırlıyorsunuzdur. İşiniz bittiğinde lütfen oda anahtarını süitte bırakın ve kapıyı arkanızdan kapatın."

Michael Harris, adama teşekkür edip yukarı çıktı.

İşine geri dönen müdür, adamın arkasından yukarı çıkan kırmızı kazaklı güzel kadını fark etmedi.

32. BÖLÜM

Neredeyim ben, diye içinden geçirdi Sasha. Sanki damarlarının içinde şampanya köpükleri dolaşıyormuş gibi hafif, keyif verici ve tanıdık bir karıncalanma hissetti. Epilepsi nöbetinden çıktığında beyni genellikle yeniden başlatılan ve ağır ağır yazılımını yükleyen bir bilgisayar gibi olurdu.

İçgüdüsel olarak her zamanki nöbet sonrası ritüeline başladı. Doktor Gessner'ın "nöbet sonrası odaklanma" dediği bu strateji, zihni hatırlayabildiği en yakın anıyı hatırlamaya zorlayarak mevcut anın gerçekliğine döndürmenin bir yoluydu.

Bu sabah çay yapıyordum. Sasha hatmi çiçeği çayının kokusunu, pencereden mutfağa süzülen sabah ışığını ve kahvaltı için sabırsızlanan iki Siyam kedisinin miyavlayarak bacaklarına sürtündüğünü hatırladı. Beyni yavaşça yaşadığı ana dönerken kedilerinin mamasını verdikten sonra ne yaptığını hatırlamaya çalıştı ama bir türlü o dakikaların üstündeki sis perdesi kalkmıyordu.

Beynin, yaşananları kaydetmeyi unutması gibi bir etkisi olan interiktal hafıza kaybı, epilepsi hastaları arasında yaygındı ve bazen saatlerce sürerdi. Bazı epilepsi hastaları için hafıza kaybı nöbetlerden daha yıpratıcıydı ama Sasha böyle düşünmüyordu. Hatta bazen onun için bir lütuf sayılırdı.

Geçmişimde hatırlamak istemediğim bazı bölümler var.

Sasha, Rusya'da büyürken okuldaki diğer çocuklar onun geçirdiği nöbetlere "vibratör" anlamına gelen "*вибратор*" ismini takmıştı. Ailesi onu uzman doktorlara götürmüş ama hep aynı cevabı almıştı. "Tedavisi yok. Sasha ölene kadar nöbet geçirecek... ama geçirdiği nöbetler onu öldürmeyecek."

Ama ben ölmek istiyorum. Sasha o zamanlar hep böyle düşünürdü. Nöbetlerin hemen ardından gelen huzur anları bazı açılardan büyülü gibi olsa da bu nöbetlerin yol açtığı fiziksel acı ve duygusal hasar daha ağır basıyordu.

Doktorlar en sonunda Sasha'ya kronik senkop ve akıl hastalığı teşhisi koymuş, bir hastaneye yatırılmasını önermişti. Ailesinin yapabileceği en iyi şey onu Rusya'nın batı sınırına yakın ücra bir yerde, devlete ait köhne bir akıl hastanesi olan *psikhushka*'ya yatırmaktı. Onuncu yaş gününde ailesi onu oraya bırakmış ve bir daha da ziyaretine gitmemişti.

Sasha küçücük odasında haftalarca ağlamıştı. Günde birkaç kez nöbet geçiriyor, görevliler ona merhamet göstermeksizin zapt etmeye çalışıyordu. Yemekler yavan olsa da zengin ve cömert bir ilaç menüsü vardı. On beş yaşına geldiğinde ilaçlarla yatıştırılmış yapayalnız bir hayatı vardı.

On beş yıl bu şekilde yaşamıştı; unutulmuş ve yalnız. Gerçeklikten tek kaçabildiği anlar koridorun karşısındaki ortak alanda durmadan gösterilen Amerikan filmleriydi. En sevdiği tür romantik komediydi ve bir gün New York şehrinde âşık olmak istiyordu. *Bir gün Amerika'yı göreceğim,* diye kendi kendine söz vermişti. Bazen onu hayatta tutan tek şeyin Amerika'ya gitme hayali olduğunu düşünüyordu.

Ama bu hayal bile paramparça oldu.

Sasha'ya yeni bir gece nöbetçisi atanmıştı. Malvina adındaki bu acımasız hemşire yalnız kaldığı saatlerde Sasha'nın nöbet ilaçlarını vermiyor, onun kasılma nöbetlerini adeta bir sirk gösterisi gibi izleyerek kendini eğlendiriyordu. Acımasız kadın haftalarca Sasha'ya fiziksel ve zihinsel tacizde bulunmuş ve belki hatırlayamadığı başka açılardan da taciz etmişti.

Bir sabah, Malvina'nın acımasız saldırılarının birinden canını zor kurtaran Sasha yatağında ağlarken üç hastane çalışanı içeri dalmış ve onu koridorda sürükleyerek ortak alana götürmüştü.

"Priznavaysya!" diye bağırmışlardı. *İtiraf et!*

Malvina'nın cansız bedeni, kafası tamamen geriye dönmüş bir halde Sasha'nın ayaklarının dibinde yatıyordu.

"Ben yapmadım!" dediyse de çalışanlar onun suçlu olduğuna çoktan karar vermişti. Ama devlet desteğini kaybetmemek için Malvina'nın ölümünü kaygan zeminde yaşanan talihsiz bir kaza olarak rapor etmiş ve ceza olarak Sasha'yı tecrit etmişlerdi.

Sasha karanlık odada hemşireyi kimin öldürmüş olabileceğini düşünüp durmuştu. Nöbet geçiren başka hastalar da vardı, Malvina yanlış kişiye sataşmış olabilirdi. Genç kız bazen hayal kurardı. *Belki de biri beni korumak için onu öldürdü.* Bu fikir kendini o kadar da yalnız hissetmemesini sağlıyordu.

İki hafta tecritte geçirdikten sonra Sasha'yı sürükleyerek çıkartmışlar, bir deli gömleği giydirmişler ve ziyaretçisinin geldiğini söylemişlerdi. Sasha'nın hiç ziyaretçisi olmazdı, ailesi bile gelmezdi. *Beni burada ölüme terk ettiler.*

Onu bekleyen bir yabancıydı. Simsiyah saçları, pahalı giysileri ve ciddi çehresiyle ufak tefek bir kadındı. Bir yerin yetkilisiymiş gibi bir havası vardı. Kadın hademeleri azarlayarak derhal deli gömleğini çıkartmalarını istemiş, hastane çalışanlarının kadının dediğini hemen yerine getirmesi Sasha'yı şaşırtmıştı.

Onları eliyle kovalayan kadın, "*Zvířata,*" demişti. *Hayvanlar.*

Haftalardır gün ışığı görmemiş olan Sasha gözlerini kısmıştı. Rusça, "*Кто ты?*" diye sormuştu. *Sen kimsin?*

Kadın, "Çekçe konuşabilir misin?" diye sormuştu.

Sasha başını "hayır" anlamında iki yana sallamıştı.

"Peki İngilizce?"

Sasha, "Biraz," demişti. "Amerikan televizyonunu seyrediyorum."

Kadın gizli bir şey söyler gibi fısıldamıştı. "Ben de öyle. Harika değil mi?"

Sasha sadece bakmakla yetinmişti.

"İsmim Doktor Brigita Gessner," demişti. "Sana yardım etmeye geldim. Ben Avrupalı bir beyin cerrahıyım."

Sasha hemen, "Doktorlar bana çare bulamıyor," demişti.

"Bunun için çok üzgünüm. Onlar sadece senin durumunu anlayamıyor."

"Ben akıl hastasıyım ve nöbet geçiriyorum."

Kadın anlayışlı bir ifadeyle başını sallamıştı. "Hayır, Sasha senin akıl sağlığın yerinde. Temporal lob epilepsisi diye bilinen bir durumun var, geçirdiğin nöbetlerin sebebi bu. Tamamıyla iyileştirilebilir. Prag'da bir merkezim var, seni oraya götürmek istiyorum."

"Beni düzeltmek için mi?" Sasha şüpheliydi.

"Sen bozuk değilsin hayatım. Beyninde bazen elektrik fırtınaları oluyor. Ama bunları kontrol etmene yardımcı olabilirim. Senin gibi pek çok epilepsi hastasını tedavi ettim ve şahane sonuçlar aldık. Bu hastanede çalışan Dmitri ismindeki genç adam da onlardan biri."

Dmitri mi? Uzun boylu, yakışıklı adamı tanıyordu ama bir süredir onu görmüyordu. *Ben de nereye gittiğini merak ediyordum!* "Dmitri'yi tedavi mi ettin?"

"Evet. Ve Rusya'daki evine döndü bile."

Sasha, Doktor Gessner'ın söylediklerine inanmayı çok istiyordu ama gerçek olamayacak kadar iyi geliyordu. "Benim... param yok."

"Tedavi ücretsiz Sasha. Ve oldukça basit."

Sasha'nın kafatasına yerleştirilecek ufak bir çipten ibaret olan yöntemi çabucak anlatmıştı. Nöbet geçireceğini hissettiği anda başına manyetik bir çubuk sürterek çipi aktive edecekti. Böylece çip nöbetin başlamasını engelleyecek olan elektrik akımını üretecek ve krizi daha başlamadan durdurmuş olacaktı.

"Bu... gerçekten de mümkün mü?" Sasha ağlayacak gibiydi.

"Öyle! Buna, duyarlı nörostimülatör çip deniyor. Ben icat ettim."

"Ama... *bana* neden yardım edeceksin?"

Doktor Gessner masanın üzerinden uzanıp kızın elini tutmuştu. "Sasha ben şanslı bir hayat yaşadım. Doğrusunu söylemek gerekirse sana yardım etmek bana da fayda sağlayacak. İhtiyacı olanlara yardım etmek kendimi iyi hissetmemi sağlıyor. Birinin hayatını kurtarabileceksem bunu neden yapmayayım?"

Sasha ayağa fırlayıp bu kadına sarılmak istemişti ama ona inanmaya korkuyordu. Hayatı boyunca kendisine çok az nezaket gösterilmişti. "Peki ama... ya buradan çıkmama izin vermezlerse?!"

Gessner sertçe, "Ah, verseler iyi olur," demişti. "Seni bırakmaları için onlara ufak bir servet ödedim."

Dört gün sonra Sasha, Prag'daki bir hastane yatağında uyanmıştı. Anestezi ve ağrı kesiciler yüzünden sersem gibiydi ama yaşadığını hissediyordu. Doktor Gessner ona ameliyatın başarılı geçtiğini söylediğinde Sasha aniden heyecanlanmış ve ekseriyetle olduğu gibi yaklaşan nöbetin ilk işaretleri kendini göstermeye başlamıştı. Gessner sakince manyetik bir çubuğu genç kızın tepesinde gezdirmiş, Sasha mucizevi bir biçimde nöbet emarelerinin kaybolduğunu hissetmişti. Adeta hapşırmak üzereyken geçmiş gibiydi. İnanamıyordu.

Takip eden günlerde Doktor Gessner onu yakından izlemiş ve en yüksek verimliliği almak için cihaza ince ayar yapmıştı. O kadar mükemmel çalışıyordu ki Sasha bir daha nöbet geçireceğini sanmıyordu. Hatta nöbet sonrası yaşadığı zihin bulanıklığına eşlik eden dinginliği ve huzur verici mutluluğu arayacağını zannediyordu. Yine de bu, gerçek hayatı yaşayabilme lüksü için katlanılacak ufak bir bedel sayılırdı.

Tanı testleri yaptıkları bir akşamüstü Brigita Gessner birden teklifte bulunmuştu. "Gelecek planlarının ne olduğunu bilmiyorum Sasha ama benim laboratuvarda bir asistana ihtiyacım var ve açıkçası sen harika bir adaysın."

"Ben mi?" Sasha onun şaka yaptığını düşünmüştü.

"Neden olmayasın? Bütün hayatını bir tıp kurumunda geçirdin."

"Hasta olarak!" Sasha gülmüştü. "Doktor değildim!"

Gessner, "Doğru," demişti. "Ama sen zeki bir kadınsın. Senden doktor olmanı veya beyin ameliyatı yapmanı beklemiyorum. Ofisin evrak işlerinden, cihazların dezenfekte edilmesi gibi şeylerden bahsediyorum. Tabii en güzeli, eğer laboratuvarımda çalışırsan durumunda birtakım iyileştirmeler de yapabiliriz."

"İyileştirme mi? Ben harika hissediyorum!"

"Gerçekten mi? Artık hafıza kaybı veya baygınlık süreçleri olmuyor mu?"

"Şey... Bunlar hâlâ var."

Birlikte kahkaha attılar ama doğrusu Sasha gerçekten de unutuyordu. Hafızasında kör noktalar olmasına alışmıştı.

Gessner ona açıklamıştı. "İnteriktal hafıza kaybı epilepsi hastalarımda son derece yaygın. Bu konuda ilerleme kaydetmek için bazı fikirlerim var... Elbette zaman zaman beynine bakmama izin vermen gerekecek."

"Tabii ama..."

"Kasabada anneme aldığım küçük bir apartman dairem var ama annem bir süre önce öldü. Satmaya içim elvermedi. Orada istediğin kadar kalabilirsin. Mobilyalı ama eğer tarzından hoşlanmazsan..."

"Tarzını severim," diye lafa atlayan Sasha ağlamanın eşiğine gelmişti.

Bunlar iki yıl önceydi ve genç kadın o zamandan beri yanından ayrılmamıştı. Şimdi yirmi sekiz yaşındaydı ve mütevazı maaşıyla kira vermeden oturduğu evinde kendini geçindiriyordu. Hayali gerçek olmuştu. Zaman geçtikçe temizlik ve evrak işlerinden Doktor Gessner'a araştırmalarında yardım etmeye geçmiş, temel görüntüleme aletlerini kullanmayı öğrenmişti.

Brigita devam eden tedavisinin ilerleyişini takip etmek için düzenli aralıklarla Sasha'nın beyin grafisini çekiyor, damar yoluyla besin takviyesi veriyor ve sanal gerçeklik koltuğunda beynini eğitici alıştırmalar yaptırıyordu. Gessner bazen Sasha'yı ödül olarak VR gözlükleriyle seyahat ettiriyordu. Bunların arasında Eyfel Kulesi, Büyük Set Resifi ve en sevdiği kaçamak yeri olan Manhattan vardı. Gökdelenlerin arasında havada süzülmeyi, Central Park'ta dolaşmayı çok seviyordu. *Umarım bir gün gerçeğini görürüm...*

"Sasha?" Derinden gelen bir ses başının hemen üstünden ona sesleniyordu. "İyi misin?"

Yakından gelen ses onu şimdiye döndürüyordu.

"Sasha?" diye yineledi.

Sasha'nın nöbet sonrasının etkisi azalmaya başlamıştı... Sonra aniden üstüne büyük bir acı çöktü. Şimdi her şeyi hatırlıyordu. *Brigita öldü. Gerçek dostum.*

Gözleri birden açılınca başını ellerinin arasında tutan yakışıklı ve nazik bir adamın yüzünü gördü.

Adam ona kibarca gülümsedi ve fısıldadı. "Hoş geldin."

33. BÖLÜM

Jonas Faukman her geçen dakika daha da soğuyan minibüsün içinde titriyordu. Elleri arkasından bağlıydı ve parmakları artık tamamıyla hissizleşmişti. Faukman'ı kaçıran adamlar onu bağlamadan önce gri denizci paltosunu yırtmış ve ceplerini aradıktan sonra yere atmışlardı.

Editör cep telefonunun paltosunun cebinde olup olmadığını merak ediyordu. "Hey Siri! 911'i ara!" diye bağırmamak için kendini zor tutuyordu.

Asker tıraşlı tıknaz adam sadece birkaç santim uzağında süt kasasının üzerinde oturuyordu. Ön koltukta oturan ortağı cep telefonunda biriyle mesajlaşıyordu.

Komutanıyla mı?

Faukman parçaları birleşmeye çalışıyordu ama bu adamların kendisini sokaktan neden o şekilde kaçırdıklarına bir anlam veremiyordu. *Sadece bir taslak çaldılar... ve tüm yayıncı kopyalarını yok ettiler.* Katherine'in kitabı çok satacak bir kitap olsa bile bunun için bir şirketin sistemine saldırmak, basılı kopyaları yok etmek ve insan kaçırmak biraz abartılı değil miydi? *Tanrı aşkına biz kitap basıyoruz... Die Hard filmi çevirmiyoruz!*

Asker tıraşlı adam başını tabletten kaldırıp, "Pekâlâ," dedi. "Sana birkaç sorum var Bay Faukman."

Faukman, "Bana Jonas diyebilirsin," dedi. "İnsan kaçırmak eskisi kadar resmiyet gerektiren bir şey değil."

Espriden hoşlanmadığı belli olan adam dik dik ona baktı. "Katherine Solomon yurtdışında mı?"

"Evet."

"Yurtdışında nerede?"

"Nerede olduğunu *biliyorsunuz*. Bana cevabını bildiğiniz soruları sorarak minik yalan makinenizin ayarlarını yapmaya çalışıyorsunuz."

"Nerede?" diyerek sorusunu tekrar etti asker tıraşlı.

Editörün tekrar midesine bir yumruk yemeye niyeti yoktu. "Prag'da," diye cevap verdi.

"Çok güzel." Adam tekrar tabletine baktı. "Doktor Solomon yerel saatle sabah yediden biraz önce Prag'daki otel odasından ayrılıp Four Seasons İş Merkezi'ne gitmiş."

Faukman durumu kavrayınca paniklediğini hissetti. "Bir dakika... siz onu takip mi ediyordunuz?"

"Gözümüz üzerindeydi diyelim."

"Tanrı aşkına, *siz* kimsiniz?"

Adam cevap vermeden konuşmaya devam etti. "İş merkezindeyken PRH sunucusuna bağlanmak için otel bilgisayarlarından birini kullandı. Metninin son haline giriş yaptı."

Ne olmuş yani? Editörler metni okumaya başlayacaklarında yazarlar genellikle son dakika stresi yaşarlardı. Büyük ihtimalle, Katherine bir bölümden emin değildi ve tekrar okumaya karar vermişti.

Adam, "Neden otel odasındaki kendi dizüstü bilgisayarını kullanmadı?" diye sordu.

"Çünkü Doktor Solomon'ın dizüstü bilgisayarı yok. Kendisi büyük ekranı, klavyesi ve faresi olan bir bilgisayarda çalışmayı tercih ediyor. *Onu iyi izliyor olsaydınız, bunu bilirdiniz.*"

Dizüstü bilgisayardaki diğer adam, "Doğru," dedi.

Asker tıraşlı adam tabletine bakarak, "Kayıtlarımız bu sabah onun dört yüz seksen bir sayfalık metninin bir kopyasını bastıktan sonra otelden ayrıldığını gösteriyor," dedi.

Faukman adamların sayfa sayısını net olarak bilmeleri karşısında kısa süreli bir şaşkınlık yaşadıktan sonra editör kopyasını çalmış olduklarını hatırladı. *Blöf yapıyor.* "Doktor Solomon kopya falan basmadı ve sizde bunu gayet iyi biliyorsunuz."

Süt kasasının üzerindeki kaslı adam ona uzun uzun baktıktan sonra arkaya doğru gerindi. Omuz askılı kılıfın içinde duran büyük tabancasını göstermek için bu hareketi yaptığı çok belliydi. Faukman bu kadar bariz bir hareketi en son dördüncü sınıfta IOKA Sineması'nda kolunu Laura Schwartz'ın omzuna koymak için yapmıştı ama mesajı almıştı.

Adam, "Benimle oyun oynamak istediğinden emin misin?" diye sordu.

Dizüstü bilgisayardaki adam ekrana bakarken, "Bekle," dedi. "Avatar doğru söylüyor, diyor. Solomon'ın bir kopya bastığından haberi yok."

Asker tıraşlı adam şaşırmış gibiydi. "İlginç. Demek... kadın sana haber vermeden bir kopya bastı."

İyi deneme. Faukman iyi polis-kötü polis numarasını yutmayacak kadar çok sorgulama sahnesi okumuştu. Bu, Katherine'e güvenini kaybetmesi için uyguladıkları bir böl ve yönet taktiğiydi. Faukman'ın kariyeri, hikâye anlatımındaki tutarsızlıkları belirlemek üzerine kuruluydu. Adamlar, Katherine'in otel odasında bir kopya çıkardığını söylemiş olsalardı onlara inanabilirdi. Ama şeytan her zaman ayrıntılarda gizliydi ve bu herifler Katherine'in metni otelin dışına çıkardığını söylüyorlardı. *Bu onun yapacağı bir şey değil.*

Asker tıraşlı adam, "Katherine'in neden bir kopya çıkardığını bilmek istiyoruz!" diye baskı yaptı. "Ve bu kopyayı *kime* verdi?"

Faukman başını iki yana salladı. "Hiçbir fikrim yok."

Dizüstü bilgisayardaki adam, "Cevabı bilmiyor," diye bilgi verdi.

Asker tıraşlı adam gerilmişti. "Katherine seni aradı mı?"

"Hayır."

"Robert Langdon?"

"Hayır."

Dizüstü bilgisayardaki adam başıyla onayladı. "İkisi de doğru."

Asker tıraşlı adam başını kaşıdı. Büyük ihtimalle, yeni soru dizisine karar vermeye çalışıyordu.

Faukman etkisini artıran soğuk yüzünden tir tir titremeye başlamıştı. "En azından, kaloriferi açabilir misiniz?"

Asker tıraşlı adam, "Özür dilerim. Çok mu rahatsız oldun?" diyerek şoför koltuğunun üzerinden uzanıp bir düğmeye bastı. Faukman kaloriferin devreye girmesini beklerken şoför tarafındaki camın açıldığını gördü. Minibüsün içine soğuk hava hücum etti. "Böyle iyi mi?"

Faukman artık gerçekten büyük bir tehlike altında olduğunu düşünmeye başlamıştı.

Cam açılınca dışarıdaki mekanik sesleri daha net duymaya başlamıştı. Duyduğu sesin ne olduğunu anladı. Kesinlikle, uçak motorlarının gürültüsüydü.

Yok artık... Gerçekten bir askeri üste miyiz?

34. BÖLÜM

Langdon, Sasha Vesna'nın gözlerini açtığını görünce rahatladı. Şiddetli nöbetin üstünden birkaç dakika geçmişti ve artık kendine geliyor gibiydi.

Sasha, Langdon'a bakıp fısıldadı. "Teşekkür ederim..."

Langdon, "Çok üzgünüm," dedi. "Çantanda ilacını bulamadım."

"Sorun değil. İhtiyaç duyduğum şey çantamın gizli cebindeydi. İyiyim."

Langdon onun sırtını tanka vererek oturur pozisyona gelmesine yardım etti. El ve ayak parmaklarını hareket ettiren Sasha vücudunun kontrolünü yeniden ele almaya çalışıyordu. EPR sürecini sonlandırdığında soğutucu fanlar ve uyarı sesleri durduğundan şimdi içeride çıt çıkmıyordu.

Tanka yaslanan Sasha yeniden kendinden geçer gibi gözlerini kapatıp derin nefesler alırken kendini toparlaması için hâlâ biraz zamana ihtiyacı vardı. On saniye sonra gözlerini açtığında bakışlarındaki değişiklik Langdon'ı epey şaşırttı. Duyduğu acıyı bastırmak için kendini zorlarcasına daha sert ve kararlı bakıyordu.

"Biraz su alabilir miyim lütfen?" Sesinden kendine geldiği anlaşılıyordu.

"Elbette." Langdon ayağa fırlarken ağız kuruluğunun nöbet sonrası en sık görülen belirtilerden biri olduğunu hatırladı.

"Ofisimde..." Sasha kapıyı işaret etti. "Su şişem..."

Langdon arkasını dönüp bir çalışma masasının yanından aceleyle geçerken masanın üstünde duran deri evrak çantasını fark etti. *Gessner'ın dün akşam bara getirdiği çanta.* Koridordan Sasha'nın süit ofisine doğru ilerledi ve daha önce gördüğü, üstüne Kiril alfabesiyle bir şeyler yazılmış koyu pembe su şişesini aldı. Şişe boş sayılırdı, bu yüzden geri dönerken şişeyi doldurmak için laboratuvarın tuvaletine gitti.

Lavaboda parmaklarını akan suyun altına tutup soğumasını beklerken aynadaki yorgun yansımasına baktı ve biraz sakinleşmeyi bekledi. Gessner'ın cesedini bulmak dehşet vericiydi ama onun ölümü Katherine'in güvenliğiyle ilgili korkularını arttırıyordu.

Katherine şimdi nerede?

Bir anda aklı karıştı. Tankın yanındaki çalışma masasının üstünde evrak çantasını görünce dün akşam Gessner'ın bir sebepten ötürü laboratuvara dönmesi gerektiğini söylediğini hatırladı. Katherine saat sekizdeki randevuları için buraya geldiğinde Gessner'ın tanka çoktan kilitlenmiş olması ihtimali yüksekti.

Acaba Katherine, Gessner'a saldıran kişiyle karşılaştı mı?

Su şişesini doldururken arkasında ani bir hareketlenme dikkatini çekti. Daha dönmeye fırsat bulamadan güçlü bir el kolunu kavradığı gibi geriye doğru büktü ve başını aynaya yasladı. Su şişesi yere düşmüştü.

"Neredeler?!" Adam onu sorgularken kendi omzunu Langdon'ın sırtına bastırıyor, kafasını iyice aynaya yapıştırıyordu.

Langdon bir tabanca namlusunun kaburgalarına battığını hissetti. Bu sırada aynada Teğmen Pavel'in o kaba yüzünü gördü.

"Gessner ve Solomon nerede?" ÚZSI memuru sorusunu yinelerken Langdon'ın arkaya döndürdüğü kolunu iyice büktü. "Aşağıda olduklarını biliyorum... yeni gelen biri daha var."

"Katherine burada değil." Langdon dişlerini sıkarak zorla konuşuyordu. "Ve Gessner... öldü."

"Saçmalama!" Pavel adeta onun patronuymuş gibi bağırdı.

Yüzbaşı Janáček de şu an aşağı iniyor olabilirdi. Kolunun kırılmasından korkan Langdon acıyla sızlandı. "Niye yalan söyleyeyim?"

"Son şansın." Teğmen, Langdon'ın dirseğini iyice büktü. "Nerede oldukları..."

Metalik bir gümleme sesiyle Pavel'in eli gevşedi ve ardından sert zemine düşen tabancanın takırtısıyla birlikte yere yığıldı. Langdon döndüğünde onun arkasında duran Sasha Vesna'yı gördü. Daha önce Langdon'ı tehdit ettiği yangın söndürücüyü tutuyordu. Yerde kıvrılmış hareketsiz yatan adama korku dolu bir ifadeyle bakıyordu.

"Başka ne yapabilirdim bilmiyorum..." dedi. "Canını yakıyordu!"

Langdon başını indirip Pavel'e baktı. Kanaması olmasa da adam bilincini kaybetmişti. "Sorun yok," derken ağrıyan kolunu uzatıp yangın tüpünü Sasha'nın elinden aldı ve yere bıraktı.

Sasha, "O kim?" diye sordu.

"ÚZSI'den bir teğmen." Langdon, Pavel'in tabancasını yerden aldı ve lavabonun içine koyarak el altından kaldırdı. "Bir doktorun görmesi lazım."

"Bir şeyi yok," dedi Sasha. "Posterior parietal travma. Birkaç dakika bilinci kapalı kalır, sonra feci bir baş ağrısı olur."

Langdon onun bir beyin cerrahıyla çalıştığını hatırladı.

"Peki ama buraya nasıl girdi?" diye sordu Sasha.

Langdon'ın hiçbir fikri yoktu. Belki de ÚZSI'den yıkım ekibi gelmiş ve kapıyı kırmıştı. Cihazlardan yüksek ses çıktığı için baskın sesini duymamış olabilirdi. *Şimdi de bir ÚZSI teğmenine yapılan saldırıyla doğrudan bağlantılıyım.*

"Sasha benim en kısa sürede ABD Büyükelçiliği'ne gitmem lazım." Langdon zihnindeki seçenekler arasında gidip geliyordu. "Orada bana yardım eden biri var. Michael Harris."

Sasha şaşırmış gibi bakıyordu. "Michael'ı tanıyorum. Yakın bir arkadaşım."

"Onu tanıyor musun!?" Harris'in neden Brigita Gessner'ın laboratuvar asistanını tanıdığından bahsetmediğine bir anlam veremedi.

"Bu dostluğun pek reklamını yapmıyoruz. ABD hükümeti için çalışan biri... Rus kanı taşıyan biri..."

Elbette. Langdon hak veriyordu. *Siyaset algıdan ibarettir.* ABD ile Rusya arasındaki gerginliğin giderek arttığı düşünülecek olursa bir büyükelçilik çalışanının Rus bir laboratuvar asistanıyla zaman geçirdiğinin duyulması tepki çekerdi.

Sasha konuşmaya devam etti. "Yine de buradan büyükelçiliğe gidemeyiz. Çok tehlikeli. ÚZSI orayı takibe almıştır, yaklaşan her arabayı arıyorlardır. Michael'a mesaj göndermeli ve resmi bir büyükelçilik aracıyla bizi benim evimden almasını sağlamalıyız. Bu çok daha güvenli olur."

Az önce büyük bir nöbet geçirmiş bir kadına göre Sasha Vesna, Langdon'dan çok daha mantıklı düşünüyordu. *O halde onun evine gidiyoruz,* diye düşünen Langdon yardımları için ona müteşekkirdi. Katherine ile kısa süre içinde yeniden temas kurmayı umuyordu. "Ön kapı dışında buradan çıkışın bir yolu var mı?"

"Hayır, tek çıkış ön kapı." Sasha bunu söyledikten sonra Pavel'in tabancasını lavabodan aldı ve çantasına attı.

Langdon telaşla, "Dur biraz," dedi. "Bence bir ÚZSI silahını çalmak..."

"Kullanmayacağım ama bu polis bir dakika sonra kendine gelecek. Eğer peşimize düşerse elinde bir silahı olmamasını tercih ederim."

Buna karşı söyleyecek bir söz bulamıyorum, diye düşündü Langdon. Pavel inlemeye ve kıpırdanmaya başlamıştı bile.

Sasha mücadele sırasında Pavel'in botları altında ezilen koyu pembe su şişesini yerden aldı. Özlem dolu gözlerle üstündeki Rusça yazıya baktı. Koridorda yürümeye başladıklarında, "Bana bunu Brigita vermişti," dedi. "Su içmemi hatırlatması için. Hep unuturum. Üstünde *'Su İç'* yazıyor."

Şişeyi ofisine koyan Sasha, Langdon'ı merdivenlere götürdü ve birlikte sessizce üst kata çıktılar. Langdon bu sırada Janáček'in ana girişte kendilerini beklemesinden korkuyor, güvenlik kapısını menteşelerinden havaya uçurulmuş bir halde bulacağını zannediyordu ama öyle değildi.

Sasha dikkatlice küçük pencereden dışarı baktı. Hiçbir şey göremeyince kapıyı iterek açtı ve etrafa bakındı. Langdon'a peşinden gelmesini işaret etti. Dondurucu derecede soğuk olan antre boştu. Merdivenlerin kapısı arkalarından kapanınca güvenlik paneli bipleyip kırmızıya döndü.

Kırık camları ayakları altında ezerek binadan dışarıya, yürüme yoluna çıktılar. Her taraf sessizdi. Janáček'in sedan aracı hâlâ park yerindeydi ama yüzbaşı etrafta görünmüyordu.

Sasha biraz durup düşündü. "Beni takip et."

Langdon'ı sağ tarafa, burçtan uzağa yönlendirdi ve sur duvarındaki bir açıklığa vardılar. Buradan taş basamaklardan aşağı, ağaçlıklı bir yamaca indiler. Yamacın bu tarafı burç avlusunu çevreleyen kayalıklar kadar dik değildi ama bastıkları kar çok kaygandı ve Langdon kösele tabanlı ayakkabılarıyla yürümekte güçlük çekiyordu.

Profesör bu sabah bir laboratuvara geleceği beklentisiyle Dale kazağını ve mokasen ayakkabılarını giymişti... dağ yamacından kaçacağını bilmiyordu. Ağaçların arasında beceriksizce ilerlerken aşağıya tek parça halinde inmeyi hedefliyordu. Ancak şimdi, bu setin doğruca Folimanka Park'a indiğini fark etmişti.

Ve oradan da bir taksiye biner Sasha'nın evine gideriz.

*

Golěm bulunduğu noktadan, Amerikalı profesörün ağaçlıklar arasından ayakları kaya kaya Folimanka Park'a indiğini çok net görebiliyordu. Bu sabah gerek Robert Langdon'ın gerekse ÚZSI'nin burca beklenmedik gelişi Golěm'in planlarını altüst eden pürüzler arasındaydı.

Eşik'e girme planı biraz beklemek zorundaydı. Bununla birlikte yeni bir fırsat belirmişti.

Bu fırsatı heba etmeye hiç niyetim yok.

Golěm dikkatlice kaygan yamaçtan aşağı inerken ne Sasha'nın ne de Langdon'ın oradaki varlığından haberdar olmadığına emindi.

35. BÖLÜM

Four Seasons Otel'in lobisi gül kokuyordu.

Dana Daněk resepsiyona doğru yürürken, *tıpkı Michael'in bana getirdiği güller gibi,* diye düşündü. Otel lobisini ve restoranını kontrol etmiş ama Michael ve sevimli küçük arkadaşını görememişti.

Yukarıdalar...

Dana yüzüne sahte bir gülücük yerleştirip resepsiyondaki adama Amerikan Büyükelçiliği kimliğini uzattı. Tatlı bir sesle, "Günaydın," dedi. "Sizden bir ricam olacak. Ben Amerikan Büyükelçiliği'nde çalışıyorum ve patronum Michael Harris şu anda otelinizde bulunuyor. Kendisine acil olarak bir şey teslim etmemi istedi. Sanırım, on beş dakika önce otele giriş yaptı. Uzun boylu, Afro-Amerikalı bir bey ve..."

Adam ona kimliğini geri verirken, "Evet, tabii ki," dedi. "Bay Harris yukarıda, kral dairesinde. Ona bir şey iletmemi mi istiyorsunuz?"

Dana, "Hayır, teşekkür ederim," dedi. "Bu, diplomatik bir evrak ve kendisine şahsen teslim etmeliyim. Bana kral dairesinin numarasını söyleyebilir misiniz?"

Resepsiyon görevlisi ona otelin arka tarafına nasıl geçeceğini tarif etti. Özel bir merdivenden yukarı çıkan Dana birkaç dakika sonra otelin en pahalı odasının kapısının önünde duruyordu.

Gerçekten mi Michael? Kral dairesi mi tuttun?

Dana kapıyı hafifçe tıklatıp, *"Úklid! Housekeeping!"* diye seslendi.

İçeri girdiğinde Michael'ın yüz ifadesini görmek için sabırsızlanıyordu. Kulağını kapıya dayayınca içeride birinin hareket ettiğini duydu.

Kapıyı daha sertçe tıklatıp tekrar, "*Housekeeping!*" diye seslendi.

Kapıya yaklaşan ayak seslerini duydu Dana. Bir süre sonra kapı aralandığında tanıdık bir çift ceylan gözle karşılaştı. Köprüdeki kadın, "Kusura bakmayın," dedi. "Daha sonra gelebilir..."

Dana tüm gücüyle kapıya yaslanıp açarken ufak tefek kadın sırtüstü yere düştü. Dana hışımla süitin içine bakındıktan sonra hızla oturma odasından yatak odasına doğru ilerledi. Boştu. Banyoyu kontrol etti. O da boştu.

Michael hiçbir yerde yoktu. Süit darmadağınıktı; çekmeceler, bavullar hatta otel kasası bile açık duruyordu. Odanın içi sanki... *aranmış gibiydi.*

Dana salona geri döndüğünde gamzeli kadın, alnına nişan aldığı mat siyah bir tabancanın namlusundan ona bakıyordu.

Tanrım!

Kadın tüyler ürperten bir soğukkanlılıkla, "Sadece bir kez soracağım," dedi. "Burada ne işin var?" Amerikalı aksanı vardı.

Kadının elinin hiç titremeyişinden silah kullanmaya yabancı olmadığı anlaşılıyordu. Dana'ya daha önce hiç silah doğrultulmamıştı ve bu deneyim onda şok etkisi yaratmıştı.

Güçlükle, "Ben... ben... Michael Harris'i... arıyorum," diyebildi.

Kadın tabancayı indirmeden, "Burada değil," dedi.

Dana otele girerken büyükelçilik arabasının otoparkta olmadığını fark etmişti ama Michael'ın dikkat çekmemek için şoförüne başka bir yere park etmesini söylediğini düşünmüştü.

Kadın, "Buradan hemen gitmelisin," dedi. "Bu seni ilgilendiren bir mesele değil."

Dana kendini toparlayıp, "Bal gibi de ilgilendiriyor," dedi. "Ben Amerikan Büyükelçiliği'nin bir çalışanıyım ve şu anda bana bir silah doğrultuyorsun. Ayrıca, iki Amerikan vatandaşının odasını aradığın da çok açık."

Kadın elindeki tabancayla ona doğru yaklaştı. "Dediğim gibi, bu seni ilgilendiren bir mesele değil."

Kimsin sen?! Dana elinde tek bir kozu olduğunu biliyordu. Cumbalı pencereden Karl Köprüsü'ne doğru bakarak, "Bu sabah o köprüde neler olduğunu biliyorum," dedi. "Dikenli tacın nerede?"

Kadın tepki bile vermedi. Dana'ya doğru bir adım daha attı ve sert bir sesle ikaz etti. "Her kimsen, bir an önce büyükelçiliğe dönmeni ve olanlar hakkında *sadece* büyükelçinle konuşmanı tavsiye ediyorum."

"Önce bana Michael Harris'in nerede olduğunu söyle."

"Büyükelçin, odaya giriş yapabilmemi sağlaması için kendisini buraya gönderdi ve o da görevini yerine getirdikten sonra ayrıldı. Sadece bu kadarını biliyorum." Başıyla kapıyı gösterip, "Şimdi git. Ve çıkarken kapıyı arkadan kapat."

*

Ajan Susan Housemore kapının kapandığını duyduktan sonra silahını indirip sırtındaki kılıfa soktu. Sonra telefonunu çıkarıp Londra'daki Bay Finch'i aradı.

*

Haç Burcu'na giden büyükelçilik arabasının arka koltuğundaki Michael Harris, büyükelçinin verdiği tuhaf görevi yerine getirmiş olduğu için rahatlamıştı. "Yardımcı" olması istenen "kişi" kendisiyle göz teması bile kurmadan özel oda anahtarını almıştı.

Ciddi profesyonel.

Haç Burcu ileride belirdiğinde Harris, etrafta başka ÚZSI aracı ya da destek ekibi görünmemesine memnun oldu. Anlaşılan, büyükelçinin araması Janáček'i durdurmuştu ve Harris söz verdiği gibi Robert Langdon ile buluşmak için sabırsızlanıyordu.

Harris sedan araçtan inerken bir tuhaflık olduğunu anladı. Laboratuvarın ön kapısı parçalanmıştı. *Burada neler oldu böyle?!* Kapıya doğru koşarken bir ÚZSI görevlisi kafasını tutarak açık kapıdan çıktı. Harris o sabah Janáček'in arabasını kullanan kaslı teğmeni tanıdı.

Harris, adama doğru koştu. "İyi misin? Ne oldu?" *Ön kapı neden paramparça?*

Adam güçlükle konuşarak, "Katherine Solomon," dedi. "Bana... vurdu..."

Bu iddiası hiç mantıklı değildi. "Doktor *Solomon* olduğuna emin misin?"

"Onu aynadan gördüm. Uzun boylu... sarışın..."

Kesinlikle Katherine Solomon değil. Harris bu laboratuvara giriş izni olan uzun boylu ve sarışın bir kişi tanıyordu. O da Gessner'ın asistanı Sasha Vesna'ydı. Ve Sasha'nın birisine şiddet gösterdiğini hayal bile edemiyordu. "Robert Langdon nerede?"

"Onunla birlikte... kaçtı."

Hikâyesi kulağa son derece saçma geliyordu ama Harris yürüyüş yolundan ormanlık alana doğru ilerleyen bir dizi ayak izini fark etmişti.

"İçeride başka birini gördün mü?" *Doktor Gessner'ı mesela?*

"Hayır... Amirime olanları haber vermek için hemen yukarı çıktım." Teğmen arazinin uzak ucunu gösterip, "Kendisi orada," dedi.

Harris tepeye doğru baktı ama Janáček'i göremedi. "Onu göremiyorum."

"Bir telefon görüşmesi yapmak için oraya gitmişti..."

Harris hiç şaşırmamıştı. *Herhalde büyükelçiyle konuştuktan sonra hasar kontrolü yapıyordu.* "Otursan iyi olur ."

Adam tepeye doğru yürümeye başlamıştı bile. Harris yerden bir avuç kar alıp arkasından koşturdu. "Al. Bunu başına bastır."

Adam kartopunu aldı ve başının arkasına bastırarak yürümeye devam etti. "Orada telefonla konuşuyordu.... ama geri dönmedi."

Harris tepede karmakarışık ayak izleri gördü. Janáček sanki telefonla konuşurken volta atmış gibiydi. Belki de yanına başka biri gelmişti ama etrafta kimse yoktu. İki adam birlikte uca doğru yaklaşırken teğmen durup yerden metal bir nesne aldı. Üzerindeki karı temizledikten sonra gözleri endişeyle açıldı. "Bu onun telefonu!" diye bağırdı.

Janáček neden telefonunu atsın ki?

Endişe içinde tepenin kenarına doğru yürüyüp uçurumdan aşağı baktılar. Aşağıdaki manzara korkunçtu. Uçurumun altında kötü bir şekilde yaralanmış siyah takım elbiseli biri yatıyordu. Başının etrafındaki kan izleri karın üzerinde gittikçe genişleyen yarım bir daire oluşturmuştu. Harris bu yükseklikten bile adamın kim olduğunu... ve ölmüş olduğunu anlayabilmişti.

Tanrım... Janáček aşağı mı atladı?

Harris'in yanındaki teğmen yaralı bir hayvan gibi bağırdı. Sesinde, bir kaybın içten acısı ve kontrol edilemeyen bir öfkenin yankısı vardı.

36. BÖLÜM

Sasha Vesna ile birlikte ağaçların arasından inerek burçtan uzaklaşan Langdon esen rüzgâra karşı başını eğdi. Sık ağaçların koruduğu zemin, beklediğinden daha rahat bir şekilde aşağı inmesine olanak sağlamıştı. Karın üstünde birkaç defa kaysa da aynı hızda ilerlemeyi başarmıştı.

Ağaçların arasından Folimanka Park'a çıktıklarında Langdon'ın mokasenlerinin altında kar tabakası oluşmuş ve adeta ayakları donmuştu. Ara sokaklarda yürüyen yayalar başlarını eğmiş işe gidiyorlardı.

Sasha hiç konuşmadan güneye doğru, parkın karşı tarafına yöneldi. Folimanka Çeşmesi'nin yanından geçerken Sasha alçak sesle konuştu. "Bu sabah Katherine'in burçtan içeri girdiğini hiç sanmıyorum. EPR tankının göstergesi Brigita'nın dün geceden beri orada olduğunu gösteriyordu. Kimse o kadar uzun süre hayatta kalamaz."

Öyleyse Katherine laboratuvara geldiğinde zile kimse cevap vermemiş, o da otele geri dönmüş olmalıydı. *Belki de yolda karşılaştık.* Katherine'le ilgili bir şeylerin son derece yanlış olduğuna dair içindeki o rahatsız edici hissi göz ardı etmeye çalıştı. Onu kaybetme ihtimali Langdon'ı dehşete düşüyordu.

Son üç gündür Katherine'le tek bir anları ayrı geçmemişti. Yaklaşık otuz beş yıl sonra aralarındaki dostluğun her ikisini de hazırlıksız yakalayan böylesine doğal ve tutkulu bir aşka dönüşmesi Langdon'ı hayrete düşürüyordu.

Birlikte geçirdikleri günlerin tadını çıkarmıştı. Katherine'i o garip *Praglı Bebek İsa* heykelini görmeye götürmüştü. Fetişistik bir rutinle, sanki kutsal bir Barbie bebekmişçesine bu heykele farklı giysiler giydirilip çıkartılıyordu. Ona dünyanın en büyük kitabı olan yetmiş beş kiloluk gizemli *Şeytanın İncili*'ni göstermişti. Zina yapan bir keşiş, yüz altmış adet eşeğin derisi ve "diri diri gömülme" bu kitaba dair dehşet verici anlatılardan bazılarıydı. Hatta onu yerel "et jölesi" olan *tlačenka* tatmaya bile götürmüş, Katherine de domuz kellesinden yapıldığı halde şaşırtıcı biçimde lezzetli bulduğunu kabul etmişti.

Kitabını yazmayı yeni bitiren Katherine son birkaç gündür adrenalin patlaması yaşıyordu. Hem coşkulu hem de çekingen bir tavırla Langdon'a genel hatlarıyla kitabından bahsetmiş, sürprizi bozmamak için daha fazla ayrıntı vermeyi reddetmişti. Ama Langdon'ın hatırladığı kadarıyla aslında okuyucuların ve yorumcuların yeni fikirlere açık olmamasından korkuyordu.

Dün oturdukları şık La Boheme Café'de espresso'sunu yudumlarken, "Kabul edelim ki insan zihni değişiklikten nefret eder," demişti. "Ayrıca zihin mevcut inanışları terk etmekten hiç hoşlanmaz."

Langdon gülümsemişti. *İnançlarıyla çelişen bir yığın kanıt olmasına rağmen dinlerin binlerce yıl yaşamasının nedeni de bu.*

Katherine bir konudan yakınmıştı. "Otuz yıl önce fizikçiler iki dolanık parçacık arasında *anında* iletişim sağlandığını kanıtladı... ama biz hâlâ Einstein'ın 'hiçbir şey ışıktan hızlı hareket etmez' düsturunu öğretiyoruz."

Langdon'ın hatırladığı kadarıyla orijinal deneyde dolanık bir parçacığın manyetik kutbunu tersine çevirmek için bir mıknatıs kullanılmış ve "ikiz" parçacığın manyetik kutbu anında değişmişti. Aynı odada olmasının veya kilometrelerce uzakta bulunmasının hiçbir önemi yoktu. Eli yükselten Çinli bilim insanları daha sonraları, dolanık iki parçacığın bin iki yüz kilometre mesafeden "anında iletişim kurduğunu" göstermek için aynı deneyi uyduları kullanarak yapmıştı. *Science Magazine*'in "Çin 'Uzaktan Ürkütücü Etkileşim' Rekorunu Kırdı" başlıklı kapak hikâyesi, 1930'ların ortalarında bu olguyu tasvir etmek için Albert Einstein'ın türettiği kelime grubuna atıfta bulunuyordu.

Katherine konuşmaya devam etmişti. "Odaklandığında insan düşüncesinin gerçek anlamda kişinin beden kimyasını değiştirdiği defalarca kanıtlandığından bu yana on yıllar geçti. Ama... uzaktan tedavi fikri tıp uzmanlarından kara büyü gibi muamele görüyor."

İnatçı bir zihin, yerinden oynatılamaz bir dağ sayılır, diye düşünmüştü Langdon. Evrime dair sayısız bilimsel kanıt bulunmasına rağmen insanların hâlâ nasıl da tutkuyla Âdem ve Havva'dan geldiklerine inandıkları onu hep şaşırtırdı.

"IQ'su yüz kırk sekiz olan bir öğrencim vardı," demişti Langdon. "Dünyanın altı bin yaşında olduğunu iddia ediyordu. Onu jeoloji bölümüne götürmüş ve üç milyon yıllık fosilleri göstermiştim. Kız omzunu silkip 'Tanrı'nın bunu benim inancımı sınamak için yerleştirdiğine inanıyorum' demişti."

Katherine kahkaha atmıştı. "Eğer bağnazların mantıksız dünya görüşlerine sıkı sıkıya bağlı olduğunu düşünüyorsan bir de yükseköğretimdeki kadrolu akademisyenleri gör."

"Ben de yükseköğretimde kadrolu bir akademisyenim!"

"Ama sen hep şüpheci biri oldun Robert. Eski moda ama zeki."

"Eski moda mı?" Langdon başını yana eğmişti. "Hatırlatmaktan hoşlanmıyorum ama... ben senden gencim."

"Dikkatli ol..." Katherine etkileyici bir şekilde gülümsemişti. "Üniversitede iki kez seminerime gelmiştin aşk çocuğu ve gözlerini diktiğin şeyin slayt gösterisi olmadığına eminim."

Langdon yüksek bir kahkaha atmıştı. "Suçu sabit görülmüştür."

Katherine devam etmişti. "Konu şu ki, değişikliği *kimse* sevmez. Geri kafalı akademisyenler modelleri açıkça kullanılmaz olduktan sonra bile mevcut inanışlarının konforuna tutunma eğilimindeler. Bu yüzden, insan bilinci gibi bir konuda yeni bir bilimsel paradigma oluşturmak fazlasıyla yıpratıcı ve yavaş bir süreç haline geliyor."

Langdon'ın aklına Thomas Kuhn'un 1962'de yazdığı bir klasik olan *Bilimsel Devrimlerin Yapısı* isimli kitabı gelmişti. Kitabında paradigma değişikliklerinin ancak yeterli çoğunlukta çelişkili olguya ulaşıldığında gerçekleştiğini anlatmıştı. Katherine ise kitabının yeterli çoğunluk sağlama arayışına önemli bir katkı sağlamasını umuyordu.

Langdon, "Kitabın..." demişti. "Bana büyük buluşunun tam olarak ne hakkında olduğunu anlatmadın."

Katherine gülümsemişti. "Biraz sabır. Heyecan verici bulacağına inanıyorum ama okuduktan sonra bana görüş bildirmeni tercih ederim."

Bir aracın kornasıyla kafeden kalan hatıralar dağıldı ve Langdon'ı soğuk Folimanka Park'a döndürdü. Sasha'nın peşinde demir bir kapıdan geçerek parktan çıkarken titriyordu. Taksi durağında dizilmiş sarı Škoda'ları görünce mutlu oldu.

İlk araca atladıklarında Langdon içerideki sıcaklığa minnet duydu. Sasha şoföre adresi verdi ve araç Sekaninova Caddesi'nden ayrıldı. Sasha telefonunu çıkardı ve aramayı hoparlöre verdi.

Michael Harris'in tanıdık sesi telefona cevap verdi. "Sasha?!"

"Michael!" Sasha heyecanla konuşuyordu. "Brigita'nın başına korkunç bir iş geldi!" Ne gördüğünü ağlamaklı bir sesle aktardı.

"Çok üzgünüm," diyen Harris şaşırmıştı. "Bilmiyordum. Burca şimdi geldim."

Kahretsin, onu kaçırdık, diye düşündü Langdon.

"ÚZSI de burada," diye ekledi Harris. "Brigita'nın öldüğünü bilmiyorlar."

Pavel cesedi görmemiş olmalı.

Harris, "Sasha sen bir ÚZSI memuruna mı saldırdın?" diye sordu.

Ne diyeceğini bilemeyen Sasha tereddüt etti. "Robert Langdon'a saldırdı! Ne yapacağımı bilmiyordum."

"Langdon mı? O seninle beraber mi?"

"Evet, taksiyle büyükelçiliğe gitmek istedi ama..."

"Kötü bir fikir. ÚZSI sizi engelleyecektir."

"Biliyorum. Bu yüzden onu..."

Harris, "Telefonda söyleme!" diye sözünü kesti. "Nereye gittiğini biliyorum. Harry ve Sally'ye selamımı söyle. En kısa sürede orada olacağım. Yirmi dakika sürebilir. Telefonu kullanma."

Arama sona erdi.

"Harry ve Sally mi?" diye sordu Langdon.

"Kedilerim. Benim evime gittiğimizi söylememi istemedi."

Zekice. "Galiba onu iyi tanıyorsun."

Başını sallarken utanmış gibiydi. "Birkaç ay oldu."

"Ona güvendiğin belli oluyor."

"Güveniyorum." Sasha'nın gözleri aniden duygulandı. "O sana nasıl yardım edeceğini bilir."

Peki sana yardım edecek mi? Teğmene saldırmış olmasına rağmen büyükelçiliğin bu Rus kadını korumasını umuyordu. Sasha'nın Harris'e Katherine'le ilgili bir gelişme olup olmadığını sormasını tercih ederdi ama ataşe telefonlara pek güvenmiyor gibiydi ve belli ki bir şey söylemeyecekti.

Harris'le birazdan Sasha'nın evinde konuşurum.

Yanında oturan Sasha gözlerini kapattı ve koltuğa yerleşti. Kendini rahatlatmaya çalışır gibi sallanmaya başladı. *Sakinleşmeye ihtiyacı var,* diye düşündü Langdon. Kısa süre önce bir epilepsi nöbeti geçirmişti, bir ÚZSI teğmeniyle fiziksel bir mücadele yaşamıştı ve şimdi de kendini riske atarak Langdon'ı güvenli bir yere götürmeye çalışıyordu. Üstelik mentorunun dehşet verici ölümüne şahit olmuştu.

Langdon saatine baktı. Mickey Mouse'un uzattığı kolları saatin dokuzu biraz geçtiğini gösteriyordu. Huzur içinde Katherine'in kolları arasında uyandığından bu yana sadece birkaç saat geçmişti.

Sanki bir ömür geçmiş gibi geliyordu.

37. BÖLÜM

Langdon'ın vücudu taksinin sıcaklığını şevkle içine çekti. Folimanka Park'ta yaptığı zorlu yürüyüş yüzünden soğuktan neredeyse donmuştu. Karla kaplanmış mokasen ayakkabılarını çıkarıp donmuş ayak parmaklarını ovaladı. Sasha yanında, gözleri kapalı bir halde sessizce oturuyordu.

Karl Köprüsü'ndeki kadın gözünün önünden gitmiyordu. Kadınla ilgili hiçbir şey sanki bu dünyaya ait değildi; hayalet gibi hareket edişi, bakışlarındaki donukluk, üzerindeki ölüm kokusu ve seslendiğinde onu duymayışı... paralel evrende yaşıyormuş gibiydi.

Bu büyülü şehirde neredeyse her akşam bir hayalet ihbarı olurdu. Özellikle de şu ünlü yerel hayaletleri; idamının intikamını almak için Karl Köprüsü'ne musallat olan başsız Tapınak Şövalyesi'ni, kale surlarından kaçmaya çalışan büyücülükten zindana atılmış Prag Kalesi'nin Beyazlı Kadın'ını, güçsüzleri korumak için eski Musevi sinagogunun karanlıklarında gezinen kilden yapılmış Golĕm canavarını gördüğünü iddia edenler çoktu.

Langdon, *hayalet diye bir şey yok,* diye düşündü. *Olsa bile, karın üzerinde ayak izlerini bırakmazlar.* Karl Köprüsü'nde gördüğü şey kanlı canlı bir insandı.

Prag'ın doğaüstü hikâyeleri, Langdon'ın mantığına ters gelse de bir şekilde onu hep cezbetmişti. Ama o sabah, mantığı mistik sisin arasından sıyrılıp siyah beyaz bir sonuca ulaşmıştı. Kadının Karl Köprüsü'ndeki varlığının üç tane makul açıklaması olabilirdi.

Birincisi; Katherine'in gerçekten de geleceği gören bir rüya görmüş olduğuydu. Bu doğruysa, Katherine duru görüye dair gelmiş geçmiş en isabetli deneyimi yaşamıştı. *Olasılık ihtimali neredeyse yüzde sıfır. Bunu eledik.*

İkinci olasılık da imkânsıza yakındı: *tesadüf.* Başının üzerinde hale olan, mızrak taşıyan ve sülfür kokan bir kadın, büyük bir tesadüf eseri Katherine'in rüyasından birkaç saat sonra köprüden geçmişti. *İstatistiksel olarak absürdlük derecesinde imkânsız.*

Üçüncü senaryo –rahatsız edici olsa da– kulağa en mantıklı gelen olasılıktı. Sherlock Holmes'a göre; imkânsızı elediğinizde elinizde kalan şey ne kadar ihtimal dışı görünse de gerçektir. Bu durumda mümkün olabilecek tek şey, birinin Katherine'in rüyasını öğrenmiş olması... ve bunun üzerine bu gösteriyi düzenlemiş olmasıydı.

Bu, kurgulanmış bir olay. Ama neden? Ve nasıl?

Neden sorusunun cevabı gizemini koruyordu ama *nasıl* sorusunun cevabı ürkütücü bir şekilde akla yatkındı. Langdon birkaç yıl önce Rusya'da bir kitap turundayken Moskova'daki lüks otel odalarının çoğunda böcek olduğu konusunda uyarılmıştı. *Prag'da aynı şey olabilir mi?* Bu şehir Moskova'ya hiç benzemiyordu ama geçmişin etkisi kolay kolay silinmezdi. Prag, Demir Perde'nin arkasında kırk beş yıl geçirmişti ve kısa süren "Prag Baharı" bir tarafa, Sovyet yanlıları KGB gözetlemeleriyle burada atmosferi belirlemişlerdi. Prag'da gözetlenmeye layık bir otel odası varsa, o da kesinlikle milyarderlerin, dünya liderlerinin ve diplomatların birinci tercihi olan Four Seasons Kral Dairesi'ydi.

Katherine bana rüyasını anlatırken biri bizi mi dinliyordu?

Langdon, Katherin'le geçirdiği tutku dolu son birkaç günde hangi özel anların dinlenmiş ya da kaydedilmiş olabileceğini düşününce gerildi.

Ama kim dinliyor olabilir? Janáček mi? ÚZSI mi?

Rahatsız edici rüyanın neden canlandırıldığını bilmiyordu ama Langdon üç gündür Karl Köprüsü üzerinden aynı rotayı koşuyordu ve Katherine'e o sabah yedide döneceğini söylemişti.

Saatli plan.

Langdon bu mantığa göre, yaşananların bir kurgu olduğundan artık emindi. Ve bu, ona bir hayaletin varlığından çok daha ürkütücü geliyordu.

38. BÖLÜM

Bay Finch çok kızgındı.

Prag'daki saha ajanı az önce telefon açmış ve Four Seasons'daki temizleme görevinin ters gittiğini bildirmişti. Saha Ajanı Housemore, Eşik ile ilgili tüm yerel konularda Finch'in gözü, kulağı ve eliydi. Kısıtlı alan bilgisine rağmen, gizliliğin en önemli şey olduğunu biliyordu.

Peki o zaman ne halt oldu?!

Onun yeteneklerine sahip biri için oteldeki iş, çocuk oyuncağıydı ama nedense bir büyükelçilik çalışanıyla silahlı karşılaşmayla sonuçlanmıştı.

Tanrı aşkına...

Burnundan soluyan Finch, Prag'daki büyükelçiye gizli hattan bir arama yaptı.

*

Four Seasons'daki Susan Housemore her şeyin doğru düzende olduğundan emin olmak için kral dairesine son bir kez baktı. Uykusunu alamadığı için yorgun düşmüştü ama talihsiz müdahaleye rağmen buradaki işinin bittiğine artık emindi.

Tuhaflıklar gece saat dört civarında Bay Finch'in aramasıyla ve hayatında duyduğu en alışılmadık direktifleri vermesiyle başlamıştı. Herhangi bir açıklama istememesi gerektiğini bildiğinden yataktan hemen fırlamış, kendisi için bırakılan paketi almış ve bu görev için gerekli olan özel parçaları içinden çıkarmıştı.

Saat altıyı biraz geçerken göreve değil de daha çok bir film çekimine gidiyormuş hissiyle evinden çıkmıştı. Baştan ayağa simsiyah giyinmiş, başına dikenli bir taç takmış ve eline tehditkâr bir gümüş mızrak almıştı. Cebinde koklamak için kapağını açtığında öğürmesine sebep olan kötü kokulu bir sıvı taşıyordu. Bu operasyonun amacı her neyse Finch başarılı olması için çok titiz davranıyordu.

Saha Ajanı Housemore, Finch'in direktiflerini harfiyen uygulamış, emri aldığında köprüde transa girmiş gibi yürümüştü. Bu oyunculuk onun için hiçbir şey ifade etmezken, Robert Langdon'ın ödünü patlattığı çok açıktı.

Sonuç kaos.

Belki de Finch'in amacı kaos çıkarmaktı. Sun Tzu'dan Napolyon'a savaş dehalarına duyduğu hayranlıkla tanınan deneyimli bir stratejistti. Saha operasyonlarının etkinliğini arttırmak için her fırsatı değerlendirir, mümkün olduğunda psikolojik harp taktikleri uygulardı. "Psikolojik harp" karşı tarafı zayıflatmak için kansız, düşük riskli ve son derece etkili bir yöntemdi. *Boz. Sars. Şaşırt.* Kargaşayla dikkati dağılan düşman kötü kararlar verirdi ve manipüle etmesi kolay olurdu.

Görev tamamlandı, diye düşündü Housemore. Robert Langdon'ın yangın alarmını çalıştırdığı ve oteli boşalttığı ona haber verilmişti.

Artık yarım kalan işleri toparlıyordu. Süiti iyice aradıktan sonra Bay Finch'e, açık duran ve kullanılmamış olan oda kasası da dahil saklanmış herhangi bir kitap kopyasının bulunmadığını bildirmişti.

Yine de çıkmadan önce yapması gereken son bir iş vardı.

Saha Ajanı Housemore cumbalı pencereye yürüdü ve Katherine Solomon'a üç gün önce ABD Büyükelçiliği'nin göndermiş olduğu kırmızı, beyaz, mavi renkli lalelerden oluşan zengin bukete baktı. Büyükelçi Heide Nagel'in elyazısıyla yazdığı tebrik notu yerdeydi.

Dondurucu kış havasının bozduğu çiçekler erkenden solmuştu. Her yöne eğilmiş gevşek sapları aralarına saklanmış elektronik cihazı zar zor gizliyordu.

Housemore elini uzattı ve dikkatlice ses sensörlü parabolik dinleme mikrofonu ile FM vericiyi çıkarttı. Dinleme cihazı oraya Bay Finch'in isteği üzerine ABD Büyükelçiliği tarafından yerleştirilmişti.

Cihazı mantosunun cebine attı, solmuş çiçekleri şöyle bir toparladı ve süite son bir kez göz gezdirdi. Ardından son derece bitkin bir halde, uyumak için evinin yolunu tuttu.

39. BÖLÜM

Jonas Faukman minibüsün açık penceresinden jet motorlarının gürültüsünü duyabiliyordu. Brooklyn'de Manhattan'a oldukça yakın, göze çarpmayan bir Amerikan askeri üssünün bulunduğunu biliyordu ama Fort Hamilton'ın bir havaalanı var mıydı hatırlayamıyordu. Adamlar onu her nereye getirdilerse korsan kitapçılıktan daha ciddi bir işin içinde oldukları belliydi.

Güçlü biri Katherine Solomon'ın kitabının basılmasını engellemek istiyor. Ama kim? Rakip bir bilim insanı mı?

Faukman minibüsün soğuk metal zemininde titrerken taslağın varlığından ilk kez haberdar olduğu anı hatırlamaya çalıştı. Robert Langdon onu arayıp zeki arkadaşı Katherine Solomon'la bir öğle yemeği yiyip çarpıcı kitap teklifini dinlemek ister mi diye sormuştu. Faukman, Harvard profesörünün "zeki" ve "çarpıcı" kelimelerini pek sık kullanmadığını bildiği için bu teklifi hemen kabul etmişti.

Manhattan'da Faukman'ın en sevdiği masada, Trattoria Dell'Arte'nin arka bölmesinde buluştular. Burada otantik İtalyan yemekleri, bir sanatçının atölyesi gibi dekore edilmiş, ünlü İtalyan burunlarının yer aldığı tablolar ve heykellerle oldukça farklı bir şekilde süslenmiş bir odada servis ediliyordu. Faukman, Katherine Solomon'ın kendisine gönderdiği biyografiyi okumuş ve bilimsel başarılarından, yayınlanmış makalelerinden, bilişsel bilim alanındaki doçentlik unvanından ve alanındaki şöhretinden oldukça etkilenmişti.

Faukman yüz yüze tanıştıklarında Katherine Solomon'ın gerçek hayatta kâğıt üzerinde görünenden çok daha etkileyici olduğuna karar vermişti. Langdon gibi o da cana yakın, mütevazı ve keskin zekâlı biriydi. Aynı zamanda çekiciliği ve çarpıcı güzelliği sayesinde sosyal medyaya dayalı yirmi birinci yüzyıl yayıncılığı için biçilmiş kaftandı. Biraz havadan sudan konuşup 2016 Solaia –Langdon'ın en sevdiği süper Toskana– şişesini açtırdıktan sonra sohbet doğal olarak Katherine'in kitap fikrine doğru kaymıştı.

Katherine, "Basit bir şekilde anlatmak gerekirse," diye söze başlamıştı. "Bu kitap, insan bilincinin bir keşfi olacak. Fikirlerim son yirmi yılda yaptığım araştırmalara ve son bilimsel buluşuma dayanıyor." Durup şarabından bir yudum almıştı. "Bildiğiniz gibi, insan bilincinin beyindeki kimyasal süreçlerin bir ürünü olduğuna inanılıyor. Bu da insan bilincinin beyin *olmadan* var olamayacağı anlamına geliyor."

Faukman, *ilginç ama bilinen bir şey,* diye düşünmüştü. Akıllara durgunluk verecek bir fikir olduğundan emin olana kadar beklemek onun işinin bir parçasıydı.

Katherine gizemli bir gülümsemeyle devam etmişti. "Sorun şu ki, bu standart bilinç modeli yanlış."

Her iki adamın da merakı artmıştı.

"Hayat hakkında bildiğimiz her şeye –buna 'gerçekliğin' doğası da dahil– etkisi olacak devrim niteliğinde bir bilinç modeline ışık tutan bir kitap yazmayı düşünüyorum."

Faukman'ın kaşları duydukları karşısında havaya kalkmıştı. Gülümseyerek, "Yayıncılık açısından bakarsak, yüksekleri hedeflemek en iyisidir," demişti. Katherine'e dikkatle baktı. "Ama bir sorum var. Birçok insan kitaplarında heyecan verici yeni teorilere yer veriyor... Acaba siz..."

Katherine, "Tabii ki," demişti. "Çalışmalarımın hepsini pozitif bilimle destekliyorum."

Faukman etkilenmişti. "Aklımı okuyorsunuz."

"Elimde kanıt olmadan sizin değerli vaktinizi harcamam."

Langdon, Katherine'in hızlı karşılıklarını keyifle izliyordu.

Faukman, "Kesinlikle merakımı uyandırdınız," demişti. "İnsan bilinciyle ilgili çığır açacak bu yeni model nedir?"

Katherine, "İlk başta imkânsız gibi görünecek," demişti. "Bu yüzden sizi hazırlamak ve bir temel oluşturmak için..." Çantasına uzanıp içinden bir tablet çıkarmıştı. "Önce, *imkânsız* olduğu konusunda hemfikir olacağımızı düşündüğüm bir örnek göstereceğim."

Katherine tableti masanın üzerine koyup Langdon ile Faukman'a doğru çevirmişti. Ekranda yan yana duran iki kamera görüntüsü vardı. Her iki videoda da küçük bir fanusun içinde bir japon balığı yüzüyordu.

İmkânsız olan şey japon balıkları mı?

Katherine, "İkisi de canlı video görüntüleri," diye açıklamıştı. "Görüntüler, Kaliforniya'daki laboratuvarımda bulunan iki sabit kameradan geliyor."

İçlerinde mavi çakıl taşları ve birer heykelcik bulunan benzer fanuslarda yüzen iki balığı izlediler. İki fanusun arasındaki tek fark içlerindeki heykelciklerdi. Bir tanesi *Yes,* diğeri de *No* heykeliydi.

Faukman, *tuhaf,* diye düşünürken Katherine'a bakarak açıklamasını bekledi. Ama Katherine başıyla izlemeye devam etmesini işaret etti. Faukman bakışlarını kamera görüntülerine çevirdi. *Daireler çizerek yüzen iki balık... Acaba burada ne görmem gerekiyor?*

Yanında oturan Langdon alçak sesle, "İnanılmaz..." demişti.

Ve o anda Faukman da aynı şeyi gördü. Balıklar mükemmel bir uyum içinde yüzüyorlardı. Bir balık durduğunda, ok gibi fırladığında ya da yüzeye doğru ilerlediğinde, diğer fanusun içindeki balık da *tam olarak* aynı anda aynı şeyi yapıyordu! İki balık da en ufak hareketlerine kadar senkronize bir şekilde hareket ediyordu.

Faukman on beş saniye boyunca mükemmel bir uyum içinde yüzen iki balığı şaşkınlıkla izledikten sonra başını iki yana sallayıp Katherine bakarak, "Bu... imkânsız," demişti.

"Böyle düşünmenize memnun oldum."

Faukman, "Bunu nasıl yapıyorlar?" diye sormuştu.

Katherine, "Olağanüstü, öyle değil mi?" demişti. "Aslında, cevabı oldukça basit."

Langdon ile Faukman kıpırdamadan onun açıklamasını beklemişlerdi.

Katherine, "Önce şunu sorayım," demişti. "Toplamda kaç balık görüyorsunuz?"

Faukman, "İki," diye cevap vermişti.

"Sen Robert?"

Langdon, "İki," demişti.

"Çok güzel. İkiniz de çoğu insanın gördüğü şeyi yani size gösterileni görüyorsunuz: iki farklı fanusta yüzen iki farklı balığı."

Faukman, *başka ne görebiliriz ki,* diye düşünmüştü. *Bir fanusta Yes, diğerinde No yazısı var ama iki balık mükemmel bir ahenk içindeler.*

Katherine, "Peki, şimdi size onları farklı görmenizin nedeninin bir yanılsama olduğunu söylesem?" demişti. "Size iki balığın aslında tek bir varlık, uyum içinde hareket eden aynı bilince bağlı tek bir birleşik organizma olduğunu söylesem?"

Faukman yaşayan her şeyin birbirine bağlı olduğunu savunan Yeni Çağ saçmalıklarından birini duymak üzere olduğunu düşünmüştü. Bu balıkların hareketlerini birbirlerine nasıl uydurduklarını bilmiyordu ama aynı kozmik bilinci kullanmadıklarına emindi. *Ne bekliyordun ki Jonas? Ne de olsa Kaliforniyalı bir noetik bilimci!*

Katherine, "Bakış açısı bir tercihtir," demişti. "Bilinci anlamanın anahtarı bakış açısıdır. İkiniz de bunu mükemmel bir ahenk içinde yüzen iki balık olarak görmeyi seçtiniz. Ama bakış açınızı değiştirir ve onları basitçe yüzen bir balık, bir zihin, bir birleşik organizma olarak görmeyi seçersiniz... o zaman her şey size son derece normal gelecek."

Langdon, Katherine'in sunumunun kontrolden çıkmak üzere olduğunu düşünerek endişelenmişti. "Bu bir *seçim* sayılmaz, öyle değil mi Katherine? Birbirleriyle bağlantısı olmayan *iki* ayrı balık tek bir organizma olarak görülemez."

Katherine, "Bu doğru ama onlar iki ayrı organizma *değiller* profesör," diye karşılık vermişti. "*Tek* bir organizmalar. Sana bunu kanıtlayacağıma Mickey Mouse saatin üzerine bahse girebilirim. Hem de bilimsel olarak. Hiçbir şüpheye yer bırakmayacak şekilde."

Langdon tekrar canlı video görüntülerini izlemeye başlamıştı. İki ayrı fanus. İki ayrı balık. Langdon sonunda, "Bahsi kabul ediyorum," demişti. "Bunun tek bir organizma olduğuna beni ikna et."

Katherine gülümseyerek, "Pekâlâ," demişti. "En sevdiğim simge bilimciden bir alıntı yapmama izin ver; *bazen gerçeği görmek için bakış açısını değiştirmek gerekir.*"

Tabletin ekranına dokunmuştu. "Bu, aynı laboratuvardan üçüncü bir canlı kamera görüntüsü. Ve işte, farklı bakış açınız beyler."

Yeni kamera, diğer fanuslara benzeyen –mavi çakıl taşları, bir heykelcik ve daireler çizerek yüzen bir japon balığının bulunduğu– bir fanusu *üstten* çekiyordu. Yukarıdan çekim yapan bu kamera ayrıca, bir fanusun iki tarafına yerleştirilmiş iki kamerayı da gösteriyordu.

Faukman, "Anlamıyorum," demişti.

Katherine hemen açıklamıştı. "Aynı fanusa ait iki videoya bakıyordunuz yani bir fanus, bir balık. İki farklı açıdan izleniyordu. Ayrı oluşları bir illüzyondu. Aslında gördüğünüz tek bir organizmaydı."

Faukman, "Ama kesinlikle farklı iki fanusun içindeydi," diye itiraz etmişti. "*Yes / No* yazılı heykelcikleri nasıl açıklayacaksınız? Onlar kesinlikle *farklı*... Nasıl *tek* fanus olabilir?"

Langdon başını öne eğerken alçak sesle, "Markus Raetz," demişti. "Anlamalıydım."

Katherine çantasına uzanıp içinden tanıdık bir heykelcik çıkarmıştı. Bu, birinci fanusun içindeki *Yes* heykelciğinin bir kopyasıydı. Faukman'ın yazıyı okuması için heykelciği yukarı kaldıran Katherine daha sonra heykelciği doksan derece döndürmüştü ve Faukman nefesinin kesildiğini hissetmişti. O açıdan heykelcik tamamıyla farklı görünüyordu. O açıdan... *No* yazısı okunuyordu.

Katherine gülümsemişti. "Bu sanat eseri, heykeltıraş Markuz Raetz'e ait. Kendisi, tıpkı içinde yaşadığımız evren gibi bir illüzyon ustası."

Langdon, Mickey Mouse saatinin kayışını çözmeye başlamıştı.

Katherine gülerek, "Çocuğum olmadığını biliyorsun," demişti. "Mickey saatin sende kalsın. Bunu sadece imkânsızlıkla ilgili bir noktaya dikkat çekmek için yaptım. Size insan bilincine dair anlatacağım şey ilk başta imkânsız gibi görünecek, tıpkı ahenk içinde yüzen balıklar gibi. Ama bakış açınızı biraz değiştirirseniz her şey bir anda mantıklı gelecek... Ve daha önce gizemli olduğunu düşündüğünüz şeyler gün gibi aşikâr olacak."

Faukman o andan itibaren Katherine'in her kelimesini can kulağıyla dinlemeye başlamıştı. Öğle yemeği, üç saatlik akıl almaz bir keşif yolcuğuna dönüşmüştü. Katherine kitabında bu yeni paradigmayı destekleyen ve şu anki deneyimlerimizin sınırlı olduğunu gösteren bir dizi öncü deneye yer vereceğine söz vermişti.

Faukman yemeğin sonunda başının dönme sebebinin, Solomon'ın düşünceleri mi yoksa fazla kaçırdığı şarap mı olduğuna karar verememişti ama bir şeyden çok emindi.

Bu kitabı kesinlikle yayınlayacağım.

O öğle yemeğinin yayıncılıkla ilgili yaptığı en iyi yatırım olabileceğini düşünmüştü.

Oysa şimdi, bundan bir yıl sonra, buz gibi soğuk bir minibüsün zemininde eli kolu bağlı bir halde otururken bu kararını sorgulamaya başlamıştı. Taslağın henüz bir kelimesini bile okumamıştı. Katherine'in gizemli deneyleri hakkında hiçbir şey bilmiyordu ama yine de birisinin onu imha etmek istemesini anlaşılmaz buluyordu.

Tanrı aşkına, altı üstü insan bilinciyle ilgili bir kitap!

Faukman'ı kaçıran adamlar ellerindeki cihazlara odaklanmışlardı.

Faukman dişleri birbirine çarparken, "Hey, çocuklar!" diye seslendi. Onları konuşturmak istiyordu. "Bu kitabın ne özelliği var? *Bilimsel* bir kitap olduğunu biliyorsunuz değil mi? İçinde resim falan yok."

Cevap gelmedi.

"Bakın, donuyorum. Bu delilik. Bu kitapla neden böylesine ilgilendiğinizi söylerseniz belki size..."

Asker tıraşlı adam, "Biz ilgilenmiyoruz," dedi. "Patronumuz ilgileniyor."

"Darth Vader okumayı biliyor mu?"

Asker tıraşlı adam güldü. "Evet ve seninle konuşmak istiyor. Uçağa yakıt ikmali yapılıyor. Biraz sonra Prag'a doğru yola çıkacağız."

Faukman gerildiğini hissetti. "Durun biraz! Ben Prag'a falan gitmiyorum! Pasaportum yanımda değil! Ayrıca kedime yemek vermem lazım."

Adam, "Pasaportunu dairenden aldık," dedi. "Ve kedini de öldürdük."

Faukman artık gerçekten korkmaya başlamıştı. "Hiç komik değil... Ayrıca benim kedim yok. Bu konuda biraz konuşabilir miyiz?"

Adam ukala bir tavırla gülümsedi. "Tabii ki... Uçakta fazlasıyla vaktimiz olacak."

40. BÖLÜM

Havelský Pazarı'nda trafik adım adım ilerliyordu. Langdon ile Sasha varış noktalarından birkaç blok geride araçtan indiler ve Eski Şehir'de evlerin bulunduğu bölgedeki dolambaçlı sokaklarda yürüdüler. Eve giden yolda genç kadını takip eden Langdon, Sasha'nın ev sahibinin Brigita Gessner olduğunu ve kira almadan oturmasına izin verdiğini öğrendiğinde çok şaşırdı.

Yine ondan beklenmeyecek bir merhamet gösterisi, diye düşündü. Gessner'ın bu kadına yardım etmeye kendini adamasının nedenini merak ediyordu.

Brigita Gessner tam bir muammaydı. Sasha'ya karşı cömert ve şefkatli davranmış olsa da dün akşam birlikte içki içerlerken dayanılır gibi değildi. Langdon berbat pastırma aromalı kokteylini dalgın dalgın yudumlarken Gessner birdenbire dönüp onu cevap vermeye zorlamıştı.

"Profesör Langford," derken ismini bilerek yanlış söylediği belli oluyordu. "Katherine'le bir konuda anlaşamıyoruz, aramızda siz hakem olun."

Langdon'ı tartışmaya çekmek istemediği anlaşılan Katherine yüzünü buruşturmuştu.

"Siz eğitimli birisiniz ve bu konudaki bakış açınız dikkate değer. Katherine ile ben materyalist-noetik tartışmanın merkezinde yer alan bir konuda ayrışıyoruz. Ölümden sonraki yaşam konusunda."

Ah, yapma...

Gessner üstelemişti. "Söyler misiniz, siz neye inanıyorsunuz? Ölüm bir son mudur? Yoksa... başka bir şey mi var?"

Bu konuyu nasıl atlatacağına karar vermeye çalışan Langdon biraz duraksamıştı.

Gessner kendini tutamadan konuşmuştu. "Pek çok kez dediğim gibi, bana göre ölümden sonraki yaşam boş bir fanteziden ibaret; dinin korkakları ve aklı kıt olanları kendi safına çekmek için kullandığı bir hayal ürünü."

Hadi ama ben bu topa girmem.

Gessner konuşmaya devam etmişti. "Eminim biliyorsunuzdur, Katherine'e göre beden dışı deneyimler bilincin beynin dışında bir yerde var olduğunun kanıtı. Bu sebeple, bilincin ölümden sonra yaşayacağına inandığını herkesin önünde söyledi. Diğer bir deyişle... ona göre ölümden sonra yaşam mümkün." Nörobilimci kokteylinden bir yudum almıştı. "Size göre hangisi doğru profesör?"

"Kesin bir fikrim yok," diye cevap vermişti Langdon. "Tanatoloji dersi verdim ama bu benim alanıma girmiyor..."

Gessner onun sözünü keserek inceden alay eder gibi konuşmuştu. "Soru basit. Eğer ölüyor olsaydınız ve kendinizi bir ameliyat masasının tepesinden bedeninize bakarken bulsaydınız, bunu ölümden sonra yaşamın bir kanıtı olarak mı kabul ederdiniz? Yoksa oksijen yetmezliğine bağlı halüsinasyon olarak mı?"

Ben hiç ölümün eşiğine gelmedim... Ne düşüneceğime dair bir fikrim yok.

Langdon'ın ölümden dönme deneyimleriyle ilgili tek bildiği Raymond Moody'nin 1975'te yazdığı *Ölümden Sonraki Hayat* isimli kitabında yazanlardı. Kitap, bilim insanlarını ölümün hayat yolculuğunun sonu olmadığına, tam tersine bir başlangıç olduğuna ikna etmeye çalışmasıyla biliniyordu.

Kitapta, klinik ölümü gerçekleştikten sonra hayata döndüğü tıbbi olarak kayda geçmiş yüzlerce vakanın benzer beden dışı deneyimler yaşadığından bahsediliyordu: fiziksel bedenden ayrılarak farklı bir açıdan bakma, havada süzülme, karanlık bir tünele doğru yukarı yükselme, parlak bir ışığa yaklaşma ve en belirgini, mutlak bir sakinlik ve engin bilgiye sahip olma hissi.

Moody'nin kitabından sonra artık beden dışı deneyimler yaşanıyor mu diye değil, beden dışı deneyimlere sebep olan şey *nedir* ve ne anlam taşıyor soruları sorulmaya başlanmıştı.

Langdon ölümden sonraki hayatın her türden kalıcı manevi inancın dayanak noktası olduğunun farkındaydı. Hıristiyanların gökleri, Yahudilerin gilgul'u, Müslümanların cenneti, Hinduların ve Budistlerin devaloka'sı, Yeni Çağ filozoflarının geçmiş yaşamları, Platon'un metampsikoz'u vardı. Tüm spiritüel felsefelerdeki değişmez nokta ruhun ebedi olmasıydı. Buna rağmen ölümden sonrası yaşama inanma noktasına gelince Langdon kendini materyalistlere daha yakın görüyordu. Ölümden sonraki yaşam düşüncesi ona göre huzur verici bir hikâye, bir başa çıkma yöntemiydi ve Gessner'ın sorusuna samimi bir yanıt vermesi gerekirse...

Ölümden dönme deneyimleri... halüsinasyondan ibaretti.

Dinsel temalı sanatta uzman bir bilim insanı olarak; ilahi vahiyler, ruhani vizyonlar, tanrısal tezahürler, dini vecd halleri, melek ziyaretleri gibi bu dünyanın ötesine ait tasvirler sunan başyapıtları iyi biliyordu. İnançlı kimselere göre bu deneyimler başka âlemlerle yaşanan gerçek karşılaşmalardı ama Langdon bunların derin bir spiritüel özlemle ortaya çıkan canlı vizyonlar olduklarına inanıyordu.

Langdon öğrencilerine sıklıkla şunları hatırlatırdı: *Çöldeki vaha serabını sadece susamış gezginlerin görmesinin bir sebebi var. Bu serabı okulun avlusunda yürüyen üniversiteliler görmez. Ne görmek* istersek *onu görürüz.*

Ve konu istemekten açılmışken, Langdon ölümün eşiğine gelen insanların aynı temel arzuyu paylaştığını düşünüyordu: yani ölmemeyi. Elbette ölüm korkusu ölmek üzere olanlara mahsus bir duygu değildi. Evrensel bir korkuydu... belki de evrensel olan tek korkuydu.

Bilinen adıyla ölüm farkındalığı, fiziksel bedenlerimizi kaybedeceğimiz düşüncesi yüzünden değil, hatıralarımızı, hayallerimizi, duygusal bağlantılarımızı... yani *ruhumuzu* kaybedeceğimiz endişesi yüzünden korkutucuydu.

İnsan zihninin ebedi hiçlik ihtimaliyle karşılaştığında hemen her şeye inanabileceğini dinler çok önceleri keşfetmişti. *Timor mortis est pater religionis.* Upton Sinclair tarafından meşhur edilen eski sözü içinden geçirmişti. *Dinin babası ölüm korkusudur.*

Elbette dünyadaki tüm dinlerin ölümden sonraki yaşamla ilgili bolca metni vardı: Mısırlıların *Ölüler Kitabı, Sutralar, Upanişadlar, Kutsal Kitap, Kuran, Kabala.* Her dinin kendine özgü bir kıyamet anlayışı, öteki âleme dair bir mimarisi ve özenle listelenmiş bir ruhani varlıklar hiyerarşisi vardı.

Bu türden dini iddiaların çoğu, ölüm bilimini inceleyen modern tanatoloji uzmanları tarafından dikkate alınmıyordu. Bununla birlikte günümüz bilim insanları kendi alanlarındaki temel soruya yanıt vermekte pek ilerleme kaydedemediklerini itiraf ediyorlardı:

Öldüğümüzde ne olur?

Bu soru hayatın en büyük gizemiydi... Hepimizin bilmek istediği sırdı. İşin tuhaf yanı, bu gizemli cevap sonunda herkese açıklanıyordu ama cevabı başkalarıyla paylaşmak için geri dönüş yolu açık değildi.

"Dilinizi kedi mi yedi?" Gessner sırıtarak sormuştu.

Langdon onu tersleyerek yanıt vermişti. "Pek sayılmaz. Kanıtlayamayacağınız bir şeyi mutlak gerçek olarak kabul etmenize anlam veremiyorum. Benim dünyamda biz buna *inanç* deriz... bilim değil."

Gessner homurdanarak, "*Zbabělcě,*"* demişti. "Sizin materyalist biri olduğunuzu biliyorum profesör. Şansımız yaver giderse yarın Katherine laboratuvarıma geldiğinde onu da rasyonel dünyamıza dahil olmaya ikna edeceğim."

Ardından Gessner deri evrak çantasını açmış ve içinden çıkarttığı kartviziti Katherine'in önüne koymuştu. Langdon kartvizite bir göz atmıştı.

* "Korkaklar."

DOKTOR BRIGITA GESSNER
GESSNER ENSTİTÜSÜ
HAÇ BURCU, 1
PRAG

"Bu kartı yarın şoföre verin," demişti Gessner. "Laboratuvarım özel olmasına rağmen oldukça tanınan bir yerde. Aslına bakarsanız burç epey ünlüdür."

Langdon içinden söylenmişti. *1300'lerde ünlüydü belki...*

Gessner çantasını kapatmak üzereyken Langdon çantaya özenle yerleştirilmiş eşyasını görmüştü: dosyaların içindeki kâğıtlar, diklemesine bir bölmenin içindeki kalem, deri bir kayışla tutturulmuş akıllı telefon, şeffaf ceplerin içindeki kredi kartları, kimlikler ve giriş kartları. Bunların birindeki bir sembol dikkatini çekmişti.

"Bu kart nedir?" Radyo frekans tanımlı kartları korumak için tasarlanmış kurşun astarlı bir bölmeden görünen siyah bir kartı işaret etmişti. Kartın sadece bir kısmını görebilmişti ama üzerine basılmış altı karakter hemen ilgisini çekmişti Langdon'ın.

PRAGUE

Başını indirip karta bakan Gessner bocalamıştı. "Ah, o mu?... Bir şey değil." Çantasını kapatmıştı. "Spor ve sağlık kulübünün giriş kartı."

"Öyle mi?" Langdon ısrar etmişti. "Merak ettim. Üçüncü karakter, neydi o?"

Gessner tuhaf bir ifadeyle bakmıştı. "A harfinden mi bahsediyorsunuz?"

"A harfi değildi." Langdon çok net görmüştü. "Vel mızrağıydı."

İki kadın da şaşkın gözlerle ona bakıyordu.

"Anlamadım?" demişti Gessner.

"Farkı ortadaki çizgi," demişti Langdon. "A harfinde tek çizgi bulunur ama o logoda üç çizgi ve bir nokta vardı. Üç tane orta çizgisi ve bir noktası olan ters dönmüş bir yaprak şekli, yani büyük A harfi çok özel anlamı olan bir semboldür."

"Sağlık anlamına mı geliyor?" Katherine çakırkeyif olmuştu.

Hiç ilgisi yok, diye düşünmüştü Langdon. "Vel mızrağı güç anlamına gelen bir Hindu sembolüdür. Mızrağın sivri ucu aydınlanmayı, keskin bir zihinle cehaletin karanlığını delip geçen ve düşmanları alt eden yüce bir sezgiyi temsil eder."

Gessner gerçekten şaşırmıştı.

Katherine, "Düşmanlarını sezgiyle mi öldürüyor?" diye sormuştu. "Bir sağlık kulübü için tuhaf bir mesaj."

Katılıyorum.

Gessner şakacı bir tavırla, "Belli ki tesadüf," demişti. "Eminim sadece tasarımı beğenmişlerdir, ne sembolü olduğuna dair kulübün hiçbir fikri yoktur."

Langdon üstüne gitmemişti ama Gessner'ın bir şey sakladığına emindi. RFID özellikli bir kart, sağlık kulübü için fazlasıyla ileri teknolojili bir giriş anahtarıydı. Ayrıca Gessner temiz olmayan kalabalıkla birlikte spor yapacak birine hiç benzemiyordu. Üstelik yerel bir sağlık kulübünün İngilizce yerine Çek dilindeki "PRAHA" yazılışını kullanması gerekirdi.

Gessner konuşurken sesinden rahatsızlık duyduğu anlaşılıyordu. "Sembologlarla noetik bilimcilerin birbirleri için yaratıldığı kesin." İçkisinden bir yudum almıştı. "Ortada bir şey yokken anlam çıkarmaya çalışıyorsunuz."

41. BÖLÜM

Sasha Vesna'nın birinci kattaki dairesi küçük ama güzeldi. Zevkli bir şekilde döşenmişti, düzenliydi ve bolca güneş ışığı alıyordu. Langdon içeri girerken havada asılı kalmış dumansı malt kokusunu aldı.

Sasha keskin kokuyu açıklamak zorunda hissederek, "Rus karavanı çayı," dedi. "Ve evde kedilerim var."

Tam o sırada iki Siyam kedisi koridorun diğer ucunda belirdi. Langdon onları sevmek için eğilince ilgi isteyen kediler ona doğru koştular.

Sasha, "Erkekleri çok seviyorlar," dedikten sonra utangaç bir şekilde, "çok gördüklerinden değil tabii!" diye ekledi.

Langdon kibarca gülümsedi. "Çok güzel hayvanlar."

"Şu Sally, bu da Harry. İsimlerini en sevdiğim filmden aldılar." Sasha duvarda asılı olan film posterini gösterdi. "Bunu bana Doktor Gessner almıştı."

Filmin ismi Rusça yazılmıştı ama Langdon, New York siluetinin önünde yüz yüze duran Meg Ryan ile Billy Crystal'ı tanıdı. *Harry, Sally ile Tanışınca* filmini izlememişti ama bir New York restoranında geçen meşhur "seks sahnesi"ni duymuştu.

Sasha, "Amerikan romantik komedilerini her zaman çok sevmişimdir," dedi. "İngilizceyi böyle öğrendim." Bir süre hayranlıkla postere baktıktan sonra gözlerine hüzünlü bir ifade yerleşti. "Kedilerim de Doktor Gessner'ın hediyesiydi... Yalnız kalmayayım diye almıştı."

Langdon, "Ne kadar düşünceliymiş," dedi.

Sasha ağır ayakkabılarını çıkarıp kapının yanındaki plastik paspasın üzerine koydu. Langdon da aynı şeyi yaparak ıslak mokasenlerinden kurtuldu.

Genç kadın koridordaki girintiyi gösterdi. "Tuvaleti kullanmak isterseniz şurada."

Langdon, "Teşekkür ederim," diye karşılık verdi. "İyi olur."

Sasha yanından ayrılırken ekledi. "Ben de çay yapayım."

Langdon bir süre daha duvardaki posteri incelerken Katherine'i düşündü. New York silueti ve Colombia Pictures'ın logosu –togaya sarınmış, elinde bir meşale tutan kadın– ona Özgürlük Anıtı'nı ve Katherine'in geçen akşamki konuşmasını hatırlatmıştı.

Profesör banyoya doğru giderken içinden ona, *neredesin,* diye seslendi. Oteli arayıp Katherine'in geri dönüp dönmediğini sormak için yanıp tutuşuyordu ama Harris, bir memura saldırıp olay yerinden kaçtıkları için ÚZSI'nin onları arıyor olabileceğini söylemişti. Bu nedenle ataşenin gelmesini beklemesi gerekiyordu.

Banyo tıkış tıkış ama düzenliydi. Langdon, Sasha'nın özel alanını kullandığı için biraz huzursuz olmuştu. Ellerini yıkadıktan sonra Sasha'nın mükemmel bir şekilde katlanmış havlularını bozmamak için pantolonuna kuruladı. Aynaya bakınca karşısındaki yüz bir başkasına aitmiş gibi hissetti. Gözleri kan çanağına dönmüştü, saçları darmadağınıktı ve alnında stresten izler oluşmuştu. *Korkunç görünüyorsun Robert.* Sabahtan beri yaşadıkları düşünülürse bu hiç de şaşırtıcı değildi. *Büyükelçiliğe git ve Katherine'i bul.*

Langdon mutfağa girdiğinde Sasha tezgâhın üzerindeki iki kaba kuru kedi maması dolduruyordu. Harry ile Sally tezgâhın üzerine atlayıp iştahla mamalarını yemeye başladılar.

Genç kadın çaydanlığın kaynadığı ocağa doğru gidip, "Çayınızı nasıl alırsınız?" diye sordu.

Robert, *"Kahveyle,"* dememek için kendini zor tuttu. "Sade. Teşekkür ederim."

Sasha üç çay bardağı, üç çay tabağı ve üç kaşık çıkardı. Kapıya doğru giderken, "Banyoya gidiyorum," dedi. "Sonra gelip çaylarımızı koyacağım. Michael da yaklaşık on beş dakika sonra burada olur."

Langdon onun koridorda ilerleyip banyoya girişini dinledi.

Dairenin içinde sadece kaynayan suyun sesi duyuluyordu. Mutfakta yalnız kalan Langdon, Sasha'nın tezgâhın üzerinde duran cep telefonuna bakarken yine Four Seasons Otel'i aramayı düşündü ama Janáček büyük ihtimalle çoktan oteli gözetim altına almıştı. Ve Katherine'in nerede olduğu bir muammaydı.

Dairenin kapısına sertçe vurulduğunda su kaynamaya yeni başlamıştı. Harris'in bu kadar çabuk gelmesi imkânsızdı. Langdon aniden Janáček veya Pavel'in kendilerini buraya kadar izlemiş olabileceklerini ya da Sasha'nın dairesini kontrol etmeye geldiklerini düşünerek gerildi.

Telaşla koridora doğru gittiğinde ellerini kurulayarak banyodan çıkan Sasha'yla karşılaştı. Kadın endişeli bir ifadeyle Langdon'a bakarak alçak sesle, "Birisi kapıyı mı çaldı?" diye sordu.

Langdon başıyla onayladı.

Sasha'nın yüz ifadesinden bir ziyaretçi beklemediği anlaşılıyordu. Sessizce on beş saniye beklediler ama kapı bir daha çalınmadı. Genç kadın kapıya doğru gidip gözetleme deliğinden baktı. Sonra Langdon'a dönüp omuzlarını silkti. Dışarıda kimse yoktu.

O sırada Langdon kapının altından içeri atılmış beyaz kâğıdı fark etti. Sasha'ya kâğıdı göstererek, "Birisi sana not bırakmış," dedi.

Sasha eğilip kâğıdı kapının altından aldı. Langdon'ın görebildiği kadarıyla elyazısıyla yazılmış bir nottu.

Sasha ayağa kalkıp notu okurken korkuyla derin bir nefes aldı. Titreyen eliyle notu profesöre uzattı. "Size yazılmış."

Bana mı? Langdon notu okurken göğsünün sıkıştığını hissetti.

Korku içinde daire kapısını hızla açıp çoraplarıyla sokağa fırladı. Erimiş karın içinde kendi etrafında dönerken havaya, *"Kimsin sen? Ona ne yaptın?"* diye seslendi.

*

Golĕm, Langdon'ın bağırdığı noktadan yirmi metre uzakta karanlığın içinden onu izliyordu.

Sasha'nın kapısının altından attığı not beklediği tepkiyi uyandırmıştı. Her şey plana uygun ilerlerse Robert Langdon birazdan ıssız bir yere doğru yola çıkacaktı.

Korku harekete geçirir.

42. BÖLÜM

Michael Harris, Haç Burcu'ndan hızla uzaklaşırken Sasha'nın telefondaki çaresiz sesi hâlâ kulaklarındaydı.

"Robert Langdon yanımda! Yardımına ihtiyacımız var!"

Anayola vardığında Sasha'nın evine doğru sağa döndü. *Evin yolunu artık ezberledim,* diye düşünürken içten içe hayıflanıyordu. Yanlış olduğunu bile bile oraya pek çok kez gitmişti.

Sasha'yla ilk kez iki ay önce David Rio Chai Latte'de karşılaşmıştı. Sasha her sabah işe giderken uğradığı bu yerde, yüksek bir masada tek başına dururken Harris gülümseyerek yanına yaklaşmıştı.

Rusça, *"Privet Sasha,"* demişti. *Merhaba Sasha.*

Uzun boylu sarışın, başını kaldırıp tedirgin gözlerle bakmıştı. "İsmimi nereden biliyorsunuz?"

Harris gülümseyerek elindeki kâğıt bardağa baristanın yazdığı SAŠA yazısını göstermişti.

"Ah." Sasha mahcup olmuş gibi görünse de hâlâ pek emin değildi. "Ama... Rusça konuştunuz."

Harris, "Tahmin ettim," dedi. "Sipariş verirken aksanlı konuştuğunuzu duydum."

Sasha utanmıştı. "Elbette. Tereddüt ettiğim için kusuruma bakmayın. Ruslar Prag'daki en popüler insanlardan sayılmazlar."

"Bir de *Amerikalı* olmayı deneyin!" derken elinde tuttuğu bardağın üstündeki MICKALE yazısını gösterdi. "Baristanın ismimi bilerek yanlış yazdığına eminim." Gülümserken elinden gelen en iyi Bogart ifadesini takındı. "Bütün dünyada, tüm kentlerdeki tüm barlar arasında ben buraya geliyorum."

"*Casablanca*!" Sasha birden sevinmişti. "O filmi çok severim!"

Sonraki yarım saat boyunca birbirlerine hikâyelerini anlatmışlardı. Sasha ona yürek burkan epilepsi öyküsünden ve çocukluğunda Rusya'daki bir akıl hastanesine terk edilişinden bahsetmişti. Daha sonraları bir beyin cerrahı onu kurtarmış ve Prag'a getirmişti.

Harris, "Peki şu Doktor Gessner seni *iyileştirdi* mi?" diye sormuştu.

"Tamamen." Sasha'nın gözleri minnet doluydu. "Onun icat ettiği beyin implantını, sislenmeyi hissettiğimde başımın üstünde gezdirdiğim manyetik bir çubukla aktive ediyorum."

"Sislenme mi?"

"Evet, affedersin, nöbet geçirmeden önce epileptikler karıncalanma benzeri bir uyarı hisseder. Hapşırmadan önce burnunun kaşınması gibi bir histir. Böyle olduğunda çubuğu başımın üstüne sürüyorum, mıknatıs da kafatasımın içindeki çipi tetikliyor." Kendinden çok söz ettiğini düşünerek susmuştu. "Affedersin, bunlar konuşması nahoş şeyler."

"Hayır, hiç değil. Ben bir şey göremiyorum," demişti Harris samimiyetle. "Yara izi varsa bile bu güzel sarı saçların altında kalmış!"

Duyduğu iltifattan rahatsızlık duyan Sasha bakışlarını başka yöne çevirmişti. "Sana tüm bunları anlattığıma inanamıyorum. Ne kadar utanç verici. Ben çok fazla insanla konuşmam... Her neyse, işe yetişmeliyim." Çayının geri kalanını bir dikişte bitirmiş ve hemen toparlanmaya başlamıştı.

"Benim de gitmem gerek," demişti Harris. "Ama seninle konuşmak güzeldi. Eğer bir ara öğle yemeğine çıkmak istersen ben daha fazlasını dinlemek isterim."

Sasha onun bu teklifi karşısında şaşırmıştı. "Hayır, bunun iyi bir fikir olduğunu sanmıyorum."

Harris, "Tabii, affedersin," diye ağzında gevelemişti. "Ben *sevgili* gibi buluşmaktan bahsetmemiştim. Sadece... neyse galiba görüştüğün biri var..."

"Benim mi? *Kimseyle* görüşmüyorum," demişti Sasha. "Sadece..." Hıçkırıklara boğulacakmış gibi gözleri birden yaşlarla dolmuştu.

"Ah, olamaz!" Harris'in aklı karışmıştı. "Seni üzmek istemedim."

"Benim hatam..." Kırılgan bir sesi vardı. "Üzgünüm... Beni tanırsan... hayal kırıklığına uğramandan korkuyorum."

"Neden böyle söylüyorsun?"

Sasha gözlerini silip ona bakmıştı. "Michael, ben... bilirsin işte, ilişkilerde pek iyi değilim. Hayatımın çoğunu tek başıma ve ağır ilaçlarla geçirdim. Ciddi hafıza sorunları yaşıyorum, geçirdiğim nöbetlerden kalan çirkin yara izlerim..."

Harris, "Dur bir dakika," demişti. "Ben seni çok çekici buldum. Ve yaşadıklarını dikkate alacak olursak, son derece iyi huylu birisin."

"Sahi mi?" Yanakları kızarmıştı Sasha'nın. "Senden kaynaklı olmalı."

Biraz daha konuşmuşlar ve Sasha sonunda onu tekrar görmeyi kabul etmişti.

İki hafta sonra bir öğle yemeği, ardından akşam yemeği, Wallenstein Bahçesi'nde bir akşam yürüyüşünün ardından Harris bu kız hakkında öğrenebileceği her şeyi öğrendiğine kanaat getirmişti. Tüm vaktini Gessner'ın laboratuvarında çalışarak veya evde kedileriyle birlikte eski filmler izleyerek geçiren, hiç arkadaşı olmayan yalnız bir kadındı. *Sasha yalnızlığı seven... ve aynı zamanda yalnız biri.*

Ne yazık ki Harris giderek derinleşen ilişkileri konusunda tedirginlik duymaya başlamıştı. *Onunla görüşmemin gerçek sebebini öğrenirse bu onu mahveder.* Harris bu işi yapmayı kabul ettiği için suçluluk duygusuyla kendi kendine kızmıştı. *Bu maskaralığa bir son vermemin zamanı geldi.*

Son derece kararlı bir tavırla büyükelçinin ofisine giden mermer basamaklardan yukarı çıkmıştı. Açık duran kapıyı vurduğunda büyükelçi eliyle içeri gelmesini işaret etmişti.

Altmış altı yaşındaki Büyükelçi Heide Nagel, Columbia Hukuk mezunuydu. Alman göçmeni bir ailenin çocuğu olarak Amerika'ya dört yaşındayken gelmiş ve mesleğinin zirvesine yükselmişti. Almanca soyadının kelime anlamı, kamuoyunda da dikkat çekildiği üzere "çivi" demekti, tam olarak "sağlam, sert" anlamında.

İçinden ne geçirdiğini belli etmeyen gözleri ve diplomatik nezaket taşıyan tavırlarıyla rakiplerini alt etmeden önce onları güvende olduklarına inandırırdı. Nagel'in gündelik giysileri bile nüfuz sahibi biri olduğunu saklayacak şekilde özenle seçilmişti: basit bir siyah pantolon, rahat ayakkabılar ve bir diplomattan çok kütüphane görevlisine yaraşır zincirli okuma gözlükleri. Siyah saçlarını dümdüz kâküllü kestirir ve çok az makyaj yapardı.

Dizüstü bilgisayarı kapatırken, "Michael," demişti. "Senin için ne yapabilirim?"

Harris içeri girip masasının önünde durmuştu. "Üzgünüm ama bana verdiğiniz kayıt dışı görevle ilgili artık kendimi pek rahat hissetmiyorum."

"Öyle mi?" Nagel gözlüklerini çıkartıp ona oturmasını işaret etmişti. "Sorun nedir?"

Harris boğazını temizledikten sonra oturmuştu. "Daha önce de rapor ettiğim gibi efendim. Sasha Vesna çocukluğunda korkunç derecede kötü muameleye maruz kalmış saf bir genç kadın ve normal bir hayat yaşamak için elinden geleni yapıyor. Öğrenebileceğim başka bir şey kalmadı. Bu noktada ona yalan söylemeye devam etmenin, şey... etik açıdan yanlış olduğunu düşünüyorum." İlişkilerine fiziksel bir boyut kazandırmamış olsa da Sasha'nın gönlünü kendisine kaptırdığını biliyordu.

Nagel, "Anlıyorum," demişti. "Bir an için *tehlikeli* diyeceğini sandım. Eğer tehlikeli olsaydı seni hemen görevden alacağımı eminim biliyorsundur."

Harris ona inanıyordu. Nagel büyükelçiliği demir yumrukla yönetse de çalışanlarını gözetirdi. "Hayır efendim, ben herhangi bir tehlike görmüyorum. Sorun şu ki, Sasha bağlanmaya başladı. *Etik* açıdan..."

"Uygunsuz mu?" Büyükelçi şaşırmış gibi bakıyordu. "Söylemeden edemeyeceğim Michael, Sasha'yı görmeyi bırakmak istemenin sebebi olarak ahlaki kaygılarını dile getirmeni ilginç buluyorum."

"Anlayamadım?"

Büyükelçi ayağa kalkmış ve ofisin köşesindeki içki barına yürümüştü. Tek kelime etmeden bir bardak soda doldurmuş, döndüğünde Michael'a uzatmıştı. Sonra masasına oturmuş ve bakışlarını ona dikmişti.

"Sanırım Sasha Vesna'yı artık görmek istememenin asıl sebebi, halkla ilişkiler masasındaki Dana Daněk'in seni başka bir kadınla zaman geçirirken yakalamasından korkman."

Harris duygularını belli etmemeye çalışmıştı ama yıkıldığını hissediyordu. *Büyükelçi, Dana ile görüştüğümüzü biliyor mu?!* Harris'in işinde yükselmeye dair tüm umutları yerle bir olmuştu.

Nagel konuşmaya devam etmişti. "Umarım farkındasındır, bu büyükelçilikte çalışanlar arasında bir ilişki yaşanmasına sıfır tolerans gösteriliyor." Biraz durup sonra aniden hatırlamış gibi yapmıştı. "Ah, ama elbette bu politikamızı biliyorsun. Taslağın hazırlanmasına yardım etmiştin."

Sıçtık.

Nagel sakince, "Rahatla," demişti. "Seni kovdurmak niyetinde değilim. Ben sadece ülkeme hizmet ederken öğrendiğim bir zayıflıktan faydalanıyorum."

Harris sadece birkaç kelime edebilmişti. "Şantaj demenin kibarcası."

"Sen avukatsın Michael, o yüzden bunu başarılı bir müzakere süreci gibi düşün. Ve inan bana, eğer üstlerim de bana aynı baskıyı uygulamasaydı sana baskı yapmazdım."

"Saygısızlık etmek istemem efendim ama Harry ve Sally isimli iki kedisi olan epilepsi hastası Rus bir kadını başkanımızın önemsediğine inanmakta güçlük çekiyorum."

"Birincisi, cevap verdiğim tek güç sahibi kurum Beyaz Saray değil. İkincisi, üstlerim bana Sasha Vesna ile neden ilgilendiklerini değil, Sasha'nın güvendiği insanlara hangi sırlarını açtığından haberdar olmak istediklerini bildirdi."

"Sasha'nın herhangi bir sırrı yok." Harris ısrarcıydı. "Açık bir kitap gibi. Konuşacak biri olduğu için mutlu o kadar."

"Kesinlikle! Ve şimdi *sen* de o konumdasın, ki bu çok değerli. Onu konuşturmaya devam etmelisin. Ayrıca Dana ile olan durumunu göz ardı edeceğim ve üstlerime bu özel proje için sana ne ödüyorlarsa iki katını ödemelerini söyleyeceğim."

Harris'in ağzı açık kalmıştı. Verilen ek ödeme zaten fazlasıyla cömertti. *Sasha Vesna'nın peşini bırakmayan kim? Ve neden?*

Büyükelçi son olarak ciddi bir sesle ikaz etmişti. "Ve Michael, eğer bu proje azıcık bile tehlikeli hale gelirse hemen bana söyle ki fişini çekeyim." Gözlerini onunkilere kilitlemişti. "Anlaştık mı?"

Büyükelçinin uzattığı eline bakan Harris onun nasıl bu kadar şah mat yapabildiğine şaşırmıştı. Çekincelerine rağmen, eğer bu işi kendisi yapmazsa başka birinin çok daha cüretkâr davranmasından çekiniyordu. *Sasha bunu hak etmiyor.* Büyükelçinin elini sıkmıştı.

Takip eden haftalarda Harris'in Sasha ile olan yakınlığı garip bir romantik ilişkiye dönüşmüştü. Neyse ki Sasha son derece deneyimsizdi ve Harris işleri ağırdan almak konusunda ısrarcı davranıyordu. Şimdilik en büyük yakınlaşmaları, çoğunlukla giyinik halde birbirlerinin kollarında uzanmak ve birlikte uyuyakalıncaya kadar romantik Amerikan komedilerini izlemekti.

Şimdiyse Sasha ve Langdon ile buluşmak üzere kuzeye doğru hızla ilerlerken bu sabah büyükelçiden öğrendiklerini düşünüp duruyordu. Prag'da devam eden operasyonun kapsamı hayallerinin ötesindeydi. Ayrıntılarına hâkim olmasa da Harris bu işin boyunu fazlasıyla aştığının farkındaydı.

Bu işi bırakmanın zamanı geldi. Eski Şehir'e yaklaşırken kendi kendine söz verdi.

Sonuçları ne olursa olsun, bu Sasha Vesna'ya yaptığım son ziyaret olacak... Sonsuza kadar.

43. BÖLÜM

Robert Langdon, Sasha Vesna'nın küçük mutfağında endişe içinde volta atarken ıslak çorapları seramik zeminin üstünde iz bırakıyordu.

Bu gerçek olamaz. Saniyeler önce Sasha'nın kapısının altından atılan nota tekrar baktı. Elyazısıyla yazılmış not dünyasını altüst etmişti.

Katherine elimde.
Petřín Kulesi'ne gel.

Kafasının içinde ıstırap verici bir sürü soru dönüp duruyordu. *Kimsin sen? Ona ne yaptın? Neden Petřín Kulesi?*

Bol ağaçlıklı bir tepede bulunan elli metre yüksekliğindeki Petřín Kulesi, şehrin merkezinden fazla uzakta değildi. Geçmişte bakirelerin kurban edildiği tepenin hikâyesini bilen Langdon kendini sakinleştirmekte zorlanıyordu. Birinin Katherine Solomon'ı kaçırmasına mantıklı hiçbir sebep bulamıyordu.

Sasha korku dolu bir sesle, "Buraya kadar izlenmiş olmalıyız," dedi. "Belki de taksi durağından beri? ÚZSI olabilir ama..."

"ÚZSI, Katherine'i neden *kaçırsın* ki?"

"Bilmiyorum." Sasha düşüncelere dalmış gibiydi. "Michael ne yapılması gerektiğini..."

Langdon onun sözünü kesip, "Michael'ı bekleyemem," dedi ve ayakkabılarını giymek üzere koridora çıktı. "Hemen gitmeliyim." *Katherine tehlikede. Oraya en kısa sürede ulaşmam lazım.* Islak mokasenlerini giyerken Sasha holdeki dolabın kapağını açıp mantosuna uzandı.

Langdon, "Hayır, Sasha," dedi. "Yapabileceğin en iyi şey, burada kalıp Michael'ı beklemek ve onunla birlikte Amerikan Büyükelçiliği'ne gidip bildiğin her şeyi anlatmak. *Her şeyi.* Brigita'nın ve yüzbaşının başına gelenleri... Ayrıca bu notu, benim neden Petřín Kulesi'ne gittiğimi, her şeyi anlatmalısın."

Langdon, Sasha'nın beklenmedik şiddet kapasitesine şahit olduğu için yanında saatli bir bombayla oraya gitmeyi göze alamazdı.

Sasha elini çantasının içine sokarken, "Tamam," dedi. "Ama yalnız gideceksen en azından bunu yanına al." Çantasının içinden Pavel'in silahını çıkardı.

Langdon içgüdüsel olarak geri çekildi. Silahlar onu her zaman rahatsız ederdi ve gerekli olmadıkça yüzleşmelere silah karıştırmaması gerektiğini çok iyi biliyordu. Ayrıca, Prag sokaklarında cebinde çalıntı bir ÚZSI tabancasıyla dolaşmaya hiç niyeti yoktu. Özellikle de pantolonunun beline sıkıştırmaktan başka bir seçeneği olmadığını bildiği için. Bu hareketi ne zaman filmlerde görse çok riskli olduğunu düşünürdü.

Langdon, "Sende kalmasını tercih ederim," dedi. "Bu notu bırakan kişi belli ki nerede yaşadığını biliyor. Silahı mutfak dolabının içine sakla. Kullanman gereken bir durum olursa oradan alırsın."

Sasha bir süre düşündükten sonra başını salladı. "Tamam ama bunu yanına almalısın." Duvardaki kancadan plastik bir anahtarlık aldı. "Yedek anahtarım. Katherine'le saklanacak bir yere ihtiyacınız olursa buraya gelin. Michael ne yapmamızı tavsiye edecek bilmiyorum, bu yüzden geldiğinizde burada olmayabilirim. Ama en azından, bununla içeri girebilirsiniz."

Langdon, "Teşekkür ederim," dedi fakat geri döneceğini hiç sanmıyordu. Yine de kartal gibi duran kedi şeklindeki "Krazy Kitten" yazılı plastik anahtarlığı alıp cebine koydu. "Neler olduğunu anladığım anda bir telefon bulup seni arayacağım."

"Bunun için numarama ihtiyacın olacak."

"Michael'ın numarası bende var."

Sasha şaşırmış görünüyordu. "Sana özel hattının numarasını mı verdi?"

Langdon, "Arabada seni Michael'ın numarasını tuşlarken gördüm," dedi.

"Ve aklında mı tuttun?"

Langdon, "Tuhaf bir beynim var," dedi. "Gördüğüm şeyleri unutmam."

Sasha, "Bu çok iyi bir şey olmalı," dedi. "Ben de tam tersiyim. Hiçbir şeyi hatırlayamıyorum. Anılar bulanıklaşıyor... arada kopukluklar oluyor."

"Epilepsi yüzünden mi?"

"Evet ama Brigita benimle bu konu üzerinde çalışıyordu..."

Langdon teselli edici bir ifadeyle gülümsedi. "Doktor Gessner sana karşı çok iyiymiş."

"Hayatımı kurtardı." Sasha çok üzgün görünüyordu. "Umarım, *onu da* unutmam."

Langdon kapıya uzanırken, "Unutmazsın," dedi. "Ve inan bana, *her şeyi* hatırlamak her zaman iyi bir şey değil."

44. BÖLÜM

Jonas Faukman minibüse tıkıldığı andan itibaren korkusunu sahte bir umursamazlıkla saklamaya çalışmıştı ama Prag'a kaçırılırsa kötü bir şeyler olacağı hissi bu tutumunu sürdürmesini güçleştiriyordu. Yakınlardan gelen uçak motorunun sesiyle artık ellerini hissetmiyor oluşu birleşince editörü bir panik dalgası sarmaya başladı.

Asker tıraşlı adam ortağına, "Pilotlara hazır olduğumuzu söyleyeyim," dedi. "Sonra da şunu yükleriz." Kapıyı yana çekip aşağı indi ve giderken kapıyı ardına kadar açık bıraktı. Belli ki Faukman'ı küstahlığından ötürü cezalandırıyordu.

Faukman diğer adama, "Donuyorum," dedi ama cevap alamadı.

Jet motorlarının sesi şimdi daha güçlü geliyordu. Faukman nihayet etrafındakileri görebiliyordu. Minibüs birkaç yüz metre ötedeki beyaz bir binanın arkasında, bir tür ağaçlıklı servis yoluna park etmişti. Faukman askeri bir uçağa binmek üzere gizli bir hava üssünde olduğunu zannetmişti ama sundurmadaki ışıklı tabela başka bir hikâye anlatıyordu.

SIGNATURE HAVACILIK/TETERBORO

Hay lanet. Jersey'de miyim?

Signature, New Jersey'deki Teterboro Havaalanı'ndaki özel bir uçak terminaliydi. Manhattan'dan yirmi dakika uzaklıktaki lüks havaalanı yer hizmetleri operatörü, zengin şehirlilerin özel uçaklarına atlayıp iş seyahatine çıkabilecekleri veya Aspen ya da West Palm gibi gözlerden uzaktaki tatil evlerine kaçabilecekleri bir yerdi.

Faukman bir an için askeri bir üstte olmadığına sevindi ama sonra, gerçeğin farkına vardıkça durumun daha kötü olabileceğini düşündü. En azından askeriyenin belli bazı kuralları olurdu ve Faukman bir ABD vatandaşıydı. Eğer bu haydutlar zengin birinin, uluslararası bilmem-her-kimin paralı askerleriyse hiçbir kural olmayacak demekti.

Beni ülke dışına çıkarabilirler... Hiç kimse de gittiğimi bilmez!

Taze bir kış rüzgârı minibüsün içine dolarken ön taraftaki adam dizüstü bilgisayarı bıraktı ve iki koltuğun arasından arka tarafa geçip kapıyı kapattı. "Haklısın dostum, soğuk."

Bu adamın melez bir Asyalıyı andıran yüz hatları asker tıraşlıdan daha yumuşaktı ve ortağı gibi onda da bir asker havası vardı. "Ellerin nasıl?" diye sordu.

"Doğrusunu istersen eğer biraz daha böyle kalırsa herhalde ellerimi kaybedeceğim."

"Bir bakayım." Adam, Faukman'ın arkasına geçti ve ellerini inceledi. "Evet. İyi görünmüyor." Bıçağını çıkarttı. "Kıpırdama. Şunu kesip ellerini serbest bırakacağım, sonra da daha gevşek bağlayacağım, tamam mı?"

Faukman başıyla onaylarken aklı hâlâ az önce dışarıda gördükleriyle meşguldü.

"Aptalca bir numara yapıp sakın benimle oynamaya kalkma," dedi adam. "Unutma, bıçak benim elimde."

"Anladım."

Faukman'ın elleri sonunda serbest kalmıştı. Kollarını yavaşça öne getirdi ve kan akışını sağlamak için parmaklarını oynattı.

Arkasındaki adam etrafından döndü ve elindeki bıçakla kasanın üstüne oturdu.

"Sana altmış saniye veriyorum."

"Teşekkürler." Bileklerine ve parmaklarına iğneler batarken Faukman yüzünü buruşturdu.

"Ortağımın kusuruna bakma. Auger biraz... *sert* olabiliyor."

"Uygun kelime tam olarak 'şerefsiz'," diye karşılık verdi Faukman.

Adam yüksek sesle bir kahkaha attı.

Faukman ellerine masaj yaparken ikisi bir süre sessizce oturdu. Ayak parmakları da donmuştu; ofisten çıkarken giydiği koşu ayakkabıları sıcak tutan cinsten değildi.

"Ben ellerini yeniden bağlamadan önce paltonu giymek ister misin?" diye sordu adam.

Faukman yerdeki paltosuna baktı. *Evet ya!*

Yarı ayakta yarı çömelir vaziyette kollarını paltosuna geçirdi ve verdiği sıcaklığın keyfini çıkardı. Düğmelerini iliklemeye çalıştı ama kısmen donmuş parmaklarıyla bunu yapamıyordu. "Biraz yardım eder misin?" Elinde bıçakla süt kasasının üstünde oturan adama baktı.

Adam başını iki yana salladı. "Silahımı da bırakayım mı? Üzgünüm dostum. Sana güvenmiyorum."

"Bence benim yapabileceğim kahramanlıkları kafanda büyütüyorsun." Paltosuna iyice sarınan Faukman, cebindeki telefonun bıraktığı yerde durduğunu hissedince sevindi.

Adam, "Tamam," dedi. "Seni yeniden bağlayalım."

"Bana bir dakika daha verir misin? Ellerim çok acıyor."

Adam, "Hemen," dedi. "Dön arkanı."

İtaat eden Faukman minibüsün arkasına yüzünü vererek 180 derece döndü. Bunu yaptığında minibüsün arka camından dışarıyı net bir biçimde görebildi. Signature Havacılık'ın binasına bakıyordu. Park yerinde duran tek bir SUV aracın egzozundan çıkan dumanların soğuk sabah havasına karıştığını gördü. SUV'un şoför kapısı açıktı ama koltuk boştu. Şoför terminale girmiş olmalıydı.

Faukman'ı yeniden bileklerinden bağlayan adam, "Şimdilik biraz gevşek bırakacağım," dedi. "Ama ortağım geldiğinde sıkmak zorundayız."

"Teşekkürler."

Adam bağlamayı bitirdiğinde Faukman bileklerini hareket ettirdi. Bağ o kadar gevşekti ki elini içinden çıkarabilirdi.

"Hemen dönerim, doğal ihtiyaç," diyen adam minibüsten çıktı ve kapıyı kaydırarak yeniden kapattı. Önünü dönen Faukman adamın minibüsün önünden geçmesini, birkaç adım ilerideki ağaçların arasına gitmesini ve kemerini çözmesini izledi. Adam ağaca doğru işemeye başladı.

Langdon'ın semboller, işaretler ve gizli anlamlarla ilgili tüm kitaplarının editörlüğünü yapmış olan Faukman, profesörün yaşadığı şu ana ne isim vereceğini tahmin edebiliyordu.

Müjdeci işaret.

Faukman ise daha az şairane bir şey derdi.

Allah'ın belası son şansı.

Silahlı adamlardan kaçmaya çalışmak çılgınca bir fikirdi ama mücadele vermeden yabancı bir ülkeye kaçırmalarına izin vermek ahmaklığın dik alasıydı. En kötü ihtimalle onu yakalayacak ve uçağa atacaklardı.

Faukman ön camdan bakarken adamın hâlâ işemekte olduğunu görebiliyordu.

Başladın mı durmak zordur.

Ve durana kadar koşmak zordur.

Bir anda kararını veren Faukman, Central Park'ta saatlerce koştuğu için şükrediyordu. *Ateş etmeye çalışırlarsa... ben hareket halindeki bir hedef olacağım.* Çabucak ellerini bağın içinden çıkardı ve adamın bakmadığından emin olmak için tekrar baktı.

Başlıyoruz...

Minibüsün arka kapısının kolunu tuttu, aşağı indirdi ve usulca açtı. Ardından eğilerek aşağı atladı. Ayakları yere bastığı anda, kramp girmiş bacaklarını zorlayarak bağlantı yolundan hızla koşmaya başladı. Tecrübeli bir koşucu olduğundan bacakları bu ani zorlamaya kolayca uyum sağladı. Hızlandıkça yün paltosu arkasından dalgalanıyordu. Ötede duran SUV'a ulaşmayı hedeflemişti.

Omzunun üstünden arkasına bakınca kendisini kaçıran adamın alelacele fermuarını çekip peşinden gelmeye çalıştığını gördü. *Hiç şansın yok,* diye düşündü.

Faukman, SUV'a yaklaşırken peşindeki adam ona sesleniyordu. Silah sesi duyuldu ve başının üstünden bir kurşun vızıldayarak geçti.

Kahretsin!

Park halindeki SUV'a ulaşır ulaşmaz kendini hemen şoför koltuğuna attı, kapıyı çarparak kapattı ve vitesi geçirdi. Gazı sonuna kadar kökleyince araç pati çekti. Lastikleri öten araç refüje çarpıp sekerek üzerinden geçti. SUV savrularak otoparktan çıktı ve Industrial Caddesi'ne fırladı.

Faukman hızla uzaklaşırken Signature Havacılık'ı ve kendisini kaçıran adamları geride bıraktı. Paltosunun cebinden telefonunu çıkardı, dudaklarına yaklaştırdı ve, "Hey Siri! Robert Langdon'ı ara!" diye bağırdı.

*

Birkaç metre ötedeki Chinburg isimli ajan koşmayı bıraktı, fermuarını kapattı ve SUV'un karanlıkta kaybolmasını sakince izledi. Araç görünmez olduğunda yeniden minibüse döndü.

"İşlem tamam," diye duyurdu.

Asker tıraşlı ortağı Auger saklandığı yerden çıktı. "Telefon?"

"O da tamam. Yanında."

"Güzel iş."

Rehineleri gerilim romanları konusunda hayli deneyim sahibi olsa da en basit sorgu tuzağına, başka bir deyişle "Kaçak" numarasına kolayca düşmüştü.

Birini hayatıyla tehdit edersen, şans tanıdığında daima malum olanı yapar; kaçar.

Bekleyen bir uçak yoktu, Prag'a gitmeyeceklerdi. Minibüsü Teterboro Signature Havacılık Hizmetleri'nin hemen yanındaki bağlantı yoluna park etmiş, üçüncü bir ajanı şoför rolü yapması için aramış ve sonra da mükemmel kaçış yanılsaması için ortam yaratmışlardı.

Faukman yemi yuttu... Kaçtığı araçta takip cihazı var.

Bazen bir rehinenin kaçmasına izin vermeden önce takip etmek için üzerine böcek yerleştirirlerdi ama şu durumda hiç gerek yoktu; Faukman zaten yanında GPS özellikli güçlü bir çift yönlü haberleşme cihazı taşıyordu.

Faukman'ın gözleri bağlıyken ajanlar sessizce telefonunu cebinden almış, şifresini kırmış ve yeniden cebine koymadan önce özel bir yazılım yüklemişlerdi.

"Hareketlenme var," diye bildiren Chinburg'un yüzü elindeki iPad ile aydınlanıyordu. Tablette Faukman'ın telefonuyla bağlantılı bir takip arayüzü açıktı. Cihazın yerini, metin mesajlarını, sesli mesajları ve gönderilip alınan veriyi gösteriyordu.

iPad'in hoparlöründen Faukman'ın sesi cızırdadı. Bir sesli mesaj bırakıyordu.

"Robert, benim Jonas... hemen beni ara! Tehlikedesin, Katherine de öyle. Kulağa saçma gelecek ama birileri sunucumuza girmiş ve Katherine'in kitabını silmiş... Nedenini henüz bilmiyorum. Ofisimin yanındaki sokakta resmen kaçırıldım. Şimdi Katherine'i arayacağım ama sen neredeysen orada kal. Kimseyle konuşma!"

Arama sonlanınca hemen arkasından yeni bir arama yapıldı.

İkinci arama da sesli mesaja düştü. Faukman nefes nefese ilkine benzer yeni bir mesaj bıraktı. Ama bir ekleme yapmıştı.

"Katherine, bu adamlar senin bu sabah kitabı bastığını söyledi. Eğer doğruysa güvenli bir yere kilitle. Elimizdeki tek kopya o! Diğer kopyaların hepsi yok oldu... gerçek anlamda hepsi. Bu mesajı alınca beni ara."

Arama sona erdi.

"Yeni bir bilgi edindik," dedi Auger kendini beğenmiş bir tavırla. "Prag'dakinin geriye kalan *tek* kopya olduğunu teyit ettik."

"Finch buna sevinecek," diyen Chinburg telefonunu eline aldı. "Ben ona haber veririm."

45. BÖLÜM

Teğmen Pavel'in başı aldığı darbe yüzünden hâlâ zonkluyordu ama bu, dayısının vadinin altında yatan cansız bedenini gördüğü anda hissettiği acıyla kıyaslanamazdı bile. Büyükelçilik Ataşesi Michael Harris, yüzbaşının atladığını düşünüyordu ama Pavel onun asla böyle bir şey yapmayacağını biliyordu.

Janáček korkusuz biriydi... asla pes etmezdi. O öldürüldü... ve ben onu kimin öldürdüğünü biliyorum.

Otelde çıkardığı olaydan beri Robert Langdon'ın ÚZSI'ye karşı işlediği suçlar –tutuklanmaya karşı koymak, bir memura saldırmak ve tepedeki ayak izlerinden anlaşıldığı kadarıyla Yüzbaşı Janáček'i öldürüp olay mahallinden kaçmak– gittikçe artıyordu.

Artık yalnız olan Pavel, Doktor Gessner'ın bekleme salonundaki lüks kanepede kendini toparlamaya çalışıyordu. Harris ona bir buz torbası verip kıpırdamamasını söylemiş, ÚZSI merkezini arayıp Janáček'in başına gelenleri bildireceğine söz verdikten sonra Amerikan Büyükelçiliği'ne doğru yola çıkmıştı.

Pavel, Janáček'in *oradan kazara düşmediğini biliyordu.* Ayrıca, Harris'in onu oyalamaya çalıştığını ve ÚZSI merkezini aramayacağını da. Sadece ÚZSI, Janáček'in ölümünden haberdar olmadan önce büyükelçiliğine yalan uydurmaları için zaman kazandırmaya çalışıyordu.

Pavel merkezi aramak için kendi telefonunu çıkarmış ama bir süre düşündükten sonra vazgeçmişti. Ünlü bir Amerikalının tutuklanmasının nasıl sonuçlanacağını çok iyi biliyordu. Sinirlenen Amerikan Büyükelçiliği devreye girecek ve yasal boşluklardan faydalanıp ÚZSI'yi etkisiz hale getirecekti.

Böyle bir durumda yüzbaşının ne yapacağını çok iyi bilen Pavel yüksek sesle, "*Oko za oko,*" dedi. *Göze göz.*

Henüz Janáček'in ölümünden kimse haberdar değildi ve bu da Pavel'e, Langdon'la bizzat ilgilenmesi için bir fırsat sunuyordu. *Ama ilk önce onu bulmam gerekiyor.* Bu büyüklükteki bir şehirde bir kaçağı bulmak neredeyse imkânsızdı. Ama Pavel'in elinde, durumu anında Amerikalının aleyhine çevirecek bir koz vardı.

Janáček bana kendi çıkarımız için kuralları esnetmeyi... doğaçlama yapmayı öğretti.

Aklındaki şeyi yapmaya yetkisi yoktu ama Yüzbaşı Janáček'in karın içinde bulduğu telefonu elindeydi. Pavel tek bir yalanla her şeyi değiştirebilirdi.

Ve Langdon hiçbir yere kaçamazdı.

*

Dana Daněk hâlâ Four Seasons'daki yüzleşmenin etkisindeydi, hışımla ofisine girdi. Karl Köprüsü'ndeki hayalet kadın Dana'yı çok korkutmuştu, ki bu hiç de kolay bir şey değildi. *Yüzüme silah doğrulttu!* Kıskançlığın yerini öfke almıştı. *Kim bu kadın?*

Dana bu sorunun cevabının bilgisayarında kendisini beklediğini biliyordu. Yaklaşık bir saat önce Karl Köprüsü'nden aldığı ekran görüntüsüyle başlattığı yüz tanıma aramasının sonuçlarının hazır olduğunu tahmin ediyordu. Hemen bilgisayarının başına oturdu. Tahmin ettiği gibi işlem sonuçlanmıştı.

Dana hayret içinde sonuca baktı. *Bir hata olmalı...*

ARAMA TAMAMLANDI
EŞLEŞME: 0

Şimdiye kadar yaptığı veritabanı aramalarında böyle bir sonuçla hiç karşılaşmamıştı. *Herhangi bir yerde* dijital bir ayak izi bırakmadan modern dünyada fiziksel olarak var olmak imkânsızdı.

Bir insanın Echelon veritabanının dışında kalabilmesinin tek yolu dijital "aklama"ydı. Ağın sahibi ve yöneticisi Amerika'ydı. Bu da, Amerikan hükümetinin arama sonuçlarını sınırlayıp ulaşılmasını istemediği yüzleri *dışarıda bırakarak* "görünmez insanlar" yaratabileceği anlamına geliyordu. Bu; devlet memurlarının, Amerikalı ünlü iş insanlarının, gizli görevdeki askerlerin ve istihbarat görevlilerinin güvenliğini korumak için başvurulan bir yöntemdi.

Dana kral dairesinde gördüğü kırmızı, beyaz, mavi lalelerden oluşan çiçek buketini düşündü. Bu çiçekler Prag'ı ziyaret eden VIP Amerikalılara, Amerikan Büyükelçiliği tarafından gönderilen standart bir hediyeydi. Ve onları halkla ilişkilerden sorumlu Dana Daněk gönderirdi. Ancak, bu lalelerin gönderildiğinden bile haberi yoktu.

Çiçekleri gönderme işini büyükelçinin kendisi mi halletti?

Kapıdan birisi, "Bayan Daněk!" diye seslendi.

Sesi anında tanıyan Dana hızla arkasını döndü. "Sayın büyükelçi! Ben sadece..."

"Four Seasons'a mı gittiniz?"

Dana ağzını açtı ama konuşamadı.

"Bay Harris'i mi takip ediyordunuz?"

Dana, "Hayır!" diye karşılık verdi. "Şey, sayılır... ben düşündüm ki..."

"*Ne* düşündünüz?" Büyükelçi sert bir ifadeyle ona bakıyordu.

Dana önüne baktı. *Kahretsin.*

"Bayan Daněk, *işte* bu yüzden iş arkadaşlarımızla yatmıyoruz!"

46. BÖLÜM

Bindiği taksi Petřín Kulesi'ne doğru ağaçlıklı tepeyi çıkarken Langdon hâlâ Sasha'nın kapısının altından sürülen not kâğıdını tuttuğunu fark etti.

Katherine elimde.
Petřín Kulesi'ne gel.

Notu her kim bıraktıysa korkunç bir sembolizm anlayışı vardı. Kule ölümlerle ve insan kurban etme geçmişiyle anılan bir tepenin üstündeydi.

Özellikle de yobazların eline düşmüş kadınların ölümleri.

Anlatılanlara göre bir zamanlar Petřín Tepesi'nde, pagan rahiplerin tanrıları memnun etmek için genç bakireleri yakarak kurban ettiği bir sunak vardı. Hıristiyanlar yönetimi ele geçirip sunağı yıkıncaya ve yerine Aziz Lawrence Kilisesi'ni dikinceye kadar kurban verme törenleri yüzyıllarca devam etmişti. Buna karşın bugün bile Petřín Tepesi'nde gizemli ateşler yanıyordu. Bu ateşleri kurban edilmiş kadınların ağaçların arasında dolaşan hayaletlerinin yaktığına inananlar vardı.

*

Saçlarını atkuyruğu yapmış, kırklı yaşlarındaki taksi şoförü Petřín Tepesi'ne çıkan yolda aracı sürerken dikiz aynasından yolcusuna baktı. Arka koltukta oturan adam boynunu uzatıp gözlerini kısarak Petřín Kulesi'ne bakarken diken üstünde oturuyor gibiydi.

Dostum, yüksekten korkuyorsan yukarıya çıkmayacaksın.

Yolcunun Amerikan aksanı ve pahalı kazağı *turist* diye bağırsa da yangından kaçan birinin telaşıyla taksiye atlamıştı. Petřín Kulesi'nin bu saatte açık olmayabileceği ve soğuk rüzgâra uygun giyinmediği konusunda onu uyarmış olsa da adam ısrar etmişti.

Sen bilirsin... Para paradır.

Taksi tepeye doğru çıkarken şoför telefonundan gelen şarkıya ritm tutarak neşeyle direksiyona vuruyordu. En sevdiği şarkı "Klokočí" çalıyordu ama şarkı tam klarnet soloya başladığı sırada aniden tiz bir sesle kesildi.

Kesintiye sinirlenen şoför, *"Sakra!"** diye küfretti.

Çek emniyet güçleri halkın polisle işbirliği yapması umuduyla bu sinir bozucu "kamu uyarılarını" yayınlıyordu. İlk uyarı sinyalleri önce ulaştırmada çalışanlara, havaalanı personeline ve hastanelere gönderiliyordu.

Benim kendi işim var, diye içten içe söylendi. *Sizin işinizi niye ben yapayım?*

Avrupa'nın büyük kısmı Amerika'nın "AMBER** Uyarı" sistemini kendine adapte etmişti. Aslında kısaltmanın açılımı başkaydı: Amerika'nın Kayıp Vakaları: Acil Uyarı Yayını.

Şoför uyarıyı ekrandan kaldırmak ve şarkısına devam etmek için elini aşağı indirdiğinde telefonun üstünde yanıp sönen kayar yazı tereddüt etmesine neden oldu. Bu uyarı Prag'da oldukça ender görülen mavi kodda veriliyordu. Genellikle uyarılar kehribar veya gümüş renginde olurdu ve kayıp bir çocuğun ya da aklı karışmış bir yaşlının yerini bulmak için halktan yardım istenirdi. Mavi renk çok daha ciddiydi. Bir polisin öldürüldüğü ve katilin kayıplara karıştığı anlamına geliyordu.

Birisi Prag'da bir polisi mi öldürdü? Ardından şüphelinin fotoğrafını gördü. *Bu adam benim yolcum.*

Şok olan şoför dikiz aynasından arka tarafa bir göz attı. Ardından soğukkanlılıkla telefonu eline aldı ve uyarıda görülen numarayı aradı. Telefonu açan polise Çek dilinde sakince bilgiyi verdi.

*

---

* "Lanet!"

** America's Missing: Broadcast Emergency Response

Haç Burcu'ndan dışarı fırlayan Teğmen Pavel zonklayan başına rağmen çabucak ÚZSI aracının direksiyonuna geçti. Janáček'in telefonundan yayınladığı "Mavi Alarm"a dakikalar içinde cevap gelmişti. Tam da planladığı gibi Janáček'in telefonundan aranmıştı.

Az önce edindiğim bilgi başka kimsede yok.

Robert Langdon, Petřín Kulesi'ne gidiyordu. Pavel bunun nedenini tahmin edemese de Amerikalıyı yakalamak için oradan daha iyi bir yer olamazdı. Bölge geniş ve ıssızdı. Ama en önemlisi bir kış sabahının bu erken saatinde orada kimseler olmazdı.

Langdon'a haddini bildirmek benim için bir zevk. Tek ihtiyacım olan bir silah.

Janáček'in silahını torpido gözünde buldu. Silahı belindeki boş kılıfa yerleştirirken, yüzbaşıyı soğukkanlılıkla öldüren adamı yine Janáček'in silahıyla öldürmenin ne kadar uygun düşeceğini hayal etti. *Göze göz.*

47. BÖLÜM

1889 yılında Prag şehri yetkilileri Paris'teki Dünya Sergisi'ni ziyaret ederken Gustave Eiffel'in hayranlık uyandıran kulesini görmüş ve Prag'a minyatür bir Eiffel Kulesi inşa etmeye karar vermişlerdi. Üç yüz metre yüksekliğindeki Petřín Tepesi'nin zirvesine yapılan ve 1891 yılında tamamlanan altmış metre yüksekliğindeki kulenin bir minyatür olduğu söylenemezdi.

Paris'teki ilham kaynağı gibi Petřín Kulesi de perçinli çelik kiriş ve desteklerden oluşan açık kafes bir yapıydı. Yükseklikleri dışında Paris ve Prag kulelerinin görünüşleri oldukça benzerdi. Belirgin tek fark, Eiffel Kulesi'nin tabanının kare, Petřín Kulesi'nin ise sekizgen şeklinde oluşuydu.

Taksi sonunda kulenin altındaki ağaçlıklı park alanına vardığında Langdon endişeli gözlerle ıssız alanda bir yaşam belirtisi aradı.

Cömert bir bahşiş eklediği taksi ücretini aceleyle şoföre öderken kendisini beklemesini rica etti. Taksi şoförü Çekçe bir şeyler söyledikten sonra Langdon arabadan iner inmez hızla oradan uzaklaştı. Langdon rüzgârlı otopark alanında yapayalnız kalmıştı.

Çok teşekkürler.

Kule, Langdon'ın hatırladığından çok daha yüksekti ve o gün gri gökyüzünde sallanıyormuş gibi görünüyordu. Kulenin etrafındaki karla kaplı orman sessiz ve genişti. Etrafta sadece birkaç bekçi ve çalışan vardı. Langdon, Katherine'i ya da şüpheli birini göremedi. Tepede insan kurban edildiğiyle ilgili hikâyeleri düşünmemeye çalışarak hızla kuleye doğru yürüdü. Göğsünde bir sızı hissederken Katherine'in gerçekten burada bir yerde ve güvende olmasını diledi.

Petřín Kulesi'nin altında bir turist danışma bürosu bulunuyordu. Kulenin sekiz büyük destek ayağının üzerine mükemmel bir şekilde yerleştirilmiş alçak sekizgen bir binaydı. Küçük bir şaft, binanın hafif eğimli çatısından kulenin tepesine kadar yükseliyordu. Langdon, *minicik bir asansör,* diye düşündü. Ne yazık ki ikinci seçeneği şaftın etrafından dönerek yukarı kadar çıkan dar bir açık merdivendi. Her iki yukarı çıkış şekli de Langdon'a davetkâr gelmiyordu.

Kuleye yaklaşırken şaftın içinde yukarı doğru yükselen asansörün dişlilerinin gıcırtısını ve birbirine sürtünen metallerin seslerini duydu. *Birisi yukarı çıkıyor,* diye düşünürken ümitlendi.

Turist danışma bürosuna doğru koşup kulenin inşaatı sırasında çekilmiş tarihi fotoğraflarla dolu sekizgen ofise girdi. İçeride, genç bir kadın görevli Prag'a özgü hediyelik eşyaların bulunduğu kutuları açıyordu.

Onu güler yüzle karşılayarak, *"Dobré ráno!"* dedi. *Günaydın*!

Langdon, "Günaydın," diye karşılık verdi. "Kule açıldı mı?"

Kadın, "Biraz önce açıldı," dedi. "Yukarıda iki kişi var. Bilet ister misiniz?"

Langdon nabzının yükseldiğini hissetti. *İki kişi.* Katherine ile onu kaçıran kişi olup olmadıklarını merak etti. *Yukarı mı çıkmalıyım?* Notta detay yazmıyordu ama Langdon riske giremezdi. Katherine'in yerden onlarca metre yükseklikteki bir açık hava seyir platformunda kaçık biriyle birlikte olduğu düşüncesi onu dehşete düşürüyordu.

Langdon bir bilet alıp asansör kapısının dışında beklemeye başladı. Asansör gürültülü bir şekilde yukarıdan aşağıya iniyordu. Sonunda kapıları gıcırdayarak açıldığında profesör, 1800'lerden beri yenilenmemiş gibi görünen dar ve tuhaf şekilli kabini gördü.

İçgüdüsel olarak bakışları, üzerinde ZAVŘENO/KAPALI yazan bir levha ve iple kordon altına alınmış yakındaki spiral merdivene doğru kaydı. Bir başka levhada iki yüz doksan dokuz basamağın son derece dik olduğu yazıyordu.

Langdon kule henüz açıldığı için görevli kadının levhayı kaldırmaya fırsatı olmadığını umut ederek, "Merdivenler açıldı mı?" diye sordu.

Kadın, "Bugün kapalı," dedi. "Hava çok rüzgârlı... Üstelik kar ve buz var!"

Şahane! Langdon asansörün dar kabinine bakarken kafasının içinde iki kelime yankılanıyordu.

Katherine elimde.

Derin bir nefes alıp asansöre bindi. Düğmeye bastı ve kapılar kapandı. Asansör gürültüyle yukarı doğru çıkarken duvardaki metal levhaya odaklandı. Üzerinde yanıp sönen kırmızı ışıklar asansörün ilerleyişini gösteriyordu.

Asansör yukarı çıkarken Langdon onu yukarıda bekleyen kişiye ya da şeye son derece hazırlıksız olduğunu düşündü. Sasha'dan tabancayı almamakla aptallık mı etmişti? *Katherine'i kaçıran kişi ya silahlıysa?* Asansör yukarı tırmandıkça Langdon duvarların gittikçe daha çok üzerine geldiğini hissediyordu. Gözlerini kapatıp "Wide Open Spaces" şarkısını söylemeye başladı.

Asansör sonunda yavaşlayarak durdu. Profesör kendini toparlayıp gözlerini açtı. Kapılar açıldığında açık havayı gördüğü için anlık bir rahatlama yaşadı ama bu duygu yerini anında hayal kırıklığına bıraktı. Kulenin tepesindekiler yirmili yaşlarda, Hint asıllı bir çiftti ve neşe içinde Prag'ın fotoğraflarını çekiyorlardı.

Katherine orada değildi.

Langdon sabırlı olması gerektiğini düşündü. Ne de olsa notu alır almaz Sasha'nın dairesinden ayrılmış ve hemen buraya gelmişti. *Erken geldim,* diye düşündü. Bu, birçok açıdan lehine olabilirdi. Korkuluklara doğru yürüyüp aşağıdaki otoparka bakarken, *onları gelirlerken görebilirim,* diye düşündü.

Daha güçlü esmeye başlayan rüzgârla birlikte sallanan kule, Langdon'ın ruh halini de sarsıyordu. Asansörün etrafına yapılmış dar seyir platformunda yürürken spiral merdivenlerin yanından geçti. Üzerinde kuleden düşen bir insan resmi ile GİRİLMEZ yazısının bulunduğu bir levhayla kordon altına alınmıştı. *Teşekkürler, almayayım.*

Profesör, Petřín Parkı'na bakan nispeten korunaklı bir yer bulup beklemeye başladı. Turistler arasında popüler olan park, gizli bir bahçe, halatlı oyun alanı, salıncaklar ve atlıkarınca gibi, çocuklar için birçok cazip imkân sunuyordu. Gözleri bir zamanlar pagan kurban sunağının bulunduğu Aziz Lawrence Kilisesi'ne takıldı. Langdon'ın aklına yine dolaşan hayaletler ve öldürülen bakirelerle ilgili hikâyeler geldi.

Pek aile dostu bir yer değil, diye düşünürken Prag manzarasını izledi; Vyšehrad'ın ikiz kuleleri, Powder Kulesi, Karl Köprüsü ve Prag Kalesi'nin sur duvarlarıyla çevrilmiş azametli Aziz Vitus Katedrali tüm güzelliğiyle gözler önüne seriliyordu.

Katherine geçen akşam o kalede konuşma yapmıştı. Langdon, Katherine'in kaçırılışının orada söylediği bir şeyle ya da yaptığı araştırmalarla bir ilgisi olduğundan şüpheleniyordu. Öyle olsa bile bunun ne olduğu hakkında hiçbir fikri yoktu.

Langdon'ın aklına başka bir olasılık daha geldi. Katherine'in fidye notunun gerçekliğinden şüphe duymaya başlamıştı. Mesajda bir tuhaflık vardı. *Kimsin sen? Neden Petřín Kulesi?* Bu ona hiç mantıklı gelmiyordu ve notun tuhaf bir oyunun bir parçası olduğunu düşünmeye başlamıştı.

Arkasından biri, "Bayım?" diye seslendi.

Langdon arkasını dönünce genç Hintli çifti gördü. Kadın gülümseyerek elindeki telefonu Langdon'a uzatırken, "Fotoğrafımızı çekebilir misiniz? Özçekim çubuğunu otelde unutmuşum da," dedi.

Genç adam mahcup bir ifadeyle, "Kusura bakmayın. Instagram balayındayız," dedi.

Langdon kendini toparlayıp, "Tabii ki," dedi.

Kadın, kocasını korkuluklara doğru yönlendirip poz verdikten sonra Langdon'a çekime hazırız işareti yaptı. Langdon birkaç fotoğraf çektikten sonra telefonu uzatınca kadın çekmeye devam etmesini rica etti. Genç çift farklı farklı ifadelerle bir sürü poz verdi.

Utandığı belli olan genç adam, "Çok fazla takipçisi var," dedi.

Langdon fotoğrafları çekerken, *şöhretle ölümsüzlüğü yakalamak,* diye düşündü. Shakespeare, Homeros ve Horace, insanın "ünlü" olma arzusunun aslında başka bir insan özelliğinden, ölüm korkumuzdan kaynaklandığına inanıyorlardı. Ünlü olmak, öldükten çok sonra bile hatırlanacağınız anlamına geliyordu. Şöhret bir çeşit ebedi hayat imkânı sunuyordu.

Kadın telefonuna uzanırken, "Bu kadarı yeterli sanırım," dedi. "Bir kontrol edeyim!"

Profesör, kadına telefonu geri verirken sosyal medya uygulamalarındaki kırmızı bildirim işaretlerini fark etti. Dünyanın yeni popülerlik ölçütü. Dijital alkış.

Kadın fotoğrafları kontrol ettikten sonra keyifle gülümsedi. "Harika görünüyorlar! Teşekkür ederim!"

Langdon gülümseyerek, "Tebrikler," dedi.

Burada yeteri kadar kendi fotoğraflarını çektiklerine ikna olan yeni evliler, bir sonraki fotoğraf mekânına yetişmek için asansöre doğru ilerlediler. Langdon böyle zamanlarda artık sadece başkalarına göstermek için bir şeyler yapıldığı hissine kapılıyordu.

Asansörün kapıları gürültüyle açılırken Langdon'ın aklına aniden bir fikir geldi. Çiftin arkasından, "Affedersiniz," diye seslendi. "Sizden küçük bir iyilik isteyebilir miyim?"

Çift asansör kapısını tutup ona baktı.

Langdon hemen açıkladı. "Burada birisiyle buluşacaktım ama gelmedi. Bu sabah telefonumu kaybettim. Kısa bir görüşme için telefonunuzu kullanabilir miyim?"

Kadın, Langdon sanki yeni doğmuş bebeğini tutmak istemiş gibi bakıyordu. Ama kocası hafifçe onu dürtünce gönülsüzce Langdon'a telefonunu uzattı.

Genç çift onu yakından izlerken Langdon, Four Seasons'ın resepsiyon masasında defalarca gördüğü numarayı aradı. Daha ilk çalışta otel müdürü tanıdık sesiyle cevap verdi.

"Four Seasons Otel'i aradığınız için teşekkür..."

Langdon, "Günaydın," diye araya girdi. "Ben Robert Langdon. Acil olarak Katherine Solomon'la görüşmem gerekiyor. Çok önemli."

"Oh, merhaba profesör." Müdürün neşeli sesi birden kayboldu. "Doktor Solomon'la maalesef burada değil. Bu sabah siz yüzmedeyken otelden ayrıldı."

"Geri dönmedi mi?"

"Kendisini görmedim efendim. Yine de sizi odanıza aktarıyorum."

Süitlerinin telefonuna cevap veren olmayınca Langdon, Katherine'in o sabah otele geri dönmediği gerçeğini kabullenmek zorunda kaldı. *Peki, nereye gitti?* Katherine'in nerede olabileceğini tahmin etmeye çalışırken aklına bir fikir geldi. *Bunu daha önce düşünmediğime inanamıyorum...* Hat hâlâ çalıyordu ve asansör kapısını tutarak bekleyen Hintli çiftin sabrı tükenmek üzereydi.

Langdon sonunda birisi telefona cevap vermiş gibi, "Hayatım!" dedi. "Neredesin? Ben Petřín Kulesi'ndeyim ve..." Birden sessizleşip dinliyormuş gibi yaptı. Sonra dramatik bir şekilde, "Dur bir saniye! Ne?! Sakin ol. Bana yavaşça..."

Langdon özel konuşması gerektiğini işaret ettikten sonra cevaplarını beklemeden çifte sırtını dönüp seyir platformunda yürümeye başladı. Asansörün tam arkasına, çiftin göremeyeceği bir noktaya ulaşınca hemen internet tarayıcısını açtı.

Katherine bu sabah bana ulaşmayı denemiş olabilir...

Sabah yaşadığı kaosa o kadar kendini kaptırmıştı ki doğru düzgün düşünememişti. Ama kadının uygulamalarındaki kırmızı bildirimler ona kendi dizüstü bilgisayarındaki bildirimleri hatırlatmıştı; *e-posta.* Bu seyahatten önce Katherine ile Langdon yıllar boyunca bu şekilde iletişim kurmuşlardı. Katherine bunun eski moda olduğunu düşünüyordu ama Langdon mesajlaşmadaki aciliyet imasından hiç hoşlanmadığı için e-postayla iletişim kurma konusunda anlaşmışlardı.

Katherine bu sabah onu cep telefonundan arayarak ya da mesaj atarak ulaşamadıysa dizüstü bilgisayardan okuyabilmesi için bir e-posta göndermiş olabilirdi. *Bu sabah e-postalarımı kontrol etmedim.* Langdon hemen gmail.com adresini açıp kendi hesabına giriş yaptı. Mesaj kutusu çok yavaş bir şekilde yüklenmeye başladı. *Hadi!*

Asansör kapısı tuhaf sesler çıkarmaya başlamıştı. Uzun süredir kapısının açık tutulmasına isyan ediyor gibiydi. Sonunda Langdon'ın gelen kutusu ekranda göründü.

32 YENİ MESAJINIZ VAR.

Langdon istenmeyen mesajları ve meslektaşlarından, arkadaşlarından gelen e-postaları hızla aşağı kaydırarak Katherine'den gelmiş bir mesaj bulmaya çalıştı. Listenin sonuna geldiğinde ümidini kaybetmek üzereydi.

Sonra mesajı gördü. *Evet!*

GÖNDEREN: KATHERINE SOLOMON

Gönderilme tarihi o sabah 07.42. Katherine otelden ayrıldıktan sonra ama Gessner ile buluşmadan önce atılmıştı. Nedense e-postanın konusu boş bırakılmıştı.

Langdon kalp atışları hızlanırken mesajı açtı ama o da boştu. *Burada hiçbir şey yazmıyor.* Bir saniye sonra ataç işaretini fark etti. *Bana fotoğraf mı göndermiş?* İkona bastı ve görsel yüklenirken imleç tekrar dönmeye başladı.

Genç adam yakında bir yerden, "Bayım?" diye seslendi.

Langdon başını kaldırıp bakınca genç adamın asansörün etrafından dolaşıp kendisine doğru geldiğini gördü.

Adam, "Ne yapıyorsunuz?" diye sordu. "Birini arayacağınızı söylemiştiniz. Yoksa karımın fotoğraflarına mı?.."

Langdon, "Hayır!" dedi. "Gelen bir mesajı kontrol etmem gerekiyor. Çok üzgünüm. Çok önemli." Boş ekranı adama gösterdi. "Sadece yüklüyor. Sonra telefonunuzu hemen vereceğim."

Adam ona doğru yürürken, "*Şimdi* vermenizi istiyorum," dedi.

Asansör kapısı vınlamaya devam ediyordu.

Yükle Allahın cezası!

Rüzgâr daha hızlı esmeye başlamıştı. Kadın kocasına seslendi. "Bayım, lütfen!" Adam telefonu almak için elini uzattı.

İmleç dönmeye devam ederken Langdon, "Lütfen .. bir saniye," dedi. "Buna gerçekten bakmam..."

Adam, "Hemen verin!" dedi. "Haddinizi..."

Resim sonunda yüklendiğinde, "İşte, burada!" diye bağırdı. Ya rüzgâr kuleyi sallamaya başlamıştı ya da dizlerinin bağı çözülmüştü. Langdon tam olarak emin değildi ama aniden dengesini kaybetti. Ekrandaki görüntü Katherine'in ona göndereceği bir şeye benzemiyordu.

Langdon tuhaf mesaja dikkatle bakarak fotoğrafik hafızasının görüntüyü zihnine kaydetmesini sağlamaya çalıştı. Sonra tarayıcıdan çıkıp telefonu genç adama uzattı. Adam telefonu elinden çekerek aldı ve öfkeyle yanından ayrıldı.

Birkaç saniye sonra Langdon asansörün aşağı doğru indiğini duydu.

48. BÖLÜM

Michael Harris, Sasha Vesna'nın evinin kapısına vardığında burada daha önce kaç kez durduğunu düşündü ve duyduğu utançla kendine bunun son ziyareti olacağını söyledi.

Üstüne başına çekidüzen verip kapıyı sertçe vurdu. Kimse cevap vermedi. Kapıyı itince kilitli olmadığını fark etti. *Şaşılacak bir şey yok. Beni bekliyordu.*

İçeri girerken, "Sasha?" diye seslendi. "Ben geldim!"

İçerideki tek hayat belirtisi koridordan dolana dolana gelen Harry ile Sally idi. Harris içeri girdikten sonra kediler dışarı çıkmasın diye kapıyı kapattı.

"Sasha? Profesör Langdon?"

Sessizlik.

Harris şaşkınlık içinde koridordan mutfağa doğru yürüdü. Üç çay bardağının hazırlanmış olduğunu ve su ısıtıcısından buhar çıktığını gördü.

Garip. Gittiler mi?

Yeniden koridora çıkmak üzereyken geride bir parkenin gıcırdadığını duydu ve ardından sırtının tam ortasından geçen ani bir elektrik şokuyla kıvrandı. O anda kıpırdayamaz hale geldi ve dizlerinin üstüne düşerek yüzüstü yere kapaklandı.

Birkaç saniyeliğine bilincini kaybetti. Kulakları çınlıyordu ve kasları kilitlenmişti. Bilinci yerine gelmeye başladığında aklına gelen tek şey, birinin küçük mutfak dolabından çıkıp ona şok tabancasıyla saldırdığıydı.

Sasha'ya ve Langdon'a ne oldu?

"Sa... sha!" Harris ona seslenmeye çalıştıysa da sesi pek duyulmuyordu.

Yukarıdan gelen derin ve boğuk bir ses, "Sasha seni duyamaz," dedi. "Bulunduğu yerden duyamaz."

Olamaz. Harris yan dönüp saldırganı görmeye yeltendiği anda şok cihazının sivri ucu ense köküne adeta saplanır gibi dayandı.

Can yakıcı bir patlama oldu... ve tüm dünyası karardı.

*

Golĕm ahşap parkede yüzüstü kendinden geçmiş bir halde yatmakta olan Michael Harris'in başında duruyordu. Vipertek elektroşok cihazı bilincini kaybetmesine neden olmuştu. Güçlü adamın üstünde bacaklarını iki yana açarak çömeldi ve dolapta bulduğu kalın plastik poşeti Harris'in başına geçirdi. Boynunun etrafında döndürerek iyice sıktı. Golĕm onun oksijen almasını engelliyordu. Üç dakika sonra bıraktı. *Fazla eziyet çekmedi.*

Sasha bunu takdir etmeyi bilirdi. Sasha'yı başka bir yere kilitlemişti ve son adımı atana kadar onu orada tutmaya niyetliydi. Ayağa kalktığında, güç sarf ettiği her seferinde olduğu gibi yine eterin birikmeye başladığını hissetti. Hızla yanından hiç ayırmadığı metal çubuğu çıkartıp başının üstünde gezdirdi. *"Ne seychas,"* diye fısıldadı. *Şimdi değil.*

Eterin beklemesi gerekecekti. Bu dünyada tamamlaması gereken işler vardı. Cesedi yerde bırakan Golĕm plastik poşeti mutfaktaki çöpe attı ve koridordaki küçük masaya gidip bir şeyler yazmak üzere oturdu.

Bulabildiği tek kâğıt Sasha'nın yavru kedi desenli yazışma kâğıtlarıydı. Yine de kısa bir mektup yazdı ve aynı desendeki bir zarfın içine koydu. Zarfın üstüne alıcı olarak büyük harflerle Michael Harris'in amirinin ismini yazdı.

ABD BÜYÜKELÇİSİ HEIDE NAGEL

Çıkmadan önce zarfı ataşenin cansız bedeninin üstüne bıraktı. Ardından, sokak kapısını açık bırakarak kendi evine yöneldi.

49. BÖLÜM

Petřín Kulesi'nde artık tek başına olan Langdon, rüzgârlı platformun üzerinde korkuluklara tutunarak dengesini sağlamaya çalıştı. Gözleri karşıdaki karla kaplı şehre bakıyor olsa da zihnindeki görüntü kesinlikle Prag değildi. Katherine'in bu sabah erken saatlerde ona e-postayla gönderdiği şeyin görüntüsü gözünün önünden gitmiyordu.

Langdon için bir nesneyi gerçekten görmekle fotoğraftan görmek arasında hiçbir fark yoktu. Adını, görünmez form anlamına gelen Yunanca *eidos* kelimesinden alan "eidetik" hafızası* sayesinde bir görseli kesin ve net olarak hatırlayabiliyordu. Katherine'in kendi telefonundan ekran görüntüsü alarak gönderdiği görseli gözünün önüne getirdi. Ekranında yedi tane karakter vardı.

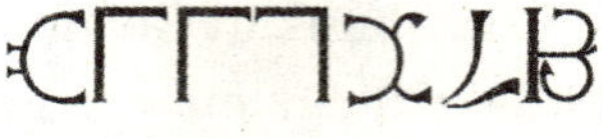

Langdon antik dili hemen tanımıştı ama Katherine'in telefonunda ne aradığını anlayamıyordu. *Bana Enokyan dilinde bir şey mi gönderdi?*

Genellikle, "Melek Dili" olarak bilinen Enokyan dili, Prag'da kendilerini gizemci ilan eden John Dee ve Edward Kelley adlarında iki İngiliz tarafından 1583 yılında "keşfedilmişti." Bu dil sayesinde medyumların ruhlarla konuşup başka âlemlerden bilgi alabildikleri iddia ediliyordu.

---

* Fotoğrafik hafıza

Katherine'in Enokyan dilinin varlığından haberdar olmasının sebebi, Langdon'ın ona geçen akşam bu dilden bahsetmiş olmasıydı. Prag sokaklarında dolaşırken *Altın Kazanmak ve Eş Değiştirmek* isimli bir serginin afişini görmüşlerdi. Afişte, dikkat çekici başlığın yanı sıra Enokyan sembolleri yer alıyordu. Katherine sembollerin ne anlama geldiğini sorunca Langdon, Dee ve Kelley'nin simya, eş değiştirme ve meleklerle ruhani dünyanın mistik dilinde –Enokyan dilinde– konuşma tutkularından bahsetmişti.

Langdon, "Şarlatan iki fırsatçıydılar," demişti. "Ama zamanında epey revaçta olduklarını söylemeliyim. Hatta İmparator II. Rudolph onlardan meleklerle konuşup doğru politik kararlar vermesine yardım etmelerini istemiş."

Katherine gülümseyerek, "Günümüzün politikacıları da bu yöntemi kullanıyor mu?" diye sormuştu.

Langdon, "Kullanmak o kadar zor değil," demişti. "Telefonlar için bir Enokyan uygulaması bile var."

Katherine bir kahkaha atmıştı. "Ruhlarla konuşmak için bir Rönesans uygulaması mı var?"

Profesör telefonunu çıkarıp hemen ücretsiz uygulamayı indirmişti. "Al bakalım, artık sen de başka boyutlarla iletişim kurabilirsin."

"Bu çok saçma!"

Langdon sırıtmıştı. "Saçma mı? Sonunda senin *inanmadığın* mistik bir fikir bulabildik mi?"

"Çok komik profesör."

Langdon onu yanağından öpüp, "Alaycı olduğunda çok tatlısın," demişti.

Langdon şimdi, Petřín Kulesi'nde soğuktan titrerken Katherine'in bir mesaj iletmek için Enokyan çeviri uygulamasını kullandığını, sonra da ekran görüntüsünü ona gönderdiğini düşünüyordu.

Ama niye? Şaka olsun diye mi?

Profesör hayaletler tarafından istila edilmiş bir tepede, kaybolmuş bir kadını ararken ruhların dilinde yazılmış bir mesajı okumayı hiç de eğlenceli bulmuyordu. Katherine'in şaka yapmaya çalıştığını pek sanmıyordu, gizlilik için mesajını şifrelemiş olması çok daha akla yatkındı. Ancak, neden bu yöntemi tercih ettiğini anlayamıyordu çünkü Enokyan sözlüğü ya da uygulaması olan herkes bu mesajı kolaylıkla çözebilirdi. Langdon görüntüyü zihnine kaydetmişti.

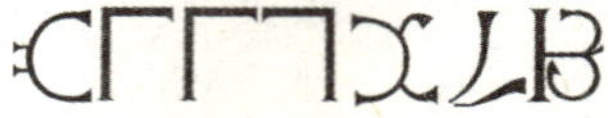

Enokyan dilinin İngilizceye çevirisi son derece basit bir ikame şifrelemesine dayanıyordu. Bir *İngiliz* medyum tarafından keşfedilen mistik dilin *İngilizceye* harf harf çevrilebilmesini Langdon her zaman şüphe uyandırıcı bulmuştu.

Langdon uzun zaman önce Enokyan "anahtarını" ezberlemişti ve Katherine'in mesajındaki sembolleri İngilizce harflere dönüştürmesi sadece birkaç saniye sürdü. Ama şifrenin çözülmüş hali son derece anlamsızdı.

LXXEDOC

Langdon, Romen rakamlarını hatırlatan harflere bir süre baktı. *E* ve *O* harfleri o numaralandırma sisteminde yoktu ve diğer harfler de doğru sırada değildi.

Katherine'in bana anlatmaya çalıştığı şey… kesinlikle bu değil.

Katherine çeviriyi yaparken bir hata yaptıysa bile bunu büyük ihtimalle fark etmemişti. Çünkü mesajı gönderirken gördüğü tek şey sembollerdi.

Canı sıkılan Langdon orman manzarasına bakarken bir sonraki hareketini planlamaya çalıştı. O sırada ağaçların üzerinden bir kuş sürüsü havalanıp toplu bir halde gökyüzünde yükseldi ve aynı anda hep birlikte döndü.

Langdon gökyüzünde dalgalanan şekilsiz kuş bulutunu izlerken, *evren benimle dalga geçiyor,* diye düşündü. Katherine senkronize hareket eden sığırcık sürülerini araştırmış ve bu olayın yaşayan şeylerin arasındaki görünmez bağın bir kanıtı olduğunu söylemişti.

Geçen sene yemekte Jonas'a, "Ayrılık bir yanılsama," dedikten sonra birlikte hareket eden sığırcık sürülerinin büyüleyici bir videosunu göstermişti. "Bu olaya davranışsal senkronizasyon deniyor ve doğada sürekli gerçekleşiyor."

Katherine birkaç video daha göstermişti. Bir deniz mili uzunluğundaki bir lüfer balığı sürüsü mükemmel bir uyum içinde sağa sola dönüyor, sonu görünmeyen bir ceylan sürüsü aynı anda zıplayarak koşuyor, bir ateşböceği sürüsü aynı anda ışık saçıyor, yüzlerce deniz kaplumbağası yumurtası neredeyse aynı anda çatlıyordu.

Faukman, "İnanılmaz," demişti.

Katherine, "Beni her zaman büyülüyorlar," diye devam etmişti. "Bazı gelenekçi bilim insanları davranışsal senkronizasyonun sadece bir yanılsama olduğunu düşünüyor... Ama bu organizmalar birbirlerine o kadar hızlı tepki veriyor ki gecikme fark edilmiyor." Hafif bir tebessümle konuşmasına devam etmişti. "O bilim insanları için üzgünüm çünkü bir balık sürüsünün önünde ve arkasındaki atomik saatlere bağlı yüksek hızlı video kameralar, tepki sürelerinin ışık hızından daha hızlı olduğunu gösterdi."

Langdon şaşırmıştı. "Vay canına."

Katherine gülümseyerek, "Kesinlikle," demişti. "Bu, günümüzün fizik ve gerçeklik modelinde kabul edilmez bir şey. Ama ben bu senkronizasyonların hiç de mucizevi olmadığını iddia edebilirim. Bir sığırcık sürüsünü, bir sürü kuş olarak değil de tek bir organizma olarak kabul edersiniz, senkronizasyonda şaşırtıcı bir taraf görmezsiniz. Sığırcıklar aynı anda hareket ediyorlar çünkü birbirine bağlı bir sistemleri var. Ayrı değiller. Tıpkı birleşerek bizi oluşturan vücudumuzdaki hücreler gibi."

Faukman etkilenmiş görünüyordu.

Katherine heyecanlı bir sesle, "Aynı şeyin biz insanlar için de geçerli olduğuna inanıyorum," demişti. "Kendimizi yalnız bireyler olarak görüyoruz ama aslında çok daha büyük bir organizmanın parçalarıyız. Hissettiğimiz yalnızlığın sebebi, gerçeği görememeyişimiz. Aslında, bütüne entegre olmuşuz. Ayrı oluşumuz, bizim ortak yanılgımız."

Tablete dokunup, "Ama bu benim fikrim değil," deyip başını iki yana sallamıştı. "İşte, tarihin en büyük dehalarından biri." Ekranda Albert Einstein'ın bir sözü belirdi.

"İnsan bizim 'evren' dediğimiz bütünün bir parçasıdır.
İnsan kendisini, düşüncelerini ve duygularını diğerlerinden ayrı görür.
Bu kendi bilincinin bir çeşit optik yanılsamasıdır.
Ve bu yanılsama bizim hapishanemizdir."

Katherine, "Gelmiş geçmiş en zeki bilim insanı bile bilincimizin bizi aldattığını ve aslında birlik olan yerde bağlantısızlık görmeye zorladığını söylüyor," demişti.

Langdon, Leonardo da Vinci'nin de aynı şeyi söylediğini hatırlamıştı. *"Her şeyin birbirine bağlı olduğunu unutmayın."*

Katherine, "Tarih boyunca benzer açıklamalar birçok ruhani lider tarafından da yapıldı," diye devam etmişti. "Günümüzde pek çok kuantum fizikçisi her şeyin... ve herkesin arasında bir arabağlantısallık olduğunu dile getiriyor." Faukman'a gülümsemişti. "*Göremediğimiz* bir dünyayla olan bağlantımızı hayal etmenin zor olduğunun farkındayım ama inanın bana, gelecek nesiller bunu çok iyi anlayacak. Bir gün, dünyada yalnız olduğumuz algısının insanoğlunun en büyük ortak yanılgısı olduğunu göreceğiz."

Faukman, "Peki, ya deneyleriniz?" diye ısrar etmişti. "Bize henüz onlardan bahsetmediniz. Bu arabağlantısallığı kanıtlıyorlar mı?"

Gözleri heyecanla parlayan Katherine gülümsemişti. "Beyler, bu deneylerin sonuçları bize sadece hepimizin birbirimizle bağlantılı olduğunu göstermeyecek. Aynı zamanda, gerçekliğimize ve insan potansiyeline dair yeni bir anlayışın yolunu da aydınlatacak."

O sırada tiz bir ses Langdon'ı Petřín Kulesi'nin tepesindeki soğuk havaya geri döndürdü. Bir an için sesin asansörden geldiğini düşündü ama aşağı bakınca kulenin dibinde bir arabanın acı bir fren yaparak durduğunu gördü. Siyah sedan son derece tanıdıktı. Kapılarının üzerindeki amblem de bunu onaylıyordu.

ÚZSI.

Langdon şoför koltuğundan aceleyle fırlayıp otoparktan kuleye doğru koşan üniformalı adamın yüzünü yukarıdan çıkaramadı. Ancak, adamın kaslı vücudunu ve elinde tuttuğu tabancayı gayet net görebiliyordu.

50. BÖLÜM

Teğmen Pavel elinde silahıyla Petřín Kulesi'nin ziyaretçi salonuna daldı. Tezgâhın arkasında duran görevliye Çek dilinde, "*Kde je ten Američan?!*" diye bağırdı.

Korkan kadın geriye doğru adım atarken tezgâhın üstünde düzenlemekte olduğu broşürleri elinden düşürdü. Teğmen Langdon'ı tarif ederken kadın eliyle yukarıyı işaret etti. "Yukarı çıktı!"

Asansör boşluğundan gelen ses giderek yükseliyordu. *Aşağı iniyor.* Merdivenler şeritle kapatılmıştı. *Mükemmel.*

Asansörden çınlama sesi gelince Pavel ayaklarını iki yana açıp silahını doğrulttu. Kapı kayarak açılınca karşısında genç bir Hintli çift gördü. Silahı gören çift birden geriye doğru sıçradı.

"Dışarı çıkın!" diye talimat verdi Pavel.

Genç çift hızla uzaklaşırken Pavel asansöre bindi ve düğmeye bastı. Tek seçeneği vardı, o da en üst kata çıkmaktı. Elinde tuttuğu amirine ait silah doluydu ve ateşlemeye hazırdı.

Pavel yukarı çıkarken asansör kabininde adeta vahşi bir hayvan gibi dört döndü. Sonunda asansör sallanarak durdu, kapıları açıldı ve onu özgür bıraktı. Silahını doğrultarak asansörden fırtına gibi çıktı. Parmağı tetikte sağa sola dönerek platformdaki hedefini aradı. *Kimse yok.* Langdon'ın gidebileceği tek bir yön vardı; Pavel asansör kabininin etrafından dönerek kulenin diğer tarafına geçti. Garip bir biçimde, orada da kimse yoktu. Vazgeçmeyen teğmen başladığı yere geri gelinceye dek küçük platformda dönerek koştu.

Asansörün kapısı açıktı ve içi boştu. *Hangi cehenneme gitti?* Durup silahını indirdi. Platformda kimse yoktu. Fiziksel olarak kendini zorladığı için başındaki zonklama birden arttı ve beraberinde yeni bir intikam dalgası içini sardı. Kuvvetli esen rüzgâr ıslık çalıyordu ama Pavel bu iniltili uğultuyu bastıran bir ses duydu; platformun aşağısından tekrarlayan bir vurma sesi. O an bir işçinin metale çekiç indirdiğini sandı ama ses fazlasıyla hızlı ve aceleciydi. Ardından göreceğini gördü.

Aşağı inen sarmal merdivenin başındaki GİRİLMEZ levhası yerde duruyordu... Hemen yanı başındaki metal basamaklarda da ayak izleri vardı. *Yanlış hamle profesör.*

Kapıları tam kapanmak üzereyken teğmen asansöre bindi. Langdon aşağı düşmeden bu tehlikeli inişi başarsa bile, kendisi aşağı indiğinde kaçacak bir yeri kalmayacaktı.

*

Seyir terasının yirmi metre aşağısındaki Langdon korkunç bir hata yapmış olmaktan korktu. Etrafı açık sarmal merdivenin basamaklarını zıplayarak iniyor ve kösele tabanlı mokasenleri kayıp duruyordu. Ayakkabıları, buz tutmuş metal basamaklara ses çıkararak çarpıyordu. Yukarıdaki asansör yeniden vınlayarak hareketlenmişti ve profesörün etrafında döndüğü kapalı asansör boşluğunun içinden gürültüyle aşağı iniyordu.

Daha hızlı Robert.

Korkutucu merdivenin iki yanındaki metal tırabzanların üstünde kayan eli neredeyse buz tutmuştu ama bu kaygan zeminde dengesini kaybetmemek için yapabileceği tek şey buydu. Yukarıdan gelen asansör sesinden gitgide yaklaştığı anlaşılıyordu. Langdon bu yarışta kimin galip geleceğini merak etti. Yarış Pavel'in lehine bitecek gibiydi. Silahlıydı ve Langdon adamın kafasına aldığı darbeyle özdenetiminin arttığına hiç ihtimal vermiyordu.

Nereye kaçabilirim ki? Tereddüt etmeden beni vurur.

Langdon'ın gözüne çarpan tek seçenek Petřín Parkı'nın arkasındaki karşılama alanıydı. Oraya ise asansörün kapıları açılmadan, ancak ziyaretçi merkezinden ve binadan dışarı fırlayarak varabilirdi.

Biraz sonra bunun için çok geç kaldığını anladı. Sarmal merdivenden aşağı inerken yanından geçen asansör kabini kulak tırmalayıcı bir sürtünme sesiyle sarsılmaya başladı.

*

Teğmen Pavel ziyaretçi merkezine, adeta arenaya giren bir boğa gibi daldı. Görevliyle Hintli çift yan yana duruyordu.

"*Kde je?!*" diye bağırdı Pavel. "Amerikalı! Nerede?"

Görevli korkuyla başını iki yana salladı ve omuzlarını silkti.

Güzel, diye düşündü Pavel. *Hâlâ yukarıdasın*. Sarmal merdivenin başladığı noktaya geldi ve Langdon'ın inmesini beklerken silahını yukarıdaki boşluğa doğrulttu. Ama on saniye geçince hiç ses gelmediğini fark etti. Langdon'ın ayakkabılarının çıkardığı ses durmuştu.

Ölüm sessizliği.

Ama sonra... başının üzerinden gelen bir gümleme sesi duydu.

*

Langdon ziyaretçi merkezinin çatısına beklediğinden daha sert indi. Merdivenlerin çatıya çıkan kısmına vardığında aşağı inmeyi bıraktı ve tutamağı sıkıca kavrayarak bacaklarını yukarıdan sol tarafa doğru savurdu. Kendini alçak korkuluğun üzerinden fırlatarak hafif eğimli çatıya pek de estetik görünmeyen bir iniş yaptı.

Karın üstünde aşağı doğru kaydı, çatı oluğunun üstünden ayakları önde olacak şekilde kendini aşağı bıraktı ve binanın arka tarafındaki zemine atladı. Bu amatör jimnastik gösterisi içeridekilerin gözünden kaçmamış olmalıydı. Hiç vakit kaybetmeden ağaçlara doğru koşmaya ve kuleden uzaklaşmaya başladı.

Binadan yaklaşık otuz metre uzaklaşmışken Pavel'in arkasından seslendiğini ve karla kaplı ormanda peşinden koştuğunu duydu. *Hızlı davrandı*, diye düşündü profesör, oysa arayı biraz daha açacağını zannetmişti. Ağaçların arasında koşarken Petřín Kulesi'nin bir tuzak olabileceği hissine kapıldı. Oraya vardıktan birkaç dakika sonra hemen ÚZSI gelmişti. Notu Pavel bırakmış olabilir miydi? *Beni vurabilmek için mi gözlerden uzak bir yere gitmemi istedi? Biri gerçekten de benim ölmemi mi istiyor?*

Katherine'in orada olmadığı belliydi ve büyük olasılıkla hiç gitmemişti. Hiçbir şey mantıklı gelmiyordu, buna Katherine'in Enokyan dilindeki e-postası da dahildi.

LXXEDOC?

Bana ne anlatmaya çalışıyor?

Biraz ileride içinde atlıkarıncası, midilli ahırı, gül bahçesi ve şapeliyle parkın eğlence alanı görülüyordu. Langdon ormanı geride bırakarak çakıllı avluya koştu. Burada ayakları yere daha sağlam basıyordu ama peşinden gelen adamın ayak seslerini de duyuyordu.

Ahırın önünden hızla geçerek bahçeden şapele koştu. Şapelin tepe köşkü tarihi bir mabedin sembolüydü ama kapısındaki asma kilit başka bir mesaj veriyordu. Koşarken bir yandan da gözleriyle saklanacak bir yer aradı. İleride gördüğü üç bina arasından seçimini hemen yaptı.

İlk iki bina –Calvary Şapeli ve Aziz Lawrence Kilisesi– bu saatte henüz açılmamış gibi duruyordu. Her iki yapı da bu pagan tepeyi Hıristiyanlaştırma programının bir parçasıydı. Üçüncü yapı açık sarı rengiyle dikkat çeken, fazla şatafatlı ama zevksiz bir masal şatosuydu. Şatonun sahte burçlarında dalgalanan renkli armalar taş görünümlü duvarlarını süslüyordu. Sahte asma köprünün ötesinde ortaçağ kostümlü bir adam demir kapıyı kaldırıyor, anlaşılan şatoyu ziyaretçilere hazırlıyordu. Girişin üzerinde "VÍTEJTE/HOŞ GELDİNİZ" yazan bir tabela asılıydı.

Bazen evren yolu gösterir, diye düşündü Langdon. Doğru tarafa yönlendiren kozmik bir his olsun ya da olmasın, saklanmak için başka seçenek göremiyordu. Omzunun üzerinden arkaya hızlıca bir bakış attığında teğmenin ormandan çıktığını fark etti. Sahte asma köprüden atladı ve görevlinin şaşkın bakışlarına aldırmadan yanından geçti. Üzerinde bir tabela bulunan boş bir bekleme salonuna girdi.

ZRCADLOVÉ BLUDIŠTĚ

Langdon tabelanın üzerindeki kelimelerin ne anlama geldiğini bilmese de önemsemedi. Antrede şatoya tek giriş yolunun önünü kesen bir turnike vardı ve hemen ardından gelen kemerli dar geçidin altından karanlık bir koridora giriliyordu.

Turnikenin üstünden atlayarak koşmaya başlayan Langdon, *affet beni Sinderella,* diye düşündü. Taş koridorda fişek gibi koşarken aniden sola döndü ve altı kenarlı pırıltılı bir odaya girdi. Etrafında gördüklerinin karşısında hayrete düşen profesör kayarak durdu.

Bu ne biçim?...

Etrafında eşit aralıklarla bir daire oluşturacak şekilde duran altı adam gözlerini dikmiş ona bakıyordu. Ama bundan daha da garibi, altı adamın hepsinin birden Robert Langdon olmasıydı.

ZRCADLOVÉ BLUDIŠTĚ yazısının ne anlama geldiğini şimdi anlıyordu. Başka bir seçim yapmadığına pişman oldu.

51. BÖLÜM

Golĕm'in dairesinin mor ışığı, Michael Harris vahşetinden sonra onu biraz sakinleştirmişti. Golĕm hızlı bir duş alıp bornozunu giydikten sonra kutsal karanlık odasındaki *Svatynĕ*'nin –kadın için yaptığı mabetin bulunduğu kutsal oda– önünde diz çöktü.

Korumak için doğduğum kadına bir hediye.

Karanlıkta diz çöküp masanın üzerindeki kuru çiçeklerin arasına yerleştirilmiş üç adak mumunu yaktı. Mumların titrek ışığı güçlenirken mabedin üzerinde asılı olan fotoğrafa baktı. Kadının yüzüne bakarken sevgiyle gülümsedi.

Sana göz kulak olmak için buradayım... ama sen beni tanımıyorsun bile.

Sert Slav hatları, omuz hizasındaki sarı saçları ve kırık burnuyla klasik anlamda güzel bir kadın sayılmazdı ama Sasha Vesna, Golĕm'in tüm dünyasıydı. *Ben senin koruyucunum Sasha.*

Sasha farkında olmasa da yıllar önce Rusya'da bir akıl hastanesinde korkunç bir vahşet anında ruhları karşılaşmıştı. Yalnız ve korumasız Sasha, Malvina adındaki gaddar gece hemşiresinden acımasızca dayak yiyordu. Bu istismara daha fazla dayanamayan Golĕm odada belirmişti. Öfkesinden aldığı güçle vahşi bir hayvan gibi hemşireye saldırıp boynunu kırmıştı.

Sasha bilinci kapalı olduğu için o gece neler olup bittiğini asla öğrenememişti. Golĕm kimseye görünmeden tekrar karanlığın arasına karışmıştı ama o anda, ikisinin ruhu sonsuza dek birleşmişti. Ve Golĕm onu korumaya yemin etmişti.

Hayatını kurtardığım o gece onun koruyucusu oldum.

Merhamet yüklü bu hareketinden önce Golĕm içi boş bir ruh, bir hayalet gibiydi. Ama o anda, sanki başka bir âlemden gelen bir enerji ışınıyla çarpılmış gibi aniden hayatının başladığını hissetmiş, kim olduğunu ve Sasha Vesna'yla arasındaki mistik bağı anlamıştı.

Ben onun koruyucu meleğiyim.

O benim yaşama, acı çekme ve var olma sebebim.

Ama yine de... bunu asla öğrenmemeli.

Golĕm o geceden sonra Sasha Vesna'yı karanlıkların içinden izlemiş ve masum ruhunu dünyanın kötülüklerinden korumuştu ama Sasha Vesna onun varlığından haberdar bile değildi.

Sasha'nın bedeni ve zihni Brigita Gessner tarafından istismar ediliyordu. Diğer taraftan, Michael Harris de Sasha'nın *kalbine* ihanet ediyordu ve bu, ihanetlerin en acımasız olanıydı.

Golĕm yirmi dakika önce bilincini kaybetmiş olan adamın kafasına geçirdiği plastik torbayı hava almaması için ensesinden iyice sıkarken, "Michael," demişti. "Senin ihanetin en kötüsüydü. *Senin* Sasha'nın yalnızlığından faydalanışını izledim. Yatakta onun kolları arasındayken onu seviyormuş gibi numara yaptığını gördüm."

Golĕm hiç acımadan torbayı iyice sıkarken parmak uçlarının Harris'in etine gömüldüğünü hissetmişti.

"Sasha senin öldüğünü öğrenince çok üzülecek," diye fısıldamıştı. "Ama sevdiği tek adamın kendisini kullandığını, aldattığını hatta hakkında casusluk yaptığını öğrenince hissedeceklerinin yanında hiç kalıyor."

Michael Harris'in boynundaki nabız zayıfladığında, Golĕm kendi ölümlerinden edindiği tecrübeyle adamın o anda bedeninden ayrılarak yukarı yükseldiğini ve oradan kendi ölümünü izlediğini biliyordu.

Golĕm başını tavana doğru kaldırıp doğrudan Harris'le konuşmaya başlamıştı. "O, ailesi tarafından terk edilmiş... akıl hastanesine kapatılmış... bir canavar tarafından kandırılarak Prag'a getirilmiş bir çocuk Michael. Hayatındaki herkes ona ihanet etti... *ben hariç*!"

Harris'in bedeninde hiçbir yaşam belirtisi kalmayınca Golĕm ona doğru eğilip Sasha'nın kolları arasında uyuyan Harris'e söylediğini duyduğu sözlerin aynısını fısıldamıştı. *"Spokoynoy nochi milyy.* İyi geceler hayatım."

Golĕm'in planının bu kısmı başarıyla sonuçlanmıştı. Michael Harris'i yalnızken köşeye sıkıştırmıştı. Sasha güvenli bir yere kapatılmıştı. Amerikalı Profesör Robert Langdon uzaklaştırılmıştı. Langdon ölmeyi hak etmiyordu ama Sasha'nın dairesindeki varlığı az kalsın Harris'i öldürmesini engelleyecekti. Bu yüzden Golĕm, Langdon'ın Katherine Solomon'ı aramak için hızlıca harekete geçmesine neden olacak uydurma bir not yazıp Sasha'nın kapısının altından atmıştı.

Langdon tabii ki onu Petřín Kulesi'nde bulamayacaktı.

Golĕm geçen akşam buz gibi salin vücudunda dolaşırken Gessner'ın itiraf ettiği şeyi hatırlayarak, *büyük ihtimalle onu asla bulamayacak,* diye düşündü.

Gessner acı içinde, "Katherine içinde bulunduğu tehlikenin farkında değil..." demişti. "Birlikte çalıştığım insanlar... onu susturmak için her yolu deneyecekler."

52. BÖLÜM

MetLife Stadyum'u New Jersey, Doğu Rutherford'daki Teterboro Havaalanı'nın birkaç kilometre güneyinde yer alır. New York Giants ve New York Jets Amerikan futbolu takımlarına ev sahipliği yapan stadyum dönüşüm odaklı inşa edilmiştir. Afişleri, stat logoları ve ev sahibi takımın renklerine uygun olarak Gians'ın yeşilinden Jets'in mavisine ışıkları renk değiştirir.

Bu akşam Faukman'ın sağ tarafında yükselen stadyum, sanki geniş bir park alanının ortasında terk edilmiş bir amiral gemiymiş gibi ona yabancı geliyordu. Takip edilmediğinden emin olmak için dikiz aynasını kontrol etti ve kimseyi göremeyince çaldığı SUV aracı ile 17 Nolu Karayolu'ndan çıkıp stadyumun arkasına döndü ve yaklaşık otuz bin müsait yerden birine park etti.

Biraz mola ver Jonas. Düşün.

SUV aracı saatte yüz kırk beş kilometre hızla sürmüştü ve sinirleri yıpranmıştı. Bu mola soluklanmasına yarayacaktı. Ayrıca koltuk ısıtıcısının sıcaklığını nihayet hissetmeye başlıyordu. Boş park alanında tek başına duran Faukman telefonunu kontrol ederken Langdon'ın neden geri aramadığını merak ediyordu. *Şimdiye dek uyanmış olmalıydı... Prag'da saat sabahın dokuzu.* Telefonun arama geçmişinde Penguin Random House Bilgi İşlem Bölümü'nün cevapsız çağrısından başka bir şey görünmüyordu. Güvenlik Teknisyeni Alex aramış olmalıydı.

Teknisyeni geri aramak için ekrana dokunurken orada olanlar hakkında aydınlatıcı bir bilgi almayı umuyordu. Alex Conan'ın tanıdık sesi ilk çalışta cevap verdi.

"Bay Faukman! Neredeydiniz? İyi misiniz?"

Hiç iyi değilim evlat.

Alex nefes almadan devam etti. "Sizi uyarmalıyım. Kitap metnini silen korsanlar... çok tehlikeli adamlar."

Hadi canım! Faukman yumruk yediği karnına bilinçsizce elini götürdü.

"Ve... şey... Bunu söylediğim için çok üzgünüm ama..." Teknisyenin sesi çatallaşınca Faukman telaşa kapıldı.

Söyle ne?

"Ben... sanırım, yazarlarınızdan birini öldürdüler."

Editör yanlış duymuş olmayı diliyordu. Genç teknisyenin öğrendiklerini şok içinde dinleyen Faukman kusacak gibi oldu.

*

İki kilometre kadar ötedeki Faukman'ın telefonunu güvenli mesafeden takip eden iki ajan –Auger ile Chinburg– MetLife Stadyumu'na komşu olan Doğu Rutherford'da, evlerin bulunduğu sessiz bir sokakta park halindeydi. Duydukları onları da telaşa sürüklemişti.

Amerikalı bir yazar Prag'da mı öldürülmüş? Langdon mı Solomon mı? Bir şeyler feci derecede ters gitmiş.

Ama düşünülecek olursa Bay Finch, Katherine Solomon'ın kitap metninin ele geçirilmesinin çok önemli olduğunu net bir dille belirtmişti. Ve Finch, bedeli ne olursa olsun görevini yerine getirirdi.

53. BÖLÜM

Prag Jubilee Sergisi için 1891 yılında inşa edilen tarihi Zrcadlové Bludiště –Ayna Labirenti– turistlerin ve çocukların uğrak yerlerinden biriydi. Modern standartlara göre kısa bir labirent olsa da kafa karıştırıcı planı ve açılı ayna duvarlarıyla oldukça zorlayıcıydı.

Etrafı kendisinin paniklemiş görüntüsüyle çevrilmiş olan Robert Langdon daha ilk odada takılmıştı. *Pavel tam arkanda.* Bir aynadaki görüntüsünün diğerlerinden bir parça daha küçük olduğunu anlaması bir dakika sürdü. Ona doğru koşunca aynanın birkaç metre içeride olduğunu ve akıllıca gizlenmiş bir açıklığı sakladığını gördü. Bu açıklığın ilerisinde her iki yöne uzanan aynalı bir koridor vardı.

Langdon, *sağa mı sola mı,* diye karar vermeye çalıştı. Labirentlerin rasgele tahmin oyunundan oldubitti hiç hoşlanmazdı. Sağ elini kullanan insanlara uygun şekilde tasarlanmış dünyada sağ ile sol arasında bir seçim yapılması gerektiğinde büyük çoğunluk sağa dönerdi. Bu da labirenti yapanların sağa döneceklerin yolunu uzatmayı garantilemiş oldukları anlamına geliyordu.

Langdon hızla sola döndü. Bu sırada sağ elini duvara dayayıp parmaklarını aynaların üzerinde gezdirdi. *Sakın duvara dokunmayı bırakma.*

Yunan mitolojisine olan tutkusu ve Girit'in ünlü Minotor Labirenti sayesinde bu numarayı çocukken öğrenmişti. Çift başlı balta *labris,* bir seçim sembolüydü ve labirenti bu kadar zorlu kılan da seçim yapma zorunluluğuydu. Ama bilge Minoslular bu güçlüğü el-duvarda stratejisiyle ortadan kaldırmışlardı. Labirent müdavimleri duvarın üzerindeki elin yönlendirdiği tarafı takip ediyordu. Bu dışarı giden en kestirme yolu garantilemese de aynı seçimi iki kez yapmamayı ve dışarı daha hızlı çıkmayı –onların durumunda, Minotor'un elinde ölmekten kurtulmayı– garantiliyordu.

Langdon sonraki yol ayrımına geldiğinde seçim yapmak için durup düşünmek yerine elini aynanın üzerinden ayırmadan koşmaya devam ederek sola döndü. Elini duvardan çekmeden labirentin içinde dönüp duruyordu.

Pavel'in yakınlarda bir yerde yolunu bulmaya çalışarak ilerlediğini duyabiliyordu. Nefesinin sesi bazen sadece ince bir ayna uzaklığında oluyordu. Langdon elinden geldiği kadar sessizce koşmaya çalışıyordu. İlk başta sola dönerek yanlış seçimi yaptıysa el-duvarda taktiğinin onu eninde sonunda ters yönden aynı koridora, büyük ihtimalle de Pavel'in karşısına çıkaracağının farkındaydı.

Profesör eğlence evlerindekilere benzeyen bükülmüş ve çarpılmış aynaların bulunduğu daha büyük bir odaya girdi. Buradaki birçok ayna desteksiz olduğu için Langdon'ın duvar taktiği işe yaramayacaktı. Teğmenin ürkütücü şekilde yakınında olduğunu duyabiliyordu. İçinde bulunduğu alanı incelerken koridorun sonunda grimtırak bir parıltı gördü. *Güneş ışığı!* Elini duvardan çekip ışığa doğru koştu.

Ama oraya ulaşamadı.

Teğmen Pavel'in iri cüssesi sağ tarafında, biraz ilerisinde belirdi. Gözleri karşılaştığında Pavel silahını kaldırıp Langdon'ın göğsüne nişan aldı.

Profesör ellerini yukarı kaldırıp, "Dur!" diye bağırdı ama Pavel tetiği çekti.

Silah patlayınca Langdon geriye doğru sendeledi. Kurşunun kendisine isabet etmesini beklemişti ama onun yerine kırılan camların sesini duydu. Pavel'in görüntüsü Langdon'ın gözlerinin önünde parçalandı.

Pavel yakınlarda bir yerde hırsla bağırıyordu.

Langdon ne tür bir yansımanın Pavel ile yüz yüze gelmesine neden olan illüzyonu yarattığını çözmeye çalışmadan oradan kaçtı.

Tekrar grimsi açıklığa doğru koşarken neredeyse başka bir aynaya çarpıyordu. Artık doğru çıkışın solunda olduğunu görebiliyordu ve hızla ışığa doğru koştu.

Asfalt yürüme yolunda gittikçe hızlanarak kaleden uzaklaştı. Arkasından silah ve kırılan cam sesleri duyuluyordu. Üç el ateş edildiği duyuldu. Anlaşılan, teğmen kendisine bir çıkış yolu bulmaya çalışıyordu.

Yürüme yolu ormanın derinliklerine doğru kıvrılarak ilerliyordu. Langdon patikayı çıkan yaşlı turistlerin yanından koşarak geçti. Bir an için onların Petřín Tepesi'ne *yürüyerek* çıktıklarını düşündü ama sonra nereden geldiklerini fark etti. İleride sıva kaplı ufak bir yapı görünüyordu. Yanında, diklemesine aşağı inen tren rayının üzerinde bir vagon duruyordu.

Petřin Füniküleri.

Langdon daha önce bu fünikülere hiç binmemişti ama ilk seferini gerçekleştirmek için uygun bir zaman olduğuna karar verdi. Kapıları kapanırken nefes nefese kendini içeri attı. Tren inişe geçtiğinde Langdon Aynalı Labirente girme kararının hayatını kurtardığını düşünüyordu.

Belki de evren haklıydı.

*

Golěm başına lastik boneyi geçirip içinde ıslak Vltava kili bulunan kovayı banyo lavabosunun altından çıkardı. Elini kovanın içine daldırıp ipeksi çamurdan bir avuç aldı. Bonesinin üzerine kalın bir tabaka sürdükten sonra sıra yüzüne geldi. Gözleri hariç tüm yüzünü kille kapladı. Ardından çekmeceyi açıp aynasını çıkardı. Aynayı ve palet bıçağını kullanarak alnına özenle üç kutsal harfi yazdı.

אמת

Gerçek.

Gerçek son zamanlarda Golěm'in sık sık tecrübe ettiği bir şeydi.

Brigita Gessner'ın, Sasha'nın zannettiği kadar fedakâr ve iyiliksever biri olmadığından uzun zamandır şüpheleniyordu. Gessner hakkında daha fazla şey öğrenmek ve Sasha'ya karşı cömertliğinin sebebini anlamak için nörobilimciyi takibe almıştı.

Ortaya çıkardığı gerçek son derece rahatsız ediciydi. Bildiklerini Sasha'ya iletmeyi düşünmüş ama genç kadının yaşayacağı travmayı kaldıramayacağına karar vermişti.

Sasha'nın bir yol göstericiye, inanabileceği birine acilen ihtiyacı var.

Michael Harris ile ilgili gerçekler çok daha kötüydü. Golĕm, yakışıklı Amerikalının Sasha'ya yaptığı kurlara şahit olmuş ve anında hepsinin sahte olduğunu fark etmişti. Ama Sasha, Harris gibi bir adamın onu asla seçmeyeceğini bilemeyecek kadar saftı.

İhanetlerinin karşılığını aldılar.

Ağzının ve burun deliklerinin etrafındaki kili dikkatli bir şekilde kontrol ettikten sonra bir gece önce Gessner'le yaşadıklarını hatırladı. Onu, önce Katherine Solomon'ın konferansına, sonra Four Season's Otel'deki bara, oradan da laboratuvarına kadar takip etmişti. Orada nörobilimciyi kontrolü altına almış ve son derece etkili bir sorgulama tekniği sergilemişti.

Gessner'den zorla aldığı itiraflar kafasındaki soruları cevaplamıştı. İhanetleri, Golĕm'in tahmin ettiğinden çok daha ahlaksızcaydı. Gessner nüfuzlu ortaklarının kimliklerini ve Prag'ın altında inşa ettikleri şeyin kan dondurucu detaylarını açıklamıştı.

Eşik.

Golĕm öfkeden çılgına dönmüştü. Laboratuvardan ayrılır ayrılmaz plan yapmaya başlamıştı. Yılanın başı Finch adında bir Amerikalıydı. Gessner doğrudan ona hesap veriyordu. Finch, Londra'daki güvenli ofisinden emirler veriyor ve dünyayı dolaşıyordu.

İlk önce Prag'da yaptığın şeyi yok edeceğim... sonra da dünyanın neresinde olursan ol seni bulup büyük bir zevkle icabına bakacağım.

Gessner yeraltındaki tesisin yerini söylemişti ancak Gessner'ın anahtar kartı giriş izni almasına yeterli olmamıştı. *Biraz daha fazlasına ihtiyacım var.* İhtiyacı olan şeyi Haç Burcu'ndan elde edememişti ama bu ziyaretinde karşılaşabileceği her şeye fazlasıyla hazırlıklı olacaktı.

Golĕm evinin dışındaki rüzgârlı ara sokağa çıktığında yüzündeki ıslak kilin hızla kuruyup derisini germeye başladığını hissetti. Platform tabanlı botları hâlâ ıslak olmasına rağmen verdikleri rahatsızlığa aldırmadan ilerledi. Düşmanları kendisini izliyor olabilir... ve fark edilmeyi göze alamazdı.

Şimdi gerçek benliğimle ilerliyorum.
Bu gerçeğin gücünü hissediyorum.

Bugünkü görevinin fazladan odaklanma gerektireceğini biliyordu. Bu yüzden Prag'ın mistik gücünü en çok hissettiği yeri ziyaret ederek enerji tazelemesi gerekiyordu. Orada, ölülerin kutsal alanında, soğuk toprağın üzerine diz çöküp ondan önce gelen, adaşı ve ilham kaynağı olan Golem'den güç alacaktı.

54. BÖLÜM

Dana Daněk, ABD büyükelçisinin ofisine giden merdivenleri çıkarken içinden bir ses son kez çağrıldığını söylüyordu. Four Seasons'a gittiğini ve Michael Harris'le yaşadığı ilişkiyi öfkeyle yüzüne vurduktan sonra büyükelçi gerisin geri dönmüş ve bir daha yüzüne bakmamıştı.

Kapıya hafifçe vururken, *kovulmak üzereyim*, diye düşündü.

İçeriden büyükelçinin sesi duyuldu. "İçeri gir. Ve kapıyı kapat."

Dana denileni yaptı ve patronunun karşısına geçti.

Büyükelçi Nagel'in tavırları her zamanki gibi giysileriyle uyumlu ve son derece ciddiydi. Dana'ya göre Nagel ofisin *dışında* bile göz korkutucuydu ama şu anda, bir yanında ABD diğer yanında Çekya bayrağıyla maun masasında otururken avını parçalamak üzere olan bir aslana benziyordu.

Daima burnunun ucunda duran okuma gözlüklerinin üstünden Dana'ya baktı. "Telefonunu kapat. Masamın üstüne koy."

"Kovuluyor muyum?"

"*Kovulmalısın*," dedi büyükelçi. "Ne olacağını göreceğiz."

Dana telefonunu kapatarak büyükelçinin masasının üstüne koydu.

Büyükelçi masanın üstünden *ona* doğru bir kâğıt uzattı. "Bunu imzalaman gerekiyor."

Dana evrakı biraz inceledi. "Anlamıyorum."

"Gizlilik anlaşması. Birazdan sana anlatacaklarımı hiçbir yerde konuşamayacağın anlamına geliyor."

"Elbette efendim. Ben sadece imzalamadan önce..."

"*Michael*'ın senin için okumasını mı isterdin?"

Hay lanet. Büyükelçi daima sadede gelmenin bir yolunu bulurdu. Dana kalemi eline alıp sözleşmeyi imzaladı.

Büyükelçi söze başladı. "Bayan Daněk. Four Seasons'a yaptığın ziyaret düşüncesizce ve talihsiz bir davranıştı. Gördüklerine şahit olmaman gerekiyordu."

O kadın silahını yüzüme doğrulttuğunda ben de aynı sonuca vardım. "Evet efendim. Gördüklerimi unutmaya ve işime devam..."

"Dürüst olalım, gördüklerini unutmayacaksın. Şimdi bana, gördüklerini *anlamanı* sağlamaktan başka bir seçenek bırakmadın."

55. BÖLÜM

Langdon dik tepeden aşağı inen Petřín Füniküleri'nin en arkasında oturuyordu. En azından şimdilik Pavel'den kurtulmuştu. Gözlerini kapatıp derin bir nefes alırken biraz önce olanlara bir anlam vermeye çalıştı.

Onu Petřín Kulesi'ne gönderen kişi, belli ki Katherine'in kayıp olduğunu biliyordu. *Katherine elimde.* Langdon bunun doğru olup olmadığını bilmiyordu ama notun onu yalnız bırakmak... belki de Sasha'yı tek başına bırakmak için yazıldığını düşünüyordu.

Profesör, genç Rus kadını yalnız ve savunmasız bıraktığı için vicdan azabı çekiyordu. Gerçi, Pavel'e yaptığı şey düşünüldüğünde Sasha Vesna'nın başının çaresine bakabilecek kapasitede olduğu aşikârdı. Langdon *ayrıca Pavel'in silahı onda,* diye kendisine hatırlattı. Michael Harris'in şimdiye kadar Sasha'nın dairesine ulaşmış olduğunu düşündü. Katherine'in bulunduğu yer hakkında bilgi edinmiş olmasını umut etti.

Langdon elinde olan tek bilgiye –Katherine'in gönderdiği şifreli e-postaya– odaklanmaya çalıştı. Ama ona hiçbir şey ifade etmiyordu. Görüntü gözünün önüne geldi.

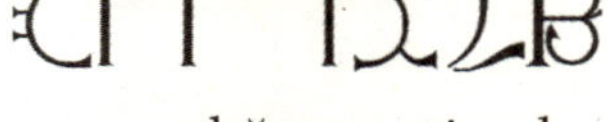

Langdon bir hata yapmadığına emin olmak için Enokyan harflerini tekrar İngilizce harflere dönüştürdü ama aynı anlamsız harf dizisini buldu.

LXXEDOC

Katherine'in mesajından bir anlam çıkarmaya çalışırken *recto ve verso'yu mu karıştırdı acaba,* diye düşündü.

Recto ve *verso* –ön ve arka– ikonografide kitabın hangi sayfasından okunmaya başlanması gerektiğini belirtmek için kullanılan bir terimdi. Başka bir deyişle, bir dilin hangi yönde okunması gerektiğini belirtiyordu. Enokyan, İngilizcenin tersine –İbranice, Arapça ya da Farsça gibi– sağdan sola okunan bir dildi. Uygulama şifreyi çözerken metnin okunma yönünü tersine çevirmeyi atlamış olabilir miydi? Belki de Katherine yanlışlıkla tersine çevirmiş ve yanlış şifrelenmesine neden olmuştu.

Langdon zihninde harfleri tersten yerleştirince anında içgüdülerinde haklı olduğunu anladı.

Zihninde yeni bir kelime belirdi.

CODEXXL

CODE XXL İngilizceye çok daha yakın.

Yine de *Code XXL*'in neye atıfta bulunduğu hakkında hiçbir fikri yoktu. *Neyi gözden kaçırıyorum?* Harf dizisini tekrar gözünün önüne getirdi.

CODEXXL

Aniden hatasını anladı. *Boşluğu yanlış yere koydum.*

Katherine CODE XXL demeye çalışmıyordu... CODEX XL demeye çalışıyordu.

Langdon bu göndermeyi çok iyi anlamıştı. "CODEX XL" Prag'ın kalbindeki gizemli bir esere gayet net bir göndermeydi. Geçen gün orayı birlikte ziyaret etmişlerdi.

Şeytanın İncili!

Codex Gigas olarak bilinen *Şeytanın İncili* tuhaf bir geçmişi olan gizemli bir nesneydi. Öyle ki bazıları onun lanetli olduğunu düşünüyordu. Dünyanın en büyük kitabıydı. Doksan ikiye elli santim boyutunda, yetmiş beş kilo ağırlığındaydı. Normalde

İsveç Ulusal Kütüphanesi'nde sergileniyordu ama o sırada geçici olarak Prag'daki Klementinum'daydı. Bir önceki gün Katherine ile birlikte sergiyi gezerlerken Landgon elyazması kitabın bir düzineden fazla ismi olduğundan bahsetmişti. O kadar çok ismi vardı ki, Langdon'ın öğrencilerinden biri aşırı büyük boyutundan dolayı kitaba "Codex XL" ismini vermişti.

Füniküler dağdan aşağı inerken Langdon, Katherine'in zekice şifrelediği mesajın kendisine biraz olsun netlik kazandırmak yerine kafasını yeni sorularla doldurduğunu düşünüyordu. *Birinin, e-postalarını okumasından mı korkuyordu? Bana kitaptaki bir şeyi mi hatırlatmaya çalışıyordu... Belki de dün orada olan bir şeyi?*

Langdon ziyaret ettikleri sergiyi gözünün önüne getirdi. Paha biçilmez *Şeytanın İncili*, şu anda yaklaşık bir kilometre uzağında olan Klementinum'un içinde kurşun geçirmez, yangına dayanıklı kocaman bir vitrinin içinde kilitli duruyordu. Langdon elyazması kitabı yıllar önce İsveç'teki Kungliga Kütüphanesi'nde görmüştü. O sıralar sergi için Prag'da olduğunu öğrendiğinde, Katherine'e birlikte gidip görmeleri için ısrar etmişti.

Etkileyici nesnenin önünde dururlarken heyecanla, "Codex Gigas'ın tam karşılığı; 'dev kitap'," diye açıklamıştı Langdon. Kitabın kalın sırtını göstererek, "Kalın ahşap cildin içinde yüz altmış adet eşek derisi kullanılarak elde edilmiş üç yüzden fazla elyazması sayfa var. Sayfalara özenli bir yazıyla Latince İncil'in tamamı yazılmakla kalmamış aynı zamanda tıbbi terimler, tarihi konular, sihirli formüller, büyüler ve sihirler de eklenmiş. Hatta ayrıntılı bir şeytan çıkarma..."

Katherine onun elini sıkarken gülümsemişti. "Dur artık Robert. Yüz altmış eşek kısmında beni zaten etkilemeyi başardın."

Robert sırıtarak, "Gördüğün gibi... Bu dersi vermekten çok zevk alıyorum," demişti.

Sadece bir ay önce Tezhipler: Ortaçağ Metinleri Sanatı dersinde kitabın en ünlü sayfasıyla başlayıp Codex'in birkaç slaytını göstermişti.

Üzerinde özel bölgesini örten bir peştamaldan başka bir şey olmayan ve tuhaf bir şekilde çömelmiş boynuzlu şeytanın resmini gösterirken, "İşte sayfa 290," demişti. "Kitap bilinen en eski ismini bu sayfadan alıyor."

Harvard'ın lakros yıldızlarından biri olan öğrencisi, "Bezli Şeytan mı?" diyerek sınıf arkadaşlarını güldürmüştü.

Langdon sabırla, "İyi deneme boksör," demişti. "Adı: Şeytanın İncili. Burada, kakım postundan, ki bu kraliyetin bir sembolüdür, bir peştamal giymiş şeytan resmedilmiş."

Genç bir kadın öğrenci, "Durun biraz... yani bu resim, şeytanı bir kral olarak mı gösteriyor?" diye sormuştu. "Hem de İncil'in sayfalarında?"

Profesör, "Bingo! Dikkatin için teşekkür ederim," demişti. "Bu, son derece sıra dışı bir ikonografi. Ama bu belgenin daha büyük bir hikâyesi var ve şeytanın görüntüsü bununla ilgili. Efsaneye göre, yazmanın bu tezhibi yapmasının nedeni; şeytana yaptığı iyilik için teşekkür etmekmiş. Söylentiler, dev Codex'in bir keşiş tarafından sadece tek gecede yazılmış olduğunu anlatıyor. Bu imkânsız görevi yerine getirebilmesinin sebebi, şeytanın devreye girip ona yardım etmesiymiş."

Lakros yıldızı çocuk, "Şeytan vizelerime yardım edebilir mi?" diye espri yapmıştı.

Langdon, "Seni bu keşişin susturulduğu gibi susturmak üzereyim," diye karşılık vermişti. "İmmurasyon."

Langdon genç adamın boş bakışlarından bu terimi bilmediğini anlamıştı. Gözleriyle salonu tarayarak, "*İmmurasyon*? Bilen var mı?" diye sormuştu. "Yok mu? Modern adalet sistemi artık bir ceza yöntemi olarak immurasyonu kullanmıyor. Çünkü çok acımasız bir yöntem. Latince *–in murus–* kelimesinden geliyor ve anlamı... " Profesör biraz durup beklemişti. "Bilen var mı? *Hu hu?*"

Birisi, "Duvarda mı demek?" diye tahmin yürütmüştü.

"Doğru. İmmurasyon tam olarak bir duvara diri diri gömülmek anlamına geliyor."

Başka birisi, "İğrenç," demişti. "*Amontillado Fıçısı*'ndaki gibi."

Harvard öğrencilerinin hâlâ Edgar Allen Poe okuduğuna memnun olan Langdon başını sallamıştı. "Evet."

Başka bir öğrenci, "İncil'in içine şeytanı karıştırdığı için mi onu duvara gömmüşler?" diye sormuştu.

Langdon, "Hayır," diye cevaplamıştı. "Aslına bakarsanız, bekârlık yeminini bozduğu için onu duvara gömmüşler. Hikâyeye göre, son tuğla konulurken keşiş merhamet dilemiş ve ona günahlarından arınması için bir şans verilmiş. Manastırın başrahibi son tuğlayı duvara yerleştirmemiş ve eğer bir gecede dünyadaki tüm bilgileri içeren bir kitap yazabilirse serbest kalacağını söylemiş."

Bir öğrenci, "Bayağı anlayışlı davranmış," diye dalga geçmişti.

Langdon devam etmişti. "Evet ama sabah olduğunda başrahip gelip açıklıktan içeri baktığında mahkûmun dev bir elyazması kitabın üzerinde oturduğunu görmüş. Keşiş, başrahibe ruhunu kitap karşılığında şeytana sattığını söylemiş. Keşişi büyük ihtimalle korkudan serbest bırakmışlar. Böylece *Şeytanın İncili* anında paha biçilmez bir sanat eseri haline gelmiş. Tarih boyunca çalınmış, elden ele dolaşmış, birçok kez rehin alınmış ve sonunda Sedlec'in Sisteryen keşişlerinin olmuş. Belki onları duymuşsunuzdur? *Şunu* inşa etmekle ünlüler..."

Langdon'ın gösterdiği yeni slayt karşısında bütün salon irkilmişti.

Biri, "Bu... da... ne... be?" diye ağzından kaçırmıştı.

Karşılarında duran görüntü insan kemiklerinden yapılmış bir mihraptı. Üzerinde, yine insan kemiklerinden yapılmış bir avize asılıydı. Mihrabın her iki yanında kafataslarından ve kalça kemiklerinden yapılmış ikişer büyük piramit yer alıyordu. Hepsi, duvarları ve tavanı tamamıyla insan kemikleriyle süslenmiş bir şapelin içinde bulunuyordu.

Langdon, "Sedlec Kemikliği," demişti. "Kemikler Şapeli. İçinde, çoğu Kara Veba sırasında yaşamını yitiren yaklaşık yetmiş bin insanın kemikleri bulunuyor. Çekya'ya giderseniz, mutlaka görmenizi tavsiye ederim. Prag'a yaklaşık seksen kilometre uzaklıkta. Oldukça ilginç bir yer."

Birisi, "Bence çok itici," diye söylenmişti.

Profesör, "*Memento mori,*" demişti. "Öleceğini unutma... ve iyi yaşa."

Langdon daha sonra, *Şeytanın İncili*'nin Sedlec'ten nasıl kaçırıldığını, 1594 yılında Prag'a getirilip 1648 yılına kadar İmparator II. Rudolf'un kütüphanesinde korunduğunu, sonra İsveç tarafından savaş ganimeti olarak alınıp daimi olarak Stockholm'deki İsveç Kraliyet Kütüphanesi'ne getirilişini anlatmıştı.

Langdon, "Üç buçuk yüz yıl boyunca, İsveçliler Codex'i silahlı koruma altında sergilediler. Sonra 2007 yılında Çek hükümetinin baskıları sonucu kitap, Çekya Ulusal Kütüphanesi'ndeki dört aylık bir sergi için geçici olarak Prag'a getirildi. Ve bu süre içinde yüz binden fazla insan 'şeytanın yazılmasına yardım ettiği kitabı' görmeye geldi," diye sözlerini tamamlamıştı.

Lakrosçu çocuk, "Dünyada bir sürü ahmak var," diye mırıldanmıştı.

Langdon; Torino Kefeni'ni, Lourdes kasabasını ya da dünyada sayılamayacak kadar çok olan "Ağlayan Bakire Meryem" heykelini görmek için kıtalar ve okyanuslar aşan insanlar olduğundan bahsedecekken vazgeçmişti. Mucizeler ve gizemler –Langdon onlara "gerçeği yumuşatanlar" derdi– insanlar için her zaman bir umut kaynağı olmuştu.

Profesör, "İlahi kökenlerine ister inanın ister inanmayın, bu kitabın içinde başka gizemler de var," demişti. "Codex Gigas'ın en esrarengiz özelliklerinden biri de olağanüstü kaligrafisidir. Son yüzyıl içinde ondan fazla uzman elyazması kitabı incelemiş ve hepsi tüm kitabın tek bir el tarafından yazıldığında hemfikir olmuşlar. *Tek* bir yazman."

Langdon öğrencilerin bunu kavramalarını beklemişti ama can alıcı noktayı anlamamışlardı.

"Çocuklar!" diye seslenmişti. "Bu büyüklükteki, uzunluktaki ve karmaşıklıktaki bir kitabı yazmanın kırk yıl süreceği söyleniyor."

Birisi, "Bu, bir gecede yazıldığını iddia etmekten çok daha mantıklı," demişti.

Langdon açıklamıştı. "Katılıyorum ama bu mantıkta büyük bir sorun var. On üçüncü yüzyılda, insan ömrü aşağı yukarı otuz yıldı ve kitabın içindeki kaligrafi ve resimleri yapabilecek ustalığa ulaşmak bu ömrün *en az* yarısını alırdı. Daha da ilginci, uzmanlar yazım tarzının tüm kitapta aynı olduğu konusunda hemfikirler. Kitabın başından sonuna kadar harflerin yazılışında tek bir değişiklik yok... Hiçbir yorgunluk belirtisi, görüşte ya da hareket kabiliyetinde azalma, yaşlanma, güçsüzlük yok. Stilde hiçbir değişiklik yok. Tüm bu faktörleri bir araya getirdiğinizde teknik açıdan imkânsız görülüyor."

Salonda sessizlik olmuştu.

Birisi sonunda, "Peki, profesör... Sizce bu nasıl olabilir?" diye sormuştu.

Langdon uzun bir süre boyunca düşündükten sonra dürüstçe, "Hiçbir fikrim yok," demişti. "Tarihte çözülemeyen birçok esrarengiz olay var... bu da onlardan biri sanırım."

Ön sırada oturan sessiz öğrencilerden biri, "İşte bu yüzden fizik okuyorum," diye mırıldanmıştı.

Profesör hafifçe gülerek, "Hayallerini yıkmak istemem ama tuhaflıklar karşısında bilim de fazla bir cevap üretemiyor," demişti. "Belki bize çift yarık deneyini açıklamak istersin? Ufuk problemini? Ya da Schröedinger'in..."

Çocuk ellerini kaldırarak, "Geri çekiliyorum," demişti.

Öğrenciler gülerken Langdon, "2007 yılında çalıntı Codex, Prag'a ödünç verildiğinde İsveçliler Çek hükümetinin onu geri vermeyeceğinden korktular ama eser söz verildiği gibi geri gönderildi ve bu iyi niyet göstergesinden sonra *Şeytanın İncili* kilitli vitrininden çıkarılmaması şartıyla her on yılda bir altı aylığına Prag'da sergileniyor. "

Füniküler hafif bir sarsıntıyla Petřín Tepesi'nin eteklerinde durdu. Langdon bu sırada hâlâ elyazması kitabı ve Katherine'in mesajını düşünüyordu. Katherine büyük ihtimalle onun *Şeytanın İncili*'ne gitmesini istiyordu ama Langdon, Katherine'in bu isteğine mantıklı bir sebep bulamıyordu.

Bunun bir tek sebebi olabilirdi.

Katherine orada beni bekliyor olabilir mi?

56. BÖLÜM

George Washington Köprüsü dünyanın en yoğun araç köprüsüdür. New Jersey'nin dik kayalıklarını New York'un kıyılarıyla buluşturan köprünün sahip olduğu on dört trafik şeridi yılda yüz milyondan fazla taşıta güvenli bir geçiş imkânı sağlar.

Ama çalıntı SUV aracıyla Manhattan'a doğru hızla yol alan Jonas Faukman şafaktan önceki karanlıkta köprüde yalnızdı. Takip edilmediğinden emin olmak için gözleri dikiz aynasına kayıp duruyordu. Sürdüğü aracın çalındığı ihbarı yapılmadan önce Random House Kulesi'nin güvenliğine kavuşmayı umuyordu.

Teknisyen Alex kısa süre önce Prag'dan kötü haber vermişti. Faukman'ın yapabileceği tek şey, bilgi işlem teknisyeninin öğrendiklerinin yanlış çıkması için dua etmekti.

Katherine'in kitabındaki buluş gerçekten de cinayet işlemeye değer mi? Katherine'in New York'ta yedikleri öğle yemeğinde bilinç teorisiyle ilgili anlattıkları aklına geldi. Ezber bozan cesur bir yenilik olduğu su götürmezdi ama hiç de tehlikeli görünmüyordu.

Katherine şöyle demişti: "Buna yerleşik olmayan bilinç teorisi deniyor. Bilincin *beynin içinde* yer almadığı, *her yerde* olduğu önermesine dayanıyor. Başka bir deyişle, bilinç tüm evrene yayılmıştır. Bilinç aslında, dünyamızın temel yapıtaşlarından biridir."

Faukman söylediklerini kavramakta zorlanıyordu. "Tamam."

Katherine devam etmişti. "Yerleşik olmayan modelde bilinci beyin yaratmaz, bunun yerine beyin çevresinde halihazırda olanı *deneyimler.*" Bir Faukman'a bir Langdon'a bakmıştı. "En basit anlatımıyla beyinlerimiz var olan bilinç matriksiyle etkileşim kurar."

"Bu basit anlatımı mıydı?" Faukman'ın kafası karışmıştı.

"Bu kadarına şükretmelisin," demişti Langdon. "Üç boyutlu girdap paradigmasını açıklayarak öğle yemeğini tamamen mahvedebilirdi."

"Sen ciddi misin Robert?" diyerek onu ayıplar gibi yapmıştı Katherine. "Oysa senin entelektüel birikimine sahip bir adam sonsuz süreklilik içine gömülü dokuz boyutlu kuantize hacimsel gerçekliği anlayabilmeli."

Langdon gözlerini devirmişti. "Ne demek istediğimi anladın mı?"

"Çocuklar." Faukman ellerini havaya kaldırmıştı. "Bana kafayı yedirtmeyin."

Katherine devam ederken Langdon kadehlere yeniden şarap doldurmuştu.

"En basit haliyle şöyle düşünebilirsiniz: Hoparlöre bakın." Hemen yakınlarındaki bir raftan klasik müzik sesi yayınlayan minyatür bir kablosuz hoparlörü göstermişti. "Diyelim ki Mozart zamanda yolculuk yaptı ve şu anda bize öğle yemeğinde eşlik ediyor. Şu minik kutucuktan müzik sesi çıktığını duymak onu hayrete düşürürdü. Onun dünyasında kayıt diye bir şey yoktu. O müzik dinlediği zaman daima bir orkestra olurdu. Bu hoparlörü gördüğünde duvarın içine bir orkestranın gizlendiğini hatta belki de hoparlörün içinde minyatür bir orkestra bulunduğunu sanabilirdi. Onun entelektüel birikiminde başka bir seçeneğe yer yoktu. Müziğin aslında sessiz radyo dalgaları halinde etrafımıza yayıldığını ve bu hoparlör tarafından bir şekilde yakalandığını asla düşünemezdi."

Faukman etrafına bakınmış ve görünmeyen radyo dalgalarıyla çevrelendiklerini hayal etmişti.

Katherine devam etmişti. "Kendi gerçekliğimizi Mozart'a anlatmaya çalışabilirdik ama onun bunu anlayacak bir referans çerçevesi* olmazdı. En basit kayıt tekniği bile o öldükten yüz yıl sonra icat edildi. Demek istediğim şu; biz şu anda günümüz Manhattan'ında bu masada oturuyoruz ama size yerleşik olmayan bilinci

---

* Fizikte konuşlanma sistemi farklı zaman dilimlerinde nesnelerin konum ve yönelim gibi özelliklerini belirlemek ve ölçmek için kullanılan bir koordinat

anlatmak, Mozart'a radyo dalgalarını anlatmaya çalışmaya benziyor. Onun gerçekliğinde müzik sadece gerçek zamanlı enstrüman çalan canlı müzisyenlerden gelirdi ve başka bir ihtimal de yoktu."

Masadakiler bu fikre alışıncaya kadar kısa bir sessizlik olmuştu.

"Ama bizim gerçekliğimizde işler daha farklı." Katherine onlara doğru eğilmişti. "Yerleşik olmayan bilinç dünyasında... müzik tüm çevremizde var. Beyinlerimiz bunu duymak için istasyona ayarlanıyor."

Faukman duyduklarını bir süre düşünmüştü. "Yani diyorsun ki, bilinç aslında beyinlerimizin üyesi olduğu bir yayın hizmetine benziyor."

"Çok yakın... aslında daha çok radyonun ölçülemeyecek kadar geniş bir dalga boyları kadranı gibi. Bilinci, buradaki sonsuz bir radyo dalgası bulutu gibi düşünün. Beyniniz bir alıcı... kendi eşsiz istasyonuna ayarlanmış durumda. Senin özelinde Jonas Faukman istasyonuna ayarlanmış."

Editör kaşlarını çatmıştı. "Mozart gibi konuşmak istemem ama... imkânsız."

Langdon dönüp Faukman'a, "Sana katılmadığımı söyleyemem," demişti. "Ama adil olmak gerekirse pek çok bilimsel buluşa başlarda saçma veya imkânsız denilmişti; güneş merkezli sistem, küre dünya, radyoaktivite, genişleyen evren, mikrop teorisi, epigenetik ve diğerleri. Tarihsel açıdan önemli gerçeklikler genellikle tamamıyla imkânsız diye başlar. Ve bizim bir şeyin nasıl gerçek olabileceğine akıl erdirememememiz o şeyin gerçekliğini gözlemleyemeyeceğimiz anlamına gelmez. Newton yerçekimi sayesinde denizlerin yerinde durduğunu açıklamadan iki bin yıl önce eski Yunanlar dünyanın yuvarlak olduğunu ilan etmişti."

"Pes ettim!" Faukman gülümsemişti. "Harvard'lı bir profesörle tartışmaya girmemeliydim."

Katherine biraz daha açıklayıcı olmak istemişti. "Sanırım Robert şunu demek istiyor: Bizler yerleşik olmayan bilincin nasıl çalıştığını öğrenmeye devam ederken bu teorinin mevcut modelde imkânsız gibi görünen birçok olguya açık cevaplar sunduğunu gösterdik."

"Peki..."

"Bunun dışında, Mozart'ın aksine sen buna çok benzer bir modelle her gün etkileşim halinde olduğun bir dünyada yaşıyorsun."

"Yerleşik olmayan bilince benzer bir model mi?" Faukman hiçbir benzerlik göremiyordu.

"Ya sana dünyadaki tüm bilgiyi bir deste iskambil kâğıdı kutusu büyüklüğündeki bir saklama kabına sığdırabileceğimi söyleseydim? Olur mu olmaz mı?" diye sormuştu Katherine.

"İmkânsız. Olmaz."

Katherine cep telefonunu yukarı kaldırmıştı. "Hepsi burada. Ne bilmek istiyorsun?"

"Güzel..." Faukman gülümsemişti. "Ama o bilgi o telefonun içinde saklanmıyor. Telefon, dünyadaki sayısız veri bankalarında saklanan bilgiye erişiyor."

"Kesinlikle..." Faukman, Katherine'in kendisini bir yere yönlendirdiğini sezinlemişti. "Mükemmel bir noktaya değindin. Peki ya sana, bir avuç insan dokusuna... diyelim ki insan beynine milyonlarca gigabayt büyüklüğünde veri saklayabileceğimi söylersem?"

Faukman kaşlarını çatmıştı. *Bu hızlı oldu. Üç hamlede şah mat.*

"Aynı kavram," demişti Katherine. "İnsan beyninin akıl almaz bilgi saklama kapasitesi fiziksel açıdan imkânsız. Dünyadaki tüm şarkıları cep telefonuna sıkıştırmaya benzer. Hiç mantıklı değil. Tabii elbette..."

Sözünü Faukman tamamlamıştı. "Elbette beyin bu veriyi başka bir yerden almıyorsa."

"Veriler bir yerde sabit ya da yerleşik değil," diyen Langdon etkilenmiş görünüyordu.

"Kesinlikle. "Katherine gülümsemişti. "Beyniniz sadece bir alıcı. İnanılmaz derecede karmaşık, ileri derecede gelişmiş bir alıcı. Mevcut küresel bilinç bulutundan almak istediği özel sinyalleri seçiyor. Tıpkı bir Wi-Fi sinyali gibi küresel bilinç de, erişsek de erişmesek de hep etrafımızda."

"Eskiler de böyle hissetmiş olmalı," diyen Langdon tarihteki paralellikleri görmeye başlamıştı. "Dünyadaki hemen her spiritüel gelenek evrensel bir bilinç inanışından söz eder. Sözgelimi Akaşa Kayıtları, Evrensel Zihin, Kozmik Bilinç ve Tanrı'nın Krallığı."

"Öyle!" demişti Katherine. "Bu 'yeni' teori aslında bazı antik dini inanışlarla paralellik gösteriyor."

Yerleşik olmayan bilinç kavramının plazma fiziği, doğrusal olmayan matematik denklemleri ve bilişsel antropoloji gibi farklı alanlardaki buluşlarla gün geçtikçe biraz daha desteklendiğini anlamıştı. Süperpozisyon ve dolanıklık gibi yeni kavramlar, her şeyin aynı anda her yerde var olduğu bir evreni ortaya çıkarıyordu. Başka bir deyişle evrenin doğası birleşikti. Oscar ödüllü filmin ismi de aynısını söylüyordu: *Her Şey Her Yerde Aynı Anda.*

Katherine devam etmişti. "Asıl baş döndürücü olan, bu yeni modelin geleneksel modelin başını ağrıtan tüm 'paranormal anomalilere' mantıklı bir açıklama getiriyor olması. ESP denilen duyu dışı algılama, Savant Sendromu, önsezi, körgörüşü, beden dışı deneyim... liste uzar gider."

Faukman sorusuyla üstüne gitmişti. "Peki ama herhangi bir model, başına beysbol sopasıyla darbe alan bir çocuğun bir keman virtüözü olarak uyanmasını nasıl açıklar?"

"Evet, bu oluyor. Savant Sendromu'nun tıbbi açıklaması defalarca yapıldı."

"Evet, ben de okudum," diyen Faukman hafif bir kahkaha atmıştı. "Ve görmezden gelmeyi seçtim!"

"İşte tam da bu," demişti Katherine. "Kendi gerçekliğine uymayan bir olguyla karşılaştığında insanların başa çıkma yolu budur. Modelimizin tümden yanlış olduğunu itiraf etmek yerine, ara sıra beliren istisnaları görmezden geliriz."

"Yani sence yerleşik olmayan bilinç tüm bunlara açıklama getiriyor mu? Bir kaza geçirdikten sonra Mandarin dilini birdenbire akıcı konuşmak gibi mesela?"

Katherine onaylayarak başını sallamıştı. "Evet. Eğer beyin bir alıcıysa, onu fiziki bir kadranı olan eski bir araba radyosu gibi düşünebiliriz. Her zaman dinlediğin rock müziği istasyonuna ayarlanmıştır, içeriği tanıdıktır. Bir gün bir çukura düşersin ve radyo sarsılır. Kanal arayıcı birden dönerek başka kanala geçer ve rock müziğin yanı sıra artık bambaşka bir istasyondan İspanyolca haber dinlemeye başlarsın."

Faukman şüpheyle bakmıştı.

Katherine, "Şöyle düşün," demişti. "Bir keman virtüözü olmak için ne yapmak gerekir?"

"Alıştırma yapmak gerekir," demişti Faukman.

"Peki iyi bir golf oyuncusu olmak için ne yapmak gerekir?"

"Alıştırma yapmak."

"Alıştırma yapmak neden insanı iyi bir golf oyuncusu haline getirir?"

"Kas hafızası geliştirmeni sağlar. Becerilerini sağlamlaştırır."

"Yanlış," demişti Katherine. "Kas hafızası diye bir şey yoktur. Bu bir tezat. Kasların hafızası olmaz. Gerçekte, alıştırma yaptığında beynini kanalize edersin... Bilgiyi evrensel bilinçten daha açık ve istikrarlı biçimde alacak şekilde yapılandırırsın, böylece beynin bir görevi belirli bir şekilde yerine getirmek için kaslarının kusursuz bir düzende kasılmasını emreder."

Faukman yüzünü buruşturmuştu. "Yani evrensel bilinçte bir golf kanalı mı var?"

"Ben her şeyin orada zaten bulunduğunu söylüyorum... Alıştırma yapmak beynin aldığı sinyali netleştiriyor. Bu şekilde beceri kazanıyoruz, yeni bir sinyali yavaşça almaya başlıyoruz. Bazı beyinler belirli bir sinyali almak üzere ayarlanmış olarak doğar, bu yüzden yıldız sporcular, virtüözler ve dâhiler var."

"Tamam..."

"Asperger Sendromu veya otizmli insanlar için de aynısı geçerli," diye eklemişti Katherine. "Olağanüstü beceri ve sezgilere erişmelerini sağlayan çok özel alıcılara sahip olabilirler ama aynı zamanda rutin işleri yapmakta güçlük çekerler. Gözlük yerine dürbün takmak gibi bir şeydir; çoğu kişiden çok daha uzağı görebilirsin ama hemen yanı başın bulanıktır."

Değişik bir bakış açısı, diye içinden geçirmişti Faukman. "Bu model altıncı hissi de açıklıyor mu?"

"Tamamen," diye cevap vermişti Katherine. "Altıncı hisse atfettiğimiz 'duyu dışı algılama' aslında beynin normalde süzgeçten geçirirken geride bıraktığı bilgiye ulaşmasından başka bir şey değildir. Bu yeni teoriye göre insanın içine bir his doğması, araba radyosunun normalde çekmediği farklı bir istasyondan belli belirsiz sinyaller alması gibidir. Ve bazı durumlarda, eğer beyin birkaç istasyonu birden net duyulur şekilde çekmeye başlarsa bu deneyim kişi için fazlasıyla akıl karıştırıcı olabilir, hatta şizofreni, çoklu kimlik bölünmesi, kafasının içinde sesler duyması, çoklu kişilik bozukluğu gibi rahatsızlıklara yol açabilir. Tüm bunlar bu yeni modelle açıklanabilir."

"Etkileyici," diyerek Langdon sözünü kesmişti. "Peki *önseziler?*"

"Bazen radyo yayınları atmosferde sıçrayarak yankılara ve zaman gecikmelerine neden olur. Bu durum zihinlerimizde deja vu veya tam tersi, önsezi şeklinde kendini belli eder."

Faukman uzunca bir süre oturup bir Langdon'a bir Katherine'e bakmıştı. Sonunda gülümseyerek, "Dostlarım," demişti. "Sanırım bir şişe şarap daha söylememiz gerekecek."

Bunlar bir yıl önceydi. Şimdiyse Jonas Faukman'ın bilinci –her nasıl çalışıyorsa– önünde uzanan otoyola geri dönmüştü. George Washington Köprüsü'nün üst yolunda hızla giderken bu gece hangi istasyona kanalize olduğundan emin değildi ama farklı bir kanal olduğu kesindi.

Köprünün yarısını geçince bilgi işlem teknisyeninin kendisine verdiği görevi yerine getirmek üzere araç camını indirdi. "Telefonundan kurtul," demişti Alex. "Yüksek ihtimalle takip ediliyor."

Faukman istemeye istemeye telefonunu karanlığa fırlattı. Telefon korkulukları aşıp Hudson Nehri'ne doğru altmış beş metrelik dalışına başladı.

Telefon düşerken Faukman teknisyenin son sözlerini hatırladı. "En kısa sürede buraya gelmeye çalış... Bizi kimin hacklediğini buldum."

57. BÖLÜM

Füniküların kapıları Petřín Tepesi'nin eteğinde açıldığında Langdon kendisini Újezd İstasyonu'nda buldu. Burası taksilere, otobüslere ve tramvaylara aktarma yapılan son derece hareketli bir noktaydı. Teğmen Pavel'le arasına mümkün olduğu kadar çok mesafe koymak isteyen Langdon seçeneklerini incelemeye başladı.

İki taksi yolculuğu da kötü bir şekilde sona erdiği için tramvaya binerek kalabalığa karışmanın daha güvenli olduğuna karar verdi. 22 numaralı tramvay önünde sıra olan tek tramvaydı ve ön camındaki levhaya göre Prag merkezine gidiyordu.

Klementinum'a doğru...

Langdon, Katherine'in şifreli mesajı onunla *Şeytanın İncili*'nde buluşması için göndermiş olmasını umut ediyordu ama küçük bir sorun vardı. Katherine ona bu mesajı iki saat önce –müze açılmadan uzun bir süre önce– göndermişti. Prag müzeleri genellikle sabah 10.00'da açılırdı ve ziyaret saatine daha on beş dakika vardı.

Bunca saattir dışarıda beni bekliyor olabilir mi?

Langdon yine de 22 numaralı tramvaya binip *Şeytanın İncili*'ne doğru yola çıktı. Nehrin üzerinden geçerken aradığı şeyi eski bir kitabın yardımıyla bulmayı diliyordu.

*

Teğmen Pavel, Petřín Kulesi'nin altındaki arabasına ulaştığında başı o kadar kötü zonkluyordu ki görüşü bulanıklaşmıştı. Direksiyonun arkasına geçip gözlerini kapattı ve bir sonraki hamlesine karar vermeye çalıştı. Hastaneye gitmesi gerektiğini hissediyordu ama Langdon'ı takip etmesi ve yüzbaşının intikamını alması gerekiyordu. Bundan vazgeçmeye de hiç niyeti yoktu.

Herkesin nazik bir profesör olarak tanıdığı akademisyen anlaşıldığı kadarıyla tehlikeli ve işini bilen bir suçluydu. Öyle bile olsa bir yere kadar koşabilirdi. Amerikalı dışarıda, soğuktaydı ve Pavel'in Mavi Alarm'dan aldığı ipuçları doğrudan cebindeki amirine ait telefona düşüyordu.

Ne yazık ki diğerlerinin -ÚZSI'nin, Amerikan Büyükelçiliği'nin ve yerel polisin- Langdon'ın arandığını öğrenmesi uzun sürmeyecekti. Kısa bir süre sonra onlar da işin içine girecek ve Langdon'a hak ettiğinden çok daha nazik davranacaklardı.

Pavel intikam için zamanının daraldığını ve yüzbaşının anısını onurlandırmanın tek bir yolu olduğunun farkındaydı.

Langdon'ı herkesten önce bul.

*

22 numaralı tramvayın kondüktörü kariyeri boyunca birçok tuhaflığa şahit olmuştu. Normalde, kışın ortasında mokasen ayakkabı ve kazakla dolaşan tedbirsiz bir turiste dikkat etmezdi. Ama *bu* adam tramvaydan indikten sonra tam önünden karşıya geçmişti. Adamın yakışıklı yüzünü tanıyınca aklında hiçbir şüphe kalmadı. Yaklaşık bir saat önce telefonuna "Mavi Alarm" olarak gönderilen yüzün aynısıydı.

58. BÖLÜM

Güvenlik görevlisi Mark S. Dole, Random House Kulesi'ndeki işinden büyük keyif alıyordu. İki yıldır bu binanın güvenliğini sağlıyor, üstüne mavi ceketini başına güvenlik şapkasını geçirip lobideki görkemli masasının arkasına geçtiğinde kendiyle gurur duyuyordu. Yirmi sekiz yaşındaydı ve otuz yaşına geldiğinde gündüz vardiyasına terfi edeceğine dair eşine söz vermişti.

Burada çalışmanın en sevdiği yanlarından biri çalışanlar için ücretsiz bir kütüphanesinin olmasıydı. Bodrum kattaki depo, eski klasiklerden günümüz macera romanlarına kadar geniş bir yelpazedeki kitaplarla doluydu. Dole işe başladığından bu yana otuzdan fazla kitap okumuştu. Bu akşam çalışırken bir yandan da Steinbeck'in *Gazap Üzümleri* kitabını okuyor, bir yandan da hava şartlarına bağlı olmayan bir işte çalışarak ailesine ekmek götürdüğü için şükran duyuyordu.

Siyah bir SUV ana girişin önünde kulak tırmalayıcı bir ses çıkartarak durduğunda başını kaldırıp baktı. Daha önce, özellikle de gece saat 03.48'de böyle bir şeye hiç şahit olmamıştı. Şoför koltuğundan fırlayan adamın editör Jonas Faukman olması daha da şaşırtıcıydı. Dole bunca yıldır Faukman'ın işe arabayla geldiğini hiç görmemişti ve park etme tarzını göz önünde bulunduracak olursa, araç kullanmaması iyi bir şeydi.

Elektronik kapının önündeki Faukman çılgınca ceplerini yokluyordu. Dole bu dansı daha önce defalarca izlemişti. *Giriş kartını unutmuş.* Gece bekçisi masanın altındaki bir düğmeye basınca kapı tıkırtıyla açıldı.

Lobiye dalan Faukman telaş içindeydi.

Dole, "Her şey yolunda mı efendim?" diye sordu.

Hiç de iyi görünmediği halde editör ona, "Yolunda, yolunda," diye cevap verdi. Karışmış saçları ve huzursuz yüz ifadesi Coney Island'da gece boyunca hız trenine binmiş görüntüsü veriyordu. "Sırt çantamı kaybettim. Giriş kartım içindeydi."

"Bunu duyduğuma üzüldüm. Ben size geçici bir giriş kartı çıkartayım." Yeni bir plastik kart alıp manyetizma cihazına yerleştirdi.

Beklerken ağırlığını masaya veren Faukman, gözlerini kapatmış derin nefesler alıyordu.

"Bay Faukman? İyi olduğunuza emin misiniz?"

Faukman gözlerini açtı. "Evet, üzgünüm Mark. Sadece... uzun bir geceydi."

Ona yeni giriş kartını uzatan Dole, "Zor bir kitap üzerinde mi çalışıyorsunuz?" diye sordu.

Yalandan başını sallayan editör asansöre yöneldi. "Bu beklediğimden daha karmaşık çıktı."

*

Faukman'ın telefon sinyalini takip eden Ajan Auger ile Ajan Chinburg, o henüz telefonunu pencereden atmadan önce çalıntı SUV'a yetişmişti. Elli Altıncı Cadde ile Broadway kesişimine kadar aracın peşinden gitmişlerdi. SUV şimdi Random House Kulesi'nin önünde eğik bir açıyla park halinde duruyordu. Artık mesele nasıl devam edecekleriydi.

Broadway'in diğer ucunda durduklarında Auger güvenli hattan yeniden Finch'i aradı. Finch telefona ters bir sesle, "Söyle," diye cevap verdi.

"Efendim, editörün sesini kaybettik ama şaşırtıcı bir bilgi yakaladık. Yayınevinin teknisyeni Prag'daki Amerikalılardan birinin öldüğünü öğrenmişe benziyor."

Bir an için Finch'in sesi kesildi. "Bu bilgiyi nereden edinmiş?" diye sorarken sesinden hiçbir şey anlaşılmıyordu.

Auger ona teknisyen ile Faukman arasındaki görüşmeden duyduklarını aktardı.

"Bu sizi ilgilendirmez," diyen Finch konuyu kapattı. "Başka bir şey var mı?"

"Evet, efendim," diyen Auger kötü haberi sona saklamıştı. "Teknisyen, sunucuya korsan saldırıyı kimin yaptığını bildiğini iddia etti."

Finch yüksek sesle derin bir nefes aldı. "Bana Chinburg'u ver."

Auger telefonun hoparlörünü açıp ortağına doğru tuttu.

"Efendim, teknisyenin yanlış bilgi verdiğini düşünüyoruz," dedi. "Detaylarını paylaşmadı, bu yüzden doğru iz üzerinde olduğundan emin olamayız."

Finch, "Sızma testi takımıyla konuştun mu?" diye sordu.

"Evet, efendim. Saldırının sorunsuz gerçekleştiğini söylediler." Chinburg biraz duraksadı. "Ama bununla birlikte, operasyon dar bir zaman aralığında yürütüldüğü için hız ve verimlilik adına ek anonimlik tedbirlerinden feragat etmek zorunda kaldıklarından da bahsettiler."

"Anlamadım? *Kısa yoldan* mı gitmişler?"

"Hayır, efendim. Kendilerine sunulan pencerede mümkün olan en iyi seçeneği uygulamışlar. Başarı şansının yüksek olduğunu garanti ediyorlar."

"Başarı şansı yüksek mi?" Finch'in sesi buz gibiydi. "Tecrübelerime göre bu terimi sadece güveni tam olmayanlar kullanır." Hatta tam üç saniye süren bir sessizlik oldu. "O teknisyenin ne bildiğini öğrenin... ve derhal *önüne geçin*. Hangi yolu gerekli görürseniz o yoldan."

Telefon kapandı.

Chinburg'un sinirleri bozulmuş gibiydi. "Ayvayı yedik."

Auger adeta eğleniyordu. "Başarı şansı yüksek demek?"

"Pislik yapma."

Auger sokağın karşı tarafındaki gökdelenin lobisine baktı. "Finch'in istediği istihbaratı içerden almamız gerekiyor."

Aslında teknisyenin ne bildiğini öğrenmek çok kolay olacaktı. Faukman'ın telefonundaki mikrofonu uzaktan etkinleştirecek ve teknisyenle yapacağı sohbeti dinleyeceklerdi. Ne yazık ki editör gecenin ilk güvenlik tedbirini almıştı ve şimdi telefonu Hudson Nehri'nin dibinde yatıyordu.

Başka bir seçenek göremeyen Auger, siyah taktik montunun ceplerini ve sırt çantasını birtakım eşyayla doldurmaya başladı. Gecenin teknoloji destekli kısmı sona ermişti; bu da artık ellerini kirletme zamanının geldiğini gösteriyordu.

59. BÖLÜM

Prag'da, Amerikan Büyükelçisi Heide Nagel ofis penceresinin önünde durmuş yorgun bir ifadeyle Tržiště Sokağı'nın karşısındaki Alchymist Otel'e bakıyordu. O sabah farkında olmadan gizli operasyona karışan medya sorumlusu Dana Daněk'i konu hakkında bilgilendirdikten sonra yeni emirleri beklemek üzere ofisine göndermişti. Dana tabii ki öğrendikleri karşısında dehşete düşmüştü.

Nagel, *çok iyi,* diye içinden geçirdi. *Belki, korku kendisini kontrol etmesini sağlar.*

Kapısı hafifçe tıklatılınca Nagel arkasını döndü. Bir Amerikan deniz piyadesi geleneksel mavi-beyaz üniformasıyla hazır olda bekliyordu. Sekiz kişiden oluşan deniz piyadeleri büyükelçilik güvenlik grubu, dünyanın dört bir yanındaki Amerikan büyükelçilerini ve diplomatlarını koruyan ekibin bir parçasıydı.

Deniz piyadesi, "Sayın büyükelçim," dedi. "Bir sorunumuz var."

Ne kadar çok o kadar iyi... Zaten başımda bir bela var, diye düşünürken piyadeye eliyle içeri girmesini işaret etti.

Piyade ofise girdiğinde, "Büyükelçim, ÚZSI'den Yüzbaşı Janáček, bir Amerikan vatandaşı için halka uyarı anonsu yayınladı." Elindeki notu kontrol ettikten sonra, "İsmi Robert Langdon," dedi.

Nagel, Janáček'e uyguladığı baskının işe yaramamış olmasına inanamıyordu; onu ifşa etmekle tehdit etmişti. *Janáček, Robert Langdon'ın peşine mi düştü? Lanet olsun.* Anlaşılan tahmin ettiği kadar ikna edici ve ürkütücü olamamıştı.

Piyade, "Ve APB* bir Mavi Alarm'la," diye ekledi. "Bu da Langdon'ın onlardan birini öldürdüğü anlamına geliyor."

Büyükelçi, "Ne!" diye bağırdı. "Bu, lanet olası bir yalan!"

Piyade alçak sesle ekledi. "Langdon'ı hemen bulamazsak biri onu öldürecek."

Nagel birkaç derin nefes aldıktan sonra piyadeye başıyla selam verdi. "Size birazdan gereken emirleri vereceğim. Lütfen, çıkarken kapıyı kapatın."

Piyade topuğu üzerinde dönerek dışarı çıktı.

Nagel hemen Bay Finch'i aradı.

İlk çalışta telefonu açtı Finch. "Söyle."

Nagel ona Prag'da yaşanan durumun bir özetini geçti: "*ÚZSI silahlı güçlerle Langdon'ı arıyor. Katherine Solomon kayıp. Ataşe Harris, Haç Burcu'na gitti ama telefonlarına cevap vermiyor.*"

Finch tahmin ettiği gibi çılgına dönmüştü. "ÚZSI'yi kontrol altına aldığını sanıyordum! Ne kadar berbat bir operasyon yürütüyorsun!"

Nagel, "Bu *senin* operasyonun!" diye karşılık verdi. "Bu durumun tüm sorumlusu *sensin*!"

Büyükelçi daha bunları söylerken çizgiyi aştığının farkına varmıştı.

Finch kendisinden hiç beklenmedik bir şekilde sessiz kalmıştı. Kendi dünyasında onun sadece bir piyon olduğunu hatırlatmak için kadının resmi unvanını söylemekten kaçınarak alçak sesle, "Heide," dedi. "Bu pozisyona seni *kimin, neden* yerleştirdiğini unutmamanı tavsiye ederim."

*

Ajan Housemore bir saatten az uyumuştu. Bay Finch'in yeni emirlerini ilettiği telefonla uyanan kadın uykulu gözlerle lavabonun önünde ayakta duruyordu.

Derhal Haç Burcu'na git. Gessner'ın laboratuvarının güvenliğini sağla.

Housemore'un Prag operasyonu hakkındaki bilgisi "kısmi"ydi.

---

* Kaçak anonsu

Gessner'ın Eşik için önemli olduğunu biliyordu ama aynı zamanda Finch'in inşa ettiği yeraltı tesisinin şehrin içinde başka bir yerde olduğunu da biliyordu. *O zaman neden Gessner'ın laboratuvarına gidiyorum?*

Finch yeni emre ek olarak ona Prag'a geleceği haberini de vermişti. Patronun kendisi kalkıp Prag'a geliyorsa bu görevin son derece ters gittiği açıktı.

*

Golěm, Eski Şehir Meydanı'nda bronz bir heykelin etrafına toplanmış plastik bardaklardan sıcak *svařák* içen turistlerin yanından geçiyordu. Tur rehberlerinin yüksek sesi elinde tuttuğu megafondan etrafa yayılıyordu.

Rehber anlatıyordu. "Bu Art Nouveau şaheseri Çek reform hareketinin lideri Jan Hus'u temsil ediyor. Papa'nın emirlerine uymayı reddettiği için 1415'te kazığa bağlanarak yakılmıştı."

Rehber anlatmaya devam edecekken yanlarından geçen Golěm'i fark etti. Prag bahşiş karşılığı poz veren kostümlü aktörlerle dolu olsa da rehber müşterileri için küçük bir dram yaratabileceği anı yakalamak istiyordu.

Heyecanla, "Hanımlar beyler," diye anons etti. "Bu sabah beklenmedik bir misafirimiz var! Karşınızda, Prag'ın en ünlü siması!"

Ivan Lendl ya da Martina Navratilova'yı görmeyi bekleyen turistler dönüp rehberin gösterdiği yöne baktılar. Ama bunun yerine kille kaplı bir yüzü olan figürü gördüler.

Küçük bir çocuk, "Golěm canavarı!" diye bağırdı. "Bize sinagogta ondan bahsetmiştin!"

Rehber, çocuğa doğru dönerek, "Aferin," dedi. "Peki, alnındaki İbranice kelimenin anlamını hatırlıyor musun?"

Çocuk, "Gerçek!" dedi. "Haham bir harfi sildikten sonra onu öldürmüş!"

Golěm yanlarından geçerken rehber, "Bravo," dedi. "Görünüşe bakılırsa, bugün Golěm'le fotoğraf çektirme şansımız yok. Peki, Prag'daki en ünlü ikinci canavarın adını kim söyleyebilir?"

Cevap veren olmadı.

Rehber dramatik bir şekilde, "*Hamamböceği,*" dedi. "Franz Kafka bu şehirde *Dönüşüm* ismini verdiği bir roman yazmış. Hikâyede genç bir adam bir sabah yatağında uyandığında... dev bir hamamböceğine dönüştüğünü fark ediyor."

Golĕm grubu hızla arkasında bırakıp meydandan çıktı ve kuzeye doğru ilerledi. Yürürken, Franz Kafka'yı ve Prag'ın en ürkütücü heykellerinden birini ilk gördüğü anı hatırladı. Bu, omuzları üzerinde küçük bir adam taşıyan suratsız bir devin heykeliydi.

Daha zayıf bir ruhun yükünü taşıyan suratsız bir yaratık.

Golĕm anında heykelle arasında bir yakınlık hissetmişti. Yaratığın taşıdığı küçük adam Kafka'yı temsil ediyordu. Kafka, *Bir Mücadelenin Tasviri* hikâyesinde "tanıdık" biri olarak adlandırdığı koruyucu bir dost tarafından destekleniyordu.

Golĕm bir tanıdığın Kafka'yı taşıdığı gibi, o kil canavarın da Yahudileri taşıdığını düşünmüştü. *Tıpkı, benim Sasha'yı taşıdığım gibi.* Sasha'yı düşünmek dikkatini yeniden elindeki işe dönmesini sağladı.

Bugün Eşik'ten içeri sızacağım.

Sasha onların ilk kurbanı olmuştu ve son kurbanları olmayacağı da ortadaydı. Bu yüzden, Eşik'in yok edilmesi gerekiyordu. Sonsuza dek.

60. BÖLÜM

Langdon kaldırımdan Klementinum'a doğru yürürken gözleri kalabalığın arasında Katherine'i arıyordu. Bir kilometreden daha az bir mesafede, diğer binaların üzerinden görülebilen müzenin astronomi kulesine yönelirken soğuk rüzgâr bir kez daha etrafını sardı.

Mozart'ın sayısız özel konser verdiği gösterişli Mozart Prag Otel'in önünden geçti. Bir zamanlar bu otelin cephesinin müzikle uyum içinde akan dev nota kâğıtlarına dönüştüğüne şahit olduğunu hatırladı. Prag'da her yıl ekim ayında düzenlenen Signal Festivali haftasında önemli mimari eserler ışık ve video projeksiyonları kullanılarak adeta bir tuvale dönüştürülürdü. Bunların içinden Langdon'ın en sevdiği Başpiskopos Sarayı'nın üstüne yansıtılan türlerin kökeni ve evrimi gösterisiydi. Prag'ın avangart sanata olan düşkünlüğünü yansıtan bir tezat sayılırdı.

Otelin önünden geçerken Langdon'ın adımları birden yavaşladı ve gözleri küçük parkta duran bir reklam panosuna ilişti. Posterde ıssız bir gezegende uygun adım yürüyen fütüristik bir ordu görülüyordu. Silahlı askerlerin üstünde yazan kelime o an için ilginç bir tesadüf gibi geldi.

HALO

Evren benimle alay mı ediyor?

Keyif kaçıran poster elbette aydınlanmış zihni işaret eden bir sembol değil, popüler bir bilgisayar oyunu serisinin ismiydi. Langdon'ın öğrencilerine göre bu oyun; Ahit, Nuh'un Gemisi, Peygamberler ve Tufan gibi birtakım terimleri kutsal kitaptan alarak Hıristiyanlığa ait kültürel çağrışımları kendi bünyesine katmıştı.

Langdon sınıftakilere, "Ben bu oyunu sevebilirim," demişti.

Öğrencilerden biri, "Sevmezsiniz," diyerek espri yapmıştı. "Yabaniler sizi anında öldürürdü."

Langdon öğrencinin ne dediğini hiç anlamamış olsa da çevrimiçi tavla oyunundan şaşmamaya karar vermişti.

Fakat şu anda Prag'da "hale" anlamına gelen "halo" kelimesiyle karşılaşması Katherine'le ilgili esrarengiz bir ipucu gibi geliyordu. Konuyu henüz iki gün önce tartışmış olmalarından yola çıkarak, bu kehaneti iyiye mi yoksa kötüye mi yorması gerektiğine karar veremiyordu.

Katherine, "Haleler tamamen yanlış anlaşılmış bir konu," demişti. "İnsanın başının üstündeki bir ışık çemberi olarak tasvir edilir ve aydınlanmış zihinden dışarı çıkan enerjiyi yansıttığı düşünülür. Ama ben halelere tersten baktığımıza inanıyorum. Bilinci yansıtan bu ışınlar dışarıya değil içeriye doğru yöneliyor. Birinin 'aydınlanmış bir zihne' sahip olduğunu söylemek, 'daha iyi bir alıcısı' olduğunu söylemenin başka bir yolu."

Langdon haleleri yıllarca dini semboller olarak incelemiş ama hiç Katherine'in ifade ettiği şekilde düşünmemişti. Çoğu insan gibi o da halelerin dışarı doğru ışık yaydığını düşünürdü. Bunu tersten yorumlamak kafa karıştırıcıydı. Bununla birlikte Kutsal Kitap'ta peygamberlerin ilahi öğretiyi Tanrı'dan *aldığı* şaşmaz bir biçimde ifade edilirdi... Öğretileri asla kendileri belirlemez veya göklere göndermezlerdi.

Elçilerin İşleri 9'da Havari Pavlus'un Şam yolu üzerindeyken Hıristiyanlığa geçişi, göklerden gelen bir enerji patlaması sonucu olarak tasvir edilmişti. Elçilerin İşleri 2'de Kutsal Ruh havarilerin üstüne yağıyor ve İncil'i tebliğ edebilsinler diye onlara pek çok dilde konuşabilme yeteneği sağlıyordu.

Hale sembolü daha çok Hıristiyanlıkla ilişkilendirilirdi ama Langdon, Mitraizm, Budizm ve Zerdüştlük gibi daha eski inanışlarda da enerji ışınlarının resmedildiğini biliyordu. Hıristiyanlık hale sembolünü benimsediğinde, semboldeki ışınlar çıkartılmış ve kişinin başının üstündeki tek bir çembere indirgenmişti. Halenin önemli bir unsuru bu şekilde tarihte kaybolmuştu. Katherine kayıp versiyonun, unutulmuş bir anlayışı ve kadim bilgeliği, yani yerleşik olmayan bilinç teorisi haline gelen şeyi doğrulayabileceğine inanıyordu.

"Beyin bir alıcıdır... ve bilinç akışı dışarı değil, içeri doğrudur."

Katherine muzip bir tavırla ona, "Sen bu kavrama hâlâ tam olarak inanamıyorsun değil mi?" diye sormuştu. "Hâlâ beyninin bir tür alıcı olduğuna dair bir kanıt görmek istiyorsun."

Langdon dediklerini düşünmüştü. Bilimsel modeller hiçbir zaman mutlak anlamda kanıtlanmazdı. Alternatif modellere kıyasla gözlemleri daha iyi açıklayarak ve tahmin ederek kabul görürlerdi. Katherine'in görüşü ikna ediciydi ve ESP denilen ayrıca duyu dışı algılama, beden dışı deneyim ve Savant Sendromu gibi anomalileri açıklayabiliyordu.

"Bana kalırsa senin fotoğrafik hafızan yeterli bir kanıt sayılır Robert," demişti. "Beyninin, gördüğü her görüntüyü kaydettiğine inanıyorsun. Ama tam bir fotoğrafik hafıza fiziksel açıdan imkânsızdır. En ileri dijital depolama yöntemlerinin kullanıldığı bir sistemde bile ömür boyu gördüğün canlı veriler bir depoyu doldururdu ama bir düşünsene, sen yine de hepsini hatırlayabiliyorsun. Doğrusu şu ki; insan beyni –senin beynin bile– bu kadar çok bilgiyi saklamaya muktedir değil."

Langdon pür dikkat dinliyordu. "Yani hafızamız bulut sunucu gibi mi işliyor? Hafızamızdaki tüm veriler, biz onlara ulaşıncaya kadar *başka bir yerde* mi bekliyor?"

"*Kesinlikle.* Eidetik beyninin veriye ulaşıp elde etme gibi üstün bir mekanizması var. Senin alıcın görüntü elde etmeye hassas biçimde ayarlanmış." Gülümsemişti. "İnanmaya ve güvenmeye daha az ayarlanmış olabilir."

Langdon kahkaha atmıştı. "Şey, ben sana güveniyorum ve bilimsel deneylerini benimle paylaşacağına ve tam olarak neyi keşfettiğini açıklayacağına inanıyorum."

"İyi denemeydi profesör ama bekleyip kitabı okuman gerekecek."

61. BÖLÜM

Klementinum, Avrupa'nın birçok ihtişamlı yapısı gibi Hıristiyan Tanrısı'nın şanını yüceltmek için inşa edilmişti.

İmparator I. Ferdinand, 1500'lerde Katolik Kilisesi'nin Bohemya'daki varlığını artırmak amacıyla büyüyen İsa Cemiyeti'nin yani Cizvitlerin üyelerini Prag'a davet etmiş ve onlara şehrin en güzel arazilerinden birinin üzerine bir Cizvit üniversitesi inşa etmelerini teklif etmişti. Yüzyılın sonunda Cizvitlerin "Klementinum"u –ismini Aziz Clement'den almıştı– Prag Kalesi'nden sonra şehrin ikinci en büyük bina kompleksi olmuştu.

Bilime bağlılığıyla ünlü Klementinum Üniversitesi'ne sonradan altmış sekiz metre yüksekliğinde bir Astronomik Kule, içinde binlerce bilimsel kitap bulunan bir kütüphane, her gün öğle vaktini belirlemek için geometriyi ve güneş ışığını kullanan muhteşem bir Meridyen Salonu eklenmişti. Resmi bir görevli her gün bir top ateşleyerek şehirdeki insanlara öğle vakti olduğunu haber verirdi.

Klementinum artık, öncelikli olarak Çekya Ulusal Kütüphanesi'nin merkezi ve tarih müzesi olarak hizmet veriyordu. Prag'ın en güzel manzaralarından birini yakalamak için Astronomik Kule'nin yüz yetmiş iki basamağını tırmanan turistler muhteşem bir manzarayla karşılaşıyor ve on sekizinci yüzyıla ait astronomi aletlerini görme ayrıcalığını yaşıyordu.

Robert Langdon müzeye doğru hızla yürürken içindeki sayısız hazineye değil sadece Katherine'e ve onu buraya yönlendiren şifreli mesajına odaklanmıştı. Karl Köprüsü'nün doğu girişini geçerken birkaç saat önce koştuğu kaldırımda olduğunu fark etti.

Kendi etrafımda dönüp duruyorum, diye düşündü. *Katherine'in japon balığı gibi.*

Langdon, Klementinum'un ana girişine ulaştığında saat 09.55'ti. Katherine'i görebilmek umuduyla etrafına bakındı. Orada değildi. O sırada, ana kapıdan içeri giren bir turist aile gördü.

Müze açılmış mı?

Bir anda içi umutla dolan Langdon, Katherine'in içeride kendisini bekliyor olabileceğini düşünerek aceleyle kapıdan içeri sıcak lobiye girdi. Erken saatte müzenin boş olacağını düşünmüştü ama lobi turist kaynıyordu. Çoğu bavullarının üzerine oturmuş sıcak kahvelerini yudumluyor ve donut yiyordu. İçerisi, bir on altıncı yüzyıl Cizvit manastırının girişinden çok havaalanı bekleme salonuna benziyordu.

Bu da ne böyle!?

Elinde kahve tepsisi taşıyan bir müze görevlisi neşeyle Langdon'ın yanına gelip gülümseyerek, "Kahve ister misiniz?" diye sordu.

Şaşıran Langdon içeceği minnetle kabul edip donmuş parmaklarıyla sıcak kâğıt bardağı kavradı. "Teşekkür ederim, burada neler olduğunu sorabilir miyim?"

Kadın başıyla duvardaki afişi gösterdi.

KLEMENTINUM
ARTIK SABAH 07.00'DE AÇILIYOR!

Neşeyle, "Yeni pazarlama stratejisi," dedi. "Amerika'dan gelen uçakların çoğu sabah 06.00'da iniş yapıyor. Turistlerin otellerine giriş yapana kadar çok fazla boş vakti oluyor. Biz de onlara ücretsiz havaalanı transferi, bagaj hizmeti, kahve ve donut sunuyoruz... *et voilà!"* Tümüyle dolu olan lobiyi gösterdi. "Siz Amerikalıları müzelere sokabilmek için elimizden geleni yapıyoruz öyle değil mi?" dedikten sonra Langdon'ın yanından ayrıldı.

Profesör son zamanlarda Prag'a gelen Amerikalı turistlerin en çok ziyaret ettikleri yerin; otomatik silahları yasal bir şekilde kullanabildikleri yeraltındaki bir atış poligonu olduğunu bilmeseydi bu yorum çok kırıcı olabilirdi.

Bununla birlikte bulmacanın bir parçasının yerine oturduğunu hissetti. *Katherine e-postayı gönderdiğinde müze açıktı!* Ayrıca, Gessner'ın laboratuvarına giderken müzenin giriş kapısının önünden geçmek zorundaydı. *İçeri girip beni çağırmak mı istedi? Codex XL...*

Katherine'in hâlâ bu bina kompleksinin içinde bir yerde olabileceği düşüncesi onu umutlandırdı. Kalabalık lobide onun gür siyah saçlarını aradı. Onu göremeyince hemen gişeye koşup tam giriş hakkı tanıyan bir bilet satın aldı. Gişe görevlisi bir süre şüphelenmiş gibi onu inceledikten sonra bir şey sormadan yaka kartını verdi. Langdon kartı kazağına takıp gösterişli koridorlardan hızla hedefine doğru ilerledi.

ÖZEL SERGİ
CODEX GIGAS
(ŞEYTANIN İNCİLİ)

Kütüphanenin ana girişine vardığında bir görevli onu durdurdu. Langdon'ın yaka kartını inceledikten sonra üzerine kırmızı bir etiket yapıştırdı.

Görevli, "Bir saat süreniz var bayım," dedi. "Keyifli gezmeler."

Langdon, Barok Kütüphanesi'ne ziyaretin bir saatle sınırlı olduğunu unutmuştu. Bu da Katherine ona e-postayı içeriden gönderdiyse orada geçirebileceği süreyi çoktan tamamlamış olduğu anlamına geliyordu. *Lütfen burada ol... burada bir yerde ol.*

Langdon aceleyle kapıdan içeri, yazar Jorge Luis Borges'in "Avrupa'nın en muhteşem kütüphanesi" olarak adlandırdığı yere girdi. Tüm stresine rağmen kütüphanenin güzelliği karşısında büyülendi. Dar ve uzun salonun incelikle yapılmış tavan fresklerinde, güneş ışığıyla aydınlanmış açık mavi renkli bir cennette hava asılı duruyormuş gibi görünen kerubi melekleri yer alıyordu. Güneş ışığı sanki yapıdan içeri süzülüyormuş gibi bir illüzyon yaratılmıştı.

Freski destekleyen kütüphanenin duvarlarındaki yaklaşık on metrelik kitaplıklarda yüzyıllar öncesine ait yirmi binden fazla kitap bulunuyordu. Kütüphanenin ikinci katında bulunan beyaz sırtlı, kırmızı etiketli en eski baskılardan belirgin bir parşömen kâğıdı kokusu yayılıyordu. Kütüphanenin içini çevreleyen asma kata yalnızca gizli bir merdivenle çıkılıyordu. Yerdeki kakma parkelerin işçiliği, Louvre Müzesi'ndeki Büyük Galeri dahil, Langdon'ın daha önce hiçbir yerde görmediği kadar mükemmeldi.

Profesör sessiz alanda birkaç adım atarak kalabalığın arasında Katherine'i aradı. *Burada değil.* Salona baştan başa yerleştirilmiş devasa kürelerin oluşturduğu geçit boyunca yürüdü. Kürelerin arasına, üzerinde Langdon'ın şimdiye kadar gördüğü en bariz semboller yer alan tabelalar yerleştirilmişti.

Kim antika kitaplarla dolu bir yerde kibrit yakar ki?!

İçlere doğru ilerledikçe kütüphanenin en çok ilgi çeken nesnesi görüş alanına girdi. Etrafı ziyaretçilerle çevriliydi.

Şeytanın İncili.

Dev kitap, küp şeklinde pleksiglas bir muhafaza içinde sergileniyordu. Vitrin o kadar büyüktü ki, havaalanlarındaki sigara odalarına benziyordu. Kakım postundan bir peştamal giymiş şeytan tezhibinin bulunduğu sayfası açık olan gizemli elyazmasının etrafı hayranlıkla onu inceleyen, alçak sesle konuşan ve fotoğraf çeken turistlerle doluydu. Langdon yanına ulaştığında elyazması kitaba neredeyse hiç bakmadan kalabalıktaki yüzleri taradı.

Burada mısın Katherine?

Ziyaretçilerin çoğu paltolarını çıkarmamıştı ve avuçlarının içlerine üfleyerek ısınmaya çalışıyorlardı. Klementinum, çoğu kişi bunun çok rahatsız edici olduğunu söylese de kütüphaneyi aşırı denebilecek derecede soğuk tutuyordu. Katherine de dün aynı yorumu yapmıştı. Langdon müze müdürlerinin en kalabalık sergi salonlarını turistlerin hızlı ilerlemesini sağlamak için kasten soğuk tuttuklarından bahsetmişti. Bu kalabalık yönetme taktiğini daha sonra hızlı yemek servisi yapan restoranlar da uygulamaya başlamıştı. *İçeri ve dışarı.*

Langdon sessiz kalabalığa doğru, *"Katherine?"* diye seslendi. Birkaç ziyaretçi dönüp meraklı gözlerle ona baktı. Bazıları sanki onu tanımış gibi uzun uzun inceledi. Ama cevap veren olmadı.

Belki de içeri girip çıkmıştır?

Kalabalığı tekrar taradıktan sonra kimsenin bulunmadığı asma kata baktı. Bu kez daha yüksek sesle, *"Katherine Solomon?"* diye seslendi.

Bir görevli yanına gelip ellerini dudaklarına götürerek sessiz olmasını işaret etti. Sonuçta burası bir kütüphaneydi. Langdon başıyla anladığını işaret edip sessizce salonun her yerini taradı. Gözleriyle iki tur attıktan sonra Katherine'in orada olmadığına karar verdi.

Şehrin çok büyük ama elindeki bilginin çok az olduğunu düşünürken umutsuzluğa kapıldı.

Burada değilsen, neredesin?

*

Pavel acı bir fren sesiyle Klementinum'un dışında durduğunda, *siren sesi yok,* diye düşündü. Langdon için verdiği Mavi Alarm şimdiden dört ayrı ihbar almıştı.

Ulusal Tiyatro'nun yakınlarındaki bir tramvay kondüktörü Langdon'ın nehir kenarından kuzeye doğru ilerlediğini haber vermişti.

Virgin Mary Meydanı'ndaki bir taksi şoförü onu Klementinum'a girerken görmüştü.

Pavel, *saklanmak için iyi bir yer,* diye düşündü. Tarihçinin bu yapı kompleksini çok iyi bildiğini tahmin edebiliyordu. *Hiç fark etmez. Benim her yerde gözlerim var.*

Pavel hızla müzeye girip Langdon'ın fotoğrafını bilet gişesindeki kadına gösterdi. Kadın, Langdon'ın bilet aldığını onayladıktan sonra tam o sırada hangi odada bulunduğunu da söyledi.

Teğmen kimseye belli etmeden silahının dolu olup olmadığını kontrol etti. Müzeye girerken, *artık avucuma düştü,* diye düşündü.

Ana koridordaki görevliye, *"Barokní knihovna!"* diye seslendi. *Barok Kütüphanesi nerede!*

62. BÖLÜM

Güvenlik görevlisi Mark Dole, Random House Kulesi'ne giriş kartı çıkarılmış herkesi tanırdı. Ancak anahtar kart kullanarak heybetli lobiye giren bu iki adam ona yabancıydı. Bu ikilinin gecenin bir yarısında Faukman'ın dramatik girişinin hemen ardından gelmesi başlı başına tuhaftı ama giydikleri siyah askeri üniformayı fark eden Dole iyice telaşa kapılmıştı.

Hemen ayağa fırlayarak, "Beyler!" diye bağırdı. "Size nasıl yardımcı olabilirim?" *Ayrıca kapının kilidini nasıl açtınız?!*

Sert bir sesle, "Acil durumunuz var," diyen yapılı adam aceleyle güvenlik masasına doğru yürüdü. Hantal bir sırt çantası taşıyordu. "Binanın ayarlı kütle sönümleyicisi şehirde alarm verdi! Yıkılma tehlikesi var."

Adamın ne dediğini kavrayabilmek için Dole'un biraz zamana ihtiyacı vardı. Doğrusu Manhattan'daki çoğu gökdelenin üst katına, şiddetli rüzgârda veya depremde binanın salınmasını engellemek için "ayarlı kütle sönümleyici" denilen bir denge ağırlığı yerleştirilmişti. Random House Kulesi'nin ayarlı kütle sönümleyicisi ise on beşinci katta asılı duran sekiz yüz tonluk bir su tankıydı.

Yapısal bir bozukluk mu var? Neden alarm çalmadı?

"Binayı hemen boşaltmanız lazım. Benim de yukarıya çıkmam gerekiyor," diyen adam güvenlik görevlisinin yanına gelmişti.

"Ama anlamıyorum..."

Ani bir hamleyle Dole'un göğsüne inen yumruk ciğerlerindeki havayı boşalttı. Güvenlik görevlisi soluğu kesilmiş halde sırtüstü masanın arkasına düştü. İri yapılı adam hiç vakit kaybetmeden üstüne çömeldi ve silahının namlusunu göğsüne dayadı.

"En ufacık bir ses çıkartmayacaksın," diye fısıldarken el yordamıyla Dole'un üniformasında ana anahtar kartı buldu ve masanın üstünden diğer adama fırlattı.

Dole sırtüstü kıpırdamadan yatarken lobinin tavanına bakıyordu. Hızla uzaklaşan ayak seslerini ve ardından gelen tanıdık bipleme sesini duydu. İçeri giren diğer adam anahtar kartı kullanarak güvenlik turnikesinden geçmiş, asansöre gidiyordu.

Üstünde duran adam, "Orada sessizce yatarsan canın yanmaz," diye fısıldadı. Dole'un ellerini kelepçeledi, başından şapkasını kaptığı gibi kendininkine geçirdi ve kucağında silahıyla sakince güvenlik görevlisinin masasına oturdu.

Nefes almaya çabalarken Dole'un göğsü ağrıyordu. Bu gelenler her kimse, Dole'un yerine geçmek ve binanın her katına girmelerini sağlayacak anahtar kartı çalmak için yalnızca on saniyeye ihtiyaç duymuşlardı.

*

Dördüncü kattaki Jonas Faukman asansörden dışarı adımını attı ve üzerinde VERİ GÜVENLİK MERKEZİ yazan çelik kapıya yürüdü. Özel bir güvenlik kartına gereksinimi vardı. Bu yüzden açılana kadar kapıya vurdu, ardından tanıdık bir yüz belirdi.

Alex Conan bir savaştan çıkmış gibi görünüyordu. "Tanrı'ya şükür. Geri dönebildin."

"Langdon ile Katherine'den haber var mı?" Faukman hâlâ önceki telefon görüşmelerinde teknisyenin söylediklerinin etkisindeydi. *"Kitap kopyasını silen hackerlar... yazarlarından birini öldürmüş olabilirler."*

"Her şeyi açıklayacağım ama önce iyi haber," dedi Alex. "Kimse ölmedi. Yanılmışım."

Faukman içten gelen bir rahatlama hissetti, elleri dizlerinin üstünde eğildi ve derin nefesler aldı. *Tanrı'ya şükür.*

Alex onu güvenlik merkezine götürürken bir yandan anlatıyordu. "Ben Langdon'ın öldüğünü sanmıştım ama Four Seasons'ın müdürüyle görüştüm. Durum karmaşık olsa da Robert Langdon'ın yaşadığını onayladı... Yine de başı yerel yetkililerle belaya girmiş gibi görünüyor."

Nasıl bir bela? Langdon'ın hayatta olmasının verdiği rahatlama hissi merakını gölgede bırakıyordu.

Aldığı iyi haberle canlanan Faukman, yerden tavana kadar uzanan, gürültülü veri merkezi kabinlerinin arasında Alex'i takip etti. Bu ağ kabinleri, bilgisayar ekranlarının bulunduğu yarı daire şeklindeki geniş bir iş istasyonuna açılıyordu. Ekranların karşısında yüksek sırtlı bilgisayar sandalyeleri vardı. Faukman mini bir görev kontrol merkezine girdiğini hissetti.

İş istasyonunun üstündeki duvarda çerçeve içinde bir okyanus gemisi resmi vardı ve birlerle sıfırlardan oluşan bir okyanusta batıyordu. Üstünde BİTLERİ KAYBEDERSEN GEMİ BATAR yazıyordu. 2. Dünya Savaşı'nın ünlü sloganına yapılan gönderme, veriyi kaynak düzeyde güvenceye almayı hatırlatmak içindi.

Bunun için biraz geç, diye düşündü editör. *Kitap kopyasını kaptırdık.*

Alex onun yanına başka bir döner sandalye çekti ve iki adam yüz yüze oturdu. Teknisyen ciddi bir ifadeyle, "Pekâlâ, çok şey oldu," dedi. "Baştan başlayayım."

Faukman'ın bildiği kadarıyla baştan başlamak bir hikâyeyi anlatmanın en kötü yoluydu ama çenesini tuttu.

"Hepsini telefonda anlatmak istemedim," diye başladı Alex. "Ama sen ortadan kaybolduktan sonra korktum ve hemen Katherine Solomon'ı uyarmam gerektiğini hissettim. Kitap kopyasının ve belki de kendisinin tehlikede olabileceğini söyleyecektim."

"Tamam."

"Onun çalışan dosyasını çıkardım, kendisini aradım ama cevap alamadım. Aynısı Robert Langdon için de geçerli. Üçünüze de ulaşamayınca panikledim ve telefonlarınızı hackleyerek bulunduğunuz konumu takip etmeye karar verdim."

"Dur biraz... sen bunu yapabiliyor musun?"

"Hayır, *sende* yapamadım." Teknisyen sandalyesinde döndü ve bilgisayara bir şeyler yazdı. "Doktor Solomon'ı da takip edemedim ama Bay Langdon kolaydı. iCloud e-posta adresi kullanıyordu ve yayınevinin sunucularındaki farklı dosyalarda *birebir* aynı şifreyi kullanmıştı. Onun kadar zeki birinin tek bir şifre kullanması doğrusu beni şaşırttı, üstelik 'Yunus123' gibi basit bir şifreydi."

Langdon'ın şifresi Yunus123 mü? Faukman başını göğsüne bıraktı. *Ne diye güvenlik protokolü uyguluyoruz acaba?* Üniversite sutopu takımının çoğunu yüzmede geçebildiği için Langdon'ın Harvard'daki takma adı "Yunus"tu. Ama maalesef Langdon kendi tabiriyle bir muhafazakârdı; antik tarihteki uzmanlığı nedeniyle gelecekle iyi bir ilişki kuramayan bir klasikçiydi. *Tanrı aşkına, zaten hâlâ Rolodex kullanıyor ve Mickey Mouse saat takıyor.*

"İçinizden birinin konumuna erişmek için sabırsızlanıyordum. Bu yüzden Langdon'ın şifresini kullanarak FindMy uygulamasını hackledim ve konumuna ulaştım."

Teknisyen klavyede birkaç tuşa daha basınca ekranda Prag haritası belirdi. "iCloud'a göre Langdon'ın telefonu *tamamıyla* kapalıydı, ki bu alışılmadık bir durum. 'Bilinen son konumu' diye baktığımızda... şu rahatsız edici görüntüye ulaşıyoruz." Conan ekranı yeniledi ve yakınlaştırdı. "Burada Bay Langdon'ın bilinen son konumunun yerel saatle bu sabah 07.02'de tam... *şurada* olduğunu gösteriyor." Haritadaki minik mavi noktayı gösterdi. "Sonrası yok."

Faukman gözlerini kısarak haritadaki mavi noktaya baktı. "Anlamadım? Vltava Nehri'nin ortasını gösteriyor."

"Evet! Askeri düzeyde bilgisayar korsanlarının saldırısına uğradığımız, senin ortadan kaybolduğun, Langdon'ın cevap vermediği düşünülecek olursa..."

"Boğulduğunu mu sandın? Langdon dünya standartlarında bir yüzücüdür! Belki de telefonunu atmıştır."

"Öyle düşünmek istedim ama Langdon telefonunu atmış olsaydı, telefonun konum takibi dümdüz bir çizgi olurdu. Ama onun konumu etrafta dolaşıyor hatta ortadan kaybolmadan önce aynı yere geri dönüyordu! Sanki birisi Langdon'ı nehre götürmüş, tekneden atmış, o da kıyıya geri yüzmeye çalışmış ve boğulurken telefonu onunla birlikte dibi boylamıştı."

Editör bunun telaşa sürükleyen bir senaryo olduğunu anlıyordu ama cep telefonunun "bilinen son konumundan" Langdon'ın öldürülmesine varan mantık sürecinde bazı boşluklar vardı. Yine de hem Langdon'ın hem de kendi telefonunun gezegenin ayrı uçlarındaki iki ayrı nehrin dibinde yatması daha mantıklı bir olasılığı akla getirmiyordu.

Alex devam etti. "Biliyorum, aşırı tepki verdiğimi düşünüyorsun ama bizi hackleyenlerin *kim* olduğunu dikkate alacak olursan... telaşlanmakta haklıyım. Hâlâ da öyleyim."

"Bizi kim hackledi?" diye soran Faukman öne doğru eğildi.

"Bu yüzden Katherine'le konuşmak istedim. Kendisini hedef alabilecek biri aklına geliyorsa bir algoritma oluşturarak belirli dijital izleri arayabilirdim."

Tanrım, bu çocuğun bir editöre ihtiyacı var. Sen kimin yaptığını söylesene!

"Ama algoritmayı oluşturmadan önce FTK taramasında bir şey buldum. Bu saldırının IoCs'lerinden biri MISP ile eşleşiyordu..."

"Alex, neden bahsettiğini hiç..."

"Bilmen gereken tek şey yayınevini hackleyenlerin acelesi olduğu. Kendi geri dönüştürülmüş kodlarını yani bilgisayar korsanlarının "copy pasta" dediği yinelenen dizeleri kullanarak zaman kazandılar. Ama bunu kullanmak riskli çünkü..."

Teknisyen birden ayağa fırlayıp arkasını döndü ve ağ kabinlerinin arkasında kalan girişe doğru dikkatle baktı. "Allison?" diye seslendi.

Faukman tedirgin olmuştu. "Allison kim?"

"Patronum. Ya erken geldi ya da ben gaipten sesler duyuyorum." Alex saatine baktı. "Sen kapının açılırken çıkardığı sesi duydun mu?"

Faukman "hayır" anlamında başını iki yana salladı. *Ben 5 Ekim 1987'den beri bir şey duymuyorum. Dördüncü sıra, Pink Floyd, Madison Meydanı. Gilmore olağanüstüydü.*

"Bekle biraz," diyen Alex, bilgisayarların arasında gözden kayboldu.

İnanılmaz, diye düşünen Faukman sabırsızlık içinde bekledi.

On saniye sonra dönen teknisyen omuzlarını silkti. "Üzgünüm, bu akşam tam bir paranoyak gibiyim." Otururken korkmuşa benziyordu. "Karşımızdaki insanlar uğraşmak istemeyeceğimiz türden." Alex sandalyesini yakındaki bir bilgisayarın önüne sürükledi ve editöre yanına gelmesini işaret etti. Faukman gelince bir web tarayıcısı açtı. "Sana göstereyim. İnanamayacaksın..."

Faukman aniden uzandı ve susmasını istediğini belli edercesine teknisyenin kolunu sıktı. *Tek kelime etme!*

"Ne oluyor?" diyen Alex geri çekildi.

Faukman sakin ama yüksek sesle yanıtladı. "Affedersin. İnternette hemen bir şeye bakmak istiyorum." Parmağını dudağına götürürken gözlerini teknisyene dikti ve ona sesini çıkartmamasını işaret etti. Alex başıyla anladığını onaylayınca editör klavyeyi önüne aldı. Tarayıcı standart bir arama sayfası açtı ve Faukman büyük harflerle hızlıca arama dizisini yazdı:

BURADA YALNIZ DEĞİLİZ... BANA EŞLİK ET.

Teknisyen korku dolu gözlerle Faukman'a doğru döndü.

Evet, ben de korkuyorum, diye düşünen Faukman teknisyenin duyduğu kapı sesinin vesveseci bir hayal ürünü olmadığını fark etmişti. Birisi gerçekten de kontrol odasına girmişti ve şimdi arkadaki ağ kabinlerinin arasında bir yerde saklanıyordu.

Ve şimdi bizi dinliyorlar. Faukman biraz sonra yakınındaki çerçeveli resmin camına belli belirsiz mavi bir ışık noktasının yansıdığını gördü. *Casus romanları editörü olmanın faydaları.* Işık noktasının bir silahın lazer ışığı olduğu sanılabilirdi ama bu noktanın rengi maviydi ve cama doğrultulmuştu.

"Bu site çok ilginç," diyen Faukman ilk yazdığı mesajı sakince sildi.

KORSAN SALDIRIDAN KİM SORUMLU?

Editör klavyeyi ona doğru iterken Alex'in rengi solmuştu.

Derin bir nefes alan teknisyen görev bilinciyle cevabı yazdı.

Faukman onun yazdığı arasında tire işareti olan acayip kelimeyi inceledi. Hiç tanıdık gelmiyordu. Anlamadığını belli eder şekilde omzunu silkti ve telaşla dudaklarını oynattı. "Kim bu?"

Alex yeniden yazmaya başladı. Bu kez bir kısaltma yazıyordu.

Faukman sessiz bir şok içinde bakakaldı. *Hayır.*

Başka bir gün olsa Faukman asla ekranda yazana inanmazdı ama gece olanlardan sonra bu bilgi kesinlikle pek çok soruyu cevaplıyordu.

Tanrım, olamaz.

Şimdi asıl soru bu kötü durumda Faukman'ın ne yapacağıydı. Cevap onun diyalog becerilerinde saklıydı... Ayrıca iki kavram arasındaki farkı anlamak da önemliydi.

Yanlış bilgi ve *dez*enformasyon.

63. BÖLÜM

Langdon, Barok Kütüphanesi'ndeki insanların yüzlerini birkaç kez inceledikten sonra oraya çok geç vardığını kabullenmek zorunda kaldı.

Gitmiş.

Katherine, ona buraya gelmesini söylediği e-postayı iki saat önce göndermişti. Önceden buradaysa bile, biletinin süresi dolduğu için görevli onu dışarı çıkarmış olmalıydı.

Langdon küp şeklindeki pleksiglas muhafazasında sergilenen Codex Gigas'a baktı. "Bezli Şeytan" resmi alaycı bir ifadeyle kendisine bakıyor gibiydi. Bir gün önce Katherine ile birlikte tam bu noktada durmuş, el ele bu hayret verici kitabın gizemleri hakkında konuşmuşlardı.

Şeytanın İncili'nin hikâyesi Katherine'in ilgisini çekmişti ama onu en çok etkileyen kütüphanenin muhteşem mimarisi olmuştu. Güzelliği karşısında büyülenen Katherine ona parke zemin, freskler ve "sahte balkon" diye isim taktığı asma katla ilgili sorular sormuştu.

Langdon şaşırarak, *"Sahte mi?"* diye sormuştu.

"Dekor amaçlı, öyle değil mi?" Tüm odayı çevreleyen balkonu göstererek, "Bak... yukarı çıkacak herhangi bir yer, kapı ya da merdiven yok," demişti.

Langdon kendini tutamayıp gülmüştü. *Bilim insanları hiçbir tutarsızlığı gözden kaçırmaz.* Asma katı hayranlıkla inceleyen çoğu turist aşikâr olanı asla görmezdi: Gerçekten de yukarı çıkmanın gözle görülür bir yolu yoktu.

Langdon başıyla sağını işaret ederek, "Beni izle," diye fısıldamıştı. Katherine'i kütüphanenin köşesine doğru götürüp salondaki herkesin İncil'e odaklandığına emin olduktan sonra kitaplığın bir bölümünü tutarak yavaşça kendine doğru çekmişti. Kitaplık sessizce öne doğru geldiğinde arkasındaki karanlık girinti ortaya çıkmıştı. İçeride, balkon katındaki açıklığa çıkan döner bir merdiven vardı.

Katherine gözlerini devirerek, "Tabii ki bunu biliyordun," demişti.

Otoriter bir ses, sessizliğin içinde aniden kütüphane kapısından yükseldiğinde Langdon bir önceki günün hatıralarından sıyrıldı.

Adam, *"Dámy a pánové!"* diye bağırdı. *"Opusť'te výstavu! Požární poplach!"*

Çek ziyaretçilerden bazıları şaşkın ifadelerle birbirine bakıp hemen çıkışa doğru yürümeye başladılar. Yabancı turistler de onları takip etti.

Aynı ses, *"Yangın alarmı!"* diye bağırdı. *"Çıkışa gidin! Hemen!"*

Yangın mı? Langdon bir koku almıyordu. *Gerçekten* mi?

Langdon kütüphanenin tek çıkışında birikmiş kalabalığa doğru baktı. Kalabalığın ilerisindeki koridorda duran mavi ÚZSI üniformalı kaslı adam kütüphanenin boşaltılışını izliyor, her çıkanı dikkatle inceliyor, hatta içlerinden bazılarını durdurup yüzlerine yakından bakıyordu.

Langdon onu hemen tanıdı; Teğmen Pavel. Adamın nasıl olup da kendisini eliyle koymuş gibi çabucak bulduğunu anlayamamıştı ama işte oradaydı.

Langdon, *bu sahte bir alarm,* diye düşündü. *Beni tuzağa düşürmek için.*

Pavel daha önce Aynalı Labirent'te ona ateş ettiği için Langdon, boş kütüphanede kendisini gördüğü anda vuracağından neredeyse emindi.

Profesör saklanacak bir yer bulma umuduyla salonu incelerken küreler ve saydam muhafaza dışında bir şey göremedi. Çaresizlik içinde yukarıdaki balkona, sonra da odanın köşesindeki açılır kapanır kitaplığa baktı.

Balkona çıksa bile yukarıdan dışarı çıkmanın bir yolu yoktu. *Kitaplık çıkmaz sokaktı* ama gizli merdivende saklanmak ona fazladan birkaç dakika kazandırabilirdi. Müzenin güvenlik görevlisi onu eninde sonunda bulurdu ama her şey, ateş etmekten zevk alan dengesiz bir ÚZSI memuruyla yalnız kalmaktan iyiydi.

Langdon, Pavel kendisini görmeden, dışarı çıkan ziyaretçilerden uzaklaşıp kitaplığa doğru ilerledi. Oraya vardığında kitaplığı tutup kendine doğru çekti.

Kapı yerinden oynamadı.

Şaşıran Langdon bir kez daha denedi.

Kilitlemişler mi?

Kitaplığı kilitlemeleri hiç mantıklı gelmiyordu. Ayrıca, daha dün Katherine ile birlikte...

Bir anda aklına bir fikir geldi.

Pek olası değil ama yine de...

Bu olasılık karşısında heyecanlanan Langdon ağzını bölmeye yaklaştırıp alçak sesle, "Katherine?" diye seslendi.

İçeriden birisi, sanki kapıyı kapalı tutan şeyi çözüyormuş gibi bir hışırtı sesi duyuldu. Bir saniye sonra kitaplık dışarı doğru açıldı.

Langdon'ın gözleri, Katherine Solomon'ın yaşlı gözleriyle karşılaştı.

Hemen içeri girip onu kolları arasına alırken kitaplık arkalarından kapandı. Ufak girintide, karanlığın içinde birbirlerine sarılı vaziyette Langdon onun sessizce ağladığını duydu.

Katherine gözyaşları arasında, "Tanrı'ya şükür," diyebildi. "Öldüğünü sandım."

Langdon, "Buradayım," diye fısıldadı.

64. BÖLÜM

İçinde durdukları girintide Katherine vücudunu Langdon'ınkine yaslayıp sıkıca sarılırken ikisi de konuşmadı. Bu küçük mekânın dışında nasıl bir kargaşa yaşanırsa yaşansın, şimdi kısa bir anlığına da olsa bu dünyada yalnızca ikisi vardı. Güvende ve birlikteydiler.

Onu bir daha hiç göremeyeceğimi sandım, diye düşündü Katherine. Sanki zamanın başlangıcından beri can korkusuyla burada saklanıyordu. Âşık olmak üzere olduğu adamı kaybedebileceği düşüncesi onu perişan etmişti. Onsuz kalmak kaderin en acımasız cilvesi olurdu; Katherine yıllar boyunca Langdon'ın cazibesine karşı koyamadığını hissetmiş ama nedense bunun romantik bir ilişkiye dönüşmesini istememişti. Belki de onun arkadaşlığını kaybetmekten korkmuştu. Yolları her karşılaştığında, yıllar süren arkadaşlığın sonunda acaba o gün gelecek mi diye merak etmişti.

Ve şimdi... sonunda, o gün gelmişti.

Duygularına yenik düşen Katherine ona daha sıkı sarılırken kusursuz kucaklaşmanın ve sıcaklığının keyfini çıkardı.

"Üşümüşsün," diye fısıldadı Langdon. "İyi misin? Kabanın nerede?"

"Onunla kapıyı bağladım." Hiç kimsenin kitaplığı açamaması için kabanın bir kolunu spiral tırabzana, diğerini ise kapı koluna bağlamıştı. "Saklanmak için aklıma gelen tek yer bu odacıktı."

"Peki *neden* saklanıyorsun?" Langdon'ın aklı karışmıştı.

Katherine ona Alex isimli yayınevi teknisyeninin sabahleyin panik içinde bıraktığı sesli mesajdan bahsetti. Katherine onu arayınca yayınevinin sunucusuna korsan saldırı olduğunu ve kitabının tüm kopyalarını sildiklerini telaşla anlamıştı.

"Ne?!" Langdon hayretle bağırmıştı. "Doküman *silinmiş mi?*"

"Öyle görünüyor. Teknisyen çok korkmuştu. Bana dedi ki..." Katherine duraksadı, tekrar konuşunca sesi duyguyla titredi. "Robert... boğulduğunu düşündüğünü söyledi."

*

Langdon karanlıkta yüzünü görmek için biraz geri çekildi. "Sana *öldüğümü* mü söyledi?"

"Bundan korkuyordu, evet." Katherine kısık ve ağlamaklı bir sesle konuşuyordu. "Vltava Nehri'nin ortasına kadar telefonunu takip ettiğini söyledi... Oradan sonra sinyali kaybetmiş. Soru soramayacak kadar üzgündüm. Bana telefonumdan derhal kurtulmamı, sokağa çıkmamı ve daha fazla bilgi edininceye kadar güvenli bir yerde saklanmamı söyledi. Sorun şu ki, bize hiçbir şekilde erişemiyordu ve görünüşe bakılırsa kitap metnini silen her kimse *üçümüzün* birden peşine düşmüştü! Ayrıca bana Jonas'ın da ortadan kaybolduğunu söyledi!"

Langdon duyduklarını zar zor anlayabiliyordu. *Jonas kayıp mı?* "Ama kim, neden senin kitap metnini hedef almış olsun? Veya herhangi birimizi?"

"Hiçbir fikrim yok." Katherine onu kendine doğru çekerken hoş kokulu saçları Langdon'ın yanağına değdi. "İyi olman beni rahatlattı."

Langdon, "Katherine," diye fısıldadı. "Neler döndüğünü bilmiyorum ama bunları yaşamak zorunda kaldığın için çok üzgünüm." Sabah kendi yaşadığı kargaşayı anlatması gerektiğini biliyordu ama şu anda bir sonraki adımının ne olması gerektiğine kafa yoruyordu. "Kitap metninin tamamen *yok olduğuna* emin misin?"

"Alex'e göre, evet. Tüm sunuculardan silinmiş. Bu sabahın tek iyi haberi şu ki, otelden çıkarken bilgisayar odasının boş olduğunu gördüm ve yalnız kalışımdan faydalanıp senin okuman için bir kopyanın çıktısını almaya karar verdim."

Son birkaç gündür Katherine ona okuması için bir kopya vereceğinden bahsediyordu ama yayın etiği gereği metnin ilk önce *editörün* eline geçmesi gerekiyordu, ki artık eline geçmişti.

"Senin kopyanı bastım ama tam yukarı çıkıp süitin kasasına kilitleyeceğim sırada otelin yangın alarmı çalmaya başladı. Ben de binadan çıkmak zorunda kaldım."

Lobiye hızla girip yangın alarmını çalıştırdığı sırada Katherine'in bilgisayar odasından çıktığını anlayan Langdon hayrete düştü. *Aman Tanrım, onu kaçırmışım.*

"Şu çıktısını aldığın kopya," diye söze başlayan Langdon karanlıkta hiçbir şey göremiyordu. "Güvenli bir yere saklayabildin mi?"

"Burada, çantamda! Alex'e onu yanımda taşıdığımı söylediğimde bana geriye kalan son kopya olduğunu ve olan biteni anlayana kadar onu güvenli bir yere götürmemi söyledi. O sırada sokaktaydım, o yüzden *buraya* geldim."

Langdon ona daha sıkı sarıldı.

"Yaşadığını biliyordum Robert. Alex'in senin boğulduğunla ilgili söylediklerine rağmen yaşadığını hissedebiliyordum. Arayıp seni beklediğim yeri söylemek istedim ama Alex telefonlarımızın takip edildiğini söyledi."

"Bu yüzden telefonundan kurtulmadan önce bana o şifreyi e-postayla gönderdin." Langdon'ın kafasında parçalar yerine oturmaya başlamıştı.

"Evet, Enokyan dilinde Codex XL. Aklıma gelen en anlaşılmaz mesaj buydu ama senin anlayacağını biliyordum."

Langdon kendini tutamayıp gülümsedi. "Bu bayağı zekice bir şifreydi Katherine Solomon."

"Çok zor değildi." Katherine gülüp onu yanağından nazikçe öptü. "Kendime, o olsaydı ne yapardı diye sordum."

*

Barok Kütüphanesi'nin önündeki koridorda duran Teğmen Pavel son turistin dışarı çıkmasını izledi.

Robert Langdon hangi cehennemde?

Beş dakika önce Pavel kütüphane girişinde biletleri kontrol eden görevliye Langdon'ın fotoğrafını göstermişti. Görevli de uzun boylu Amerikalının Pavel gelmeden az önce kütüphaneye girdiğini ve bildiği kadarıyla henüz dışarı çıkmadığını teyit etmişti.

Nerede o zaman?

"Dışarı çıkmanın başka yolu var mı?" diye sordu Pavel. *"Jiný východ?"*

Görevli korkuyla başını iki yana salladı. *"Žádný tu není." Burada yok.*

Pavel kapıdan içeri adımını attı ve uzun salonu gözleriyle taradı. Aslında burası kitaplıkların tavana kadar uzandığı geniş bir koridordan ibaretti ve saklanacak hiçbir yer yoktu. Odanın ortasına dizilmiş antika yerküreler ilerideki bir tür şeffaf muhafazaya doğru uzanıyordu ve buralarda da saklanmanın imkânı yoktu.

Pavel asma katı o anda fark etti.

Çok akıllıca profesör.

Kütüphanedeki asma katın kenarları, Langdon yere uzandığında gözlerden uzakta kalabileceği kadar yüksekti. Etrafına bakınan Pavel ne bir merdiven, ne bir kapı, ne de yukarıya çıkabileceği bir şey gördü.

Görevliyi çağırıp eliyle balkonu işaret etti. Adamın tepesinden bakarken sessizce, "Oraya nasıl çıkılıyor?" diye sordu.

Görevli gergin bir ifadeyle girişin sol tarafında kalan köşeyi gösterdi. "Kitaplığın içinde bir kapı var, arkasında ise sarmal bir merdiven."

Pavel seçeneklerini gözden geçirdi. "Kütüphaneyi kilitleyin!" diye emretti. "Dışarı çıkın ve kapıları kilitleyin. İçerideki adam son derece tehlikeli biri. Hiçbir suretle *bu kapıları açmayın!* Her ne duyarsanız duyun! Silah sesi dahil. Anlaşıldı mı?!"

Benzi atan kütüphane görevlisi başıyla anladığını onayladı ve hızla koridora koşarak kapıları arkasından kapattı. Kapının çarpma sesi boş kütüphanede yankılandı ve Pavel birden fazla sürgülü kilidin yerine oturduğunu duydu.

Artık yalnız kalan teğmen arkasını dönüp sessiz kütüphaneye baktı.

Sadece sen ve ben profesör... Bu güzel ölüm kutusunda baş başayız.

65. BÖLÜM

Tarihi Eski-Yeni Sinagogu Josefov, Prag'ın bir zamanlar duvarlarla çevrili olan Yahudi gettosunun bulunduğu mahalledeydi. Avrupa'nın en eski aktif sinagoglarından biri olan Eski-Yeni Sinagogu, on üçüncü yüzyılın sonlarından itibaren tarihin değişen akışına tanıklık etmişti. Geçen zamana ve Prag'da yaşanan kargaşalara rağmen sinagog zarar görmemişti. Bu da inanç ve geleneklerin direncine bir kanıttı.

Efsaneye göre, bu ibadethanenin taşları melekler tarafından, mesih geldiğinde iade edilmesi "koşuluyla" Kudüs'ten getirilmişti. Birçok âlim "koşuluyla" kelimesinin İbranice karşılığı olan *"al-tnay"* kelimesinin, Yidiş dilindeki *"alt-nay"* ile karıştırıldığını düşünmektedir. *"Alt-nay"* kelimesinin tam karşılığı "Eski-Yeni"dir. Yapının sıra dışı ismi de buradan gelmektedir.

Golĕm; Hermes, Montblanc ve Valentino gibi markalara ait dükkânların vitrinleriyle çevrelenmiş sinagogun sade taş cephesine bakarken, *materyalizm çölü içinde ruhani bir vaha,* diye düşündü. Modern dünya, tarihi gettonun her köşesini ele geçirmiş, kasvetli konutlarını adeta yutarak orijinal Golĕm'in yaratıldığı ve devriye gezdiği tehlikeli sokaklarından geriye neredeyse hiçbir şey bırakmamıştı.

Sinagog birçok yönden Golĕm'in de doğduğu yer sayılırdı. Prag'a geldikten kısa bir süre sonra amaçsızca yürüdüğü bir gün bu binanın yanından geçerken bir tur rehberinin Yahudi gettosunun büyük koruyucusundan –kilden bir canavarın vücuduna yerleştirilmiş koruyucu bir ruhtan– bahsettiğini duymuştu. Hikâye ona çok tanıdık ve yakın gelmişti. Görünmez bir güç tarafından çekildiğini hisseden Golĕm, bir anda kendini içeride bulmuştu.

Binanın içindeki hava son derece durgundu. Adeta mistik bir enerjiyle dolmuş gibiydi. Mihrabın arkasında, dünyevi olanla ilahi olan arasındaki ebedi diyalogdan esinlenen kadim Tevrat parşomenlerini barındıran kutsal sandık duruyordu. Golĕm sessizlik ve loş ışıkta huzur bulduğunu hissetmişti. Yüzeyi, inançlı nesiller tarafından eskitilmiş ahşap sıraya oturmuş ve ortaçağdan kalma avizelerin loş ışığında bilgilendirici kitapçıklardan birini alıp okumaya başlamıştı.

Golĕm ve *yaratıcısının* hikâyesini okurken büyülenmişti. Güç sahibi bir haham olan yaratıcı; Judah Loew ben Bezalel, aynı zamanda Prag Maharal'ı olarak da biliniyordu. Yahudi mistisizmi ve Talmud âlimi olmasının yanı sıra, aynı zamanda bir matematikçi, gökbilimci, filozof ve Kabalistti. Birçok eseri vardı ve bunlardan en önemlisi de *Gur Aryeh al HaTorah*'dı.

Golĕm sinagogun yanındaki hediyelik eşya dükkânından hahamın eserini almış ve o akşam geç saatlerde sessizce okumuştu. Eski kelimeleri okurken her sayfada kendisini, kendi anladığı şekliyle Gerçek'i buluşu karşısında çok şaşırmıştı. Gerçekliğin pek çok farklı seviyesi vardı.

Guf, nefesh, sechel...

Yalnız bir ruh, başkasıyla birleşip yeni bir varlık oluşturabilir.

Yesodot, taarovot, tarkovot.

Ruhlar sürekli yeniden doğarlar.

Gilgul neshamot...

Kaderini belirleyen o akşam ruhların dönüşümünü okurken, kendisinin de orijinal Golĕm gibi aniden gelen bir netlikle bu âleme geçiş yaptığını ve içindeki boş ruhun, kendisine itici gelecek kadar yabancı hissettiği fiziksel bir formun içinde uyandığını hissetmişti.

Golĕm küf kokan akıl hastanesinde tarifi imkânsız bir zalimliğe şahit olduğunda aniden kendisinin farkına varmış ve bir amacı olduğunu hissetmişti... Gece hemşiresi tarafından acımasızca dövülen çaresiz kadını görmek onun hiçlikten çıkmasına neden olmuştu. Kendisini öne atıp hemşireyi yere sermiş ve hiç acımadan onu boğmuştu.

Sonra, ayağa kalkıp yerde yatan kurbanına bakarken bu âlemdeki ilk hizmetiyle güçlendiğini hissetmişti. Hayatını kurtardığı kadın, bilinci yerinde olmadığı için bu kahramanlığa da, hırpalanmış bedeninin yatağa taşındığına da şahit olamamıştı. Golĕm onun yaralarıyla ilgilendikten sonra karanlığın içine geri dönerken kim olduğunu ve neden çağrıldığını anlamaya başlamıştı.

Ben onun koruyucusuyum.

O akşamdan sonra, o hapishane duvarları arasında zavallı kızın güvende olup olmadığını izleyerek sessiz koruyuculuk görevini yerine getirmişti. Prag'da Haham Loew'in sözlerini okurken Yahudi efsanesinin kendisine neden bu kadar tanıdık geldiğini ve Prag'a getirilmesinin sebebini sonunda anlamıştı.

Ben, Golĕm'im.

Kilden canavarın korumak için burada olduğunu bilerek aniden uyanışını düşünmüştü.

Benim hikâyem, onun hikâyesi.

Orijinal kil canavar gibi Golĕm de çoğu zaman kendini dışlanmış ve yalnızlığa mahkûm hissediyordu. Onun da akıl sağlığı iyi değildi. Golĕm bazen fedakârlıklarının farkına varılmasını istiyordu ama burası ona ait bir yer değildi. Bu yüzden, kadının dünyasında görünmeden var olmaya devam ediyordu.

O gün çok farklı bir zorlukla karşı karşıyaydı. Kadının akıl hocasını ve sevgilisini –onun güvenini suiistimal eden iki canavarı– öldürmüştü ve Sasha'nın onun için yaptıklarını öğrenmemesi gerekiyordu.

Beni asla affetmez... asla anlamaz.

Bu nedenle Golĕm yapması gereken şeye karar vermişti. Sasha'yı nazikçe karanlığa kilitlemişti. Böylece yaptıklarından ve yapacaklarından haberdar olmayacaktı.

Sinagoga yaklaşırken üzerinde bir ağırlık hissediyordu. Ama hissettiği, sadece ruhsal bir ağırlık değildi. Pelerinin cepleri doluydu; bir şok tabancası, bir çakı ve eteri kontrol etmek için metal çubuk. Golĕm hepsine ihtiyacı olacağını düşünmüştü.

Široká Caddesi'nden aniden sola saptı. O gün sinagoga değil yanındaki yüksek taş duvarların çevrelediği üç dönümlük araziye gidiyordu.

Bu duvarların içindeki yer –yani hem saygı duyulan hem de korkulan şey– dünyanın en ürkütücü mekânı olarak biliniyordu.

66. BÖLÜM

Başka şartlar altında Teğmen Pavel eski kütüphanenin dinginliğinden hoşlanırdı ama bugün hayatında sakinliğe yer yoktu. İçinde büyüyen hırs daha önce hissettiği hiçbir şeye benzemiyordu.

Yüzbaşım, dayım... öldürüldü.

Boşluğa doğru, *"Profesör!"* diye seslendi. Silahını çekti ve başının üstündeki balkonu inceledi. *"Orada olduğunu biliyorum! Ayağa kalk!"*

Hareket yoktu. Sessizlik.

"Hemen kendini göster!"

Pavel yavaşça dönerken üst katın tüm çevresi boyunca silahını gezdirdi. Hiçbir şey yoktu.

Görevlinin gizli bir merdiven bulunduğunu söylediği köşeye yüzünü döndü. Sinsice o yöne ilerledi ve kitaplığın içine gizlenmiş kapıyı buldu. Küçük bronz tutamağı bulup çekti ama kapı yerinden çok az kımıldadı.

Bir kez daha denedi. Kapı bir şekilde içerden kilitlenmişti.

Pavel tüm gücünü toplayarak tutamağa asıldı ama kapı bir santim kadar aralandıktan sonra bronz tutamak tarihi kitaplıktan koptu ve Pavel dengesini kaybederek sırtüstü parkeye düştü. Çarpmanın etkisiyle zaten zonklayan kafatasında keskin bir ağrı duydu.

Teğmen öfkeyle ayağa fırladı, silahını kitaplıktaki kapıya doğrulttu ve tetiğe bastı. Yankılanan patlama sesiyle birlikte bir mermi kitaplığın içinden geçti ve diğer taraftaki metal bir şeye çarptı. Görevlinin ona bahsettiği, ikinci kata çıkan sarmal merdivene denk gelmiş olabilirdi. Bir insanın yere düştüğünü duymadı. Silahındaki bütün kurşunları kitaplığa yağdırmayı aklından geçirdi ama vazgeçti.

Yüzbaşının hayaleti, *trpělivost,* diye fısıldadı. *Asıl silah sabırdır.* Pavel silahını indirdi.

Görevliler silah sesine koşup gelmiyorsa başka türlü hiçbir şekilde gelmezlerdi. Zaman Pavel'den yanaydı ve ne yapacağını çoktan hesaplamıştı.

İleride eski bir merdiven kitaplığa dayalı duruyordu. Birinci katta üst raflardaki kitaplara erişmek için yerleştirilmiş olan merdiven balkona yetişecek kadar uzun değildi.

Gözleri karşı taraftaki şeffaf camekâna ilişti. Ağır pleksiglas küp neredeyse Pavel'in boyundaydı ve kurşun geçirmez görünüyordu. Merdiveni üstüne koymak için mükemmel bir seçenekti. Teğmen merdiveni balkona kadar uzatabilirse yukarı tırmanabilir, spiral merdivenin tepesine gelebilir ve onlara yukarıdan saldırabilirdi.

Trpělivost, diye düşündü. *Sabır, yüzbaşım.*

*

Merminin içeriye girip aşağıdaki metal merdivene isabet ettiğini duyan Katherine ile Langdon odacığın içinde korkuyla çömelmişti. Mermi parlak bir kıvılcım saçmış ve sağır edici bir ses çıkarmıştı.

Bir dakika kadar önce, Pavel'in geldiğini ve dış kapıların kilitlendiğini duyan Langdon, Katherine'in uzun kabanını tırabzanın etrafına yeniden sararak elinden geldiğince sıkı sıkıya bağlamıştı. Gerektiğinde aşağıya veya yukarıya kaçabilmek için sarmal merdiveni yarıya kadar çıkmışlardı ve iki kat arasındaki sahanlıkta bekliyorlardı. Pavel önce ateş edip sonra soru soracağını açıkça belli etmişti.

Bu kütüphanede bir deliyle birlikte kapana kısıldık.

Pavel'in başına aldığı darbeyle zıvanadan çıktığından veya öldürmek için resmi onay almış olabileceğinden şüpheleniyordu. *Peki ama onayı kimden aldı?* Öğrendiği her şeyi birlikte değerlendirdiğinde, birisinin Pavel'e Katherine'in kitabının peşine düşmesi ve yok etmesi görevini verdiği fikrine kapılıyordu.

Bizi de beraberinde yok edecek.

Langdon tek çarelerinin büyükelçiliğe haber vermek veya polisi aramak olduğunu anlamıştı. Ama sorun, bir telefonlarının olmamasıydı ve yardım istemek için seslenirlerse bunu sadece Pavel duyacaktı.

Langdon karanlığa doğru, "İyi misin?" diye fısıldadı.

Katherine, "Hiç değilim," diye cevap verdi. "Ya sen?"

Langdon onun elini bulup sıktı. "Kıpırdama ve bu sahanlıktan ayrılma. Ben yukarı çıkıp buradan çıkmanın başka yolu var mı diye bakacağım."

Langdon kör karanlıkta el yordamıyla dar merdivenden yukarı çıktı ve başının üstündeki tavan kapağını hissetti. Nazikçe yukarı ittiğinde küçük ahşap kapak hafifçe aralandı.

Açıklıktan giren ışıkla Langdon gözlerini kıstı ve kapağı eliyle tutarken daracık açıklıktan gözleri zemin seviyesine gelinceye kadar başını yukarı çıkardı. Tavan kapısının altından balkonu gözleriyle tarayarak bir çıkış yolu aradı; çatıya açılan bir pencere bile olabilirdi ama hiçbir şey yoktu. Başının üstündeki büyüleyici tavan freskine dek uzanan eski kitaplarla dolu duvarlardan başka bir şey yoktu.

Tavan kapısını sonuna kadar açtı ve nazikçe balkonun zeminine yatırdı. Balkonun korkuluğundan aşağı bakabileceği seviyeye ulaşmak için bir basamak daha çıktı. Aşağıda, kütüphanenin diğer ucundaki Pavel'in sırtı Langdon'a dönüktü. Sanki eseri yakından incelermiş gibi yüzünü *Şeytanın İncili*'ni muhafaza eden camekâna dayamıştı.

Pavel özellikle de o sırada, antik bir elyazmasıyla ilgilenen biri gibi gelmiyordu. İşte tam da o anda Langdon tiz bir sürtünme sesi duydu ve camekânın birkaç santim hareket ettiğini gördü. İri yapılı teğmen elyazmasını incelemiyor, devasa camekânı yerde sürüklemeye çalışıyordu.

Neden? O camekân en az beş yüz kilodur.

Langdon muhteşem parke zemindeki derin çizikleri görünce gerildi ama camekânın yanında yerde duran eski merdiven onu daha fazla endişelendirdi. Pavel'in niyetini şimdi anlıyordu. *Buraya çıkacak.* Pleksiglas camekân merdivene temel oluşturacak kadar sağlam görünüyordu ve teğmen onu yerinden oynatacak güçteydi. Her çektiğinde birkaç santim yerinden oynuyor, yavaşça onların bulunduğu tarafa doğru ilerliyordu. Yeterince yaklaştırması biraz zaman ve sabır meselesiydi ama Pavel'de her ikisinden de yeterince var gibi görünüyordu.

Bizi gizlendiğimiz yerden çıkarırsa gidecek başka yer yok. Bu kilitli odadan kaçış yok.

Langdon bir çözüm bulmaya çalışırken ilham almaya ihtiyaç duyduğu her seferinde yaptığı gibi gözlerini yukarı dikti. Başının üstündeki renkli fresklere bakarken sanat eserinin güzelliğiyle kuşatıldığını hissetti. Bulutların arasında okumak ve yazmakla meşgul olan Cizvit rahipler bilginin önemini vurguluyordu.

Düşün Robert.

Tepedeki cennet tasvirini seyrederken gözleri yükselen bulutların arasına gizlenmiş, uyumsuz bir nesneye takıldı.

Küçük ve metalik bir tekere benziyordu.

Bir tür parlayan hale…

Bu metal tekerin oraya sanatçı tarafından yerleştirilmediğini anladı. Tekerin freske karışmasını ne kadar çirkin bulsa da onu gördüğü anda cennetin kapıları aralanmış ve kurtuluşa giden yol önlerine serilmiş gibi hissetti.

67. BÖLÜM

Ajan Housemore, Haç Burcu'na vardığında etrafta ne bir araba ne de bir yaşam belirtisi vardı ve ön kapı yerle bir edilmişti. *Burada neler oldu böyle?* Tabancasını çekip cam kırıklarıyla dolu girişten dikkatlice içeri daldı. Housemore üzerinde LAB yazan çelik giriş kapısının sağlam ve kilitli olduğunu görünce rahat bir nefes aldı. Koridordan Gessner'ın bekleme salonuna ve ofisine doğru ilerledi.

Herkes nerede?

Bay Finch'i arayıp gördüklerini aktardı.

Finch, "Uçağım biraz önce Londra'dan havalandı," dedi. Sesi hiç olmadığı kadar gergindi. "Binayı güvenlik altına al. Kimse içeri girmesin ve dışarı çıkmasın. Gerekirse ölümcül güç kullan."

Bunu söyledikten sonra kapattı.

*

Random House Kulesi'nin on dördüncü katında, gürültülü veri merkezi kabinlerinin arasına saklanmış olan Ajan Chinburg kulaklığını ayarlayıp yaklaşık on metre uzaklıktaki Jonas Faukman ile Alex Conan'ın konuşmalarını dinlemeye başladı.

Lazer mikrofonunun ışınını bulabildiği en düz yüzeye –batan bir gemi illüstrasyonunun üzerini kaplayan cam panele– doğrultmuştu. Resimdeki mavi okyanus, üzerindeki mavi ışık noktasını çok iyi gizliyordu. Daha da önemlisi, resim Faukman ile teknisyenin konuştuğu yere çok yakın olduğu için seslerinin yankısı camın yüzeyinde mikro titreşimler yaratıyor ve bu da lazer ışınında mikro dalgalanmalara neden oluyordu. Daha sonra, bir interferometre ışık demetindeki girişim örüntüsünü analiz ediyor ve titreşimleri tekrar sese dönüştürüyordu.

Chinburg her kelimeyi duyuyordu. *Ve tek duyan ben değilim.*

Özel jetinde Avrupa'nın üzerinde bir yerde olan Bay Finch, uydu ve Wi-Fi ağı üzerinden bağlanmış, sesleri gerçek zamanlı olarak dinliyordu. Chinburg patronlarının memnun olacağına emindi çünkü birkaç dakika öncesine kadar tüm ekip, PRH teknisyeninin Q'yu saldırının kaynağı olarak belirlemenin bir yolunu bulabileceğinden endişe ediyordu.

Yaklaşamadı bile.

Editör, genç teknisyeni azarlarken kulaklıktan onları dinleyen Chinburg keyifle sırıttı. Faukman, *"Library Genesis!"* diye patladı. "Lanet olası Library Genesis tarafından saldırıya uğramışız. Dünyanın en kötü şöhretli korsan örgütlerinden biri! Sunucularımıza girmesine nasıl izin verirsin Alex!"

Chinburg bilgisayar korsanları arasında LibGen adıyla bilinen, bu güvenilmez kuruluşu duymuştu. On yıldan biraz daha uzun zaman önce Rus bilim insanları tarafından kurulan LibGen, internetin en büyük korsan akademik ve edebi eserler "gölge kütüphanesi"ydi. Büyük yayınevlerinin hukuki mücadelelerine ve açtıkları davalara rağmen LibGen zekice dağıtılmış ayna siteler ve yedek alan adları yapısı sayesinde ayakta kalmayı başarmıştı.

Teknisyen yanlış iz üzerinde. Güvendeyiz.

Chinburg durumun kendileri aleyhine sonuçlanmadığını anlayınca rahatlamıştı. Ekibi, mevcut kodu yeniden kullanarak saldırıyı hızlandırmıştı. Bu yapay zekâ destekli web taraması çağında, o teknisyen Q'nun izini sürebilirdi.

Neyse ki teknisyen bunu gözden kaçırdı.

Chinburg, LibGen'in yakın bir tarihte PRH'nin sistemine saldırmaya çalıştığını düşünüyordu. Ve o akşam teknisyen bu eski saldırının dijital eserini keşfetmişti.

Faukman kötü şöhretli korsan örgütüne sayıp sövmeye devam ederken teknisyen, daha fazla bilgi edinmek için klavyeyi çılgınlar gibi tuşluyordu... Belki de istifa mektubunu yazıyordu.

Chinburg içinden, *aramaya devam et,* diye geçirdi. *Yanlış iz üzerindesin.* Tam o sırada, Chinburg telefonunun titreştiğini hissetti.

Ekrana bakınca Bay Finch'ten güvenli bir ileti geldiğini gördü. Büyük ihtimalle, yeteri kadarını duyduğuna karar vermişti.

GÖREV TAMAMLANDI. HEMEN ORADAN AYRIL.

*

Aşağıda, lobide etkisiz hale getirilmiş olan güvenlik görevlisi Mark Dole durumu daha iyi idare edemediği için kendine kızıyordu. *Her şey çok çabuk oldu... En gerekli olduğu zamanda işimi yapamadım.*

Kaslı haydut, Dole'un koltuğuna ve şapkasına el koymuştu. Şimdi de telefonunu ve cüzdanını kurcalıyor ve bir yandan da notlar alıyordu.

Dole, adamlar geldiğinde hemen 911'i aramadığı için pişmandı. Midtown bölgesinin kuzey kısmından sorumlu olan polis merkezi çok yakınlarındaydı ve memurlar birkaç dakika içinde orada olurlardı.

Dole asansör sesini duyunca diğer adamın lobiye geri döndüğünü anladı.

Gelen adam, "Her şey tamam," dedi. "Bizim kitap korsanı olduğumuza ikna oldular, sorun yok."

"Komedi." İriyarı adam dönüp gece bekçisinin yanına diz çöktü. "Patronlarının hiçbir şeyden haberi yok Mark. Umarım, sen onlardan daha zekisindir ve burada olduğumuzdan onlara bahsetmezsin."

Dole adamın keskin gözlerine baktı.

Adam, "Bu arada," dedi. "Çocukların çok tatlıymış. Anladığım kadarıyla Sunset Park'ta yaşıyorsun. Brooklyn işine yakın. Kırk Altıncı Cadde'deki evin de parkın dibinde. Çocuklar için iyi oluyordur. Güzel bir hayatın var."

Dole onun ne demek istediğini anlamıştı.

Adam, güvenlik görevlisini ayağa kaldırıp şapkasını başına geçirdi ve bileklerindeki bağı kesti. Dole'un cüzdanını ve telefonunu masaya bırakırken, "Kimse zarar görmedi. Şimdi işine geri dön," dedi.

Dole adamların lobiden dört çıkış kapısına –iki döner kapı ve iki çarpma kapı– doğru ilerleyişlerini izledi. İçeri girdikleri çarpma kapıya doğru gidiyorlardı ama oraya vardıklarında Dole masasının altındaki iki düğmeden birine basıp sessizce tüm otomatik kilitleri devreye soktu.

Kaslı adam çarpma kapıyı açmaya çalışınca kilitli olduğunu fark etti. "Hey, kapıyı aç da çıkalım!"

Dole, "Yapamam," dedi.

Adam şaşkın bir ifadeyle ona baktı. "Gerçekten bizimle içeride kilitli kalmak mı istiyorsun?"

Dole, "Hayır," dedi. "Gerçekten yapamam, demek istiyorum. Kapıların kontrolü bende değil. Otomatik kapılar. Yeşil bina. Lobiyi sıcak tutmak için. Kış aylarında sadece döner kapılar..."

"Biraz önce bu lanet kapılardan içeri girdik!"

"Personel kartıyla içeri giriliyor. Tüm çalışanlar dışarı çıkmak için döner kapıları kullanmak zorunda. Sizin gibi ahmaklar için de aynı kural geçerli."

Adam arkadaşıyla birlikte döner kapılara doğru ilerlerken, "Acelemiz olduğu için şanslısın," dedi. Dole tekrar sessizce masanın altındaki düğmeye basıp bu kez dört kapının birden kilitlerini açtı.

Random House Kulesi'ndeki döner kapılar çok büyüktü. Böylece birkaç kişi aynı bölmeyi paylaşabiliyordu. Dole bu ikisinin de bir istisna olmadığını görünce memnun oldu. Birlikte girdikleri bölmeyi ittiklerinde kapı saatin ters yönünde dönmeye başladı. Dole sakince onları izliyordu, parmakları kilitleme düğmesinin üzerindeydi. Kapı çeyrek dönüş yaptığında Dole düğmeye üçüncü kez basıp tüm kilitleri tekrar devreye soktu. Döner kapı bir anda durunca iki saldırgan küçük cam bölmenin içine hapsoldu.

Dole 911'i ararken boğuk duyulan bir dizi küfür lobide yankılanıyordu. *İstediğiniz kadar bağırın,* diye düşündü Dole. *Kimse çocuklarımı tehdit edemez.*

*

Lazer mikrofonun noktası kaybolup kapının kapanmasının ardından tam iki dakika geçmişti ama kulak misafirlerinin gerçekten gittiklerinden emin olamayan Jonas Faukman, LibGen kitap korsanları hakkında söylenmeye devam ediyordu. PRH saldırısıyla kitap korsanlarının hiçbir ilgisinin olmadığı çok açıktı ama gerçek son derece rahatsız ediciydi.

Faukman hâlâ Alex'in yazdığı kısaltmanın etkisinden çıkamamıştı. Bu grubun neden Katherine Solomon ve henüz yayınlanmamış kitabına karşı uluslararası koordineli bir kampanya yürüttüklerini anlayamıyordu. Ancak bunu yapabilecek kaynağa ve nüfuza sahip oldukları belliydi.

Faukman yaşadığı korkuyla Alex'in Robert Langdon ve Katherine Solomon'ın can güvenliği hakkında neden bu kadar endişelendiğini daha iyi anlamıştı. Birden Random House Kulesi'ne giren kişilerin iyi kalpli güvenlik görevlisi Mark Dole'u aşmak zorunda oldukları aklına geldi.

Faukman hemen adamı kontrol etmek için aşağıdaki güvenlik masasını aradı.

Cevap veren olmadı. *Lanet olsun.*

Faukman aceleyle asansörlere doğru koştu. Zemin kata vardığında, kendisini en kötü manzaraya hazırlayarak köşeyi dönüp lobiye girdi. Ama hiç beklemediği bir manzarayla karşılaştı. Güvenlik görevlisi Mark Dole hayattaydı ve son derece iyi görünüyordu. Karşısında duran iki polis memuruna sakin bir şekilde ifade veriyordu.

Polis mi gelmiş?

Dole'un başına bir şey gelmediğini görünce rahatlayan editörün bakışları döner kapıların yanında yerde yatan kelepçeli iki adama kaydı. İkisi de son derece öfkeli görünüyordu.

Tanrım... bunlar?

Faukman aşağıda neler olduğunu hayal edemiyordu ama etkisiz hale getirilip yan yatırılmış iki adama doğru yürürken hissettiği memnuniyeti gizlemeye çalışmadı.

Faukman, "Hey! Random House'a hoş geldiniz!" diye seslendi. "Kitap okuduğunuzu bilmiyordum."

Asker tıraşlı adam öfkeden parlayan gözlerle ona bakarken, "Bunu yapmak istemezsin," dedi. "*Kimin* için çalıştığımızı bilmiyorsun."

Faukman yere çömelip adama gülümsedi. "Biliyor musun tıraşlı kafa, spor salonuna gittiğin kadar kütüphaneye gitmiş olsaydın, her mükemmel hikâyenin aynı sonla bittiğini fark ederdin." Adama göz kırparak, "Kötü adamlar hep kaybeder," diye ekledi.

68. BÖLÜM

Katherine açık tavan kapısından süzülen ışık sayesinde siluetini seçebildiği Langdon'ın balkondan aşağı indiğini görünce rahatladı.

Langdon sahanlıkta Katherine'in yanına geldi ve telaşla, "Ateş lazım," dedi. "Yanında çakmak veya kibrit var mı?"

"Anlamadım, *ne?*"

"*Duman.* Buradan çıkmak istiyorsak ateş bulmamız gerek." Langdon'ın gözlerindeki telaş çok açık bir mesaj veriyordu. Balkondan baktığında gördüğü şey endişeye kapılmasına neden olmuştu ve belki bir çözüm üretmesini sağlamıştı. "Dengesiz bir silahlı adamın bu merdivenlere bütün kurşununu boşaltmasına iki dakika kaldı."

"Ben... yanımda ne var bilmiyorum. Çantam merdivenlerin en altı..."

"Getir onu! Hemen!"

Langdon'ın hangi mantıkla hareket ettiğini o anda anlayan Katherine merdivenden aşağı indi. Silah sesi müze çalışanlarını buraya çekmediyse hiçbir şey çekmezdi... ama elbette, antika kütüphanede bir yangın çıkması durumu hariç.

Dün buradayken Langdon ona Jan Hiebl'ın titizlikle resmettiği tavandaki freski göstermiş ve 1970'lerde resmin içine yerleştirilmiş üç çirkin metalik tekerin varlığından dert yanmıştı. Daha önceden göz zevkini bozmuş olsa da şimdi bu tekerlerin yerleştirildiğine memnuniyet duyuyor olmalıydı.

Duman dedektörü.

Merdivenin en altına inen Katherine omuz çantasını buldu ve ilk basamağın yukarısına doğru kaldırdı. İçinde dört yüz sayfalık kitap kopyası ile büyük bir şişe su bulunan çanta bugün her zamankinden ağırdı. Çantanın en dibine elini sokarak yarı kör bir halde ateş çıkartabilecek bir şey bulmaya çalıştı.

Katherine çantasında çakmak veya kibrit bulunmadığını biliyordu. Televizyondaki "survival" temalı dizilerden gördüğü kadarıyla cep telefonu, büyüteç, pil veya çelik yünü gibi her türlü gündelik eşyayla ateş yakılabilirdi. Ama çantasını kurcaladıkça bir şey bulamayacağını anladı.

Merdivende biraz daha yukarıda duran Langdon'a, "Hiçbir şey yok," diye fısıldadı. "Kibrit yok. Çakmak yok. Cep telefonum çöp tenekesinde. Eldiven, dudak nemlendiricisi, müze broşürü, granola barı, bir şişe su..."

"Granola barı mı? Otelden mi?"

"Evet. Minibardan aldım."

"Bu işe yarar."

Yanıcı bir granola mı yani?

"Pil var mı?" Langdon ısrarla soruyordu. "Elektronik bir şey? Cep feneri, uzaktan kumanda, kulaklık, herhangi bir şey?"

"Yok Robert. Üzgünüm." Biraz duraksadı. "Ama... çantamın astarında küçük bir portföy cüzdan var. Bilemiyorum..."

"Portföy cüzdan mı? O ne?"

"Çantaların içinde bulunuyor, telefon şarjı için," diyerek çantasını açtı. Kalın kitap kopyasını bir kenara koydu ve Langdon'a astardan dışarı çıkan kablo ucunu gösterdi. "Bazı markalar yapıyor bunu ve epey işe yarıyor. Yolculuktan önce şarj etmiştim ama ne kadar kaldı bilemi..."

"Sen burada kal," diyen Langdon çantayı yanına aldı. "Birazdan sana ne yapman gerektiğini söylerim."

Başka tek kelime etmeden hızla merdivenden yukarı çıktı.

*

Langdon endişeyle, *umarım bunu yaptığım için beni affeder,* diye içinden geçirdi. Yukarı çıkalı altmış saniye geçmişti ve şimdi merdivenin ortasındaki sahanlıkta çömelmiş duruyordu. Granola barı bulmuş ve yan tarafına bıraktığı metin taslağının üstüne koymuştu. Çantanın ipek astarını yoklayarak cırt cırtlı sert cebin içindeki dörtgen şekilli sert cismi buldu ve dışarı çıkarttı. *Şarj bu mu?* Katherine'in aşırı ince portföy cüzdanı daha çok kuyruklu bir pembe kredi kartına benziyordu. *Umarım hâlâ doludur.*

Portföyü ağzına götürdü, güç kablosunu dişlerinin arasına aldı, sertçe asıldı ve yerinden kopardı. Ardından iki kabloyu birbirinden ayırdı, dişleriyle soydu ve iki çıplak kabloyu hafifçe birbirine vurdu.

Hemen o anda karanlık ortamı parlak bir ışık aydınlattı. Bunun yeterli gelmesini diledi.

Şarjı kâğıtların üstüne bıraktı ve folyoyla kaplı granola barı eline aldı. Folyoyu yırtıp ince bir şerit elde etti. Bu şeridi parmaklarının arasında bir tür makara haline gelecek şekilde yuvarladı. Ardından, şeridin bir ucunu çantadaki çıplak kabloya tutturdu, diğer ucunu ise açıkta bıraktı.

Teoride boşta duran kabloyu da bağlayıp devreyi tamamlarsa folyoya elektrik akımı vermiş olacaktı. Zayıf bir iletken olduğundan folyo direnç oluşturacak ve ısınmaya başlayacaktı... ve bu da nihayetinde folyoyu tutuşturacaktı.

Yani...

Ne yazık ki aşırı ince materyal kısa bir süre yanacak, müze broşürünü veya incecik bir kâğıdı tutuşturmaya yetmeyecekti. Bu yangını başlatmak için tek şansı daha yanabilir bir şey bulmasıydı.

Kolayca tutuşan bir şey.

*

Basamakların altındaki Katherine sessizce Langdon'ın vereceği talimatı beklerken endişe içindeydi. "Sen burada kal. Birazdan sana ne yapman gerektiğini söylerim," demişti. Merdivende bir süre hareket ettikten sonra, daha önce birlikte bekledikleri ızgaralı sahanlıkta nihayet durmuştu.

Langdon'ın yukarıda çıkardığı seslere ek olarak Katherine kütüphaneden kesik kesik tekrarlayan gürültülü bir sürtünme sesi duymuştu. Langdon ona sergi camekânının yerinden oynatıldığını söylemişti. *O ses şimdi kesildi,* diye düşünürken zamanın daraldığını anladı.

Korkuyla başını kaldırıp Langdon'ın durduğu metal ızgaraya baktı. Izgaradan süzülen ışığın farklı görünmesi onu şaşırttı. Başlarının üstündeki tavan kapağından süzülen, ışık gibi değil de titreşen bir alev gibiydi.

Ateş mi?

Başardı mı?!

Şaşkınlıkla nefesini tutup bekledi. Birkaç saniye içinde parlama artınca umutla nefesini bıraktı. Langdon'ın hangi izci büyüsüyle bu ateşi yaktığını bilmiyordu ama alevler yükselirken ateşi yaktığı delikli ızgaranın alttan mükemmel bir havalandırma sağladığını görebiliyordu.

Sonra şaşkınlığı bir anda kaygıya döndü Katherine'in.

Bu ateş çok...

Alevler hızla yayılıyordu ve artık sahanlığın büyük bir kısmını kaplamıştı. İçerideki ışık artınca Langdon'ın sahanlıktan ayrıldığını ve artık birkaç basamak aşağıda durduğunu gördü. Langdon'ın yandan beslediği ateş yayılırken Katherine kitaplıktaki kapının altından giren havanın merdivenden yukarı bacadan çıkar gibi çıktığını ve ateşi iyice beslediğini hissetti.

Katherine ilk sorması gereken sorunun, *"Bu tehlikeli değil mi?"* olduğunu çok iyi biliyordu ama aklına ilk bu soru gelmedi. Onun endişe ettiği ilk şey daha farklıydı. *Neyi yakıyor?* Alevler müze broşürünün veya bir paket mendilin ya da çantasında bulduğu başka bir şeyin tutuşmasıyla oluşacak gibi değildi. *Yakıt olarak neyi kullanıyor?*

Kısmen kömürleşmiş bir kâğıt parçası yukarıdan süzülerek tam önündeki basamağa düştüğünde cevabını almış oldu. Yanmış beyaz kâğıt parçasındaki yazının bir kısmı hâlâ okunuyordu. Yazanları tanıması Katherine'in bir saniyesini aldı.

Robert, hayır!

Basamaklardan yukarı doğrularak, durması için ona seslendi. Spiral merdivenden Langdon'ın yanına yaklaşırken, tasarladığı plana asla onay vermeyeceğini bildiği için kendisine yerinde kalmasını söylediğinden şüphe etti. *Kitabımı yakıyor!*

Sahanlığın altına geldiğinde sıcaklığı hissedebiliyordu. Başının üstündeki metal ızgaradan Langdon'ın ateşi beslediği sayfaları gördü. Hızla ve parlayarak yanıyorlardı.

"Dur!" Nefesi kesildi Katherine'in. "Bu elimizdeki *tek* kopya! Onu kaybedemeyiz!"

Langdon alevlerin ışığında kararlı gözlerle aşağı baktı. "Onu *zaten* kaybettin Katherine. Çok üzgünüm. Biz buradan çıktığımız anda bu *kopyaya* el konulacak. Ve sonra işimiz bitecek. En azından hayatımızı kurtarabiliriz."

"Ama başka kopya..."

"Lütfen dinle," derken ateşi beslemeye devam etti. "Sana henüz anlatmadığım şeyler oldu. Bugün bu dosya yüzünden insanlar *öldürüldü.* Bu metin elimizde olduğu sürece biz de hedefiz. İlk kurşun neredeyse *bize isabet* ediyordu. İkincisi ıskalamayacak."

"Aman Tanrım, insanlar mı öldürüldü?" diye yineledi Katherine. "Bu çalışma yüzünden mi?"

"Katherine, profesyonel insanlar senin dosyanı güvenlikli bir kurumun sunucusundan *sildi!* Bu sabah beni sorguya çeken ÚZSI yüzbaşısı bizi bu kitap için terörize bir reklam çalışması yapmakla suçladı. Brigita Gessner kopyayı görmek istedi ve dün gece işkence edilerek öldürüldü. Jonas ortadan kayboldu. ÚZSI *benim* peşimde..."

"Brigita Gessner *öldü* mü?"

Langdon tatsız bir ifadeyle başını salladı. "Neler döndüğünü bildiğimi iddia etmiyorum ama hiçbir şey hayatlarımızdan daha değerli değil. Doğru hareket bu. Bana güvenmeni istiyorum."

Güvenmek için artık biraz geç. Geriye kalan az sayıdaki metin çıktısına baktı. *Çoğunu zaten yaktın.*

*

Kendini zorladığı için Teğmen Pavel'in başı zonkluyordu.

Büyük camekânı kütüphanenin zemininde sürükleme işini tamamlamış, balkonun altına kadar getirmişti. Şeffaf küp göründüğünden çok daha ağırdı. Bunun büyük kısmının içindeki devasa nesneden kaynaklandığına şüphe yoktu.

Pavel biraz durup soluklanırken pleksiglasın içindeki saçma denecek kadar büyük kitaba baktı. Ziyaretçi çekecek kadar ünlüydü ama kitabın açık sayfasında altına bez bağlamış yarı çıplak bir şeytan görülüyordu.

İnsanlar bunu görmek için para mı veriyor?

Balkona çıkmak için sabırsızlanan Pavel merdiveni alıp şeffaf küpün üstüne koydu. Balkona yetiştiğini görünce keyiflendi.

Muhafazanın üstüne çıkmadan önce Langdon belki aklı başına gelir de teslim olur diye son bir kez balkona göz gezdirmeye başladı. Kütüphanenin üst tarafını boylu boyunca gözleriyle tararken aniden durdu. O an hayal görmüş olmayı dileyebilirdi. Balkonun arka tarafında, kilitli odacığın üst kısmından yukarıya siyah bir duman bulutu yükseliyordu. Nereden çıktığı belli olmayan duman tonozlu tavanın en üst noktasına kadar yükseliyor, siyah duman bulutu paha biçilmez freskin üzerine yayılıyordu.

Olamaz...

Artık çok geçti.

Hemen ardından yangın alarmları çalmaya başladı.

69. BÖLÜM

Pavel duman alarmını duyan müze görevlisinin neredeyse anında Barok Kütüphanesi'nin kapılarını açtığını duydu.

Pavel, *"Size emir verdim!"* diye bağırdı. *"İçeri girmeyin!"*

Ancak, görünüşe bakılırsa antik kütüphanenin yangın tehlikesiyle karşı karşıya oluşu, ÚZSI'nin emirlerini geçersiz kılıyordu. Müze görevlisi koşarak içeri girdi ve kendi etrafında dönerek dumanın kaynağını bulmaya çalıştı.

Salonun en uç kısmında, camekânın üzerinde duran Pavel, merdiveni balkona yaslamak üzereydi. Görevli onu fark etmemişti, balkondan yükselen dumana odaklanmıştı. Adam gizli kitaplığa doğru gidip kapısını açmaya çalıştı ama başarılı olamadı.

Pavel merdiveni tırmanmaya başlarken, *Langdon'ı öldürmek için hâlâ zamanım var,* diye düşündü. *Göze göz.*

Ellerinde yangın söndürücüler bulunan iki müze çalışanı daha koşarak içeri girip birbirlerine bir şeyler söylerken gizli kapıyı kırmadan açmayı denediler. Onlar da başarılı olamadı. Ama balkondaki gizli kapaktan süzülen duman başladığı kadar hızlı bir şekilde hafifliyordu.

Pavel merdivenin yarısına ulaştığında bir müze görevlisi onu fark etti. Kütüphanenin paha biçilmez eserinin üzerinde eğreti duran bir merdivene tırmanmış birini görünce dehşete kapılan yaşlıca adam ona doğru koşup, *"Co to sakra děláš!?"* diye bağırdı. *Ne halt ediyorsun?!*

Pavel onu duymazdan gelip tırmanmaya devam etti.

Merdivenin tepesine yaklaştığında duman kokusunun ciğerlerine dolduğunu hissetti. Yoğun duman tam üzerinde, kemerli tavanda toplanmıştı. Ama gürültülü havalandırma az önce devreye girmiş ve havayı hızlı bir şekilde temizlemeye başlamıştı.

Pavel balkon korkuluklarının üzerinden zemindeki gizli kapağa baktı. Hâlâ açık duruyordu. Amerikalının duman planı akıllıcaydı ama geri tepmek üzereydi. *Langdon geldiğimi göremeyecek.* Kapıyı kilitleyip kütüphaneye çıksa bile Pavel avantajlı durumdaydı, hedefini vurmak için ideal bir konumdaydı.

Yüzbaşı ona her zaman sabırlı olmasını söylerdi ve sabırlı olmanın karşılığını almıştı. Uzanıp balkonun demir korkuluğuna tutundu ve kendini yukarı çekmeye hazırlandı.

"Teğmen Pavel!" Kütüphanenin girişinden otoriter bir kadın sesi duyuldu. "Olduğunuz yerde kalın!"

Merdivenin son basamağındaki Pavel arkasını dönüp kütüphaneye baktı. Yanlış görmediğinden emin olmak için birkaç kez gözlerini açıp kapattı. Kendisine doğru gelen serap, o kadar beklenmedik ve tuhaftı ki, duman ve kafasına aldığı darbe yüzünden halüsinasyon gördüğünü düşündü.

Kendisine doğru yaklaşan zarif kadın, siyah saçlı bir güzellik abidesiydi. Pavel onun hayatı boyunca gördüğü en güzel kadın olduğunu rahatlıkla söyleyebilirdi. İnce bacaklarıyla adeta podyumdaki bir manken gibi yürüyordu. Pavel'in Dream Zone oyununda yarattığı fantezi kadınlarına benziyordu. Ancak bir sorun vardı; kadının sağında ve solunda mavi üniformalı, silahlı iki Amerikan deniz piyadesi duruyordu.

*

Merdiven boşluğunda, döner merdivenin sahanlığında duran Langdon, kül yığınının içindeki son kor ateşin de sönmesini bekliyordu.

Bu ateş Procter & Gamble'ın eseri, diye düşündü. Katherine'in çantasında bulduğu küçük el dezenfektanına minnettardı.

Koruyucu jelin yüzde sekseni alkoldü ve Langdon, Katherine'in taslağının ön sayfasına jeli bolca sürdükten sonra dumanı yoğunlaştırmak için sayfayı rulo haline getirmişti. Ruloyu dikey konumda tutmak için ızgaranın içine yerleştirdikten sonra telefon şarjını kullanarak folyoyu rulonun açıklığı üzerinde tutuşturmuştu. Folyo anında alev almıştı, yoğunlaşan alkol dumanı tutuşmuş, sonrasında jele bulanmış rulo kâğıt da alev alev yanmaya başlamıştı.

Bundan sonrası çok hızlı oldu.

Düşük gramajlı Çek fotokopi kâğıdı Langdon'ın düşündüğünden daha hızlı yanmıştı. Profesör bir an için büyük bir hata yaptığını ve tüm kütüphaneyi tehlikeye attığını düşünmüştü. Yangın saniyeler içinde büyümüştü. Langdon ateşi kâğıtlarla beslemeye devam ederken Katherine'in plastik su şişesini boşaltıp alevlerin içine atmıştı. Plastik eridiğinde yoğun siyah dumanlar çıkarmıştı.

Langdon, Shakespear'den çok nadir alıntı yapardı ama bu tehlikeli kararı, Bard'a* layık görünüyordu. Şairin, *sonu iyi biten her şey iyidir,* sözünü hatırlayıp paha biçilmez bir kütüphaneyi yakmakla vurularak öldürülmek arasında yaptığı seçimi meşru kılmaya çalışmıştı.

Langdon arkasında hiçbir kor bırakmadığından emin olunca Katherine'in çantasını yerden aldı. Artık içinde ne taslak ne de su şişesi olduğu için çok daha hafifti. Sayfaların yanışına şahit olan Katherine çoktan sessizce aşağı inmişti. Langdon onun eninde sonunda ellerindeki son kozu oynadığını anlayacağını biliyordu.

Hayattayız.

Profesör basamakları inerken kitaplığın kapısının arkasında birilerinin konuştuğunu duyabiliyordu. Bu seslerin müze görevlilerine ait olmasını diledi.

Kapının arkasından derin bir ses, "Bay Langdon?" diye seslendi. Amerikan aksanıyla konuşuyordu. "Ben Büyükelçilik Koruma Ekibinden Deniz Piyadesi Morgan Dudley."

Langdon ile Katherine hayretle birbirlerine baktılar. Çok hızlı geldiler.

Adam, "Dışarı çıkabilirsiniz efendim," diye seslendi. "Sizi tehdit eden ÚZSI teğmeninin silahını bıraktığını ve Mavi Kod'un iptal edildiğini teyit edebilirim."

---

* Shakespeare'e verilen bir ad, ozan

Langdon'ın Mavi Kod'un ne olduğu hakkında en ufak bir fikri bile yoktu ama büyükelçiliğin buradaki varlığı kesinlikle ÚZSI'ye karşı ilerleme kaydettikleri anlamına geliyordu.

Katherine hemen kapı koluna bağladığı paltosunun kolunu çözmeye başladı.

Langdon endişeli bir ifadeyle, "Bekle," diye fısıldadı. "Amerikalı numarası yapan bir ÚZSI subayı olabilir."

Dışarıdaki adam ya medyumdu ya da Langdon'ın söylediklerini duymuştu. Çünkü kısa bir süre sonra kapının altından bir kart atıldı. Langdon loş ışıkta küçük harfleri okuyamasa da kartın üzerindeki kabartma *sembolü* –kalkanında yıldızlar ve çizgiler olan bir kel kartal– tanıyınca endişeleri kayboldu.

*

Dana Daněk kitaplığın önünde sabırsızlıkla gizli kapının açılmasını bekliyordu. Büyükelçi Nagel on dakikadan kısa bir süre önce ofisine girip derhal bir deniz piyadesiyle birlikte Klementinum'a gidip bir Amerikalının hayatını kurtarmasını emretmişti.

Görev başarıyla tamamlandı, diye düşündü. *Ucu ucuna.*

Teğmen Pavel kütüphaneden çıkarılıp bir bekleme salonuna alınmıştı ve üstlerine haber verilmişti. ÚZSI, Amerikan Büyükelçiliği'nin resmi bir Mavi Kod uyarısına –kaynağı ne olursa olsun– müdahale ettiğini öğrenince çileden çıkmış ama uyarının geri çekildiğini halka bildirmek zorunda kalmıştı.

Kitaplığın kapısı sonunda açıldığında Robert Langdon gözlerini kırpıştırarak karanlık girintinin içinden dışarı çıktı. Dana Daněk onun güvende olduğunu görünce rahat bir nefes aldı ama yanındaki kadını görünce şok oldu. Dana zarif yüzü anında tanıdı.

Katherine Solomon.

70. BÖLÜM

Merdivende üşüdüğü için hâlâ titremekte olan Katherine, büyükelçiliğin halkla ilişkiler memuru onları müzenin çıkışına doğru götürürken Klementinum'un koridorlarında nispeten ısındığına seviniyordu.

ABD deniz piyadeleri kül yığınının fotoğraflarını çekmiş, yanmış kâğıt parçalarını yerden toplamış ve odacığı didik didik aramıştı. Metnin yanmış kalıntılarına gösterdikleri abartılı ilgi Langdon'ın dediği gibi, bugün olan biten her şeyin merkezinde bu kitabın yattığını gösteriyordu.

Ama neden?

Langdon'ın doğru kararı verdiği, bu kitabın onları hedef haline getirdiği ve ortadan kaldırmakla hayatlarını kurtardıkları şimdi daha net anlaşılıyordu.

Kitabı baştan yazma fikri Katherine'in içini o sırada anlam veremediği bir korkuyla dolduruyordu. Langdon yayınevinin hacklenmiş sunucudan dijital bir kopya çıkarabileceğini veya bilgisayar korsanlarının makul bir rüşvet isteyebileceğini öne sürmüştü. Haklı çıkmasını umuyordu. Belki de evren öngörülemez bir mucize sunardı.

Yaşıyoruz, diye düşündü Katherine. *Buradan başlayalım.*

Brigita Gessner'ın öldüğüne inanamıyordu ve Langdon'ın bu sabah kendi başına gelenlerle ilgili anlatması gereken daha pek çok şey olduğuna şüphe yoktu. Dana Daněk'e iki kişinin hayatından endişe ettiğini söylemişti. *Michael Harris* kim? *Sasha Vesna* kim? Katherine ikisini de tanımıyordu.

Bunların dışında Langdon, editörü Jonas Faukman'ı aramak için Dana Daněk'ten telefonunu istediğinde, büyükelçinin dışarıda iletişim kurulmaması hususunda direttiğini söyleyerek onu geri çevirmişti. Katherine ile Langdon kendi güvenlikleri için önce getirilip bilgilendirilmeliydi.

Kendi güvenliğimiz için mi?

Uzanıp yanında yürüyen Langdon'ın elini tuttu. Yanlarında Amerikan deniz piyadeleriyle birlikte yürüyen grup bir dizi avludan ve kemerli geçitten geçerek müzenin dışına, Marian Meydanı'nın keşmekeşine çıktı. Tam karşılarındaki Yeni Şehir belediye binasının bayrağı sert rüzgârla dalgalanıyordu. Katherine siren seslerinin giderek yaklaştığını duydu. Kendilerine eşlik eden bahriyeliler de sirenleri duymuş olmalıydı ki hızlandılar. Langdon elini daha sıkı tuttu ve bahriyelilerin peşinden hızla meydanda bekleyen araca yürüdüler.

Bununla mı gideceğiz? Katherine şaşırmıştı. *Dikkat çekmediği söylenemez.*

Bahriyelilerden birinin kapısını açık tuttuğu siyah limuzinin yanında ABD Büyükelçiliği logosu, ön tarafında ise biri Çekya'ya diğeri ABD'ye ait iki küçük fors bulunuyordu. Her ikisi de kırmızı, beyaz ve mavi renkteydi. Limuzin meydanda yeterince dikkat çekiyordu.

Dana Daněk, "Formalitenin kusuruna bakmayın," dedi. "Diplomatik araçlar yerel yetkililere karşı bir miktar koruma sağlar. Büyükelçi tedbirli davranmak istedi. Lütfen binin."

Yaklaşan siren seslerini duyan Katherine diplomatik dokunulmazlığın işlerine yarayacağını hissetti. Ama arabaya adımını atarken Langdon diğerlerine belli etmeden elini sıkarak onu durdurdu.

Siren sesleri iyice yaklaşmıştı.

Deniz piyadesi, "Hanımefendi?" diye seslendi. "İkinizin de hemen binmesi gerekiyor."

Gözleri limuzinin önünde pırpır eden forsa kilitlenen Langdon kıpırdamadan Katherine'in elini sıkmaya devam etti. Katherine onun ne düşündüğünü bilmiyordu ama Robert bir nedenden ötürü arabaya binmekte tereddüt ediyordu.

Deniz piyadesi birden, "Bayım araca binin!" diye bağırdı. Bir sıra siyah sedan araç ışıklarını yakarak köşeyi dönmüş geliyordu. "Hemen!"

Langdon'ın bakışları forstan ayrılıp limuzinin içine, sonra da yaklaşan yetkililerin yanıp sönen ışıklarına kaydı. Sonunda iki kötü arasından daha az kötü olanı seçen bir adamın isteksizliğiyle Katherine'in araca binmesine yardım etti ve ardından kendi de bindi.

ÚZSI araçlarından oluşan bir konvoy soğuk sabahı sirenleriyle delerek geldiği sırada deniz piyadesi arabanın kapısını çarparak kapattı.

*

Kaldırımda duran Dana Daněk büyükelçilik limuzininin hızla uzaklaşmasını izledi. Langdon'ın hangi sebepten ötürü tereddüt ettiğini anlamamıştı ama artık önemi yoktu. Her ikisi de sağ salim büyükelçiliğin kontrolüne geçmişti ve Dana görevini başarıyla yerine getirmişti.

Büyükelçi Nagel'i aramış ve Langdon ile Solomon'ı canlı bulduklarını söylediğinde rahatladığını duymuştu. Ama şimdi Dana çok endişe verici başka bir haber almıştı. Belediye binasının köşesindeki heykelin arkasında bulduğu bir oyukta büyükelçiyi yeniden aradı.

Aramasını büyükelçiye yönlendirdiklerinde Dana, "Rapor etmem gereken bir şey daha var efendim," dedi. "Az önce Profesör Langdon ile konuştum. Sasha Vesna'nın hayatından endişe ettiğini söyledi..." Duyguları boğazını düğümlerken biraz durdu. "Ve ayrıca... Michael Harris'in can güvenliğinden de..."

"Harris mi?" Nagel'in sesinden şaşırdığı anlaşılıyordu. "Langdon sana neden endişe ettiğini söyledi mi?"

Michael'ın Sasha Vesna ile olan "ilişkisinin" mahiyetini artık biliyordu. Bu kaçamakların Michael'ın seçimi olmaması onu rahatlatmıştı ama aynı zamanda onu böyle bir pozisyona soktuğu için büyükelçiye içten içe öfke duyuyordu. *Tanrı aşkına, o resmi bir ataşe, eğitimli bir saha ajanı değil!*

Dana açıklamaya başladı. "Fazla konuşmaya vaktimiz olmadı. Michael ile Sasha'nın dairesinde buluşacaklarmış ama bir şey olmuş. Onlara bakmak için birini göndermemi istedi. Bana Sasha'nın evinin anahtarını verdi."

"Langdon'da Sasha'nın evinin anahtarı mı var?"

Dana başını indirip Langdon'ın az önce kendisine verdiği ucuz Krazy Kitten anahtarlığa baktı. "Alması için Sasha ısrar etmiş. Güvenli bir yere gitmesi gerekirse kullansın diye."

Büyükelçi beklenmedik derecede sessiz kaldıktan sonra, "Tamam," dedi. "Seni hemen alması için Scott Kerble'ı gönderiyorum. Sasha'nın evine kadar sana eşlik eder."

Bana mı?! Dana oraya bizzat gönderilmeyi beklemiyordu. Bunun bir ceza mı yoksa güven tazeleme mi olduğundan emin değildi. Hangisi olursa olsun Nagel en güvendiği, en tecrübeli deniz piyadesini gönderiyordu. Büyükelçinin bugün başka hiçbir işin ters gitmeyeceğinden emin olmak istediği çok açıktı.

*

Limuzinin havalandırma ızgaralarından üfleyen sıcak havaya rağmen, Robert'ın sabah başına gelenleri dinleyen Katherine daha çok üşüdü.

"Aman Tanrım Robert. Ne diyeceğimi bilemiyorum..." Katherine'in gördüğü kâbusu tekrarlayacak şekilde Langdon'ın köprüdeki kadınla karşılaşması ona söyleyecek söz bırakmamıştı.

Araç nehir boyunca büyükelçiliğe doğru ilerlerken Langdon bir başka rahatsız edici bilgiyi onunla paylaştı. Limuzine binmeden önce tereddüt etmesinin sebebi buydu.

Langdon açıklamasını sürdürürken Katherine onun fotoğrafik hafızaya sahip bireylerde sık rastlanan ve noetik bilimde "gecikmiş görsel işleme" dedikleri bir durum yaşadığını fark etti. Eidetik hafıza yüklü miktarda görsel bilgi kaydettiği için beyin hepsini gerçek zamanlı işleyemiyordu. Doğrusu, eidetik hafızanın tuttuğu görsel bilginin çoğuna hiç erişilmiyor, birey gördüğünü hatırlamaya çalışmadığı müddetçe o bilgi hiç çağrılmıyordu.

Veya... tetikleyici bir şey olmadan...

Limuzinin kapısındaki ABD Büyükelçiliği logosu Langdon'ın bu sabaha ait anılarından birini tetiklemişti. Büyükelçiliğin otele gönderdiği kırmızı, beyaz ve mavi lale buketine iliştirilmiş amblemli bir not kâğıdı vardı.

"Sabah odaya döndüğümde pencere açıktı," diye söze başladı Langdon. "Büyükelçiliğin not kâğıdının yerde durduğunu fark ettim. Oda dondurucu derecede soğuktu ve rüzgâr kenarda duran laleleri soldurmaya başlamıştı. Pencereyi kapatırken ucu şeffaf plastik kaplı bir metal çubuk gördüm, çiçeklerin sapları arasına gizlenmişti."

Langdon saçını geriye yatırırken detayları hatırlamaya çalışıyor gibiydi.

"O anda cihazın ne olduğunu anlayamadım, nem dedektörü veya önemsiz bir şey olmalı diye düşündüm. Ama olanlardan sonra Boston Senfoni Salonu'nda benzer bir cihaz gördüğümü hatırladım... Müziği en ince ayrıntısına kadar yakalamak için orkestranın üstünden bir parabolik mikrofon sarkıyordu."

"Du-dur biraz," diyerek kekeledi Katherine. "Çiçeklerin içine *böcek* mi yerleştirdiklerini düşünüyorsun?"

Langdon onaylayarak başını salladı. "Dün gece gördüğün kâbus hakkında konuşurken çiçek buketinin yanındaydık. Tek açıklaması bu. Eğer anlattıklarını biri *duyduysa...*"

"Ama hiç mantıklı değil!" diye isyan eden Katherine başını iki yana sallıyordu. "Kendi büyükelçiliğimiz bizi neden dinlesin? Dinleseler ve gördüğüm rüyayı duysalar bile neden bu rüyayı gerçek hayatta tekrarlamak istesinler?"

"Bilmiyorum. Ama oraya vardığımızda bunu büyükelçiye sormak niyetindeyim."

"Büyükelçiliğe gitmiyoruz," dedi Katherine. "Dana'nın şoföre bizi büyükelçilik konutuna götürmesini söylediğini duydum."

Langdon hayretle baktı. "Neden?"

Katherine omuzlarını silkti. "Belki daha samimi olacağını düşünmüştür."

Langdon'ın endişeli yüz ifadesinden, bu değişikliğin samimiyetin tam tersi anlamına geldiği okunabiliyordu. Langdon, "ABD vatandaşlarının sığınma hakkı sadece büyükelçiliğin içinde geçerlidir," diye fısıldadı. "Büyükelçi bunu biliyor. Onun konutunda buluşmamız bizim hâlâ... korunmasız olduğumuz anlamına gelir. Tehlikeye açığız."

Katherine paniğe kapıldığını hissetti. *Bizden ne istiyor olabilirler?* Gessner'ın Prag'da konuşma yapma teklifini asla kabul etmemiş olmayı dilerdi.

"Bir nedenden ötürü *her şey* senin kitabının etrafında dönüyor Katherine." Langdon gözlerini ayırmadan kadına doğru eğildi. "Benimle konuşmak zorundasın. Sadece birkaç dakika baş başa kalacağız, bana her şeyi anlatmalısın. O kitapta ne yazıyor? Neyi keşfettin?"

Katherine yaptığı deneyleri ve sonuçlarını Langdon'ın detaylarıyla okumasını isterdi ama artık bu lükse sahip değillerdi.

Artık kitap metni yok... ve zamanımız kalmadı.

"Tamam," diye fısıldarken Langdon'ın yanına kaydı. "Anlatacağım."

71. BÖLÜM

Prag'ın lüks alışveriş semtinde etrafı duvarlarla çevrili olan küçük bir arazi vardı. Bu kutsal toprak, insanlığın hoşgörüsüzlüğünün hüzünlü hikâyesini beş yüz yıldır içinde barındırıyordu.

Golĕm yosunlu ve ağaçlıklı bu kutsal yerin kapısından içeri girerken, *Eski Yahudi Mezarlığı,* diye düşündü.

Karşısındaki ürkütücü manzara, mezar taşlarıyla dolup taşıyordu. Küçücük bir alanda yirmi binden fazla mezar taşı vardı. Eski mezar taşları o kadar sık yerleştirilmişti ki adeta birbirlerine yapışmışlardı. Burası, kutsal bir gömülme alanından çok mezar taşları için ayrılmış bir depoya benziyordu.

Bu üç dönümlük arazide yüz binden fazla ceset gömülüydü. On beşinci yüzyılda Prag'daki Yahudiler toplumun kabul gören kesimlerinden dışlanıp kendi gettolarına adeta hapsedilmişlerdi. Yahudi geleneğine uygun olarak ölülerini gömmek istediklerinde güç sahipleri onlara çok küçük bir arsa tahsis etmişti.

Yahudi geleneği, ölülerin mezardan çıkarılmasını yasakladığı için mezarlık kapasitesini doldurduğunda, Yahudi liderleri yeni toprak getirtip orijinal mezarlığın üzerine döktürmüş ve eski mezar taşlarını yeni zemin seviyesine taşımışlardı. Yüzyıllar boyunca tekrar edilen bu yöntem sonucunda birçok mezar katmanı oluşmuş ve mezar taşları adeta üst üste binmişti. Bazı yerlerde mezarların derinliği *on iki kattı* ve istinat duvarları olmasaydı, bu eski mezarlığın uzun zaman önce çevresindeki sokaklara taşarak beş yüz yıllık kemiklerin here yere saçılmış olacağı söyleniyordu.

Golĕm mezarlığın içine girerken büyük tahta kutudan bir *kippa* –burayı ziyaret eden herkesin tevazu ve saygı göstergesi olarak taktıkları geleneksel Yahudi takkesi– aldı. Pelerininin kapüşonunu indirdi ve etraftaki ziyaretçilerin tuhaf bakışlarına ve fısıldaşmalarına aldırmadan kippayı kille kaplanmış kafasına geçirdi. Buraya kostümle gelmesinin saygısızlık olarak algılanabileceğinin farkındaydı ama aslında o, bu kutsal yere ve kendi türünün ilk temsilcisini yaratan hahama son derece saygı duyuyordu.

Golĕm yosun tutmuş arnavutkaldırımlı geçiş yolunda kaymamaya dikkat ederek sıkışık mezar taşları arasında ilerledi. Batı duvarına doğru yürüyüp Haham Loew'in mezarına ulaştı.

Hahamın mezar taşı yaklaşık iki metre yüksekliğindeydi ve "aslan" anlamına gelen soyadına uygun düşecek şekilde bir aslan sembolüyle süslenmişti. Anıtın üzerindeki dar çıkıntıya ziyaretçiler tarafından üzerine dualar yazılmış katlanmış kâğıtlar bırakılmıştı. Kâğıdı olmayanlar Yahudi geleneğine uygun olarak küçük çakıl taşları bırakmıştı.

Golĕm zarif mezar taşının önünde soğuk zemine saygıyla diz çöküp zihnini kâinatın görünmeyen bağlantılarına, birçok kişinin algılayamadığı ve inanmak istemediği ruhların birlikteliğine açtı.

Hepimiz biriz.

Ayrılık bir illüzyon.

Dakikalar ilerlerken Golĕm bu mistik yerden yükselen gücü emmeye başladı. Yavaş yavaş o varlığı ve orijinal Golĕm'in gücünün topraktan çıkıp kendi ruhuna dolduğunu hissetti.

72. BÖLÜM

Büyükelçilik aracı soldan Mánesův Köprüsü'ne dönerken Katherine limuzinin barından aldığı bir şişe Kofola kolasını açtı ve uzun uzun yudumladı. Ardından gözlerini Prag Kalesi'nin kulelerinde gezdirdi, Langdon sabırla onu bekliyordu. Anlatacaklarını aklında şekillendirmeye çalışıyor gibiydi.

Her şeyi duymak istiyorum, diye düşünen Langdon, Katherine'in birisini kitap taslağını yok etmeye sevk edecek derecede ne bulmuş olabileceğini hayal edemiyordu. *Veya bizi öldürmeye yeltenecek kadar...*

"Pekâlâ," diyen Katherine yüzünü Langdon'a döndü. "Tekrarlanabilirlik krizi veya replikasyon krizi denilen bir olgu var. Daha önce duymuş muydun?"

Langdon bilim bölümündeki meslektaşlarının dilinde dolaşan bu sözü daha önce duymuştu. "Eğer yanılmıyorsam, sadece bir kez meydana gelen ve tekrarlanamayan deney sonuçlarıyla ilgili bir şey."

"Kesinlikle. Geçtiğimiz elli yılda çok saygın bilim insanları, yerleşik olmayan bilinci, diğer adıyla non-lokal bilinci destekleyen bir dizi laboratuvar sonucu elde ettiler. Bu deneylerden bazılarının akıllara durgunluk veren sonuçları oldu... ama bu deneyleri *tekrarlama* girişimleri başarısızlığa uğradı veya kesin olmayan sonuçlar verdi."

Soğuk füzyon gibi, diye düşündü Langdon.

"Aslında biraz akıl karıştırıcı," diyen Katherine'in sesinde yılgınlık vardı. "Bu tekrarlanamayan sonuçların çoğu tecrübeli ve saygın bilim insanlarının titizlikle yürüttüğü, hakemli deneylerdi."

"Buna rağmen buldukları sonuçlar geçersiz mi sayıldı?"

"Tamamıyla. Benim mesleğimde lokal ve non-lokal bilinç modelleri arasında süregelen bir entelektüel savaş var. Ne yazık ki, noetikçilerin belirli sonuçları tekrarlayamaması, materyalistlerin savaş narası haline geldi. Gessner gibi şüpheciler de deneylerini aldatıcı diye niteler ve seni aşırı hevesli bir şarlatan veya dolandırıcı olarak yaftalar."

Langdon pek şaşırmamıştı. Kendi mesleği olan dini tarih alanında yayınlanan iddialar inananlarla inanmayanlar arasındaki savaşta acımasızca çürütülürdü. Dolandırıcılık yaygındı. İsa'nın gömülürken sarıldığı iddia edilen Torino Kefeni, radyokarbon testiyle İsa öldükten 1200 yıl sonrasına tarihlendirilmişti. Ünlü James Kemik Kutusu'nun sahte olduğu ortaya çıkmıştı. Konstantin'in Bağışı ismiyle bilinen etkili imparatorluk fermanının, gücünü pekiştirmek maksadıyla Kilise tarafından üretilmiş bir sahtekârlık ürünü olduğu açıklanmıştı.

Kendi ihtiyaçlarımıza hizmet eden Gerçek'i açıklarız.

Katherine, "Süregelen fırtınada paratoner görevi gören bir PSI* deneyi var," dedi. "İlk olarak 1980'lerin başında, özenle çalışan çok saygın bir ekip tarafından gerçekleştirildi ve kesin olmayan sonuçlar elde edildi. Ne yazık ki, deney pek çok kez tekrarlanmak istense de bu sonuçların tekrarlanamaz olduğu kanıtlandı."

"Ganzfeld Deneyi mi?" diye sordu Langdon.

Katherine etkilenmişe benziyordu. "Bunu biliyor muydun?"

"Yakın zaman önce öğrendim. Yerleşik olmayan bilinç hakkındaki şu hayret verici kitabından sonra bu konuda bir şeyler okumaya karar verdim."

Katherine, "Gururum okşandı," dedi. "Ama galiba sen benim deli olup olmadığımı merak ediyordun."

Langdon kahkaha attı. "Hayır, asla. Gerçekten ilgimi çekti."

Öğrendiğine göre Ganzfeld Deneyi'nde, deneklerden biri duyusal yoksunluk odasına kapatılıyordu, diğer denekten ise birtakım görselleri ona "zihinsel olarak iletmesi" isteniyordu. Deney pek çok kez tekrarlanmıştı ve sonuçlar zihinsel telepatinin mümkün

---

* Parapsikoloji alanında yapılan deneyler

olduğunu gösteriyordu. Ancak ne tuhaftır ki, ilk girişimlerde elde edilen istatiksel başarı aynı ekip tarafından bile yenilenememiş, bu durum büyük eleştirilere ve aldatmaca suçlanmalarına yol açmıştı.

Katherine, "Eğer Ganzfeld Deneyi'ni okuduysan, Daryl Bem isimli sosyal bilimci hakkında bir şeylere rastlamışsındır," dedi. "Ganzfeld Deneyi'nin en yüksek sesli savunucularından biriydi, ayrıca 2011'de tartışmalara yol açan 'Geleceği Hissetmek' başlıklı makalenin de yazarı."

"Onu da okudum," diye itirafta bulundu Langdon. Merak uyandırıcı alt başlık aklına geldi: "Bilişte ve Duygulanımda Anormal Retroaktif Etkilere Dair Deneysel Kanıtlar."

Bem'in makalesi, katılımcılara rastgele kelimeler gösterilen bir deneyden bahsediyordu. Kelime listesini kaldırdıktan sonra onlardan mümkün olduğunca çok kelime hatırlamaları istenmişti. Ertesi gün katılımcılara, ilk günkü orijinal listeden tamamıyla rastgele seçilmiş daha kısa bir kelime listesi gösteriliyor ve bunları ezberlemeleri isteniyordu. İnanılmaz bir şekilde, birinci günkü test sonuçları, katılımcıların ikinci gün kendilerine verilecek küçültülmüş listedeki –yani testten sonra görecekleri– kelimeleri hatırlama olasılıklarının çok daha yüksek olduğunu göstermişti.

Bekle biraz, diye düşünmüştü Langdon. *Sınavdan sonraki çalışma sonucu etkileyebilir mi? Gelecek geçmişi mi etkiliyor?*

Merakla Bem'in makalesinin sonuçlarını fizik bölümünden Townley Chisholm isimli papyonlu bir Oxford mezunu meslektaşına göstermiş, o ise hiç etkilenmemişti. Chisholm, Langdon'a retrokausalitenin yani geriye doğru nedenselliğin sayısız deneyde gözlemlendiğini hatta bunlardan birine "gecikmeli seçim kuantum silgisi" denildiğini anlatmıştı.

Chisholm bunu "klasik çift yarık deneyinin süslenmiş bir versiyonu" olarak tanımlamıştı. Langdon'ın bildiği orijinal deney, çift yarık bariyerinden geçen ışığın hem parçacık hem de dalga olarak hareket edebileceğini kanıtlayarak dünyayı şaşırtmıştı. Ve akıl almaz bir şekilde, her seferinde biri tarafından *gözlemlenip gözlemlenmediğine* göre nasıl davranacağına karar veriyor gibiydi.

Chisholm'un açıkladığına göre, "gecikmeli seçim" modifikasyonunda dolanık fotonların ve aynaların kullanılması, gözlemcinin gözlemleyip gözlemlememeye dair gerçek zamanlı seçimini, ışık nasıl davranacağını gösterdikten sonrasına kadar geciktiriyordu. Başka bir deyişle, bilim insanları ışığı henüz alınmamış bir karara tepki vermeye zorlamışlardı. Buradaki akıl almaz sonuç, ışığın aslında aldatılmamış olmasıydı. Işık bir şekilde, gözlemcinin gelecekte hangi seçimi yapacağını, sanki evren olacakları daha gerçekleşmeden *önce* biliyormuş gibi tahmin etmişti.

Langdon daha sonra Google'da deneyle ilgili arama yapınca bazı çok zeki insanların da gelecekteki olayların geçmişteki olayları etkileyebileceğine inandığını görmüştü... Zaman geriye doğru akabilirdi.

Langdon kaşlarını çatarak Katherine'e döndü. "Retrokausalite *fikrinin* kendisi bile bende bilişsel uyumsuzluğa neden oluyor."

"Yalnız değilsin. Ziyaretçilerin masamın üstündeki plakete nasıl tepki verdiğini görmeliydin. Üstünde şöyle yazıyor: 'Bugünün deneyimleri yarınların kararıdır.'"

Langdon zihnini retrokausalite fikrine ne kadar açmaya çalışsa da bir türlü kabul edemiyordu. "Ama zamanın *geriye gitmesi* hiç mantıklı değil! Başka bir açıklaması olmalı."

"Var ama onu daha çok beğenmeyeceksin. Diğer olasılık, tüm o çatlak 'evrensel bilinç' sevdalılarının haklı olması ve evrenin her şeyi bilmesi. Bu görüşe göre, evren insanların algıladığı doğrusal zamanla sınırlı değil. Bunun yerine geçmiş, şimdi ve geleceğin bir arada olduğu zamansız bir bütün olarak işliyor."

Langdon'ın başı ağrımaya başlamıştı. "Peki ya kitabın? Tekrarlanabilirlik krizinin, PSI ve noetik bilimi nasıl kuşattığından bahsediyordun?"

"Evet, öyle. Başka hiçbir alanda bu yaşanmıyor ve büyük haksızlık." Katherine içeceğinden bir yudum aldı. "Atletizmi düşün. Eğer bir atlet muhteşem bir olimpik başarı elde eder ve dünya rekorunu kırarsa –daha önce hiç görülmemiş bir şey, hiç kimsenin tekrar edemeyeceği bir şey– televizyon kamerasının bir oyunu olduğunu veya seyircilerin hayal gördüğünü düşünmeyiz. Bunun kayda değer bir sonuç olduğunu düşünürüz. Aynı performansı iki kez tekrarlayamaman bunun gerçekleşmediği anlamına gelmez."

"Haklısın... ama bu spor. Diğeri bilim. *Tekrarlanabilirlik* bilimsel sürecin ayrılmaz bir parçasıdır."

"Evet, katılıyorum, tekrarlanabilirlik *makroskopik* seviyede makul bir ispat yüküdür. Ama *kuantum* seviyesinde işler farklı yürür Robert. Kuantum dünyası öngörülemezdir. Doğrusunu istersen *öngörülemezlik* kuantumun üzerinde en çok anlaşmaya varılan özelliğidir."

Yine haklı.

Şimdi Katherine daha hızlı konuşuyordu. "Kuantum dünyasının dili, *öngörülemezlik* dilidir: olasılık dalgaları, kuantum dalgalanmaları, belirsizlik ilkesi, olasılıksal tünelleme, kaos, kuantum girişimi, dekoherans, süperpozisyonlar, düaliteler... Tüm bunlar 'Ne olacağını bilmiyoruz çünkü klasik fizik kuralları işlemiyor!' demenin başka bir yoludur."

"Tamam, o halde bilinç..."

"Bilinç bedenindeki etten kemikten bir organ değildir. Bilinç, kuantum dünyasında yer alır. Bu sebeple öngörülebilirliği veya tekrarlanabilirliği gözlemlemek son derece güçtür. Zıplayan bir topu gözlemlemek için bilincini kullanabilirsin ama kendi bilincini gözlemlemek için bilincini kullanmaya kalkarsan... sonsuz bir geri besleme döngüsüne düşersin. Bu, ayna kullanmadan kendi gözlerinin rengini görmeye çalışmak gibidir. Ne kadar zeki veya ısrarcı olursan ol, asla bilemezsin çünkü gözlerini kendi gözlerinle gözlemleyemezsin. İşte bu şekilde bilincini de kendi bilincinle gözlemleyemezsin."

"İlginç. Peki kitabında bundan mı bahsettin?"

"Evet. Bilinç çalışmalarında tekrarlanabilirliğe yönelik ispat yükünün makul olmadığı argümanıyla birlikte bunları yazdım. Sahaya zarar veriyor ve insanların kariyerlerini bitiriyor."

Langdon nasıl karşılık vereceğini bilemiyordu. Etkileyici bir iddiaydı ama bugün yaşadıkları düşünülecek olursa, dikkatleri bu kadar üstüne çekmesine sebep olacak daha ihtilaflı hatta tehlikeli bir şey duymayı bekliyordu. "Yani, buluşunun temelinde bu mu yatıyor?"

"Hayır!" Katherine yüksek sesle kahkaha attı. "Ben bilincin neden asla avlanamayacak, ele avuca sığmaz bir canavar olduğunu açıkladım. Benim buluşum *somut*. Bir dizi deneyler sonucu çok şaşırtıcı bir şey keşfettim." Langdon'a doğru eğilip gülümsedi. "Ve bu arada evet, ben bu deneyleri *tekrarlayabildim*."

*

Random House Kulesi'nde asansör çınladı ve Jonas Faukman renkli yer karolarının üzerine adımını attı. Yedinci kat adeta paralel bir evrene adım atmak gibiydi; burada hissettiği gerginliğin dağılacağını biliyordu. Bu katta düzenli kitap rafları, yumuşak renk tonları veya yayınevinin diğer katlarında hâkim olan düz çizgiler yoktu. Yedinci kat karikatürlerle, şişme palmiye ağaçlarıyla, armut koltuklarla ve oyuncak hayvanlarla süslenmiş parlak renkli "çalışma bölmelerinden" oluşan bir labirentti.

Çocuk kitapları: Neşeli dekor. Ciddi iş.

Bu bölümün uçarı dekorasyonuna ek olarak Faukman buradaki kahve makinesinin çocuksu bir yanının olmamasını seviyordu. Bazı geceler geç saatlerde buraya elinde bir kitap metniyle gelir, kendine bir duble espresso yapar, armut koltuğa gömülür ve dev bir Winnie-the-Pooh'nun bakışlarıyla odanın diğer tarafındaki iki metrelik Şapkadaki Kedi'nin muzip gülümseyişi arasında kitabı edit ederdi.

Bu akşam ise makine kahvesini öğütürken korkularını hafifletmeye çalışarak aromayı içine çekiyordu. Aşağıdaki ajanların tutuklanması onu biraz olsun rahatlatmalıydı ama o huzur bulamıyordu. Robert ile Katherine'in hâlâ nerede oldukları bilinmiyordu ve güvenlikleri hakkında bir şeyler öğrenmek için gittikçe sabırsızlanıyordu.

Alex Conan can sıkıcı bir sorunun cevabını çoktan vermişti.

Katherine'in kitap metnini çalan kim?

Ama şaşırtıcı cevap şimdi ikinci bir soruyu doğurmuştu.

Neden?

Bu gizemi çözmek için Jonas Faukman'ın bir planı vardı.

73. BÖLÜM

Limuzin, Chotek Bahçeleri'nden geçip virajlı yokuşta ilerlerken Langdon, *çabuk olmalıyız,* diye düşündü. Büyükelçilik ikametgâhının bulunduğu "Prague 6" semtine birkaç dakika içinde varacaklardı ve Langdon, Katherine'in kitabı ve keşfiyle ilgili her şeyi öğrenmek istiyordu. Hâlâ kime güvenebileceğinden emin olmadığı için, *büyükelçiyi görmeden önce,* diye düşündü.

Katherine anlatmaya devam etti. "Yerleşik olmayan bilinç modelinde beyin, bilinci alan bir tür radyo gibidir ve tüm radyolarda olduğu gibi sürekli yayın yapan bir sürü istasyonu vardır. Bir radyonun neden, yakalamak istediği *tek* frekansı seçebilmesini sağlayan bir mekanizması yani ayar düğmesi olduğunu buradan anlayabilirsin. Radyonun tüm istasyonları alma kapasitesi vardır ama ona gelen bütün frekansları almasını engelleyen bir şey olmazsa tüm frekansları aynı anda çalar. İnsan beyni de aynı şekilde çalışır: Beynin çok fazla duyusal uyaranla *yüklenmesini* önlemek için bir dizi karmaşık filtresi vardır. Böylece evrensel bilincin sadece küçük bir kısmına odaklanabilir."

Landgon, *mantıklı,* diye düşündü. *Bizim ışık ve ses algılarımız filtrelenmiş.* Langdon birçok insanın sadece frekans aralığının ve elektromanyetik spektrumun küçük bir kısmını algıladığından habersiz olduğunu biliyordu; geri kalanlar ise kendi ayar düğmelerimizin ötesinde olduğundan yanımızdan geçip gidiyordu.

Katherine, "Seçici dikkat, beynin filtrelemesinin önemli bir örneğidir," dedi. "Buna 'kokteyl partisi etkisi' deniyor. Kalabalık bir partide olduğunu düşün. Beynin sadece seninle konuşan kişinin sözlerine odaklanmış ama sonra sıkılıyorsun ve bir anda odanın karşı tarafındaki daha ilginç bir konuşmaya odaklanıyorsun. Seçici dikkat, fondaki gürültüleri filtreliyor ve yakınındaki seslerden rahatsız olmamanı sağlıyor."

Langdon, *fakülte toplantıları,* diye düşündü. Meslektaşları ders programını tartışırken kendisi avludaki müziğe odaklanırdı.

Katherine, "Alışma da filtrelemenin bir başka çeşididir," dedi. "Tekrarlanan duyusal girdi beyin tarafından o kadar etkili bir şekilde bloklanıyor ki, klimanın vınlamasını duymuyor ya da burnunun üzerindeki gözlüğün ağırlığını hissetmiyorsun. Bu filtre o kadar güçlü ki, gözümüzdeki gözlüğümüzü ya da elimizde tuttuğumuz telefonumuzu evin içinde dakikalarca arayabiliriz."

Langdon başıyla onayladı. Bileğindeki Mickey Mouse saatin varlığını on yıllardır hissetmiyordu.

Bildiği kadarıyla "filtrelenmiş gerçeklik" antik kutsal metinlerde tekrarlayan bir temaydı. Niels Bohr ve Erwin Schrödinger gibi büyük kuantum fizikçilerinin ilham aldığı Hindu Vedanta, fiziksel zihni, *Brahman* olarak bilinen evrensel bilincin sadece bir bölümünü kavrayabilen bir "sınırlayıcı faktör" olarak görür. Sufiler, "zihni" ilahi bilincin ışığını gizleyen bir örtü olarak tarif ederler. Kabalacılar zihnin *klipot*unun* Tanrı'nın ışığını engellediğini söylerler. Budistler egonun evrenden ayrı olduğumuzu düşündüren engelleyici bir lens olduğu konusunda bizi uyarmışlardır.

Katherine, "Modern nörobilim," diye devam etti. "Beynin gelen verileri filtrelediği biyolojik mekanizmayı tespit etti." Dudaklarına belli belirsiz bir tebessüm yayıldı. "GABA. Yani, gama aminobütirik asit."

"Peki." Langdon, Katherine'in yüksek lisans çalışmasının çoğunun beynin *nörokimyası* üzerine olduğunu hatırladı.

"GABA olağanüstü bir bileşik; beyin aktivitesini düzenlemede kritik rol oynayan kimyasal bir iletici. Ama büyük ihtimalle, düşündüğün şekilde değil. GABA, tam olarak bir *inhibitör* ajan."

"Yani, beyin aktivitesini mi *engelliyor?"*

---

* Kabuğunun, engellerinin

"Evet. Nöral ateşlemeyi azaltıyor ve nöronların aktivitesini kısıtlıyor. Başka bir deyişle, GABA fazla girdiyi ayıklamak için beynin bazı bölümlerini kapatıyor. En basit anlatımla GABA filtrelemesi, beyne çok fazla bilgi yüklenmesini engelliyor. GABA, radyodaki ayar düğmesi gibi, alımı tek bir frekansla sınırlarken diğer onlarca frekansı engelliyor."

"Şu ana kadar anlattıkların son derece mantıklı..."

Katherine şevkle anlatmayı sürdürdü. "GABA birkaç yıl önce dikkatimi çekti. Yeni doğmuş bir bebeğin son derece yüksek GABA seviyeleri olduğunu okumuştum. Bu, gözünün önündekiler dışında her şeyi filtrelemesine neden oluyormuş. Yeni doğanlar bu yüzden odadaki diğer detayların farkında olmuyormuş. Filtreleri, bisiklete eklenen yan tekerlekler gibi düşünebilirsin. Gelişmekte olan bebek beynini fazla uyarandan koruyorlar. Büyüdükçe GABA seviyemiz yavaşça düşmeye başlıyor ve dünyadan daha fazla şey alıyor ve daha geniş bir anlayış kazanıyoruz."

Langdon, *ilginç,* diye düşündü. Her zaman, yeni doğan bebeklerin iyi göremedikleri için ancak küçük bir alanı algılayabildiklerini düşünmüştü.

Katherine, "Ben de daha derinlemesine araştırmaya başladım," dedi. "Ve Tibet keşişlerinin de meditasyon sırasında son derece yüksek GABA seviyelerine ulaştıklarını öğrendim. Meditatif trans hali, dışarıdan gelen çoğu bilginin derin meditasyon sırasında beyne girmesini engelleyen bir inhibitör transmitter artışına neden olarak neredeyse tüm nöral ateşlemeyi durduruyor."

Langdon, *yakalanması zor boş beyin,* diye düşündü Meditasyonla ulaşılmak istenen hedefi biliyordu ama elde edilmesini sağlayan kimyasal süreci daha önce hiç duymamıştı. *Tam anlamıyla dünyayı dışarıda bırakmak... yeni doğmuş bir bebeğin zihninin saflığına geri dönmek.*

Katherine, "Sonuçlar o kadar da şok edici değildi," dedi. "Ama bana bir fikir verdiler: insan bilincinin bir dizi kapıdan geçerek beyne giren bir sinyal olduğu kavramına dair bir fikir."

"Ne kadarının içeri girebileceğine karar veren kapılar."

"Kesinlikle ve on sekiz ay önce GABA ile ilgili detaylı araştırmalarım sırasında Brigita Gessner tarafından yazılmış bir nörobilim makalesine rastladım."

Langdon, *ve bu da Katherine'in konferans için Prag'a davet edilmesini başlatan şey oldu,* diye düşündü.

"Gessner'ın makalesi, keşfettiği bir epilepsi çipiyle ilgiliydi. Çip, beynin doğal GABA tepkisini tetikleyip kelimenin tam anlamıyla sinirleri 'sakinleştirerek' başlayacak olan nöbeti engelliyordu. Bana çok mantıklı geldi. Epilepsi genellikle tehlike arz edecek kadar *düşük* GABA seviyeleriyle ilgiliydi. GABA beynin frenleme mekanizması. Düşük olduğunda beyin hızlanıyor, kontrolsüz ateşleme yapıyor ve sonuç olarak..."

"Nöbet başlıyor."

Katherine, Kofola'sından hızlıca bir yudum alıp, "Evet," dedi. "Kaotik elektriksel epilepsi nöbeti, meditasyondaki bir keşişin odaklanmış boş zihninin tam tersidir. Nöbetler GABA eksikliğinden, meditasyon hali ise fazlalığından kaynaklanıyor. Tüm bunları daha önce duymuştum ama Gessner'ın makalesi bana epilepsi nöbetlerini, genellikle refrakter dönemin takip ettiğini hatırlattı. Bir diğer adı da postiktal mutluluk. Yani beraberinde ani bağlantı kurma, yaratıcılık, ruhsal aydınlanma ve beden dışı deneyimler getiren huzurlu ve genişlemiş bir bilinç hali."

Langdon, Sasha ile yaşadığı deneyimi ve sayısız epilepsi hastasının yaptığı betimlemeleri hatırladı.

Katherine, "Ve bir anda kendimi, epileptik bir beynin nöbet halinden *nasıl* bu kadar çabuk postiktal mutluluğa geçiş yapabildiğini sorgularken buldum," dedi.

Langdon omuzlarını silkerek, "Nöbeti durduran şey GABA seviyesinin bir anda yükselmesi mi?" diye sordu.

"İyi bir tahmin. Ben de böyle düşünmüştüm. Buna inhibisyon sonrası geri sıçrama deniyor. Ve gerçekten de oluyor ama hemen değil. Önce *başka* bir şey oluyor. Beyin *yeniden başlıyor.* Tüm sistem kapanıyor. Tekrar açıldığında bunu yavaş yavaş yapıyor; beynin GABA seviyesini *yükseltmesi,* filtrelerini yeniden ayarlaması ve uyanan beynin fazla girdiye karşı korunması için zaman kazanıyor."

"Sabahları uyanışımız gibi... Gözbebeklerimizin küçülüp sabah ışığının bir kısmını filtreleyebilmesi için gözlerimizi *yavaşça* açarız."

"Aynen! Ama *bu* senaryoda gerçek sabah ışığını hiç görmüyoruz çünkü uyandığımız anda birisi dışarıda gerçekten neler olduğunu görmememiz için penceremizdeki kalın perdeyi kapatıyor."

"Ve bu *birisi*, sanırım GABA oluyor?"

"Kesinlikle. GABA *genellikle* perdeleri gözlerimiz açılmadan önce kapatıyor. Ama zamanlama tutturulamaz ve perdeler yeteri kadar hızlı kapanmazsa..."

"Dış dünyayı kısa bir an için görüyoruz."

Katherine gülümseyerek, "Evet," dedi. "Ve anlaşılan bu çok güzel bir deneyim. Filtresiz gerçeklik. Postiktal mutluluk. Saf bilinç."

Tarihteki ünlü "buluş anları"ndan bazılarının, gerçekliğe açılan kapının yanlışlıkla aralık bırakıldığı anlık bir zamanlama hatasından kaynaklanıp kaynaklanmayacağını hayretle düşündü Langdon.

Katherine, "GABA üzerine düşündükçe, onun aradığım anahtar olduğunu anladım," dedi.

"Neyin anahtarı?"

Katherine heyecanla, *"Bilinci anlamanın anahtarı,"* dedi. "İnsanların son derece güçlü zihinleri var ama aynı zamanda girdi fazlasını engellemek için oldukça etkili filtrelerimiz de var. GABA beynimizin kaldıramayacağı şeyleri deneyimlemesini engelleyen koruyucu bir perde. Bilincimizin genişleme alanını sınırlıyor. Bu kimyasal, insanların *gerçeği* olduğu gibi algılayamamasının nedeni olabilir."

Langdon limuzinin lüks koltuğunda arkasına yaslanıp bu fikri hazmetmeye çalıştı. "Yani, sen etrafımızda algılayamadığımız bir gerçeklik olduğunu mu söylüyorsun?"

"Evet, tam olarak bunu söylüyorum Robert." Gözleri heyecanla parlıyordu. "Ama sana henüz yarısını bile anlatmadım."

*

Golĕm artık Eski Yahudi Mezarlığı'nın etrafındaki hareketli sokaklardan gelen sesleri duymuyordu... Zihni hoş bir sessizliğe bürünmüştü. Dizlerinin üzerinde kutsal zeminin gücünü içine çekiyor, ondan öncekinin sesini dinliyordu.

Gerçek doğum yerini bilmeyen Golĕm burayı evi olarak görüyor, güce ihtiyacı olduğunda ziyaret ediyordu.

İlk Golĕm delirdi... ama ben ondan daha güçlüyüm.

Buraya ziyaretleri onu her defasında kendine getirir ve tazelerdi ama o gün özellikle güçlendiğini hissediyordu. Gözlerini açıp kendisini bekleyen görevle yüzleşmek üzere ayağa kalktığında mezarlıkta hafif bir rüzgâr esti. Golĕm, ilk Golĕm'in sesini duydu... Başının üzerindeki kuru dalların hışırtısı arasında bir tek kelime söylendi.

Gerçek...

Alnındaki eski harfleri düşündü. Bu âlemdeki amacı, kendini koruyacak gücü olmayan güzel bir ruhu korumaktı. Gerçek, Golĕm intikam planlarını gerçekleştirene kadar onun güvende olmayacağıydı.

Rüzgâr ağaçların arasından, "Sadece iki yol var," diye fısıldadı. "Gerçek ya da ölüm."

Golĕm çoktan seçimini yapmıştı.

İkisini de seçiyorum.

74. BÖLÜM

Limuzin sosyetik Bubeneč Mahallesi'ne yaklaşırken Langdon büyükelçilik konutuna fazla mesafe kalmadığını anladı. Katherine sırrını açıkladıktan sonra başka şey düşünemez olmuştu ve gerisini duymak için sabırsızlanıyordu.

Etrafımızda algılayamadığımız bir gerçeklik mi var?

Katherine kaldığı yerden konuşmaya devam etti. "Bu fikir ilk olarak, epileptiklerin tarif ettiği postiktal deneyimleri araştırırken aklıma geldi. Mutluluk verici deneyimlerinin *başka* gruptakilerle büyük benzerlik gösterdiğini fark ettim." Sustuğunda gözleri parlıyordu. "*Öldükten* sonra geri dönenlerle."

Ölüme yakın deneyimler, diye düşünen Langdon ona hak verdi. Ölümden dönen veya nöbet geçirenler yaşadıkları travmadan sonra bedenlerinden ayrıldıklarını, her şeyle bağlantı halinde olduklarını ve derin bir huzur hissettiklerini söylüyordu.

"Ben de bu fikirden yola çıktım... ve alışılmadık bir deney tasarladım." Katherine ona hafifçe gülümsedi. "İşler *bu* noktada ilginç olmaya başlıyor. İlk önce, laboratuvarıma yakın bir yerde ölümcül hastalığa yakalanmış birini tespit ettim. Kendisi de emekli bir nörologdu. Ölüm sürecine yeni bir görüntüleme cihazının içinde, gerçek zamanlı MR spektroskopi cihazında girmeyi kabul etti. O ölürken beyin kimyasını izleyeceğimi ona açıkladım. Daha önce ölçemediğimiz kesin verileri kendisi sağlayacağı için sevinmişti. Ailesinin ve bakımevi çalışanlarının etrafında toplandığı güzel bir akşamüstü, makinenin içinde görüntülenirken hayata veda etti."

Katherine konuşmaya devam etti. "Ölüm sürecinde adrenalin ve endorfin gibi belli başlı nörotransmiter seviyelerinin hızla arttığını gördüm. Bunlar ağrıyı bastırmak ve fiziksel bedenin ölüm süreci stresiyle baş etmesini kolaylaştırmak için salgılanır. Bu mantığa göre, beyin dururken ölüm deneyimini filtrelemek için GABA seviyesinin de artması beklenir." Katherine gülümsedi. "Ama öyle olmadı."

"Olmadı mı?"

"Tam tersi oldu! O ölürken GABA seviyesi hızla *düşmeye* başladı! Son anlarında GABA seviyesi *sıfıra* yaklaştı yani beyninin tüm filtreleri kalkmıştı. Ölüm deneyimi tümüyle, hiçbir engelleme olmadan akıyordu!"

"Bu iyi mi... kötü mü?"

"Robert bana kalırsa harika bir şey! Bu demek oluyor ki, ölüm sürecinde beynimizin filtreleri kalkıyor ve tüm spektrumu duyan bir radyo haline geliyoruz. Bilincimiz *bütün* gerçekliğe şahit oluyor!" Katherine onun ellerini tutup sıktı. "Ölümden dönenler tam olarak bu yüzden bir bağlantı halinde olma hissinden, her şeyi bilmenin verdiği mutluluktan bahsediyor. Kimya bunu kanıtlıyor! Biz ölürken *bedenlerimiz* kendini kapatıyor... ama *beynimiz* uyanıyor!"

Langdon en sevdiği kitabın açılış cümlesini hatırladı. *Ölüm anında her şeyin açıklığa kavuştuğu söylenir.*

"Bundan başka, hasta ölmeden önceki altmış saniyede beyni, gama dalgalarını içeren yüksek frekanslı salınımlarla dolup taştı," diye devam etti Katherine. "Bunlar yoğun hafıza geri çağrımı ile ilişkilidir ve hastanın seviyeleri tavan yapmıştı."

"Yani... bir şey mi *hatırlıyordu?*"

"Hayır, bu seviyeye geldiğinde her şeyi hatırlarsın. Gama sayıları, ölmeden önce hayatın film şeridi gibi gözler önünden geçtiğine dair süregelen efsanenin doğruluk payı olduğunu gösteriyor."

"Hayatın tümünü hatırlama" kavramının pek çok dinde görüldüğünü Langdon iyi biliyordu: Ölüm meleği aydınlanmanın ve karmik öğretinin bir biçimi olarak, ruhlara hayatı boyunca yaptığı seçimleri gösterirdi.

Katherine, "Bir noktada beyin ölüyor ve alıcımız yok oluyor," dedi. "Ve deneylerime dayanarak şuna inanıyorum ki, ölüm süreci ileride olacakların bir göstergesi; bir tür *ön izleme.* Normalde algılayabildiğimizden çok daha fazlasını algılama yetisi."

"Ama beyin tamamıyla öldüğünde ve artık hiçbir şey algılayamaz olduğunda bu *son* demek değil mi?"

Katherine düşünceli bir ifadeyle gülümsedi. "Ölüme yakın deneyimlerden, ölümün fiziksel biçimden ayrılmak olduğunu biliyoruz. Beraberinde yoğun bir mutluluk ve her şeyle bağlantılı olma hissi var. Noetik araştırmaların gösterdiği gibi, eğer bireysel bilincimiz beynimizin dışından geliyorsa bana göre bilincimiz ölüm anında fiziksel âlemi bırakıyor ve tekrar bütünle birleşiyor. Artık sinyali almak için bir bedene ihtiyaç kalmıyor... sinyal sen oluyorsun."

Langdon tüylerinin ürperdiğini hissetti. *Ruh eve döner.* Bu eski bir kavramdı. *Toz, geldiği toprağa geri döner... ve ruh onu veren Tanrı'ya döner. -Vaiz Kitabı 12:7*

Langdon bilincin öldükten sonra devam ettiğine dair şüphelerine rağmen Katherine'in gerçeklik algımızı kısıtlayan beyin filtreleri konusunda haklı olduğuna inanıyordu. Yaptığı buluş insan hayatını değiştirecek nitelikteydi. Esas itibarıyla tüm insanların evrenin gerçek doğasını algılayabilecek donanıma sahip olduğunu varsayıyordu ama ölüm anına kadar kimyasal engellerle bunu kullanamıyorduk.

Langdon, "Hepsi gerçekten çok şaşırtıcı," dedi. "Doğrusu zalimce bir çıkmaza sürüklüyor."

"Nasıl yani?"

"Gerçeği görmek için *ölmek* zorundayız ama öldükten sonra artık kimseye gördüklerimizi anlatamıyoruz."

Katherine gülümsedi. "Robert aydınlanmaya giden tek yol *ölüm* değil. Tarih, başka kimsenin göremediği ilahi ışıktan anlık olarak faydalanabilmiş büyük dehalarla dolu. Newton'ı, Einstein'ı, Galileo'yu, peygamberleri düşün... Bu parlak dehalar bilimsel terimlerle açıklanabileceği ortaya çıkan bilimsel aydınlanmalar ve *ruhsal vahiyler* yaşadılar."

"Yani sence onların filtreleri azalmış mıydı?"

"Evet, geçici olarak. Ve o anda, evrenden bizim anlayabildiğimizden çok daha fazla bilgi aldılar."

Yerleşik olmayan bilinçle ilgili ilk sohbetlerinin ardından Katherine'in ona gönderdiği, ünlü bilim insanı Nikola Tesla'nın sözünü hatırladı: *Beynim sadece bir alıcı. Evrende, bilgiyi çektiğimiz bir merkez var.*

"Sen hiç uyuşturucu kullandın mı Robert?"

Bu ilgisiz soru onu hazırlıksız yakalamıştı. "Cin uyuşturucudan sayılır mı?"

Katherine kahkaha attı. "Hayır, ben psikedeliklerden bahsediyorum; yani yoğun duygulara ve canlı imgelere neden olan halüsinojenlerden."

Yeterince cin içmediğin çok açık. "Hayır."

"Meskalin, LSD, psilosibin gibi uyuşturucuların nasıl bir deneyim yaşattığını biliyor musun?"

Langdon bunu daha önce hiç düşünmemişti. "Hayal gücünü çalıştırıyor sanırım."

"Akla yatkın bir tahmin," dedi Katherine. "Çoğu kişi böyle düşünür ama daha önce hiç kimse, psikedelik uyuşturucuların etkisindeki bir zihni gerçek zamanlı MR streskopisiyle gözlemlemeyi düşünmedi."

"Sen yaptın mı?" Katherine'in MRG cihazına bağlanmış LSD etkisindeki birinin başında durduğunu gözünde canlandırdı Langdon.

"Tabii ki yaptım... Araştırmamın bir sonraki mantıklı adımı buydu. Uyuşturucunun etkisindeki çoğu kişi beden dışı deneyimler yaşar, bu olduğunda GABA tepkisinin nasıl görüneceğini merak ediyordum."

"Ve?"

Katherine'in gözleri ışıldıyordu. "Ortaya çıkan sonuç şuydu; tıpkı haleyi tarih boyunca yanlış anladığımız gibi, buna da tersten bakıyorduk. Halüsinojenler senin tahmin ettiğin şekilde nöronları uyarmıyor, tam tersini yapıyor. Bu uyuşturucular beynin varsayılan mod ağında bir dizi karmaşık etkileşimden geçerek GABA seviyesini büyük oranda *düşürüyor.* Başka bir deyişle filtreleri azaltıyor ve daha geniş bir gerçeklik yelpazesinin akmasını sağlıyor. Yani halüsinasyon *görmüyorsun,* aslında gerçekliği görüyorsun. Her şeyle bağlantılı olma hissi, sevgi, aydınlanma... bunlar *gerçek.*"

Önemli bir iddiaydı. Langdon duyduklarını kafasında tarttı. Beyin, bilinci algılayabilecek sınırsız bir potansiyele sahipti ama sadece ölerek aşılabilecek koruyucu bir kafesin içine hapsolmuştu. Epilepsi nöbeti geçirildiğinde veya bazı psikedelik maddelerle de aşılabiliyordu.

Psikedelik maddeler son günlerde her yerde insanın karşısına çıkıyordu. Medyadaki sağlık uzmanları birdenbire psikedelik mantarlardan "mikrodozda" almanın faydalarını anlatmaya, psilosibin maddesinin kaygı, depresyon ve dikkat dağınıklığına iyi geldiğini duyurmaya başlamıştı.

Langdon'ın Harvard'lı meslektaşlarından yazar Michael Pollan, psikedeliklerin olumlu etkileriyle ilgili çok satan kitabı ve belgeseliyle haberlere çıkmıştı: *Zihninizi Nasıl Değiştirirsiniz.**

Sahadaki bir başka süperstar, Boston'dan Rick Doblin; Çok Disiplinli Psikedelik Araştırmalar Derneği'ni –kısaca MAPS– kurmuştu. Dernek, depresyonu ve travma sonrası kaygı bozukluğunu inanılmaz bir başarı oranıyla tedavi eden psikedelik araştırmaları için yüz otuz milyon dolar toplamıştı.

Huxley'nin gelecek kurgusunda tüm insanlığa SOMA isimli mutluluk verici bir uyuşturucu verdiğini hatırlayan Langdon, *cesur yeni dünya,* diye düşündü.

Katherine, "Bilinç kimyası sadece büyüleyici bir kendini keşfetme egzersizi değildir," dedi. "İnsanlığın *hayatta kalmak* için ihtiyaç duyduğu bir değişim olabilir. Dünyadaki mevcut kaosu ve uyumsuzluğu bir düşün. İnsanların beyin filtrelerini kaldırmaya başladığı ve gerçekliği daha iyi anlayarak, daha büyük bir kapsayıcılık ve birliktelik duygusuyla var olduğu bir gelecek hayal et. Bizler gerçekten de bütün halindeki bir tür olduğumuza inanmaya başlayabiliriz!"

* How to Change Your Mind

Yaratıcı düşünce tarzı Langdon'ı derinden etkilemişti.

"Ulaşmayı arzuladığımız tüm o ele avuca sığmaz aydınlanma hallerini bir düşün. Genişlemiş bilinç, evrensel bağlantı, sınırsız sevgi, ruhsal uyanış, yaratıcı deha. Tüm bunlar erişilmez gibi görünüyor, sanki özel dehalara veya bazı nadir deneyimlere özgüymüş gibi gelebilir. Bu doğru değil! Hepimizde bu kapasite var, her zaman. Bizler sadece bunu deneyimleyecek kimyasallardan yoksunuz..."

Langdon içinde ona karşı duyduğu sevgi ve saygının arttığını hissetti. *Katherine insan bilinci anlayışımızı kökten değiştirecek bir buluş yapmış olabilir. Belki de bilincimizi genişletecek bir yol haritası keşfetmiştir.* "Ağzım açık kaldı Katherine. Yaptığın çalışmanın çok derin etkileri olacak," derken zihninde kalan malum sorunun etkisiyle yeniden gerçekliğe dönmeden duyduklarını kafasında iyice bir oturtmaya çalıştı.

Langdon'ın ne düşündüğünü tahmin eden Katherine yüzünü astı ve, "Biliyorum," dedi. "Tüm bunları neden yaşadığımızı açıklamıyor... Birileri neden benim kitabımı yok etmek istesin?"

Kesinlikle.

Bu sorunun cevabının beklemesi gerekiyordu.

Limuzin sola saptı ve taş kemer altından büyükelçilik konutunun ferforje dış kapısına yaklaşırken yavaşladı. Tabelada TÜM ZİYARETÇİLER KİMLİK GÖSTERMEK ZORUNDADIR yazıyordu. Büyükelçilik limuzinindekiler için bu kural geçerli olmamalıydı çünkü kapı geriye doğru açıldı ve taş bekçi kulübesindeki deniz piyadesi onları tereddüt etmeden içeri aldı.

Langdon konutun etrafındaki güçlendirilmiş çevre duvarına göz gezdirdi ve içeride hangi cevapları alacaklarını merak etti. Limuzin iki yanı ağaçlıklı araba yolunda ilerlerken Langdon kapının arkalarından kapandığını fark etti. Huzursuz oldu.

Bir sığınağa mı giriyoruz... yoksa aslan inine mi?

75. BÖLÜM

Amerikan büyükelçisinin Petschek Villası olarak bilinen Prag'daki ikametgâhı, görkemli Fransız mimarisinden ilham alan ve yerel halkın "Küçük Versailles" ismini taktığı Beaux-Arts tarzında görkemli bir şatoydu. Ailesi Nazi işgali nedeniyle Prag'dan sürülmüş olan varlıklı sanayici Otto Petschek için inşa edilmişti. Petschek Villası, hem Naziler hem de Ruslar tarafından ele geçirilip işgal edilmişti. Tarihin bir mihenk taşı olan villa, günümüzde bölgenin işgal, baskı ve soykırım dolu karanlık tarihinin sembolik bir anıtıdır.

Hitler, Prag'ı bir "nesli tükenmiş ırk müzesi"ne dönüştürme niyetini açıkladıktan sonra Petschek Villası, Nazi zaferi için bir "ödül vitrini" olarak seçilmişti. Hitler, Petschek'in en güzel eserlerinin ve mobilyalarının gamalı haçla işaretlenip kataloglanmasını ve dikkatli bir şekilde bodruma taşınıp Almanya savaşı kazanana kadar orada tutulmasını istemişti.

Bunu düşünmek Langdon'ın canını sıkmıştı. Limuzin araba yolundan yukarı çıkıp sivri uçlu demir çitler ve güvenlik kameralarıyla çevrilmiş geniş bir bahçeye girerken camdan dışarı baktı. Bu kaleye girmenin de çıkmanın da çok zor olduğunu düşünüyordu.

Görkemli konut göründüğünde Katherine, "Oh, vay canına," dedi. "Amerikan büyükelçisinin *evi* burası mı?"

Hafif eğimli, dış bükey bir hat üzerine inşa edilmiş olan yapının lüks sütunlu cephesi, yaklaşık yüz metre genişliğindeydi ve başlıklı çatı pencereleri olan bakır bir mansard çatıya doğru üç kat uzanıyordu. Tam anlamıyla bir Avrupa sarayıydı.

Katherine, "Şimdi, ödediğim vergilerin nereye gittiğini anladım," diye espri yaptı. "Devlet memurlarımızı özel saraylarda yaşatıyoruz..."

Langdon, *tam olarak böyle değil,* diye içinden geçirdi. Eski büyükelçi Norm Eisen'in *The Last Palace* kitabında bu görkemli evin detaylı tarihçesini okumuştu. Gerçekte, Amerikan hükümeti villayı satın almak ve savaştan sonra eski ihtişamına kavuşturacak şekilde restore ettirmek için astronomik bir rakam ödemişti. Yaklaşık yüz yıldır bu konuta sahip olmanın bedeli oldukça yüksek olmuştu. *Amerika'nın, Prag'ın mirasını korumaya yardım etme şekli.*

Langdon, Eisen ile bir kez görüşmüştü. Adam ona, Auschwitz'den kurtulan annesi Frieda'nın sık sık, "Naziler bizi Çekoslovakya'dan hayvan vagonlarıyla çıkardılar ama oğlum Air Force One ile geri döndü," dediğini anlatmıştı.

Eisen, "Düşünsene, tüm bunları aynı nesil yaşadı," demişti.

Şimdi, limuzin sütunlu araba girişinde durduğunda, şoför koltuğunda oturan Amerikan deniz piyadesi arabadan indi ve aracın etrafından dolaşıp kapılarını açtı.

"Dikkat edin," dedi. "Bu taşlar kışın çok kayganlaşıyor."

Soğuk bir rüzgâr eserken Langdon ile Katherine deniz piyadesinin arkasından küçük, oval bir antreye girdiler. Yerdeki halının üzerinde Amerikan kartalı ve Amerikan bayrağının sembolleri vardı. Silindir şeklindeki avizeden kartonpiyer tavana ve duvarlara yansıyan ışık Amerikan Büyükelçisi Heide Nagel'in ciddi portresini aydınlatıyordu.

Langdon fotoğraflarını gördüğü Nagel'i hemen tanıdı. Altmışlarında, ciddi ifadeli bir kadındı. Kâküllü siyah saçları açık renkli tenini iyice belirginleştiriyordu.

Yaklaşan ayak sesleri duyuldu ve eskimiş balıksırtı bir ceket giymiş yaşlıca bir adam güler yüzle onları karşıladı. Adam deniz piyadesini gönderdikten sonra Langdon ile Katherine'e kendisini içeriye doğru takip etmelerini işaret etti.

Geniş koridordan ilerlerken profesör odun ateşinin ev hissi veren kokusunu duydu ama havada bir başka koku daha vardı; yeni pişmiş ev yapımı çikolatalı kurabiye kokusu. *Çok kurnazca,* diye düşündü. Lüks otellerin de uyguladığı bu taktik Langdon'ın çok hoşuna giderdi. 1950'li yıllarda bir emlakçı tarafından bulunan bu misafirperverlik taktiği artık konfor ve "yuva" hissi vermek için çoğu yerde uygulanıyordu.

Adam, Langdon ile Katherine'i geniş bir oturma odasına alıp yeni yakılmış şöminenin karşısına oturttu. Önlerindeki masada çeşitli kurabiyeler, bir meyve sepeti, bir kahve demliği, büyük bir su şişesi, iki kutu Coca Cola ve yeni yapılmış ev yapımı çikolatalı kurabiyeler vardı.

Adam, "Kusura bakmayın biraz karışık oldu," dedi. "Sayın büyükelçi misafirleri olduğunu bana yeni haber verdi. Şu anda kendisi bir telefon görüşmesi yapıyor. On dakika içinde burada olacak. Kurabiyeler yeni fırından çıktı, bu yüzden dikkatli olun. Henüz çok sıcaklar."

Adam bunları söyledikten sonra odadan çıkıp Langdon ile Katherine'i şöminenin karşısında bir masa dolusu yemekle baş başa bıraktı.

Langdon alçak sesle, "Pekâlâ," dedi. "Şeytanla dans ediyor olabiliriz ama en azından, mükemmel bir ev sahibi."

*

Petschek Villası'nın üst katında Büyükelçi Nagel telefonu kapatıp uzun bir süre ev ofisindeki cumba pencereden dışarı baktı. Karla kaplı arazi o gün gözüne yabancı ve ıssız görünüyordu. Yaklaşık üç yıldır bu saray evi olmuştu ve büyükelçiliğin ilk aylarını düşününce naifliğinin ve iyimserliğinin, acı gerçekler karşısında uzun süre önce yok olduğunu hissediyordu.

ÚZSI ile Langdon arasındaki olay kapanmıştı. Resmi hikâyeye göre, Yüzbaşı Janáček iki ünlü Amerikan vatandaşıyla ilgili sahte deliller uydurmuş ve suçunun anlaşılmasıyla birlikte Haç Burcu'nda uçurumdan atlayıp intihar etmişti.

Nagel, ÚZSI'den Haç Burcu'dan *uzak durmalarını* ve Janáček'in cesedini Folimanka Park'tan geçerek vadinin dibinden almalarını istemişti. Bu ricaya uymadıkları takdirde, halka açık bir soruşturma açacağını da eklemişti.

Nagel pencereye arkasını dönerken dikkatini tekrar elindeki çözülmemiş konuya yani Robert Langdon ve Katherine Solomon'a yöneltti. Masasının üzerindeki yazıcıdan Bay Finch'in kendisine gönderdiği dokümanları aldı.

Umarım, bu işe yarar.

Nagel kâğıtları ve masasının üzerinde duran siyah "Amerikan Büyükelçiliği" kalemini alıp aşağıdaki misafirlerinin yanına gitmek üzere odasından çıktı.

*

Oturma odasında iki çikolatalı kurabiye ve bir fincan sert kahveyi midesine indirmiş olan Langdon kendini tazelenmiş hissediyordu. Büyükelçiyle konuşacaklarına artık hazırdı.

Katherine'i büyükelçinin ikametgâhına girdikten sonra şahsi fikirlerinden bahsetmemeleri konusunda uyarmıştı. *Yerin kulağı vardır.* Langdon limuzinin arkasında konuştukları şeylerden pişman olmuştu. Lüks arabada bir interkom olduğundan ve birinin kendilerini dinlediğinden şüphelenmeye başlamıştı. Dikkatsizliğinin farkına ancak eve girdikten sonra varabilmişti. Katherine'in baş döndürücü fikirlerinden gayet açık bir şekilde bahsetmişlerdi. Süitlerindeki lalelerin arasında gördüğü dinleme cihazı yüzünden Langdon büyükelçiliğe artık güvenmiyordu.

Artık olan oldu. Büyükelçiyle konuştuğumuzda neler olduğunu anlayacağız.

Beklerlerken Langdon koridorun karşısındaki resmi yemek salonunu inceledi. Bu malikâneyle ilgili izlediği belgeseli ve yemek sandalyeleriyle ilgili sıra dışa hikâyeyi hatırladı.

Langdon, *çok merak ediyorum,* diye düşündü. Katherine'e başıyla kendisini takip etmesini işaret ederek, etrafında el yapımı antika deri sandalyeler olan uzun atlasağacı masaya doğru ilerledi. Sandalyelerden birini çekip altını üstünü inceledi ve anında elinde karanlık tarihin bir parçasını tuttuğunu fark etti. Sandalyenin altındaki aşınmış sarı etiketin üzerinde 206 katalog numarasının damgası ile Nazi sembolleri olan *Reichsadler*-İmparatorluk Kartalı ve gamalı haç bulunuyordu.

Katherine onu görünce irkilmişti. "Bu şey *burada* ne arıyor?!"

Langdon sandalyeyi yukarı kaldırıp etiketi daha yakından inceledi. "Naziler Prag'ı ele geçirip bu villaya el koyduklarında, tüm mobilyaları sonradan müzede sergilenmek üzere numaralandırmışlar. Bu etiketler orijinal Nazi kataloğu numaraları. Büyükelçilik, savaşın kötülüğünü hatırlatması için etiketleri çıkartmamaya karar vermiş."

Arkalarından bir ses, "Bakıyorum da bir mobilya profesörümüz var," dedi.

Langdon ile Katherine arkalarını döndüklerinde Amerikan Büyükelçisi Heide Nagel ile yüz yüze geldiler. Orta yaşlı kadın tıpkı koridorda gördükleri portredeki gibiydi. Siyah bir takım elbise giymiş ve renkli boncukları olan bir kolye takmıştı.

Büyükelçi Nagel kesinlikle gülümsemiyordu.

Langdon antika sandalyeyi aceleyle ters çevirmeye çalıştı. Sandalyeyi yere koyup masasının altına sürerken, "Kusura bakmayın," dedi.

Büyükelçi gergin bir ifadeyle, "Profesör," dedi. "Özür dilemesi gereken kişi benim. Şunu rahatlıkla söyleyebilirim ki Amerikan hükümetinin ikinize de bir açıklama borcu var."

76. BÖLÜM

ABD hükümeti bize bir açıklama mı borçlu?

Katherine ile birlikte Petschek Villası'nın güney kanadında yer alan yay şeklindeki şık salonda büyükelçinin peşinden giden Langdon'ın aklı karışmıştı. Büyükelçinin mahcup karşılaması, buraya diken üstünde gelen ve kimseye güvenecek hali kalmayan Langdon'ı şaşırtmıştı.

Ama artık o sıcaklık anı geçmişti. Büyükelçi Nagel'in amacına odaklanmış adımları bir aciliyet ve resmiyet göstergesiydi. Ayrıca davranışları evinde konuk ağırlayan birinin tavırlarına hiç uymuyordu. Müzik odasından, yaldızlı bir oturma odasından ve terası gören kış bahçesinden geçerken hiçbir açıklama yapmadı. Koridorun sonuna vardıklarında küçük bir kütüphaneye açılan aynalı kapıları iterek açtı.

"Burası evdeki en mahrem köşedir." Yemek odasından ayrıldıklarından beri ilk defa konuşuyordu. "Tüm özel görüşmelerimi buradan yaparım. Burada konuşuruz diye düşündüm."

Ahşap panelleri ve sıcak bir havası olan kütüphane deri ve puro kokuyordu. Antika kitaplarla dolu rafların çevrelediği odanın ortasında, gösterişli bir avizenin altında karşılıklı bir çift mavi kanepe duruyordu. Yıpranmış bir kolçaklı sandalye, yanında sekizgen sehpasıyla okumak için pencerenin önünde, köşeye yerleştirilmişti. Kütüphanenin mermer şöminesi yanmıyordu ama yanında huş odunları istiflenmişti.

Büyükelçinin arkasından içeri giren Langdon ile Katherine kanepelerden birine, büyükelçinin karşısına oturdu. Büyükelçi yanında getirdiği kâğıtları ters çevrilmiş halde, ortalarındaki sehpanın üzerine bıraktı. Resmi büyükelçilik kalemini kâğıtların üstüne koydu, arkasına yaslandı, ellerini kucağında kavuşturdu ve derin bir nefes aldı.

"Hoşbeş kısmını atlayacağım," diye söze başladı. "Öncelikle, her ikinizin de kurtulmuş olmasının beni son derece rahatlattığını söylemek istiyorum. ÚZSI ile yaşadığınız durum son derece tehlikeliydi Bay Langdon, sizi koruyabildiğim için çok mutlu oldum."

Teşekkür ederim... sanırım? Langdon daha iyi bir durumda olduğundan emin değildi.

Büyükelçi tüm dikkatlerini verdiklerinden emin olmak istercesine bir süre onların yüzüne baktı. "Bugün söylenmesi gerekenleri şahsen söyleyebilmek için sizi evime getirdim. Kısacası... üzgünüm. ABD hükümeti adına özür dilerim. Büyükelçiliklerimiz, Amerikan vatandaşlarını ve onların çıkarlarını yurtdışında korumak için kuruldu. Ben büyükelçi olarak bunu yapmak için yemin ettim ve ettiğim yemini ciddiye alıyorum. ABD çıkarlarını korumak için ettiğim bu yemine sadık kalmak adına, birkaç gün önce otel odanıza dinleme cihazı yerleştirme görevini üstlendiğimi üzülerek söylemek zorundayım."

İşte bu, diye düşündü Langdon. *Şüphelerimde haklı çıktım.* Karl Köprüsü üzerindeki kadın Katherine'e malum olmamıştı. Katherine'in gördüğü rüyayı duyan birinin tuhaf bir oyunuydu. *Ama neden?!*

Büyükelçi, "Emir üstlerimden geldi," dedi. "Ben de yerine getirdim. Sizin güvenliğiniz için yapıldığını düşünmüştüm; aldıkları bilginin sizi tehlikeye atmak için kullanılacağını bilmiyordum. Bunun özrü olamaz, tüm sorumluluğu üstleniyorum."

Katherine öfkeyle dönüp Langdon'a bir göz attı. "Yani otel odamızı mı dinlediniz?" Kızgınlığını saklamak için pek çaba göstermemişti.

Büyükelçi daha sert bir ses tonuyla karşılık verdi. "Fazla içerlemeden önce şunu bilin ki, dünya tehlikeli bir dönemden geçiyor. Emin olun kimse sizin yatak odası alışkanlıklarınızı veya sırlarınızı merak etmiyor. Bu dinleme cihazı ulusal güvenlik adına yerleştirildi."

Langdon olabildiğince sakin bir sesle konuştu. "Saygısızlık gibi olmasın sayın büyükelçi ama biz size ulusal güvenliği tehdit edebilecek birileri gibi mi geliyoruz?"

Büyükelçi hemen, "Saygısızlık gibi olmasın profesör," diye çıkıştı. "Eğer ulusal güvenlik tehditlerinin belirli bir görüntü kalıbı olduğunu düşünüyorsanız, özgeçmişinizde yazandan çok daha saf olmalısınız. Ben size özürlerimi sunuyorum, sabah yaşananlar hakkında şeffaf davranmaya çalışıyorum ve benim tarafımda olduğunuzu varsayıyorum. Zamanımız kısıtlı, ayrıca durumunuzla ilgili anlamanız gereken bazı konular var."

Langdon bundan daha kısa ve öz bir şekilde azarlandığını hatırlamıyordu. "Anladım. Lütfen... devam edin."

"Öncelikle, kısa bir süre sonra basılacak bir kitabınız olduğunu biliyorum Doktor Solomon. Anlamanız gereken şu ki, bu kitap basıldığı takdirde ulusal güvenliğe büyük bir tehdit oluşturacağına inanan güçlü kurumlar var."

"Nasıl?" diye sordu Katherine. "İnsan bilinci hakkında bir kitap yazdım!"

Büyükelçi omuzlarını silkti. "Bana verilen bilgi bu doğrultuda değil. Ancak, bilgisi olan kişi kısa süre sonra sizinle konuşmak için Prag'da olacak."

Langdon afallamıştı. "Bizimle konuşmaya mı yoksa sorguya çekmeye mi geliyor?"

"Sanırım her ikisinden de biraz." Nagel bakışlarını onlardan ayırmıyordu. "Sizi korumaya kararlıyım ama gücüm sınırlı."

"Ne kadar *sınırlı* olabilir?" diye sordu Katherine. "Siz ABD büyükelçisisiniz."

Heide Nagel kısık sesle güldü. "Diplomatlar gelir geçer Doktor Solomon. Gerçek kararları hükümetteki kalıcı güçler verir ve ne yazık ki, karşınızdakiler bu güce sahipler."

Aklına pek çok ihtimal gelen Langdon'ın giderek huzuru kaçıyordu.

"Sizlere bunu vermeden önce konuyu daha detaylı anlatmam yasak." Eğilip sehpanın üzerindeki iki kâğıdı çevirdi ve her birinin önüne birer kalemle birlikte itti. "Standart gizlilik sözleşmesi.

Birazdan gelecek olan adamla yapacağınız konuşmayı sır olarak saklayacağınıza dair bir söz veriyorsunuz. Siz bunları imzalayınca bildiğim her şeyi size anlatabilirim."

Tek sayfalık bir gizlilik sözleşmesi mi, diye düşündü Langdon. *Avukatlar ne zamandan beri her şeyi bir sayfaya sığdırabiliyor?* Langdon avukat değildi ama bu kadar kısa bir gizlilik sözleşmesinin konuşulan *tüm konuları* kapsayan geniş bir yasaklama getireceğinden şüpheleniyordu. Ayrıca ne tesadüf ki, Gessner da onlardan gizlilik sözleşmesi imzalamalarını istemişti.

Katherine evraka uzandığı sırada Langdon büyükelçiyle göz temasını kesmeden elini Katherine'in bileğinin üstüne koyarak onu durdurdu. "Sayın büyükelçi, bu durumun Katherine'in kitabıyla ilgili olduğu çok açık. Avukatıyla veya en azından editörüyle görüşmeden önce bunları imzalayamaz. Eğer hızlıca bir telefon..."

Büyükelçi onun sözünü kesti. "Makul bir istek ama maalesef yerine getiremem. Sizinle konuşmaya gelen adam gizlilik sözleşmeleri imzalanmadan ve o sizinle konuşmadan önce dışarısıyla herhangi bir iletişim kurulmasını kesinlikle yasakladı."

"Kim bu adam?" diye sordu Katherine.

"Bay Finch ismiyle tanınıyor. Bunlar da *onun* gizlilik sözleşmeleri. Elbette okuyabilirsiniz."

Langdon, "Gerek yok," dedi. "Sanırım yapacağımız toplantıda konuşacaklarımızın bu odanın dışında asla açıklanamayacağını yazıyor."

Başıyla onaylayan Nagel sabırsızlanmaya başlıyordu. "Gizlilik sözleşmelerinin muhteviyatı genellikle budur."

"Bu Bay Finch, eğer bizim bir telefon açmamıza bile izin vermiyorsa sanırım bizim de ona körü körüne güvenemeyeceğimizi anlarsınız. Sanırım Katherine'le birlikte otele dönmemiz en iyisi," dedi Langdon.

Katherine onun bu tepkisine şaşırmıştı. Diplomasi maskesi düşmeye başlayan Nagel de şaşırmış görünüyordu. Nagel sert bir sesle, "Eğer gerçekten gitmek istiyorsanız sizi isteğiniz dışında tutmaya yetkim de hevesim de yok," dedi. "Ama gitmenizin menfaatiniz açısından en iyi seçenek olduğunu sanmıyorum." Sustu ve gözlerini Langdon'a dikti. "Samimi olmak gerekirse oranın sizin için güvenli olacağını sanmıyorum."

Langdon onu taklit ederek karşılık verdi. "Aynı şekilde samimi olmak gerekirse burada da tamamıyla güvende olduğumuzu sanmıyoruz."

Şimdi Nagel'in yüzünden şaşkınlıkla karışık bir hiddet okunuyordu. "Profesör, otel odanıza dinleme cihazı yerleştirdiğimizi itiraf etmekle iyi niyet gösterisinde bulunduğumu ve biraz güven kazanacağımı sandım ama..."

Nagel'in telefonundan boğuk bir mesaj sesi duyuldu. Cihazı sinirli bir tavırla alıp gelen mesajı okudu. Sinirli ifadesi birden korku dolu bir ifadeye döndü. Soluğunu yuttu ve eliyle ağzını kapattı. Duygularının etkisinde kocaman açılmış gözlerle ayağa fırladı.

"Çok... çok üzgünüm," diye gevelerken denge sağlamak için masaya tutundu. "Bana on dakika verin. Bu mesaj... çok üzgünüm." Bunları söyledikten sonra hızla dışarı çıktı. Uzaklaşırken mermer zeminde yankılanan ayak sesleri duyuldu.

Katherine tedirgin olmuştu. "Rol yaptığını sanmıyorum."

Siyaset ve rol kesmek kimsenin itiraf etmek istemeyeceği kadar yakın ilişkili olsa da Langdon da aynı izlenime kapılmıştı.

"Ona çok soğuk davrandın Robert," diye çıkıştı Katherine. Langdon'ın evrakı imzalamak istememesine aklı ermemişti. "Makul bir açıklama yaptı, dinleme cihazını bize *o* söyledi."

"Büyükelçiliğin limuzinindeyken sana bahsettiğim dinleme cihazı. Sanırım büyükelçi veya Bay Finch o konuşmamızı dinledi ve zaten bildiğimiz bir şeyi bize itiraf etmekten başka çare göremedi. Güvenimizi kazanmak için akıllıca bir girişimdi."

Katherine dudaklarını ısırdı. "Aman Tanrım, sence gerçekten de kendi limuzinine dinleme cihazı yerleştirmiş olabilir mi? Biz orada çok şeyden bahsettik... *çok.*"

Langdon kâğıtların birini eline aldı. "Tek bildiğim, bu gizlilik sözleşmelerinin bir tuzak olduğu." Metni inceleyerek şüphelerini doğruladı. "Burada Bay Finch ile konuşacağımız her şeyin o anda çok gizli sınıfına gireceğini yazıyor. Bu adamın yapması gereken tek şey kitabındaki onu endişelendiren başlıklardan bahsederek seni konuşturmak. Böylece bir daha bu konuda ne konuşabilecek ne de yazabileceksin. Bu kitabı yayımlatmaktan men edileceksin. Sonsuza kadar."

"Bunu yapabilirler mi?"

"Hem de nasıl yaparlar." Langdon'ın bir arkadaşı büyük teknoloji şirketlerinden biriyle ilgili yazdığı taslağı şirket ziyaretinden önce imzaladığı "standart gizlilik sözleşmesi" nedeniyle yayımlatmaktan men edilmişti.

"Şey... " Katherine boşluğa baktı. "Bu gizlilik sözleşmesi bütün gün aklımda olan bir soruyu cevaplıyor."

"Nedir o soru?"

Yüzünü Langdon'a döndü. "Robert birinin kitabımın tüm kopyalarını yok etmeye çalıştığını öğrendiğimde kitabı yeniden yazabileceğimden neden kaygılanmadıklarını merak etmiştim. Şimdi anlıyoruz ki bunu yapmaya asla iznim olmayacağını biliyorlardı."

"Aynen öyle. Ayrıca ABD Büyükelçiliği yerine özel bir konutta bulunmamız hoşuma gitmiyor." Langdon pencerenin dışındaki konut arazisini çevreleyen yüksek güvenlik duvarlarını işaret etti. "Bunu bir düşün. Dışarı çıkış yok, telefon kullanamıyoruz ve yabancı bir adam bizimle konuşmaya geliyor. *Buraya*. Özel bir konuta. ABD büyükelçisine dinleme cihazı yerleştirmesini emredecek biri."

Katherine'in anlamlı gözleri nadiren korkuyla bakardı ama şu anda kaygıyla dolu olduklarına hiç şüphe yoktu. "Kimsenin burada olduğumuzu bilmemesi beni korkutuyor. Jonas'ın yaşadığından bile emin değiliz." Langdon ayağa kalktı. "İşte ben de bu yüzden bir telefonla iki kuş vuracağım."

Katherine ona tuhaf tuhaf baktı. "Herhalde 'taşla' demek istedin değil mi?"

Hayır, telefon demek istedim.

Deri yastığı kullanılmaktan aşınmış olan antika sandalyeye doğru yürüdü. "Bu kütüphanenin bu evdeki en mahrem yer olduğunu söyledi, görüşmelerini buradan yapıyormuş. O halde telefonu nerede?"

Katherine, "Cep telefonu var," dedi.

Langdon başını iki yana salladı. "Hukuk ataşesi bana resmi işler için mutlaka sabit hat kullanılması gerektiğini söyledi."

Yıpranmış deri sandalyeye oturan Langdon etrafına bakınırken değişik şekilli sehpaya gözü takıldı. Sehpanın sekizgen ayağının üzerinde 1800'lerin sonundaki alkol yasakları döneminde popüler olan benzersiz bir Beaux Arts deseni vardı. Sehpanın üstünü tutup kaldırdı. Kapak açılınca altında bir bölme olduğu ortaya çıktı. Bölmenin içine alkol gizlenmemişti ama tam da Langdon'ın tahmin ettiği gibi büyükelçinin sabit hatlı telefonu duruyordu.

Uzanıp telefonu dışarı çıkarttı ve kucağına koydu.

Katherine şaşırmıştı. "Bu kadar da olmaz."

"Tahminim tuttu." Langdon ahizeyi kulağına götürünce hattın sesini aldı.

"O telefonu gerçekten de kullanman gerekiyor mu?" Katherine endişeyle bakıyordu.

"Neden olmasın?" diye cevap verirken Langdon numarayı çevirmeye başladı. "Ülkedeki en güvenli telefon bu olabilir."

77. BÖLÜM

Duble espresso ile kendine gelen Jonas Faukman çocuk yayınları katından ayrılıp net bir amaçla –bu kadar ürkütücü bir kuruluşun *neden* Katherine'in taslağının peşinde olduğunu bulmak– kendi ofisine dönmüştü. Alex Conan yardım etmek için yanına gelmişti; en azından, patronu onu kaçınılmaz sorgulama için çağırana kadar.

Faukman masasındaki bilgisayarının başındaydı. Teknisyen de tam karşısında dizüstü bilgisayarda çalışıyordu. Editörün ofis telefonu aniden çalınca irkildiler.

Faukman, *sabahın 05.15'inde iş için kim arar ki,* diye düşündü. Arayan numaranın başında Avrupa kodu olduğunu fark edince hemen telefona atlayıp hoparlörün tuşuna bastı. "Alo?"

"Jonas!" Robert Langdon'ın tanıdık bariton sesi odada yankılandı. "Tanrı'ya şükür, iyisin! Cep ve ev telefonlarından sana ulaşmaya çalıştım."

"Tanrım, Robert..." Faukman'ın kalbi heyecandan hızla atıyordu. "Biz senin..."

Langdon, "Ne duyduğunuzu biliyorum," dedi. "Katherine bana anlattı ama boğulan *cep telefonumdu,* ben değil."

"Katherine *seninle* mi?"

"Evet ve ikimiz de sesini duyduğumuz için çok rahatladık. Seninle ilgili aldığımız son haber, kayıp olduğundu."

Faukman, "Bu martini eşliğinde anlatılacak kadar uzun bir hikâye," dedi. "Sanırım, Katherine'in taslağının kaybolduğunu biliyorsunuz. Bilgisayar korsanlarının saldırısına uğradık. Taslak, PRH'nin sisteminden silindi."

"Biliyorum. Sunucudan yedeğini kurtarmanın bir yolu var mı?"

Faukman, Alex'e bakınca onun başını "hayır" anlamında iki yana salladığını gördü.

Faukman, "Maalesef," diye cevap verdi. "Ne diyeceğimi bilemiyorum."

Langdon buruk bir sesle cevap verdi. "Keşke benimkini silselerdi."

Faukman, *acı ama gerçek,* diye düşündü. Langdon'ın son kitabı *Semboller, Semiyotik ve Dilin Evrimi* övgü dolu yorumlar almıştı ama akademi camiasının dışından okurların ilgisini çekmemişti. "Katherine'in taslağın bir kopyasının çıktısını aldığını duydum. Bu, doğru mu?"

"Evet... ama o da gitti."

Faukman derin bir nefes aldı. "Tamam, asıl önemli olan şeye odaklanalım, sonuçta ikiniz de *güvendesiniz*. Kitabı daha sonra düşünürüz."

Langdon, "Ben de bu yüzden aradım," dedi. "Güvende olduğumuzdan pek emin değilim. Şu anda, Amerikan büyükelçisinin özel konutundayız ama durum biraz tuhaf. Aslında, seni aramam..."

"Dur bir dakika! Amerikan büyükelçisiyle mi birliktesiniz?" Faukman paniğini belli etmemeye çalışıyordu. "Robert, hükümetimizden birilerine güvenme konusunda dikkatli olmanı öneririm. Buradaki teknisyenimiz PRH'ye saldıranların son derece güçlü bir kuruluş olduğunu keşfetti." Alex'in kendisine yazarak gösterdiği kısa çizgiyle ayrılan tuhaf ismi hatırladı. "Kuruluşun adı; In-Q-Tel."

"Hiç duymadım."

"Ben de duymamıştım. Anlayabildiğim kadarıyla çok iyi finanse edilen bir girişim sermayesi. Gözlerden uzak bir şekilde ileri teknolojiler üretiyorlar. Bu yüzden, duymamış olman normal."

Langdon, "Ama *bu* çok saçma," dedi. "Girişim sermayesi şirketleri, bilgisayar korsanı ya da ajan tutmazlar."

"Maalesef, bu tutmuş. In-Q-Tel'i duymamış olabilirsin ama ana kuruluşunu mutlaka duymuşsundur."

"Hangisi?"

Faukman derin bir nefes aldı. "CIA adında küçük bir grup."

Hattın diğer ucunda bir sessizlik oldu.

Faukman kendi tepkisini hatırlayıp, *şaşkınlığını çok iyi anlıyorum*, diye içinden geçirdi. "Tek bildiğim," diye devam etti. "CIA; In-Q-Tel'in sahibi ve ulusal güvenlikle ilgili teknolojilere gizlice yatırım yapmak için onu özel bir sermaye girişimi olarak kullanıyor. Yüzlerce ileri teknoloji patentini ve en cesur yeni teknoloji şirketlerinin çoğunluk hissesini kontrol ediyorlar." Editör bilgisayarına dönüp biraz önce okuduğu ekrana baktı. "Rakip yatırım şirketleri, In-Q-Tel'in Amerikan istihbarat sistemleriyle olan bağlantılarının, burada tam alıntı yapıyorum; 'hedeflerine ulaşma şekillerinde kendilerine endişe verici bir esneklik sağladığından' yakınıyorlar."

Şaşırdığı belli olan Langdon alçak sesle, "İnanılmaz," dedi. "CIA'in Katherine'in kitabını neden hedef aldığını anlamak çok zor ama olanlar düşünüldüğünde, parmak izlerinin her yerde olduğu..."

Alex o sırada , "Bu, bir *şaka* olmalı!" diye bağırdı. Faukman'ın görebilmesi için dizüstü bilgisayarı ona doğru çevirdi. "Şuna bir bakın!"

Ekranda bir Wikipedia sayfası açıktı. Alex, Langdon'ın büyükelçiden bahsettiğini duyunca araştırmaya başlamıştı.

Wikipedia:
Heide Nagel: Çek Cumhuriyeti Amerikan Büyükelçisi

Bilgi birkaç sayfa uzunluğundaydı ve Alex'in yaptığı aramanın sonuçlarını vurgulayan bir dizi altı çizili cümleyle doluydu.

... Nagel NYU Hukuk Fakültesi'nden mezun olunca CIA'de çalışmaya başlamıştır...
... CIA'in politika danışmanına nezaret etmiştir...
... CIA direktörü baş hukuk danışmanı pozisyonuna terfi etmiştir...
... CIA'den emekli olup büyükelçilik görevine başlamıştır...

Faukman, "Oh, lanet olsun Robert," dedi. "O evden hemen çıkın! Hemen!"

78. BÖLÜM

Büyükelçi Nagel yukarıdaki odasının büyük banyosunda, mermer lavabonun kenarlarına tutunarak kustu. Az önce Dana'nın gönderdiği mesajda sadece üç kelime yazıyordu.

MICHAEL HARRIS ÖLDÜ.

Dehşete kapılan büyükelçi hemen izin isteyip gözyaşları içinde o kısa haberi yazan Dana'yı aramıştı. Öğrendiği kadarıyla Dana ile ona eşlik eden deniz piyadesi, Sasha'nın evine vardığında kapıyı açık bulmuştu. Durumdan emin olmak için önden giren Kerble koridorda yatan cesetle karşılaşmıştı.

Michael Harris'in boğularak öldürülen cesediyle.

Sasha Vesna'dan veya başka birinden kalan bir iz yok.

Yaşadığı duygu yoğunluğuna rağmen soğukkanlı davranmış, Kerble'a daireyi korumaya alması ve cesedi götürmeleri için olay yeri inceleme ekibini araması emrini vermişti. *Ve olayı gizli tut!* Bir büyükelçilik çalışanının yabancı topraklarda öldüğünün medyada haber olması Nagel'in ihtiyacı olan son şeydi. *Bugün değil.*

O dairede her ne yaşanmış olursa olsun, kendi çalışanı onun için önde gelirdi. *Michael. Elimde onun kanı var.* Sadece Michael konusunda değil Prag'a geldiği üç yıl öncesinden beri yaşanan her şey için suçluluk ve pişmanlık duyarak banyodaki aynaya baktı.

Önde giden başkanlık adayına küçük bir servet bağışlayarak göz koyduğu atamayı elde eden pek çok büyükelçinin aksine Heide Nagel sadece doğru zamanda doğru yerde bulunmuştu.

Olayların gidişatına bakılırsa belki de yanlış yerdeydim.

CIA kadrosunda baş hukuk danışmanı olduğu yıllarda, çok önemli bir gizli belge kaybolmuş ve evine girip arama yapan görev gücü, dosyayı onun çalışma masasının çekmecesinde bulmuştu. Bu olayın ardından teşkilatın üst düzey yetkilileriyle görüşmek üzere CIA merkezi Langley'nin en üst katına çıkarılmıştı.

CIA Direktörü Gregory Judd sakin ve düşünceli tavırlarıyla tanınan eski bir ABD senatörüydü ama mükemmel yapılmayan işlere tahammülsüzlüğüyle ünlüydü. CIA'dekiler Judd'un bütün cesetlerin nerede gömülü olduğunu bildiğini çünkü çoğunu kendisinin öldürdüğünü söylerdi.

Nagel ofisten içeri girdiği sırada, "Kasıtlı ihmal mi yoksa vatana ihanet mi?" diye sormuştu.

"Kasıtsız bir ihmal efendim," diyerek gerçeği söylemişti. "Dosya benim çalışma kâğıtlarımın arasına karışmış olmalı. Dosyanın bende olduğunun farkında değildim."

Direktör uzunca bir süre ona bakmıştı. "Sana inanmak istiyorum ama bunun nasıl olduğu ortaya çıkana kadar buradaki hukuk danışmanlığı görevine devam edemeyeceğin çok açık. Seni süresiz izne ayırıyorum ve bu konuyu da soruşturması için genel müfettişliğe devrediyorum."

"Efendim ben gerçekten..."

Gözlerini kırpmadan, "İvedi olarak," demişti. "Bu size bir hediye sayılır Bayan Nagel ve ben fikrimi değiştirmeden önce teklifi kabul etmenizi şiddetle tavsiye ederim."

Bir hafta geçtikten sonra hâlâ evde oturan Heide Nagel sıkıntıdan ve meslek hayatındaki belirsizlikten boğuluyordu. Çocukları büyümüştü ve boşanma sonrası elde ettiği "lüks imkânlar" tükeniyordu. Şimdiye dek bunları fark edememesinin nedeni kendini geç saatlere kadar işine vermiş olmasıydı.

Hayatım bitti, diye düşünmüştü. *Değerim kalmadı.*

Altmış üç yaşındaki Nagel emekli olmak için fazla genç ve azimli, kendi hukuk bürosunu açmak için ise çok yaşlıydı. Kendi hayatıyla ilgili ne yapacağını düşünüp duruyordu. Kitap gruplarına mı girmeliydi? Çöpçatan sitelerine mi üye olmalıydı? Hepsi de kulağa ceza gibi geliyordu.

Ama sonra hiç beklemediği bir telefon gelmişti. CIA direktörü iki hafta sonra onda nadir görülen bir pişmanlıkla arıyordu. "Bu olaydan ötürü kendimi çok kötü hissediyorum Heide ve bunu telafi etmek istiyorum."

Bu imkânsız, diye düşünmüştü Nagel.

Judd anlatmaya başlamıştı. "Bildiğin gibi seçilmiş başkanla eski okul arkadaşıyız. Bu sabah birkaç kilit göreve personel atama konusunda görüş almak amacıyla beni aradı. Çek Cumhuriyeti'ne bir büyükelçi atanacak. Ona bölgedeki artan karmaşa göz önünde bulundurulursa uluslararası hukuktan çok iyi anlayan ve istihbarat teşkilatı tecrübesi olan bir büyükelçiye ihtiyaç duyacağını söyledim. Kısacası, *senden* bahsettim."

Nagel'in nutku tutulmuştu. *Yaşlı çocuklar ağı yaşlı kızlara iş mi veriyor?*

Karar vermesi kolaydı. Dört ay sonra basın açıklamaları gönderilmiş ve Heide Nagel kendini Prag'daki muhteşem büyükelçilik konutunda bulmuştu. Yetenekli büyükelçilik çalışanlarını idare ediyor ve anlamlı bir iş yapıyordu. Ama her şeyden güzeli, kaleye şöyle bir bakma fırsatı bulduğunda bir peri masalında yaşadığını hissediyordu.

Ama sonra, bir gecede her şey değişmişti.

Göreve başladıktan bir ay sonra, işler yolunda mı diye arayan Direktör Judd hoşbeş ettikten sonra sıra dışı bir istekte bulunmuştu. "Heide, şu anda Avrupa'da olan bir meslektaşımla bir akşam yemeği yemeni istiyorum."

"Elbette efendim." Hayatını kurtaran adam için yapabileceği en basit iş olduğunu düşünmüştü. "Kiminle?"

"In-Q-Tel'in Avrupa ofisine yeni atanan biri."

Q mu? Hafif bir endişe duymuştu.

In-Q-Tel veya ajanların kullandığı ismiyle Q, CIA'in gizli bir yatırım koluydu. CIA'in çıkarlarıyla veya ulusal güvenlikle ilgili gördükleri teknolojilere yatırım yapan gölge bir finansör ekibi vardı. Biomatrica'nın anhidrobiyoz teknolojisinden* Nanosys'in mikroskobik elektroniklerine ve D-Wave'in kuantum bilgisayarına kadar çeşitli yatırımlar yaparlardı.

---

* Susuz hayatta kalma prensibine dayalı sistem

CIA'in o dönemdeki baş hukuk danışmanı Nagel, In-Q-Tel'in "yaratıcı yatırım teknikleri" ve "varlık koruma yöntemleri" ile ilgili hukuki konularda direktöre birden fazla kez tavsiye vermişti ama zapt edilebilir bir grup değildi.

Q'dan biri neden Prag'a geliyor? Nagel ileri teknoloji şirketinden birinin neden Eski Dünya Prag'la ilgilendiğini bir türlü anlayamamıştı. Onların avlanma bölgesi genellikle Silikon Vadisi'ydi.

Buluşma akşamında Büyükelçi Nagel seçtikleri CCDA isimli restorana erken gelmişti. Muhteşem Çek yemekleri yapan gizli bir yerel işletmeydi. Buluşacağı kişiyi orada otururken bulunca çok şaşırmıştı. Muhtemelen yetmişli yaşlarının ortasında, resmi giyimli, gri saçlı zayıf bir adamdı. O masaya yaklaşırken adam gözlüklerini parlatıyordu.

Hesap adamı, diye düşünmüştü.

Daha fazla yanılamazdı. Bu adam CIA'in efsanevi Bilim ve Teknoloji Direktör'ü Everett Finch idi. İdare, Operasyon ve İstihbarat olmak üzere diğer üç birimle birlikte Finch'in teşkilattaki ekibi Merkezi Haberalma Teşkilatı'nın dört taşıyıcı sütunuydu.

Finch'i In-Q-Tel'e mi taşıdılar? Avrupa'ya?

Aklına gelen tek mantıklı açıklama Direktör Judd'un gizli bir nedenden ötürü Finch'in Avrupa'daki uzmanlığına ihtiyaç duymasıydı... ve kimseye fark ettirmeden buraya yerleştirmişti.

Garson geldiğinde onlara birer amuse-bouche yani *kulajda* adı verilen ve mantardan yapılan lezzetli Çek çorbasından iki küçük çay fincanı ikram etmişti. Bay Finch fincanı bir seferde içtikten sonra peçeteyle dudağına dokunmuş ve ardından masaya doğru eğilmişti.

Resmi hitap şeklini atlayarak, "Heide," demişti. "Buradaki büyükelçilik görevinden memnun musun?"

Temkinli bir sesle, "Evet," diye yanıt vermişti.

"Çok güzel." Ona hafif bir tebessüm etmişti. "Sanırım Prag'a görevlendirilmenin asıl sebebini öğrenme zamanın geldi."

Nagel için o gece, kendisini Prag'a getiren tesadüfi olaylara ilişkin safiyane inancının sonu olmuştu.

Buraya gelmemi önceden planlamışlar.

Yaşlı çocuklar ağı ihtiyaç duydukları pozisyona bir kadın piyon yerleştirmiş ve Nagel o andan itibaren tuzağa düşmüştü. En başından itibaren bilmesi gereken şeyi sonunda öğrenmişti; CIA'den atılması, evine dosyaların yerleştirilmesi Finch'in işiydi.

Nagel öfkeyle bunları yüzüne vurduğunda adamın verdiği tepki insanın kanını donduran cinstendi. Finch hiçbir duygusal tepki vermeden sözde evinde sakladığı evrakın bir fotokopisini önüne koymuş ve yabancı ajanların eline geçtiği takdirde "kasıtsız ihmal" mazeretinin anında vatana ihanet olarak değerlendirileceğini söylemişti.

Nagel, CIA direktörünü aramakla tehdit edince de Finch beklediğinin aksine bunu yapması için onu yüreklendirmiş, gerek Judd'un gerekse başkanın plan hakkında bilgilendirildiğini ve eğer onları ararsa büyükler liginde taraftarsız bir yarışa girmiş olacağını söylemişti.

Ben bir kuklayım.

Belki de Finch blöf yapmıştı ama Nagel, ABD başkanını ve CIA direktörünü aramayı göze alamazdı, özellikle de vatana ihanet gibi bir suçlama havada asılı dururken... Çok gizli bir istihbarat projesinden bahsetmeye gerek bile yoktu.

İnsanlar böyle ortadan kayboluyor demek ki...

O andan itibaren Nagel, Finch'ten hem nefret etmiş hem de itaat etmişti.

Şimdiyse banyodaki lavabonun önündeydi. Büyükelçi ağzını çalkaladı ve kendi yorgun gözlerinin içine baktı.

Michael Harris öldü.

Yüksek sesle, "Artık yeter," dedi.

Finch fazla ileri gitmişti.

Nagel iki yıldan fazladır bu hapishaneden dışarı çıkmanın bir yolunu arıyordu ama Finch ona fırsat vermemişti.

Şimdiye kadar.

79. BÖLÜM

Golĕm, Haç Burcu'na yaklaşırken duyduğu heyecan yüzünden canlandığını hissetti. Gördüğü kadarıyla Gessner'ın laboratuvarında kimse yoktu ve bu da o sabah erken saatlerde elde edemediği şeyi sonunda geri alabileceği anlamına geliyordu.

Bu sefer, geri çevrilmeyeceğim.

Gessner'ın RFID anahtar kartı cebindeydi ve ihtiyacı olan son öğeyi üç dakikadan kısa bir sürede ele geçireceğini tahmin ediyordu. Sonra, laboratuvardan ayrılıp son durağına gidecekti.

Eşik'e. Orayı yok edeceğim.

Burç'un kırılmış kapısına doğru ilerlerken efsanevi atasının –Prag'ın Golĕm'inin– sözlerini hatırladı.

Sadece iki yol var... Gerçek ya da Ölüm.

Golĕm ikisini de seçmişti.

Gerçek'i açığa çıkar.

Ölüm'ü kabullen.

Golĕm birçok kez ölmüştü ama ölüm asla ebedi değildi. Bir kez ölen orijinal Golĕm'in aksine, kendisi istediği zaman bu forma girip çıkabiliyordu.

Kendimi ben yarattım. Her zaman kendi kendimin efendisi olacağım.

Alnındaki İbranice *aleph* harfini her sildiğinde –böylece Gerçek'i Ölüm'e dönüştürüyordu– Golĕm ölüyordu. Ama sadece görüntüsü kayboluyordu. Görünmez oluyordu. Değersiz kabuğu yok oluyor ve bir canavara, onlardan birine dönüşüyordu. Sıradan. Göze çarpmayan bir şeye. İçindeki güç gizli kalıyordu.

Beni göremezsiniz ama buradayım... ve ona göz kulak oluyorum.

O gün karşılaştığı tüm engellere rağmen işini yapmış, masumları korumuş ve suçluları ortadan kaldırmıştı. Artık, başladığı işi bitirmenin zamanı gelmişti.

Gessner'ın laboratuvarından içeri girerken zarif giriş koridorunun boş olduğunu gördü. Laboratuvara inen merdivenler biyometrik bir güvenlik paneliyle korunuyor olsa da parmak izi onun için sorun olmayacaktı. Sasha farkında olmadan ona giriş iznini vermişti.

Golĕm giriş salonundan panele doğru ilerlerken mermer zemine saçılmış cam parçaları platformlu botlarının altında çatırdayarak ezildi.

Aniden koridorun ilerisinden bir başka ses daha duydu. Bu, horozu çekilen bir tabancanın sesiydi.

*

Uykusuzluktan bitkin düşmüş olan Ajan Housemore kendine bir fincan kahve alıp pencere kenarına oturmuş, Prag Kalesi'nin panoramik manzarasını izliyordu. Huzur içinde hayaller kurarken koridordan gelen bir sesle ayağa fırlayıp içgüdüsel olarak silahını çekti.

Tetikte olan Housemore ateşe hazır bir şekilde girişe doğru yürüdü. Finch bu binayı kontrol altında tutmasını emretmiş ve ona destek göndereceğine söz vermişti ama bu kadar çabuk gelmiş olamazlardı. Ayrıca, eğitimli bir askeri destek içeri girmeden önce geldiğini mutlaka ilan ederdi.

Burada başka biri var…

Housemore köşeyi sessizce dönüp koridora çıkarken kapüşonlu siyah pelerin giymiş bir figür gördü. Laboratuvarın merdiven boşluğunun girişindeki metal kapıyı açıyordu.

Housemore ona doğru koşarken, "*Stůj!*" diye seslendi. "Dur!"

Adam ona aldırmadan hızlıca kapıdan içeri girerken Housemore ateş etti. Kurşun güvenlik kapısından sekti. Ajan kapıya doğru koştu ama yanına vardığında kapı çoktan adamın arkasından kapanmıştı.

Ajan yüzünü güçlendirilmiş küçük pencereye dayayıp merdiven boşluğuna baktı ve birden kanının çekildiğini hissetti. Pelerinli figür kendisine bakıyordu, camın diğer tarafında sadece birkaç santim uzağındaydı. Topraksı yüzü ayın yüzeyine benziyordu ve alnına birtakım semboller kazınmıştı. Buz gibi gözleriyle sanki yüzünü hafızasına kazıyormuş gibi birkaç saniye onu inceledikten sonra arkasını dönüp koşarak merdivenlerden indi. Pelerini arkasında dalgalanırken gözden kayboldu.

Housemore geri çekilip kendini toparlamaya çalıştı

Bu da kimdi... ya da neydi?!

Onun biyometrik kapıyı nasıl açtığına dair hiçbir fikri yoktu ama derhal Finch'e haber vermesi gerekiyordu. Housemore teşkilatın gizli tesisinin burada olmadığını biliyordu. Gessner'ın laboratuvarında önemli bir şey olmamasına rağmen Finch ona burayı ne pahasına olursa olsun korumasını emretmişti. Ve *birisi* yanından kaçıp gitmişti.

Housemore içeri giren adamın Rus olduğunu düşünüyordu. Çelik gibi soluk gözleri Slavlara özgüydü. Yoğun kil maskesi, Rus zekâsının mükemmel bir örneğiydi. Prag'ın "kostümlü oyun" geleneğinden faydalanıp şehrin yüz tanıma kameralarını kolayca atlatmıştı. Ayrıca Ruslar UV reçineli 3D yazıcılarda oluşturdukları parmak ucu kopyalarıyla biyometrik sistemleri atlatmakta ustalaşmışlardı.

Housemore silahını kılıfına sokup isteksizce telefonunu çıkarırken bir yandan da laboratuvar kapısını gözlüyordu. Finch bu haberi hiç hoş karşılamayacaktı. Housemore ellerinin titrediğini fark edince sakinleşmek için biraz beklemeye karar verdi.

Sakinleş. Düşüncelerini toparla.

Gözünü kapıdan ayırmadan koridorda geri geri resepsiyon kısmına doğru ilerledi.

Koridorun nispeten korunaklı kısmında, merdiven boşluğuna açılan kapıya bakarak birkaç derin nefes aldı. Biraz sakinleşince Finch'i aramaya hazırlandı ama buna fırsatı olmadı.

Aniden arkasında biri belirmişti.

Sırtında yakıcı bir elektrik şoku hissetti. Kaskatı kesilen Housemore seramik zemin üzerine düşünce telefonu elinden kayıp gitti. Saldırgan onu tutup sırtüstü çevirdi ve yere bastırdı. Housemore az önce merdiven boşluğuna girerken gördüğü topraktan yaratığın soluk gözlerine bakıyordu.

Nereden geldi?! Nasıl?...

Sanki bu canavar bir anda tam arkasında belirivermişti!

Sert seramik zeminin üzerinde Housemore'un üstüne çıkmış elleriyle boğazını sıkıyordu. Housemore ona karşı koymaya çalışsa da felç olmuş kasları tepki vermeyi reddediyordu. Ajan çaresizce bilincini kaybetmemeye çalıştı.

Yaklaşık yirmi saniye soluk borusu tıkalı bir şekilde yerde sırtüstü yattıktan sonra kas kontrolünü yavaş yavaş geri kazandığını hissetti. Daha fazla zamana ihtiyacı vardı ancak görüşü bulanıklaşmaya başlamıştı. *Ya şimdi ya hiç.* Son bir gayretle kalan tüm gücünü toplayarak ellerini kaldırdı ve yaratığın göğsüne koyup onu üzerinden atmaya çalıştı. Ama saldırgan yerinden kıpırdamadı bile.

Kilden adamın tenine dokunmak onda çok tuhaf ve hiç beklenmedik bir his yaratmıştı.

Canavar onun boğazını daha sertçe sıkarken, "Ben zannettiğin şey değilim," diye fısıldadı. "Ben Golĕm'im."

80. BÖLÜM

Petschek Villası'nın altındaki on sekiz metrelik yüzme havuzu geleneksel Roma hamamları tarzında yapılmıştı. Çift sıra dizilmiş kırk sekiz kırmızı mermer sütunla çevrelenmiş azur mavisi ve beyaz havuz iki kömürlü kazanla ısıtılıyordu ve malikânenin en gösterişli mekânı olduğu varsayılıyordu.

Anlatılanlara göre, havuz sadece bir sezon kullanılmış, Otto Petschek'in kızı zatürreeye yakalanıp ölümden döndükten sonra hemen boşaltılmış ve bir daha kullanılması Petschek tarafından sonsuza kadar yasaklanmıştı.

Boş ve ihmal edilmiş havuzun kenarında duran Langdon, evden dışarı *çıkmak için* telaşla aşağı indikleri merdivenin haricinde bodrum kattaki mekândan bir kaçış yolu bulmak için gözleriyle etrafı taradı.

Yankı yapan mekânda Katherine, "Tabii ki bir *havuz* bulacaktın," diye fısıldadı. "Boş olması ne yazık, bugün ikinci kez yüzebilirdin."

Vltava Nehri'ni sayarsan üçüncü kez, diye düşündü Langdon.

Langdon büyükelçilik konutundan kaçabilmek için merdivenlerden indiklerinde bodrum kattan dışarı bir çıkış bulmayı umut ediyordu. *Çıkmaz sokak.* Yukarıdaki güney kanadında gözden kaybolan misafirlerini aradığı anlaşılan büyükelçinin telaşlı ayak sesleri havalandırma menfezlerinden yankılandı. Evini, kaçış yollarının sınırlı olduğunu bilecek kadar iyi tanıdığı belliydi. Havuza inen merdivenlerin başında belirmesi otuz saniyeden az zaman aldı.

Langdon, büyükelçiyi yanında bir ABD deniz piyadesiyle görmeyi bekliyordu ama aşağı indiğinde yalnızdı. Tek kelime etmeden ikisinin yanına yürüdü ve Katherine ile Langdon'ın imzalamadan sehpanın üstünde bıraktığı gizlilik sözleşmelerini havaya kaldırdı. Evrakı parçalarına ayırdı ve parçaları boş havuzun üstüne bıraktı.

Langdon hayretle onu seyrediyordu. *Ne yapıyor?*

Büyükelçi kâğıtları tamamen yırttıktan sonra çok ciddi bir ifadeyle onlara baktı ve işaretparmağını dudaklarına götürerek tek kelime etmemelerini ima etti. Sonra cep telefonunu çıkarttı ve aramayı hoparlöre aldı.

"Finch." Cevap veren adamın sesi hoparlörde cızırdadı. "Her şey kontrol altında mı?" Hafif Güneyli Amerikan aksanıyla konuşuyordu.

Büyükelçi, "Evet, bekliyoruz," dedi. "Ne kadar uzaktasın?"

"İnmek üzereyim. Bir saate kadar orada olurum."

Nagel telaşla, "*Lütfen* bana Michael Harris'ten haber olduğunu söyle," dedi. "İyi olduğundan emin değilim."

Adam, "Harris'in başına bir iş geldiyse yapacak bir şey yok," diye karşılık verdi. "Zaten şu noktada çok da önemli değil. Bize Sasha'nın konuşmadığını teyit etti ve..."

Nagel, "Önemi yok mu?" diye sordu. "Michael bu işe *senin* emrinle bulaştı."

"Harris'i unut. Elindeki göreve odaklan. Bu arada sen neredesin? Sesin yankılanıyor."

"Banyodayım. Aramak için yalnız kalmak istedim."

"Langdon ile Solomon neredeler?"

"Onları kütüphanede bıraktım," dedi. "Sen gelene kadar keyiflerine bakmalarını söyledim."

Langdon, Katherine'e şaşırarak baktı.

"Oteldeki dinleme cihazını itiraf ettin mi?" diye sordu Finch.

"Ettim. Senin dediğin gibi."

"İşe yaradı mı?"

"Kusursuz."

"Gizlilik sözleşmesini ikisi de imzaladı mı?"

Büyükelçi hiç tereddüt etmeden, "İmzaladılar," dedi. "Gizlilik sözleşmelerin imzalandı, mühürlendi ve kasama kilitlendi."

"Mükemmel," diyen Finch'in sesinden rahatladığı anlaşılıyordu. "Langdon'ı da elimizde tutmamız iyi olacak."

Langdon ile Katherine şok içerisinde birbirine baktı.

Adam, "Ve teyit etmek için soruyorum, mevzubahis kitabın yandığına dair elinde fiziki kanıt var mı?" diye sordu.

"Evet, ekibim geriye kalan birkaç yanmış parçayı da topladı. Sana fotoğraflarını gönderirim."

"Yazar *kendi mi* yaktı demiştin?"

"Anladığım kadarıyla gözü dönmüş bir ÚZSI subayının ve bir de senin elinden kurtulmak için Langdon ile Solomon taslağı birlikte yakmışlar."

Adam, "Cesur bir karardı," dedi. "Gözlerinin içine bakınca inanırım. Eğer kitap tamamıyla yok olduysa ve gizlilik sözleşmesini ikisi de imzaladıysa... bu işi bitirmeye çok yaklaşmışız demektir."

"Umarım."

"Peki, Haç Burcu? ÚZSI'nin çekilmeyi kabul ettiğine emin misin? Kimsenin Gessner'ın laboratuvarının ve yaptığı işin yanına yaklaşmasını istemiyorum."

"Kabul ettiler. Şimdi orada kimse yok."

"Güzel." Rahatladığı belliydi. "Deniz piyadesi güvenlik ekibini hemen oraya göndermeni istiyorum. Elbette benim asıl endişem ana tesis ama burçtan da herhangi bir sızıntı olmasını göze alamayız. Ekibin orayı korumaya alsın, ben de toplantımızdan sonra gidip bir değerlendirme yapacağım."

"Anlaşıldı," diye karşılık verdi Nagel. "Hemen bir ekip gönderirim."

"Görüşürüz."

Telefon kapandı.

Ardından yaşanan sessizlikte büyükelçi telefonun gerçekten kapandığından emin olmak için telefonu bir kez daha kontrol etti ve başını kaldırıp onlara baktıktan sonra yorgun bir halde nefes verdi.

"Neler oluyor böyle?!" diye sordu Katherine.

Büyükelçi tavandaki havalandırma menfezlerine bir göz attı. Dinleniyor olabileceklerini düşünerek Langdon ile Katherine'i havuzun kazan dairesine götürdü. İçerideki tek bir ampul yüz yıldır kullanılmadığı halde hâlâ kömür kokan demirden yapılmış antika su kazanlarını aydınlatıyordu.

Büyükelçi kapıyı arkalarından kapatırken, "Bilmeniz gereken ilk şey şu," dedi. "Konuştuğum adam CIA için çalışıyor."

Jonas daha önce uyardığı halde Langdon şaşırmış gibi yaparak geriye doğru adım attı. "Anlamadım?"

Nagel başını salladı. "İsmi Everett Finch. Daha önceden teşkilatın bilim ve teknoloji direktörüydü." Durdu. "Ben de eskiden CIA için çalışıyordum. Hukuk danışmanıydım."

Şimdi anlaşıldı, diye düşünen Langdon büyükelçi bunu söylediğinde rahatlaması mı yoksa tedirgin mi olması gerektiğine karar veremedi.

Büyükelçi ona Faukman'ın telefonda söylediklerini teyit etmişti. CIA'in sessiz sedasız işlettiği In-Q-Tel isimli girişim şirketi ulusal güvenlik teknolojilerine yatırım yapıyor ve yatırımlarını saldırgan bir tutumla koruyordu.

"CIA bir yatırım bankası mı işletiyor?" diye sordu Katherine.

Nagel, "Kâr elde etmekten çok vatanseverlik adına bunu yapıyorlar," diye açıkladı. "Son yıllarda ülkenin istihbarat bütçesini kıstılar. CIA ulusu *tüm* düşmanlara karşı korumak için yeminli, buna kendi polyannacı siyasetçilerimizin öngörüsüzlüğü de dahil. Bu yüzden teşkilat başka türlü gerçekleştiremeyeceği önemli CIA programlarını yürütebilmek adına dışarıdan fon sağlamaya kendini hem mecbur hissetti hem de etik açıdan haklı gördü."

Langdon onu dinlerken fark etmeye başlıyordu. Q parası ile finanse edilen bir proje örtülü ödenek tahsisiyle ilgili tüm geleneksel kongre incelemelerini atlatacak yani CIA dilediği her şeyi yapabilecek ve kimseye hesap vermeyecekti.

"Birkaç yıl önce CIA direktörü, Everett Finch'i Londra'ya transfer etti ve onu Q'nun Avrupa merkezinde kayıt dışı bir göreve getirdi.

Görevleri gizliydi ama tam yetki almış gibi görünüyordu ve fark ettiğiniz gibi, Katherine'in kitabıyla ilgili derin endişeleri vardı."

"Neden?" diye ısrarla sordu Katherine.

Nagel, "Tek bildiğim, Finch'in bunu Q'nun en önemli yatırımlarından birine tehdit oluşturduğunu düşündüğü," dedi. "Ulusal güvenlik meselesi görüldüğü için Finch'e sizinle ilgili kararlarında tehlikeli bir serbestlik tanıyor."

Langdon bu penceresiz bodrum katında durdukça kapana kısıldığını hissediyordu.

"İyi ama *nasıl* bir tehdit olabilir?" diye sordu Katherine. "Yazdığım herhangi bir şeyin nasıl bir tehdit..."

"Bilmiyorum. Bana detaylar anlatılmadı. Sadece emir aldım, sizi gizlilik sözleşmesini imzalamaya zorlayacaktım."

"Ama eğer CIA kitabımın ulusal güvenlik tehdidi oluşturduğunu düşünüyorsa niye yayıncımı arayıp ulusal güvenlik meselesi olduğunu söyleyerek tehlikeli kısımları çıkartmamı istemediler?"

Nagel, "Eski bir CIA avukatı olarak şunu söyleyebilirim ki, belirli kısımları çıkartmak CIA'in neden endişe ettiğini fazlasıyla belli etmektir," diye karşılık verdi. "Tam olarak neyi saklamak istediklerini iyice belli eder. Ayrıca yayıncınız, CIA'in istediğini reddedebilir ve metni olduğu gibi yayınlarken CIA'in okumanızı istemediği kitap diye reklamını da yapabilirdi."

Langdon onun haklı olduğunu biliyordu. Vatikan "Katoliklik karşıtı" olduğunu ileri sürdüğü popüler kitapların satışını yasaklamak ve Katoliklerin okumasını engellemeye çalışmak gibi hatalar yapıyordu.

Langdon, "Siz bu gizlilik sözleşmelerini okudunuz mu?" diye sordu.

Nagel başını sallarken, "Tam kapsamlı," dedi. "Tehlikeli derecede genel. Finch ile yapacağınız görüşme kaydedilecek ve bahsi geçen herhangi bir şey o anda 'yasal olarak koruma altına alınmış' kabul edilecekti. Finch'in size söyleyeceklerine bağlı olarak bu gizlilik sözleşmesi sayesinde Katherine'in kitabı derhal ve kalıcı olarak yasaklanmış olacaktı."

Langdon'ın aklına bir kez daha Katherine'in ona kitabında yazdıkları ve keşfettikleriyle ilgili anlattıkları üşüştü; beyin filtreleri, GABA, yerleşik olmayan bilinç. *CIA bunları neden önemsiyor?*

Langdon biraz daha üsteledi. "Az önce söylediklerinizden anladığım kadarıyla, Bay Finch bu kitabın Q'nun en önemli yatırımlarından birine tehdit oluşturduğuna inanıyor. Bu da önemli bir soruyu doğuruyor. Bu yatırımın *ne* olduğunu biliyor musunuz?"

"Prag'daki çok gizli bir CIA tesisiyle ilgili olduğunu biliyorum."

"*Prag* mı?" Langdon çok şaşırmıştı. "Şaka yapıyor olmalısınız. Burada ne işleri var?"

Nagel bezmiş bir ifadeyle başını iki yana salladı. "Bilmiyorum. Söyleyebileceğim tek şey bu tesisin bir kod isminin olduğu. Ona 'Eşik' diyorlar."

81. BÖLÜM

Üçü, villanın altındaki karanlık kazan dairesinde dururlarken Nagel, "Bana çok az ayrıntı verildi," dedi. "Teşkilat, kendi güvenliğim için dışarıda bırakıldığımı söylüyor. Tek bildiğim, CIA direktörünün Eşik'i teşkilatın en önemli girişimi olarak gördüğü... ve güvenliğimiz için kritik bir öneme sahip olduğunu düşündüğü."

Bu cüretkâr ifade havada asılı kaldı.

Langdon, "Ve sizin bu konuyla ilginiz yok, öyle mi?" diye sordu.

Büyükelçi, "Sadece siyasi açıdan," dedi. "Üç yıl önce CIA, onların diplomatik piyonu olmam için beni buraya büyükelçi olarak atadı. Teşkilatın içinden Finch'e hesap verecek ve Eşik'in gizlice inşasında bürokratik engelleri aşmaya yardım edecek birisi olsun diye."

Langdon, "Ve siz hâlâ bunun ne tür bir operasyon olduğunu bilmiyorsunuz?" diye üsteledi.

Nagel başını iki yana salladı. "Bilimsel araştırma tesisi olduğunu biliyorum. Finch'in anlattıklarından ve Brigita Gessner'ın belirgin rolünden yola çıkarak beyinle ilgili... belki de insan bilincine dair birtakım araştırmalar yaptıklarına eminim. Ama yoğun askeri güvenlik, orada bilimsel araştırmalardan daha fazlasının yapıldığını gösteriyor."

Katherine kalakalmıştı. "Tesis çalışır durumda mı?"

"İnşası tamamlandı ama tam olarak işlevsel değil. Birkaç izole test yaptıklarını biliyorum ve sanırım başarılı olmuşlar çünkü artık ciddi ciddi başlamaya hazırlanıyorlar. Amerika'da personeli eğitiyorlar ve tesisin birkaç hafta içinde faaliyete geçeceğini düşünüyorlar."

Katherine, "Ve bu tesis Prag'da mı?" diye sordu.

Nagel tüm detayları açıklayıp açıklamama konusunda karar veriyormuş gibi kısa bir an duraksadıktan sonra, "Teknik olarak Prag'ın *altında,*" dedi. "Tüm tesis yerin altında."

Langdon, Gessner'ın yeraltındaki küçük laboratuvarını hatırladı. "Sanırım, Haç Burcu'ndan bahsetmiyorsunuz?"

Büyükelçi, "Hayır," diye cevapladı. "Orası, Brigita Gessner'ın özel araştırma laboratuvarı. CIA onun teknolojilerine yatırım yaptı ama Eşik tesisi başka bir yerde. Aslında, burçtan fazla uzakta değil. Bin metrekarelik bir alanı kaplıyor."

Bin metrekare mi? Hem de yeraltında? "Böyle bir şehrin altında bu kadar büyük bir tesis gizlice nasıl kurulabilir?"

Nagel omuzlarını silkti. "Aslında hiç de zor değil. Temel yapı zaten oradaydı. CIA alıp yeniden inşa etti." Duraksadı. "Ama kamuoyuna Amerika Birleşik Devletleri Ordusu Mühendisler Birliği'nin devraldığı açıklandı."

Langdon birkaç dakika sessiz kalıp parçaları birleştirmeye çalıştı.

1950'lerde Avrupa'nın en büyük Sovyet Dönemi bomba sığınakları Prag'da inşa edilmişti. Kendi santrali, hava temizleme sistemi, duşları, tuvaletleri, toplanma salonu hatta morgu olan yeraltındaki rutubetli sığınak ağının bin beş yüz kişiyi barındırabileceği söyleniyordu. Sığınak uzun zaman önce terk edilmişti ama bir kısmı günümüzde hâlâ turistlerin ziyaretine açıktı.

O gün erken saatlerde sığınağın üzerinde yürümüş olduğunu fark eden Langdon alçak sesle, "Folimanka Sığınağı..." dedi. Sığınak, geniş Folimanka Park'ın altında yer alıyordu.

Langdon içeri girmemişti ama turist girişini –atom bombası ve KRYT FOLIMANKA kelimelerini tasvir eden renkli sprey boyalı graffitilerle süslü çimento tüneli– görmüştü. Yazının *Folimanka Kriptası* anlamına geldiğini zannetmişti ama aslında *Folimanka Sığınağı* demekti.

Folimanka Park'ın en doğu ucundaki sığınağın iyi bilinen turist bölümü fazla derinde değildi ve güvenle gezilebilecek durumdaydı. Ancak sığınağın büyük kısmı daha derinlere ve Folimanka Park'ın içlerine uzanıyordu. Yıllar içinde geniş tünel ağı sular altında kalarak harap olmuş, mühürlenip unutulmuştu.

Büyükelçi hızlı bir şekilde CIA'in sığınağın terk edilmiş bölümlerinin kontrolünü nasıl ele geçirdiğini anlattı. NATO üyesi olan ABD hükümeti buradaki askeri ve siyasi meselelerde işbirliği yapıyordu. Bu yardımlar bazen altyapı sorunları için sivil destek vermek anlamına da geliyordu. Özellikle şehir yetkililerinin çökmeye başlayan Folimanka Park'ın bir gün tamamen göçmesinden korktuklarını açıkladıklarında ABD hükümeti adına buradan nasıl kurtulacaklarını belirten bir proje de bu yardımları içeriyordu.

ABD Ordusu Mühendisler Birliği gelip parkın batı ucuna yeni bir giriş tüneli kazmış ve sığınaklarda uzun yıllar sürecek olan bir boşaltma, mühürleme ve sağlamlaştırma projesi başlatmışlardı.

Proje tamamlanmak üzereydi ama büyükelçi Amerika karşıtı komplo teorilerinin hâlâ ortalıkta dolaştığını söyledi: *Folimanka Park aslında çökmüyordu; oraya gizli bir askeri hapishane ya da kimyasal silah sığınağı inşa ediliyordu.* Bazıları da derinlerdeki sığınakların aslında hiç var olmadığını, Amerika'nın onları yeni kazmaya başladığını söylüyordu. Bu şüphenin nedeni, Sovyet Dönemi'nde yapılan sığınakların güvenilir bir planının ortada olmayışıydı. Böyle bir plan ya hiç var olmamıştı ya da tarihten silinmişti.

Gerçek ne olursa olsun, Langdon şeytani planın hakkını vermeliydi ama aklında bir soru vardı. "Neden *buraya* yaptılar?" diye sordu. "Eşik'i neden Arizona Çölü'nde bir antrepoya yapmadılar?"

Nagel, "Cevabı çok basit," dedi. "Kalabalık şehirler uydu gözetiminde kamufle olmaya imkân sağlıyor. Issız bir çöle yoğun malzeme ve personel taşırken fark edilmemek imkânsızdır. Artık birçok istihbarat tesisi şehir merkezlerine taşınıyor. Ayrıca Amerika'nın *dışındaki* bir şehri seçmek, kongre denetimini ve yerel yasal kısıtlamaları minimuma indiriyor."

Langdon büyükelçinin anlattıklarını endişe verici buldu. Büyükelçinin açık sözlülüğü karşısında şaşırmıştı. "Neden bize bunları anlatıyorsunuz?"

Katherine, "Evet," dedi. "Bu, sanki biraz..."

"Vatana ihanet mi?" Büyükelçi uzaklara dalmış gibiydi. "Benim sebeplerim kişisel ama başıma ne gelirse gelsin, şuna inanmanızı isterim; ikinizi de güvende tutmak önceliğim olacak."

Langdon birçok cevaplanmamış soru olduğunu bilse de ona inanıyordu.

Nagel, "Ama sizi uyarmalıyım," dedi. "Çok büyük güçlerle karşı karşıyasınız. CIA'in ve Eşik'in faaliyet alanında risk çok büyük ve açık konuşmak gerekirse insanlar ölüyor." Derin bir iç çekip Langdon ile Katherine'e baktı. Kısa bir an için ağlayacak gibi olmuştu. "Doktor Gessner dün akşam öldürüldü ve tek kaybımız o değil. Biraz önce hukuk ataşemin ölü bulunduğu haberini aldım."

Langdon daha sabah saatlerinde otelde Harris ile birlikte olduğunu hatırlayınca kendini kötü hissetti. "Çok üzüldüm."

Nagel alçak sesle, Harris'in cesedinin Bay Finch'in izleme emri üzerine "düzmece" bir ilişki yaşadığı Sasha Vesna'nın dairesinde bulunduğunu anlattı. Bay Finch, Gessner'ın Rus asistanının yakından takip edilmesini istemişti. Sasha'nın nerede olduğu bilinmiyordu ama Nagel akıbeti hakkında iyimser değildi.

Langdon, Sasha'nın güvende olmayabileceğini düşünerek daha da kaygılandı.

Büyükelçi derin bir nefes verdikten sonra anlatmaya devam etti. "Michael Harris'in ölümünden doğrudan ben sorumluyum ve bunun ağırlığını sonsuza dek üzerimde taşıyacağım." Bakışlarını ikisine dikti. Elinden geldiğince dik durmaya çalışıyordu. "Finch'in emirlerini sorgulamadan uygulayıp Michael'ın ölümüne neden oluşumu nasıl telafi edeceğimi bilmiyorum. Şu an sadece işleri düzeltmek için ne gerekiyorsa yapmam ve sizi korumam gerektiğini biliyorum."

Katherine, "Bunu nasıl yapmayı planlıyorsunuz?" diye sordu.

Nagel, "Önümüzde üç seçenek var," dedi. "Ne yazık ki hiçbirinden hoşlanmayacaksınız. Birincisi en güvenli olanı. Gizlilik sözleşmesini yeniden basarım, siz de imzalayıp, planlandığı gibi Bay Finch ile görüşür, ona sessiz kalacağınızı garanti edersiniz. Bu sizi onun radarından çıkarır ama aynı zamanda kitabınızı asla yayınlayamayacağınız ve bundan sonra bazı konular üzerinde hiçbir zaman özgürce çalışamayacağınız anlamına gelir Bayan Solomon."

Katherine net bir şekilde, "Bu asla bir seçenek olamaz," dedi.

Langdon onayladı. "Katılıyorum. İkinci seçenek nedir?"

Nagel açıklamaya çalıştı. "İkinci seçenek... Finch gelene kadar yaklaşık bir saatimiz var. Hemen buradan gidebiliriz. Ben sizi havaalanına götürürüm ve ülkeden ayrılmanızı sağlarım. Tabii ki bunun üçümüz için de birtakım sonuçları olacaktır ama en azından başka çözümler üretmek için vakit kazanmış oluruz."

Langon, "Ne gibi?" diye sordu.

"İlk olarak Bayan Solomon kitabını hemen yayınlatabilir. Kitabın basılmasıyla bir nebze dokunulmaz..."

Katherine, "Kitabım artık yok," diye araya girdi. "Yeniden yazmak çok uzun zaman alacak."

Langdon, "Elinde kopya olsaydı bile, bir kitabın düzenlenip basılması aylar alır," diyerek dikkat çekti. "Ayrıca böyle bir hareket onun sonsuza dek CIA'in hedefinde kalmasına neden olmaz mı?"

"Bir bakıma evet."

Katherine, "Teşekkürler, almayayım," dedi. "Hayatımın sonuna kadar arkamı kollamak zorunda kalmak istemiyorum. Üçüncü seçenek nedir?"

Nagel bir süre sessiz kaldı. Ayrıntıları düşünüyor gibiydi. Konuşmaya başladığında sesi sakindi. Bir avukatın müvekkiliyle konuşmasına benziyordu. "İstihbarat işinde, sadece bir tek güç kaynağı vardır; bilgi. Herkesin bildiği tek avantaj budur ve şu anda bundan oldukça fazla miktarda alabilecek bir konumdasınız. Unutmayın, Bay Finch gizlilik sözleşmelerini imzaladığınızı düşünüyor. Ve sözleşmeleri size karşı koz olarak kullanacağı bir konuşma yapmak üzere buraya geliyor. Size anlatabileceği kadarını anlatacak ve her şeyin gizli kalmasını isteyecek. Ne kadar çok şey anlatırsa o kadar çok şey bileceksiniz... ve böylece daha fazla avantaj sahibi olacaksınız."

Langdon bir profesyonelle karşı karşıya olduklarını anladı. *Ve ateşle oynadıklarını.* Öyle olsa bile Nagel'in planı anlattığı kadar basit değildi. "Bilgiyi nasıl elde edeceğimizi anladım," dedi. "Ama sonra ne olacak?"

Nagel, "Ben size yardım edeceğim," dedi. "Tüm bilgileri üçüncü bir kişiye aktarırız, örneğin dışarıdan bir avukata. İçimizden birinin başına bir şey geldiğinde ya da bizimle bağlantı kuramadığında, tüm bilgileri anında basına gönderir. Avukatlar buna 'zamansız ölüm maddesi' der."

Langdon, "Bence doğru kelime 'şantaj' olmalı," dedi.

"Kaba tabirle evet. Ama son derece yasal."

Katherine geriye doğru bir adım atarken, "Bize CIA'e *şantaj* yapmamızı mı tavsiye ediyorsunuz?.."

"Bunu bir bilgi kozu olarak düşünün Bayan Solomon. İstihbarat tehditleri, bu insanların konuştuğu ve anladığı dildir. Size saldırırlarsa zarar göreceklerini bilirler. Bu yüzden sizi rahat bırakırlar."

Langdon, "Tersi de olabilir," dedi. "Dokunulmazlık karşılığında siz onların sırlarını saklarsınız."

Nagel, "Karşılıklı kesin yıkım," dedi. "Bu kanıtlanmış bir model. İşe yaramasaydı, dünyanın büyük güçleri 1960'larda birbirlerine nükleer bombalar yağdırırlardı. Kendini koruma içgüdüsü bir yenişememe durumu yaratır; karşılıklı olarak aynı fikirde olmamayı kabul ederiz."

Katherine hâlâ tetikteydi.

Nagel, "Avantaj sahibi olmak bu krizi anında yatıştıracaktır," dedi. "Teşkilat geri çekilmek, yeniden toplanmak, herkese bir nefes alıp pazarlık etme fırsatı vermek zorunda kalacaktır. Belki, kitabınızda hangi kısımdan hoşlanmadıklarını söyleyecekler ve siz de o kısmı kaldırmayı teklif edeceksiniz. Bu yoldan gidersiniz, en azından seçenekleriniz olur." Nagel, Katherine'in gözlerinin içine baktı. "Umarım, size yardım ederek son derece büyük bir risk aldığımın farkındasınızdır Bayan Solomon. Bu da beni sizin müttefikiniz yapıyor."

Katherine ikna olmuş bir ifadeyle, "Teşekkür ederim," dedi.

Langdon konseptten prensipte hoşlanmıştı ama uygulamak başka bir konuydu. "Moral bozmak istemem ama Bay Finch konuşmaya başlamadan önce imzalanmış anlaşmaları görmek isterse ne olacak?"

Büyükelçi, "Büyük ihtimalle görmek isteyecektir," dedi. "Ona belgelerin planı için çok önemli olduğunu bildiğimi, bu yüzden onları mühürleyerek bir deniz piyadesiyle büyükelçiliğe gönderdiğimi ve kendi kasama kaldırttığımı söyleyeceğim. Bana güvenmek zorunda yoksa bu görüşmeyi büyükelçilikte gerçekleştirmek zorunda kalır ki bunu kesinlikle *istemeyecektir.*"

Langdon planı kafasında ölçüp biçerken huzursuzdu. Katherine ve kendisinin Finch ile yapacakları görüşmede avantajlı konuma geçecek kadar bilgi sahibi olacaklarını farz etmek.. *Eğitimli ve kıdemli bir CIA ajanıyla konuşacağız.* Bu adam, onların gizlilik anlaşmasını imzaladığına inansa bile teşkilatı ya da çok gizli bir projeyi tehlikeye atacak bir bilgiyi onlara verecek miydi?

Katherine, "Şüphelerin var gibi," dedi.

Langdon düşünceli bir ifadeyle ona baktı. "Üzgünüm ama işe yarayacağını sanmıyorum."

Nagel, "Elimizde sadece bu üç seçenek var," dedi.

Langdon hiç beklenmedik bir bağlantı kurarak, "Aslına bakarsanız *dördüncü* bir seçenek daha var," dedi. "Tehlikeli ama en iyi seçeneğimizin bu olduğuna inanıyorum."

82. BÖLÜM

Bay Finch'in Václav Havel Havaalanı'na son iniş turunu atan Citation Latitude uçağı Bílá Hora Dağı'na doğru yol aldı. Uçağın etkileşimli haritası tepenin Katoliklerin bastırdığı 1620 Bohemya ayaklanmasının savaş alanı olduğunu belirtiyordu.

Çok benzer, diye düşündü Bay Finch. O da kendi küçük ayaklanmasını Büyükelçi Nagel ile bastırmıştı. Anlaşılır sebeplerden ötürü büyükelçi, ondan hiç hoşlanmamıştı ama Finch bunu hiçbir zaman önemsememişti. *O akıllı bir kadın... Bu operasyondaki yerini bilecek kadar akıllı.*

Uçak inişe geçtiğinde kendini kalkışlarda olduğundan daha rahat hisseden Finch kemerini bağladı. Bir saat öncesine kadar bu operasyon oldukça kaotikti. Şimdiyse mucizevi bir biçimde tüm o kargaşa ortadan kalkmıştı. Yayınevinin hacklenmesi, bu alanda nam salmış bir korsan yayıncının üstüne kalmıştı. Robert Langdon ile Katherine Solomon bulunmuş ve Prag'da alıkonulmuştu. Gizlilik sözleşmeleri imzalanmış, kitabın tüm kopyaları imha edilmişti. New York'taki iki ajana da geri çekilmeleri ve uzun süre aramalara cevap vermemeleri emri gönderilmişti.

Görev tamamlandı, diye düşünürken uçağın oval penceresinden dışarıyı seyretmeye başladı. Huzur verici Çek manzarasına bakarken bu karmaşık operasyonun, sayısız yansımaları olan ve eylemlerini haklı çıkaran basit bir gerçeğe dayandığını hatırladı.

Dünyanın gelecekteki savaş alanı insan bilinci olacak.

Yarınların savaşları farklı olacaktı ve saldırıya liderlik etmesi için Finch seçilmişti. Bu emrin merkezi Eşik'ti. Finch'in üstleri ona, burada geliştirilen teknolojiyi koruması için gereken her şeyi yapabilme yetkisini vermişti.

Eşik daima risk altında olacaktı ama daha tesis tam anlamıyla çalışmaya bile başlamadan, ilk tehditlerden biri hiç beklenmedik bir kaynaktan gelmişti.

Katherine Solomon.

Yetenekli noetik bilimci yıllardır CIA'in izleme listesindeydi. Diğer pek çok şeyle birlikte, Solomon'un çalışmaları teşkilatın üstünde çalıştığı projelerle örtüşüyordu. Birkaç yıl önce onu takip eden ekip, akademiden ayrılarak beyinle ilgili araştırmalarda ABD ordusuyla çalışan noetistler hakkında ne düşünüldüğünün sorulduğu bir podcast'in metin dökümünü işaretlemişti. Solomon'un cevabı tartışmaya yer bırakmıyordu. "Orduyla çalışmak inandığım her şeye ters düşer. Hiçbir şart altında bunu kabul etmem. Noetik araştırmalar herkes içindir... Asla silahlaştırılmamalı."

Yazık, diye düşünmüştü Finch. *DARPA onu N3 veya alt ağ projelerinde kullanabilirdi.* Katherine Solomon tek bir demeçle kendini, geri çevrilme riskini göze almadan CIA'in asla yaklaşamayacağı biri ilan etmişti.

Teşkilat onun insan bilinciyle ilgili bir kitap yazdığını ve büyük bir yayıncıyla anlaşmaya vardığını öğrendiğinde, Finch ekibine projeyi yakından takip etmeleri ve yayınlanmamış kitap taslağını tedbir amaçlı ele geçirmeleri talimatını vermişti.

Gel gör ki Finch'in ajanları Solomon'ın kitabını alışılmadık bir yöntemle yazdığını rapor etmişti. Tüm kitabı yayıncının yüksek seviyede korunan özel sunucusunda yazıyordu. Solomon'ın geçmişindeki diğer kaygı verici unsurlarla birleştiğinde bu durum Finch için alarm zillerinin çalmasına yetmişti. O da B planını devreye sokmuştu.

Brigita Gessner'a onu Prag'da prestijli bir konuşma yapma teklifiyle kandırması talimatını vermişti. Konuşmayı Gessner ayarlayacak, sonra karşılıklı içki içecek ve kitabıyla ilgili Solomon'ın ağzından laf almaya çalışacaktı. Ayrıca ilk kitabını çıkaran yazara herkese yapmadığı bir teklifte bulunacak ve kitabına "övgü yazısı" yazmayı önerecek ama bunun için kitabın önden bir kopyasını okumak isteyecekti. Ve son olarak Gessner onu laboratuvarına götürmek için bir gizlilik sözleşmesi imzalamasını isteyecekti. Araya sıkıştırılmış birkaç satır sayesinde Finch gerekli olursa durumun tüm kontrolünü ele almış olacaktı.

Maalesef... B planı elimde patladı.

Four Seasons'daki içkilerin ardından Gessner, Finch'e endişe verici bir mesaj göndermişti:

SOLOMON TEKLİFİ KABUL ETMEDİ.
KOPYAYI OKUTMUYOR.
GİZLİLİK SÖZLEŞMESİNİ DE REDDETTİ.
DAHA BÜYÜK SORUN ŞU Kİ; BANA YALAN SÖYLEDİ.
OTUZ DAKİKAYA KADAR ARAYACAĞIM.

Solomon yalan mı söyledi? Gelen mesaj Solomon'ın tahmin ettiğinden daha ihtiyatlı biri olduğunu ima ediyordu ve kitabıyla ilgili muazzam bir sırrı saklıyor olabilirdi.

Finch o gece kaygıyla Gessner'ın aramasını beklemişti ama kadın aramamıştı.

Otuz dakika beklemiş, sonra bir saat olmuştu.

Finch onu arasa da bir cevap alamamıştı.

İki saat sonra telefonu nihayet çaldığında arayan Gessner değil acil bir bilgilendirme yapan izleme ekibiydi: *Katherine Solomon otelde yardım çığlıkları attı.*

Finch hemen onun süitine yerleştirdiği mikrofonun ses kayıtlarını dinlemeye koşmuştu. O ana kadar dinlemeden kayda değer bir istihbarat alamamıştı. Bir çeşit kâbusun ardından Langdon'ın Solomon'ı teselli ettiğini ve onu uyandıran rüyanın detaylarını konuştuklarını duymuştu. Ama daha sonra beklenmedik ve son derece kaygı verici bir şey duydu. Langdon onun rüyasında gördüğü nesnelerin mantıklı bir açıklaması olduğunu söylüyordu. Bunlara gördüğü "mızrak" da dahildi.

Langdon, "Brigita'nın giriş kartındaki Vel mızrağı sembolünü hatırlıyor musun?" diye sormuştu. "Birkaç saat önce bundan bahsediyorduk."

Finch kulaklarına inanamıyordu. Langdon'ın bahsettiği kart Eşik'in *tüm kapılarını* açan çok gizli giriş kartıydı. O an için bu karttan sadece iki tane vardı, biri Gessner'ın diğeri de kendisininkiydi. Ayrıca Gessner'ın bu kartı onlara göstermesinin imkân ve ihtimali yoktu.

Kartı kilitli evrak çantasında gizli bir cebin içinde tutuyor.

Donakalan Finch kendi kartını çıkartıp incelemeye koyulmuştu. *Bu, yeryüzündeki en güvenli RFID giriş kartı.* Kartın tüm yüzeyinde biyometrik okuyucu vardı; kullanıcının parmak izini herhangi bir açıdan okuyabiliyordu. Bu da demek oluyordu ki yetkili kullanıcı olmadan kartı kullanmak imkânsızdı. Çalındığı takdirde kart kullanılamazdı. Kaybolduğu takdirde kartın üstündeki tek yazı nereyle bağlantılı olduğuna dair hiçbir ipucu vermeyecekti.

Sözcük tek başına fazlasıyla genel bir ifadeydi. Ama aslında şifreli bir kod adıydı.

PRAGUE

Prag'ın kelime anlamı "eşik" idi ve bu yüksek teknolojili kartlar Eşik'in yeraltındaki tesislerine girmenin ilk güvenlik aşamasıydı. A harfine tarihi Vel mızrağını dahil etmek Finch'in dokunuşuydu. Yeraltında oluşturulan kahramanlık, güç ve aydınlanma silahına ithafen ikonografik bir işaret eklemişti.

Gessner bu kartı yabancı birine neden göstersin? Özellikle de Katherine Solomon'a?

Finch'in bulabildiği tek açıklama hayli sinir bozucuydu. Belki de Gessner'ın sır saklama becerisini yanlış değerlendirmişti. Paraya düşkün olduğuna hiç şüphe yoktu çünkü onu bu sayede kontrol ediyordu ama aynı zamanda muazzam bir egoya sahipti. İki Amerikalı, nörobilimcinin böbürlenme zaafından yararlanarak onu kendi taraflarına çekmiş ve hatta Katherine yerine Gessner'ı konuşturmuş olabilirlerdi. Belki onu sarhoş etmiş hatta belki de esir almışlardı, ki bu da Gessner'ın telefona cevap vermemesini açıklıyordu.

Finch önündeki verileri gözden geçirirken artan bir endişeyle şakaklarının zonkladığını hissetmişti.

Solomon kitabını göstermeyi kabul etmiyor...

Yayıncısı aşırı güvenlik tedbirleri alıyor...

Solomon'ın Gessner'ın RFID giriş kartından haberi var...

Londra'daki Finch gecenin bir yarısında tek başına otururken kurgusunda aşırıya kaçmış olmayı diliyordu. Ama sinir bozucu bir ihtimal aklından çıkmıyordu: *Belki de Solomon'ın Eşik'ten haberi vardır ve CIA'in insan bilinciyle ilgili çalışmalarını ifşa edecek bir kitap yazmıştır.*

Ses kaydını dinlemeye devam eden Finch için Solomon'ın yaptığı itiraf bardağı taşıran son damlaydı. Ağlamaklı konuşuyordu. "Şu sıralar zaten sinirlerim bozuk Robert. Jonas'a edit etmeye başlayabileceğini söyledim. Bu gece kitabın çıktısını alacak ve okumaya başlayacaktı, o yüzden gerginim."

Bu haber Finch'i hazırlıksız yakalamıştı. *Katherine kitabını editöre mi gönderdi?* Kitap edit edilmeye başladığı anda kopyaları yayınevine dağılacaktı; redaktörler, son okuyucular, kapak tasarımcıları, reklam, tanıtım, pazarlama ve satışçılar. *Şu durumda, saklı kalması imkânsız.*

Finch zamanının ve seçeneklerinin azaldığının farkındaydı. Yayınevini hackleyerek gereksiz bir kargaşa yaratmak istemiyordu ama o kitapta ne yazdığını bilmek zorundaydı... *hem de hemen.* Hiç tereddüt etmeden ekibine Penguin Random House'ın güvenlikli sunucusuna sızmalarını ve kitabın kopyasını çalmalarını söylemişti. İçinde ne yazdığını gördükten sonra ya rahat bir nefes alacak ya da çalışmanın son kırıntısına kadar yok edilmesini emredecekti.

Bir başka tehlikenin daha doğduğunun farkındaydı, Katherine Solomon'un birlikte olduğu Robert Langdon. Harvard'lı profesörün, kimsenin bulunmasını istemediği sırları açığa çıkartmak gibi bir ünü vardı.

Langdon'ı da kontrolüm altına almalıyım, diye düşünmüştü. Kral dairesinden edindiği kısıtlı bilgiyle çabucak bir plan yapmıştı. Doğru sunulduğunda en önemsiz bilginin bile akıl karıştırıcı güçlü bir silaha dönüşebileceğini uzun zaman önce öğrenmişti. Antik Çin stratejisti Sun Tzu tüm askeri kampanyasını ünlü sloganı etrafında şekillendirmişti: *Akıl karışıklığı kaosu getirir. Kaos ise fırsat yaratır.*

Zamanı kısıtlıydı ama o her ihtimale karşı hazırlıklı olmak ve kararlı davranmakla kariyerinde bir yer edinmişti. Telefonu alıp birkaç yeri aramış, Ajan Housemore'a açık talimatlar vermiş ve hazır vaziyette beklemesini emretmişti.

Prag saatiyle saat sabah altıdan hemen önce Finch'in hackerları sonunda Solomon'ın şifrelenmiş kitap taslağının tam halini ona iletmişti. Bütün metni okumaya niyeti yoktu, bu yüzden içindekiler tablosunu okumakla başlamıştı. İlk bakışta, baskı öncesi çıkan haberlerdekinden farklı bir tabloyla karşılaşmadığı için rahatlamıştı. Katherine Solomon bilinçle ilgili yeni bir teori geliştirmişti.

Finch emin olmak için metinde "CIA" ve "Eşik" kelimelerini taratmış ve bu kelimelere rastlamayınca içine su serpilmişti.

Buraya kadar güzel...

Aradığı özel bilgiyi bulmak için bazı kelimeleri kullanarak metni son bir kez taratmıştı.

Ya vardır ya da yoktur.

Finch nefesini tutup aramayı başlatmak için klavyedeki tuşa basmış, iki saniye geçtikten sonra bir sonuç çıkmayınca nefesini bırakmıştı.

Ama sonra bilgisayar çınlamıştı.

Kahretsin...

Metnin sonlarına doğru bir eşleşme çıkmıştı. Sayfa açıldığında Finch öne doğru eğilmiş, gözleri heyecanla metinde dolaşmıştı. Birkaç saniye içinde feci bir senaryoyla karşı karşıya olduğunu anlamıştı. Bilerek ya da bilmeyerek Katherine Solomon arı kovanına çomak sokmuştu. Kitabı büyük bir sorun teşkil ediyordu.

Krizle başa çıkmak için seçeneklerini gözden geçiren Finch'in telefonuna gelen mesaj başka kötü haberler veriyordu. Solomon, Four Seasons Otel'in bilgisayar odasından yayınevinin sunucusuna bağlanmış ve kitabın *çıktısını* almıştı.

Sabah saat 06.45 ve o kadın kitabın çıktısını alıyor... bir otel yazıcısından.

Bu davranışı yayıncının güvenlik protokollerine hakaret etmek gibiydi. Finch onun kitabının hacklendiğini öğrendiğini ve korumak için harekete geçtiğini düşünmüştü.

Sinirleri gerilen Finch, Brigita Gessner'a ulaşmak için son bir girişimde bulunmuştu ama araması doğrudan telesekretere yönlendirilmişti. Gessner gece boyunca, Solomon ve Langdon ile buluştuğundan beri kayıptı.

Bir şeyden emindi. *Ateş olmayan yerden duman çıkmaz.*

Daha işin en başında Prag'da ve New York'ta tek bir emriyle uygulanacak karşı tedbirler almıştı.

Mevcut durumu değerlendirmiş ve artık vaktin geldiğine kanaat getirmişti.

Her iki şehirdeki ajanlarına Signal üzerinden eşzamanlı mesaj göndermişti.

BAŞLAYIN.

83. BÖLÜM

Golĕm mücadeleden yorgun düşmüş bir halde pembe mermer zemine diz çöktü. Gücünü toplayıp cesedi saklamak için harekete geçti. Kurbanın bedeninin Harris'inkinden çok daha hafif oluşu onu memnun etti. Kadını fazla çaba sarf etmeden sürükleyerek yan duvardaki kanepenin arkasına bıraktı. Bir an tabancasını almayı düşünse de kullanmayı öğrenmeye hiç vakti olmamıştı. Ayrıca şok tabancasının basitliğini ve sessizliğini hiçbir şeye değişmezdi.

Golĕm duvar heykelinin yanına gidip sanat eserini kenara itince dakikalar önce kendisini yukarı taşıyan asansör ortaya çıktı. Asansörün güvenlik tuş takımına dikkatli bir şekilde Gessner'ın geçen akşam korkuyla açıkladığı yedi haneli şifreyi girdi.

Bana her şeyi anlattı... Elbette onun durumundaki herkesin yapacağı gibi.

Asansör bir kat aşağıya inerken Golĕm gözlerini kapatıp kurbanın icat ettiği makine sayesinde gerçekleştirdiği sorgulama metodunu düşünürken büyük bir tatmin hissetti.

Gessner'ın EPR tankı, anestezi altındaki bilinci kapalı hastalar için tasarlanmıştı. Dolaşım sisteminin buz gibi soğuk salinle yıkanmasının dayanılması imkânsız acısını bloke edecek intravenöz fentanil –dünyanın en etkili ağrı kesicisi– ile birlikte kullanılıyordu. Ama Golĕm kadını doğrudan tanka yerleştirip anestezi kısmını atlamış, el ve ayak bileklerini ağır Velcro kayışlarla bağlamıştı. Makinenin IV'leri femoral arterler ve damarlar için tasarlanmıştı ama Golĕm kateterleri kadının kollarına takmıştı. Böylece, bilinci açık bir şekilde acıyı hissetmesini sağlayacak akış sağlanacaktı.

Asansör kapısı doğrudan Gessner'ın laboratuvarına açıldı ve Golěm peşi sıra dalgalanan pelerinyle taş duvarlarda hayalet gölgeler yaratarak loş ışıkta ilerledi. Bu sefer burçta yalnızdı ve kimse işine engel olamayacaktı.

İstediğimi almak için sadece bir dakikaya ihtiyacım var.

Sonra, Eşik olarak bilinen gizli tesise doğru yola çıkacaktı.

*

Jonas Faukman kaçırılmanın travmasını henüz atlatmamışken Robert ve Katherine'in eski CIA avukatının konutuna götürülmüş olduğunu öğrenmişti. Tavsiyesini dinleyip oradan çıkmış olduklarını umut ediyordu.

Ara beni Robert. Bana iyi olduğunuzu söyle...

Alex Conan dizüstü bilgisayarda In-Q-Tel ile ilgili derin bir araştırmaya girişmişti. Faukman yatırım şirketinin Katherine'in taslağındaki şeye neden bu kadar karşı olduğunu bir an önce öğrenmek istiyordu.

Alex sonunda, "Şuna bir bakın," dedi. "Q'nun özel yatırım holdinglerinin kısmi bir listesi."

Faukman hemen teknisyenin yanına koşup omzunun üzerinden ekrana baktı. Şirketin kataloğu karşısında şok olmuştu. Çoğu onun için anlaşılmaz bir dilde yazılmış üç yüzden fazla girdi vardı.

- MemSQL – senkronize analitik Boundless Spatial
- Xanadu – fotonik kuantum çözümleri
- Keyhole – Jeouzamsal görselleştirme
- zSpace – 3D holografik heykel oluşturma

Liste uzayıp gidiyordu...

Alex hızlıca listeyi tararken, "Tam tahmin ettiğim gibi," dedi. "Dikkatimi çeken, çoğunun siber güvenlikle ilgili oluşu. Veri analitiği, görüntüleme, bilişim..."

"Nörobilim ya da bilinçle ilgili bir şey var mı?"

"Belki, bilmiyorum. Bu listeyi şeye atmalıyız..." Alex telefonu titreşince arayan numaraya baktı ve cevap vermeden önce derin bir nefes aldı. "Allison günaydın. Ben de tam..."

Faukman veri güvenlik direktörünün hattın diğer ucunda bağırdığını duyabiliyordu.

Alex sakince, "Anlıyorum," dedi. "Hemen geliyorum." Telefonu kapatıp ayağa kalktı. "Üzgünüm, sorgu zamanı."

Faukman çocuğa acıdı. PRH'nin global bir istihbarat teşkilatının saldırısına uğraması adil bir dövüş değildi. Buna rağmen, Alex krizi son derece iyi yönetmişti.

Teknisyen, "Bir an önce dönmeye çalışacağım," dedikten sonra aklına yeni bir şey gelmiş gibi dizüstü bilgisayara bir şeyler tuşladı. "Listeyi kopyalayıp size attım. DAP'ye atıp karşılaştırma yapabilirsiniz."

"Bekle! Ne? DAP nedir? Bende öyle bir şey yok!"

Alex kapıya doğru yürürken sakince, "Evet var," dedi. "PRH sunucusunda kullanımınıza hazır, eksiksiz bir veri analizi platformu paketi var."

Faukman nereye bakması gerektiğini bilmiyordu.

Alex, "Boş verin," dedi. "Çevrimiçi bir motor kullanabilirsiniz; ChatGPT, Bard ya da onun gibi bir şey. Yatırımları analiz etmesini ve bu yatırımları Doktor Solomon'ın kitabıyla ilgisi olduğunu düşündüğünüz konularla karşılaştırmasını isteyin. Ben de elimden geldiği kadar çabuk dönmeye çalışacağım."

Alex sonra da hızla çıkıp gitti.

Ofisinde yalnız kalan Faukman şüpheli gözlerle bilgisayarına bakıyordu. Tabii ki yapay zekâ uygulamalarını daha önce görmüştü ama herkesin içinde asla onlardan birini kullanmayacağına dair yemin etmişti. *Yazma sanatına yönelik varoluşsal bir tehdit!* PRH robotlar tarafından yazılmış birçok kitap başvurusu alıyordu ve gün geçtikçe bunları ayırt etmek zorlaşıyordu. Faukman yapay zekâ karşısında direnişçi bir duruş sergiliyordu ve editörlerinden de yaklaşmakta olan edebiyat kıyametine karşı AI ürünlerini boykot etmelerini istemişti.

Şimdi kendisi bir yol ayrımındaydı. Alex'in kendisine gönderdiği e-postayı açıp Q'nun yatırımlarını incelerken gölge şirketin Katherine'e, Robert'a ve kendisine uyguladığı korkunç tacizleri düşündü.

Bilgisayarının başına otururken içinden, *etik değerlerin canı cehenneme,* diye geçirdi. *Bu bir savaş.*

84. BÖLÜM

Büyükelçiye konutuyla birlikte "şahsi kullanımı" için Çek plakalı, krem rengi sıradan bir Hyundai Tucson tahsis edilmişti. Heide Nagel bazen hafta sonları bu araçla şehir dışına kaçardı. Son olarak Bohemya İsviçresi'ndeki Tisá Kaya Labirenti'ne gitmişti. Nefes kesici kireçtaşı oluşumların arasındaki yürüyüş yolları öylesine sıra dışıydı ki *Narnia Günlükleri* filminden fırlamışa benziyordu.

Keşke şimdi orada olsam. Nagel hâlâ Michael Harris'in ölüm haberini atlatamamıştı.

SUV'un içinde tek başına konuttan ayrılırken bu iki Amerikalıya yardım etmekle vatana ihanet ettiğini hissediyordu. Langdon'ın ne yaptığının farkında olmasını diledi.

Eğer bu işe yaramazsa Finch beni öldürür... hem de gerçek anlamda.

Güvenlik kapısına yaklaşan Nagel iki kez kornaya bastı. Nöbetçi kulübesindeki deniz piyadesi güvenlik kameralarını izlediği ekranın başından kalktı ve şaşkınlıkla pencereden dışarı baktı. Büyükelçi kendi aracıyla, üstelik haber vermeden nadiren konuttan ayrılırdı ve kornaya hiç basmazdı.

Nagel penceresini indirdi. "Üzgünüm Carlton. Büyükelçiliğe gidip geleceğim. Enbrel iğnemi unutmuşum. Şu kar romatizmamı azdırıyor."

"Hanımefendi, isterseniz ben hemen..."

"Kendim yapsam daha iyi. İlaçlar çekmecemde kilitli, ayrıca bazı kâğıtları da getirmem gerek. Hemen dönerim."

"Elbette efendim." Nöbetçi bir düğmeye basınca kapı kanadı açıldı. Güvenlik kameralarını kontrol etmek için ekrana döndü ama Nagel yeniden seslendi.

"Bir şey daha var Carlton," dedi. "Kütüphanede iki Amerikalı misafirim bekliyor, Bay Finch isimli bir misafirim daha gelecek. O gelmeden ben dönmüş olurum ama eğer yetişemezsem, çalışanlardan onu oturma odasında ağırlamasını istedim. Döndüğümde kendim tanıştıracağım. Misafir beklediğimi bilmen için söylüyorum."

Nöbetçi, "Artık biliyorum efendim," dedi. "Teşekkür ederim. Görüşmek üzere."

Nagel deniz piyadesine teşekkür etti ama tam gitmek üzereyken planladığı üzere, kapının açık kalma süresi bitti ve tekrar kapanmaya başladı. Başını sallarken, "Çok üzgünüm," dedi. "Espresso çenemi düşürüyor."

Nöbetçi gülümsedi. "Sorun değil hanımefendi." Kapıyı tekrar açmak için düğmeye bastı.

Nagel kapıdan geçmek üzereyken debriyajdan ayağını çekti ve Hyundai durdu. "Aman Tanrım, ne utanç verici. Artık fazla araba kullanmıyorum!" Arabayı yeniden çalıştırdı ama kapı ikinci kez kapandı.

Aynı şeyleri tekrar yaptılar ve büyükelçi bu kez kapıdan geçmeyi başardı. Ronald Reagan Caddesi'ne çıkar çıkmaz Bubenečská'ya doğru sola döndü. Tüm bu yaptıklarıyla Langdon ile Solomon'ın konuttan kaçmasına yetecek kadar bir süre nöbetçinin güvenlik kameralarına bakmasını engellemiş olmayı diledi. İkili, araba kornasını duyduktan sonra kış bahçesinden dışarı koşarak çimlerin üstünden karşı tarafa geçecek ve ferforje yaya kapısının sürgüsünü açmayı başarırlarsa Československé Caddesi'ne çıkacaklardı.

Neyse ki konutun çevresinden döndüğü anda hava şartlarına uygun giyinmemiş olan Langdon ile Solomon'ı sokağın köşesinde buldu. Büyükelçi yanlarında durunca Langdon hemen aracın ön koltuğuna, Katherine de arka koltuğuna geçti.

Hızla konuttan uzaklaşırken ağızlarından tek kelime çıkmadı. Langdon'ın teklif ettiği planın tehlikelerini anlamaya başlıyorlardı.

Dördüncü seçenek.

Langdon birkaç dakika önce bodrum kattaki kazan dairesinde onlara planını açıklamıştı. "Finch ile o görüşmeyi yapsak hatta gizlilik sözleşmelerini imzaladığımıza inansa bile Eşik'te gerçekte neler olduğunu bize asla anlatmayacaktır. Kendimizi korumak için ihtiyaç duyacağımız bilgiyi ve kanıtı elde ettiğimizden emin olmanın tek bir yolu var; belge ve fotoğraf." Durup onlara bakmıştı. "Bir şekilde Eşik'e *girmeliyiz.*"

Nagel, "İmkânsız," demişti. "Eşik'i aramak bir hayal."

"Niye?" diye üstelemişti Katherine. "Tesiste çalışan olmadığını, herkesin dışarıda eğitildiğini siz söylediniz. Boş olacaktır."

Nagel, "Bu doğru," diye yanıtlamıştı. "Ama bu tesisin ne kadar güvenlikli olduğundan bahsetmedim. Eşik'in girişi çelik bariyerler, güvenlik kameraları, silahlı nöbetçiler ve ileri teknoloji biyometriklerle güçlendirilmiş bir tüneldir."

Langdon, "Ben de öyle tahmin etmiştim," demişti. "Ama içeri girmek için bir planım var."

Şimdi büyükelçi kullandığı SUV ile konuttan uzaklaşarak Prag'ın güneyine doğru ilerliyordu. *Geriye dönüş yok,* diye düşündü Nagel. *Şu anda resmen suç ortağıyım.*

Habersiz gidişini Finch'in takip etmemesi için tedbir almış, diplomatik cep telefonunu konutta bırakarak ev hattına yönlendirmişti. Yanında mesai saatleri dışında sadece evde oyalanmak için açtığı şahsi Samsung telefonu vardı. *Büyükelçiliğin Taylor Swift dinlediğimi ve Ted Lasso'nun tekrar yayınlarını izlediğimi bilmesine hiç gerek yok.*

Şarjı bitmiş olan Samsung şimdi arabada şarj oluyordu. Nagel, Eşik'te fotoğraf çekmelerine imkân verecek kadar hızlı şarj olmasını diledi.

Tabii Langdon bizi içeri sokabilirse.

Langdon planının detaylarını henüz açıklamamıştı ama Nagel girişi mühürleyen aşılamaz bariyeri düşündükçe cesareti kırılıyordu.

*

Václav Havel Havaalanı'nın karlı pistine inen Bay Finch'in Citation uçağı taksi yolundan özel terminale ilerledi. Finch yere indiğine seviniyordu ama büyükelçiyle yaptığı telefon görüşmesinin bir tuhaf geçtiğini aklından çıkaramıyordu.

O ve Nagel birbirlerinden pek hoşlanmazdı ama telefondaki tavrı onu huzursuz etmişti. Bu yüzden kendini rahatlatmak ve Haç

Burcu'na deniz piyadesi güvenlik ekibini gönderdiğinden emin olmak için onu yeniden aramıştı. Ama büyükelçi telefonunu açmamıştı. *Tuhaf.* Bunun ardından hemen takip edilemez bir mesaj göndermişti ama o da yanıtsız kalmıştı.

Gösterişli uçak durdu ve motorları sustu. Bay Finch göğsünün daraldığını hissetti.

*

Haç Burcu'nun alt katındaki Golěm, kapüşonunu kil kaplı kafasının üstüne çekti ve olacaklara kendini zihnen hazırladı. Dün gece Brigita Gessner'ı öldürdüğü dağınık çalışma odasına dönmüştü. Nörobilimcinin kanlar içindeki rengi solmuş cesedi hâlâ EPR tankının içindeydi. Burada sadece Gessner ile laboratuvar asistanı çalışıyordu ve şimdilik büyükelçilikten veya yerel polisten gelen olmamıştı.

Golěm yanındaki çalışma masasında Gessner'ın deri evrak çantasını gördü. Dün gece bu çantayı düz uçlu bir tornavidayla açmış ve kapağın altındaki özel kılıfın içinde duran siyah RFID giriş kartını almıştı. Ama kartı alması yeterli değildi; Gessner dün gece bu detayı açıklamıştı.

Eşik'e girebilmek için Golěm'in son bir şeye daha ihtiyacı vardı.

Alet çantasından bir tel keskisi aldı, EPR tankının yanına gitti ve Gessner'ın cesedinin yanında diz çöktü.

"Sasha için," diye fısıldadı ve Gessner'ın cansız elini nazikçe tuttu.

Altmış saniye sonra Golěm yeniden koridora çıkmış, Burç'tan ayrılmaya hazırlanıyordu. Artık Eşik'e girmek ve o gizli tesisi moloz yığınına çevirmek için ihtiyacı olan her şeye sahipti.

85. BÖLÜM

Katherine Solomon sabahın büyük kısmını Klementinum'daki Barok Kütüphanesi'nde saklanırken kitap taslağını kimin –ve neden– hedef aldığını anlamaya çalışarak geçirmişti. Şimdi, Nagel'in SUV'unun arka koltuğunda rahatça otururken kafasında çok daha net bir soru belirmişti.

Robert bizi gerçekten Eşik'in içine sokabilir mi?... Canımızdan olmadan?

Langdon'ın teklif ettiği seçeneği yani asıl tesisin içine girip kendilerini korumalarını sağlayacak bilgiyi elde etme fikrini hepsi kabul etmişti ama Nagel'in söylediğine göre sığınağın girişi; kamera gözetimi, ordu personeli ve biyometrik güvenlikle donatılmış bir kontrol noktasına inen, yoğun şekilde barikat kurulmuş bir araba yoluydu.

Katherine, Robert'ın planının büyükelçilik konutundan kaçmak için uydurduğu zekice bir blöf olduğunu düşünmeye başlamıştı. Ama değilse... şimdi ne yapacağız?

Nagel yerleşim bölgesindeki sessiz bir sokakta arabayı kenara çekip, "Daha ileri gitmeden önce," dedi. "Tesise nasıl gireceğimizle ilgili planını öğrenmek istiyorum." Motoru kapatıp ön koltukta oturan Langdon'a doğru döndü.

Langdon, "Haklı bir istek," dedi. "Aslında oldukça basit." Dudaklarına gergin bir gülümseme yayıldı. "Tabii, mantığım doğruysa."

Nagel gülümsemiyordu. "Devam edin."

Langdon bunu izleyen altmış saniye boyunca kendilerini Eşik'e sokabileceğine nasıl böylesine emin olduğunu açıkladı. Sözlerini bitirdiğinde Nagel'in yüzüne Katherine'in hislerini de anlatan bir şok ifadesi yerleşmişti. Langdon'ın açıklaması, kendi tarzına uygun olarak son derece beklenmedik ama aynı zamanda çok mantıklı ve şaşırtıcı derecede basitti.

Nagel şaşkındı. "Ne söyleyeceğinizi sandım bilmiyorum ama kırk yıl düşünsem bu aklıma gelmezdi." Aniden umutlanmış gibiydi. "İtiraf etmeliyim ki bu benim hiç aklıma gelmedi."

Langdon başını salladı. "Sanırım, onlar da kimsenin aklına gelmemesini diliyorlardır."

Nagel, SUV'u vitese takıp yola çıktı. Artık arabayı daha hızlı bir şekilde güneye, nehre doğru sürüyordu. Bir süre başka bir şey konuşmadılar.

Arka koltukta oturan Katherine sonunda çalışmasının neden gizli bir CIA projesi için tehdit oluşturduğunu öğrenebileceği için heyecanlanmaya başlamıştı. *Eşik'te benim taslağımla ilgisi olan ne yapıyor olabilirler?*

Eşik, basit ve belirli bir şey ifade etmeyen bir kod isimdi ve CIA projesiyle ilgili hiçbir şeyi açığa vurmuyordu. Katherine basında zaman zaman adı geçen gizliliği kalkmış CIA kod adları listesini –Bluebook, Artichoke, Mongoose, Phoenix, Stargate– düşünürken bunun standart bir prosedür olduğu sonucuna vardı.

Katherine tam o anda, beklenmedik bir bağlantı kurarak, "Psikotronik," dedi.

Nagel omzunun üzerinden ona baktı. "Efendim?" Langdon da onun kadar şaşırmış görünüyordu.

Katherine, "Psikotronik," diye tekrar etti. "Rusların –zihin okuma, ESP, düşünce kontrolü ve değişen bilinç durumları gibi– paranormal olaylar üzerine yaptıkları ilk araştırmalar için kullandıkları terim. Psikotronik modern noetik bilimin öncüsü olarak kabul edilir."

Nagel, "Ah, evet," dedi. "Ruslar, Soğuk Savaş sırasında psikotroniğe –dünyanın ilk 'nöro-askeri' girişimine– bir milyar dolar yatırım yapmışlardı. Zihin kontrolü, psiko-gözetim, beyinle ilgili taktikler gibi şeyler. Tabii ki CIA programı öğrenip panikledi, konuya atladı ve kendi çok gizli nöro-askeri araştırma programlarımızı başlattı."

Katherine, "Ve bu projelerden biri Stargate idi," dedi.

Nagel yoğun kavşakta ışığı yakalamak için gaza basarken, "Evet," dedi. "Ama muhtemelen bildiğiniz gibi Stargate bir fiyaskoydu, teşkilatın en utanç verici kamusal başarısızlıklarından biriydi. Stargate ortaya çıktığında teşkilat sözde bilim, basit numaralar ve sihirli hayalet casuslar yetiştirme girişimlerine milyonlar harcadığı için acımasızca eleştirildi. Sonunda, CIA'in Rusya'nın yanlış bilgilendirmesiyle tuzağa düşürüldüğü ve asla işe yaramayacak marjinal bilim dallarında boşa kürek çekmesi için kandırıldığı anlaşıldı."

Katherine, *pek de marjinal sayılmaz,* demek istedi ama çenesini tuttu. Utanç verici başarısızlıklarına rağmen, Stargate'in paranormal beyin olaylarını inceleme girişimleri, günümüzde bilim insanlarının metafizik ya da parapsikoloji olarak adlandıracakları bilim dalları kapsamına giriyordu.

Langdon, "Neden Stargate'in adını söyledin?" diye sordu. "Taslağında ondan bahsetmiş miydin?"

Katherine, "Hayır," dedi. "Ama bence Stargate, yerleşik olmayan bilincin olasılığını test eden ilk girişimlerden biriydi."

Langdon şaşırmış bir ifadeyle, "Öyle mi?" dedi. "O zaman CIA gerçekten de yerleşik olmayan bilinç üzerinde çalıştı?"

Katherine, "Bir anlamda evet," dedi. "Stargate, 'uzaktan izleme' denilen daha önce hiç düşünülmemiş bir gözlem tekniğini geliştirmeye çalıştı. Bu teknikte, 'izleyici' sessiz bir yerde oturuyor ve transa geçene kadar meditasyon yapıyor. Sonra bilincini bedeninden ayırıyor, bağlarından kurtarıyor ve dünyanın herhangi bir yerinde hiç çaba sarf etmeden ortaya çıkarıyor. Böylece bilinç uzak yerlerde neler olduğunu 'izleyebiliyor.'"

Konuya şüpheyle yaklaştığı belli olan Langdon tek kaşını havaya kaldırdı.

Katherine, *sağ ol Robert,* diye içinden geçirdi. Uzaktan izleme tekniği, aslında onun yerleşik olmayan bilinç teorisini açıkladığı için Robert'ın şüpheli tavrına içerlemişti. *Konumla sınırlı olmayan bir zihin.*

Nagel araya girdi. "Stargate'in askeri açıdan nihai amacı; bilinci Kremlin'in içinde dolaşıp toplantıları, özel görüşmeleri ya da askeri strateji oturumlarını gözlemledikten sonra eve 'dönüp' neler olduğunu rapor edecek bir psişik casus eğitmekti."

Langdon alaycı bir tavırla, "Tüh, neden işe yaramamış acaba?" dedi.

Katherine koltuğunda dikleşip kendinden emin bir ses tonuyla, "Sana, benden çok uzun zaman önce uzaktan izleme ve yerleşik olmayan bilinç hakkında yazdığını hatırlatmak isterim Robert," dedi.

"Ne? Ben asla böyle bir..."

"Kitabında bunlardan 'astral seyahat' ve 'serbest KA' olarak bahsetmiştin."

Langdon başını yana eğdi. "Oh... *Spritüel Mimari*'den mi bahsediyorsun? O kitabı okudun mu?"

"Evet, bana sen göndermiştin."

Langdon'ın kitabında bahsettiği astral seyahat deneyimi, antik Mısır'a uzanıyordu. Piramitlerde firavunun ruhunun ya da Ka'sının yıldızlara gidip gelebilmesini sağlayan *şaftlar* bulunuyordu. Langdon kitabında "Ka" kelimesinin "ruh" olarak genellikle yanlış çevrildiğini, aslında bilinci farklı mekânlara gönderen bir "araç" anlamına geldiğini belirtmişti. Firavunların ruhlarının yıldızlara yolculuk edebilmelerini sağlayan şey, serbest Ka'yı ya da başka bir deyişle yerleşik olmayan bilinci bilmeleriydi. Langdon kitabında "ezeli, cisimsiz ruh" kavramının tüm dinlerde evrensel bir sabit olduğunu yazmıştı.

Yerleşik olmayan bilinçten bahsediyor ama farkında değil.

Langdon biraz utanmış bir ifadeyle, "Peki," dedi. "Ama ben tarihsel *inançlar* hakkında yazıyorum, pozitif bilimler değil. Bir kültürün, bir şeyin doğru olduğuna inanması onu bilimsel açıdan gerçek kılmıyor. Ben sadece uzaktan izlemenin bilimsel açıdan mümkün olduğuna inanmadığımı söylüyorum."

Normalde Katherine, Langdon'ın şüpheciliğinden hoşlanırdı çünkü bu onu daha çok harekete geçirirdi ama o gün, Langdon'ın açık görünen bir gerçeği görebilmek için zihnini yeteri kadar açmadığını düşünüyordu. Amerikan psikolojisinin atası William James, tüm kargaların siyah olduğu iddiasını çürütmek için tek bir beyaz karga yeterlidir, demişti. Katherine'in taslağında anlattığı gibi, noetik bilim, kuantum fiziği ve yerleşik olmayan bilincin savunucusu olan önemli bir akademisyen kadrosunun çalışmalarıyla büyük bir beyaz karga sürüsü ortaya çıkarılmıştı.

Harold Puthoff, Russell Targ, Edwin May, Dean Radin, Brenda Dunne, Robert Morris, Julia Mossbridge, Robert Jahn gibi saygın beyinler, yerleşik olmayan bilinç kavramını destekleyen plazma fiziği, lineer olmayan matematik ve bilinç antropolojisi gibi farklı alanlarda çarpıcı buluşlar gerçekleştirmişti. Popüler kitaplarının isimleri; *Limitless Mind, Remote Perceptions, The Seventh Sense, Anomalous Cognition* ve *Real Magic* idi.

Katherine bu kitap başlıklarından hiçbirine CIA tarafından itiraz edildiğini duymamıştı. Zaten neden etsinlerdi ki? "Zihnin bedenden ayrılması" alışılmadık bir kavram değildi. Meditasyon yapan milyonlarca insan uzun zamandır bu dünyanın çeperlerinde dolaşıyor, zihinlerini fiziksel bedenleri adeta buharlaşana ve kendilerini yalnızca zihin –artık bedenin içinde olmayan bir bilinç– olarak algılayana dek odaklanıyorlardı.

Bu noktadan sonra sadece ileri düzey meditasyon yapabilen kişiler, bilincin fiziksel mekândan ayrılması olarak tanımlanabilecek bir hal olan "projeksiyon"u deneyimleyebiliyordu. Bu, birçok epilepsi hastasının ve ölüme yakın deneyimler yaşamış kişilerin tanımladığı bir kopma hissiydi.

Katherine'in projeksiyona en çok yaklaştığı an, ara sıra deneyimlediği "bilinçli rüya" idi. Bu, rüyasında "uyanıp" rüya gördüğünü fark ettiği ve rüyasını istediği gibi yönlendirebildiği tuhaf bir deneyimdi. *Sanal oyun alanında son nokta.* Bilinçle fantezi arasında erişilebilir bir köprü kuran bilinçli rüya, bir kişinin kendi öznel gerçekliğini yönlendirebileceği eşsiz bir kapı açıyordu. Bilinçli rüya elbette rüya talimatları kılavuzlarından, uyku gözlüklerinden, rüya görenlerin "bilinçli rüya görmesine" yardımcı olan galantamin ilaç kokteyllerinden oluşan milyon dolarlık bir endüstri yaratmıştı.

Katherine bilinçli rüyanın yüzyıllardır birçok kültürde var olduğunu biliyordu ama varlığının, psikofizyolog Stephen LaBerge'in bilimsel metotlarıyla deneysel olarak doğrulanması 1970'leri bulmuştu. LaBerge bilinçli rüya görenlerin uyurken –zihinleri, uyuyan bedenlerinden uzakta bir deneyim yaşarken– araştırmacılara daha önceden kararlaştırılmış göz hareketleriyle "bilinçli farkındalıklarını" iletebileceklerini göstermişti.

Bir rüyanın içinde uyanmak meraklısının öğrenebileceği bir beceriydi ama bu konuya ilgi duymayanlar için bile iyi bir haber niteliği taşıyordu. Katherine, *herkesin* hayatı boyunca en az bir kere beden dışı bir deneyim yaşadığına inanıyordu.

Ölüm anı.

Veriler, ölüme bilinçli bir beden dışı deneyimin eşlik ettiğini gösteriyordu. Bu, genellikle zihnin bedenden ayrılışı ve bir ameliyat masasında, kaza mahallinde ya da ölüm döşeğinde yatan kendi fiziksel formunuza yukarıdan bakmak ve sizi geri getirmeye çalışan ya da gözyaşları içinde sizinle vedalaşan kişileri yukarıdan izlemek olarak algılanıyordu. Geri döndürülen binlerce hasta, klinik olarak ölü oldukları süre zarfında, hatta ameliyat sırasında gözleri bantlanmış haldeyken hastanede gerçekleşen belirli olayları ve konuşmaları uyandıklarında anlatarak cerrahları şok içinde bırakmıştı.

Beden dışı deneyimlere neyin sebep olduğu konusunda henüz bir fikir birliğine varılmamıştı.

Hipoksiden kaynaklanan tesadüfi halüsinasyonlar mı? Ruhun bedenden ayrıldığına dair bir kanıt mı? Bir sonraki varoluşumuza kısa bir bakış mı?

Katherine ölümün doğasının her kültürde, her nesilde ve her dönemde merak edilen bir sır olduğunu biliyordu. Hayatın birçok gizeminin aksine bu, her birimizin şimdilik sadece ölüm sırasında kesinlikle öğreneceği bir sırdı.

Yaşamımızın son saniyeleri... gerçeğimizin ilk saniyeleri olacaktı.

86. BÖLÜM

Büyükelçi Nagel, Chotkova Caddesi'ndeki keskin virajı dönerken şarjda duran cep telefonu öttü. Bir an için alışık olmadığı bu sesin, telefonun tamamen *tükenmediğini* haber veren bir uyarı sesi olduğunu sandı. Ama telefon ötmeye devam etti. Nagel bakışlarını indirince telefonunun arandığını görmek onu şaşırttı. Arama sesi "cırcır böceği tonuna" ayarlanmış olan telefonu ilk defa çalıyordu.

Bu hattın var olduğunu bilen kimse yok...

Arayan tanıdık bir isimdi: deniz piyadesi güvenlik ekibinin başındaki ÇAVUŞ SCOTT KERBLE. Nagel ona canını teslim edecek kadar güvenirdi ama numarasının onda olmasına hayret etmişti. Cevaplamaktan başka çare göremeyince telefonu açtı.

"Scott?"

"Sayın büyükelçi!" diyen muhafızın sesinden rahatladığı anlaşılıyordu. "Özel hattınızdan aradığım için beni affedin. Tüm numaralarınızı denedim ama..."

"Önemli değil. Bu telefonu kimsenin bilmediğini sanıyordum. Bir sorun mu var?"

"Konutunuzdan bana bazı ilaçları almak için büyükelçiliğe geldiğinizi bildirdiler. Tahmini varış zamanınız nedir?"

Nagel direksiyona yığıldı. *Kahretsin.* "Aslına bakarsan Scott, pek müsait değilim. Bir sorun mu var?" İlerideki Mánesův Köprüsü'ne hızla yaklaştıklarını görebiliyordu.

"Ben sizi büyükelçilikte bekliyorum efendim. Yanımda görmeniz gereken bir şey var..."

"Bir saniye, ben senin Dana ile birlikte Bay Harris'in alınmasını beklediğini zannediyordum!"

"Bekledim efendim ama görevi Dana'ya devrettim. Böylece büyükelçiliğe gelip size bunu..." Kerble hiç tarzı olmayan bir biçimde duraksadı. "Efendim, daireye girdiğimde Bay Harris'in cesedi üzerinde mühürlü bir zarf vardı."

Nagel bunu hiç beklemiyordu. "Anlamadım? Bir zarf mı?"

"Evet efendim. Bay Harris'in katili tarafından bırakıldığına şüphe yok."

Aman Tanrım. "İçinde ne var?"

"Açmadım. Kimseye göstermeden alıp bir an önce size getirmem gerektiğine karar verdim." Kerble bir kez daha durdu ve sesini alçalttı. "Zarfın üzerinde... *sizin* isminiz var."

"Benim mi?" Nagel telefonu kucağına düşürdü. Direksiyonu iki eliyle kavradı ve sola kırarak köprüye girmeden hemen önce yoldan saptı. Kanatlı Aslan Anıtı'nın hemen önünden geçen Klárov'un emniyet şeridinde araba sarsılarak durdu.

Nagel telefonu bir kez daha eline aldı. "Scott biraz bekle."

Langdon ile Katherine paniğe kapılmıştı. Nagel onlara beklemelerini işaret etti. Motoru durdurdu, arabadan dışarı çıktı ve telefonu kulağına dayayarak nehir kıyısına doğru yürüdü.

"Anlat," diyen Nagel'in sesi niyet ettiğinden daha öfkeli çıkıyordu. "Michael Harris'in katili neden benim için bir zarf bırakmış olsun?"

"Bilmiyorum ama bulunması ve iletilmesi için bırakıldığı belliydi. Zarfın üstünde 'Gizli ve Şahsi' diye yazıyor."

Nagel gittikçe kötüye giden durumu kavramaya çalışırken Vltava'dan esen rüzgâr iliklerine kadar ürpermesine neden oldu.

"Efendim?" diye seslendi Kerble. "Konutunuzdan yanınıza muhafız almadan ayrıldığınızın farkındayım. Bu mektubun doğurduğu zorunlulukla sizden hemen elçiliğe gelmenizi istemek zorundayım."

Nagel, deniz piyadesinden zarfı açmasını ve içinde yazanları okumasını istemeyi tercih ederdi ama reddedeceğini biliyordu. Haklıydı da. Cep telefonuyla konuşuyordu ve içinde neler yazdığını Tanrı bilirdi. Çavuş Kerble'ın sesindeki kaygıyı anlayabiliyordu ve eğer hemen gitmezse deniz piyadesinin güvenlik ekiplerinin hepsine büyükelçiyi bulmaları talimatını vermek zorunda kalacağını biliyordu.

Nagel dönüp SUV araca baktı. Langdon ile Katherine araçtan dışarı çıkmışlar, endişeyle onu izliyorlardı. Kulağında yeniden Kerble'ın sesini duydu.

"Efendim? Dışarıda olduğunuzu duyabiliyorum. Günlük işlerinizi yapmaya mı çıktınız?"

Çavuş Kerble'ın "günlük işler" sorusu işlerin ciddiye bindiğinin bir göstergesiydi. Bu soru, başı derde girerse kullanacağı prova edilmiş bir imdat çağrısıydı. Tek yapması gereken, "Evet, işlerimi hallediyorum," demekti ve sonrasında kıyamet kopacaktı.

"Scott," dedi Nagel. "Ben günlük işlerimi yapmam. Zarfı ofisime getir. On dakikaya kadar orada olacağım."

"Teşekkür ederim efendim." Deniz piyadesi rahatlamıştı.

Nagel telefonu kapattıktan sonra tekrar SUV araca doğru yürüdü. Yakındaki Letenská Caddesi'nden büyükelçilik sekiz dakikalık yürüme mesafesindeydi. Katherine ile Langdon'ı oraya yaklaştıramayacağı çok açıktı.

Yanlarına yürürken Langdon ona, "Ne oldu?" diye sordu.

"Geldi mi üst üste gelir," diyen Nagel onlara zarftan bahsetti. "İçinde ne yazdığını bilmiyorum ama eğer on dakika içinde büyükelçiliğe dönmezsem güvenlik ekibi beni bulmak için Prag'ın altını üstüne getirir. Ve hiç şakaları yoktur." Langdon'a arabasının anahtarını verdi. "Bensiz daha güvende olursunuz."

"Sasha'dan haber var mı?"

"Hayır, olsaydı bahsederdi. Teknik ekipten şehir güvenlik kameralarını taramasını isteyeceğim."

"Peki ya telefon?" Katherine onun elindeki eski Samsung telefonu gösterdi. "Fotoğraf çekecektik?"

Nagel derin bir nefes aldı. "Artık ifşa oldu. Takip edilebilir mi bilmiyorum ama bu riski göze alamazsınız. Bana öyle geliyor ki fotoğraf çekseniz bile CIA bunların yapay zekâyla oluşturulduğunu iddia edecek. Belge ve somut delil bulmanız çok daha iyi olur."

"Tamam," dedi Langdon. "Bir sorun daha var. Konutunuzdan ayrıldıktan sonra onu arayacağıma dair Jonas Faukman'a söz vermiştim. Eğer benden haber alamazsa kısa süre sonra Prag'lı yetkililerle iletişime geçecek. Onu aramak için telefonun şarjının dolmasını bekliyordum ama artık ifşa olduğuna göre..."

"Editörünüzün telefon numarası nedir?" diye soran Nagel araca uzanıp bir kalem kâğıt aldı. "Onu büyükelçiliğin güvenli hattından ararım veya e-posta gönderirim..."

"Size inanmaz," dedi Langdon. "Sizin CIA'den olduğunuzu biliyor. Doğrudan benim sesimi duymak isteyecektir."

Hay aksi, diye düşündü Nagel. *Haklı.*

"Aslında..." Kafasında bir plan yapan Langdon kaşlarını çattı. "Onu bana verin." Eline kalemle kâğıdı alıp bir şeyler yazdı. "Bu Faukman'ın e-posta adresi." Profesör sanki zihninde bir mesaj oluşturuyormuş gibi gözlerini kapattı ve bir süre durdu. "Tamam. Ona *bunu* gönderin." Langdon tuhaf görünen bir mesajı hızlıca yazdıktan sonra büyükelçiye uzattı.

Nagel anlamsız metne baktı. "Bu nedir?"

"Siz bunu gönderin," diye yanıtladı Langdon. "Anlayacaktır."

87. BÖLÜM

Langdon, SUV'un manuel vitesiyle mücadele ederken, "Düz vitesler yasaklanmalı," diye şikâyetlendi. Araç sarsılarak güneye, Folimanka Park'a doğru ilerliyordu.

Katherine, "Ya da onları kullanabildiğini iddia eden erkekler," diye karşılık verdi.

Langdon kendini tutamayıp güldü. Katherine'in bu kadar gerilimin ortasında bile hâlâ espri yapabilmesine hayrandı. Ancak aklı başka yerdeydi, büyükelçinin ani ayrılışını düşünüyordu. Nagel onlar için kendisini büyük bir riske atmıştı ve Langdon bunu gerçekten takdir ediyordu. Ama önceliği, kendi güvenlikleri ve Katherine'in kitabının neden CIA'in ilgi odağı olduğunu öğrenmekti.

Tüm bu soruların cevabı Eşik'in içinde.

Şansı yaver giderse gizli tesise girebileceklerine dair iyimser içgüdüsü, hezeyanlı bir özgüven çıkmayacaktı.

Birkaç dakika içinde bunu öğreneceğiz.

Katherine'in bazı şüpheleri vardı. Ona göre Stargate projesi, içinde bulundukları çıkmazla bir şekilde ilgiliydi ama bu Langdon'a ihtimal dışı geliyordu. İtibarını kaybetmiş bu program hakkında fazla bir şey bilmiyordu ama Hollywood'un bile başrolünü George Clooney'nin oynadığı *Özel Kuvvetler* filmiyle CIA'i alay konusu yaptığını biliyordu. Film, deneklerin keçileri bakarak öldürmeye çalıştıkları bir Stargate deneyini konu ediyordu.

Profesörün uzaktan izlemeyle ilgili şüphelerine rağmen bu kavram yedi bin yıldan uzun süredir biliniyordu. Sümerliler, mistik "yıldız yolculukları"ndan; zihinlerinin, uzak dünyaları görmek için yıldızlara seyahat ettiği beden dışı deneyimlerden yazıtlarında bahsetmişlerdi.

Langdon, *tabii ki bu yolculuklarda afyonun çok fazla etkisi var,* diye düşünüyordu. Bu yüzden, Eşik'in uyuşturucu ilaç kaynaklı değişken halleri incelediğinden, hatta belki de bunları yerleşik olmayan bilinçle ilişkilendirdiklerinden şüpheleniyordu.

Katherine daha önce dissosiyatifler olarak bilinen yeni bir ilaç grubundan bahsetmişti. *Bu ilacın* kullanımıyla kişi kendi bedeninden ayrılma hissini deneyimliyordu. Ve CIA gizli ilaç deneyleri konusunda uzun bir geçmişe sahipti.

Harvard kampüsündekiler de dahil...

CIA'in en kötü şöhretli projelerinden birinin kod adı MKULTRA idi. Bu projede, uyuşturucunun genç beyinler üzerindeki etkisini incelemek için üniversite öğrencilerine haberleri olmadan gizlice LSD veriliyordu. Test deneklerinden biri de Harvard öğrencisi Ted Kaczynski'ydi ama sonradan "Unabomber"* olarak tanınmaya başlamıştı. CIA, Kaczynski'de asla uyuşturucu denemedikleri yönünde ifade vermiş ama ona, akıl sağlığını bozmuş olabilecek "deneysel sorgulama teknikleri" uyguladıklarını kabul etmişti.

Harvard uyuşturucu deneyleri burada sona ermemişti. MKULTRA ile aynı zamanlarda fakülte psikoloğu Timothy Leary, kötü şöhretli Harvard Psilosibin Projesi'ni başlatmıştı. Bu proje, öğrencileri halüsinojen maddelerin zihin açıcı faydalarını keşfetmeye teşvik ediyordu. *"Bilincini aç, hisset, ayrıl."* Artık, birçok kişi Leary'nin CIA için gizli çalıştığına inanıyor.

Langdon camdan dışarı bakan Katherine'e doğru dönüp, "Bir şeyi merak ediyorum," dedi. "Kitabında kimyasallarla değişen bilinç hallerinden bahsettin mi?"

Katherine, "Tabii ki," dedi. "Daha önce de söylediğim gibi, belirli halüsinojenler beyindeki GABA seviyelerini düşürüyor. Böylece beynin filtreleme mekanizması da yavaşlıyor. Ve bence, halüsinojenlerle ilişkilendirilen beden dışı deneyimler, halüsinasyonlardan çok filtresiz *gerçekliğin* bir yansıması."

* Üniversite ve havayolları bombacısı

Kulağa mantıklı geliyordu. Ayrıca, tarihte uyuşturucuların aydınlanmaya giden bir yol olduğuna dair emsal teşkil eden olaylar vardı. Antik *Rigveda* ve *Elefsis Gizemleri* metinlerinden Huxley'in 1954 klasiği *Algı Kapıları*'na kadar büyük yazarlar uzun zamandır psikedelik maddelerin insan bilincini genişletmenin ve "filtresiz gerçekliğe" ulaşmanın bir yolu olduğunu söylüyordu.

Langdon, "Sana daha önce hiç sormadım Katherine," dedi. "Bilinç araştırmalarında *sen de* uyuşturucu kullandın mı?"

Katherine ona doğru dönüp dik dik baktı. Bu soruyu sormasına hayret etmiş gibiydi. "Robert, *ciddi misin?* Beyin *son derece* hassas bir mekanizma ve halüsinojenlerle değişim geçirmesine çalışmak pahalı bir Rolex saati çekiçle ayarlamaya benzer! Uyuşturucular, *kalıcı* etkileri olabilen sarsıcı bir nörolojik aksaklık zincirleme reaksiyonu yaratarak değişen bilinç hallerine yol açar. Bu kısa deneyimin aydınlatıcı olduğu düşünülebilir ama uzun vadede sinaptik bütünlüğü ve nörotransmitter dengesini zedeleme riski vardır. Çoğu halüsinojenin birincil etki mekanizması serotonin düzensizliğidir ve bu çok kötüdür çünkü kolayca bilişsel bozukluklara, duygusal dengesizliğe ve hatta kalıcı psikotik durumlara neden olabilir."

Langdon başını salladı. "Cevabını hayır olarak kabul ediyorum."

Katherine utanarak, "Kusura bakma," dedi. "Psikedelik maddelerle sorumluluğunu bilerek deney yapan meslektaşlarım var ve tabii ki bunun da bir yeri var. Ben sadece, gençler *hepsinin* güvenli olduğunu varsaydığında geriliyorum. Çünkü değil."

Langdon tramvayla çarpışmamak için elinden geldiği kadar yumuşak bir şekilde fren yaptı.

Katherine, "Sanırım bu soruyu sorma nedenin, Eşik'in uyuşturucularla bir ilgisi olduğunu düşünmen değil mi?" diye sordu.

Langdon, "Bana bir olasılık gibi geliyor," dedi. "Geçen akşam konuşmanda psişik yeteneği artıran yeni ilaçlardan bahsettin. Medyumlar sayesinde çözülen sayısız dosya düşünüldüğünde, CIA'in psişik yeteneği artıran ilaçlar üretmeye çalıştığını düşünmek abartı kaçmıyor."

Katherine, "Sanırım..." dedi. "Ama bu yeni bir fikir değil ki."

Doğru, CIA bu partiye biraz geç kalmış olabilir. Delfi Kâhini Parnassos Dağı'ndaki bir yarıktan çıkan gazları koklarken birçok kez geleceğe dair görüntüler görmüştü. Aztekler, peyote kaktüsünün etkisi altındayken gelecekten gelen ruhlarla konuşmuştu. Mısırlılar adamotu ve mavi lotus tüketirken gelecekteki olayları görmüşlerdi. Castaneda, Burroughs, McKenna, Huxley, Leary gibi modern zamanın öncüleri de kimyasallarla zihinlerini açmaya çalışmış yüzyıllık ruhların izinden gidiyordu.

Katherine, "Eşik'in uyuşturucularla bir ilgisi olduğunu sanmıyorum," dedi. "Taslağımda bu konuya çok fazla değinmedim."

Langdon aracı nehrin yanından güneye, Folimanka Park'a doğru sürerken, "Peki, senin tahminin nedir?" diye sordu.

Katherine başını koltuğun başlığına yasladı. "Bence onların ilgilendikleri şey, benim *prekognisyon** ile ilgili deneylerim."

Langdon, Katherine'in prekognisyon testlerini hatırladı. Deneğin beyninin, bir görseli sanal olarak "görmeden" *önce* tepki vermesiyle ilgiliydi. Rasgele seçilen bir görsel, henüz bilgisayar hangi görseli göstereceğini seçmeden önce deneğin bilincinde sihirli bir şekilde beliriyordu.

Langdon, "Dürüst olmak gerekirse," dedi. "Senin prekognisyon deneyini pek anladığımı söyleyemem. Beyin, bilgisayar henüz görseli seçmeden *önce* görseli kaydedebiliyorsa... o zaman, bu seçimi *beynin* yapıyor... ve sonra bilgisayara hangi görseli seçmesini *söylüyor* gibi bir anlam çıkıyor."

"Bilinç gerçekliği yaratıyor. Bu bir olasılık, evet."

"*Sen* buna mı inanıyorsun?"

"Tam olarak değil. Benim modelimde, seçimi beyin *yapmıyor* ama seçimi *algılıyor.*"

Langdon ona baktı. "Seçimi algılıyor... ama nereden?"

"Etrafındaki bilinç alanından. Sen seçimleri kendinin yaptığını zannetsen de bu seçimler zaten yapılmış ve beyninin içine akıyor."

* Geleceği görmek

"İşte bu noktada beni kaybediyorsun... Eğer ben kendi seçimlerimi yaptığımı *zannediyorsam,* o zaman özgür irade diye bir şey yok."

"Doğru. Özgür irade fazla abartılıyor."

"Sen böyle bir şeye nasıl..."

Katherine sürücü koltuğuna doğru eğilip Langdon'ı dudaklarından öptü. Sonra arkasına yaslanıp gülümsedi. "Bu kararın *nereden* geldiğine dair hiçbir fikrim yok ama bir şey fark eder mi? Özgür irade *yanılsaması* yeterli değil mi?"

Langdon söylediklerini bir süre düşündükten sonra elini onun bacağına koydu. "Bence, biraz daha fazla araştırma gerektiriyor."

Katherine güldü. "Beden dışı deneyim mi yaşamak istiyorsun profesör?"

"Aslına bakarsan bu aktivite için bedenimin içinde kalmayı tercih ederim."

Katherine, "O kadar emin olma," dedi. "*Seks,* beden dışı deneyimin noetik bakış açısıyla çok yakından ilişkili."

Langdon homurdandı. "*Her şeyi* işine bağlamak zorunda mısın?"

"Bu konuda evet. Bildiğin gibi, orgazm anında zihin, tüm maddesel dünyanın buharlaştığı, mutlu bir yok oluş anı yaşar. Orgazm her kültürde bir insanın yaşayabileceği en tatmin edici deneyimdir. Kendinden boş bir sayfa gibi koptuğun, tüm endişe, acı ve korkulardan kurtulduğun kısa bir andır. Fransızlar buna ne der biliyor musun?"

Langdon, "*Oui,*" dedi. "*La petite mort.*"

"Evet. Küçük *ölüm.* Bu yüzden orgazm anında hissedilen kendinden kopuş, ölüme yakın deneyimler yaşayan insanların tarif ettiği duygunun birebir aynısıdır."

"Ürkütücü bir şekilde büyüleyici."

"Bu, beyin bilimi Robert. Orgazmla ilgili sorun, hayal kırıklığı yaratacak kadar kısa oluşu. Her şeyden büyük bir coşku içinde kurtulduktan birkaç saniye sonra zihnin tekrar bedenine döner, fiziksel âlemle ve beraberinde getirdiği acılarla, stresle ve suçluluk duygusuyla yeniden bağ kurar." Gülümsedi. "Tekrar tekrar yapmak istememizin nedeni budur. Orgazm deneyimi sinir sistemimizi *aşırı yükler* ve zihni serbest bırakır. Tıpkı epilepsi nöbeti gibi."

Langdon daha önce orgazmı ölüm ya da nöbetle hiç ilişkilendirmemişti. Şimdi de bu bağlantının en olmadık zamanlarda aklına geleceğinden endişeleniyordu. *Çok teşekkürler.*

Katherine başını yan yatırarak, "Aslında..." dedi. "Aklıma tuhaf bir şey geldi."

Gördüğüm kadarıyla sende bir sürü tuhaf fikir var.

Katherine, "Gessner'ın laboratuvar asistanı," diye devam etti. "Bu genç kadının epilepsi hastası olduğunu söylemiştin. Ve bir süre akıl hastanesinde kaldığını."

"Evet."

Katherine kaşlarını çattı. "CIA'in Gessner'ın vasıfsız ve mental sorunları olan bir Rus'u işe almasına izin vermesini biraz tuhaf bulmuyor musun? Sasha'nın Haç Burcu'nda fazla eğitim gerektirmeyen bir işte çalıştığını biliyorum ama nörolojik sorunları olan bir Rus'un Eşik için bir şekilde önemli olduğunu düşünmeye başladım. Gessner'ın çalışmalarının bu kadar yakınında bulunması bana bir güvenlik riski gibi geldi."

Langdon, "Ben bir risk görmüyorum," dedi. "Sasha son derece dengeli biri, ayrıca anavatanına bayıldığı da söylenemez. Bence Gessner ona acıdığı için işe aldı."

Katherine kahkaha attı. "Robert çok tatlısın. Naif ama tatlı. Brigita Gessner –ölünün arkasından saygısızlık etmek istemem ama– kendinden başka kimseyi düşünmeyen bir narsist ve acımasız bir iş insanıydı. Eğitimsiz ve nörolojik sorunları olan bir Rus'u kendi çemberine aldıysa bunun nedeni Sasha'da onun *ihtiyaç* duyduğu bir şeyin olmasıdır."

"Öyle ise ne olduğu hakkında en ufak bir fikrim bile yok."

Katherine, "Benim galiba var," dedi. Birden enerji dolmuş gibiydi. Gözleri parlıyordu. "Birden aklıma geldi. Ve bu, kitabımda yazdığım bir şey."

"Nedir?"

Tüm bedeniyle Langdon'a doğru dönerek, "Uzaktan izleme konusunda şüphelerin olduğunu biliyorum," dedi. "Ama Eşik uzaktan izleme konusuyla ilgileniyorsa Sasha'nın epilepsisi onlar için çok değerli demektir."

"Nasıl?"

"Düşünsene! Uzaktan izleme yapabilen bir kişinin temel becerisi, beden dışı deneyim yaratmaktır. Organik beden dışı deneyimler son derece nadirdir ve çok az kişi bunu yaratabilir."

Langdon, Katherine'in nereye varmaya çalıştığını anlamıştı. Epilepsi nöbetleri, fiziksel bedenden huzurlu bir "kopuş" –kısa bir yerleşik olmayan bilinç dönemi– olarak tarif ediliyordu.

Katherine devam etti. "Beden dışı deneyimler, epilepsi hastalarının son derece doğal bir şekilde yaşadıkları şeyler. *Epileptik* beyin zaten beden dışı deneyim yaşamak üzere programlanmış, yani bir epilepsi hastasının usta bir uzaktan izleyici olma olasılığı çok yüksek."

"Sasha'nın CIA'in psişik ajanı olduğuna inanıyor olamazsın..."

"Neden olmasın?"

"Çünkü ben onunla zaman geçirdim. Kız, Krazy Kitten anahtarlık kullanıyor! O kaybolmuş, narin bir ruh."

Katherine, "Narin mi?" dedi. "Bana onun yangın söndürücüyle bir adamın kafasını dağıttığını anlattın!"

"Teknik olarak doğru... ama bunu kendisini korumak için..."

"Robert, Sasha uzaktan izleyici olmayabilir ama Gessner epilepsi hastalarının beden dışı deneyim yaşamaya neden meyilli olduklarını öğrenmek için beyinlerini inceliyor olabilir. Epileptik bir beyinle ilgili detaylı nörolojik bilgilere sahip olmak zihinle bedeni ayırmaya çalışan bir program için son derece önemli olabilir."

Langdon, *ilginç bir fikir,* diye düşünürken Sasha'nın kendisiyle sabah paylaştığı bir şeyi hatırladı. "Sana, Gessner'ın aynı akıl hastanesinden Prag'a Sasha'dan önce bir *başka* epilepsi hastası getirdiğini anlatmayı unuttum. Dimitri adında bir Rus. Sasha ile aynı ameliyatı olmuş ve iyileşmiş."

Katherine, "Bence bu çok önemli bir bilgi," dedi. "Brigita Gessner'ın akıl hastanelerinden epilepsi hastalarını toplayıp sırf iyi niyetinden onları kendi cebinden tedavi ettirdiğine inanmıyorum."

Langdon bunun kadının karakteriyle hiç bağdaşmadığını itiraf etmek zorundaydı. Ayrıca, *Rusya*'dan –büyük ihtimalle CIA'in yardımıyla– getirilen bir test deneğinin Avrupa'da tamamıyla radardan çıkacağını düşünüyordu. *Prag'da bir hayalet.*

Katherine, "Gessner'ın epilepsi hastalarını Eşik için denek olarak işe aldığını farz edelim," dedi. "Bu, Sasha'yı neden yakınında tuttuğunu açıklar."

"Onu yakından izlemek için."

"Evet. Ona ufak bir iş, bir daire ve biraz da para veriyor. Çok basit."

"Sanırım... "

Folimanka Park'a yaklaşırlarken Katherine, "Peki, Dimitri?" diye sordu. "O şimdi nerede? Hâlâ Prag'da mı?"

"Sasha onun Gessner'ın tedavisinden sonra Rusya'ya döndüğünü söyledi."

"Bundan şüpheliyim. Gessner, Sasha'ya böyle söylemiş olabilir ama CIA test deneğini akıl hastanesinden çıkarıyor, ona yatırım yapıyor, onu çok gizli bir programın araştırma öznesi olarak kullanıyor, sonra da öylece evine dönmesine izin veriyor... hem de *Rusya*'ya?"

Langdon önlerinde uzanan yola bakarken, *mantıklı,* diye düşündü. Yolun ilerisini görmek için boynunu hafifçe öne doğru uzattı.

Şansımız yaver giderse yakında cevapları öğreneceğiz.

Eşik'in girişi tam karşılarındaydı.

88. BÖLÜM

ABD Büyükelçiliği'nin önündeki kaldırımda duran Çavuş Kerble yaklaşan araç var mı diye caddeyi kolaçan ederken denizci üniformasının içinde donuyordu. Sonunda büyükelçinin on metre kadar önünde yürüdüğünü görmek onu hayrete düşürdü.

Yürüyor mu?! Tek başına mı?

"Biliyorum Scott, üzgünüm," diyerek yanından geçti. "Biraz hava almam gerekiyordu."

"Aracınız nerede?"

"Her şey yolunda. Gerçekten. Arkamdan gel."

Kerble iki yıldır Büyükelçi Nagel'in güvenlik ekibinin başındaydı ve büyükelçinin hiçbir zaman dikkatsiz veya ihtiyatsız davrandığına şahit olmamıştı. Michael Harris'in ölümü onu derinden sarsmış olmalıydı.

Büyükelçi merdivenden ofisine çıktıktan sonra Kerble onun mantosunu asmasını, bir şişe su almasını ve ardından, ne şaşırtıcıdır ki, mantosunun cebinden çıkarttığı kâğıt parçasına dikkatle bakarak bilgisayarda bir şeyler tuşlamasını izledi. En sonunda bilgisayardan e-postanın gittiğini haber veren bir ses çıktı.

Ataşeniz öldü ama siz bir e-posta göndermek derdinde misiniz?

"Pekâlâ Scott." Büyükelçi şimdi dikkatini ona vermişti. "Herhalde zarf temizdir."

"Tamamıyla tarandı." Zarfı gelen postalar için uygulanan protokolden geçirmişti. "Yabancı madde yok." Ceketinin göğüs cebinden çıkartıp büyükelçinin önüne koydu.

Nagel zarfı eline aldı. "Bir sepet kedi yavrusu mu?"

"Efendim?"

"Katil bana *kedi yavrusu* resimli bir zarf göndermiş." Zarfın üstündeki resmi gösterdi.

"Evet efendim. Zarfı Bayan Vesna'nın dairesinden almış. Bayan Vesna kedileri seviyormuş."

Nagel zarf açacağını eline aldı ve bıçağını yapışkanlı kapağın altına soktu. İçinden zarfla takım olan ikiye katlanmış bir kâğıt çıkardı.

Çavuş Kerble mektupta ne yazdığını okuyamıyor, büyükelçinin tepkisinden de bir şey anlayamıyordu ama mesajın kısa olduğu belliydi.

Büyükelçi mektuba baktıktan hemen sonra ters çevirerek masasının üstüne koydu ve pencerenin yanına yürüdü. On saniyelik bir sessizliğin ardından yüzünü Kerble'a döndü.

"Teşekkür ederim. Biraz yalnız kalmak istiyorum."

89. BÖLÜM

Folimanka Sığınağı "Yenileme Projesi"nin girişi, tam olarak Büyükelçi Nagel'in söylediği yerdeydi. Şehrin sanayi bölgesinde, banliyö tren hattı, yoğun bir cadde ve Folimanka Park'ın güneybatı köşesiyle çevriliydi.

Girişi, metal bir çitle çevrili olan ve Ostrčilovo Meydanı olarak bilinen küçük üçgen arazi üzerindeydi. Üçgen meydan yıllar içinde birçok amaç için –kötü bir oyun parkı, derme çatma bir kaykay parkı ve son olarak da geri dönüşüm merkezi olarak– kullanılmıştı. Son birkaç yıldır Folimanka'nın 1950'lerden kalma sığınağını "yenileyen" Amerikan Ordusu Mühendisler Birliği'nin hazırlık alanı olarak hizmet veriyordu. Langdon üzerinde:

VSTUP ZAKÁZÁN / ZUTRITT VERBOTEN
ENTRY FORBIDDEN*

tabelası bulunan sekiz metrelik düz duvar boyunca arabayı sürerken Katherine gerildiğini hissetti.

Langdon duvarın sonundan sola döndü, içeride neler olduğunu gösteren şemalar ve metinler içeren büyük bir levhanın asılı olduğu üçgenin ikinci ayağı boyunca yavaş yavaş ilerledi.

PROJEKT OBNOVY PARKU FOLIMANKA
FOLIMANKA PARK RECOVERY PROJECT**

* Giriş yasaktır

** Folimanka Parkı Yenileme Projesi

Duvar boyunca uzanan desteklenmiş ana giriş kapısı kapalıydı. Kapı panelinin yalnızca küçük bir bölümünden arkasında ne olduğu görülüyordu. Siyah üniformalı iki asker, Folimanka Park'ın altında kaybolan geniş ve kemerli bir tünelin girişindeki yeni asfalt döşenmiş yolda devriye geziyordu. Tünelin ağzı hidrolik mantar bariyerlerle kapatılmıştı.

Langdon arabayı sürerken, "*Restorasyon* projesi için oldukça sağlam bir güvenlik," dedi.

Gözler önünde gizli bir hükümet projesi.

Katherine yanlarından geçtikleri tünel girişine son bir kez baktı. Girişte güvenlik görevlilerinin dışında bir kamyonet, personel ya da başka bir şey göremedi. Görünüşe bakılırsa büyükelçi, Eşik'in henüz aktif olmadığını söylerken haklıydı.

Langdon sola dönüp etrafı çevrilmiş bölgenin Folimanka Park'ın batı ucuna paralel olan üçüncü bacağında ilerledi.

Katherine, Langdon'ın daha önce anlattığı muhteşem giriş planını hatırlayıp, *yaklaşıyoruz,* diye düşündü. Langdon'ın planı basit ama şaşırtıcı bir fikre dayanıyordu.

Eşik'in gizli bir girişi var.

Langdon çürütülmez bir mantık yürütüp büyükelçiyi Folimanka Park'ın batı ucunda yer alan "inşaat girişi"nin proje bittikten sonra ana kapı olacağı ama içeri tek giriş yolunun burası olmadığı konusunda ikna etmişti.

Eşik'in ustalıkla gizlenmiş ikinci bir giriş noktası vardı.

Daha da önemlisi, Langdon bu kapının tamı tamına nerede olduğunu ve içeri nasıl girileceğini belirlemişti.

*

Golĕm daha önce hiç görmediği hatta hayal bile etmediği bir odada yalnızdı. Geçen akşam Gessner'dan güç kullanarak öğrendiği detaylı yol tarifini izleyerek sonunda gerçek dışı görünen bu yere varmıştı.

Eşik.

Gessner tüm detayları itiraf etmiş olsa da bunları karşısında görmek dengesini bozmuş, hatta midesini bulandırmıştı.

Bu odayı Sasha'nın kanıyla inşa ettiler.

Sasha projenin ilk kurbanı değildi ve sonuncusu da olmayacaktı.

Bu yüzden, Eşik bugün yok olacak.

Golĕm bu intikam anına ulaşana kadar çok ağır bedeller ödemişti ve o anda, içinde kabaran derin duyguları hissedebiliyordu. Ayrıca vücudunda hafif bir karıncalanma –ön uyarı– hissediyordu.

Odanın içinde bir sis belirmeye başlamıştı.

Eter toplanıyordu.

"Ne seychas," diye fısıldadı. *Şimdi değil.*

Golĕm metal çubuğunu almak için hemen elini pelerinin cebine soktu.

90. BÖLÜM

Jonas Faukman, ChatGPT'nin son arama sonuçlarına kaşlarını çatarak baktı.

Farklı kelimelerle farklı sorular sormuş olsa da çabalarının sonucunda Katherine'in kitabıyla In-Q-Tel'in yatırımları arasında bir bağlantı bulamamıştı. Buldukları daha çok "Kim, Kiminle, Nerede" oyunundaki birbiriyle ilgisiz cümleleri andırıyordu.

Hayal kırıklığıyla bilgisayarının başından ayrıldı. Pencerenin yanına giderek Broadway'in kuzeyindeki Central Park'a doğru baktı. Bu şafak vaktinde, Milyarderler Caddesi'nde yer alan "ince gökdelenlerin" ardındaki ufukta fırtına bulutları toplaşmaya başlıyordu.

Orada bir süre düşünceleriyle baş başa kaldıktan sonra aramaya devam etmek için yeniden bilgisayarın başına döndü. Yerine yerleşirken yeni bir e-posta geldiğini fark etti.

Gelen e-postanın konu başlığı onu şaşırttı ve heyecanlandırdı.

ROBERT LANGDON'DAN BİR MESAJ

Faukman bir saatten uzun süredir onun aramasını bekliyordu ve büyükelçilik konutunda bir şeylerin ters gittiğinden endişe etmeye başlamıştı. E-postayı görünce duyduğu rahatlama uzun sürmedi. Konu başlığına rağmen gönderici adresi ABD Büyükelçisi Heide Nagel'e aitti... Eski bir CIA hukuk danışmanı.

Robert adına mesaj mı göndermiş?

Şu anda Prag'da bu isimden daha az güvendiği biri olamazdı. Eğer Robert gerçekten güvendeyse büyükelçi onun telefon açmasına izin vermeliydi.

Robert'ın sesini duyana kadar bu e-postanın tek kelimesine inanmayacağım.

Bir virüs gönderilmiş olabileceği veya hacklenebileceği düşüncesiyle mesajı açmakta tereddüt etti ama şu noktada artık kaybedebileceği bir şey kalmamıştı. Tedirginlik içinde mesaja tıkladı ve karşısına çıkan anlamsız harf dizisini görünce hayrete düştü.

ROT13EY&XFVVYRE

İlk beş karakterin gerçekten de bir anlamı olduğunu hemen fark etti. *ROT13* her harfin alfabedeki sırasına göre kendinden on *üç harf* sonraki harfe karşılık gelen Sezar Şifresi'nin ismiydi. Biliyordu çünkü yıllar önce antik şifreleme teknikleriyle ilgili bir kitabı edit ederken kitabın yazarı muziplik olsun diye ona ROT13 ile şifrelenmiş metin mesajları gönderip durmuştu.

O yazar Robert Langdon idi.

Umutlanan Faukman eline bir kalem alıp basit şifreyi çözmeye başladı. Sonra sonuca bir baktı.

RL&KSİİLER

Kısa süren akıl karışıklığının hemen ardından hem hoşuna gittiğinden hem de rahatladığından yüksek sesle bir kahkaha attı.

Langdon ile Faukman "metin yerine kullanılan" emojilerin ve kısaltmaların çoğalmasıyla ilgili sık sık dertleşirdi. Bu eğilim öylesine sinirini bozmuştu ki Faukman, *The New Yorker*'a bir makale yazmıştı. Orada kullandığı cümlelerden birinde fazla heyecanlanıp aşırıya kaçmasıyla Langdon fena dalga geçmişti.

Faukman şöyle yazmıştı: *"İyi" yerine "ii" yazarken tek bir tuş kullanmaktan kaçınmak hem münasebetsizlik hem de tembelliğin yüzkarası.*

Langdon'ın gönderdiği mesaja kendi kendine gülerken içinden şöyle bir cevap yazmak geliyordu: *Mesajın hem ustaca yazılmış hem de isabetli bir teselli kaynağı.*

91. BÖLÜM

Langdon, SUV'u park edip el frenini çekti. Katherine ile araçtan inmeden önce planının kendilerini başarıya ya da felakete götürebileceğinin farkındaydı.

Gittikçe sertleşen rüzgâr ağaçların arasında savruluyordu. Langdon kısa bir süre durup gerideki karla kaplı geniş alana –Folimanka Park'a– baktı. Dikkatini karşılarındaki binaya yöneltirken, *burası artık bana çok farklı görünüyor,* diye düşündü.

Haç Burcu'nun ürkütücü bir havası vardı. Yapı, kararmaya başlayan gökyüzünde keskin bir siluet gibi görünüyordu. Katherine'le birlikte ana girişe doğru ilerlerken Langdon anlık bir kararsızlık hissetti ama sonra kendine onu buraya neyin yönlendirdiğini hatırladı.

Rasyonel mantık.

Gerçeği büyükelçilik konutunun kullanılmayan yüzme havuzunda anlamıştı. Büyükelçi gizlilik anlaşmalarını yırtmış, hoparlörden Finch'i aramış ve ikna edici bir şekilde Finch'in isteklerinin yerine getirildiğini söylemişti. Sonra Finch, Nagel'e Haç Burcu'na bir deniz piyadesi güvenlik ekibi göndererek çevreyi güvenlik altına almasını emretmişti. Bunu duyan Langdon çok şaşırmıştı. *Finch'in önceliği, terk edilmiş bir Çek laboratuvarını güvenlik altına almak mı? Neden?*

Langdon bunları düşünürken aklına başka bir fikir gelmişti. O gün erken saatlerde Janáček, biraz da mahcubiyetle ona Prag'ın güvenlik kamerası sisteminin Katherine'in Burç'a vardığını onaylayamayacağını, çünkü tüm görüş kamera sisteminin, Gessner'ın laboratuvarının çevresindeki alanı karartan daha önce görülmemiş bir kör nokta yüzünden engellendiğini söylemişti.

Prag'ın kamera sistemi... CIA tarafından yönetilen Echelon gözetleme ağı.

Folimanka Park'ın altına gizli bir istihbarat tesisi yapma fikri –doğal kamuflaj, tedarik imkânlarına erişim, mevcut altyapı nedeniyle– Langdon'a mantıklı geliyordu. Ama Eşik'in tek bir giriş noktası, içeri ve dışarı çıkmanın *bir* tek yolu olduğu fikrini kabullenmekte zorlanıyordu. Bu tasarım, bir yangın ya da başka bir acil durumda bir ölüm tuzağına dönüşürdü. Ve bu; strateji, olasılık ve ileriyi planlama üzerine kurulmuş bir teşkilatın almayacağı bir riskti.

Vatikan'ın bile gizli kaçış yolları var!

O sırada büyükelçi beklenmedik bir şey söylemişti: Burç'u, Gessner'ın adına gizlice alan kuruluş Q idi. Yatırım firması, CIA'de işe alım paketinin bir parçası olarak Gessner'a binayı teklif etmiş, enstitüsünü bu benzersiz ve tarihi yerden yönetme fikriyle onu baştan çıkarmışlardı.

Langdon, *gerçek sebep bu değil,* diye düşünmüştü. Finch'in Burç'u Gessner'ı cezbetmek için değil, çok daha değerli bir şeyi korumak için aldığından şüphelendiğini onlarla paylaşmıştı.

Eşik'e giriş imkânı sağlıyor.

Ortaçağ burçlarının çoğunda *potern* olarak bilinen eşsiz bir mimari özellik vardı. Latincesi "posterior" olan *potern* tam olarak arka kapı anlamına geliyordu ve acil durum kaçışları için kullanılan gizli bir geçitti.

Langdon onlara, Tallinn'deki eski Estonya burcunda, dört kat yerin altına kazılmış ve yakındaki bir manastırın bodrumuna çıkan bir buçuk kilometreden uzun bir potern olduğunu anlatmıştı. Dağın tepesindeki Slovak kalesi Predjama'nın altı kat derinliğinde dikey bir tünelini bulunduğu ve bu tünelde erzak, canlı hayvan ve asker ikmali için makara sistemli ilkel bir "asansör" olduğu söyleniyordu.

Langdon, Haç Burcu'nda bir potern olduğunu düşünüyordu. Ve Folimanka Park'taki inşaatı ve geniş kapsamlı Eşik projesini düşündüğünde burcun altında dikey bir tünel olması ona mantıklı geliyordu.

Langdon arabada Katherine ile Nagel'e bir haritanın üzerinde hızlıca modern poternin –daha önceden varsa ya da inşaat sırasında yeni kazıldıysa– doğrudan Folimanka Park'ın köşelerine ineceğini ve büyük ihtimalle mevcut olan bomba sığınağının duvarlarına kadar uzanacağını göstermişti.

Burç'un lokasyonu bundan mükemmel olamazdı. Gessner'ın gözlerden uzak laboratuvarı içeri girip çıkan tüm personelin olayla bir bağlantılarının olmadığını kanıtlayacak derecede kusursuz bir hikâye sunuyordu. Böylece kendilerinin sadece Gessner Enstitüsü'nde çalıştıklarını rahatlıkla iddia edebilirlerdi.

Langdon, Katherine'i Burç'un kapısı tuzla buz olmuş girişine doğru götürürken, *umarım haklıyımdır,* diye düşündü.

*

Burası bir bilim laboratuvarı mı?

Katherine Solomon, Langdon'ın arkasından lüks, pembe mermer zeminli koridordan gösterişli koltuklar, çarpıcı sanat eserleri ve Prag manzarasına bakan yerden tavana pencerelerle döşenmiş lüks bekleme salonuna doğru ilerlerken gözlerine inanamadı.

Gessner'ın "bekleme salonu"na tüm IONS personelinin sığacağını hesap ederken, *belki de CIA için çalışmalıyım,* diye düşündü.

Katherine yine de burada huzursuz edici bir hava hissetmişti. Langdon şüphelerinde haklıysa gösterişli "Gessner Enstitüsü" aslında karanlık bir amacın –Eşik'e gizli girişin– üstünü kapatıyordu.

Langdon salonun en uzak ucuna doğru yürüyüp kaynaklı metal bloklardan yapılmış ağır duvar heykelinin yanına gitti ve birkaç santim uzağında durdu.

Orada ne yapıyor ki?

Langdon, Katherine'in şaşkın bakışları arasında heykeli tutup kenara doğru itti ve heykel, duvar boyunca sessizce kayarken arkasındaki büyük girinti ortaya çıktı. Katherine odacığın içindeki loş ışıkta bir asansör kapısı fark etti.

Acaba neden şaşırmadım, diye düşünürken sanat eserini onun içeri girmesi için kenarda tutan Langdon'ın yanına doğru gitti. Ama yanına vardığında Langdon'ın onun arkasındaki bir şeye gözlerini ayırmadan baktığını fark etti.

"Ne oldu?" diye sorarken omzunun üzerinden arkasına baktı.

"Karşı duvardaki kanepe... çarpık duruyor."

Katherine kanepeye baktı. *Ciddi misin Robert!* Uzun beyaz kanepenin bir kenarı az bir açıyla duvardan öne doğru çekilmişti.

Langdon kanepeye bakmaya devam ederken, "Bu sabah üzerine oturduğumda düzdü," dedi. "Ben mi fark etmedim, yoksa çekilmiş mi bilemiyorum, belki de..."

"Belki de OKB* ilaçlarını almayı unuttun?"

Langdon dikkatini kadına çevirdi. Konuyu kapatmak ister gibi, "Kusura bakma," dedi. "Eidetik bellek dikkat dağıtıcı olabiliyor."

Katherine gülümseyerek, "Belli," dedi. "Feng shui hatasını mı düzelteceğiz yoksa tesisi bulup hayatlarımızı kurtarmaya mı çalışacağız?"

Langdon, "Haklısın," diyerek onu loş girintiye doğru yönlendirdi.

Katherine içeride, asansör kapısının yanında ışıklı bir dokunmatik panel olduğunu fark etti.

Langdon, "Mini klavyeyi sadece Brigita kullanabiliyor," dedi. "Bir kat aşağıdaki özel laboratuvarına bu şekilde iniyor."

Katherine, "Ama sen *burada* bir yerde Eşik için başka bir giriş olduğunu düşünüyorsun öyle mi?" diye sordu.

"Evet, hatta tam karşımızda olduğunu düşünüyorum." Langdon asansörü işaret etti. "Yanılmıyorsam, asansör çok daha derinlere iniyor ama Eşik'e kadar inebilmesi için Gessner'ın evrak çantasında gördüğümüze benzer bir RFID anahtarı gerekiyor."

Tuş takımının tam üzerindeki duvara yerleştirilmiş olan parlak ve yuvarlak siyah cam panoyu gösterdi. Katherine onu görmemişti.

Bir RFID okuyucu.

"Okuyucuyu bu sabah fark ettim ama büyükelçinin konutundayken ne olduğunu anladım. Gessner'ın aynı asansör için neden iki yetkilendirme metodu olabileceğini o zaman çözdüm. Yanılmıyorsam tek ihtiyacımız olan evrak çantasındaki anahtar kartı. Sabah onu Gessner'ın aşağıdaki laboratuvarında görmüştüm."

---

* Obsesif Kompulsif Bozukluk

Langdon tuş takımına şifreyi girmeye başlamıştı.

Katherine, "Sen şifreyi gerçekten *çözdün* mü?" diye sordu. "Antik bir Yunan'a Arapça bir övgü... üzerine bir parça limon mu neydi?" Langdon gülümseyerek, "Latince," diye onu düzeltti. "Biraz sarhoştun."

Profesör *şifreyi* yazmayı bitirince asansör çalıştı.

Katherine, *inanılmaz*, diye düşündü. *Bana nasıl çözdüğünü sonra açıklar.*

Asansörün gelmesi uzun sürdü ve geldiğinde Katherine kabinin çok geniş olduğunu fark etti. Sadece Gessner'ın kullanımına açık bir asansörün bu kadar geniş olması ona çok tuhaf geldi.

Personel ve teçhizat taşımaya daha uygun.

O ana kadar Langdon'ın planı mantıklı görünüyordu.

Asansöre binip bir kat aşağı indiler.

Asansör kapısı açıldığında önlerinde taş duvarlı, parlak kakma zeminli ve modern spot aydınlatmalı uzun bir koridor belirdi. Yürümeye başladılar. Katherine, Langdon'ın kendisine detaylı bir şekilde anlattığı korkunç sahneyi görmeye hazır değildi ama teorisinin doğru olabileceğine gittikçe daha emin olmaya başlamıştı. Eğer öyleyse plan basitti: Gessner'ın giriş kartını alır almaz Eşik'e ineceklerdi.

Gessner ve Sasha'ya ait küçük bir süit ofisin, bir MR görüntüleme laboratuvarının ve SG gözlüklü insan sembolünün bulunduğu bir kapının önünden geçerek koridorda ilerlediler.

Katherine, Gessner'ın geçen akşam yemekte SG'den bahsedişini hatırlayıp, Gessner'ın *sanal gerçeklik laboratuvarı*, diye düşündü. Katherine o zaman üzerinde fazla düşünmemişti ama şimdi, Sasha'nın epilepsisi ve beden dışı deneyimlerle ilgili konuşmalardan sonra sanal gerçekliğin bir ilgisi olabileceğini düşünüyordu. Örneğin, *yapay bir beden dışı deneyim...*

Langdon tereddütlü bir ifadeyle, "Brigita'nın çantası..." dedi. "Koridorun sonundaki odada. Cesedi de... orada."

Katherine aniden rengi atan Langdon'a baktı. "Sen iyi misin?"

Langdon başını kısaca salladı. "İyiyim. Sadece o cesedi bir daha görmek istemiyorum. Bu sabah onu gördüğümde *sen* olduğunu sanmıştım."

Katherine yürürlerken kolunu Langdon'ın beline doladı. O da bu sabah Langdon'ın boğulduğunu sanıp kahrolmuştu. Araştırmaları sırasında birçok ölüme tanık olmuştu ama onlar beklenen, huzurlu ölümlerdi ve kişilerle arasında duygusal bir bağ yoktu. Ama bu farklıydı; vahşi ve rahatsız ediciydi.

Katherine, "Ben cesedi boş bir kabuk gibi düşünmeye çalışıyorum," dedi. "Onu bir insan gibi değil de cansız bir mankenmiş gibi görüyorum."

Langdon, "Teşekkürler. Bunu aklımda tutmaya çalışırım," dese de rahatlamışa benzemiyordu.

"Düşünürsen, bizim türümüz cesetler konusunda son derece mantıksız davranıyor," dedi Katherine. "Sevdiklerimizin cesetlerinde bir şey kalmadığını bilsek de onları tahnit ediyor, giydiriyor, gömüyor ve sonra da ziyaret ediyoruz! Hatta çoğumuz cesedin 'rahat etmesi' için lüks, minderli tabutlar satın alıyoruz."

Langdon zorla gülümsedi. "Ben bu âdetlerin ölenlerden çok yaşayanlar için yapıldığını düşünüyorum."

"Evet ama ölüme yakın deneyimlerle ilgili çalışmalar, ölen insanların yaşlı, yaralı ve hasta bedenlerinden ayrıldıkları için *rahatladıklarını* açıkça gösteriyor. Ölen kişinin, cesedine ne olacağı umurunda bile değil. Tıpkı, sattığımız arabaların başına ne geldiğini zerre umursamadığımız gibi."

*

Langdon, *yaşamla ölümü, satılan araba benzetmesiyle açıklayabilen bir kadına âşığım,* diye düşünürken o sabah EPR tankında Gessner'ın cesedini gördüğü tıkış tıkış çalışma odasına vardılar.

Langdon, Katherine'i cesedi görünce yaşayacağı şoktan korumak için, "İstersen burada bekle," dedi. "Ben hemen dönerim."

Katherine'i koridorda bırakıp hızla içeri girdi. Tanka bakmamaya çalışarak gözlerini odanın diğer tarafında duran çalışma masasına çevirdi.

Gessner'ın deri evrak çantası tahmin ettiği gibi tam olarak sabah gördüğü yerde duruyordu. Çantanın kilitli olacağını ve açmak için kuvvet kullanmak zorunda kalacağını düşünmüştü ama evrak çantasının yanına vardığında hiç beklemediği bir şeyle karşılaştı.

Çantanın klipsleri açılmış ve kilidi de kırılmıştı.

Oh, hayır...

Langdon çantanın kapağını açınca geçen akşamki eşyaları –belgeler, dosyalar, telefon, tükenmezkalemler– gördü. İhtiyaçları olan tek şey dışında her şey tamamdı. Gessner'ın RFID anahtar kartı artık koruyucu kılıfının içinde değildi. Profesör kartın kaydığını düşünerek parmağını kılıfın içine sokup kontrol etti ama orada değildi. Evrak çantasını boşaltıp içindekileri tekrar kontrol ettikten sonra yıkıcı gerçeği kabullenmek zorunda kaldı.

Eşik'e giriş şansımız kalmadı.

Katherine, "Önemli değil," dedi. Sesi yakından geliyordu.

Langdon arkasını dönünce Katherine'in artık kapı eşiğinde olmadığını gördü. Odada EPR tankının yanında diz çökmüş Gessner'ın cesedine bakıyordu.

Katherine başını kaldırıp Langdon'a bakarak alçak sesle, "Brigita'nın anahtar kartı bir işimize yaramazdı," dedi. "Çünkü *biyometrikti."*

Langdon ona doğru yaklaştı. "Efendim?"

"Anahtarı parmak izi olmadan çalışmaz."

"Neden böyle söylüyorsun?"

Katherine yerde, tankın yanında duran nesneyi –kana bulanmış tel kesme makasını– gösterdi. "Çünkü anahtarı alan kişi Brigita'nın başparmağını da almış."

92. BÖLÜM

Ofisinde tek başına oturan büyükelçi, Michael Harris'in cesedinin üzerine bırakılan nota baktı.

Alıcı: ABD Büyükelçisi Heide Nagel
Özel ve Şahsi

Mektup elyazısıyla yazılmıştı, imzalanmamıştı ve iki satırdan ibaretti. Mektubu defalarca okuyan Nagel, yazanlara bir anlam veremiyordu. Kendini bir katilin yazdığı tehditkâr ve kötücül bir mektuba hazırlamıştı. Oysa kısa ve tuhaf derecede düzgün bir dille yazılmıştı. Hatta neredeyse kibar sayılırdı.

Lütfen Sasha'ya yardım edin.
https://youtu.be/pnAFQtzAwMM

Bu kadar mı? Sasha'ya yardım etmemi mi istiyor?

Büyükelçi şaşkınlık içinde bilgisayarına uzanıp katilin gönderdiği URL adresini girmişti. Eğer dosya USB'de olsaydı veya bir e-postanın ekinde yer alsaydı Nagel bunu büyükelçiliğin bilgisayarından açmazdı ama kamuya açık bir bağlantı yeterince güvenliydi.

YouTube penceresi açıldığında, ordunun asker naaşlarını ülkeye taşıdığı tabutlara benzeyen uzun bir sandığın yanına yerleştirilmiş cep telefonu kamerasıyla çekilen amatör bir video oynamaya başladı. Ama bu sandığın içindeki beden canlıydı ve ellerinin bağını çözmeye çalışıyordu. İyi giyimli, solgun yüzlü, ufak tefek kadın koyu renk saçlarını geriye doğru toplamıştı.

Tanrım!... Doktor Brigita Gessner. Büyükelçi, Langdon'ın cesedini bulduğunu söylemesine rağmen kadını hemen tanımıştı. Gessner'ın hayattaki son dakikalarına şahit olduğundan endişe etti. *Gerçek şiddet içeren bir film mi bu?*

Gessner'a saldıran kişi kareye girince bu sorusu yanıtlanmış oldu. Kapüşonlu siyah bir pelerin giyen kişi ekranda belirince Nagel kendini geri çekti. Adamın yüzü kalın bir kil tabakasıyla kaplanmıştı ve alnına İbrani alfabesinden üç harf kazınmıştı.

Nagel, Prag'ın tarihini iyi biliyordu ve ne gördüğünden emindi. *Golĕm gibi mi giyinmiş?* Bundan sonra olanları giderek artan bir korkuyla izledi. Golĕm, damar yolu kateteri kullanarak acımasız ve Nagel'in daha önce hiç görmediği bir sorgulama yapıyordu. Uygulanan acı korkunçtu ama Gessner'ın detaylı itirafıyla ortaya çıkan bilgiler karşısında Nagel şok oldu.

Video tüyler ürpertici son sahnesine geldiğinde Büyükelçi Nagel gözlerini kapattı. Öğrendiklerini sindirmek için derin bir nefes aldı. Gessner'ın itirafında Nagel'in anlamadığı yönler çok olsa da bir şey dehşet verecek kadar açıktı. Nagel'in uygulanmasına körü körüne yardım ettiği gizli proje şimdi kamuya açıklanma tehlikesiyle karşı karşıyaydı ve etkileri yıkıcı olacaktı. Programla ilgili öğrendikleri onun bile midesini bulandırıyorsa dünyanın geri kalanının nasıl tepki vereceğini kimse bilemezdi.

Nagel korkuyla telefonuna uzandı.

Çok tehlikeli bir arama yapmasının zamanı gelmişti.

Bu aramayı yıllar önce yapmam gerekirdi.

*

Sonsuz bir karanlığa gömülmüş haldeki Sasha Vesna nerede olduğunu anlamaya çalıştı. Bu dünya ona yabancıydı.

Neredeyim?

Sasha yönünü kaybetme duygusuna ve bedeninden ayrılma hissine alışkındı ama böylesi zamanlarda tamamen karanlık olurdu. Işık, gölge, görsel bir uyaran olmazdı.

Ama ışığı görüyorum...

Gördüğü kesinlikle ışıktı. Loş, yumuşak ve uzaktan geliyordu.

Beni buraya kim getirdi?

Sersemlemişti, bu yere nasıl geldiğini hatırlamaya çalıştı. Sırtüstü yattığını hissedebiliyordu. Doğrulmaya çalıştı ama bir ağırlıkla yerine mıhlandığını hissetti.

Tutsak mıyım? Felç mi geçirdim?

Sasha artan bir panikle nasıl bir yerde olduğunu anlamaya çalıştıysa da bu çabası sadece daha fazla yorulmasına sebep oldu... ve ışık azalmaya başladı. Altındaki ters dip akıntısı çalkantı yapıyor ve onu hapseden fiziksel dünyayı sarsıyordu. Sonra ezici bir güçle gelgit yükseldi, bir dalga gibi üzerinden aştı ve onu tekrar kör karanlığa gömdü.

93. BÖLÜM

Eşik'in derinliklerindeki Golĕm kendini bir hayalet gibi hissetti. Vücudu hâlâ girdiği şokun etkisindeydi.

Gerçek anlamda.

Dakikalar önce yeraltındaki tesisin en içteki odasına ulaştığında aşırı heyecanlanmış, şakaklarında tanıdık bir karıncalanma hissetmişti. Eter toplanıyordu... Hızla ilerliyor ve onu bir bütün halinde yutmakla tehdit ediyordu. Golĕm metal çubuğu almak için içgüdüsel olarak elini pelerininin cebine sokmuş ama yerinde olmadığını fark edince canı sıkılmıştı. Cebindekileri yere boşaltıp panik içinde çubuğu aramıştı.

Çubuk yok... Yukarıdaki kadınla mücadele ederken düşürmüşüm.

Golĕm yaklaşmakta olan nöbeti kabullenmekten başka çaresi olmadığını biliyordu. Elinden geldiği kadar hazırlıklı olmak için hızlı önlemler alıp kendine uzanabileceği güvenli bir yer buldu.

Kasılmalar çok sarsıcı oldu ve bilincini kaybetti.

*

Golĕm kendine geldiğinde ne kadar süre geçtiğinden emin değildi. Kendini toparlamak için zamana ihtiyacı vardı. Sonunda gücünü topladığında ayağa kalktı ve içinde bulunduğu hayret verici ortamı algılamaya çalıştı. Böylesine bir yeri gizlilik içinde inşa etmek büyük beceri isterdi ama artık tüm bunların ardında kimin yer aldığını biliyordu.

Ellerinde sınırsız bir güç ve kaynak var.

Postiktal psikozdan sıyrılan Golĕm metal çubuğu aramak için ceplerini boşalttığı noktaya geri döndü. Elleriyle dizlerinin üstüne çökerek yerdeki eşyaları tek tek topladı. Vipertek elektroşok tabancası bunlardan biriydi. Ayrıca, önceden tezgâhta dururken içine kıvır zıvır koydukları ama artık Brigita Gessner'ın RFID giriş kartıyla... başparmağını muhafaza eden plastik kutuyu yerden aldı.

Eşik'e bu sayede gireceğim.

Tam da beklediği gibi, başparmağı karta değdirdiğinde hemen giriş yetkisi veriyordu.

Ve böylece bu özel odaya geldim.

Gessner bu odanın varlığını itiraf etmişti ve Golĕm burayı şahsen görünce onu yok etme arzusu yeniden canlanmıştı. Kararlı bir şekilde odanın uzak köşelerine doğru ilerleyip cam bir kapıdan geçerek aradığı şeyi buldu; güvenlik bariyeriyle kapatılmış bir niş.

Bariyerin arkasında, yerde üzerinde:

SİSTEMLER/HİZMETLER

yazan metal bir platform bulunuyordu.

Golĕm platformun üzerine çıkıp botunun ucuyla yerdeki büyük kırmızı butona bastı. Altındaki bir yerden yumuşak bir tıslama sesi duyuldu ve platform aşağı inmeye başladı. Yaklaşık üç buçuk metrelik kısa bir inişti. Platform durunca yanan floresan ışıklarıyla birlikte karşısında uzanan alçak tavanlı geçidi gördü. Tesisin merkezinin tam altından geçiyordu.

Golĕm dar beton tünelde ilerlerken jeneratörlerin mekanik dairelerinin, pompaların, klima santralinin, kontrol panellerinin, kilometreler uzunluğundaki bakır boruların, havalandırma kanalları ve yalıtımlı kabloların yanından geçti. Guruldayan, nefes alan, göz kırpan bir ekosistem gibi birbirlerine bağlıydılar.

Eşik'te personel olmayabilirdi ama bu tesis çalışır durumdaydı.

Golĕm son durağına doğru ilerlerken, *ama birazdan yok olacak,* diye düşündü.

94. BÖLÜM

Katherine EPR tankının önünde durdu ve Brigita Gessner'ın eklem yerinin tam altından kesilen başparmağının kanlı kemik ucuna baktı. Gördüğü manzaranın dehşeti karşısında Eşik'e girmekle ilgili tüm düşünceleri bir anda yok oldu.

Ah, Brigita... çok üzgünüm.

Kesik başparmağın ürkütücülüğü, çevresindeki korkunç manzaranın yanında hafif kalıyordu. Tankın içindeki nörobilimcinin yüzü acıyla buruşmuştu, gözleri boşluğa bakıyordu ve dudakları geriye çekilmişti. Cildi solmuş, kolları ve bilekleri Velcro kelepçelerden kurtulmaya çalışırken yaralanmıştı. Her iki koluna damar yolu kateterleri takılmıştı. Etinden dışarı çıkan bir kateter yüzünden kolu pıhtılaşarak koyu kırmızıya dönüşmüş olan kana bulanmıştı.

Periferik damar yolu mu, diye düşündü Katherine. *Damar yolunun işe yaramadığına şaşmamalı.*

Gessner bu prototip EPR cihazı için "modifiye edilmiş bypass makinesi" demişti. Ölüm sürecini yavaşlatmak için kan yerine aşırı soğutulmuş serum fizyolojik kullanıyordu. Bu tür bir bypass işlemi en azından bir çift femoral damar yolu açmayı gerektirirdi.

ECMO kesinlikle bu şekilde bağlanmaz.*

Katherine düzeneğe bakınca Brigita'ya bunu yapan kimsenin ya ehliyetsiz biri olduğu ya da işlemin onu öldüreceğini bildiği için acısını artırmak amacıyla soğuk serumu bilerek yavaş verdiği sonucuna vardı. Öncesinde ağrı kesici verilmediyse Gessner'ın çektiği ıstırabı düşünmek içini ürpertti. Bunun dışında alet, ilkel ve

* Ekstrakorporal Membran Oksijenizasyonu

derme çatma bir prototipe benziyordu... Kesinlikle insan üzerinde deney yapmaya hazır değildi.

Langdon yanına geldiğinde elinde bir akıllı telefon tuttuğunu gören Katherine çok şaşırdı. "Bu Brigita'nın mı?"

Langdon onaylayarak başını salladı. "Hâlâ çalışıyor ama pili bitmek üzere. Asansör şifresiyle telefonu açamadım ama..." Tankın yanında çömeldi ve telefonu Brigita'nın yüzüne doğru tuttu. "Yüz tanıma sistemi acaba canlıyla ölü arasındaki farkı..."

Telefon çınladı.

Langdon ayağa kalkıp telefonu kurcalamaya başladı.

"Dur biraz, ne yapıyorsun?" diye sordu Katherine.

Alçak bir sesle, "Büyükelçi başaramadığımızı bilmeli," dedi. "Eşik'e girme planım bu karta bağlıydı..."

"Telefonu bana ver!" Katherine heyecanla elini uzattı. "Bir fikrim var..."

*

Katherine aceleyle cihazı kurcalarken Langdon onu izledi. *Ne arıyor?*

Katherine ekrandan ekrana geçerken kendi kendine mırıldandı. "Brigita akıllı ve pratik bir kadındı. Burada olmalı!"

"Ne orada olmalı?"

"NFC kopyası..."

"Anlamıyorum..."

Ekran kaydırmaya devam eden Katherine, "Yakın alan iletişimi," diye açıkladı. "Dokunmadan etkileşime geçmesi için akıllı cihazını veya saatini RFID tarayıcıya doğru sallamanı sağlayan teknoloji. Apple pay, otel odası kapıları, havaalanı biletleri gibi."

Katherine aramaya devam etti. "Çoğu kişi artık kredi kartının kopyasını e-cüzdanına yüklüyor çünkü bir telefon taşımak tüm o kartları taşımaktan çok daha rahat."

Söyledikleri mantıklıydı ama Langdon onun aradığını bulacağından şüpheliydi. "Brigita'nın Eşik kartının kopyasını *telefonuna* kopyaladığını düşünmüyorsun değil mi? Yani... bu büyük bir risk olurdu."

"Tam tersine." Katherine başını kaldırmadan konuşmayı sürdürdü. "Dijital kopyalar fiziki kartlardan çok daha güvenlidir çünkü etkileşim şifrelenir ve kullanıcı çok faktörlü biyometrik doğrulamayı programlayabilir. Bir şifreyle birlikte yüz tanıma, parmak izi, retina taraması gibi ne istersen doğrulama sistemine tanıtabilirsin. Doğrusunu istersen biyometrik karttan daha fazla koruma sağlar. Daha da güzeli, kapıya her geldiğinde kimse çantanı açıp içinden kartını çıkarttığını görmez."

İlginç bir bakış açısı.

Katherine'in açıklaması Langdon'a biraz umut vermişti ama her kaydırdığı ekranla birlikte Katherine daha umutsuz görünüyordu.

"Bilmiyorum." Katherine yüzünü asarak ekrana baktı. "E-cüzdanında bir sürü kart var ama hiçbiri umut vaat etmiyor; kredi kartı, bankamatik kartı, ödül kartları, kimlik, garaj girişi, toplu taşıma, sağlık kulübü, sigorta, havayolu sadakat kartı..."

Langdon araya girdi. "Sağlık kulübü."

Katherine başını kaldırıp baktı.

"Dün geceyi hatırlasana. Brigita'ya üstünde Vel mızrağı olan siyah kartını sormuştum. *Sağlık kulübünün* kartı olduğunu söylemişti. Yalan gibi gelmişti... Belki de kartını gizleme yöntemi budur?"

Katherine bakışlarını yeniden telefon ekranına indirdi ve karta tıkladı. Hemen ardından yüzünde hafif bir tebessüm belirdi. "Bu tanıdık geliyor," diyerek telefonu Langdon'a uzattı.

Klonlanmış kartın görüntüsü şüpheye yer bırakmıyordu.

Langdon'ın duyduğu heyecan kartın altında yazan metni gördüğü anda yerini hüsrana bıraktı.

ÜÇ FAKTÖRLÜ DOĞRULAMA GEREKTİRİR.

1) ŞİFRE

"Bildiği tek şifre, asansörünün şifresiydi," dedi Langdon. "Telefonu açmaya yaramadı."

"Ama bunda işe yarayabilir," diye üsteledi Katherine. "Tıpkı asansör gibi bu kartla da Eşik'e giriliyor. Bu yüzden aynı dizilimi iki kez kullanmış olabilir."

Gessner'ın pratik olduğuna hiç şüphe yok, diye düşünen Langdon dikkatle parolayı girdi.

314S159

Neşeyle bipleyen telefon diğer ekrana geçti.

Langdon, "Bu güzel oldu!" dedi yüksek sesle. İkinci doğrulama çok daha kolaydı.

2) YÜZ TANIMA

Langdon bir kez daha telefonu Brigita'nın yüzüne tuttuğunda cihaz bipledi ve son ekrana geçti.

3) PARMAK İZİ

Brigita'nın kesik parmağına bakan Langdon tereddüt etti. Katherine öne doğru bir hamle yaparak telefonu onun elinden aldı. Cesede dokunmaktan etkilenmediği anlaşılan Katherine, Gessner'ın işaretparmağını telefona götürdü.

Telefon üçüncü ve son kez biplediğinde Langdon artık asansörle Eşik'e girebileceklerini düşündü. Ama ekranı inceleyen Katherine pek de mutlu görünmüyordu.

"Kötü haber," diye homurdandı. "Başka bir güvenlik özelliği daha var." Telefonu ona doğru kaldırdı. "Doğrulama sadece on saniye geçerli."

Langdon ekrandaki gerisayım sayacının sıfırlandığını gördü. Kart deaktive oldu ve ilk şifre ekranına geri döndü. Yine üç adımlı doğrulama işlemini yapmak gerekiyordu.

Lanet olsun.

"Ve şarjı tükenmek üzere," diye ekledi Katherine. "Her an bitebilir."

Düşün Robert. Gessner'ın evrak çantasında şarj aletine rastlamamıştı ve şimdi Katherine ile büyükelçiyi kendi planları doğrultusunda risk almaya ikna etmiş olmanın suçluluğunu duyuyordu.

Bir an, Gessner'ın kateterlerini söküp cesedini tanktan dışarı çıkartmayı ve bir şekilde asansöre kadar taşımayı aklından geçirdi. *Vakit yok.* Ayrıca, cesedi yerinden oynatmak ve suç mahalline zarar vermek onları daha da suçlu durumuna düşürecekti.

"Eşik'e girmenin bir yolunu bulmalıyız Robert... *Çok yaklaştık!"*

Katherine elbette bunu mecaz olarak kullanmıştı... ama Langdon onun sözlerini gerçek anlamında algıladı. *Çok yaklaştık.*

Tam olarak ne kadar yakınız? Odanın dışındaki parke döşeli uzun koridoru, asansörü ve RFID okuyucuyu gözünde canlandırdı. *On saniye kadar yakın mıyız?*

Usain Bolt yüz metreyi 9.58 saniyede koşarak dünya rekoru kırmıştı.

Koridor bunun yarısı uzunluğunda olmalı... yaklaşık kırk metre.

Katherine başını iki yana sallayarak döndüğünde Langdon ona planını anlattı.

"Koşacak mısın? Sanmıyorum..."

"On saniye kulağa geldiğinden daha uzundur."

"Sık sık koştuğunu biliyorum Robert ama cilalı parkenin üstünde ayağında makosenlerle bunu yapabilecek misin?"

"Denemeye değer. Yapabilirim sanıyorum."

Katherine telefonun pilini kontrol ederken gözleri büyüdü. "İlk denemede yaparsan iyi olur."

Katherine üç aşamalı doğrulamayı hemen başlatırken Langdon onun yanına geçip bayrak yarışında bekler gibi elini uzattı. Telefon üçüncü kez biplediğinde Katherine telefonu eline tutuşturdu ve Langdon hızla odadan dışarı fırladı. Kapıya geldiğinde pervazı sıkıca tuttu ve kendini köşeden ileri doğru savurdu. Koridorda var gücüyle koşarken mokasenleri pürüzsüz ahşap zemine belli belirsiz tutunuyordu.

Banyonun, SG laboratuvarının, çalışma ofislerinin önünden geçti ve ilerideki asansörün yanında duran siyah RFID okuyucuyu gördü.

Yirmi metre daha...

Daha hızlı!

Asansöre yaklaşırken telefonu öne doğru tutunca geri sayım göstergesini fark etti.

Üç... iki...

Başaramayacağım.

*

Langdon son sürat asansör kapısına çarptı ve telefonu okuyucuya yapıştırdı. Tam bu sırada Katherine köşeyi döndü. Ellerini dizlerinin üstüne koyarak soluklanmaya çalışan Langdon cihazın üzerine eğildi.

Vaktinde yetişemedi, diye düşündü Katherine ama ona yaklaşırken iki büklüm silueti birden doğruldu ve asansör kapısının açılmasıyla kabinden dışarı bir ışık yayıldı.

"Başardın!" diye seslenen Katherine, Langdon'ın yanına koştu. Hızlı hızlı solumakta olan profesör asansörün kapısını tutuyordu.

"Peki, profesör, etkilendim."

"İşe yaradığına sevindim. İkinci denemeyi asla yapamazdım."

"Telefonun şarjı bitti mi?"

"Hayır... ama ben bittim."

Katherine gülümsedi ve birlikte asansöre binerken Langdon'ı yanağından öptü. Kapı kayarak kapandı. Bir süre hiçbir şey olmadı ama ardından Katherine bedenindeki o anlık hafiflemeyi hissetti.

Aşağı iniyorlardı.

95. BÖLÜM

CIA Direktörü Gregory Judd bodrum katının rutubetli bir köşesinde yoğun bir şekilde terliyordu. Senatörlüğünün başlarında aldığı Airdyne sabit bisikletinde günlük egzersizini tamamlamasına altı dakika kalmıştı. Karısı Muffy kış bahçesine onun için yeni bir Peloton almıştı ama Judd karanlığı ve yalnızlığı tercih ediyordu. Sabahlar, onun düşünmeye ayırdığı, genellikle de dünyanın yok olmasını nasıl engelleyebileceğini düşündüğü özel saatlerdi.

Bardak tutucusundaki cep telefonu çaldığında ekranda bilinmeyen bir numara görünce şaşırdı. Bu numarasını çok az kişi biliyordu ve bunlardan çok azı henüz şafak sökmeden kendisini aramaya cesaret edebilirdi.

Pedal çevirmeyi bırakıp nefesini kontrol altına aldı ve telefona cevap verdi. "Alo?"

Telaşlı bir kadın sesi, "Günaydın direktörüm," dedi. "Ben Prag'dan Heide Nagel."

"Heide?" Eski baş hukuk danışmanından gelen bu telefon son derece beklenmedikti. "Artık büyükelçi oldun, bana Greg diyebilirsin."

"Asla diyemem efendim."

Judd gülümsedi. "Peki öyleyse, sana nasıl yardımcı olabilirim?" *Ve bu numarayı sana kim verdi?*

Heide, "Size bir soru sormalıyım," diye söze başladı. "Ve dürüstçe cevap vermenizi rica ediyorum."

Kadının gergin ses tonundan ciddi bir durum olduğunu anlayan Judd bisikletinden indi. "Şu anda cep telefonuyla konuşuyorum ve senin de güvenli bir platformda olmadığını görebiliyorum, sabit hattan konuşsak daha..."

"Gece personelinize Amerikan büyükelçisi olduğumu ve bunun bir ulusal güvenlik acil durumu olduğunu açıkladım. Bana bu numarayı verdiler."

"Güvenlik acil durumu mu? Heide, görüşmek istediğin konuya bakılırsa biz..."

Heide Nagel, "Bu soruyu size daha önce sormalıydım," dedi. "Ama şimdi soruyorum." Judd'un bir şey söylemesine fırsat bırakmadan, "Langley'den almakla suçlandığım gizli dosyalar... Q'nun bana kumpas kurduğunu biliyor muydunuz? Prag'a kukla olmam için gönderildiğimi biliyor muydunuz?"

Zor durumlarda sakinliğini korumaya alışkın olan Judd uzun bir nefes verip gerçeği söylemeyi seçti. "Evet Heide. Biliyordum."

Bunu izleyen sessizlik fırtına öncesi sessizliğine benziyordu.

Judd hemen, "Ama bunu *sonradan* öğrendim," diye ekledi. "Başta haberim yoktu. Sen benim baş hukuk danışmanımdın ve seni kaybettiğim için çok üzülmüştüm."

"Finch bu işi sizden habersiz mi yaptı?"

Judd bodrumda volta atarken, "Görevlerini uygun gördüğü şekilde yapmaya tam yetkisi vardı," dedi. "Öğrendiğim zaman çılgına döndüm ama çoktan Prag'a gönderilmiştin ve bölgede ulusal güvenlik hususları vardı. Bu işi bozmak bana doğru gelmedi. Teşkilat için içlerinden birinin diplomatik tarafta olmasının denizaşırı istihbarat işlerinin karışıklığının yönetilebilmesi açısından ne kadar önemli olduğunu sen de çok iyi bilirsin."

"Evet. Finch ve projesi için oldukça faydalı oldum. Ne zaman istense diplomatik gücümü kullandım. Bürokrasiyi aştım, yerel kolluk kuvvetlerini atlattım, otel odalarını dinlettim... Michael Harris'i, Sasha Vesna'yı izlemesi için zorladım."

Kahretsin. "Açık bir hatta *isim* kullanmamaya özen..."

"Michael'ı bu işe, Finch bana Sasha'nın bir şüpheli olduğunu söylediği için bulaştırdığımı biliyor musun? Ama bana onun *neden* şüpheli olduğunu söylemeyi reddetti. Biliyor musun Greg?"

"Bu kadarı yeterli. Telefonu kapatıyor..."

"Tüm bunların Folimanka Park'ın altında açmak üzere olduğunuz gizli tesisle bir ilgisi var mı?"

Direktör Judd bir anda olduğu yerde donup kaldı. Elinden geldiği kadar sakin bir sesle, "Büyükelçi Nagel," dedi. "Neden bahsettiğinle ilgili hiçbir fikrim olmamasına rağmen, senden bana on beş dakika vermeni..."

Heide Nagel sert bir sesle, "Sana bir video bağlantısı gönderdim," dedi. "Ofisinde bakarsın. Videoyu izleyince benim için bir şey yapmanı istiyorum."

Judd, "Öyle mi?" diye ona meydan okudu.

"Videoyu izledikten sonra beni ara. Eminim, isteklerimi çok mantıklı bulacaksın."

"İsteklerin... Peki, ya onları karşılayamazsam?"

"Sen CIA'in direktörüsün. Yapamayacağın çok az şey var."

Bunu unutmasan iyi olur. "Peki, yapmamayı *tercih* edersem?"

Heide sakin bir sesle, "O zaman bu video kamuoyuna sunulur," dedi. "İçinde projenizle ilgili detaylı bilgiler var ve içerik son derece rahatsız edici. Acele etsen iyi olur. Bu herkese açık bir bağlantı ve eninde sonunda birisinin karşısına çıkacaktır. Muhtemelen birkaç saat içinde."

Heide Nagel boyundan büyük bir işe kalkışmıştı. "Heide kaç kişinin bu videoyu silebileceğini biliyor..."

"Videoyu indirdim ve bir sürü yedeğini aldım. Emin ellerdesin."

Judd, "Sen aklını mı kaçırdın?" dedi. "Öfkeni anlıyorum ama neden tehdit ediyor..."

Nagel, "Çünkü *Greg!*" diye patladı. "Fazlasıyla suistimal edildim! Ben her zaman sadık bir meslektaştım ve bir kere de *bana* sadakat gösterilmesini istiyorum. Bu yüzden kıçını kaldır ve doğru olanı yap, lanet olası!"

Judd, Nagel'in daha önce böylesine sinirlendiğini hiç duymamıştı, bu yüzden korktu. Heide Nagel öfkeden çılgına dönmüştü. *Ve dengesini kaybeden kişiler son derece kötü kararlar alırlar.*

Nagel sertçe, "Seni bir saat içinde arayacağım," dedi. "Eğer ortadan kaybolursan inan bana, bu videoyu dünya yüzündeki tüm haber kanallarında izlersin."

"Büyükelçi size tavsiyem..."

Nagel telefonu çoktan kapatmıştı.

*

Nagel çok nadir içerdi, gün ortasında içtiği de neredeyse hiç görülmemişti ama ofis barından kendisine büyük bir bardak doldurduğu Becherovka'yı fazlasıyla hak etmişti. Bilgisayarının başına geçip videonun bir kopyasını masaüstüne indirirken elleri hâlâ titriyordu. Garanti olsun diye ikinci bir kopya daha indirip dosya adını "Yemek Tarifleri" olarak değiştirdi ve klasör hiyerarşisinin arasına gizledi.

Daha sonra masasındaki çekmeceden bir USB bellek –içinde Prag Uluslararası Kadın Derneği'nde yaptığı konuşmanın Powerpoint sunumu vardı– çıkardı. Sunumu sildikten sonra Gessner'ın itiraf videosunu USB'ye yükleyip belleği üzerinde büyükelçilik mührü olan mektup kâğıdı boyutunda bir diplomatik keseye koydu. Çeşitli formlarda olan bu diplomatik paketler daha çok resmi yazışmaları, belgeleri ve resmi amaçlı diğer objeleri taşımak için kullanılan, uygun şekilde tanımlanmış ve mühürlenmiş kese ya da çanta şeklinde araçlardır.

Nagel kesenin fermuarını çekti ve plastik güvenlik halkasını fermuara takıp yerine iyice oturana kadar bastırdı. Sonra, kesenin güzergâh bilgilerini doldurup doğrudan kendi adresine yönlendirdi. Diplomatik İlişkiler Hakkında Viyana Sözleşmesi'nin 27-3. maddesine göre bu keseyi ondan başka biri açarsa ceza gerektiren bir suç işlemiş sayılacaktı.

Nagel mühürlü keseyi saklamak için ofisinde güvenli bir yer ararken o ofisin içinde gerçekten güvenli hiçbir yer *olmadığını* fark etti. Direktör Judd'un doğru kararı vereceğine inanmak istiyordu ama ona karşı gelmeyi seçerse hedefindeki ilk yer bu ofis olacaktı.

Nagel elinde keseyle kapıya doğru yürürken, "Scott!" diye seslendi.

Dışarıda bekleyen nöbetçi piyade hemen içeri girdi.

"Bunu sana emanet etmek istiyorum."

Nöbetçi piyade, büyükelçinin ellerine bakarken, "Tabii ki hanımefendi," dedi. "Keseyi mi, içkiyi mi?"

Nagel ellerine baktı. *Ah.* "Keseyi Scott," diyerek ona uzattı. "Güvende tut. Kimseye ondan bahsetme. Kimseye derken çok ciddiyim. Sana bu konuda güvenebilir miyim?"

"Tabii ki efendim." Keseyi üniformasının göğüs cebine yerleştirip endişeli bir ifadeyle büyükelçiye baktı. "Her şey yolunda mı efendim?"

"Her şey yolunda, teşekkür ederim. Bay Harris'in ölümü beni çok kötü..." Konuşması yarım kaldı. "Adli tıptan bir haber var mı?"

"Henüz yok efendim."

"Bayan Daněk ile irtibata geçip ona derhal buraya gelmesini söyler misin lütfen?"

"Tabii ki efendim." Nöbetçi piyade tereddüt etti. "Ancak... Bay Harris'in cesedini bulduğumuzda Bayan Daněk'in çok sarsıldığını bilmeniz gerektiğini düşünüyorum. Anladığım kadarıyla çok yakınlarmış."

Nagel, *evet,* diye içinden geçirdi. İlişkilerini koz olarak kullandığı için utanıyordu. "Beni uyardığın için teşekkür ederim. Buradaki acil durum için Bayan Daněk'in vasıflarına ihtiyacım var." *Umarım, profesyonelliğini koruyabilir.*

Çavuş Kerble odadan çıkınca Nagel masasına geri döndü. İçkisinden büyük bir yudum aldı. Harris'in katilinin mektubu kendisine bakıyordu.

Lütfen Sasha'ya yardım edin.

Nagel mektubu masasının çekmecesine koyarken, *onu bulamazsam yardım edemem,* diye düşündü. Neyse ki Prag'da benzersiz bir gözetleme sistemi vardı. Sasha'yı bulmak zor değildi ama Dana Daněk'i bu göreve ikna etmek oldukça zor olacaktı.

*

Golěm, Eşik'in merkezinin altında bir omurga gibi uzanan yaklaşık yüz metre uzunluğundaki dar bir geçitten geçmişti. Sonuna vardığında karşısında alışılmadık bir kapı gördü.

Çelik, oval ve camsız bir kapıydı. Üzerinde kapıyı açıp kapamaya yarayan ağır bir çevirme tekerleği vardı. Hava geçirmez denizaltı kapaklarına benziyordu. Üzerindeki tabelada şunlar yazıyordu:

SMES
SADECE YETKİLİ PERSONEL GİREBİLİR

Geçen akşam Gessner benzersiz bir odanın içindeki inanılmaz teknolojiyi anlatmıştı. Golĕm bu sabah yaptığı web araştırması sayesinde ihtiyacı olan eksik bilgiyi tamamlamıştı. Makinenin özellikle bu noktaya yerleştirilmesinin bilimsel nedenini de öğrenmişti.

Folimanka Park'ın tam altındaki popüler yere.

Üzerlerindeki yapı 1950'lerin bomba sığınağının görünen tek kalıntısıydı ve turistler parkın içinde onun yanında durup fotoğraf çekiyorlardı. Tabii ki hiçbiri Golĕm'in kısa bir süre önce öğrendiği şeyi bilmiyordu; burası Eşik'in ihtiyaçlarını karşılamak üzere yeniden ustalıkla düzenlenmişti.

Orası artık, bu kapının ardındaki gizli odanın havalandırma bacası görevini görüyor.

Golĕm tekerleği çevirmeden önce biraz durup nefesini kontrol altına almaya çalıştı. Metal çubuk artık yanında olmadığı için dikkatli olmalıydı. Aşağıda bir nöbet daha geçirirse sonuçları kendisi için tehlikeli olabilirdi. Özellikle de etrafında bu kadar çok sert yüzey ve keskin köşe varken.

Golĕm kendini toparladığından emin olunca ayaklarını sağlam bir şekilde yere basarak çevirme tekerleğini kavradı ve saat yönünün tersine çevirdi. Tekerleği ancak birkaç santimetre döndürebildi.

Sasha'nın yüzünü gözünün önüne getirdi ve onun masumiyetinden güç aldı.

Her şeyi burada istismar edilenler için yapıyorum. Senin için... benim için... ve bizden sonrakiler için.

Dişlerini sıkarak tekerleği tekrar döndürdü.

96. BÖLÜM

Asansör Haç Burcu'nun altındaki tepenin derinliklerine inerken Robert Langdon endişeye kapılmamaya çalışıyordu. Tesise girmeye o denli odaklanmıştı ki oraya varmak için geçeceği yolları tam olarak hesaplamamıştı.

Etrafı binlerce ton kayayla çevrili dar bir bacanın içindeyim.

Asansörün kapıları açıldığında neyle karşılaşacağını da bilmiyordu. Büyükelçi onlara Eşik'in henüz hazır ve faal olmadığını söylemişti. Bu sebeple herhangi bir güvenlik çalışanıyla karşılaşacaklarını sanmıyordu ama emin olmanın imkânı yoktu.

Langdon birkaç dakika önce içine düştüğü ikilemi zihninde tartmaya başladı. *Birisi Gessner'ın giriş kartını almış ve parmağını kesmiş.* Dehşet verici cinayetin Eşik'e girmek için işlendiği çok açıktı ama asıl soru bunun ne zaman olduğuydu. İçeri girenler saatler önce mi gitmişti yoksa hâlâ tesiste miydiler? Ve eğer hâlâ buradaysalar... ne kadar tehlikeliydiler?

Katherine geniş asansörde ağırlığını diğer ayağına verdi. "Aşağı inmek uzun sürdü." Bu kadar aşağı inmek sinirlerini germişti.

Langdon ise bunu düşünmemek için kendini zorluyordu. Ekranın karardığını fark etti ve dalgın bir tavırla, "Telefon kapandı," dedi. Katherine telefonu ondan alıp omuz çantasına attı.

Asansör nihayet yavaşlamaya başladı. Kapı açıldığında görünmeyecekleri şekilde kabinin köşesine saklandılar. İkisi de nefesini tutmuştu. Kapılar kayarak açıldı.

Köşede birbirine sokulmuş olan Langdon ile Katherine dışarıdan gelecek bir ses duymayı bekledi ama ses çıkmadı. Langdon dikkatlice eğilerek dışarı baktı. Zifiri karanlıktı.

Asansörden dışarı taşan zayıf ışığın ötesini göremiyordu. Eşik henüz faaliyete geçmediği için elektrik olmayacağını hesaba katmamıştı.

Yeraltındayız. Işık yok. Pencere yok. Devasa bir mağaranın içinde olabiliriz.

Asansörden dışarı, karanlığa doğru adımını atarken kalbi hızla atıyordu. Ama daha ayağı yere basmadan yanan tepedeki lambalar gözünü aldı. Eliyle gözlerini kapatırken ışıkların bir sorgulama ekibi veya silahlı tim tarafından değil de hareket sensörü sayesinde yanmış olmasını diledi.

Yavaşça elini aşağı indirdi ve karşısındaki manzaraya gözlerini kısarak baktı.

Gördüklerini seçmeye başladığında hayretle bakakaldı.

Şaka mı bu?

Haç Burcu'ndan ayrıldıklarına şüphe yoktu. Tüm o eski, organik dokunuşlar yok olmuştu. Langdon'ın şimdi adım attığı dünya kusursuz, fütüristik ve tam teknolojikti.

Yanında beliren Katherine, "İnanılmaz," dedi. "Pahalı görünüyor."

Langdon bu tesisin örtülü ödenek almadan ve kongre denetimi olmadan, In-Q-Tel yatırımlarıyla finanse edildiğini tahmin etti.

Katherine asansörün önündeki metal platformun üstünde dururken hayranlıkla etrafına bakındı. "Burası... küçük bir metro istasyonuna benziyor."

Bir tür fütüristik tek raylı tren hattı gibi, diye düşünen Langdon aşağıdaki beton kanala baktı. Platformdan ilerideki karanlıkta kaybolan dairesel tünele doğru dar hatlı, tek bir tren rayı uzanıyordu. Tünelin girişi, normal bir metro vagonunun sığamayacağı kadar dardı ama Langdon rayların üstünde duran aracı görünce yeterince geniş olduğunu anladı.

Bir vagondan çok, üstü açık hareketli bir platformu andıran uzun ince taşıtın karşılıklı yerleştirilmiş iki oturma bankı vardı. Eşya taşımaya ayrılmış gibi görünen arkadaki bölmede yerine sabitlenmiş iki tekerlekli sandalye duruyordu.

Langdon, Capitol Hill'de binaları birbirine bağlayan benzer bir yeraltı sistemi olduğunu hatırladı. D. C.'nin kendine özgü kutu gibi tramvaylarının aksine bu sistem çok daha minimalist, ince ve tasarruflu görünüyordu.

Katherine eliyle oturma yerlerini gösterdi. "Hattın bu ucunda olmasına sevindim. İyiye işaret sanki."

Langdon onun ne demek istediğini hemen anladı. Eğer taşıt buradaysa Brigita'nın kartını alan kişi Eşik'e girmiş ve bu yoldan çıkmış olmalıydı. "Mükemmel bir noktaya değindin," diyerek biraz rahatladı. "Ayrıca, hareket sensörlü ışıklar da kapanmıştı, yani burada bizden başka kimse yok gibi."

Katherine taşıta binince Langdon da onun yanına gitti. Altlarından boğuk bir vınlama sesi duyuldu ve platform birkaç santim yükseldi.

Biri ya da bir şey burada olduğumuzu biliyor, diye düşünen Langdon trenin tam otomatik olmasını diledi. Kendilerini izleyen birinin sistemi çalıştırmış olmasından korkuyordu.

"Maglev," dedi Katherine. "Kaliforniya'da bile bir tane var."

Çocukluğunda mıknatısla oynamış olan herkes gibi Langdon da manyetik kutupların itme etkisini biliyordu. Buradaki kuvvet ise platformu havaya kaldırarak sürtünmeyi engelleyecek kadar kuvvetliydi.

Katherine, "Herhangi bir kumanda görmüyorum," dedi. "Herhalde sadece oturacağız."

İyi bir tahmindi. İkisi birlikte vagonun sağ tarafına yüzlerini dönerek oturdular. Birkaç saniye sonra istasyonda art arda üç ince zil sesi duyuldu ve platform ileri doğru hareket ederek hızlanmaya başladı.

Elektriğin vınlama sesi dışında sessiz bir yolculuktu.

Hızla ivmelenmesine rağmen sarsıntı yoktu. Birkaç saniye içinde tünel girişine girerek sessizlik içinde karanlığa doğru son sürat ilerlemeye başladılar.

Vagonun ön farı önündeki rayın sadece küçük bir kısmını aydınlatıyordu. Bu durum karanlıkta çok tehlikeli bir hızla gidiyorlarmış hissi uyandırıyordu ve ne kadar yol kat ettiklerini hesaplamak zordu.

Birden Katherine, Langdon'ın kolunu kavradı ve önlerinde uzanan tüneli işaret etti.

Ne olduğunu Langdon da gördü. Tek hatlı rayın üstünde tam karşıdan başka bir vagonun farı onlara doğru yaklaşıyordu ve çarpışmak üzereydiler.

Bu vagona hiç binmemeleri gerekirdi.

"Acil durum için bir fren mekanizması olmalı!" Katherine oturduğu yerde dönüp çevresine bakındı.

Langdon ise çaresizlik içinde dönerek atlayabilecekleri bir yer saptamak için iki tarafı birden kolaçan etti ama her iki yanları da beton duvarlarla çevrelenmişti.

Üstlerine doğru gelen kör edici farın çarpmasına on saniye kalmıştı. Langdon ile Katherine el ele tutuşarak çarpışmaya hazırlandılar ama bindikleri vagon aniden sola doğru diğer vagon ise sağ yöne doğru hareket etti ve tünelin biraz daha geniş olan bölümünde iki vagon birbirine zarar vermeden zıt yönlere doğru yan yana geçmiş oldu. Hemen ardından vagon yeniden ortaya geçti ve tünel yine tek hat şeklinde devam etti.

Nefesini bırakan Langdon'ın kalbi göğsünde patlayacak gibiydi. Titreyen sesiyle, "Bilgisayar zamanlı geçiş hattı," dedi.

Katherine rahatlayarak derin bir nefes verirken Langdon'ın elini sıktı.

Geçiş hattı yapmak, çift şeritli tünel kazmaktan çok daha pratik olsa da Langdon hiç beklemediği bir ölümden dönüş tecrübesi yaşadığını hissediyordu.

Vagon on saniye daha ilerledikten sonra hızını kesti ve benzer bir istasyonda kayarak durdu. Metal platformda hiçbir işaret yoktu. Onlar vagondan inerken vınlama sesi sona erdi ve taşıt birkaç santim alçalarak hareketsiz konumuna geri döndü.

Katherine, "Çift vagonlu sistem," dedi. "Yani bizden önce gelen kişinin buradan gittiğine emin olamayız."

Langdon başıyla onayladı. *Her iki uçta daima birer vagon duruyor.*

Tahminine göre şu anda, Folimanka Park'ın kuzey ucunun altında, 1950'lerden kalma o geniş sığınağın en derin kısımlarına bitişik bir yerdeydiler.

Bu platformun bir kapısı yoktu, onun yerine kemerli bir girişten giriliyordu. Platforma indiklerinde karşılarında büyük bir güvenlik noktasının bulunduğunu gördüler. X-ray cihazı, vücut tarama cihazı, biyometrikler ve iki görevli masası şu anda başlarında çalışan kimse olmadan duruyordu.

Burası faaliyete başladığında bir kale olacak, diye düşündü profesör. Vücut tarayıcısının altından geçmeden kontrol noktasından ana koridora çıktılar.

Langdon şimdilik burasının bir CIA tesisi olduğunu gösteren herhangi bir işarete rastlamamıştı. Ama camdan kanatlı kapının önüne geldiklerinde cama küçük harflerle yazılan kelimeyi gördü.

PRAGUE

Teyit etmiş olduk. Langdon kapılara uzandı ama kanatlar otomatik olarak açıldı ve ardındaki koridor hemen aydınlandı. Buradaki ışık onları ilk karşılayan kör edici aydınlatmalardan daha yumuşaktı. Koridordaki duvarların süpürgeliklerinden, uçaklardaki acil çıkışı gösteren ışıklara benzeyen birer ışık şeridi geçiyor ve paralel olarak ilerliyordu.

Tertemiz zemin siyah terrazzo seramiğiyle kaplanmıştı ve cilalı bazaltı andırıyordu. Duvarlar büyük olasılıkla krom kaplama gümüş rengi metaldendi ve süpürgeliklerdeki aydınlatmalar yüzünden parlıyordu. İçerisi yeni boya, beton ve temizlik malzemesi kokuyordu.

Langdon ile Katherine koridorda hızla yürürken ayak sesleri sert zeminde yankılandı. Yirmi metre kadar ileride, sağ tarafa doğru dallanan ikinci koridorun kesişiminde durdular. Açık yeşil seramik kaplı bu koridorda hiç ışık yoktu. Profesör etraf iyice kararmadan önce birkaç ofis kapısı görebildi.

Bir tabelada DESTEK yazıyordu.

Langdon'ın içinden bir ses ofisleri ve dosyaları aramakla vakit kaybedeceklerini söylüyordu. Eşik'te neler döndüğünü gösteren somut deliller toplamaları gerekiyordu ve bunu yapmanın tek bir yolu vardı.

Tesisin can damarını bulmalıyız.

Langdon tam karşılarındaki koridorda siyah seramiğin üzerine kalın harflerle yazılmış bir kelime gördü: OPERASYON.

Onlar koridorda yürüdükçe tepedeki aydınlatmalar tek tek yandı. Sonunda aşırı büyük metal bir kapının üstündeki tanıdık sembolü gördüler.

Bir kadüs mü? CIA tesisinde bir tıp sembolü bulunması Langdon'ı şaşırtmışsa da işte orada, belirgin bir şekilde sergileniyordu. Bu sembolün tıpkı buradaki gibi sıklıkla yanlış kullanıldığını biliyordu. Kadüs aslında Yunan Seyahat ve Ticaret Tanrısı Hermes'in sembolüydü. Doğru sembol, kanatsız olan ve çift yılan yerine sadece tek bir yılan bulunan, Yunan Şifa Tanrısı Asklepios'un asası olmalıydı. Utanç verici bir şekilde, ABD Ordusu Tıp Kolordusu'nun 1902'de üniformalarına yanlış kadüs amblemini eklediği o günden bu yana sembol ABD'li doktorlar ve hastaneler tarafından hatalı bir şekilde sergileniyordu.

Katherine yürüdü ve kapıyı açtı.

Onun arkasından giden Langdon, küçük bir hastaneyi andıran bir sürü odayla karşılaştı. Muayene odasında ileri teşhis ve görüntüleme cihazları vardı. İnce uzun ecza dolabının rafları hiç açılmamış tıbbi malzemelerle doluydu. İçinde iki yatak bulunan özel bir oda, Langdon'ın yoğun bakım ünitesinde gördüklerinden bile daha fazla tıbbi cihazlarla donatılmıştı.

Bu odaya UYANMA odası ismini vermişlerdi.

Neden uyanıyorlar?

Biraz daha içerilere gidince kollarının üzerinde devasa bir sandık bulunan ve üzerine binilip kullanılabilen küçük bir forklift gördüler. Katherine sandığın üstünde yazanı görmek için çömeldi.

"NIRS," dedi. "Yakın kızılötesi spektroskopisi. Gerçek zamanlı ileri görüntüleme."

"Tıbbi bir tesiste mi?" Langdon, NIRS'i astronomi ile bağdaştırıyordu.

"Nörobilimciler oksijen satürasyonunu ölçerek beyin aktivitesini gözlemlemekte kullanır." Katherine kaygılı gözlerle doğruldu. "Anlamıyorum... CIA neden Folimanka Park'ın altında gizli bir hastane inşa etsin?"

Çift kanatlı bir kapıya doğru yürürken Langdon da aynı şeyi düşünüyordu. Kapıyı iterek hafifçe araladı. İçeride karanlık hâkimdi. Kapıyı biraz daha itince ışıklar yandı.

Langdon içeri adımını attığında kendini cerrahi bir el yıkama odasında buldu. Karşıdaki duvarda yer alan pencereden yandaki oda görülüyordu ve burası bembeyaz bir ameliyathaneydi. İnce bir ameliyat masasının tepesinden Langdon'ın daha önce hiç görmediği bir cihaz sarkıyordu.

Katherine arkasına geldiğinde ona, "Bu makinenin ne olduğunu bilmiyorum ama... çok korkutucu görünüyor," dedi.

97. BÖLÜM

Evropská'daki trafik kağnı gibi ilerliyordu ve Finch, büyükelçilik konutuna en az yarım saat sonra varabileceğini düşündü. Nagel'in Langdon ve Solomon'ı mümkün olduğu kadar rahat ettirdiğini umut ediyordu.

Onlara birer akşamüstü içkisi ikram et... ya da ikişer.

Nagel onlar için Prag'da son derece etkili bir değer olmuştu ve işe alınışı konusunda hoşnutsuzlukları olsa da Finch'in talimatlarını etkili bir şekilde yerine getirmiş ve gerekli olduğunda diplomatik gücünü kullanmıştı. Ama Michael Harris'in Sasha Vesna'ya yakınlaşması konusunda ona karşı çıkmıştı.

Nagel, "Sasha'yı neden gözlemliyoruz?" diye sormuştu. "Ajan olduğunu mu düşünüyorsun?"

Finch gerçeği söylemişti. "Sasha bir ajan değil. Tehlikeli de değil."

Sasha bir ajandan çok daha değerli.

O bir yatırım... gelişmekte olan bir çalışma... habersiz bir CIA değeri.

Finch, "Sasha'nın izlenmesi gerekiyor... tamamen önlem amaçlı," diye açıklamıştı.

Onun hiçbir şeyin farkında olmaması...

Finch'in telefonu gelen bir sinyal aramasıyla çaldı. Housemore'un burçtaki gelişmeleri haber vermek için aradığını düşündü. Ama ekrandaki numaranın patronuna ait olduğunu görünce oturduğu yerde doğruldu.

CIA direktörüyle konuşmanın gerektirdiği resmiyete gerek duymadan sakin bir sesle, "Greg," dedi. "Bu ne sürpriz."

Judd hemen, "Hoş bir sürpriz değil," diye karşılık verdi. Sohbet edecek havada olmadığı belliydi. "Nagel'le ilgili. O belgelerle ilgili ona iftira attığını *biliyor.*"

"Bunu uzun zamandır biliyor. Sen de öyle."

"Ne olursa olsun, onu işe alış şekliniz beni dehşete düşürdü."

Dehşete mi düştün? Gerçekten mi? Finch, adamın kendini aklayan yorumlarına katlanamayacaktı. Direktörün Finch'i Prag'ı denetlemesi için tutmasının tek sebebi; bir savaşı kazanmak için *ne* gerekiyorsa –politikayı çiğnemek anlamına gelse bile– yaptığını kanıtlayan kariyer geçmişiydi.

Finch, "Seni bilerek gelişmelerden haberdar etmedim Greg... güvenliğin için," dedi. "Seni sorumluluk almaktan korumak için." *Bir şey değil.*

"Teşekkür ederim ama Nagel daha iyisini hak ediyordu."

"Büyükelçilikten daha iyisini mi? Kendisi artık bir Amerika Birleşik Devletleri diplomatı! Ve Prag'da ülkesine çok iyi hizmet etti. Her iki taraf da kazandı."

"Belki de zannettiğin gibi bir şey kazanmamışızdır. Proje hakkında bildiklerini kamuoyuna açıklamakla tehdit ediyor."

Finch yanlış duyduğuna emindi. "Pardon, ne dedin?"

"Beni duydun."

"Kamuoyuna açıklamakla tehdit?... Bu çok anlamsız."

"Son derece öfkeli. Ve istekleri var."

"Ama... *o hiçbir* şey bilmiyor ki!"

"Elinde detaylı kanıtlar olduğunu iddia ediyor. Bana, Langley'e bir video göndermiş. Birazdan videoya bakmaya gideceğim."

Finch öfkeyle, "*Ne* videosu?" dedi. "Nagel teşkilata karşı gelmeyecek kadar akıllıdır. Ne numara çevirdiğini bilmiyorum ama bence blöf yapıyor."

Judd, "Onunla yıllarca birlikte çalıştım," dedi. "CIA'in baş hukuk danışmanıydı. Nagel blöf *yapmaz.*"

Finch göğsünün sıkıştığını hissetti. *Büyükelçi bana karşı mı geldi?!* "İstekleri nedir?"

"Henüz söylemedi."

Finch bunun doğruluğundan emin olamadı.

Judd, "Onunla birazdan tekrar konuşacağım," dedi. "Ama güvenlikle ilgili halletmen gereken bir şeyler varsa hemen yap. Sanırım bu projenin detayları dışarı sızarsa sonuçların felaket olacağı konusunda seni uyarmam gerekmiyor."

"Şahsen ilgileneceğim. Prag'a henüz vardım..." Finch çok fazla şey söylediğini fark edince sustu.

Judd biraz duraksadıktan sonra, "Prag'daysan demek ki bir sorun olduğundan haberin vardı," dedi.

Yetmiyormuş gibi Gessner da kayıp. "Dün akşam ufak birkaç sorun çıktı ama her şey kontrol altında. İşleri yoluna koymaya gidiyorum."

"Koysan iyi olur. Sana yetki verdiğime beni pişman etme. Bu, teşkilatın en önemli girişimlerinden biri."

"Efendim beni seçtiniz çünkü kabiliyetlerimin farkındaydınız."

Direktör sert bir sesle karşılık verdi. "Evet... ve şu konuda sana bir uyarı. Heide Nagel'in başına *bir şey* gelirse bunu sana ödetirim. Her şekilde."

Finch küstah bir tavırla, "Ben düşman değilim," dedi. "Sizin tarafınızdayım."

Judd öfkelenmişti. "Ayağını denk al! Sınırlarımı zorlamak istemezsin."

Telefon kapandı ve Finch, Prag'a doğru ilerleyen boğucu trafiğin içinde öylece kaldı. Sonunda kendini toparlayıp öfkeden kudurmuş bir halde Büyükelçi Nagel'i aradı. Telefon çalmadan doğrudan telesekretere düştü. *Telefonunu mu kapatmış bu?*

Telaşla Haç Burcu'ndaki Ajan Housemore'u aradı. Telefon çalmaya başlayınca rahat bir nefes aldı. Ama sekiz kere çaldıktan sonra o da telesekretere düştü. *Neler oluyor?* Ajan Housemore, Finch'in aramalarına gece gündüz demeden her zaman ilk çalışta cevap verirdi. Finch numarayı tekrar aradı ama cevap yoktu.

Telefonunu cebine koyup uzun bir süre gökyüzüne bakarak düşündü. Sonra kararını verdi.

Şoföre, "Planlar değişti," dedi. "Büyükelçilik konutuna gitmiyoruz. Beni Haç Burcu'na götür."

98. BÖLÜM

Yeraltındaki ameliyathanenin büyük bölümünü kaplayan cihaz fütüristik bir işkence makinesini andırıyordu. Ameliyat masasının üstündeki tavana monte edilmiş dört adet eklemli robotik kolun kablolar arasından çıkan kıskaç benzeri parmakları vardı. Bu mekanik pençeler, aşağıdaki tablayı andıran masada yatacak kadar bahtsız olan kişiye saldıracakmış gibi duruyordu.

Ama Langdon için bu düzeneğin en korkutucu özelliği robotik kollar değil ameliyat masasının bağlama sistemiydi. Yataktan sarkan bir düzine kalın Velcro bant kollarını, bacaklarını ve göğsünü bağlayarak hastanın en küçük hareketini dahi kısıtlamak için tasarlanmıştı. Bunun dışında, masanın bir ucundan değişik açılardan yarım daire şeklinde uzanan beş adet ince metal çubuk çıkıyordu. Bunun kafatası sabitleme başlığı olduğunu anlayan Langdon ürperdi. Burada masaya bağlı ve kafatası sabitlenmiş halde, üstünden sarkan mekanik canavarla yüz yüze yatmanın nasıl dehşet verici olduğunu düşünmek bile istemiyordu.

Klostrofobinin zirvesi.

"İnanılmaz... robotik destekli bir beyin operatörü var," dedi. "Belki hatırlarsın, ilk icat edilenin ismi da Vinci idi."

Langdon haberi hayal meyal hatırlıyordu.

Katherine kafatası kelepçesinin yanına yürüdü ve dışarı çıkan uzun çivileri inceledi. "Bunlar bana gördüğüm kâbusu hatırlattı."

Dikenli hale, diye düşünen Langdon nesneye farklı bir açıyla bakmaya başladı.

"Kontrol odası şu tarafta," diyen Katherine pencereye yürüdü ve içeri baktı.

Onun yanına giden Langdon üç adet ergometrik sandalyenin karşısında streskopik 3D görüntüleme için LCD siperliklerle donatılmış bir dizi düz panelli monitör gördü. Bunlara mükemmel bir şekilde hizalanmış paslanmaz çelik giriş aygıtları eşlik ediyordu: fare, iz topu, e-kalem, kurgu diski, konsol ve oyun çubukları. Üstünde HOLOGRAFİK KİNETİK yazan bir tepside bir çift kumaş eldiven duruyordu.

"Hayret verici," dedi Katherine. "Robotik ameliyatların ilerlediğini biliyordum ama bu cihaz duyduğum her şeyin yıllarca ötesinde."

Profesör bu cihazı Gessner'ın tasarlamış olabileceğini tahmin etti. *Bir başka kârlı patent.* "Peki, yani epilepsi çipleri bu şekilde mi yerleştiriliyor?"

"Hayır," dedi Katherine. "RLS çipi yerleştirmek basit bir işlem, teknik açıdan beyin ameliyatı bile sayılmaz. Kafatasına parmak ucu büyüklüğünde açılan bir delikten yerleştirilir, beyne doğrudan temas edilmez." Tavana monte edilmiş cihazı incelemek için geri döndü ve farklı açılardan baktı. "Hayır... bu cihaz çok farklı. Bu gelişmiş beyin ameliyatları için tasarlanmış; zor tümörleri çıkarmak, anevrizmayı koterize etmek veya analiz etmek üzere bazı hassas dokuları toplamak gibi işlemler için tasarlanmış." Katherine, Langdon'a döndü. "Sasha Vesna'nın kafasında yara izleri olduğunu söylemiştin. Büyük müydü?"

Langdon başıyla onaylarken nöbet geçirdiği sırada Sasha'nın başını tuttuğu anı hatırladı. "Büyük kısmı saçlarının altında kalmıştı, ama evet. Nöbet geçirirken aldığı yaralardan kalma sanmıştım ama daha sonra bana Gessner'ın çipi yerleştirirken bazı önemsiz komplikasyonlarla karşılaştığından bahsetmişti. Ameliyat başarılı olsa da planladığından biraz daha geniş bir bölgeye yayılmış."

"Biraz mı?" Katherine robotik operatöre yeniden baktı. "Bu makine daha önce kullanılmış. Söylemek istemezdim ama Sasha mükemmel bir denek olurdu. Saf, ailesi yok, hayatını kurtaran ve maaşını ödeyen ünlü bir doktorun tedavi sonrası tavsiyelerini sorgulamayacak biri."

Langdon bu düşünceyi içinden kınadı ve dikkatini yapmaları gereken işe vermek için kendini zorladı. "Burada yazdıklarınla ilintili bir şey görüyor musun?"

Katherine "hayır" der gibi başını salladı. "Henüz göremedim. Yaptıklarına kanıt teşkil edecek suçlayıcı hiçbir şey yok. Söyleyebileceğim tek şey, kurum içi ileri seviyede beyin ameliyatı yaptıkları."

Dr. Moreau'nun Adası, diye düşünen Langdon, CIA'in yabancı bir ülkede, yeraltındaki bir laboratuvarda gizli ameliyatlar yapması fikrinden hoşlanmamıştı. "Aramaya devam edelim."

Ameliyathaneden hızla çıktılar ve siyah seramik kaplı koridordan Eşik'in derinliklerine yürüdüler.

Yine bir odanın girişine gelmişlerdi ama bu kez karşılaştıkları kapı kalın bir akustik sünger tabakasıyla kaplıydı.

Katherine kapının yanındaki tabelayı okudu. "'Sürükleyici Bilişim'. Burada bir şey bulabiliriz."

Ne beklemesi gerektiğini bilmeyen Langdon, Katherine'in peşinden baştan aşağı siyah halı kaplı bir odaya girdi. İçerideki tek ışık kaynağı, onlar girdiği sırada belli belirsiz yanan süpürgelik aydınlatmasıydı.

Odanın ortasında omuzdan geçmeli emniyet kemerleri ve alışılmadık ölçüde derin sekiz adet uzanma koltuğu vardı. Her biri kendine ait hidrolik kolların üstünde duruyordu. Langdon, "Dengeleme halkalarının üstünde duruyorlar," dedi. "Bu koltuklar hareketli."

Katherine başıyla onaylarken koltuklara doğru yürüdü. "Sürükleyici Bilişim aslında ileri sanal gerçekliktir. Bu koltukların hareketi, bunlara verilen görüntü ve seslerle senkronizedir." Koltuktan aldığı fütüristik görünümlü, mat cam başlığı havaya kaldırdı. "Geniş spektrumlu panoramik ekran. Bu, son derece ileri bir sanal gerçeklik Robert."

Sanal gerçeklik mi? Burada ne yapıyorlar?

Katherine odanın arkasındaki bilgisayar masasına doğru yürüdü. "Bu SG simülasyonlarını çalıştırmak için çok fazla veri gereklidir, bu yüzden daha büyük bir sistemden aktarıyor olmalılar... bunun gibi." Düz camlı pencerenin arkasındaki bilgisayarları işaret etti. "Ama ben her şeye buradaki terminalden erişildiğini düşünüyorum." Oturup bilgisayarı açtı.

Terminalin açılmasını beklerken Langdon onun yanına oturdu. "Kitabında SG'den bahsetmiş miydin?"

Katherine ona bakarken başıyla onayladı. "Birkaç yerde bahsettim ama sadece kişisel bir tecrübe olarak. Bir seferinde Princeton Mühendislik Anomalileri Araştırma Laboratuvarı'nda yapılan bir SG deneyine katılmıştım. Yaşadığım deneyim, yerleşik olmayan bilinç üzerinde çalışmaya karar vermemde önemli bir rol oynadı. Ben de bundan bahsettim."

"Gerçekten mi? Bunun bir ilişkisi olabilir."

"Prensipte belki," derken şüpheyle bakıyordu. "Ama..."

"Anlatsana."

"Şey... bildiğin gibi, SG'nin asıl amacı beyni gördüğü illüzyona inandırmaktır. Beyne görüntü, ses ve hareket gibi ne kadar çok sanal veri aktarırsan beyni bu yapay durumun gerçek olduğuna inandırman o kadar mümkün olur. Psikologlar illüzyona inanmaya başladığın aşamaya 'sanal ortamda bulunma hissi' diyor."

Langdon, "Ben de sanal kaya tırmanışı yapmıştım," dedi. "Korkudan felç geçirmiştim."

"Kesinlikle. Zihnin bir kayalıkta ve tehlikede olduğuna inandı. İllüzyon geçici gerçekliğin haline geldi. Ben de Princeton'daki SG deneyinde 'sanal ortamda bulunma hissi'ni yaşadım... Gerçi deney biraz farklıydı. Gerçek anlamda hayatımı değiştiren bir tecrübeydi."

"Nasıl?"

Başını bilgisayardan kaldırıp gülümsedi. "Özetlemek gerekirse... kendi bilincimi deneyimledim, yerleşik olmayan bilincimi."

*

Katherine "bedeninden ayrılma hissi"ni deneyimlediği o büyülü anı hayatı boyunca unutamayacaktı. Hayatını değiştiren bu deneyim sayesinde bilinç alanında çalışma tutkusu perçinlenmişti.

Deney, Princeton'daki hocasının ona bir odada tek başına durmasını istemesiyle başlamıştı. Dahili haberleşme sisteminden ona SG gözlüğünü takmasını söylemişti. Gözlüğü taktığı anda kendini geniş bir çayırda, çiçeklerle ağaçların arasında bulmuştu.

Kırsal manzarada beklenmedik bir sürpriz onu bekliyordu.

Artık yalnız değildi.

Yaklaşık iki metre ötede kendisinin tıpatıp ikizi duruyordu. İkizi sakince gülümsüyor ve Katherine'in gözlerinin içine bakıyordu. Katherine ikizine bakarken elbette bunun bir yansıtma olduğunu biliyordu ama verdiği his rahatsız ediciydi. Otların üstünde yaklaşık bir dakika kendisiyle yüz yüze durmuştu.

Daha sonra hocasının interkomdan gelen sesi ona uzanıp elini ikizinin omzuna koymasını söylemişti. Bu istek Katherine'in aklını karıştırmıştı. *İkizim gerçek değil.* Tereddütle elini kaldırmış ve diğer Katherine'in omzuna nazikçe koymuştu. Havadan başka bir şeye dokunmamayı bekliyordu ama eli gerçek bir omuza değince şok geçirmişti. Bundan daha da şaşırtıcı olan, elinin ağırlığını kendi omzunda hissetmesiydi.

Tam anlamıyla zihin bulandıran bir etkisi vardı ve beyni birden kendine şu soruyu sormuştu:

Hangisi benim gerçek bedenim?

Elinin ikizinin omzunda durması ve üstüne bir de kendi omzunda bir el hissetmesi Katherine'in "fiziksel bedenini" diğer beden zannetmesine yetecek bir duyu yüklemesiydi. Birkaç gizemli dakika boyunca bilinci kendisinin dışına çıkmıştı. Bir gözlemciydi, ölümden dönen hastaların bedenlerinin üstünde havada durduğu gibi o da kendi fiziksel bedenine bakan bedeninden ayrılmış bir zihindi.

Katherine o sırada bilincinin özgür kaldığı ve var olmak için fiziksel bir biçime ihtiyaç duymadığı hissiyle mutlu olmuştu. Gerçekliğe döndükten sonra bile "bağını koparma" hissinin etkisi günlerce aklından çıkmamıştı.

Sonradan öğrendiğine göre, çok güçlü bir etkisi olmasına rağmen bu illüzyonu yaratmak hayli basitti. SG gözlüklerini taktıktan ve yerine geçtikten sonra bir laboratuvar teknikeri sessizce içeri girmiş ve Katherine'in önünde durmuştu. Kendi "hayalet ikizine" dokunmak üzere elini kaldırdığında aslında bilmeden elini laboratuvar teknikerinin omzuna koymuş, tekniker de aynı anda kendi elini Katherine'in omzuna koymuştu. O anda Katherine'in benlik bilinci fiziksel bedeninden ayrıldığı yanılgısına düşmüştü.

Elbette bu gerçek bir beden dışı deneyim değildi ama verdiği his öylesine huzurlu, öylesine rahatlatıcı ve öylesine fiziksel olmayan dünyayla bağlantılıydı ki yerleşik olmayan bilinç üzerine kariyer yapmayı kafasına koymuştu.

Katherine konuyu böylece özetlemeyi bitirdiğinde bilgisayarın karşılama ekranı açıldı.

"Şifre korumalı," dedi Katherine. "Ben de bundan korkuyordum. Ne tür simülasyonlar oynattıklarını bilmeden bu SG laboratuvarının kitabımla olan ilişkisini tahmin edemem."

Metal sandalyeye oturan Langdon birtakım tahminlerde bulunsa da hiçbiri işe yaramadı. Sonunda başını iki yana sallayarak ayağa kalktı. "Belki de beden dışı deneyim simülasyonları oynatıyorlardır. Biraz önce anlattıkların gibi, olamaz mı? Bu türden simülasyonlar epilepsiyle, Sasha'yla ve uzaktan görüntülemeyle..."

"Doğru ama..." diyen Katherine başlıklara ve dengeleme halkasının üstünde duran koltuklara baktı. "İçimden bir ses... bana bu odada başka bir şey yapıldığını söylüyor."

Katherine'in bakışları cam pencereye ve arkasındaki bilgisayar odasına kaydı. Gidip pencerenin yanındaki metal kapıyı açmaya çalıştı ama kapı kilitliydi. Yüzünü cama dayayarak arkadaki alana bakınca üst üste bilgisayarlar, türlü elektronik cihazlar ve ön tarafı camdan yapılmış renkli ilaç şişeleriyle dolu bir buzdolabı gördü.

Geri çekildi. "Bu da ne böyle?"

Langdon yanına gitti. "Ne var?!"

"Bunlar..." Katherine arka duvara dayalı sekiz nesneyi eliyle işaret etti. "Bunların bir SG laboratuvarında işi olmaz."

Langdon camdan bakınca tekerlekli sekiz adet paslanmaz çelik serum askısını gördü.

Huzursuzlanan Katherine, "Serum askısı," dedi. "Ve ilaçlarla dolu bir buzdolabı! Bu tesiste damar yoluna uygulanan ilaçlarla sanal gerçeklik *birlikte* uygulanıyor."

"Tamam... Peki, bu alışılmadık bir şey mi?"

"Evet! Böyle çift uyaranlı deneyimler beyne çok büyük zarar verebilir. Aşırı etki altında bırakmak beynin fizyolojisini değiştirebilir..."

"Değiştirmek mi?... Nasıl?"

"Hangi ilaçları kullandıklarına bağlı." Katherine ilaç isimlerini okuyabilmek için önü camlı buzdolabına gözlerini kısarak baktı. "Robert tam olarak hangi ilaçları kullandıklarını görmek için bu odaya girmek zorundayım. O zaman nereye varmak istediklerini anlayabiliriz..."

Langdon bir süre onu inceledikten sonra başını salladı. "Tamam, geri çekil." Masanın başına gitti ve gözlerini pencereden ayırmadan ağır metal sandalyeyle geri döndü.

"Dur biraz, sen ne..."

"Zaten boğazımıza kadar bu işe battık," dedi Langdon. "Bir pencerenin kırılması fazla bir şeyi değiştirmeyecek."

Bunu söyledikten sonra vücudunu yana doğru büktü ve gülle atar gibi sandalyeyi savurdu. Elinden bıraktığında sandalye havadan uçarak pencereye çarpıp camı kırdı.

Donakalan Katherine alarm çalmasını veya bir tür ses çıkmasını bekledi ama Eşik'in ürkütücü sessizliği bozulmadı.

Pencerenin yanına yürüyen profesör, dirseğiyle kırık camın kalan kısmını da çıkarttı. Sonra dikkatlice uzanıp kapının kolunu buldu ve içeriden açtı.

"İncelikten yoksun ama etkili," dedi gülümseyerek. "Önden buyurun doktor."

99. BÖLÜM

Alex Conan ofise geri döndüğünde Faukman, "Engizisyon nasıl gitti?" diye sordu. Teknisyenin saçları iyice dağılmıştı ve Faukman kısa bir anlığına genç adamın resmen bir gecede yaşlandığını düşündü.

Alex yorgunluktan bitik bir halde, "İyiyim," dedi. "Patronum benim hatam olmadığını biliyor ama müsait olduğunuzda sizinle görüşmek istiyor. Ona bugünlük mesainizi bitirip eve gittiğinizi söyledim."

"Teşekkürler."

"Robert Langdon'dan haber var mı?"

"Şükürler olsun ki evet. E-posta göndermiş. İkisi de iyi."

Alex şaşırmıştı. *"Aramadı mı?"*

Faukman başını "hayır" anlamında iki yana salladı. *Henüz değil.*

"Peki, In-Q-Tel yatırımları listesinden bir şey çıktı mı? Doktor Solomon'ın çalışmalarıyla örtüşen bir şey bulabildiniz mi?"

"Hayır. AI'ın verdiği bilgilerin hepsi çöp. Kesinlikle, bu şeyin hayranı değilim."

Alex elindeki dizüstü bilgisayarı açarken, "İlginizi çekecek bir şey bulmuş olabilirim," dedi. "Yapacağınız AI aramasının size Doktor Solomon tarafından *yazılan* şeylerle örtüşen çevrimiçi bilgiler sunacağını ama *söyledikleriyle* örtüşen bir şey sunmayacağını –yani ses kayıtları ve videolar gibi– tahmin ettim. Ben de düzenlenmiş bir çapraz referans çalıştırdım ve hem In-Q-Tel'in hem Doktor Solomon'ın *fraktal* bilimine özel bir ilgisi olduğunu öğrendim."

Faukman'ın fraktallar hakkında tek bildiği şey, tekrarlayan desenlerden oluşan kıvrımlı şekiller olduklarıydı.

Alex telefonunu çıkardı. "Son üç yıldır Q, fraktal teknolojilere oldukça fazla yatırım yapmış. Katherine ise..." Bir video açıp Faukman'ın izleyebilmesi için telefonu ona doğru tuttu.

Katherine videoda başka konuşmacılarla birlikte bir platformda oturuyordu ve arkalarında IONS logosu vardı. Katherine seyircilerden birine, "İlginç bir soru sordunuz," dedi. "Ne büyük bir tesadüf ki insan bilinciyle ilgili yazdığım kitapta *fraktallara* oldukça fazla yer verdim."

Faukman'ın kulakları dikildi.

Katherine, "Bildiğiniz gibi," diye devam etti. "Fraktalların çok şaşırtıcı bir özelliği var. Her bölüm mikroskop altında bütünün birebir küçük bir versiyonu gibi görünüyor. Kendisinin sonsuz bir teleskopik tekrarı gibi. Başka bir deyişle her bir nokta her şeyi içinde barındırıyor. Tekil diye bir şey yok... sadece bütün var. Sayıları her geçen gün artan fizikçiler evrenin bir fraktal gibi düzenlendiğine inanıyor. Bu da bu salondaki her insanın içinde diğer insanların da bulunduğu ve aramızda bir ayrılık olmadığı anlamına geliyor. Hepimiz *tek bir* bilinciz. Bunu hayal etmenin biraz zor olduğunu itiraf ediyorum ama Koch kar tanesinin ya da Menger süngerinin görüntülerine bakarsanız ya da *Holografik Evren* kitabını okursanız..."

Alex videoyu durdurup, "Anafikri bu," dedi.

Faukman emin değildi. "Alex, CIA'in fraktallara olan merakının evrenle insanlar arasındaki bağlantıyla bir ilgisi olduğunu pek sanmıyorum."

"Size katılıyorum ama *fraktallar,* şifreleme şeması, ağ topolojisi, veri görselleştirme ve her türlü ulusal güvenlik teknolojisinde çok önemli bir rol oynuyor. Katherine kitabında fraktallara çok fazla yer verdiğini söyledi. Bu yüzden, onun Q'nun yatırımlarından birini tehlikeye atan bir şey keşfettiğini düşünüyorum. Araştırmaya değer."

Faukman, "Mantıklı," dedi. "Araştıracağım. Çok teşekkür ederim."

"Bir şey bulursanız haber verin. Benim gitmem lazım."

Teknisyen sorgusuna geri döndü. Faukman da tekrar bilgisayarının başına geçti.

Dışarıda yağmur şiddetlenmişti.

100. BÖLÜM

Burası tam bir psikedelik madde eczanesi…

Katherine buzdolabının içindeki tesir gücü yüksek ilaçlara bakarken dumura uğramıştı. Hiç bilmediği pek çok maddenin yanı sıra dietilamid ve psilosibin gibi maddelere ait ilaç şişeleriyle içinde LSD'nin, halüsinojen mantarların ve ayahuaska'nın etken maddesi DMT bulunan flakonlar gördü. Hatta *Salvia divinorum* özü ile MDMA içeren ilaç şişeleri de gördü ki, her ikisinin de bu formu yasadışıydı.

Bir SG laboratuvarında bu maddelerin bulunmasının tek bir anlamı olabilirdi. *Eşik'te bu ilaçlar sürükleyici sanal gerçeklikle birlikte uygulanıyor.*

Çift uyarıcılı SG/ilaç terapileri tıpta çok sıkı denetlenirdi çünkü sonuçları henüz bilinmiyordu. Çoğu vakada birlikte uygulanan uyaranlar o denli güçlüydü ki beyin yapısını hızla ve öngörülemez biçimde değiştiriyordu. Nörobilimciler bilgisayar oyunlarıyla birlikte uyuşturucu kullanan gençlerin beyinlerinde şaşırtıcı yapısal değişiklikler izlemeye başlamıştı.

Yeni nesil maceraperestler şimdilerde tüketici tipi SG gözlüklerini takıyor ve sanal uzayda süzülürken bir yandan esrar içiyor, sanal hız trenine binerken bir yandan kokain çekiyor veya sanal porno izlerken "zaman algısını bozan" cinsel ilaçlarla hazzı uzatıyordu. Yapılan uyarılar boşunaydı çünkü bu deneyimler çok ciddi bağımlılık yapıyordu.

İnsanlar ne denli tehlikeli olduğunu duymak istemiyor…

Katherine geçen yıl teknoloji meraklısı oyun tutkunlarına yaptığı bir konuşmada yuhalanmıştı çünkü aşırı gerçekçi "birinci şahıs nişancı oyunlarına" uzun süre maruz kalmanın, insanların kanlı görüntülere olan duyarlılığını etkilemekle kalmayıp beynin yapısını da değiştirdiğini ve doğal empati tetikleyicilerini körelttiğini anlatmıştı.

İnternet pornografisinin sürekli seyredilmesi durumunda genç beyinlerin fiziksel olarak değiştiğini gösteren çalışmalar olduğunu söylediğinde Katherine'i daha da yüksek sesle yuhalamışlardı. Aslında bu alışkanlık insan libidosunun nasır tutmasına neden oluyor ve gerçek cinselliğe karşı duyarsızlaştırıyordu. Sonucunda da genç insanlarda bile, ancak akıllara durgunluk veren bir çeşitlilik ve miktarda uyarıcı yardımıyla şehvet uyanabiliyordu.

Yanında duran Langdon buzdolabındaki flakonları ve ilaç şişelerini inceledi. "Bu ilaçlar ne için?"

"Tam olarak ne işe yaradıklarını bilmiyorum ama bu maddeler hafife alınacak cinsten değil, çok güçlü halüsinojenler." Katherine etrafına bakınırken aklına türlü düşünceler üşüşüyordu. "Bir tahminde bulunmam gerekirse, bence bu oda bir amaç için özel olarak yapılmış. İnsan beynini *yeniden şekillendirmek* için."

"Anlamadım, yeniden şekillendirmek mi?"

Katherine başıyla onayladı. "Buna beyin plastisitesi deniyor. Beyinlerimiz yeni çevrelerin gereksinimlerini karşılamak için fiziksel anlamda gelişir. Yeni deyimleri işlemek için yeni sinir yolları oluşturur. SG simülasyonuyla birlikte böyle ilaçlar almak inanılmayacak derecede yoğun bir deneyim yaşatır. Normal hayatta göründüğünden kat kat yoğundur. Eğer tekrarlanırsa bu tür deneyimler gerçek anlamda beynin sinir ağlarını dehşet verici bir hızda yeniden şekillendirir."

"Beyni yeniden şekillendirmek... bu ne işe yarar?"

İşte milyon dolarlık soru da bu, diye düşündü Katherine.

Katherine ömrü boyunca meditasyon yapan bir gurunun beyin anatomisinin benzersiz olduğunu biliyordu. Yıllar boyunca yaptığı meditasyon sayesinde beynini şekillendiren guru, dilediği zaman derin bir dinginlik haline ulaşabilirdi. Bu dinginlik hali, beynin yeni normali oluyordu.

"Robert bana öyle geliyor ki burada, psikedelikler eşliğinde, yapay olarak beden dışı deneyim yaşatılan bir deneğin beyni –bu işlemler tekrarlandığı takdirde– bedeniyle bağlantısının kopmuş halini daha normal algılayacak biçimde kendini yeniden şekillendiriyor. Başka bir deyişle, deneğin bilincini bedeninin dışında daha rahat hissedeceği şekilde ayarlamaya çalışıyorlar."

Söyledikleri yeraltındaki sessizlikte bir süre asılı kaldı.

Sonunda Langdon, "Yerleşik olmayan bilinç," dedi. "İşte bunun kitabınla kesinlikle bir ilgisi var."

"Evet, kesinlikle var." *Stargate'ten bahsetmeye bile gerek yok*, diye düşündü Katherine. "Bunu söylemek hoşuma gitmiyor ama Sasha beyni şekillendirmek için mükemmel bir aday. Epilepsi hastası olduğu için zihni beden dışı deneyimlere zaten bir miktar alışık. Denek olarak onu kullanmak kısa yoldan gitmek olur."

"Sasha bana böyle bir şeyden bahsetmedi."

"Hatırlamayabilir hatta hiç farkında olmayabilir…" Buzdolabını işaret ederken Katherine'in sesi alçaldı. "Şunu görüyor musun? Bu Rohypnol."

"Tecavüzcülerin ilacı mı?"

Katherine onaylayarak başını salladı. "Hafıza fonksiyonunu sekteye uğratıyor ve bu da anterograd amneziye yol açıyor. Yani ilacı alan kişi günlük işlevlerini yerine getiriyor ancak olanları hatırlaması neredeyse imkânsız hale geliyor."

Langdon dehşete düşmüştü. "Sasha bana hafıza sorunları yaşadığını söylemişti. Bunun epilepsiyle ilgili olduğunu zannediyordu."

"Olabilir," diye yanıtladı Katherine. "Ama eğer Sasha'ya düzenli olarak Rohypnol verildiyse çok ciddi bellek bozukluğu yaşıyordur. Buraya geldiğini bile hatırlamayabilir."

"Belki de vagonun arkasındaki tekerli sandalye bu yüzden vardı? Sasha'yı onunla getirip götürmüş olabilirler."

"Gayet mümkün," dedi Katherine. "Şu durumda, bahsettiğin diğer epilepsi hastasını düşünmeden edemiyorum. Brigita'nın aynı hastaneden getirdiği adam? Brigita onun eve döndüğünü söylemiş olabilir ama bunlar son derece tehlikeli ilaçlar… *Her şey* olmuş olabilir. Adam aklını kaçırmış veya ölmüş olabilir, kim bilir? Bir devlet hastanesine terk edilmiş, bir hastayla çalışmanın avantajlarından biri de ortadan kaybolursa kimsenin onu aramayacak olmasıdır."

Langdon kapıya doğru yürümeye başlamıştı. "Şimdi durumu anlamaya başlıyorum," dedi. "Eğer haklıysak ve eğer CIA'in masum denekler üzerinde onların haberi olmadan deney yaptığına dair kanıt bulabilirsek..."

Oyun bitti demektir. Katherine, Langdon'ın söyledikleri doğruysa halkın ne kadar öfkeleneceğini düşündü.

*

Yeniden koridora çıkan Langdon, Eşik'in en içlerine kadar girmeye niyetliydi. Ana koridor aniden sağa kıvrıldığında, sola doğru çatallanan küçük iki koridor daha olduğunu gördü. Tesis artık bir labirente dönüşmeye başlamıştı.

Dolambaçlı bir Soğuk Savaş sığınağı... Daha ne kadar ileri gidiyor?

Buradan çıkmak istiyorlarsa hangi yöne gittiklerine çok dikkat etmeleri gerekiyordu.

Ana koridordan ayrılmadan sağa döndüler. Karanlık koridora adım attıklarında yerdeki ışıklar bir kez daha aydınlandı.

Az ilerideki bir çift kapı koridoru kapatıyordu. Kapının üstündeki oval pencerelerin karanlık görünmesi Langdon'ı rahatlattı çünkü arka taraftaki ışıkların yanmadığı anlamına geliyordu.

Burada hâlâ yalnızız... En azından bu bölümde.

Çift kapıdan yine karanlığa adım attılar ve yine yerdeki aydınlatmalar canlanarak koridorun başka bir kısmını görünür kıldı. Ama burada bir şeyler farklıydı... Burası beş veya altı derece daha serindi ve müzelerdeki gibi belli belirsiz bir karbon kokusu duyuluyordu.

Langdon bunun dışında koridorun sonunun bir yere çıkmadığını fark etti. Koridorun ortasında, sol tarafta başka bir odaya açılan tek bir giriş vardı.

Eğer orada da ihtiyaç duydukları şeyi bulamazlarsa ana koridordan ayrılıp keşfe çıkmaları gerekecekti. Langdon görsel hafızasına rağmen bu labirentte dönüp duruyordu.

Yürümeye devam ederlerken Folimanka Park'ın tam olarak neresine denk düştüklerini hesaplamaya çalıştı. Koridorun sonundaki duvara bakarken sığınağın halka açık kısmında, yanı başlarındaki bu uğursuz tesisten bihaber gezinen turistler olabileceğini düşündü.

Koridordaki tek odanın önüne gittiklerinde oldukları yerde donakaldılar. Karşılarında, hava kalitesini korumak için kalın sızdırmaz contalar takılmış, camdan kocaman bir döner kapı vardı. Bir başka laboratuvar olmalıydı ama içerisi zifiri karanlıktı.

Döner kapının üstündeki yazıyı okuyan Katherine, "RTD,"* dedi. "Ümit verici."

"Öyle mi?" Langdon, RTD terimini ortaokuldan hatırlıyordu. İngilizce fizik dersinde öğrendikleri mesafe ölçmenin formülüydü.

"Research and Technical Development, Avrupa'daki AR&-GE'nin dengi," dedi Katherine camdan içeri bakarak. "Yani belki de aradığımız şey tam olarak budur."

---

* Rate (Hız) x Time (Zaman) = Distance (Mesafe)

101. BÖLÜM

CIA Direktörü Gregory Judd, karısının Grand Cherokee cipini Georgetown Pike'dan CIA'in Langley merkezine doğru tam gaz sürüyordu. Şoförü sabahın bu erken saatinde henüz gelmemişti ve Judd'un bekleyecek zamanı yoktu. Finch'in yöntemlerinden hoşlanmasa da ülkesine karşı sorumluluğu vardı... ve çoğu Amerikalı bu ülkenin karşı karşıya olduğu tehlikelerin farkında bile değildi.

Amerika ve müttefikleri saldırı altındalar... sürekli.

Son yıllarda düşmanları en basit sosyal medya araçlarını kullanarak milyonlarca insanın zihnini ve kararlarını etkilemeyi başarmıştı. Teşkilatı seçimler, tüketici alışkanlıkları, ekonomik kararlar ve politik eğilimler üzerinde ölçülebilir dış etkileri takip etmişti. Ama bu saldırılar yaklaşmakta olan fırtınanın yanında hafif kalıyordu.

Yeni bir savaş alanı oluşuyor ve yeni silahlara ihtiyaç var.

Ruslar, Çinliler ve Amerikalılar bu yeni arenayı ele geçirmek istiyordu ve bu yarışı kazanmak Gregory Judd'un teşkilatın üst pozisyonlarındaki yirmi yıllık görev süresi boyunca birincil amacı olmuştu. Eşik ve olağanüstü teknolojisi onu daha üstün bir konuma getirecekti.

Arabayı Langley'e doğru hızla sürerken Nagel'in güvenli sunucusuna CIA'in başına dert açacak kadar sarsıcı olduğuna inandığı ne göndermiş olabileceğini merak ediyordu.

Blöf mü yapıyor? Pek sanmıyordu. *Elindekileri abartıyor mu?* Nagel bunu yapmayacak kadar akıllıydı.

Judd, Nagel'in Eşik'te neler yaptıklarını bir şekilde öğrendiğini tahmin ediyordu. Bu doğruysa onun sessiz kalmasını sağlamak için elinden ne geliyorsa yapması gerekecekti. Nagel bu kadar hassas bir bilgiyi kamuoyuna sızdırırsa çok tehlikeli ve küresel sonuçları olabilirdi.

Psişik silahlanma yarışı bir gecede kontrolden çıkabilirdi.

*

Golĕm, Folimanka Park'ın altında sırtını ağır metal kapıya dayayarak oturmuş nefesini düzene sokmaya çalışıyordu.

Bir nöbeti daha göze alamam. Buradan canlı çıkmalıyım... Sasha'yı serbest bırakmalıyım.

Nabzı yavaşlarken dikkatli bir şekilde ayağa kalkıp kapının üzerindeki kalın tekerleği kavradı. Kendini toparlamak için birkaç saniye bekledi. Sonra, tüm gücüyle tekerleği çevirmeye başladı. Sonunda ağır sürgünün içeriden açıldığını duydu. Çelik kapıyı içeri doğru itti. Kapının arkasındaki karanlığın içinden buz gibi bir rüzgâr dışarı süzülürken Golĕm'in pelerininin etekleri havalandı. Golĕm başını eğerek hava geçirmez kapıdan içeri girdi. Işıklar otomatik bir şekilde açılırken kapıyı arkasından kapattı.

Rüzgâr anında durdu.

İçerisi buz gibi soğuktu ama Golĕm bunun nedeninin klima olmadığını biliyordu. Prag'ın kış havası içeriye doluyordu. Tavanda iki metreden büyük bir çapı olan yuvarlak bir delik vardı. Delik, yerin altından birkaç kat yukarıya çıkan dikey çelik bir boru hattıyla parkın ortasında ustalıkla gizlenmiş bir ağza doğru yükseliyordu. Golĕm bu ağzı birçok kez görmüştü.

Herkes görmüştü.

Topraktan çıkıp üç metre daha yükselen borunun üzeri delikli beton bir kubbeyle kapatılmıştı. Yıllardır parkı gezenler için burası topraktan çıkan büyük bir beton torpildi.

Seyahat rehberlerinde burasının artık kullanılmayan Folimanka bomba sığınağının orijinal havalandırma bacası olduğu yazıyordu. "Torpil ucu"nun Soğuk Savaş zamanlarını hatırlattığı için kaldırılmasını talep eden dilekçelere rağmen sokak sanatçıları onun için başka şeyler planlamıştı. Prag yenilikçi sanatlar şehriydi ve yıllar önce beton havalandırma deliği gizemli bir şekilde değişime uğramıştı. Bu alışılmadık tuval artık Hollywood'un en sevilen film yıldızlarından birine; tıpkı torpil ucuna benzeyen şekliyle *Yıldız Savaşları*'ndaki R2-D2 isimli droide saygılarını sunuyordu.

R2-D2, Folimanka Park'ta popüler bir yapı haline gelmişti. İnsanlar gümüş, mavi ve beyaz renkli ikonik vücudunun yanında durup poz veriyorlardı. Karel Čapek adındaki Çek yazar 1920'lerde yazdığı bir oyunda ilk kez kendisinin uydurduğu "robot" kelimesini kullandığı için belediye, sanatçısı belli olmayan eserin yerinde kalmasının tarihsel açıdan uygun olduğuna karar vermişti.

Tabii ki dışarıdan bakıldığında kimse artık kullanılmayan bu havalandırma bacasının yeniden başka bir amaçla kullanıldığını anlamıyordu. Artık, havayı *içeri çekmek* için değil başka bir şeyin *dışarı* çıkması için kullanılan bir acil durum güvenlik sistemiydi.

*

Pencerelerine çarpan yağmurun monoton sesi Faukman'ın içinde bulunduğu çıkmaza son derece uygun bir müzik gibiydi. In-Q-Tel'in fraktal tabanlı yatırımlarının tamamını araştırmış ama Katherine'in kitabının tehdit edebileceği bir şeye rastlayamamıştı.

Fraktal teleskoplar? Fraktal soğutma bileşenleri? Fraktal gizlilik geometrisi?

Gecenin yorgunluğu kemiklerine iyice yerleşirken Faukman sıkıntıyla başını iki yana salladı. Tam olarak emin değildi ama bu saldırıyı başlatan şeyin Katherine'in taslağında yer alan fraktallardan çok daha önemli bir şey olduğundan şüpheleniyordu.

102. BÖLÜM

Langdon ile Katherine döner kapıdan RTD bölümüne girince kendilerini küçük bir ön odada buldular. Bu pırıl pırıl cam bölmede ayakkabı rafları, saklama dolapları ve beyaz iş tulumlarının asılı durduğu kancalar vardı. Tüm bunlardan başka, kapalı kabinlerin içindeki yüksek hızlı hava üfleyicilerin giysilerin ve cildin üzerinde kalmış olabilecek parçacıkları temizlediği iki adet "hava duşu" görülüyordu.

Tıpkı bir katedralin narteksi gibi, diye düşündü Langdon. *Kutsal mabede girmeden önce temiz olmayanları arındıran bir oda.*

Buradaki mabet, karşılarındaki cam duvarın tam arkasındaydı ve Gotik bir kemer yerine, hava geçirmeyen ikinci bir döner kapıdan geçerek içeri giriliyordu.

Langdon ikinci kapıyı itmeye başlayan Katherine'in peşinden gitti. Tepedeki halojen ışıklar daha önce hiç görmediği bir parlaklık vererek yandı. Odadaki nesneler içerisinin parlaklığını daha da artırıyordu. Duvarlar, yerler, masalar, sandalyeler, tezgâhlar hatta teçhizatı sardıkları plastik örtüler bile bembeyazdı.

Katherine, "Burası temiz oda," dedi.

Tezgâhların üstündeki araç gereçler, elektronik cihazlar ve plastik koruyucu örtülere sarılmış makineler mükemmel biçimde düzenlenmişti. Detaylandırılmış bir bilgisayar sistemi var gibiydi ama ekranların tümü kapalıydı.

Katherine odanın ortasına doğru giderken duvar boyunca yürüyen Langdon bitişik odaya bakmak için pencerenin önünde durdu. Camın diğer tarafında çoğu henüz kılıfından çıkarılmamış mikroskoplar, balon kaplar ve petri kaplarıyla bir tür biyoloji laboratuvarı vardı. Arka duvara dayanmış cam izolasyon kabininin içinde Langdon'ın daha önce hiç görmediği bir cihaz duruyordu.

Oldukça detaylı tasarlandığı anlaşılan cihazda, yüzlerce uzun cam şişe delikli bir platformdan diklemesine aşağı sarkıyordu. Şişelerin her biri makinenin üst kısmından inen ultra ince bir hortumla besleniyor gibiydi. Karşısındaki düzenek Langdon'a bir zamanlar gittiği çivitotu sergisinde gördüğü hassas hidroponik damlama sistemini hatırlattı. *Burada bir şey mi yetiştiriyorlar?*

"Buraya gelsene," diyen Katherine yaklaşık bir metre uzunluğunda ve bir tür Rube Goldberg icadını andıran büyük bir düzeneğin yanında duruyordu. Langdon onun yanına gidip cihazı inceledi.

"Fotolitografi," dedi Katherine.

Langdon, Yunanca bilgisinin bunu anlamaya yetmeyeceğini hissediyordu. "Taşların üstüne... ışıkla yazan bir şey mi?"

"Aynen öyle," dedi Katherine. "Yalnız buradaki ışık derin ultraviyole... taş ise *silikon* wafer." Makinenin yanında duran parlak metalik diskleri işaret etti. "Bu bilgisayarda bilgisayar çipi tasarlamak ve üretmek için gerekli olan her şey mevcut."

Bilgisayar çipi mi? İnsan bilinciyle veya Katherine'in kitabında yazdıklarıyla nasıl bir ilgisi olabileceğini anlamıyordu. "Neden burada *bilgisayar çipi* üretsinler?"

"*Beyin* implantı olabileceğini tahmin ediyorum."

Bu fikir Langdon'ı şaşırtsa da hemen bağlantıyı kurdu. "Robotik beyin operatörü..."

"Kesinlikle. Beyinden numune aldıklarını düşünmekle hata etmişim. Robotun beyin çipi *yerleştirmek* için kullanıldığı belli oluyor."

Tatsız bir sessizlik oldu.

Langdon, "Beyin implantının *basit* bir operasyon olduğunu söylememiş miydin?" diye sordu.

"*Epilepsi* çipleri öyle. Kafatasına yerleştirilen küçük elektroşok cihazları. Ama daha gelişmiş bir implantın tercihen robotik ameliyatla daha derine yerleştirilmesi gerekir."

Sasha aklına gelince Langdon biraz korkuya kapıldı. Epileptik bir işlem görüntüsü altında ona prototip çiplerden yerleştirilmiş olabilirdi. Başının içinde gerçekte ne olduğunu asla bilemezdi hatta belki Eşik'in var olduğunu bile bilmiyordu.

Langdon konuşmaya başladı. "Eğer Gessner yalan söylediyse ve Sasha'ya taktığı implant daha gelişmiş bir beyin çipiyse..."

"Bu implant pekâlâ Sasha'nın epilepsi nöbetlerini kontrol altında tutacak bir RLS stimülasyon cihazı işlevi görebilir... Tabii aynı zamanda, sayısız başka fonksiyonu da olacaktır."

"Sormaya korkuyorum ama... ne gibi?"

Katherine düşünürken işaretparmağıyla hafifçe fotolitografi cihazının üstüne vurdu. "Çipi incelemeden bir şey söylemek mümkün değil ama burada ürettikleri anlaşılıyor. Sanırım Sasha ve diğer erkek denek ilk hastalardı... Bu tesisi tam faaliyete geçirmeden önce bir onay çalışması ve uygunluk testi yapmışlar."

Langdon duyduklarından son derece rahatsız olmuştu.

Katherine konuşmaya devam etti. "Her ne yaptılarsa işler yolunda gitmiş olmalı çünkü görünüşe bakılırsa Eşik daha büyük ölçekli bir operasyona hazırlanıyor." Etrafına bakınıp kaşlarını çattı. "Ne yazık ki burada suçlayıcı bir delil yok. Tek kanıtlayabileceğimiz şey CIA'in burada bir tür beyin implantı geliştirdiği ama bu hiç kimseyi şaşırtmaz."

Doğru, diye düşündü Langdon. *Gelecek artık beyin çiplerinde.*

İnsanın aklına sayborgları ve bilimkurgu sahnelerini getirse de Langdon beyin çiplerinin halihazırda kullanıldığını ve şaşılacak kadar gelişmiş olduklarını okuduğu bilimsel makalelerden biliyordu.

Elon Musk'ın Neuralink'i 2016'dan beri H2M/insandan makineye ara yüzünü geliştirmekle ilgili çalışmalar yapıyordu. Bu cihaz beyinden elde edilen veriyi anlaşılır ikili koda dönüştürüyordu. Musk'ın en önemli işlerinden biri bir maymuna Neuralink çipi takmak ve Pong isimli bir bilgisayar oyunu oynamayı öğretmekti. Maymunun beyin sinyallerini kullanarak oyun çubuğunu hareket ettirmeyi başarmışlardı.

Neuralink sonunda Amerikan Gıda ve İlaç Dairesi'nden insanlar üzerinde deney yapma onayını alınca, elleri ve ayakları felçli olan otuz yaşındaki Noland Arbaugh'a PRIME denilen bir cihaz yerleştirilmiş ve hastanın bazı motor becerileri mucizevi bir şekilde geri getirilmişti. Ne yazık ki yüz gün sonra çipin elektronik bağlantıları yani çipin beyindeki nöronlarla iletişim kurduğu metalik sensörler, biyolojik nöronlar tarafından kabul görmemiş ve geriye çekilmişti. Bu yine de ileriye doğru büyük bir sıçrama sayılırdı.

Bill Gates ve Jeff Bezos'un Synchron'u, BlackRock'ın Neurotech'i gibi firmalar fazla invazif olmayan, daha özel amaçlı çipler tasarlıyor; körlüğü gidermek, felci iyileştirmek, Parkinson gibi nörolojik bozuklukları yenmek hatta "zihin gücüyle yazmak" türünden hayret verici sonuçlara ulaşacaklarını iddia ediyordu.

Langdon bu teknolojinin insan bilinciyle veya Katherine'in kitabıyla olan ilişkisinden hâlâ emin olamasa da beyin çiplerinin askeri istihbarat açısından zihin gücüyle uçurulan dronlar, savaş alanında telepatik haberleşme ve veri analizinde kullanılabilecek sonsuz uygulama gibi çok önemli sonuçlar doğuracağına emindi. CIA'in bu alana bolca yatırım yapması çok mantıklıydı.

Gelecek, insandan makineye ara yüzlerinde.

Langdon, Barcelona Süper Bilgisayar Merkezi'nde neye şahit olduğunu hatırladı. Model yazılım, insan ırkının gelecekte nasıl bir evrim geçireceğini tahmin etmişti: İNSANLAR HIZLA EVRİM GEÇİREN BAŞKA BİR TÜRLE BİRLEŞECEK; TEKNOLOJİYLE.

"Tamam, o halde asıl soru şu: Tüm bunlar senin kitabınla nerede kesişiyor?" Langdon bir bağlantı kurmak için sabırsızlanıyordu. "Bilgisayar çipleri hakkında yazdın mı?"

"Biraz." Katherine artık pes etmek üzereydi. "Ama bu programla bir ilgisi yok ve herhangi bir tehdit oluşturamaz."

"Emin misin?"

"Evet. Sadece son bölümde beyin çiplerinden bahsettim. Daha çok noetik bilimin geleceği hakkında düşünmeye yönlendiren teorik bir anlatımdı."

Noetiğin Yarını, diye düşündü Langdon. Kütüphanede metin taslağını ateşe atarken içindekiler tablosu gözüne ilişmişti. Birden, "O bölümde beyin implantlarının bir rolü var mıydı?" diye sordu. Sonuca yaklaştıklarını hissetti.

Katherine, "Evet hipotetik implantlar," dedi. "Bu implantlara daha on yıllar boyunca sahip olamayacağız."

Langdon istihbarat servisinin kullandığı teknolojinin halkın bildiğinden yıllarca ileride olduğunu duymuştu. "Katherine, CIA senin tahmin ettiğinden daha fazla ilerlemiş olabilir mi?"

"Olabilir ama o kadar ileri gidemezler," dedi. "Ben olası bir teknoloji hakkında değil de daha çok bir düşünce deneyi hakkında yazdım. Maxwell'in şeytanını veya ikiz paradoksunu düşün: Elbette moleküllerin yerini değiştiren bir şeytan icat edemezsin veya ikizleri ışık hızında fırlatamazsın ama hayal etmek büyük resmi anlamaya yardımcı olur."

Söylediklerine inanıyorum, diye düşündü Langdon. "Bana ne yazdığını anlatsana."

Katherine derin bir nefes aldı. "GABA konusundaki buluşumla ilgili bir fantezi. Hatırlarsan beynin bir alıcı olduğu hakkında konuşmuştuk... Etrafımızdaki yani evrendeki sinyalleri yakalayan bir tür telsiz."

Langdon başını salladı. "Ve beyin kimyasalı olan GABA tıpkı bir radyo düğmesi gibi iş görüyor... İstenmeyen frekansları filtreliyor, alacağın bilgiyi ve dışarıdan gelecek bilinci sınırlandırıyor."

"Tam olarak bu," dedi Katherine. "Ben de bir tez ortaya attım. Uzak gelecekte bir gün, beyindeki GABA seviyesini kontrol edebilecek bir implant yapabilirdik; bu implant dilediğimizde filtrelerimizi azaltırdı ve böylece bizler de *gerçekliği* daha fazla deneyimleyebilirdik."

"İnanılmaz," dedi Langdon. Düşünmesi bile heyecan vericiydi. "Peki, bu *mümkün* değil mi?"

"Tabii ki mümkün değil," diyen Katherine başını iki yana salladı. "Noetik bilimin en son geldiği nokta bu hayalin yakınından bile geçemez. Her şeyden önce Evrensel Bilinç, Akaşa Alanı veya Anima Mundi ile ilgili noetik teorilerin doğruluğundan emin olmalıyız. Her şeyi ve her yeri çevrelediği varsayılan bilinçle ilgili aklına gelen başka herhangi bir isim de olabilir."

"Sen buna inanıyorsun."

"Evet, inanıyorum. Bu kozmik âlemin var olduğunu henüz kanıtlayamıyoruz ama değişen bilinç durumlarında bazı zihinlerin az da olsa deneyimlediği anlaşılıyor. Ne yazık ki bu deneyimler anlık, kontrolsüz, öznel ve tekrarlanamıyor; bu yüzden bilimsel açıdan şüpheli."

"Ve şüpheciler için kolay hedef."

"Evet. Ölçülebilir bir yöntemimiz, kozmik âlemden sinyal almamızı sağlayacak bir makinemiz veya teknolojimiz yok. Bunu sadece beyin yapabiliyor." Omuzlarını silkti. "Ben de bu yüzden GABA seviyesini düşürecek, bant aralığını genişletecek ve beyni daha güçlü bir alıcıya çevirecek varsayımsal bir beyin çipi ileri sürdüm."

Langdon hayretle ona baktı. Katherine'in dâhice bir fikir ileri sürdüğü su götürmezdi ama aynı zamanda CIA'in kitabı konusunda neden paniklediğini de açıklıyordu.

Belki de Katherine yayımlayacağı kitabında CIA'in üretimine geçtiği çok gizli bir çipi açıklayacaktı?

"Katherine," diyerek ona döndü. "Eşik'te bilinçle ilgili çalışmalar yeni bir boyut kazanıyor. Belki de senin kitabın onların gizli teknolojisinin en önemli öğesini açığa çıkaraktı?"

"Bunun imkânı yok," diye karşılık verdi. "Dediğim gibi, bahsettiğim çipi üretmek mümkün değil. Kavram olarak çok ilginç ama tamamen hipotezden ibaret. Yapımının önündeki teknik engeller aşılamaz. Öncelikle şu konu var: bir nörotransmiterin sistem genelindeki seviyelerini düzenlemek, beynin sinir ağıyla tam fiziksel entegrasyon gerektirir... ve beyinde izlenecek trilyonlarca sinaps var."

"Ama bilim ilerliyor..."

"Robert, inan bana, tam bir fiziksel entegrasyon mümkün değil. Yeryüzündeki tüm ampulleri tek bir düğmeye bağlamaya benzer, hatta bunun milyon katı denilebilir. Gerçekten imkânsız."

Langdon, "Atomu parçalamak da öyleydi," diye karşılık verdi. "Ama bilim bir şekilde engelleri aşar, özellikle de sınırsız bir bütçeye sahipse. Manhattan Projesi'ni hatırlıyor musun?"

"Büyük fark var... 1940'ta hem nükleer teknoloji hem de uranyum vardı. Bilim insanları sadece bunları bir araya getirdi. Benim ileri sürdüğüm çip için gerekli olan teknoloji ve materyaller şu an yeryüzünde yok. Beynin dendritik ağacından bahsetmeye başlamadan önce birinin nanoelektrik biyofilamenti icat etmesi gerekiyor."

"Nanoelektrik ne?..."

"Evet işte... Gerçek bir şey bile değil. Kitabımda var olmayan bir teknolojiden bahsetmek için bu terimi icat ettim. Hem elektronik hem de iyonik sinyalleri iletebilecek, biyouyumlu malzemeden imal edilmiş fütüristik, ultra ince ve esnek bir filament olmalı. Kısacası, yapay bir nöron olacak."

"Yapay nöronlar üretmek mümkün değil mi?"

"Hayır değil, yaklaşamadık bile. Geçen yıl İsveç'ten iki kişi bir nöronu kimyasal olarak uyararak sinekkapan bitkisinin açılıp kapanmasını sağladı ve haberlere çıktı. Aslında sadece ikili sinyal göndermişlerdi ama yine de tüm dünyada bilimsel çevrelerde şok etkisi yarattı. En gelişmiş teknolojimiz bu Robert ve yapay nöron üretmemize daha birkaç nesil var."

Langdon odanın karşı tarafında dakikalar önce gördüğü biyoloji laboratuvarının penceresine doğru yürümeye başlamıştı. "Teoride, sen olsan yapay nöronlar üretir miydin... yoksa yetiştirir miydin?"

Katherine biraz düşündükten sonra cevap verdi. "Nanoelektrik biyofilament değil mi? Şey, biyolojik bir filament, o yüzden yetiştirmek gerekir."

Pencerenin yanında duran Langdon yüzlerce uzun cam şişe ve tüpün yer aldığı makineye baktı. "Sıvı bir süspansiyon içinde herhalde, değil mi?"

"Evet. Hassas mikroyapılar daima süspansiyon içinde geliştirilir."

"O zaman gelip bir baksan iyi olur," derken eliyle onu pencerenin yanına çağırdı. "Görünüşe bakılırsa Eşik'te bir şey yetiştiriliyor... ve sanırım roka değil."

103. BÖLÜM

Everett Finch, hışımla Haç Burcu'nun parçalanmış kapısından içeri girip koridordan cam duvarlı bekleme salonuna doğru ilerledi. *Hangi cehennemde bunlar?* Housemore'u ya da büyükelçinin söz verdiği güvenliği göremeyince öfkelenmişti. RFID anahtar kartını çıkarıp asansöre doğru ilerledi.

Elindeki anahtar kartının biyometrik sensörlerinin devreye girdiğini parmak uçlarında hissedince anlık bir duraksama yaşadı. Ama sonra, Housemore'un –ya da bir başkasının– Eşik'e inen asansöre erişimi olmadığını kendine hatırlattı.

Housemore yukarıda olmalı... Yoksa burçtan ayrılmak zorunda mı kaldı?

Housemore'un hattını son bir kez daha aradı. Finch aramayı yapar yapmaz yakınlarda bir telefon çalmaya başladı. Çok *tuhaf.* Ses, duvara dayalı olan kanepenin arkasından geliyordu *Housemore telefonunu mu düşürdü acaba?* Bu onun neden aramalarına cevap vermediğini açıklardı.

Finch kanepeye doğru gitti ama telefonu göremedi. Zil sesi susmuştu. Finch tekrar arayınca telefon tekrar çalmaya başladı. *Kanepenin altında mı?*

Finch lüks kanepenin altına bakmak için çömeldi.

Karanlık boşluğa bakınca anında Eşik'in tehlikede olduğunu anladı.

Ajan Susan Housemore ölü gözlerle kendisine bakıyordu.

*

Golĕm soğuk odanın içinde karşısında duran güçlü makineye bakıyordu. Cihazın parlak metal gövdesi, beton odanın neredeyse tamamını kaplayan şişkin bir alüminyum halkadan oluşuyordu. Çapı beş metre, yüksekliği bir metre olan makine, dev bir metal donuta benziyordu. Sıra dışı donut şekli anlaşıldığı kadarıyla büyük miktarda enerji depolayarak manyetik alan yaratmak isteyen biri için süper iletken bobinleri sarmanın en etkili yoluydu.

Golĕm, *SMES**, diye düşündü. *Süper iletken manyetik enerji depolama.*

Eşik'in gücünün gizli kaynağı buydu.

Golĕm o sabah torodial manyetik alana verilen enerjinin hiçbir bozulma olmadan sonsuza kadar döngüler halinde dolaşacağını ve ihtiyaç duyduğunda çekilebileceğini öğrenmişti. Tek koşul süper iletken bobinleri soğuk tutmaktı.

Aşırı derecede soğuk.

Bobinlerin kritik sıcaklığı –260 santigrat derecenin altındaydı ve bobinler bu sıcaklığın biraz bile üzerine çıkarsa, süper iletkenliği kaybediyor ve akıma direnç göstermeye başlıyorlardı. Bu direnç bobinlerin hızla ısınmasına neden oluyordu ve bunun sonucunda daha çok direnç oluşuyor, saniyeler içinde geri besleme döngüsü kontrolden çıkıyor ve *ani soğuma* denilen tehlikeli bir duruma neden oluyordu.

Ani soğumayı önlemek için bobinler dünyadaki en soğuk sıvıyla sürekli yıkanıyordu. *Sıvı helyum.*

Yan odada, mu-metal bir örgü kafesin içinde, her biri yaklaşık iki bin litrelik on iki tane östenitik paslanmaz çelik sıvı helyum tankı duruyordu. Cryofab marka bu tankların her biri Golĕm kadardı ve süper iletkenleri soğuk tutmak için sıvı helyumu SMES'E taşıyan kriyojenik süngü ve vakum yalıtımlı borularla donatılmıştı.

Sıvı helyum, çoğu ölçüme göre zararsızdı. Patlayıcı, yanıcı ya da zehirli değildi. Tek tehlikesi, bilinen tüm maddeler arasında en düşük kaynama noktasına –sıfırın altında –270 santigrat derece– sahip olmasıydı. Bu, helyumun –mutlak sıfıra zaten yakın olan–

* Superconducting Magnetic Energy Storage

–270 santigrat derecenin üzerinde ısınmasına izin verilirse anında kaynayarak helyum gazına dönüşmesi anlamına geliyordu.

Gazın kendisi de zararsızdı ama tehlike, dönüşüm sürecinin *fiziğindeydi.* Sıvı helyumun gaza dönüşümü şaşırtıcı derecede hızlı ve şiddetliydi. Görünüşe bakılırsa Eşik'in Folimanka Park'taki R2-D2 havalandırma deliğini seçmesinin nedeni de buydu.

Sıvı helyum gaza dönüştüğünde hacmi 1'e 750 oranında artıyordu. Bu da, odadaki sıvı helyumun serbest kaldığında hızla *yedi* olimpik yüzme havuzunu dolduracak miktarda gaza dönüşeceği anlamına geliyordu.

Havalandırması olmayan bir yerde, yeni hacmin kaçacak hiçbir yeri olmayacak ve basınç hızla birikerek neredeyse anında, şiddetli ve dışa doğru her yöne genişleyen bir "basınç bombası" oluşturacaktı. Gaz, kendine yer açabilmek için etrafındaki her şeyi paramparça edecek ve bir nükleer silahınkine benzeyen *şok* dalgası yaratacaktı.

Bu riski ortadan kaldırmak için MR makinesi olan tüm hastaneler gibi sıvı helyum kullanan tesislerde bir tahliye bacası –binanın çatısına doğru yükselen havalandırma borusu– bulunması zorunluydu. Böylece, istenmeyen bir helyum sızıntısı olduğunda, hızla genleşen gazın güvenli bir *alternatif* kaçış yolu olacaktı. Eşik'in tahliye bacası çok büyüktü ama aşağıda depolanan sıvı helyumun miktarı da öyleydi.

Golĕm tekrar SMES'in ilerisindeki Cryofab tanklara baktı. *Yirmi bin litreden fazla helyum,* diye hesapladı. Genleşme potansiyeli neredeyse hesaplanamayacak boyuttaydı.

Golĕm internetten sıvı helyum patlamalarının çok nadir yaşandığını öğrenmişti. SpaceX Falcon 9 roketi, CERN'deki Büyük Hadron Çarpıştırıcısı ve New Jersey'deki bir veteriner kliniğindeki MR makinesinin bir sızıntı sonucu patlayışı bunlardan bazılarıydı.

Golĕm, *bu* SMES'in beklenmedik bir şekilde soğutulduğu takdirde, sisteme yüklenen sıvı helyumun anında kaynayarak hızla genleşen bir gaz seli halinde boru hattından yukarı doğru yükseleceğini ve buz gibi soğuk helyumun Prag'ın üzerine bir gayzer gibi fışkıracağını biliyordu.

Büyük ihtimalle bu süreçte R2-D2'nun da kafasını parçalayacak.

SMES'e yüklenen sıvı helyum, tanklarda bulunan toplam hacmin çok küçük bir kısmını oluşturuyordu. Golĕm bu tesisteki *tüm* helyum bir anda serbest kaldığında –bir anda sıvıdan gaza dönüştüğünde– neler olacağını hayal bile demiyordu. Böyle bir olay daha önce hiç yaşanmamıştı. Hiçbir yerde. Çok fazla güvenlik önlemi vardı.

Helyum tankları birçok güvenlik mekanizmasıyla donatılmıştı. Dev termoslara benzeyen çift cidarlı "Dewar" tasarımları, içlerindeki sıvının soğuk kalıp asla gaza dönüşmemesini sağlayan doğanın en verimli yalıtkanını –saf vakumu– kullanıyordu. Ayrıca her tank, sıvısını çok yüksek bir basınç altında depoluyordu. Bu da helyumun kaynama noktasını yükseltiyor ve kritik sıcaklığa ulaşmadan önce daha geniş bir hata payı bırakıyordu.

Tankın son güvenlik önlemi de "güvenlik diski" –tankın dış gövdesine yerleştirilen minik bakır bir disk– idi. Kasten zayıf bırakılmış bir nokta olan bu disk, iç basınç çok yükseldiğinde patlayacak şekilde ayarlanmıştı... Bu sayede felaketle sonuçlanabilecek bir tank patlaması önlenmiş oluyordu.

Güvenlik diskleri *dışarı* doğru patlayacak şekilde tasarlanmıştı ama tankın dışındaki basınç çok güçlü olduğunda *içeri doğru* da patlayabiliyordu. Tabii ki, bu asla yaşanmamıştı çünkü kimse sıvı helyumu hava geçirmez bir yerde depolayacak kadar sorumsuzca davranmamıştı.

Bu üç güvenlik önlemi göz önüne alındığında, aynı anda çoklu tank kazalarının yaşanma ihtimali istatistiksel olarak sıfırdı.

Bu mümkün değil. Yardım olmadan.

Golĕm, Eşik'te Sasha'ya uygulanan korkunç şeyleri hatırlayıp hafifçe vınlayan SMES cihazına son bir kez baktı ve ironiyi düşündü. Bu makine Eşik'in gücünün gizli kaynağıydı ve yok oluşunun da sebebi olacaktı.

104. BÖLÜM

Biyoloji laboratuvarına Langdon ile birlikte giren Katherine karşısındaki gelişmiş makineyi dikkatle inceledi.

Yapay nöronlar yok. Henüz yok.

Katherine hep böyle olduğunu sanmıştı... ama artık o kadar emin değildi. Makine çok detaylı bir hidroponik inkübatörü andırsa da çıplak gözle bakmakla sıvı şişelerin içinde ne olduğunu anlayamazdı.

Bu imkânsız... değil mi?

Katherine'in beyin bilimindeki doktora çalışmalarının çoğu nörokimya üzerinde yoğunlaşmıştı ve beynin sinir ağlarının çalışmasını sağlayan özel kimyasal mekanizmaları incelemişti. Yapay nöronlar kavramı ilk olarak 1943'te Amerikalı bilim insanları Warren McCulloch ve Walter Pitts tarafından ortaya atılmıştı ama bu kavramın *gerçeğe* dönüştürülmesi hep uzak bir hayal olarak görülmüştü. Biyologlar arasında sık yapılan bir şaka vardı: *"Biz yapay nöron yapamadan insanlar Mars'a yerleşecek."*

Katherine, "Şuradaki kılavuzlara bir bakalım mı?" diye sorarken odanın karşı tarafındaki kitaplığı gösterdi. "Bakalım buradaki inkübatör hakkında veya burada ne yetiştirdikleriyle ilgili bir şey bulabilecek miyiz? Ben çekmecelere bakarım."

Langdon kitaplığın yanına giderken Katherine odadaki parlak tezgâhın çekmecelerini karıştırmaya başladı. Noetik Bilimler Enstitüsü de dahil olmak üzere titiz çalışan laboratuvarlarda her proje için bir "protokol kitabı" bulunurdu. Sonuçların tutarlı ve tekrarlanabilir olması için basılmış bir uygulama kılavuzu olurdu.

Katherine'in bulmayı umduğu şey buydu ama çekmecelerde kayda değer bir şey bulamadı.

Tezgâhın altında biraz içerlek kalan yassı bir çekmece fark etti. İçinde siyah bir klasör duruyordu. Aradığı protokol kitabı olamayacak kadar kalındı ama kapağa basılmış yazıyı görünce tüyleri ürperdi.

ÇOK GİZLİ
MERKEZİ İSTİHBARAT TEŞKİLATININ MALIDIR.

Katherine hemen klasörü tezgâhın üstüne çıkartıp açtı.

Lütfen bize bir şey anlat... İlk sayfaları çevirirken bu klasörü yazanların İsveç'teki saygın Organik Elektronik Laboratuvarı'ndan (LOE) geldiğini görmek onu şaşırttı. *CIA, LOE'den birilerini mi işe almış?!* Yapay nöron üretme arayışında LOE dünyanın önde gelen düşünce kuruluşlarından biriydi. Katherine az önce onların sinekkapan bitkisiyle elde ettikleri çığır açan buluştan bahsetmişti.

Büyülenmiş bir halde klasörün farklı bölümlerini karıştırarak başlıkları okudu. Birkaç tanıdık konuya rastladı ve sonra donakalmasına neden olan bir şey gözüne ilişti.

İYON-ELEKTRON İLETEN POLİMERLER
ARACILIĞIYLA MODÜLASYON

Modülasyon mu? Hemen o bölümü incelemeye koyuldu. *Gerçekten de modülasyonu çözdüler mi?*

Yapay nöron üretmenin en büyük güçlüklerinden biri "iyon modülasyonu" yani bir nöronun sodyum iyon kanallarını aktive etme ve devre dışı bırakma becerisiydi. Bu başlığa bakılacak olursa iyon modülasyonu artık mümkündü.

Ama... nasıl?!

Kalbi hızla atan Katherine, Eşik'in modülasyon sorununa bulduğu çözümü okumaya başladı. Her şey son derece mantıklıydı... fazlasıyla mükemmel... okudukça nefes almakta zorlanıyordu.

Hayır... hayır... bu olamaz!

*

"Katherine?" diye tekrar seslendi Langdon. Onun hızla nefes alıp verdiğini duyunca yanına gelmişti. "İyi misin?"

Sayfaları çevirirken gözünü klasörden ayırmayan Katherine cevap vermedi. Peş peşe sayfalara göz gezdirirken kendi kendine mırıldanıyordu.

Arkasından bakan Langdon sinirlerinin böylesine gerilmesine neyin neden olduğunu anlamaya çalıştı ama sayfanın başlığı ona hiçbir şey ifade etmedi: *İyon-Elektron İleten Polimerler Aracılığıyla Modülasyon.* Birkaç saniye daha geçtikten sonra Katherine'in küçük bir şok geçirdiğini anladı ve sonunda elini onun kolunun üstüne koydu. "Ne oldu?"

Katherine aniden ona döndüğünde gözleri ateş saçıyordu. "Ne mi oldu? Eşik'te organik elektrokimyasal transistor olarak sentezlenmiş BBL kullanılıyor! İnce bir film tabakası üzerine basıyor ve metansülfonik asit ile çözündürüyor..."

"Yavaş ol biraz... Ne?"

"BBL! *Yapay nöronlarda* bunu kullanıyorlar! Bu *benim* fikrimdi Robert!"

"Öncelikle şunu söyle; BBL nedir?"

"Benzimidazobenzofenantrolin. Hem son derece sert hem de elastik olan güçlü bir iletkendir."

"Tamam... ve?.."

"BBL'yi sentezlemek için *polikondansasyon* yani çoğul yoğuşma uyguluyorlar, ki bu benim önerimdi. Sonuçta elektronları yüksek kapasitede iletebilen bir madde ortaya çıkıyor... Tıpkı bir *nöron* gibi." Klasörün bir sayfasını çevirdi. "Bak! Bu klasördeki kimyasal protokoller kitabımda tarif ettiğim protokollerle aynı! En ufak detayına kadar! İletkenliği değiştirmek için elektrolit solüsyonuna üç milimolar glutamin ilave edilmesini önermiştim; onlar da tam olarak bunu yapmış!"

Langdon söylediklerinin çoğunu anlamıyordu ama Katherine'in yazdığı kitapla Eşik'teki proje arasında doğrudan bir bağlantı kurduğu açıktı. *Buraya bunun için geldik.*

Sessizce, "Katherine," dedi. "Biraz nefes alıp bana neler olduğunu sade bir dille anlatır mısın?"

Katherine başıyla onaylarken derin bir nefes aldı. "Evet, affedersin," derken sesini alçalttı. "En basit ifadeyle, kitabımda bir gün bu teknolojinin nasıl *üretilebileceği* üzerine bir teori ortaya atmıştım. Elde edilen maddeyle üretilecek olan nöral filenin, beynin üzerine bere gibi geçirilebileceğini öne sürmüştüm... Beyinle doğrudan temas halinde olacak bir nöron başlığı yani." İçini çekti. "Ve... inanılmaz ama burada da *bunu* yapıyorlar. Ben... sadece, inanamıyorum."

"Yapay nöronları açıkça yazmış mıydın?"

"Yazdım. GABA'yı regüle etmek için bir beyin çipi öne sürdüm. Yapay nöronlar olmadan bu çipin üretilemeyeceğini biliyordum, o yüzden uzak gelecekte bir gün bu nöronların nasıl üretileceğini tahmin etmeye çalıştım."

Belli ki gelecek gelmiş, diye düşünen Langdon klasöre bir göz attı. "Sence Eşik öne sürdüğün GABA çipini üretmiş olabilir mi?"

"Hayır, hayır," derken başını iki yana salladı. "*Hangi* çipi ürettiklerini bilmiyorum ama benim önerdiğim çip olmadığına eminim. Eğer ellerinde yapay nöronlar varsa sınır tanımazlar. Hayal ettikleri *her şeyi* üretebilirler. İnsandan makineye entegrasyon için gerekli olan sıçrama tahtası yapay nöronlardır. Şunu anlamalısın Robert..." Doğrudan profesörün gözlerinin içine baktı. "Bu nöron teknolojisi geleceğin anahtarını elinde tutuyor. Her şeyi değiştirir."

Langdon onun haklı olduğundan şüphe etmiyordu. Yapay nöronların elde edilmesi halinde nasıl bir dönemin açılacağına dair fütüristlerin bazı tahminlerini okumuştu: beyinden beyine iletişim, hafıza artırma, hızlı öğrenme ve hatta geceleri kaydedilen rüyaların sabahları izlenmesi gibi.

Langdon'ı asıl rahatsız eden ise "nihai sosyal medya" olarak müjdelenen gelecekti: İnsanların kendi deneyimlerinin tüm duyusal kayıtlarını alıp kendi kişisel "kanallarını" zihinleri aracılığıyla paylaşmalarıydı. Özetle insanlar bir başkasının gördüklerini, duyduklarını, kokladıklarını ve hissettiklerini yeniden yaşayabilecekti. Elbette karaborsa kütüphaneleri çok geçmeden şok edici, heyecan verici ve ürkütücü anılar sunmaya başlayacaktı. 1990'ların siberpunk filmi *Tuhaf Günler** bu karanlık dünyaya girmişti ve şimdi ne denli öngörülü olduğu anlaşılıyordu.

Elbette bu bilim tarihinde bir dönüm noktası olabilirdi ama şu anda Langdon'ın aklındaki öncelikli konu bu çığır açıcı buluş değildi. O daha çok Katherine'in bahtsızlığının nasıl sonuçlar doğurabileceğine odaklanmıştı.

Kitabında inanılmaz derecede parlak bir fikir öne sürmüş... ama şimdi CIA'in gizliden gizliye bu fikri geliştirdiğini öğrendi.

Akıl almaz bir tesadüf sayılsa da Langdon, "Benzer zihinler benzer şekilde çalışır." klişesinin yüzyıllar boyunca defalarca doğrulandığını biliyordu. Newton ve Leibniz ayrı ayrı diferansiyel ve integral hesabı icat etmişti; Darwin ve Wallace aynı anda evrimi düşünmüştü; Alexander Graham ve Elisha Gray telefonu aynı anda icat etmişler ve saat farkıyla patent başvurusunda bulunmuşlardı. Ve görünüşe bakılırsa şimdi de Katherine ve CIA yapay nöronun nasıl yapılacağını aynı anda çözmüştü.

"Şimdi her şey yerli yerine oturdu," diye kendi kendine fısıldayan Katherine'in gözleri boşluğa bakıyordu. "Neden hedef olduğumu şimdi anlıyorum..."

Langdon anlayışlı bir sesle, "Çok şanssız bir tesadüf," dedi. "En azından artık biliyoruz..."

"Bu bir tesadüf değil Robert!" Katherine'in gözleri öfke saçıyordu. "CIA benim fikrimi çalmış!"

Çalmış mı? Bu iddia Langdon'a hiç mantıklı gelmiyordu. Katherine kitabını yazmaya başlamadan çok önce CIA'in yapay nöronlar geliştirdiği çok açıktı.

"Benim tasarımımı çalmışlar!" diye tekrarladı. *"Hepsini!"*

Katherine Solomon'ı tanıdığı kadarıyla şimdiye dek ne asılsız bir iddiada bulunmuş ne de şüphelerinden dolayı bir patlama yaşamıştı. Langdon güven veren bir tebessümle, "Anlamıyorum," dedi. "Sen bu kitabı bir yıldır yazıyordun ama Eşik'teki program yirmi yıldan uzun zamandır..."

---

* Strange Days

Katherine onun sözünü kesti. "İyi ifade edemedim." Gözlerinde Langdon'ın daha önce hiç görmediği bir öfke vardı. "*Kitabımda,* yapay nöronlar hakkında bu tasarımın tüm detaylarını anlatan bir bölüm vardı. Ama o bölümde kendi tutkumdan ve *doktora öğrencisiyken* yaptığım çalışmadan bahsediyordum. O zamanlar noetik bilimin geleceğini, gelecekteki bilim insanlarının bir gün insan bilinci hakkında bildiklerimizi derinleştirecek bu teknolojileri tasarladığını hayal ediyordum."

Langdon ne söylemeye çalıştığını o anda fark etti. "Aman Tanrım... *ne*?!"

Katherine başını öne arkaya salladı. "Evet! Robert ben bu yapay nöronlarla ilgili tasarımımı ilk olarak doktora tezimde öne sürdüm ve yazdım... Yirmi üç yıl önceydi."

105. BÖLÜM

Katherine, Langdon'ın yüzündeki ifadeden ona biraz önce anlattıklarını anlamakta zorluk çektiğini görebiliyordu.

Eşik'in dosyasına hafifçe vurarak, "Bu, benim yapay nöron tasarımımın *birebir aynısı*," dedi. "Yirmi üç yıl önce yapmıştım. Hiç şüphem yok."

Langdon, "Doktora tezini yapay nöronlar üzerine mi yazmıştın?" diye sordu.

"Hayır, tam olarak değil. Nörobilimle ilgiliydi ve tezimin başlığı 'Bilincin Kimyası'ydı. Nörotransmitter ve farkındalıkla ilgili bir makaleydi ama sonuç olarak kitabımdaki gibi bilinç araştırmalarının geleceği hakkında bir bölüm vardı. Çığır açacak olası gelişmelerden, benim alanımda gerçekleşebilecek en büyük gelişme olan yapay nöronlardan bahsetmiştim. Bu teknolojinin gerçek bir H2M ara yüzünü mümkün kılacağını, bilim insanlarının beynin bilincini birçok şekilde izleyebilmelerini ve sonunda nasıl çalıştığını görebilmelerini sağlayacağını anlatmıştım."

"Ve CIA'in çalışmasının bir tesadüf olmadığına eminsin?"

"Robert bu dosyanın içindeki nöronlar tezimde savunduklarımın *aynısı*, terminolojisine kadar! Açıklamada 'nanoelektrik biyofilamentler' ve 'ikili organo-teknik füzyonlar'dan bahsediliyor, bu terimleri *ben uydurdum!*"

Langdon artık ikna olmuştu. "Vay canına... yani *sen*, Katherine Solomon, yapay nöronların nasıl yapılacağını buldun... hem de lisansüstü eğitimin sırasında!"

"Hayal gücü fazla çalışan bir *çocuktum*. Bu fikir bir fanteziydi. Yirmi üç yıl önce, yapay nöronlara bilim kurgu gözüyle bakıldığını unutma!"

Langdon, "Genetik mühendisliği, sürücüsüz arabalar ve AI da öyleydi," dedi. "Ama geldiğimiz noktaya bak. Moore Yasası sayesinde."

Katherine, *doğru*, diye düşündü. *Geleceğe, her geçen gün daha çok yaklaşıyoruz.*

"Yirmi yıl önce bu alandaki insanlar yapay nöronların *silikon* tabanlı olacağını sanıyordu. Nöronların temelde, bilgisayar çipindeki ikili açma kapama düğmeleri gibi olduğu düşünüldüğünde bu mantıksız sayılmazdı. Ama ben bu görüşe tezimde karşı çıktım çünkü yapay nöronların nihai hedefi beyinle *bütünleşmek* olmalıydı ve bu yüzden de gerçek çözümün *biyolojik* olması gerekiyordu. Böylece hayal gücümü çalıştırdım ve bir gün bir nöron yaratılacaksa nasıl olması gerektiğine dair en iyi fikrimi tüm ayrıntısıyla tasarladım."

Langdon, Katherine'in anlattıklarından çok etkilenmişti. "Oldukça yaratıcı ve inanılmaz tüm bu söylediklerin. CIA büyük ihtimalle onlarca yıldır bunu geliştirmek üzerine çalışıyordu ve sonunda da başardı. Kime ait olduğu ve kime paye verileceği ise ayrı bir konu."

"Benim fikrimden nasıl *haberdar* olduklarını merak ediyordum... ya da nasıl ele geçirdiklerini?"

Langdon omzunu silkti. "Dünyanın en büyük istihbarat toplama teşkilatından bahsediyoruz."

Geçmişi düşünen Katherine, "Aslına bakarsan..." dedi. "Şimdi aklıma geldi..." Bir an için sustu. Düşüncelerinde kaybolmuş gibiydi.

Langdon dosyayı eline alıp kapıya doğru yürürken, "Yolda anlatmaya devam etmeni isteyeceğim," dedi. "Buradan bir an önce çıkıp dosyayı büyükelçiye teslim etmeliyiz. Umarım, bu kadarı yeterli olur."

Katherine çantasını alıp Langdon'ı takip etti. Anıları bir bir aklına geliyordu. "Tezimle ilgili tuhaf bir şey olmuştu. O zamanlar bir anlam verememiştim ve bu konuyu yıllardır hiç düşünmedim... ama bir şeyleri açıklayabilir."

Aydınlık bilgisayar laboratuvarından aceleyle döner kapıya doğru yürürlerken Langdon, "Ne olmuştu?" diye sordu.

Katherine anlatmaya başladı. "Princeton'daki tez danışmanım, efsanevi kimyacı A. J. Cosgrove'du. Beni resmen kanatlarının altına almıştı. Tezime bayılmıştı ve bana Blavatnik Ödülü'nü –Doktora Sonrası Bilimsel Araştırma Ulusal Ödülü– kazanabileceğimi düşündüğünü söylemişti. Kazanamadım ama çok da umursamadım. Ancak Cosgrove nedense aşırı sinirlendi ve Stanford'dan ünlü bir profesör olan ödül komitesi başkanıyla bir atışma yaşadı. Sular durulduğunda Cosgrove ödülü benim hak ettiğimi ama 'liyakat dışı nedenlerden ötürü' reddedildiğimi söyledi. Ben akademik nedenlere bağladım. Ona umurumda olmadığını çünkü noetik bilim üzerine çalışmayı planladığımı söyledim. O zaman tuhaf bir şey söyledi. Bana, nörobilimden tamamıyla vazgeçmeden önce, benim..." Katherine durdu. "Oh... *hayır.*"

Langdon ona doğru dönüp, "Ne oldu?!" dedi.

Katherine çantasını bir çalışma masasının üzerine bırakıp gözlerini kapattı. Tüm bu karmaşanın içinde o ana kadar aklına gelmemişti. Gözlerini açtı, elini siyah saçları arasından geçirirken alçak sesle, "Robert," dedi. "CIA'in kitabımın sonsuza kadar yok olmasını istemesinin *daha önemli* bir nedeni var."

*

Finch, Ajan Housemore'dan aldığı SIG Sauer tabancasını kavrayıp Eşik'in transfer aracından atladı ve hızla platformun üzerinden ilerleyerek insansız güvenlik noktasından geçti. Housemore'un cesedini lobide bulduktan sonra hemen Gessner'ın ofisine inmiş ve en çok korktuğu şeyin gerçek olduğunu gözleriyle görmüştü.

Brigita öldürülmüş.

Finch hemen teşkilatı arayıp destek istemişti ama ajanı artık ölü olduğu için saha desteğinin oraya gelmesinin uzun süreceğini biliyordu. Durum gittikçe endişe verici ve hassas bir hal almaya başlamıştı. Bu krizi hiç vakit kaybetmeden çözmesi gerekiyordu. Finch usta bir nişancıydı ve karşısına çıkan herkesi etkisiz hale getirebilecek yetenekteydi.

OPS koridoruna girdiğinde bu bölümdeki tüm ışıkların kapalı olduğunu görünce rahatladı. Ama bu, yeraltındaki yapının tasarlanma sürecinin bir parçasıydı ve ışıkların on dakikada bir söndüğünü biliyordu. Karanlık, teknik olarak aşağıda yalnız olduğu anlamına gelmiyordu.

Finch, Housemore ve Gessner'ın öldürüldüklerine hâlâ inanamıyordu. Housemore'u kanepenin arkasından çekerken halının üzerinde metal bir epilepsi çubuğu görmüştü. Belli ki onu oraya birisi düşürmüştü ve Haç Burcu'na giren sadece iki epilepsi hastası –Sasha Vesna ve Dmitri Sysevich– vardı. İkisi de aynı enstitüden getirilmişlerdi.

Bana Dmitri'nin artık bizimle olmadığı söylenmişti.

Sasha'nın birini öldürmüş olabileceğine inanmıyordu. Gessner ondan her zaman çekingen ve nazik biri olarak bahsetmişti. Ama yine de Sasha'nın bir ÚZSI memuruna saldırdığı rapor edilmişti ve bu da kadında bir dengesizlik olduğunu gösteriyordu. Beyni çok fazla baskıya maruz kalmıştı ve sinirsel bir çöküntü yaşıyor olabilirdi.

Sasha, Gessner'ı öldürmüş olabilir mi? Bu pek olası gelmiyordu... Peki ya Sasha, Gessner'ın kendisine yaptıklarını öğrendiyse? İşte bu, onu öldürmesi için yeterli bir sebep olabilirdi. Öyle olsa bile, Finch, Sasha'nın bunu yapabileceğinden şüpheliydi... En azından, tek başına.

BIO'ya doğru sağa döndü ve ameliyathane kısmının karanlık olduğunu görünce rahatladı. Işıklar yandığında her şeyin yerli yerinde olduğunu gördü. Tavandan sarkan robot cerraha baktı. Gessner şimdiye kadar bu teknolojiyi sadece iki insanın ameliyatında kullanmıştı; biri başarılı olmuş, diğeri ise felaketle sonuçlanmıştı. Finch işini şansa bırakmamak adına tesisin tamamını aramaya karar verdi. Birinin ışıklar kapanana kadar bir yatağın altına ya da dolabın içine saklanmadığından emin olmak için tıbbi bölümü kontrol etti.

Biri Eşik'e girdiyse Finch onun kaçmasına göz yumamazdı.

Burayı gören birinin, buradan canlı çıkmasına izin veremezdi.

*

Golĕm, SMES odasında başını hafifçe kaldırıp yukarıdaki havalandırma bacasına baktı. Birkaç kat yukarıdaki R2-D2'nun kubbeli kafasındaki deliklerden aşağı süzülen gün ışığını görebiliyordu.

Bu tür tahliye menfezleri acil durum havalandırması için *her zaman* açık bırakılırdı. Sadece sızıntı testi için ve belirli koşullar altında sıvı helyumun hiç bulunmadığı durumlarda kapatılırdı.

Bugün, protokolde ufak bir değişiklik olacak.

Golĕm tüm gücünü toplayıp vınlayan metal halkanın tepesine tırmandı. Yukarısının bombeli oluşu tehlike oluştursa da botları zemini iyi kavrıyordu. Makinenin titreşimini hissederken kendini dengelemek için tavandaki çalıştırma koluna tutundu. Kol, tavana sabitlenmiş kalın bir metal plakayı hareket ettiren bir dizi makarayla çalışıyordu.

Test kapağı.

Çelik kare bir panel, havalandırma deliğinin iki yanından geçen bir ray sistemiyle desteklenmişti. Devasa bir rögar kapağını andıran panel, bir kolla çevrilerek yerine oturtuluyor ve kelebek vidalarla sıkılarak odayı hava geçirmez hale getiriyordu.

Çelik kaplamanın üzerinde parlak kırmızı harflerle bir uyarı yazıyordu.

NEBEZPEČÍ! NEZAVÍRAT!
DANGER! DO NOT CLOSE!

Golĕm uyarıya aldırmadan kolu çevirmeye başladı.

Bir dakika içerisinde oda hava geçirmez olacaktı.

106. BÖLÜM

Daha büyük bir sebep mi? CIA'i Katherine'in kitabını yok etmeye sevk edecek daha başka bir neden Langdon'ın aklına gelmiyordu. *Kitabı çok gizli yeni bir CIA teknolojisini açığa çıkarıyor. Oyun, set ve maç.*

Katherine aniden durup ona döndüğünde yüzünde kuvvetli halojen ışıkların etkisiyle belirginleşen bir endişe ifadesi vardı. "Sanırım Profesör Cosgrove yanlış bir şeyler olduğunu biliyordu," dedi. "Stanford'lı adamla tartıştıktan sonra, ben noetik bilim alanında çalışmaya başlamadan önce bana son bir ödev verdi. Alışılmadık bir istekti."

"Ne yapmanı istedi?"

"Bir patent başvurusunda bulunmanın, gelecekteki bilim insanlarının eğitiminin bir parçası olduğunu savunurdu. Yapay nöronlar konusundaki yaratıcı yaklaşımım hoşuna gitmişti. Patenti asla vermeyecek olsalar da başvuru süreci yaşamakla..."

"Dur biraz..." dedi Langdon. "Yapay nöronlar için bir patent başvurusu mu yaptın?"

Katherine başıyla onaylarken cevap verdi. "Bu akademik bir *alıştırmaydı.* Yapılabilir olmadığı için 'olanaksızlık' nedeniyle başvurumun reddedileceği konusunda beni uyarmıştı. Buna rağmen iyice düşünmemi, elimden geldiğince teknik açıklama yapmamı, kullanılabilecek ekipmanı, teknolojiyi ve malzemeyi henüz var olmamasına rağmen hayalimde canlandırmamı ve başvuru sürecini başlatmamı söylemişti. Ben de öyle yaptım! On dört sayfalık başvuruyu elimden gelen en iyi şekilde doldurdum ve gönderdim.

Beklediğimiz gibi patent başvurum reddedildi, açıkçası benim de bir daha aklıma gelmedi..."

Şimdiye kadar, diye cümlesini içinden tamamladı Langdon. *Katherine şu anda kendi icadıyla karşı karşıya.*

"Geriye dönüp baktığımda," diye yeniden söze başladı Katherine. "Bana öyle geliyor ki, patent başvurusunda bulunmamı isterken Profesör Cosgrove beni bir şekilde koruyordu..." Sesi çatallaşınca bir süre durdu. "Sanki tezimin reddedilmesinin ardındaki gerçek nedeni biliyordu."

"CIA senin bulduğun teknolojiye el koymuştu, o yüzden mi?"

"Çalmıştı, evet."

"Ama Cosgrove, CIA'in bunu yaptığını nereden bilebilirdi?"

"Sebebini ben de bilmiyorum," dedi Katherine. "Ama içimden bir ses *bildiğini* söylüyor. Yıllar sonra, Cosgrove'un patent başvurusunda bulunması için ısrar ettiği tek öğrencinin ben olduğumu öğrendim."

"Bu şüpheli bir durum."

"Evet, Cosgrove ısrarcıydı. Şöyle dediğini hatırlıyorum: 'Bundan *bahsetme* Katherine. Sadece *yap*.' Uzun zaman önce vefat etti, yoksa onu arardım."

"Başvurunun bir kopyası duruyor mu?" Langdon bunu sorarken ortalıkta dolaştırılmayacak kadar tehlikeli bir belge olduğunun farkındaydı.

"Elbette vardı... ama bendeki kopyalar gizemli bir şekilde ortadan kayboldu. Taşınırken kaybettiğimi sanmıştım ama şimdi..."

Büyük olasılıkla onları da çalmışlardır. Langdon, CIA'in bunca zamandır Katherine'i izliyor olduğu düşüncesiyle ürperdi. Bu, çok şeyi açıklıyordu.

"Ama bir şey var," diye devam etti Katherine. "Yıllar önce patent ofisinden ret yediğimde buna gülmüştüm. Üzerine ciddiyetle eğildiğim on dört sayfalık bilimsel çalışmamın her sayfasının üzerine kıpkırmızı bir REDDEDİLDİ damgası vurulmuştu. Profesör Cosgrove'a gösterdiğimde o benim kadar eğlenceli bulmamıştı. Ben ünlü olduğumda gelecek kuşaklara göstermek için bir kopyasını saklamak istediğini söylemişti. Ben de elbette kabul etmiştim."

"Yani *Cosgrove*'da bir kopyası vardı?"

"Evet." Sesi aniden duygusallaştı. "On yıl kadar önce vefat ettiğinde kız kardeşi elinde kahverengi bir zarfla kapımda belirdi ve son arzularından birinin bu zarfın bana iletilmesi olduğunu söyledi." Katherine'in sesi titredi. "Elbette içinde reddedilen patent başvurum vardı, rengi solmuştu ama olduğu gibi duruyordu."

İnanılmaz. Langdon artık profesörün Katherine'in tezi ve patent başvurusuyla ilgili şüpheli bir durumdan haberdar olduğuna ikna olmuştu. Cosgrove'un bunu *nasıl* bildiği sorusu cevaplanmaya muhtaçtı ama Katherine'in elinde kanıt kalması için tedbir aldığı ortadaydı.

Elini kuvvetlendirmiş, diye düşündü Langdon. *Anlamı bu.* "O kopya şimdi nerede?" CIA'in onu da aldığından endişe etmişti.

"Evdeki çalışma masamda. En son orada bırakmıştım."

"Gitmemiz gerek," diyen Langdon kapıyı işaret etti. "Eğer CIA fark ederse..."

"Bilmen gereken bir şey daha var." Katherine tuhaf bir şekilde döndü ve Langdon'ın gözlerine baktı. "Kitabımın noetik bilimin geleceğiyle ilgili son bölümünde yapay nöronlar üretmekle ilgili gençlik hayallerimden bahsettim. Bir hevesle reddedilen patent başvurumun bir kopyasını, REDDEDİLDİ damgası basılan on dört sayfayı birden kitaba eklemeye karar verdim çünkü kendi kariyerimin başlarındaki bu başarısızlığın, reddedilen diğer genç bilim insanlarına ilham vereceğini düşündüm."

Langdon'ın nutku tutulmuştu. *Bulmacanın son parçası.*

Kitabı basıldığında Katherine'in patent başvurusunu tüm dünya görecekti. Teşkilatın ona karşı eyleme geçmesi için başka sebep aramaya gerek yoktu.

Eşik, beyin biliminin geleceği açısından bir Manhattan Projesi... ve Katherine onların atom bombasının planlarını yayınlamak üzereydi.

Amerikalı Bilim İnsanları Federasyonu gibi gözlemci bir grup, saygın bir noetik bilimcinin patent başvurusunun reddedildiğini ve başvuru sahibinin bilgisi olmaksızın CIA tarafından çalındığını öğrendiğinde CIA'in yaşayacağı hukuki kâbusu hayal edemiyordu.

Bu bir araştırmacı gazetecinin ancak hayalinde görebileceği bir dosya olurdu.

Kitapta insandan makineye ara yüzü yarışındaki kayıp parçayı temsil eden çığır açıcı teknolojinin apaçık bir tasviri yer alıyordu. Şu anda CIA bu teknolojiyi tek başına elinde tutuyordu...ama Katherine kitabını yayımladığında bahisler kapanacaktı.

CIA'in implantları hangi amaca hizmet ederse etsin Eşik'in CIA'e gizli ve benzersiz bir teknolojik avantaj sağladığı ortadaydı.

Ama hepsi bu kadar değil, diye düşündü Langdon. *Eşik potansiyel bir altın madeni.*

CIA piyasaya tescilli bir H2M teknolojisi getirmeye kararlıysa, Q dünyanın en zengin yatırım şirketi olacak ve CIA'in yürüttüğü her türlü operasyona maddi destek sağlayabilecekti. Ama gizlilik her türlü önemliydi.

Katherine yeniden konuşmaya başladı. "Brigita'nın dün gece neden kendi *patentiyle* övündüğü de şimdi belli oldu. Bu konuyu açtı çünkü ağzımı arıyordu. Benim bir patent başvurum olup olmadığını sormuştu, hatırlıyor musun?"

Langdon çok iyi hatırlıyordu. "Ve sen de olmadığını söyledin!"

"Sadece konuyu açmak istemedim. Ayrıca uzun zaman önceydi."

Langdon, "Dün Finch'in neden paniklediğine şaşırmamak gerek," dedi. "Gessner ona senin gizlilik sözleşmesini imzalamayı reddettiğini, kitabının kopyasını vermediğini *ve* yüzüne baka baka bir patent başvurusu yapmadığın yalanını söylediğini rapor etmiş olmalı. Finch senin kişisel çıkarların için yalan söylediğini ve bir tür bomba haber yayımlamaya hazırlandığını düşünmüştür."

"Şey, *artık* yayımlayabiliriz." Katherine elinde tuttuğu gizli ibareli klasörü gösterdi. "İmplant yerleştirilmiş beyne ait PALM ile birlikte. Kesin kanıt sayılır."

"PALM nedir?"

"Fotoaktif lokalizasyon mikroskopisi. Eşik'te floresan proteinleri kullanarak yapay nöronları genetik olarak işaretlediler; böylece onları gözlemleyebildiler ve gelişimlerini izlediler. Akıllıca ama benim değil, *onların* fikri."

"Dur biraz. Bu klasörde *görseller de* mi var? Bana söylemedin..."

"Hemen elimden aldın." Katherine klasörü almak için elini uzattı. "Göstereyim."

Langdon sabırsızlıkla klasörü uzattı. CIA'in Katherine'in fikrini çaldığına ve yapay nöron ürettiğine dair ellerinde delil vardı ama Langdon, Eşik'te insan deneyleri yapıldığına dair herhangi bir *kanıt* görememişti. *Belki vardır...*

"İşte burada iyi bir tane var," diyen Katherine klasörü tezgâhın üstünde açtı.

Langdon resmi gördüğünde tiksintiyle birlikte haklı çıktığını hissetti. Renkli fotoğrafta, kafatasının içindeki insan beyninin bilgisayarla geliştirilmiş bir röntgeni görülüyordu. Ama asıl dehşet verici olan, beyinden başka kafatasının içindeki şeydi.

Kafatası kemiğinin altındaki beyin dokusuna şaşılacak kadar büyük bir bilgisayar çipi yerleştirilmişti. Bu çipe tutturulmuş olan bir kordon, saç filesine benzeyen, örümcek ağı gibi dantelimsi bir dokudaki floresan şeritlere bağlanmış ve beynin üstüne geçirilmişti.

Katherine, "Nöron filesi," dedi. "Bu *benim* fikrimdi."

Katherine sayfaları çevirerek farklı resimleri, grafikleri ve implantın zaman içindeki gelişimini izleyen notları gösterdikçe Langdon hayrete düşüyordu. Tutulan kayıtlar şok ediciydi ama profesör asıl şaşkınlığı sayfaların altındaki ufak açıklamayı görünce yaşadı.

HASTA 002 / VESNA

"Sasha..." diye fısıldadı Langdon. En büyük korkusu gerçekti. *Sana ne yaptılar böyle?*

Sasha'nın beynini bir tür parazit gibi kaplamış olan filenin uzantılarını görünce midesi bulandı. Katherine ile birlikte Eşik'e suçlayıcı bir delil bulmaya gelmişlerdi, oysa asıl suçlayıcı delil dışarıda, Sasha Vesna'nın kafasının içindeydi.

Umarım büyükelçi, Sasha'yı bulmuştur. Langdon bir kez daha gitme vaktinin geldiğini fark etti.

Katherine, "Vesna'nın kafasının içindeki her ne ise, epilepsiyi tedavi etmekten çok daha fazlasını yapıyor," dedi.

"Burada çipin ne işe yaradığını açıklayan bir şey var mı?"

"Özel bir şey yok." Katherine sayfaları karıştırdı. "Klasör nöral entegrasyon hakkında ve itiraf etmeliyim, *entegrasyonu* bu kadar hızlı sağlamalarına çok şaşırdım."

"Ne demek istiyorsun?"

"Çip ile beynin entegrasyonundan bahsediyorum. Canlı bir beyne yapay bir nöral file geçirdiğinde ikisinin tek bir sisteme dönüşmesi zaman alır. Nöral plastisite bir mucize ama bir gecede olmaz. Beynin bir nöral implant ile sinaps oluşturması en az on yıl alır, belki yirmi. Doktora tezimde bahsettiğim büyük engellerden biri buydu."

"Çözüm olarak ne önermiştin?"

"Bir önerim yoktu," diye yanıtladı Katherine. "Beklemekten başka yolu yok. Biyolojik büyüme *zaman* alır. Evrim *zaman* alır. Ama belki..." Birkaç grafiği incelerken başını iki yana salladı. "Bu süreci inanılmaz bir süratle hızlandırmışlar. Bir yılda on yıllık ilerleme kaydetmişler. Asıl soru... *nasıl* yaptıkları?" Çevirdiği sayfalar arasında genç Sasha Vesna'nın uzun sarı saçlarıyla görüldüğü bir vesikalık fotoğrafı da vardı.

Langdon, "Benim farklı bir sorum var," dedi. "Eğer Sasha *iki* numaralı hastaysa..."

Katherine başını kaldırdı. "Doğru... o zaman *bir* numaralı hasta kim?"

Bir numaralı hastayla ilgili bir bilgiye rastlamak için hemen klasörü geriye doğru karıştırmaya başladı. Langdon bu hastanın Sasha ile aynı hastaneden gelen Dmitri isimli Rus epilepsi hastası olduğundan şüpheleniyordu.

"Bu çok garip," dedi Katherine. "Başka biriyle ilgili bir veri göremiyorum. Ah... dur biraz... işte burada. Çok daha kısa. Gözden kaçırmışım."

Bu bölümde çeşitli veriler, grafikler ve hastanın beynine benzer şekilde takılan çipi ve üstüne geçirilmiş fileyi gösteren ürkütücü röntgen filmi vardı.

Sayfanın altındaki yazı şöyleydi:

HASTA 001 / SYSEVICH

Sysevich kulağa kesinlikle Rus ismi gibi geliyor, diye düşündü Langdon.

"Yakışıklı adammış." Katherine'in açtığı sayfada yakışıklı, çenesi köşeli ve siyah saçları kıvırcık bir erkeğin vesikalık fotoğrafı vardı. Yüz hatlarından Slav olduğu anlaşılan adam yapılı ve sert görünmesine karşın bakışlarında huzursuz edici bir cansızlık vardı. "Bu adama Sasha'nınkiyle aynı implantın yerleştirildiği anlaşılıyor," diyen Katherine okumaya devam etti. "Ama çok garip, operasyon sonrasına ait bir veri yok. Hiçbir şey yok."

"Dışarı çıkarken konuşabiliriz." Langdon döner kapıya yöneldi. "Buradan çıkmamız gerek."

Katherine klasörü kapatıp omuz çantasına attı. "Söylemek hoşuma gitmiyor ama Dmitri'nin kayıtları aniden son buluyor. Hiç takip yok. Sanki çipi yerleştirmişler ve... bir şeyler ters gitmiş. Belki de *ölmüş.*"

Bunu düşünmek rahatsız edici olsa da ellerindeki delili iyice kuvvetlendiriyordu. Eğer CIA masum bir epilepsi hastası üzerinde deney yaptıysa ve onu öldürdüyse zaten diken üstündeki bir dünyada diplomatik yankılara yol açacaktı.

Döner kapıdan geçerek yeniden koridora çıktıklarında burasının zifiri karanlık olduğunu görmek Langdon'ı rahatlattı. Koridorun ışıkları onlar laboratuvardayken kendiliğinden sönmüştü.

Burada hâlâ yalnızız.

Süpürgeliklerdeki aydınlatmalar hemen yandı. Langdon ile Katherine içeri girdikleri çift kanatlı kapıya yöneldi.

Birkaç adım atmışlardı ki Katherine, Langdon'ı kolundan tuttu. "Bak!" diye fısıldarken tam karşılarındaki oval pencereli kapıyı işaret etti.

Langdon da görmüştü.

Kapının diğer tarafındaki ışık az önce yanmıştı.

*

Medikal bölümü aramayı bitiren Finch köşeyi döndüğünde yerdeki ışıklar koridorun sonundaki kanatlı kapıya kadar yolunu aydınlattı. İşini şansa bırakmamak için başını Sürükleyici Bilişim odasına soktu. Tüm SG koltuklarının boş olduğunu ve başlıkların yerinde durduğunu gördü.

Ama sonra bilgisayar sandalyesinin yan yattığını fark etti.

Ayrıca bilgisayar odasının pencere camı kırılmıştı.

Finch'in hemen gidip bilgisayarı kontrol etmesi gerekirdi ama çok daha dehşet verici bir şeyi fark etti. Koridordayken göz ucuyla yakaladığı bir şey gecikmiş bir tepki veriyordu... Kanatlı kapının oval penceresinden yumuşak bir ışık süzülüyordu.

RTD koridorundaki ışıklar yanıyordu.

*

Biri geliyor!

Temizlikçiler, güvenlik görevlisi veya daha kötüsü olabilirdi. Langdon görülmeyi göze alamayacaklarını biliyordu. Ne yazık ki içeri girdikleri yön hariç kaçabilecekleri hiçbir yer olmayan çıkmaz bir koridordaydılar.

Langdon saklanacak bir yer bulma ümidiyle gerideki RTD laboratuvarına koştu ama temiz odaya yaklaştığında Katherine'in koridorun ortasında kaldığını ve eliyle zemini işaret ettiğini fark etti. "Robert," diye fısıldadı. "Bunlar tekerlek izleri!"

Langdon izleri daha önce görmüştü. Cilalı zeminde forklift lastiğinin sürtünme izleri vardı.

Katherine hızla yanından geçerek koridorun sonuna doğru peşinden gelmesini işaret etti. *Ne yapıyor?! Çıkış yok ki!* Ama sonra Katherine'in gördüğünü o da gördü. Lastik izleri koridor boyunca ilerledikten sonra kayboluyor, duvarın *arkasına* gidiyordu.

İmkânsız... ama eğer...

Var gücüyle koşmaya başlayan Langdon koridorun bitmesine on beş metre kala Katherine'e yetişti. Fotoseli fark edince sensörü çalıştırmak için elini kolunu sallamaya başladı. Duvar kaymaya, sol tarafa doğru yavaşça açılmaya başladı ve koridorun ardındaki başka bir bölüm meydana çıktı.

Açılan bölümden gelen hava belirgin derecede daha soğuktu.

Hiç duraksamadan Katherin'le birlikte açılan kapıdan koşarak geçtiler ve birkaç metre sonra karanlığın içine daldılar. Duvar arkalarından kapandığı sırada metal bir korkuluğun önündeydiler.

Loş ışık artarken çevreyi ancak görebildiler. Dar bir kat boşluğunun etrafından dönerek aşağı inen beton bir rampanın başında duruyorlardı. Langdon korkuluğun üzerinden aşağıdaki karanlığa bakarken Eşik'in gördüklerinden çok daha büyük olduğunu fark etti... Ve bu karanlık sinir bozucu bir yöne ilerliyordu.

Aşağı doğru.

107. BÖLÜM

Büyükelçi Nagel, büyükelçiliğin mermer merdivenlerinden aceleyle inmeye çalışırken sendeliyordu. Az önce bir CIA direktörüne ültimatom verdiği ve büyük bir bardak içkiyi devirdiği hesaba katılırsa bu pek de şaşılacak bir durum değildi.

Dana hangi cehennemde?

Çavuş Scott Kerble, halkla ilişkiler sorumlusunu büyükelçinin yanına getireceğine söz vermişti ama Dana ortada yoktu. Daha da tuhafı, Kerble'ı da bir daha görmemişti.

Nagel, Dana'nın ofisine girdiğinde zarif halkla ilişkiler sorumlusunu yere çömelmiş bir halde buldu. Ağlayarak kişisel eşyalarını bir karton kutunun içine yerleştiriyordu. Kan çanağına dönmüş gözlerle küçümseyerek ona baktıktan sonra eşyasını toplamaya devam etti.

Bu hiç iyi değil.

Büyükelçi konuşmaya başlamadan önce kendini toparlamaya çalıştı. "Bayan Daněk, Scott Kerble sizden ofisime gelmenizi rica etti mi?"

"Evet."

"Ama gelmediniz."

Dana sertçe cevapladı. "Artık sizin için çalışmıyorum."

Nagel derin bir nefes aldı ve ofise girip kapıyı kapattı. "Dana, üzgün olduğunu görebiliyorum. Michael Harris benim için de çok değerliydi ama..."

Dana ona bakmadan, *"To je lež,"* diye söylendi. *Bu bir yalan!*

Nagel üzerine basa basa devam etti. "Michael'a *gerçekten* değer veriyordum ve onu tehlikeye attığım için kendimi asla affetmeyeceğim. Üstlerim bana baskı yaptı. Yaptıklarımdan utanıyorum. Sana zamanı gelince her şeyi açıklayacağım ama şu anda Sasha Vesna'yı bulmamız gerekiyor ve senin yardımına çok ihtiyacım var."

Dana, "Sana *neden* yardım edeyim ki?" diye çıkıştı. "Michael'ı bir yabancıyla ilişkiye girmesi için zorlamaman gerektiğini bilmeliydin. Ve o yabancı Michael'ı öldürdü!"

Nagel, "Michael'ı Sasha öldürmedi," dedi. "Aslına bakarsan, Sasha'nın kendisi de tehlikede. Büyük ihtimalle Michael'ı öldüren kişi onun da peşinde. Onu bir an önce bulmamız için yardımına ihtiyacım var."

"Bu kadın senin için neden bu kadar önemli?"

Nagel ona yaklaşıp sesini alçalttı. "Dana, bunu söylerken çok utanıyorum ama Michael gibi... Sasha da hükümetimizin bir kurbanı." *CIA için çalışıyor ama bundan haberi bile yok,* diye içinden geçirdi büyükelçi. "Kendimi ona yardım etmek zorunda hissediyorum." Susup Dana'nın gözlerine baktı. "Ve eminim, Michael da Sasha'ya yardım etmeni isterdi."

Zarif genç kadın bir anda ürperdiğini hissetti. Kollarıyla kendisini sararken gözyaşlarına engel olmak için çenesini sıktı. Nagel, Dana Daněk gibi çarpıcı bir güzelliğe sahip insanların kusurlarını affetmenin çok daha kolay olduğunu düşündü.

Dana çatallaşmış bir ses tonuyla, "Sana bir daha asla güvenemem," dedi.

Nagel, "Kaybedecek hiçbir şeyim kalmadı," dedi. "Dana her ne pahasına olursa olsun, ruhumu geri kazanmaya çalışıyorum. Senin için bir şey ifade eder mi bilmiyorum ama tüm köprüleri yaktım. Eski patronumu arayıp Amerikan hükümetini tehdit ettim."

Dana pek inanmamış gibiydi. "Eski patronunu mu? CIA direktörünü tehdit mi ettin?"

"Evet." Nagel belli belirsiz gülümsedi. "Dediğim gibi, kaybedecek bir şeyim kalmadı. Gerçekleşmesine yardımcı olduğum bir program hakkında son derece rahatsız edici bilgiler edindim. Bunu durdurmak ve masumiyetimi kanıtlamak için tek umudum biraz önce bana gönderilen bir video kaydı. Programı uygulayan kişinin ölüm döşeğinde verdiği itiraflar..."

Arkasından bir adam, "Büyükelçim?" diye seslendi.

Nagel arkasını dönünce Çavuş Scott Kerble'ın yüzünü gördü. Sessizce kapıyı açmış, dar aralıktan kafasını içeri uzatmıştı.

Dana sertçe çıkıştı. "Kapı vurmaya ne oldu?"

Nagel de şaşırmıştı. "Scott? *Neredeydin?* Senin..."

"Özür dilerim efendim." Sesi hiç olmadığı kadar sert çıkıyordu. "Maalesef, sizi gözaltına almam emredildi."

Nagel en güvendiği deniz piyadesine baktı. Neler olduğunu neredeyse kesin olarak biliyordu. "CIA direktörü mü emretti?"

"Lütfen benimle gelin."

Dana, "Büyükelçiyi tutuklayamazsın!" dedi. "O senin patronun!"

Kerble başını iki yana salladı. "Biz Amerikan ordusuyuz."

Dana, Nagel'e bakınca büyükelçi başıyla genç adamın söylediklerini onayladı. Ne yazık ki, deniz kuvvetleri güvenlik görevlileri, emirlerini hiyerarşide çok daha üst kademelerden alıyorlardı. Büyükelçi, diplomatik keseyi Kerble'a emanet ettiğine pişman olmuştu. *Videonun tek kopyası...*

"Sayın büyükelçim?" Kerble gerçekten huzursuz görünüyordu. "Lütfen benimle gelin."

"Tabii ki Scott. Bana bir dakika ver. Bayan Daněk istifasını verdi ve onunla vedalaşmak için biraz müsaade..."

Kalın bir ses, "Ellerinizi önünüze koyun!" diye emretti. Kapı sertçe açılmış, Kerble'ın arkasından iki deniz piyadesi içeri girmişti. Anlaşılan, kibarlığı işe yaramayan liderlerini desteklemeyi görev bilmişlerdi.

Nagel, "Kelepçeye gerek yok," dedi. "Karşı koymayacağım ama Bayan Daněk ile...

İlk asker ona doğru yaklaşırken, "Bu mümkün değil," dedi. "Bileklerinizi uzatın efendim."

Şaşıran Nagel, diğer ajanların yanında bilinçli olarak soğuk bir ifade takınmış olan Kerble'a baktı.

Kerble, "Ona bileklerinizi uzatın," diye emretti. "Bayan Daněk'le tek bir kelime daha konuşmayacaksınız. Emir aldık. Kimseyle iletişim kuramazsınız. Ofisinizi kilitledik. Orayı ve büyükelçiliğin tamamını arayacağız."

"Arayacak mısınız?" Nagel elindeki tek kozu kaybetmek üzere olduğunu hissetti. "*Ne*... arıyorsunuz?"

Kerble soruyu duymazdan gelip Dana'ya doğru döndü. "Bayan Daněk, istifanızı verdiyseniz büyükelçilikten derhal ayrılmanız gerekiyor. Anlıyor musunuz?"

"Evet... ama..."

"Şu kutudakiler özel eşyalarınız mı?"

Dana başını salladı.

Kerble kutunun yanına gidip içindekilere baktı. Sonra diğer piyadeler bileklerini kelepçelemekle meşgulken Nagel ile kısa bir an için göz göze geldi. Nagel, onun Dana'nın masasının üzerine eğilip bir post-it kâğıdına bir şeyler yazdığını gördü. Sonra seri bir hareketle üniformasının göğüs cebine elini sokup Nagel'in kendisine verdiği diplomatik keseyi çıkardı. Üzerine post-it'i yapıştırıp kutunun içine, görülmeyecek şekilde Dana'nın eşyalarının altına koydu.

Bunu gerçekten yaptı mı?!

Kerble donuk bir yüz ifadesiyle standart naylon kelepçelerle etkisiz hale getirilmiş olan Nagel'e doğru yürüdü. "Sayın büyükelçim, bu adamların emirlerine sorun çıkarmadan itaat etmenizi tavsiye ederim. Sizin güvenliğiniz için."

Kerble, Nagel'in cevap vermesini beklemeden Dana'ya doğru döndü.

Kontrolün kimde olduğunu göstermek için sertçe, "Bayan Daněk!" dedi. "Süreniz doldu. Kişisel eşyalarınızın bulunduğu kutuyu alın ve binayı derhal terk edin!"

Dana karton kutuyu alıp kelepçelenmiş büyükelçinin yanından çıkışa doğru aceleyle ilerlerken korkmuş görünüyordu.

*

Nagel'in başı büyük dertte.

Scott Kerble piyadelerin büyükelçiyi servis merdiveninden bodrum kata indirişlerini izledi. Kariyeri boyunca diplomatlara hizmet etmiş olan Kerble, hiçbirine Heide Nagel kadar saygı duyup güvenmemişti. Rütbeleri hiçe sayarak onu koruma kararını aniden, içgüdüsel olarak vermişti. Ve bunu yaparken kariyerini ciddi bir şekilde riske atmıştı.

Burada doğru olmayan bir şey var...

CIA Direktörü Gregory Judd, Kerble'ın ekibine hiçbir ayrıntıya girmeden emir vermişti. Heide Nagel elçiliğin kriz odasına kapatılacak, başına bir nöbetçi dikilecek ve bir sonraki emre kadar gözaltında tutulacaktı.

Nizama son derece aykırı.

Daha da tuhafı, direktör, büyükelçinin özel ofisinde kapsamlı bir arama yapılmasını ve tüm dijital medyanın –bilgisayarlar, sabit diskler, DVD'ler, USB'ler vs.'nin– toplanmasını emretmişti. Bunun ancak iki sebebi olabilirdi: Nagel'in bir ajan olduğundan şüpheleniyor olabilirlerdi, ki bu çok saçmaydı. Ya da direktör, Nagel'in elinde teşkilata zarar verebilecek bir bilgi olduğundan şüpheleniyordu.

Kerble, direktörün ele geçirmek istediği şeyin Dana Daněk ile birlikte karton bir kutunun içinde biraz önce binadan ayrılmış olmasını umut ediyordu.

Büyükelçi ona, *bunu güvende tut,* demişti. *Kimseye bundan bahsetme.*

Kerble kesenin içinde ne olduğunu bilmiyordu ama Dana'nın keseyi açmaya cesaret edemeyeceğinden ve bununla ilgili arayacağı son kişinin CIA direktörü olacağından da emindi.

Kerble riske girmemek için keseye isimsiz bir not eklemişti:

Bundan kimseye bahsetme. Seninle iletişime geçeceğim.

Kese güvende, diye düşündü Kerble. *En azından şimdilik.*

Kerble meslektaşlarına hiçbir şey söylememişti. Büyükelçinin tuhaf davranışlarından; büyükelçiliğe *yayan* ve *korumasız* gelişinden bahsetmemişti. *Nagel benim tanıdığım en ahlaklı insan,* diye düşündü. *Belli ki benim anlamadığım bir şeylere karışmış.*

Büyükelçi artık gözaltında olduğu için özel SUV aracını sokaktan alıp büyükelçiliğin otoparkına, diğer arabaların yanına koymasının uygun olacağını düşündü. Kerble güvenlik ofisine gidip tüm büyükelçilik araçlarının yedek anahtarlarının bulunduğu acil durum anahtar setini aldı. Sonra büyükelçinin binebileceği tüm araçlara yerleştirilen gizli izleme cihazının yerini bulabilmek için bilgisayar başına geçti. Büyükelçi konuta yürüyerek geldiği için SUV aracın yakınlarda bir yerde olduğunu tahmin ediyordu. Ama GPS koordinatlarını kullanmak ona sokaklarda dolaşarak kaybedeceği zamanı kazandıracaktı.

Takip cihazı etkinleştirilirken bekledi. Yanıp sönen nokta Prag haritasının üzerinde belirdiğinde Kerble oldukça şaşırdı. Araç, tahmin ettiği gibi yakınlarda bir yerde değildi. Yaklaşık beş kilometre uzakta, Folimanka Park'ın üzerindeki tepedeydi...

*

Birkaç kat aşağıdaki Golĕm, SMES odasında on iki sıvı helyum tankına doğru yürüdü. Devasa kapsüllerin her birinin tepesinde SMES'i besleyen yalıtımlı bir boruya bağlı, güçlendirilmiş bir elektronik süngü ve valf bulunuyordu. Yakındaki duvara asılı kontrol panelinde, on iki kapsülü ve çeşitli durumlarını gösteren bir diyagram bulunuyordu.

Görünüşe bakılırsa ekran tanklardaki helyum akışını düzenliyordu. Golĕm bu paneli nasıl kullanacağını bilmiyordu ve denemeye de hiç niyeti yoktu. Yapmayı planladığı şey ustalık gerektirmiyordu. SMES'e süper soğutulmuş sıvının akışını durdurmanın çok basit bir yolu vardı.

Kendisinden daha uzun, paslanmaz çelikten ilk kapsüle yaklaştı. Kille kaplı yüzünün yansıması çeliğin yüzeyinde görünüyordu. Dış kabuğunun, herkesinki gibi gerçeği örten bir serap olduğunu hatırlayarak, *ben bir canavar değilim*, diye düşündü. *Ben onun koruyucusuyum.*

Her kapsülün tepesinde, elektronik bağlantılar ve valflerin yanında elle açılıp kapatılan bir kesme vanası –acil durumlarda helyum akışını durdurmak için kullanılan bir el çarkı– vardı.

Bahçe hortumunu kapatmak kadar kolay.

Okuduklarına göre, yavaş zincirleme reaksiyon, helyum akışı durduğu anda başlayacaktı. Bu da süper iletken bobinlerin ısınmasına, iletkenliklerini kısmen kaybetmelerine, akıma direnç göstermelerine ve ölümcül bir geri besleme döngüsünün başlamasına neden olacaktı.

Isı ⇛ Direnç ⇛ Isı ⇛ Direnç ⇛ Isı...

Valfleri kapatınca yaklaşık yirmi dakika vaktim olacak.

Bu sürenin sonunda bobinler ısınıp kritik sıcaklığa yani "kritik buharlaşma sınırına" ulaşacaktı. Bu noktada sistemdeki tüm sıvı helyum kaynamaya başlayacak ve gaza dönüşecekti. Golĕm artık kapalı olan yukarıdaki havalandırma deliğini düşündü. Hızla genleşen helyum gazı bulutunun buz gibi helyum buharı gayzeri şeklinde güvenle dışarı çıkmaya çalıştığını zihninde canlandırdı.

Artık bu mümkün değil, diye düşündü. *Bugün başka bir senaryo yaşanacak.*

Hızla genleşen gaz kaçacak bir yer bulamayacak ve bu hava geçirmez odanın her bir santimetre karesine muazzam bir basınç uygulayacaktı.

Emniyet diskleri dahil.

Golĕm derin bir nefes alıp kapsülleri inceledi. Odadaki basıncın arttığını şimdiden hayal edebiliyordu... Kalın beton duvarları sıkıştırışını, her kapsülün üzerindeki disklerin işe yaramayışını, bir anda yirmi bin litre sıvı helyum açık havaya maruz kalacaktı.

Zincirleme reaksiyon aniden gerçekleşecek ve durdurulamayacaktı. Bu küçük alanda güçlü bir savaş başlığı ateşlenmiş gibi şiddetli ve yıkıcı bir patlamaya neden olacaktı.

108. BÖLÜM

Langdon açılan duvarın onları yerin daha da altına indiren bir rampaya değil de gün ışığına çıkarmasını dilerdi. Bir sığınağın daha alt katlarının olması elbette mantıklıydı, sözgelimi Cheyenne Dağı veya Yamantau Dağı'ndaki nükleer komuta merkezleri granit kayaların üç bin metre altına inşa edilmişti ama yine de buldukları kanıtı daha da aşağılara indirmek yerine Eşik'ten dışarı, *yukarıda* bir yere *çıkarmak* isterdi.

Neyse ki Eşik'e onlardan sonra giren kimse şimdilik bir tehdit oluşturmuyordu. Buna rağmen, Katherine ile birlikte hiç vakit kaybetmeden aşağı inmeye ve arkadaki kişiyle arayı açmaya başladılar. Sonunda ihtiyaç duydukları kanıtı elde ettiklerinden artık dışarı çıkmanın bir yolunu bulmaları gerekiyordu.

Döne döne indikten sonra rampanın en alt kısmına vardıklarında yukarıdan gelen ürkütücü bir ses duydular. Betonun üzerindeki sert tabanlı ayakkabıların sesi giderek hızlandı. Bu bir hademe değildi.

"*Gitmemiz* gerek!" diye fısıldadı Langdon.

Rampanın bittiği yerde, yukarıdakine benzeyen bir başka kayan duvar vardı. Hızlıca buradan geçince kendilerini yaklaşık on metre uzunluğunda ürkütücü bir koridorda buldular. Mat siyah renkteki duvarlar, yerler ve tavanlar loş ışıkta buraya bir teknoloji tesisinden çok, anıt mezar havası veriyordu.

"Burası bambaşka..." diye fısıldadı Katherine.

Langdon'ın tahminine göre, her neredeyseler, saklanacak bir yer bulmak için yirmi saniyeden daha az zamanları vardı. Spiral rampa aklını fazlasıyla karıştırmış ve attığı her adımda Haç Burcu çıkışının daha da uzakta kaldığını hissetmişti. Burada fark edilirlerse alarmların çalmasından ve artık kaçamayacak olmalarından korkuyordu.

Kasvetli koridorda koşarken sağ taraflarında kalan uzun bir pencerenin önünden geçtiler. Camın arkasındaki karanlıkta yeşil ve kırmızı ışık noktaları yanıp sönüyordu. Langdon bir kafesin içine yerleştirilmiş devasa bilgisayar raflarını belli belirsiz seçti.

Katherine, "Faraday Kalkanı..." diye fısıldadı. "Bunlar kuantum bilgisayarlar olmalı."

Langdon kuantum bilgisayarlar hakkında fazla bir şey bilmese de kozmik ışınlardan ve radyasyonun diğer türlerinden korunması için bir kalkan gerektirdiğini biliyordu. *Eşik'in yeraltında olmasının bir nedeni de bu mu?*

Bilgisayar odasının önünden geçerken tıpkı Langdon gibi metal bir kafesin içinde kapana kısılmak istemeyen Katherine duraksamadan devam etti.

Koridor sola doğru dönüyordu. Onlar köşeyi dönerken yanan loş ışıklar daha uzun bir başka siyah koridoru aydınlattı.

"Şurası!" Katherine koridorun karşı tarafını gösteriyordu.

İlerideki şey gerçekten de ümit vaat ediyordu ama arkalarından gelen ayak seslerinin yankısını yine duydu.

Asla zamanında yetişemeyiz.

Koridor metal bir kapıyla son buluyordu. Kapının üzerine herkesçe bilinen, dünyadaki en etkili mesajı basılmıştı. Bu sembol, mesajını gören kişiye anında iletiyordu:

Yukarı çıkan merdiven sembolü çok rahatlatıcıydı. Üst kata çıkabilirlerse Langdon içeri girdikleri burç çıkışını bulabileceğine emindi. Ayak seslerinin yaklaştığını duyuyordu. *Ama görünmeden merdivenlere ulaşamayız,* diye düşündü.

Önlerinde uzanan koridorda iki kapı daha vardı ve her ikisi de sağ taraftaydı. Langdon bu kapıların bir faydasının dokunmayacağını görür görmez anlamıştı. Tam önlerindeki ilk kapının üzerinde MALZEME ODASI yazıyordu. Eğer yukarıdaki medikal malzeme odası gibiyse ışıkların otomatik yandığı ve ağzına kadar raflarla dolu, çıkışsız bir yer olmalıydı. *Ölüm tuzağı.*

Ötedeki ikinci kapı daha büyüktü ve duvarda oluşturulan bir girintiye yerleştirilmişti. Bu kapının arkasındaki her neyse önemli olmalıydı çünkü tanıdık bir güvenlik cihazıyla korunuyordu; siyah camdan yuvarlak bir okuyucu ile.

RFID tarayıcı... Artık kullanmaya yetkimiz yok.

Arkalarındaki ayak sesleri gittikçe yaklaşıyordu. Malzeme odasının kapısına geldiklerinde aklında bir düşünce beliren Langdon duraksadı. Bilincin en büyük gizemlerinden biri fikirlerin nereden geldiğiydi. Katherine zihnin daha büyük bilinç alanından verileri alan bir alıcı olduğunu iddia ediyordu. Gessner ise beynin trilyonlarca nöral devre sayesinde sorunları çözen bir bilgisayar olduğunu...

Şu anda kimin haklı olduğu Langdon'ın umurunda değildi. Aklına gelen fikrin kaynağı bunlardan bağımsızdı. Önemli olan tek şey, ne yapması gerektiğini çok iyi biliyor olmasıydı.

*

Neden durdu?!

Katherine arkasını dönüp baktığında Langdon'ın malzeme odasının kapısını açmakta olduğunu gördü. Görünmeden koridorun sonundaki merdivenlere ulaşamayacakları belliydi ama malzeme odasında saklanmak intihar olurdu.

Katherine onu durdurmak için yanına koştu ama Langdon içeri adımını atmıştı bile. Tepedeki floresan lambalar titreşerek yandığında girişten başlayarak karanlığa doğru uzanan raflar aydınlandı. Langdon hiç duraksamadan raftan bir sıvı temizleyici şişesi aldı ve raflar arasındaki koridora tıpkı bir bovling oyuncusu gibi fırlattı. Yerde biraz seken şişe, hiçbir yere değmeden malzeme odasının en sonuna kadar kaydı. Şişe karşı taraftaki duvara değmeden Langdon yeniden koridora çıktı. Tam kapatmadığı kapı aralığından dışarı süzülen ince bir floresan ışığı loş koridora taşıyordu. Sonra Katherine'i elinden tuttu ve daha önceden gitmekte oldukları yöne doğru hızla çekti. Merdivenlerin kapısı hâlâ kırk metre kadar ilerideydi.

Koşarlarken Langdon'ın ne kadar akıllıca davrandığını düşünen Katherine birden iyimserliğe kapıldı. *Ama henüz koridorun sonuna ulaşmadık...*

Tam tahmin ettiği gibi önünde RFID tarayıcının durduğu girintili kapıya yaklaştıklarında Langdon aniden sağa döndü ve Katherine'i de beraberinde girintinin içine çekti. Bir metreden daha dar olan kapı girintisinin görünmelerini engelleyecek kadar derin olması umuduyla sırtlarını ağır kapının soğuk metaline yasladılar ve vücutlarına mümkün olduğunca ince uzun bir şekil verdiler.

Biraz sonra koridora giren ayak sesleri aniden durdu. Uzun bir sessizlik oldu.

Ardından Katherine bir silahın horozunun çekildiğini duydu.

*

Jonas Faukman hızla gözlerini açtı ve masasının üstünde uyuyakaldığını fark etti. Neden birden uyandığına anlam veremedi. Penceresine vuran yağmur sesi yüzünden olabilirdi. Gerinmek için ayağa kalktığında içinde yeniden beliren korkunun ürpertisini hissederek şaşırdı.

Her şey yolunda, diye düşünüp kendini telkin etti. *RL&KSİİLER.*

109. BÖLÜM

Langdon ile Katherine hiç kıpırdamadan ve neredeyse nefes almadan yan yana duruyorlardı. Sırtları duvara, daha doğrusu aşırı geniş çelik kapıya dayalıydı. Bu kuytu yere fark edilmeden girmiş olsalar da horozu çekilen bir silah sesi duymak pek hoş olmamıştı.

Hiç kıpırdamadan duran Langdon, malzeme odasındaki floresan ışıkların bir arama yapılmasını gerektirecek kadar şüphe çekmesini umut ediyordu.

Sadece bir dakikalık bir dikkat dağınıklığına ihtiyacımız var.

Bu olmazsa kapana kısılacaklardı.

Ayak sesleri yavaş yavaş yaklaşmaya başladı. Gergin geçen birkaç saniye sonra Langdon iç açıcı bir manzara fark etti. Bu, karşı duvara yansıyan belli belirsiz bir floresan ışık huzmesiydi. *Oradaki her kimse malzeme odasının kapısını açtı!*

Floresan ışıklar birden kayboldu ve profesör malzeme odasının kapısının kapandığını duydu. *İçeri mi girdi?* Langdon ayak seslerini dinlemeye çalıştı ama hiçbir şey duyamadı. Katherine yanında kıpırdandı. Eliyle Langdon'ın eline uzanmaya çalışıyor gibiydi. Langdon bir an için duygusal destek aradığını zannetti ama sonra Katherine'in avucunun içine küçük bir nesne koyduğunu hissetti. Profesör aşağı doğru bakınca elindekinin küçük bir cep aynası olduğunu fark etti. Katherine çantasından çıkarmıştı.

Langdon başparmağıyla aynayı açıp dikkatli bir şekilde oyuğun kenarından birkaç santim dışarı uzattı. Minik yansımada boş bir koridor görmeyi umut ediyordu ama kendilerine doğru sessizce yaklaşan bir figür gördü. Kır saçlı, koyu renk takım elbiseli, gözlüklü yaşlıca bir adamdı.

Bu adam her kimse numarayı yutmamış, tabancasını onların durduğu yere doğrultmuştu.

*

Everett Finch, SIG Sauer tabancasının namlusunun üzerinden koridoru kontrol etti. Davetsiz misafir yakınlardaydı. Eşik'in alt katlarına inenler, kesinlikle malzeme dolabına saklanmak için gelmemişti. Başka bir şeyin peşindeydiler.

Ve buraya kadar gelebildilerse Eşik'in en önemli sırrını öğrenmek üzereler.

Finch ilerlerken koridordaki tek gizlenme yerine odaklanmıştı. Sağdaki büyük niş, ağır metal kapıya sırtını dayamış birini gizleyecek kadar derindi. Koridorun sol tarafına yanaşıp nişi hedef alarak yavaşça ilerledi. Görüş açısı genişledikçe nişin içini daha rahat görmeye başladı. Sonunda metal kapının sol kenarını gördüğünde iki uzun adımla ileri atıldı ve yere çömelip tam isabet alacak şekilde nişan aldı.

Ancak, nişin içinde kimse yoktu.

*

Langdon ve Katherine yüz yüze dururken kalpleri hızla çarpıyordu.

Az önce ne oldu böyle?

Saniyeler önce sırtları geniş çelik kapıya dayalıyken Langdon kendilerine doğru tabancasıyla ilerleyen adamın yansımasından ürkerek iyice geriye doğru yaslanmıştı. Bu sırada dengesini kaybeder gibi olmuş ama sonra Katherine'in hayretle açılan gözlerini görerek neler olduğunu anlamıştı.

Arkalarındaki ağır kapı hareket etmişti.

Langdon, Katherine ile birlikte tekrar kapıya yaslanmıştı. Kapı yaylı ve ağır olsa da ayaklarını yere bastırıp kendilerini geriye doğru ittirince birden açılmıştı. RFID tarayıcısı olan bir giriş sistemi düşünüldüğünde bu durum hiç de mantıklı değildi ama içeri girdiklerinde Langdon, kapı pervazındaki kilit yuvasının yeşil bir kumaşla doldurulmuş olduğunu fark etmişti. Kapının kilitlenmesini engellemek için oraya yerleştirildiği çok açıktı.

Kapıyı kim açık bıraktı?

Koridordaki silahlı adamın içeri girmesinden korkan profesör hemen yeşil kumaşı yerinden çıkarıp kapının sessizce kapanmasını sağladı. Kapı *kilitlendi.* Langdon elindeki materyalin kumaş değil, vinil ya da plastik –içerideki sahte benjamin ağacından kopmuş yapay yapraklar– olduğunu fark etti.

Profesör hayret içinde, "Büyük şans," diye fısıldadı.

Katherine pek rahatlamış görünmüyordu. "Tabii birileri dışarı çıkıp çıkamayacağından emin olmak istemiyorsa."

"Ne demek istiyorsun?"

Benjamin ağacının yanındaki duvarda bulunan ikinci RFID okuyucusunu gösterdi. "*Dışarı çıkmak* için de karta ihtiyaç var Robert. Birisi bu kapının açık kalmasını istemiş ama biz kendimizi içeri kilitledik."

*

Golĕm dördüncü helyum tankının üzerindeki çarkı diğer üçüne yaptığı gibi sağa doğru çevirdi. *Sona yaklaştık.* Birkaç turdan sonra valf tamamıyla kapandı ve kontrol paneli alarm vermeye başladı. 4 numaralı kapsülün göstergesi kırmızıya döndü. KAPALI. Dört gösterge de kırmızı yanarak uyarı veriyor, diğer sekizi hâlâ yeşil yanmaya devam ediyordu.

5 numaralı kapsül için de aynı işlemi yavaşça yapmaya başladı. KAPALI.

Golĕm sırayla bütün valfleri kapatıyordu. Bir kapsülü kapattığında kontrol paneli bipleyerek bir ayarlama yapıyor ve sonraki yedek tanka helyum akışını açıyordu.

Golĕm işi bitirmeyi çok istese de ağır hareket ediyor, yeni bir nöbeti engellemek için arada durup derin ve yavaş nefesler alıyordu. Hedefine ulaşmak üzereydi ve dikkatli olmaya çalışıyordu. Valfleri kapattığı sırada kaçarken hangi yolları izleyeceğini kafasında kurguluyordu.

Yirmi dakika oldukça uzun bir zaman...

Yüksek bir vınlama sesiyle düşüncelerinden sıyrıldı. Kontrol panelinde kırmızı uyarı ışıkları yanıp sönüyor ve alarm sesi gittikçe yükseliyordu. Ekranda on bir kapsülün kapalı olduğu gözüküyordu. 12 numaralı kapsül hariç hepsinin SMES'le bağlantısı kesilmişti. Daha da önemlisi, bu kapsüllerden dokuzu yüzde yüz doluydu.

Bu ufacık yerde binlerce litre sıvı helyum var.

Golĕm derin bir nefes alıp planını son bir kez değerlendirdi, sonra elini 12. kapsülün çarkının üzerine koydu.

Valfi kapatırken, *bunu senin için yapıyorum Sasha,* diye düşündü. *Eşik senin kanınla, bizim kanımızla inşa edildi.*

Valf tamamen kapandı.

Ve şimdi ben de burayı yok ediyorum.

*

Langley'deki CIA merkezinde, Direktör Judd güvenli iletişim odasında tek başına oturmuş biraz önce izlediği korkunç videoya nasıl bir karşılık vereceğini planlamaya çalışıyordu. Teknik ekip videoyu internetten kaldırmıştı ama bu yeterli değildi. Gessner'ı sorguya çeken kişi onu her an tekrar yayınlayabilirdi.

Bu video sızarsa tüm dünyada virüs gibi yayılacağından hiç şüphesi yoktu. Video sadece ünlü bir bilim insanına yapılan işkenceyi göstermiyor, aynı zamanda son derece gizli bir Amerikan istihbarat projesinin varlığına, bulunduğu yere, teknolojik buluşlara ve habersiz insan deneklerinin kullanıldığına dair bir itiraf da içeriyordu.

CIA daha önce kendisine bu kadar itibar kaybettirecek bir durumla hiç karşı karşıya kalmamıştı.

110. BÖLÜM

Langdon, Katherine ile birlikte kaçtıkları odayı inceledi.

Burası her neresiyse az önce kendi kendimizi içeri kilitledik.

Bu yer kesinlikle dışarıdaki sade koridordan çok farklıydı; yerler halı kaplıydı, birkaç adet gerçekçi yapay ağaç hatta duvarlarda soyut tablolar vardı. Langdon önlerinde duran kemerli geçişe endişeyle baktı. Bu geçişin ardındaki geniş beton tünel sola kıvrıldıktan sonra gözden kayboluyordu. Bu geçişle ilgili üç şey Langdon'ın canını sıkmıştı.

Birincisi, tünelin gri duvarlarında yanmakta olan soluk mavi ışıklar içeride bir başkasının daha olabileceğini gösteriyordu. İkincisi, tünelin zemini aşağı doğru eğimliydi ve Langdon yerin daha da altına inmeye hevesli değildi. Ve son olarak, bu yere girip çıkmak için gerekli olan RFID kartlar, bu tünelin bir çıkışa doğru değil de Eşik'in en korunaklı noktasına gittiğini belli ediyordu.

Langdon kısa bir an, *belki de en güvenli hareket teslim olmaktır,* diye düşündü ama peşlerinden gelen olgun ve iyi giyimli adamın Bay Finch olabileceğine dair şüpheleri artıyordu. Büyükelçinin söylediklerine bakılacak olursa, bu adamın kimseyi hapse attırdığı görülmemişti ve Eşik'i korumak için yapmayacağı şey yoktu.

Bir yere saklanmamız lazım, hem de hemen.

Tünelin yarısında Katherine'e yetişti ve birlikte başka bir kemerin altından geçtiler. Bu geçişin pahalı siyah mermerden yapılmış bir çerçevesi ve buzlu camdan bir kanatlı kapısı vardı. Yarısaydam yüzeye tanıdık bir görsel işlenmişti.

PRAGUE

Hiç konuşmadan birbirlerine baktılar. Şu ana kadar gördükleri her şey; robotik operatörler, SG laboratuvarı, yapay nöronlar, bilgisayar çipleri vs. bu kapının ardındaki her ne ise onun sadece bir ön gösterimiydi.

Birden adrenalin yükselmesi yaşayan Langdon kapıya doğru yürüdü ve içeri bakabileceği kadar araladı. Gözleri hemen yerin bu kadar altında görmeyi hiç beklemediği bir noktaya kaydı.

Yukarı.

Başını kaldırmış, alttan hafifçe aydınlatılan bir kubbe tavana bakıyordu. Bu yuvarlak kubbe bir gökevini andırsa da Langdon bir zamanlar burasının ne olduğunu çok iyi biliyordu. *En kuvvetli mimari yapı biçimi kubbedir.* Burası Folimanka Sığınağı'nın "patlamaya dayanıklı sığınağıydı". Bir saldırı olduğunda insanların toplanacağı en derindeki, en güvenli yer burasıydı.

Langdon bir zamanlar, Batı Virginia'daki Greenbrier Resort golf sahasının altına gizlenmiş, ABD hükümetine ait başka bir gizli yeraltı kubbesi görmüştü. Otuz yıldan uzun süreyle ABD Kongresi'nin özel "nükleer serpinti sığınağı" olan Greenbrier, *Washington Post* gazetesi 1992'de yayımlayıp ifşa edene kadar Amerika'nın en iyi korunan sırlarından biri olmuştu.

Bakışlarını aşağı indiren Langdon içeriye bir göz gezdirdi. *Burası kesinlikle bir gökevi değil.* Geniş ve mükemmel daire şeklindeki oda Langdon'ın daha önce gördüğü hiçbir şeye benzemiyordu.

*

Burası neresi?

Şaşkınlık içindeki Katherine, Langdon ile birlikte kubbeli odaya adımını attı. İlk bakışta fütüristik bir uzay aracının komuta köprüsünü andırıyordu.

Odanın ortasında bulunan daire şeklindeki yükseltilmiş platformun üstüne en az yirmi adet iş istasyonu, yüzleri dışarı dönük halde dairesel olarak yerleştirilmişti. Her bir kumanda bölümünün uçuş simülatörlerine benzeyen ayrıntılı bir kokpiti vardı.

Katherine bakışlarını zemine indirdiğinde gördüklerine ilk başta anlam vermekte zorlandı. Komuta köprüsünün etrafındaki lüks halı kaplı zeminin üstüne, tıpkı tekerleklerin jant teli gibi merkezden dışarı doğru uzanan, yere yakın metalik kapsüller konumlandırılmıştı. Torpidoya benzeyen bu parlak kapsüller birer modern sanat eserini andırıyordu. Üç metre uzunluğundaki bu ince ve siyah metal kapsüllerin her biri kendine ait kumanda bölümüyle hizalanmıştı.

Aklı karışmış bir halde en yakın kapsülün yanına giden Katherine, üstündeki renkli camdan yapılmış dış bükey panelin eklenti yerlerinin bile fark edilemeyecek derecede iyi yapıldığını gördü. Eğilip camdan içeri baktığında karanlıktan başka bir şey göremedi.

Langdon yanına geldiğinde Katherine, "Bunlar da ne böyle? " diye fısıldadı.

Profesör bir süre kapsülü inceledikten sonra, yan tarafında görünmeyecek şekilde içerlek duran bir düğmeye bastı. Hapsedilmiş havanın boşalmasıyla bir tıslama sesi yükseldi ve kapsülün cam kapağı yukarı doğru kalktı. İçini hafif bir ışık aydınlatınca fütüristik bir uyku kapsülüne benzeyen dolgulu iç kaplaması ortaya çıktı.

Veya bir tabut.

"Bu Gessner'ın laboratuvarında gördüğümüz o tankın gelişmiş bir versiyonu," dedi Langdon.

Katherine, Velcro bağlamalara ve damar yolu set bağlantısına bakarken başını salladı. Bu makine Gessner'ın cesedini buldukları prototipin kesinlikle üst modeliydi... Ölüm döşeğindeki ağır yaralı bir hastayı saatlerce askıda tutma yeteneğine sahip bir makine.

Öncüsünden daha geniş ve gösterişli olmakla birlikte, bu modelin kafatası genişliğinde bir boşluğu ve lüks deriden yapılmış bir kafa desteği vardı. Bu boşluk daha çok bir manyetoensefalografinin –nöronların aktivitesini tespit eden manyetik sensörlerle donatılmış olan– "sensör haznesine" benziyordu. Yine de Katherine beyin çipleriyle ilgili bir işlem yapılıyorsa bu boşlukta, beyin implantlarıyla ara yüz oluşturmak için yaygın olarak kullanılan yakın veya ultra geniş bant teknolojisinin yer alması gerektiğini düşünüyordu.

Kafatasından direkt kablosuz iletişim, diye düşünen Katherine içinin ürperdiğini hissetti. *Deneğe tam entegrasyon sağlanmış bir H2M beyin çipi yerleştirilirse ve bu çip gerçek zamanlı izlenebilirse...*

Bu odanın tam olarak hangi amaçla tasarlandığını yavaş yavaş anlamaya başlayan Katherine sersemlediğini hissediyordu. İlginç bir şekilde Robert ile bütün akşamüstü bu konudan, bilincin farklı evrelerinden, beden dışı deneyimlerden, psikedelik ilaçların etkisinden, epileptik nöbet sonrası mutluluk halinden bahsetmişlerdi. Şimdi bu kavramlar bir bir aklına geliyordu: beyin filtreleri, evrensel bağlantı, insanın daha geniş bir gerçeklik yelpazesini deneyimleyebilme yeteneği.

Şimdi fark ediyordu ki bu gösterişli lahitler, daha bir saat öncesine kadar kesinlikle imkânsız olduğunu savunacağı bir araştırma projesinin nihai ürünüydü.

Bunlar gerçekten oluyor mu?

Yanında duran Langdon bakışlarını kapsülden ayırdı ve çevresine bakındı. "Ama ben bu odada neler olduğunu anlamıyorum?"

Sorusunun cevabı basit olduğu kadar akıl almazdı. *Bu yer hayatın en anlaşılmaz sırrını... zihnin ulaşabileceği en uç bilinç durumunu... yaşanabilecek tarifi en güç deneyimi ortaya çıkarmak için hazırlanmış.*

Yaşadığı anın ağırlığı üstüne çökerken Katherine uzanıp Langdon'ın elini tuttu.

"Robert," diye fısıldadı. "Bir ölüm laboratuvarı kurmuşlar."

111. BÖLÜM

Bir ölüm laboratuvarı.

Langdon, Katherine'in şaşırtıcı açıklamasının ne anlama geldiğini kavradığında aklında bir sürü soru belirdi. *CIA neden ölüm üzerinde çalışıyor? Ne bulmaya çalışıyorlar?*

Langdon ölümü anlama ihtimalini entelektüel açıdan heyecan verici bulsa da bu odanın insan bilincini ya da ölümü incelemekten çok daha karanlık bir amaca hizmet ettiğinden şüpheleniyordu. Bir insanı, yaşam desteği dışında bir nedenle "ölüm hali"ne maruz bırakmanın vicdansızlık olduğunu düşünüyordu. *Hasta bu deneyimi hatırlayamayacak kadar uyuşturulmuş olsa bile...*

Katherine kapsüllere dikkatle baktı. "Bu araştırmayla ilgili *her şeyi* öğrenmeliyim." Langdon endişeli bir ifadeyle kapıya doğru bakıp, "Gitmemiz gerekiyor," dedi.

Aceleyle Katherine'in yanına gidip onu kubbenin diğer ucuna, SİSTEMLER/ARAÇLAR levhasının bulunduğu yere doğru yönlendirdi. Servis odasında bir çıkış olacağından şüpheliydi ama en azından saklanacak daha iyi bir yer bulabilirlerdi. Zaten, başka seçenekleri de yoktu. *Dışarı çıkış yok.*

Kapsüllerin arasından kubbenin ortasına kadar ilerlediler. Langdon servis odasına bir kapıdan değil yerdeki dikdörtgen şeklindeki büyük bir açıklıktan girildiğini fark etti.

Daha da mı aşağıya ineceğiz?

İster merdivenle ister asansörle olsun, o açıklıktan toprağın derinliklerine inme fikri Langdon'ın hiç hoşuna gitmemişti.

Daha fazla aşağı inmenin iyi bir seçenek olmadığını zaten anlamışlardı.

Arkalarından kulakları sağır edici bir silah sesi duyuldu. Silah sesi yukarıdaki kubbede yankılandı. Langdon ve Katherine arkalarını döndüklerinde oldukları yerde donakaldılar. Kır saçlı, koyu renk takım elbiseli adam elinde silahıyla onlara doğru yaklaşıyordu.

Sakin bir ses tonuyla, "Yanılmıyorsam Doktor Solomon ve Profesör Langdon," dedi. Sesi tanıdık geliyordu. Langdon aynı Güneyli aksanı büyükelçiyle konuşurken hoparlörden duymuştu.

Finch.

Onlara doğru yaklaşırken, "Çok tehlikeli bir oyun oynuyorsunuz," dedi. "Ve maalesef, sonu sizin için hiç iyi olmayacak."

*

Finch kapalı bir alanda silah sesinden daha ürkütücü bir şey olmadığını çok iyi biliyordu. Bu ses, filmlerde insanların kaçmasına neden oluyordu ama gerçek hayatta oldukları yerde donup kalıyorlardı. Langdon ile Katherine'in kollarını havaya kaldırdıklarını –evrensel teslim olma hareketi– görmekten büyük keyif almıştı. Hedefindekiler artık sadece *tepki* veriyordu ve tüm kozlar onun elindeydi.

Katherine'in çantasında bir silah olması ihtimaline karşılık, "Çantanızı yere bırakın Doktor Solomon," dedi.

Solomon söylenileni yapıp çantasını yere bıraktı. Bu sırada Finch, çantanın içindeki kalın siyah dosyayı gördü. Yolda topladıkları gizli dosyalardan biri olduğuna hiç şüphesi yoktu.

İşimi kolaylaştırıyorsunuz.

Sonuçta, bu iki kişi gizli bir hükümet projesine izinsiz girmiş ve çok gizli bir evrakı çalmışlardı. Onları öldürecek olsa yetkisiz girişe kapalı bir tesisin bu kadar içlerine sızdıkları için Finch'e bir soruşturma açılmazdı. İronik bir şekilde, bu oda da tam olarak *ölüm* için tasarlanmıştı.

Yine de Finch'in önce onları sorgulaması ve bu işe başka kimlerin karıştığını öğrenmesi gerekiyordu. Büyükelçi Nagel kesinlikle suçluydu. Finch'e karşı gelmekle kalmamış, ayrıca teşkilatı da tehdit etmişti. *Son derece kötü bir fikir.* Direktör Judd'un onu şimdiye kadar gözaltına aldığına ve onunla uygun bir şekilde ilgileneceğine emindi.

Finch yukarıda bulduğu epilepsi çubuğunu hatırlayıp, *Sasha Vesna bir muamma,* diye düşündü. Sasha'nın iki kişiyi öldürdüğüne inanmakta hâlâ güçlük çekiyordu. *Bu konuyla sonra ilgilenirim,* diye düşündü. *Şimdi, bu sorunu, esirlerimi kontrol altına almalıyım.*

Langdon ve Solomon'ı binadan silah doğrultulmuş bir şekilde çıkarmak mantıklı değildi. Yetmiş yaşındaki birine göre oldukça zinde sayılırdı. Ancak bir sorun çıkarsa Langdon ölçülerinde biri karşısında pek şansı olmayacaktı. Burç'a giden yolda sürpriz bir saldırı yaşanabilirdi. Eşik'in ikinci girişi daha yakındı ama o sırada inşaat için kullanılıyordu ve Amerikan askerleri tarafından korunuyordu. Finch'in silah doğrulttuğu iki Amerikalıyla birlikte dışarı çıkması birçok soruyu beraberinde getirirdi.

Housemore'un cesedini bulur bulmaz destek çağırdığı için beklemeye karar verdi. *Yardım gelmek üzeredir.*

Finch sorgulamanın Eşik'te yapılmasına karar vermişti. Tesis büyük bir gizlilik ve çok etkili araçlar sunuyordu. EPR kapsülleri ikna için kullanılabilirdi. Ayrıca, Eşik'in eczanesi sorgulamaya yardımcı ve de teşkilatın olanları inkâr etmesini sağlayacak hafıza zayıflatıcı ilaçlarla doluydu.

Finch esirlerine doğru ilerlerken durumun tamamıyla kontrolü altında olduğundan emindi. Tek atladığı şey, Housemore'un silahındaki mermileri kontrol etmemekti. Ancak, yukarıda silahlı çatışmaya dair bir iz görmediği için silahının şarjörünün dolu olduğundan neredeyse emindi.

Finch silah kullanmamayı tercih ediyordu –en azından şimdilik– ama Langdon ile Katherine onu zorlarsa başka seçeneği kalmayacağını biliyordu. *Onları sakin tutmalıyım.* Esirleri kontrol altında tutmanın en etkili yöntemi, zihinlerini başka şeylerle meşgul etmekti. Langdon ile Katherine hâlâ aşağıda buldukları şeylerin şaşkınlığını yaşıyorlardı. Finch, onlara ne kadar çok şey anlatırsa o kadar çok şey öğreneceklerdi. Ve teşkilat bu kadar çok şey bilen kişilerin asla serbest kalmaması gerektiğine karar verecekti.

Finch tam karşılarında durup silahını onların göğüs hizasına doğrulttuğunda Langdon, "Ateş etmeye gerek yok," dedi. "Gizlilik anlaşmalarını imzalayacağız. Sadece bize ne yapmamız gerektiğini söyleyin."

Finch sakince, "Oh, bunun için artık çok geç," dedi. "Çok gizli bir tesise izinsiz girdiniz ve çok fazla şey gördünüz."

Solomon sert bir sesle, "Doğru," dedi. "Patentimi çalmışsınız."

Finch, Katherine'in korkusuz tavırlarından içinde bulunduğu bu tehlikeli durumun hiç de farkında olmadığını anladı. Sakince, "Biz bir şey çalmadık Doktor Solomon," dedi. "Patentiniz yoktu. Hatırlarsanız, başvurunuz reddedilmişti."

Langdon, "Tüm bu taktiklere ne gerek vardı?" diye sordu. "Neden Katherine'le ya da yayıncısıyla irtibata geçip..."

Finch, "Çünkü intihara meyilli değiliz," diye araya girdi. "Doktor Solomon'a Amerikan ordusuyla çalışmalarını paylaşmak konusunda ne düşündüğünü sorun. Bu konuyla ilgili çok çarpıcı bir röportaj vermişti. Onun kamuoyuna teşkilatın meselelerini açıklamasını göze alamazdım. Ayrıca Bay Langdon, vaktimiz yoktu. Dün akşam her şey çok ani gelişti..."

Katherine sözünü kesip, "Burada ne tür deneyler yapıyorsunuz?" diye sordu. Gizlemediği bir hayranlıkla EPR kapsüllerine bakıyordu. "*Ölümü* mü inceliyorsunuz?"

"Ne kadarını bilmek istiyorsunuz?" Finch onlara en yakın kapsülü başıyla işaret ederek, "İçeri girin, size göstereyim."

Langdon, "Buna hiç gerek yok," dedi. "Gizli dosyanızı alın. Gizlilik anlaşmalarını imzalayalım. Tesisinizi gördük ama burada neler olduğunu anlamadık."

Finch kıkırdadı. "Akıllı insanlar aptalı mı oynuyor? Hiç inandırıcı değil profesör. Sizi aydınlatmama izin verin."

Langdon, "Aydınlatmayın," dedi. "Burada neler döndüğünü *bilmemeyi* tercih ederiz."

Finch gülümsedi. "Doktor Solomon'ın buranın yapılmasına *yardım ettiği* düşünülürse bu biraz zor."

*

Golĕm silah sesini duyduğunda kubbeli odaya geri dönmek için pnömatik asansöre binmişti. Hemen asansörden inip açıklığın altında sessizce beklemeye başladı.

Yukarıdaki konuşmaları çok net duyabiliyordu.

Kubbeli odada bir adam iki kişiyi rehin almıştı; onlara Doktor Solomon ve Robert Langdon diye hitap ediyordu. Golĕm, iki Amerikalının burada ne aradıklarını bilmiyordu ama ikisinin de ölmeyi hak etmediğini düşünüyordu.

Ancak silahlı adam kesinlikle *hak ediyordu.* Golĕm, adamın Everett Finch olduğunu hemen anlamıştı. Gessner'e göre Finch, Eşik'in arkasındaki dehaydı.

Yılanın başı. Kanlı canlı burada.

Evren, Golĕm'e hiç ummadığı bir hediye –Sasha'yı istismar edenlerin en büyüğünü, bu korku evini yaratan adamı yok etme fırsatı– sunuyordu.

Finch'i öldürme fikri ne kadar cezbedici olsa da gerçekleşmesi imkânsıza yakındı. Golĕm'in şok tabancasının tek atımlık şarjı kalmıştı. Ateşli silahla mukayese bile edilemezdi ve pnömatik platformla yukarı çıktığı anda her türlü tehlikeye açık bir şekilde bir anda odanın içinde belirecekti.

Zaman daralıyor, diye düşündü. Odanın infilak edip bir basınç bombasına dönüşmesine yaklaşık on beş dakika kaldığını tahmin ediyordu.

Burada çok uzun beklemek kesin ölümle sonuçlanacaktı. Uzun servis geçidinden SMES odasına geri koşup patlamayı durdurmayı düşündü. Ama dışarı çıkarken hava geçirmez kapının çarkını kapatmak için büyük güç sarf etmişti ve onu tekrar açacak enerjisi kaldığını sanmıyordu.

Çubuğum olmadan bu tehlikeli oyunu oynayamam, diye düşündü.

Golĕm, Finch'i öldürmek için kendi hayatını feda etmeye hazırdı ama bu kararı Sasha yüzünden veremeyeceğini biliyordu. Buradan kaçıp onu kurtarmazsa Sasha bir daha asla gün yüzü göremeyebilirdi.

112. BÖLÜM

Etrafı yaşamı askıya alma kapsülleriyle çevrili Robert Langdon kubbeden yayılan ışıkta kendilerini esir alan adamı incelerken Katherine'in yanında duruyordu. Onlardan beş metre uzakta duran Everett Finch ise elinde tuttuğu silahla rahat bir pozisyonda kapsüllerden birine yaslanmıştı.

İçinde bulundukları gergin durum göz önüne alındığında Finch'in sakin tavırları sinir bozucuydu. Bu adamda gerekli gördüğü her şeyi yapabileceğini belli eden soğuk ve mesafeli bir duruş vardı.

"İnsandan makineye ilk ara yüzü geliştirebilen kim olursa geleceği o kontrol edecek," diye söze başladı Finch. "İnsanlarla teknoloji arasında zahmetsiz bir iletişim olacak. Yazmak yok, dikte etmek yok, bakmak yok... sadece *düşünmek* var. Bunun finansal getirisi bile tek başına yeni bir süper güç yaratmaya yeter. *Uygulamada* ise... özellikle istihbarat alanında sonuçları hayallerin ötesine geçecek."

Langdon'a göre böylesi bir H2M teknolojisi yanlış ellere geçtiğinde, en kötü Orwell kâbusları bile yanında şaka gibi kalırdı.

Finch konuşmaya devam etti. "CIA bu yüzden Neuralink, Kernal, Syncron gibi biyoteknoloji devlerine yetişebilmek için durmaksızın çalışıyordu. Her biri sınırsız finansmana sahip ve hepsi de insan-makine arasında gerçek anlamda yüksek hızlı iletişim sağlayabilen ilk beyin implantını geliştirme peşinde. Şanslıyız ki hepsi aynı zorluklarla karşılaştı."

"Ara yüz," dedi Katherine. "Yapay nöronların nasıl oluşturulacağı meselesi."

Finch "evet" anlamında başını salladı. "Neuralink bir miktar başarı elde etti ama gerek duyulan seviyeye ulaşmasına çok var. Eksik parçanın CIA'in yirmi yıldır geliştirdiği bir tasarım olduğu ortaya çıktı."

"Bunu da Katherine'in patent başvurusundan edindiler," dedi Langdon.

"Tekrar edeyim, Doktor Solomon'ın elinde bir patent yok. Olsaydı bile ulusal güvenlik adına el koyardık. Kamulaştırma yetkisini kullanmanın güçlüğü, sürecin ihtilaflı ve halka açık olmasıdır, bu da genellikle teşkilatın saklamak istediği şeyleri ifşa eder."

"Benim tasarımımla ne yapıyorsunuz?" diye sordu Katherine. "Eşik nedir?"

Finch boştaki eliyle gözlüklerini çıkarttı ve yavaşça boynunu döndürdü. "Doktor Solomon belki hatırlarsınız, Caltech beynin görsel merkeziyle bağlantı kuran ve taşıyıcının kendi gözleriyle gördüklerini 'görebilen' bir implant geliştirmişti."

"Elbette hatırlıyorum," dedi Katherine. "Bu implant optik sinirden geçen optik sinyalleri yakalıyor, bunları deşifre ediyor ve canlı video olarak yayınlıyordu."

Langdon bu teknolojiye aşina değildi ama kulağa vücut içindeki bir GoPro kamerası gibi geliyordu. Başka birinin gözlerinden görmenin bir yoluydu. *Eşik'te deneklerin gördüklerini mi izliyorlar?* Eğer öyleyse bu, yepyeni bir gözlem yöntemi demekti. Langdon başını kaldırıp kubbeyi çevreleyen video ekranlarına baktı ve günlük hayatlarının içindeki insanların gözünden yayın yapıldığını hayalinde canlandırdı. *İyi ama o zaman kapsüller ne işe yarıyor?*

"Teşkilat benzer bir şey üzerinde çalışıyordu," dedi Finch. "O implanttan çok daha üstün bir model, *gözlerle* değil... *zihin gözüyle* deneyimlenenleri yansıtabilen bir teknoloji."

Langdon için "zihin gözü", Üçüncü Göz de denilen ve spiritüel bilgeliğe açılan kapıyı temsil etmesi için kaşların arasına kondurulan renkli *bindi* noktaları demekti.

Finch, Langdon'ın aklındaki soruları sezmiş gibiydi. "Zihin gözü profesör, beyninizin gözler *olmadan* gördüğü mekanizmaya denir.

Gözlerinizi kapatıp çocukluğunuzda yaşadığınız evi hayal ettiğinizde canlı bir resim belirir. İşte buna zihin gözü denir. Ayrıntılı görüntüler oluşturmak için beyninizin görsel veriye ihtiyacı yoktur. Beyniniz sürekli hatıraları, fantezileri, düşleri ve hayalleri görür. Uyurken bile beyniniz rüya veya kâbus şeklinde görüntüler oluşturur."

"Bunu yapmış olamazsınız..." Doğru kelimeyi bulmaya çalışırken Katherine'in sesi kısıldı.

"Yaptık." Finch'in yanıtından gurur duyduğu anlaşılıyordu. "Eşik'te zihin gözünün içeriğini görebilen bir implant yapıldı. Artık beynin oluşturduğu tüm görüntüleri izleyebiliyoruz. Bu resimlerin gerçek zamanlı olarak ve tüm ayrıntılarıyla çözüldüğünü görüyoruz."

Katherine'in afallamış yüz ifadesinden Langdon'ın anladığı kadarıyla bu, beyin bilimi alanında şaşırtıcı bir başarıydı. Kyoto Üniversitesi'nden bir bilim insanının yakın zaman önce rüyaları kaydettiğini ve film gibi oynattığını duyurduğunu biliyordu. Ama MR rüya verilerini yapay zekâyı kullanarak yaklaşık görüntülere dönüştürmek Finch'in anlattıklarının yanında ilkel kalıyordu. Onun anlattıkları bir kuantum sıçraması gibiydi.

Eşik hayal casusluğu yapabilir mi?

Langdon bu teknolojinin, Katherine'in beynin bir alıcı olduğu fikriyle bağlantısı olabileceğini düşündü. Çünkü eğer bir implant beyinde beliren görüntüyü görebiliyorsa, belki bu görüntünün nereden geldiğini de söyleyebilirdi. *Materyalistlerin* iddia ettiği gibi fiziksel hafızada mı depolanıyordu yoksa Katherine'in yerleşik olmayan bilinç modelinde inandığı gibi *dışarıdan* mı akıyordu?

"Bu implant... gerçekten çalışıyor mu?" Katherine'in sesinden toparlanmaya çalıştığı anlaşılıyordu. "Böylesi bir teknoloji bilinç araştırmalarında muazzam sonuçlar doğurur..."

"Ben de öyle tahmin ediyorum," dedi Finch. "Ama Eşik sadece ulusal güvenlik odaklıdır."

Langdon kubbenin altında, çember biçiminde dizilmiş EPR kapsüllerini inceleyen Katherine'in renginin solmaya başladığını gördü. "Yaşamın askıya alınması..." diye fısıldarken korkuyla yüzünü Finch'e döndü. "Burada denekleri ölümün eşiğine getirip... ne gördüklerini mi seyrediyorsunuz? Ölümün kıyısındaki deneyimleri mi *izliyorsunuz?"*

"Bir bakıma evet, elbette," diye yanıtladı Finch. "Çok iyi bildiğiniz gibi 'eşik' yaşamla ölüm arasındaki o gizemli yerdir."

Söylediklerinin iyice anlaşılmasını ister gibi biraz durdu.

Eşik.

Langdon şimdiye dek terimi bu anlamda düşünmemişti.

"Ölümün eşiğinde bekleyenler bir şeyleri bizim algılarımızın çok ötesinde *görecek, bilecek* ve *anlayacaktır,"* diye devam etti Finch. "Teşkilat yaklaşık yarım yüzyıldır istihbarat toplamak için insan zihninin el değmemiş gücünden yararlanmak amacıyla psişik araştırmalar yapıyor. Psişikleri, medyumları, duru görü sahiplerini, uzaktan izleyenleri, önsezileri kuvvetli olanları ve hatta berrak rüya görenleri işe aldık. Ama en yetenekli olanlar bile, ölüme eşlik eden zihin durumunda elde edilene yaklaşamadı."

Katherine de tam olarak bunu yazmıştı... Langdon, Katherine'in ölüm kimyasıyla ilgili teorisini hatırladı: Biz ölürken GABA seviyesi düşer, beyin filtreleri kalkar ve gerçekliği çok daha geniş bir bant aralığında algılarız. Eğer gelişmiş algı hakikaten ölümle gelen mistik bir armağan ise, bunu askeri istihbarat işleri için kullanmanın kutsal değerlere aykırı düştüğünü hissetmekten kendini alamadı.

Finch konuşmaya devam etti. "İşin zor yanı, ölüme yakın deneyimler kısa sürer ve akıl karıştırıcıdır. Geri dönüp hatırlamaya çalıştığında, gördüğün rüyayı sabah hatırlamaya çalışmaya benzer. Görüntüler bulanıktır ve hemen kaybolur."

"Artık bu deneyimleri kaydedebiliyor musunuz?" diye soran Katherine hayretle bakıyordu.

"Evet ve buna ek olarak dışarıdan gerçek zamanlı gözlem yapan rehberler dahil edebiliriz." Finch her biri kendi tabut benzeri kapsülüne bağlı kokpitleri ve video ekranlarını işaret etti. "Bu tesis çalışmaya başladığında bu duvarlar zihnin en uçtaki halini yani ölümün eşiğindeki halini doğrudan yayınlayacak. Bunun neyle sonuçlandığını biliyorsunuz Doktor Solomon..."

Katherine alçak sesle, "Beden dışı deneyim," dedi. "Yerleşik olmayan bilinç."

Langdon ameliyat odasında "ölmekte" olan hastaların yaşama geri döndüğünde bedenlerinin hastanenin üstünde, havada durduklarını söylediğini düşündü. *Öldüğümüzde bedenlerimizi geride bırakırız.*

"Doğru," diye yanıt verdi Finch. "Kapsüllerdeki deneklerden biri ölümün eşiğine getirildiğinde bilinçleri bedenlerinden ayrılır. Güçlü zihin bağlarını koparmış bir ruh haline gelir, fiziksel bedenin dışındaki bir bilinç de denebilir. Bu durumdaki bir kişiye 'psikonot" diyoruz. Ve bu olduğunda yani psikonot kapsülün dışına çıktığında, kubbeden yukarı yükseldiğinde ve dışarıdaki dünyaya ulaştığında neler gördüğünü tam manasıyla izleyebiliyoruz. Bu ekranlar bize bedeninden ayrılmış bir zihnin gözünden... sözün kısası, yerleşik olmayan bilincin tüm deneyimlerini gösterecek."

Bu gerçek olamaz, diye düşündü Langdon. Oysa Katherine tüm anlatılanları son derece mantıklı buluyormuş gibi dinliyordu. Büyülenmiş bir ifadeyle bakarken kendisiyle konuşan adamın elinde bir silah tuttuğunu unutmuşa benziyordu.

Bu onun kutsal kâsesi, diye kendine hatırlattı Langdon.

Katherine'in dünyasında beden dışı deneyimler, yerleşik olmayan bilincin en iyi kanıtıydı ama yine de geçiciydi ve kanıtlanmaktan çok uzaktı. Kendi bedeninin üstünde havada durduğunu iddia eden biri, farklı bir zihin durumunda tek başına algıladığı öznel bir deneyimi tarif ederdi. Şahidi olmazdı, bilimsel doğrulaması yoktu. Bu gizemli vakaları kontrollü bir ortamda tekrar etmenin olanaksızlığı veya Katherine'in deyimiyle "tekrarlanabilirlik krizi" yaşananların gerçekliği konusunda kuşku doğururdu. Öte yandan bu tesis, insan bilincinin insan bedeninden ayrı yaşayabileceğine dair bir kanıt sunuyor olabilirdi. Elde edilen mucizevi sonuçlarla yaşama yönelik bakış açımızda köklü bir değişim yaratacaktı.

Ölüme yönelik bakış açımızda da değişim yaratacak. Langdon, editörü Jonas Faukman'ın Katherine'in kitabına bir servet ödeme gerekçesini hatırladı. *Yerleşik olmayan bilincin kanıtlanması, insanoğlunun en büyük umudu, ölümden sonra yaşamın var olduğu inancına hitap ediyor. Bu konunun küresel çapta çok büyük ses getireceği kesin, ayrıca muazzam bir ticari potansiyeli var.*

"Kokpitler nedir?" Katherine eliyle yükseltilmiş platformu gösteriyordu.

"İster inanın ister inanmayın, bunlar pilotlar için," dedi Finch. "Kılavuz seyri üzerinde hâlâ çalışıyoruz ama tahmin edebileceğiniz gibi, artık implant yerleştirilmiş iki beyin yeni yeni anlamaya başladığımız yollardan iletişim kurabiliyor. Beden dışı durum akıl karıştırıcı bir dünya, bu yüzden deneyime kılavuzluk yapması için "bedeninden ayrılmamış" bir pilot psikonata eşlik ediyor. Kokpitteki kişi bir tür ruhsal kılavuz görevi görüyor."

Bir süre adama bakakalan Katherine söyleyecek söz bulamadı. "Yani bedeninden ayrılmış bir bilince pilotluk yapıldığını mı söylüyorsunuz? Adeta bir dron uçurur gibi?"

Gülümseyen Finch belli ki Katherine'in aydınlanma halinden zevk alıyordu. "Anlayacağınızı biliyordum Doktor Solomon. Haklısınız... Kubbe tam manasıyla faaliyete geçtiğinde bu kokpitler, *görünmeyen* bir dron filosuna eşdeğer küçük bir pilot filosunu destekleyecek. Bunları göndererek dilediğimiz her şeyi, dünyanın herhangi bir yerindeki savaş alanlarını, savaş odalarını veya toplantı odalarını izleyebileceğiz. Fark edilmeden. Engellenemeden."

Ve bu kesinlikle imkânsız, diye bağırmak istedi Langdon. *Bu çılgınlık... tam bir bilim kurgu.* Ama bu iddiaların gün geçtikçe daha çok kabul gören yerleşik olmayan bilinç teorisiyle desteklendiğini biliyordu.

Katherine inansa da Langdon hâlâ bilincin beden dışına çıkabileceğini ve fiziksel dünyayı gözlemleyebileceğini kabul edemiyordu. Ciddi bir akademisyen olan profesör hurafeler karşısında şüpheciliği ve mantığı elden bırakmamanın mesleğinin bir gereği olduğunu hissediyordu. Yine de Eşik onu ikilemde bırakmıştı.

Bir noktada şüpheciliğin kendisi mantıksızlaşıyor.

Finch'in iddiaları karşısında şüpheciliğini koruyabilmesi için mantığı bir kenara koyması ve akılcı kanıtları görmezden gelmesi gerekiyordu. Öncelikle tam olarak bu olayı tarif eden binlerce ölüme yakın deneyim tıbbi olarak belgelenmişti. Bundan başka, kuantum fiziği dünyası bilincin yerleşik olmadığına ve henüz anlayamadığımız bir işleyişi olduğuna dair yığınla kanıt ortaya sermişti. Ayrıca telepati, önsezi, medyumluk, ortak rüyalar, aniden ortaya çıkan Savant Sendromu gibi "paranormal" olaylara dair binlerce kanıtlanmış vaka vardı; bunlar mevcut modelimiz içinde imkânsız olaylardı ve Langdon'ın ya bakış açısını kökten değiştirmesini ya da bu olayları en sevdiği başlık altında sınıflandırmaya hevesli olmasını gerektiriyordu: Mucizeler. Görülen kanıtlar ışığında, Eşik'in bu işi yapabileceğini inkâr etmek, Ay Tutulması'nı gördüğü halde Ay'ın bir masal olduğu konusunda ısrar etmek kadar mantıklı olabilirdi.

"Robert..." Katherine neşe dolu bir sesle ona döndü. "Bu her şeyi değiştiriyor! Bu teorinin ötesinde... yerleşik olmayan bilincin *ispatı...*"

Langdon onaylayarak başını sallarken böylesi bir anda onun neler hissedebileceğini anlamaya çalıştı. On yıllardır üzerinde çalıştığı bir alanda çığır açıcı gelişmeler yaşandığını öğreniyordu.

Katherine yüzünü Finch'e döndü. "Bilim camiasının bunu öğrenmesi gerek. Noetik bilim..."

"Eşik bilimsel bir proje *değil,*" diye öfkeyle çıkışan Finch'in sesi odada çınlıyordu. "Bu bir askeri istihbarat operasyonu. Tek gerçek güç kaynağı *bilgidir* ve düşmanlarımızı anlama savaşında bu kubbe bizim nükleer cephanemiz, elde edilebilecek en ileri denetim aracı olacak. Eşik yeni nesil bir uzaktan izleme teknolojisi. CIA on yıllardır bu tesisi kurmak için çalışıyor."

On yıllar mı? Langdon şaşırmıştı. "CIA neden kulağa Stargate gibi gelen bir projeye bunca yatırım yaptı?.. O proje otuz yıl önce başarısız olmamış mıydı?"

Finch'in delici bakışları insanı huzursuz ediyordu. "Çok basit Bay Langdon. Stargate hiçbir zaman başarısız olmadı." İçinde bulundukları geniş odayı gösterirken silahını doğrultmaya devam etti. "Proje çok daha büyük bir şeye evrildi."

113. BÖLÜM

Direktör Judd, CIA merkezinin güvenli iletişim odasında Prag'dan haber beklerken gergin bir halde volta atıyordu. Gessner'ın detaylı video itirafı tam bir felaketti. Gizli tesisleri hakkında çok fazla bilgi veriyordu. Judd durumu zamanında kontrol altına alabilmeyi umut ediyordu.

Eşik on yıllardır Judd'un hayatının bir parçası olmuştu. Genç bir CIA analistiyken, Judd'a içinde tuhaf mekanik vinçlerin bulunduğu bir inşaat alanın çizimleri gösterilmiş ve aynı alanın uydu fotoğraflarıyla karşılaştırması istenmişti. Resimler neredeyse birebir aynıydı ve Judd, ressamın bu alanı şahsen *gördüğü* ya da en azından fotoğrafını gördüğü çıkarımını yapmıştı.

Gerçeği sonradan öğrendim.

Resimdeki, Sibirya'da bulunan çok gizli bir Rus tesisiydi. Uydu fotoğrafı, resim çizildikten *sonra* alınmıştı ve ressam, Amerika topraklarının dışına hiç çıkmamış Ingo Swann isminde genç bir adamdı. Bilgiyi, alana "uzaktan izleme" yaparak almıştı. Bunun için gözlerini kapatıp bilincini Sibirya'ya yönlendirmiş ve alanı kuşbakışı izleyerek özelliklerini ezberlemişti.

Judd teşkilattaki birçok kişi gibi bunun çok saçma olduğunu düşünmüştü. Yine de ortada cevap bekleyen bir soru vardı. Bu resim nasıl çizilmişti?

1976 yılında Sovyet göçmeni August Stern, çok gizli bir Amerikan askeri üssünü başarıyla uzaktan izleyen bir Sibirya parapsikoloji tesisinde çalıştığını itiraf edince soru cevaplanmıştı. Stern'in, gizli tesisi yerdeki karo desenine kadar tarif edişi son derece endişe vericiydi.

Gafil avlandıklarını düşünen CIA, Sovyetler'in başarısını yakalayabilmek amacıyla hemen ülkenin ilk uzaktan izleme programını başlatmıştı. Stanford Üniversitesi'yle bağlantılı bir akademik beyin takımının zararsız görünen çatısı altında başlayan gizli proje, 1977 yılında Stargate ismiyle resmi bir şekilde tanınmadan önce Grill Flame ve Center Lane gibi kod isimlerle anıldı.

İlk uzaktan izleyiciler –Ingo Swann, Pat Price, Joseph McMoneagle ve diğerleri– başarılarıyla projedeki bilim insanlarını oldukça şaşırttılar. Sürekli beden dışı duruma girmenin zorluğu kanıtlanırken "projeksiyon"u başardılar ve akıllara durgunluk veren istihbarat bilgileri sağladılar. Judd, *birkaç "sekiz martini sonucu" yaşandı*, diye hatırladı. "Sekiz martini sonucu", projenin resmi jargonunda, inanılmaz bir başarının etkisini hazmedebilmek için insanların bir miktar içki içmek zorunda kaldığını ifade etmek için kullanılan bir terimdi. Bu sonuçlara; Arktik'te çift gövdeli bir Sovyet Typhoon denizaltısını gözetlemek, Afrika'da bir Tu-95 bombardıman uçağını bulmak, İtalya'da kaçırılan Tuğgeneral James L. Dozier'in yerini tespit etmek, Güney Afrika'da casusluk yapan bir KGB ajanını teşhis etmek gibi birçok inanılmaz olay dahildi.

1979 yılında Temsilciler Meclisi İstihbarat Seçim Komitesi, uzaktan izlemenin kapalı kapılar ardında canlı bir sunumunu yaptığında odadaki kanun yapıcılar şaşkına dönmüştü. Demokratik Kongre Üyesi Charlie Rose, "Rusların var da bizim yoksa başımız belada demektir," demişti.

Stargate Projesi, bir dizi ciddi güvenlik sızıntısının kamuoyuna yayılıp infiale neden olduğu 1995 yılına kadar gizlilik içinde yürütülmüştü. CIA'in medyum casuslardan oluşan bir ordu eğittiğinden ve vergi mükelleflerinin paralarını saçma bir girişime harcadığından bahsedilmeye başlanmıştı.

Teşkilat, Stargate'in varlığını inkâr etmemişti, ancak başarısız ve ABD vergi mükelleflerinin parasını boşa harcayan bir proje olduğu için feshedildiğini kamuoyuna itiraf etmişti. Bu doğru değildi ama teşkilat, itiraflarının halkın programla ilgili meraklarını dindireceğini ve Amerika'nın global düşmanlarını psişik tabanlı istihbaratın peşine düşmemeye ikna edeceğini umut etmişti.

Planları işe yaramış ama Stargate'in emekli uzaktan izleyicilerini kızdırmıştı. Çığır açan başarılarının "saçmalık" olarak değerlendirilmesine içerlemişlerdi. Birkaçı biyografilerini kaleme almaya karar vermişti:

- *Psychic Warrior: The True Story of America's Foremost Psychic Spy and the Cover-Up of the CIA's Top-Secret Stargate Program (Psişik Savaşçı: Amerika'nın İlk Psişik Medyumunun Gerçek Hikâyesi ve CIA'in Çok Gizli Stargate Projesi'nin Üzerinin Örtülüşü)*
- *PSI Spies: The True Story of America's Psychic Warfare Program (Psişik Casuslar: Amerika'nın Psişik Savaş Projesi'nin Gerçek Hikâyesi)*
- *A Sorcerer's Apprentice: A Skeptic's Journey into the CIA's Project Stargate (Büyücü Çırağı: Bir Kuşkucunun CIA'in Stargate Projesi'ne Yolculuğu)*
- *Project Stargate and Remote Viewing Technology: The CIA's Files on Psychic Spying (Stargate Projesi ve Uzaktan İzleme Teknolojisi: CIA'in Psişik Casusluk Dosyaları)*

Bu kitaplarda açıklananların çoğu doğru olsa da kulağa o kadar inanılmaz geliyordu ki, neredeyse kimse yazılanlara inanmadı. Teşkilat, yazarlarına karşı kanuni işlem başlatmak yerine, dengesiz ve üçkâğıtçı eski çalışanlar tarafından yazılmış bu kitapların yanıltıcı bilgiler verdiğini açıklamakla yetindi.

Ancak daha ciddi sorunlar çıkacaktı.

2015 yılında *Newsweek* dergisi Stargate ile ilgili beklenmedik bir makale yayımlamıştı. Judd yirmi yıllık suskunluğunu bozan Stargate Projesi Müdürü Emekli Yarbay Brian Buzby'nin sözlerini okuduğu anı hiç unutmayacaktı: "Bu projeye o zaman da inandım, hâlâ da inanıyorum. Gerçek bir şeydi ve işe yaradı."

Makalede, Stargate'in efsanevi 001 Ajanı Joseph McMoneagle tarafından uzaktan izleme yapılarak çizilmiş Rusya'da gizli bir tersanede duran çift gövdeli devasa bir denizaltıdan da bahsediliyordu. *Newsweek*'e göre, Amerikan uydu fotoğrafları Sovyetler'in gizli Severodvinsk Tersanesi'nde, Amerikan ulusal güvenliği için yeni bir tehdit oluşturan çift gövdeli devasa Typhoon denizaltısının varlığını doğrulamıştı.

Amerikan senatörü ve geleceğin Milli Savunma Bakanı William Cohen, feshedilmiş Stargate Projesi'yle ilgili fikirleri sorulduğunda şunları söylemişti:

> "Uzaktan izleme kavramı beni çok etkilemişti. Zihnin gücünü keşfetmek önemli bir girişimdi ve hâlâ da çok önemli. Stargate Projesi'ne, Senatör Robert Byrd ve komitenin diğer üyeleri gibi ben de destekledim. Farklı bir bilinç seviyesine erişebilmiş az sayıda insan vardı."

Bu makaleden sonra Direktör Judd, televizyonda bir sürü Stargate komplo belgeseliyle karşı karşıya kalmıştı. En endişe verici olanı, Third Eye Spies* idi. Teşkilat, standart bir savuşturma cevabı verdiyse de Judd belgeseldeki iddiaların çoğunun ne kadar doğru olduğuna şaşırdığını hatırlıyordu. Bunlara, Stargate'in kamuoyuna açıklanan başarısızlığının özenle sahnelenmiş bir yanılsama olduğu şüphesi de dahildi.

Ellerinde kanıt yok... ama yalan söylemiyorlar.

Uzaktan izleme, gerçekten de gizli bir şekilde Langley, SRI International ve Fort Meade duvarları arasında devam etmişti. Stargate'in başarısızlığının yarattığı sis perdesi teşkilatın, programın geleceğine dair sessizce plan yapmasını sağlamıştı. Daha iyi finanse edilen, daha güvenli ve teknolojik açıdan daha gelişmiş bir versiyonu yeraltında, kirli geçmişinden uzakta yepyeni bir kod adıyla doğacaktı.

Ve böylece Eşik Projesi doğdu.

Birisi telsizden, "Direktörüm?" diye seslendi. "Bağlantı kuruldu."

Judd düşüncelerinden sıyrılıp bakışlarını karşısındaki ekrana çevirdi. "Teşekkürler," dedi. "Lütfen, bağlayın."

Bir saniye sonra ekrandaki CIA amblemi kayboldu ve Büyükelçi Heide Nagel yanında iki deniz piyadesiyle birlikte ekranda belirdi.

---

* Üçüncü Göz Casusları

114. BÖLÜM

Finch'in doğrulttuğu silahın namlusuna bakan Katherine, aniden gerçekliğe dönmüş gibi oldu. CIA'in "ölüm laboratuvarı" bir bilinç araştırma tesisi değildi... Bir tür silaha dönüştürülmüş uzaktan izleme için görev kontrol merkeziydi.

Katherine'in noetik dünyasında Eşik, elde edilebilecek en büyük zafer sayılırdı. Yerleşik olmayan bilinci anlamanın yolu beden dışı deneyimleri anlamaktan geçiyordu ama bunun önünde hep iki büyük engel durmuştu.

Ve Eşik her ikisini de çözdü.

Bu engellerden birincisi beden dışı deneyimlerin nadir, geçici ve genellikle öngörülemez olmasıydı. Benzersiz yeteneklere sahip sadece birkaç kişi "istediklerini" görebilmişti ve onlar bile ancak bir dakika boyunca beden dışında kalabilmişlerdi. Eşik'te ise Gessner'ın kapsüllerini kullanarak herhangi biri beden dışı deneyime zorlanabiliyor ve bir saatten uzun süre bu halde tutulabiliyordu.

Korkunç ama gerçek.

Beden dışı deneyimlerin önündeki bir başka engel hatırlamakla ilgiliydi. Beden dışındaki bilinç halinden yeniden bedenlerine döndüklerinde denekler yaşadıkları deneyimin, tıpkı bir rüyadan uyanır gibi anında kaybolduğunu belirtiyordu. Bu da araştırmacıların güvenebilecekleri detaylı bir veri arayışının önünde engel teşkil ediyordu. Ama şimdi Eşik'in nöral beyin implantıyla bu deneyimler *kaydedilecek* ve üzerinde çalışılacaktı.

Bilinç araştırmalarında olası bir kuantum sıçraması, bu tesiste insan zihninin en derin sırlarının ortaya çıkmasıyla mümkün olacaktı. *Ölümün doğasıyla birlikte.* Bilincin ve ölümün gizemlerini incelemek yerine CIA'in hayal bile edilemeyecek bir gözetim silahı elde etmek için yerleşik olmayan bilinci kullanması Katherine'i düş kırıklığına uğratmıştı. Böylesi bir teknolojinin gerçekten de var olduğunu ve zahmetsizce silahlaştırılabildiğini kabul etmekte güçlük çekiyordu.

"Anlamadığım bir şey var," dedi Katherine. "Beyin implantı... nöral file çok çabuk entegre olmuş..."

"Yeterince dinledim," diye araya giren Langdon üzerlerine doğrultulmuş silaha bir baktı. "Bayım, Katherine'in kitabı yok edildi. Kitabını yayımlamayacak. Gizlilik sözleşmenizi imzalamayı kabul ediyoruz. Silahı kaldırabilirsiniz."

"Sırası gelince," diyen Finch sanki birini bekliyormuş gibi başını çevirip arkasındaki kapı girişine baktı. "Doktor Solomon'ın nöral fileyi hızla entegre ettiğimizi fark etmesine sevindim."

Mümkün olmayacak kadar hızlı, diye düşündü Katherine. Buldukları kayıtlara göre, Sasha'nın var olan nöronları yapay olanlarla doğal büyüme sürecinden veya Katherine'in herhangi bir laboratuvar ortamında gördüğünden on kat daha hızlı kaynaşmıştı.

"Çözüm 'zorunlu işbirliği' adını verdiğimiz yeni bir teknik, bir tür bulmaca çözme," diyerek böbürlendi Finch. "Sanal gerçeklikten faydalanarak aynı bulmacayı hem deneğin beynine hem de implant çipine aynı anda veriyoruz. Bildiğiniz gibi, bağlantılı olmayan nöronlar bilgiyi paylaştıklarında daha etkili olacağını hissettiklerinde yeni sinapslar oluştururlar."

En zeki çözümler daima en basit olanlardır, diye düşündü Katherine. İşte bu da tam olarak böyle bir stratejiydi, basit ama zekice. İki ayrık işleme makinesine, yani insan beynine ve bilgisayar çipine aynı görevi vererek ikisinin işbirliği yapmasını teşvik etmişler ve en hızlı sürede sinaps oluşturmalarını sağlamışlardı. *Birlikte ateşlenen nöronlar birlikte bağlanır.* Bu sürece *Hebb Öğrenme Kuralı* deniyordu ve nörobilim alanında 1930'lardan beri biliniyordu. Donald Hebb sürekli zor görevler yüklenen beynin, tıpkı egzersiz yaparak kaslarını geliştiren bir ağırlıkçı gibi hızla yeni sinir yolları geliştirdiğini keşfetmişti.

"Peki, SG laboratuvarındaki ilaçlar?" diye sordu Katherine. "Psikedelik ilaçlar nöral plastisiteyi mi güçlendiriyor?"

"Evet," dedi Finch. "Büyümeyi hızlandırmanın yanı sıra, bu ilaçlar beyin sisi oluşturarak odaklanmaya zorladığı için bulmacayı daha zor hale getiriyor. Ağırlıklı ayakkabılar giyerek antrenman yapan bir maraton koşucusu gibi. Fazladan yük adaptasyonu hızlandırıyor."

Katherine çok şaşırmıştı. "Bu fikri benim tezimden almamışsınız," dedi. "Brigita'nın fikri miydi?"

"Birçoğu öyle, evet. Anlaşması kolay biri değildi, pek çok konuda onunla fikirlerimiz temelden ayrıydı ama o olmasa Eşik'i inşa edemezdik."

"Peki, Katherine'in tezi nasıl CIA'in eline geçti?" diye sordu Langdon.

"Blavatnik Ödülü başvurusu sayesinde," diye yanıtladı Finch. "Bu başvurularda hemen her zaman en zeki gençlerin en cesur fikirlerine rastlanır. O dönemde CIA jüride mutlaka Stanford Araştırma Enstitüsü'nden birinin bulunmasını sağlardı."

Enstitü demek? Katherine kitabının sunucudan silinmesinin CIA ile ilişkisini öğrendiği anda bunun aklına gelmediğine şaşırıyordu. Stanford Araştırma Enstitüsü'nün CIA ile bağları geçmişe dayanıyordu ve komplo teorisyenleri tarafından Stargate'in doğum yeri olduğuna inanılıyordu. Blavatnik Ödülleri'nin jüri heyetindeki bir enstitü hocası, bal gibi de gözler önünde saklanan bir ajan olabilirdi.

Finch konuşmaya devam etti. "Yazdığınız tez mansiyon ödülü bile alamayınca Princeton'daki hocanız, sanırım ismi Cosgrove'du, hiç durmadan ödül komitesini sorguladı. Özellikle de Stanford'dan gelen jüriyi. İşin içinde araştırma enstitüsü olduğunu anlayınca geri çekildi ve bir daha bu konuda ağzını açmadı."

"Gitmek istiyoruz," dedi Langdon. "Hemen."

"Siz şu an bir talepte bulanacak pozisyonda değilsiniz profesör," diye karşılık verdi Finch. "Çok gizli bir tesise izinsiz girdiniz ve pek çok yasayı çiğnediniz. Ve eğer büyükelçinin gelip sizi kurtaracağını zannediyorsanız şu anda herhangi bir yere gidebilecek özgürlüğe sahip olduğunu hiç sanmıyorum."

Langdon tehditvari bir tonda konuşuyordu. "Eğer Katherine ve ben ortadan kaybolacak olursak bunu *birçok* kişi fark edecektir. Kimsenin ismini bilmediği denek Sysevich gibi olmaz."

"Dmitri'ye ne olduğuyla ilgili en ufacık bir fikriniz yok."

"Onu bir insan kobay gibi kullandınız," dedi Katherine. "Sasha Vesna'yı da öyle."

"*Onlar* yaşarken eziyet çekiyordu," diye çıkıştı Finch. "Gessner onların hayatını kurtardı. Epilepsi hastalıklarını iyileştirdi ve onlara bir hayat verdi."

"Kendinizi böyle mi avutuyorsunuz?" diye sordu Langdon. "Dmitri'nin şimdi daha iyi bir hayatı mı var? Kayıtlarını gördük. Burada ölmüş gibi gözüküyor."

"Profesör." Finch pozisyonunu değiştirdi ve silahını Langdon'a doğrulttu. "Akademik hayatın içinde yaşayıp da bu ülkenin gerçek sorunlarıyla yüzleşmemek... Batılı yaşam tarzını yok etmek isteyenler konusunda endişelenmemek büyük bir lüks olmalı. Dünya çok tehlikeli bir yer ve yaşadığınız Boston şehri benim gibi insanlar sayesinde bugün hâlâ ayakta duruyor. Bunu gerçek anlamda söylüyorum."

"Belki doğrudur," diye yanıtladı Langdon. "Ama bu size, haberleri olmadan insanlar üzerinde deney yapma hakkını vermez."

Finch sert bir ifadeyle Langdon'ı süzdü. "Bir insan bilincinin en büyük sınavı, teşekkürlerini duyamayacağı gelecek nesiller için bugün bir şeylerden feragat etmeye duyduğu istektir."

"Eğer başka birinin sözünü çalıp söyleyecekseniz ne anlama geldiğini de bilmeniz gerekir," diye tersledi Langdon. "Gaylord Nelson masum insanları kullanmaktan değil, çevreyi kurtarmaktan bahsediyordu."

"Sasha hiç de masum değil," dedi Finch. "Doktor Gessner'ı o öldürdü."

"Saçmalık," dedi Langdon. "Sasha, Brigita'yı seviyordu. Hiç olası..."

"Ayrıca yukarı kattaki ajanımı da öldürdü," diye devam etti Finch. "Eşik'e girenin *Sasha* olduğundan emin değildim ama ölen ajanımın cesedinin yanında bir epilepsi çubuğu buldum. Bu sadece bir kişiye ait olabilir."

"O çubuk *bana* ait," dedi karanlığın içinden gelen boğuk bir ses. "Ve geri istiyorum."

115. BÖLÜM

Finch endişeli gözlerle odayı taradı.

Kim söyledi bunu?!

Kubbenin akustiği sesin tam olarak *nereden* geldiğinin anlaşılmasını zorlaştırıyordu. Ama konuşan kişinin kesinlikle Rus aksanı vardı. "Derhal ortaya çık!" diye seslendi Finch.

Finch kubbedeki sessizliği delen hafif bir tıslama sesi duydu. Odanın gerisinden, Langdon ile Solomon'ın arkasından geliyordu. Tutsakları sese doğru dönerlerken Finch tıslama sesinin malzeme alanına inen pnömatik asansörden geldiğini fark etti.

Platform yükselirken Finch'in hayal bile edemeyeceği bir manzaraya şahit oldular. Yerden bir canavar çıkıyordu.

İlk önce yüzü belirdi; derisi ölümcül derecede gri ve hatları belirsizdi. Saçsız başı siyah bir pelerinin kapüşonuyla örtülüydü. Donuk gözlerini Finch'e ve doğrulttuğu silahına odaklamıştı. Pelerinli beden iyice ortaya çıktığında, avuç içleri görünecek şekilde kollarını iki yana açmıştı. Göğe yükselen İsa'yı andırıyordu.

Pnömatik asansör durunca figür onlara doğru yürümeye başladı. Ağır botları halı kaplı zeminde tok sesler çıkarıyordu. Kolları hâlâ iki yana açık bir halde, siyah pelerini arkasında dalgalanırken tankların arasından onlara yaklaştı. Finch artık canavarın kafasının ve yüzünün kalın bir kil ya da çamurla kaplı olduğunu görebiliyordu. Alnında bir yazı vardı. *Bu şey de neyin nesi?!*

Yaratık yaklaşık on beş metre uzağındayken Finch, "Dur!" diye bağırdı. "Bir adım daha atma!"

Canavar söyleneni yaptı.

Langdon ile Katherine'in tam karşısında duran Finch onu daha iyi görebilmek için sağa doğru kaydı. "Kimsin sen?!" *Nesin?!*

Yaratık derinden gelen bir sesle, "Sasha'nın güvenine ihanet ettin," dedi. "Ben onun koruyucusuyum."

Finch, "Sasha da burada mı?" diye sordu.

"Hayır, o güvenli bir yerde. Bir daha burayı asla görmeyecek."

"Peki, *sen* kimsin?"

Canavarın bedeni aniden kasıldı. Buna hazırlıksız yakalanmış gibiydi ama kendini toparlamaya çalıştı. "Ben... ben..." Sesi titriyordu. Finch onun gözlerindeki anlık korkuyu fark etti. Yaratığın iki yana uzatılmış kolları titremeye başladı, meydan okuyan duruşunu kaybetmişti. Güçlükle, "*Hayır... ne seychas*!" diyebildi. Sesi artık çaresiz bir yakarışı andırıyordu. "Şimdi değil..."

Canavar birden yere düştü, vücudu kontrolsüzce titriyordu. Halının üzerinde sırtüstü dönüp çaresizce titremeye devam etti.

Finch epilepsi nöbetlerine daha önce şahit olmuştu. Bu kişinin kim olduğuna dair en ufak bir fikri yoktu ama yukarıda bulduğu epilepsi çubuğunun ona ait olduğunu anlamıştı. *Acaba Gessner'ın hastalarından biri mi? Programa dahil olmayan bir hasta mı?*

Canavar bir yandan çırpınırken bir yandan da pelerinin cebindeki bir şeye ulaşmaya çalışıyordu.

Finch aciz durumdaki adama doğru yürürken cebindeki metal çubuğu çıkarıp, "Bunu mu arıyorsun?" dedi. "Bana kim olduğunu söylersen sana bunu vereceğim."

Langdon, "Konuşamıyor!" diye bağırdı. "Tanrı aşkına, ona yardım et!"

Finch çaresizce kasılırken kafası yere çarpan yaratığın yanına gidip, "Çubuğunu istiyor musun?" dedi.

Katherine, "Ona yardım et!" diye bağırdı.

Finch silahını indirmeden yaratığın yanına diz çöktü ve çubuğu yüzüne doğru tutarak, "Neden bana anlatmaya başlamıyor..." Cümlesini tamamlayamadı.

Titreyen figür ani bir hareketle doğruldu ve bir yılan gibi uzanan koluyla Finch'in göğsüne nişan aldı. Yüksek bir tıslama sesi ve mavi bir ışığın eşlik ettiği yakıcı bir acı Finch'in bedenini sardı.

Kaskatı kesilip öne doğru düşerken silahı kabinin yan tarafına ateş aldı. Saldırgan, Finch'in yüzüstü yere düşmesini sağlamak için çevik bir hareketle yana çekildi.

Finch burun kıkırdağının tamamıyla parçalandığını hissetti. Daha önce hiç böyle bir acı hissetmemişti. Yüzünden aşağı kanlar akarken felç olmuş vücudu yan duruyordu. Pelerinli figürün hiç zorlanmadan ayağa kalktığını ve bir elin, düşürdüğü silahı ve çubuğu yerden alışını izledi. Ağır platform tabanlı botlar ona doğru yaklaşıp yüzünden birkaç santim uzakta durdu. Nefes almakta zorlanan Finch güçlükle başını çevirdi ve bakışlarını saldırganın yüzüne dikti. Yanında ayakta duran canavarı görünce öldüğünü ve cehenneme gittiğini düşündü.

Yukarıdan kendisine bakan canavar insana benzemiyordu. Yüzü kuruyup çatlamış kille kaplıydı. Alnına üç sembol kazınmıştı. Canavar, taviz vermeyen bakışlarıyla Finch'e hiç merhameti olmadığını ima ediyordu.

*

Robert Langdon karmaşık şeyleri hızlı algılayabilen biriydi. Ama karşısındaki manzara neler olduğunu anlayabilmesine fırsat vermeyecek kadar hızlı yaşanmıştı. Finch titreyerek yerde yatıyordu. Langdon ile Katherine'in karşısındaki figür kostüm giymiş birine benziyordu, kafası ve yüzü kalın kille kaplıydı ve alnında İbranice bir kelime yazıyordu.

אמת

Langdon, İbraniceyi iyi okuyamıyordu ama bu üç harfi çok iyi biliyordu. Kelime "EMET" olarak okunuyordu ve alına yazıldığında tek bir anlama geliyordu.

Gerçek...

Prag'ın Golĕm'i.

Langdon'ın yaşananlara bir anlam vermesine fırsat kalmadan odadaki sessizlik kulakları sağır eden bir alarm sesiyle bozuldu. Tiz ve yüksek alarm başlarının üzerinde çalarken kubbenin içinde ikaz ışıkları dönmeye başladı.

Pelerinli figür, "Kaçın!" diye seslendi. "HEMEN! Bu tesis birazdan havaya uçacak!"

Langdon yanlış duymuş olmayı diledi. *Havaya mı uçacak?!*

Katherine, "RFID kapısı kilitli!" dedi. "Dışarı çıkmak için kartımız yok!"

"Buraya gelin!" Pelerinli figür hâlâ çaresizce titreyen Finch'in üzerine doğru uzandı. Langdon aceleyle yanına koşarken canavar Finch'in ceplerini karıştırıp cüzdanını buldu ve Gessner'ınkine benzeyen siyah bir "PRAG" kartı çıkardı.

Golĕm, Finch'in parmağını kartın üzerine koyarken alarm seslerini bastırmaya çalışarak, "Yirmi saniyeniz olacak," diye bağırdı. Üzerindeki minik gösterge yeşile dönüştüğünde kartı hemen Langdon'a uzattı. "Yirmi saniyeniz var! Acele edin!"

Langdon, "Ya *sen?*" diye sordu.

Figür, "Ben Golĕm'im," diye karşılık verdi. "Daha önce birçok kez öldüm."

*

Golĕm, Langdon ile Katherine'in koşarak kubbeden çıktıklarını görünce rahatlayıp içinden onlara şans diledi. *Ölmeyi hak etmiyorlar.* Ama Finch için durum farklıydı.

Golĕm kanlar içindeki tutsağının, bu projeyi yöneten kuklacının yanında ayakta duruyordu. Eşik'in dönüp duran ışıkları altında en yakındaki EPR kabinine doğru döndü ve düğmesine basıp kapağını açtı. Sonra, ufak tefek adamı kabinin kenarından yukarı kaldırıp cansız bir cesetmiş gibi içeri bıraktı.

Finch'in gözleri panikten kocaman açıldı ve hareketlenmeye başladı ama artık çok geçti. Golĕm kabinin ağır Velcro kayışlarını adamın kollarına ve bacaklarına bağlayıp tutsağını tabuta benzeyen kabinin içine hapsetti.

Adam boğuk bir sesle, "Lütfen... dur," dedi.

Golĕm kabinin içine doğru eğildi ve ağzını Finch'in kulağına yaklaştırıp, "Kanını dondurup benim birçok kez yaşadığım şeyi hissetmeni çok isterdim... ama buna zaman yok."

Adam kekeleyerek, "Sen... kimsin?" diye sordu.

"Beni tanıyorsun. Beni sen *yarattın.*"

Finch artan bir çaresizlikle onu nereden tanıdığını çıkarmak için canavarın yüzünü inceledi. Ama Golĕm'in ona bu keşfi yaşatmaya hiç niyeti yoktu.

Golĕm soğukkanlı bir ifadeyle kurbanına bakarak adamın duyacağı son sözleri söyledi. Sonra, kabinin yanındaki düğmeye basıp keyifle şeffaf kapağın yerine oturuşunu izledi. Alarmın tiz sesi, içeriye hapsolan Finch'in boğuk çığlıklarını bastırıyordu.

116. BÖLÜM

Langdon ile Katherine kubbeli salondan koridora koşarak çıktılar. RFID okuyucuyla kilidi açtıkları anda Langdon'ın elinde tuttuğu Finch'e ait kart kırmızı yanıp söndü ve devre dışı kaldı. Aynı anda sağa döndüler ve koridorun sonundaki merdivene doğru koşmaya başladılar. Merdiveni kullanırlarsa içeri girdikleri sarmal yoldan daha hızlı dışarı çıkabilirlerdi.

Dönerek etrafı aydınlatan güvenlik ışıklarının yarattığı kaotik ortamda koridorun sonundaki kapıya ulaştılar ve aceleyle sevimsiz bir beton merdivenden inmeye başladılar. Kaçmalarına yardım eden kille kaplı yaratığın sesi basamakları ikişer ikişer atlayan Langdon'ın kulağında çınlıyordu. *Bu tesis birazdan havaya uçacak.* Bunun nasıl veya neden olacağına dair Langdon'ın bir fikri yoktu ama siren seslerinden ve ışıklardan anladığı kadarıyla Eşik'te bir şeyler feci derecede ters gidiyordu ve sorumlusu bu adamdı.

Korkunun, özellikle de ölüm korkusunun doğurduğu sonuçlardan biri de amaca ilişkin tam bir netlik sağlamasıydı. Kubbede neler yaşandığına dair kafasında sorular uçuşmasına rağmen Langdon'ın beyni bu sesleri bastırmış ve tek bir kanala odaklanmıştı. *Hayatta kalmak.*

Üst kata kadar önden çıktı. Üstünde YÖNETİM yazan metal bir kapının önüne geldiklerinde nefes nefese kalmışlardı. Langdon hiç duraksamadan kapıyı itince kendilerini halı kaplı, duvarları meşe lambrili bir koridorda buldular. Operasyon bölümündeki soğuk ve steril çizgiler kaybolmuştu, burası daha çok sofistike bir Cambridge hukuk firmasının ofislerini andırıyordu.

Koridorda koşarak konferans salonunu, ofisleri geçtiler ve küçük ofislerden oluşan bir çalışma bölmesine geldiler. Duraklayan Katherine uzanıp Langdon'ı da durdurdu. Odanın karşı tarafında, iş kıyafetleri giymiş bir kadın kendi çalışma bölmesindeki eşyaları topluyordu. Görünüşe bakılırsa Eşik bugün bütünüyle boş değildi. Tam o sırada, kadının yanına giden takım elbiseli iki adam takip etmesini işaret ettiler. Sonra arkalarına bakmadan hızla çıktılar.

Onları takip edelim, diye düşündü Langdon. *Çıkış yolunu biliyor olmalılar.*

Ekip gözden kaybolunca Langdon ile Katherine peşlerinden gitti. Langdon bu yolun Folimanka Park'ın başladığı yerdeki ana girişe çıktığını düşündü. Katherine'in omuz çantasından dışarı taşan siyah klasöre bir baktı ve tesisin acil boşaltılması için çıkan kaos sayesinde bu yerden fark edilmeden kaçabilmeyi diledi.

Elbette zamanında dışarı çıkabilirsek, diye düşündü başının üstündeki sirenler çalarken.

"Şurası!" Katherine koridorun sonundaki ışıklı ÇIKIŞ tabelasını gösteriyordu.

İterek kapıdan geçtikten sonra kendilerini daha önce geçtiklerine benzer bir güvenlik odasında buldular. Bir metal dedektör, bir X-ray cihazı ve bir vücut tarayıcı vardı. Neyse ki başında kimse durmuyordu. Katherine ile Langdon buradan geçtikten sonra yeraltındaki büyük bir park alanına çıktılar. Birkaç inşaat aracı, birkaç araba ve açık vagonlardaki ekipman dışında parkın büyük kısmı boştu. Elli metre kadar ötede Langdon bir daha göremeyeceklerinden korktuğu şeyi gördü.

Günışığı.

Park yerinin en sonundaki kemerli sığınak girişi eğimli bir garaj yoluna çıkıyordu. Az önce içeride gördükleri üç çalışan şimdi hızla bu yokuşu tırmanıyordu. Onlar gözden kaybolunca Langdon ile Katherine girişe doğru koştu ama yaklaştıkça günışığı azalmaya, giriş küçülmeye başladı.

Kapıyı kapatıyorlar!

"Bekleyin!" diye bağıran Langdon'ın sesi sirenlerin kakofonisi arasında kayboldu. "DURUN!"

Langdon başaramayacaklarını anlamıştı. Yirmi metre ötedeki günışığı huzmesi azalarak incecik kaldı ve çınlayan bir gürültüyle kapanan kapı onları içeri kilitledi.

*

Üç kat aşağıda, azgın bir psikiyatri hastası gibi elleri kolları bağlanmış olan Bay Finch çabalamayı bırakmıştı. EPR kapsülünün şeffaf kapağının gerisinden sadece hayretle yukarı bakabiliyor ve kubbede yanıp sönen acil ışıklarının soluk renkli şekillerini seyredebiliyordu.

Tesisteki alarm durumu iki kaçınılmaz gerçeği haber veriyordu. Bunlardan birincisi, ona saldıran kişinin son sözlerinin doğru olmasıydı. *Helyum kapakçıklarını kapattım ve havalandırma menfezini mühürledim.* İkincisi, Eşik ve buradaki her şey yok olmak üzereydi.

SMES aşırı ısındı.

Süper iletken manyetik enerji depolama sistemi Finch'in parlak fikriydi. Yüksek miktarda enerji gerektiren operasyonlarda Eşik'teki enerji tüketimini gizlemenin bir yoluydu. Yerel enerji dağıtım şirketlerinin dikkatini çekmektense Eşik şebekeden göze çarpmayan düşük miktarda güç çekiyor ve bunu ihtiyaç duydukları an kullanmak üzere süper iletken bobinlerde biriktiriyordu.

Sürekli ve kesintisiz bir güç.

Son derece istikrarlı ve güvenli bir teknolojiydi; elbette biri onu silahlaştırmaya çalışmazsa, çünkü pek çok teknoloji için bu bir gerçekti.

Casusluk için herhangi bir güvenlik önlemi yoktur.

Finch artık öleceğini anlamıştı. Hayatı boyunca her karar anında ve dönüm noktasında takındığı aynı kayıtsız soğukkanlılıkla kendini bu gerçeği kabul etmeye zorladı. Katilinin gerçek kimliğini artık biliyor ve kendini klasik bir masalın içinde kapana kısılmış gibi hissediyordu. *Yaratıcısını yok etmek için dönen bir canavar.* Prag'ın tarihi Golĕm'i ile yarattığı ironinin farkındaydı.

Aşağıdaki SMES'i gözünde canlandırdığında artık saniyeler kaldığını tahmin edebiliyordu. Birazdan dehşet verici bir olay gerçekleşecekti. *Yerin altında patlatılan basınç etkili bir bomba.*

Kulak zarı patlamadan önce Finch'in duyduğu son şey üstündeki kapağın çatlayıp kırılma sesiydi. Görüş açısı kubbeli tavandan yukarı doğru çıkarken bedeninden ayrılan ruhu mu yükseliyordu yoksa tüm tesis mi havaya uçuyordu emin değildi. Her iki türlü de hiç acı hissetmedi... Uğuldayan beyaz rüzgârla birlikte fiziksel bedeni parçalara ayrılırken belli belirsiz bir kopukluk hissetti o kadar.

*

Sarsıntı dalgası yeraltındaki hapsinden akla gelmedik bir kuvvetle püskürdü. Saniyenin onda biri kadar bir sürede kubbeli salonun zeminini yardı ve Eşik'in alt katında yana doğru yayıldı. Kuantum bilgisayar laboratuvarını yıktıktan sonra patlama yukarı doğru yükselerek RTD laboratuvarını, medikal merkezi ve ameliyat odasını yok etti. Genişlemeye devam ederek yükselen gaz bulutu tüm yönlere doğru yayılırken en az dirençle karşılaşacağı yolu aradı... Ve hemen buldu.

*

Bir deniz piyadesini sarsmak çok zordu. Buna rağmen Çavuş Scott Kerble meslek hayatı boyunca olmadığı kadar kafası karışmış bir haldeydi. Gözlerinin önündeki manzara şahit olduğu veya hayal edebileceği hiçbir şeye benzemiyordu.

Büyükelçinin Haç Burcu'na çıkan yoldaki ağaçların arasına gizlenmiş halde bulduğu SUV aracı, Burç'un çevre duvarının kenarında duruyordu. Ayaklarının altındaki zeminin şiddetle sarsıldığını hissettiğinde neler olduğuna anlam veremedi.

İlk içgüdüsü deprem olduğu yönündeydi ama tek bir darbeyle gelen sarsıntıya yerin altından duyulan boğuk bir uğultu eşlik etti. Aşağıdaki karlarla kaplı Folimanka Park'a bakarken bambaşka bir şeye şahitlik ettiğini anladı.

Parkın orta yeri adeta ağır çekimdeymiş gibi yükseldi ve yeraltında yaşayan bir canavar zincirlerinden kurtulmak istiyormuşçasına şişkin bir tümsek şeklinde gökyüzüne doğru kabardı. Toprak şişmeye devam ederken tepenin kenarlarından karlar dökülmeye başladı. Ardından, gürültülü bir yer yarılması sesiyle beyaz gazdan oluşan şiddetli bir gayzer toprağın yüzeyine çıktı ve gökyüzüne doğru devasa bir sütun gibi yükseldi.

Buhar kolonu parkın üzerinden gökyüzüne tırmanırken sersemleyen çavuş geriye doğru sendeledi. Sağır edici uğultu birkaç saniye sürdükten sonra sakinleşti ve dağ gibi kabaran toprak yere çöktü.

Gözlerine inanamayan Kerble biraz öne doğru gidip yıkımı inceledi. Bir zamanlar Folimanka Park'ın olduğu yerde bir krater oluşmuştu. Açılan boşlukta moloz yığını birbirine girmişti ve havaya toz yükseliyordu. Hemen ardından parktan yukarı doğru ölümcül bir soğuk taşındı.

Ve sonra, sanki bir sihir gibi, hava kristalleşti ve pudra şekeri kadar ince kar taneleri dökülmeye başladı.

117. BÖLÜM

Patlamadan saniyeler önce sirenler çalarken Langdon ile Katherine bağırarak yardım istemişlerdi ama güçlendirilmiş garaj kapısı kayarak kapanıp onları içeri hapsetmişti. Langdon seslerini duyurabilmek için yakındaki bir sedan aracın kapısını açıp sürekli kornaya basmıştı ama gürültünün arasında bu ses de kaybolmuştu.

Artık çok geçti. Langdon havadaki belirgin değişimi hissediyordu. Kulaklarındaki basınca derin ve boğuk bir uğultunun ilk dalgası eşlik ediyordu.

Eşik'te her ne oluyorsa *o anda* oluyordu. Langdon patlamadan kurtulabilmeleri için garajın tesisin merkezinden yeterince uzakta olmasını umut ediyordu.

Katherine hızla sedanın kapısını açıp içine atlarken Langdon'a, "Öne geç!" diye bağırdı. Profesör direksiyon koltuğuna atladığı anda ikisi de kapıları çarparcasına kapattı. "Eğil ve emniyet kemerini bağla..."

Arabanın camları patladığı sırada dondurucu bir rüzgâr her yeri delip geçti. Adeta hızla geçen bir trenin sarsıcı gücüne ortalığı kasıp kavuran bir kasırga eşlik ediyordu. Tüm ışıklar söndü. Sedan bir oyuncak gibi havalandı. Karanlıkta ters dönen araç garaj zemininde yuvarlandı.

Araba yana yuvarlanırken Langdon kendini olabildiğince korumak için direksiyona tutunup kulakları sağır eden gümbürtünün arasında, "Katherine!" diye seslendi. Savaş uçağındaki *fıçı tono* dönüşünün, *merkezcil kuvvet koltuğunuzda* kalmanızı sağladığı için en az sarsıcı manevralardan biri olduğu söylenirdi. Langdon bunun doğru olduğunu tecrübe ediyordu... en azından şimdilik.

Sonra, gerçek darbe geldi.

Araba yerinden oynamayan bir şeye çarpıp aniden durdu.

Langdon koltuğundan fırlayıp göğsünün üzerine *bir yere* düştü. Sersemlemiş bir halde karanlığın içindeyken üşüdüğünü hissetti. Beyni, vücudunun durumunu hızlıca değerlendirip hiçbir uzvunun kopmadığını ama birkaç yerinin kesilip ezildiğini fark etmesini sağladı. Patlamanın şiddeti bir anda geçmiş, sirenler susmuştu.

Langdon'ın kulakları çınlıyordu. Işık olmadığı için nerede olduğunu kestiremiyordu. Acı bir soğuk hissetmesine rağmen hâlâ arabanın içinde olduğunu tahmin ediyordu.

"Katherine?" diye seslendi.

Zayıf ama yakından gelen bir ses, "Buradayım," diye cevap verdi.

Langdon rahatladığını hissetti. "İyi misin?"

Katherine güçlükle cevap verdi. "Pek... emin değilim. Beni... eziyorsun."

Langdon o anda Katherine'in üzerinde yattığını fark etti. Dikkatli bir şekilde ağırlığını bir tarafına verip üzerinden kalktı. Omzu, kırılan güvenlik camının parçalarına değince tekrar pozisyon değiştirip kendisini destekleyecek daha temiz bir alan bulmaya çalıştı. Biraz toparlanınca sığındıkları arabanın ters dönmüş olduğunu ve tavanına yaslanmış halde durduklarını anladı.

Profesör karanlıkta yolunu bulmaya çalışarak ilerlerken elleri, kırılmış araç camının çerçevesine değdi. Açıklık onun geçemeyeceği kadar küçük olduğu için daha geniş bir açıklık –arabanın ön ya da arka camını– bulana kadar el yordamıyla ilerledi. Kenara tutunarak kendini öne doğru çekti ve açıklığın içinden kayarak garajın sert zeminine çıktı.

Buzla kaplı zemin kaygan ve soğuktu. Langdon elleri ve dizleri üzerinde arkasını dönüp tekrar açıklığa doğru ilerledi.

Elinden geldiği kadar sakin bir sesle, "Katherine buradayım," dedi. Yaralı olmasından endişe ediyordu. "Elimi bulabilir misin? Yaralı mısın?"

Karanlıkta Katherine'in hareket ettiğini duyabiliyordu. Onunla konuşmaya devam edip kendisine doğru yönlendirmeye çalıştı. Sonunda, elleri birbirine kavuştu. Katherine'in elleri buz gibiydi ve şoktan parmakları titriyordu. Langdon onu yavaşça kendisine doğru çekip arabadan çıkardı. Katherine hemen ayağa kalkıp ona sımsıkı sarıldı.

Birbirlerine sarılırken Langdon bir deja vu anı yaşadı; bir kez daha ona soğuk karanlıkta sarılıyor ve onun güvende olduğunu bilmenin verdiği rahatlamayı hissediyordu.

Katherine alçak sesle, "Çantam..." dedi. "Kaybettim... dosya..."

Langdon ona daha sıkı sarıldı. "Boş ver." *Hayattayız. Önemli olan tek şey bu.*

Langdon'ın biraz önce olanlar ve hasarın büyüklüğü hakkında hiçbir fikri yoktu ama Amerikan hükümetinin ilerleyen günlerde birçok soruya maruz kalacağından emindi. Şanslarına, kendisi ve Katherine, artık CIA'in *en az* endişe edeceği konu olacaktı.

Langdon, *Finch büyük ihtimalle öldü,* diye düşündü. Bu kayıp için fazla üzüldüğü söylenemezdi. İkisinin hayatını kurtarmak için resmen yerden çıkan diğer kayıp ruh; kil maskeli Golěm kılığındaki adam için üzülüyor ve vicdan azabı çekiyordu.

Finch, adamın kim olduğunu sorunca yaratık soğukkanlı bir ifadeyle şu şekilde cevap vermişti: "*Sasha'nın güvenine ihanet ettin... Ben onun koruyucusuyum.*"

Langdon, Sasha Vesna'yı düşündü. Nerede olduğunu, hayatta olup olmadığını merak ediyordu. Katherine ile birlikte buradan tek parça halinde kurtulmayı başarırlarsa onu bulup *yardım etmeye* kararlıydı. Sasha bunu hak ediyordu. Ayrıca, Langdon ile Katherine hayatlarını kurtaran adama minnet borçlarını ancak bu şekilde ödeyebilirlerdi. Adam *Sasha'nın kurtarıcısı* olduğunu söylemişti. *O öldüğü için Sasha'ya yardım etmek bizim ahlaki sorumluluğumuz.*

Katherine elini Langdon'ın omzuna koyup onu karanlığa doğru çevirerek, "Bak," dedi. "Orada."

Langdon gözlerini kısarak karanlığa baktı ama hiçbir şey göremedi. "Nerede?"

Katherine onu hafifçe sağa doğru çevirdi. "Tam karşıda."

Profesör artık görebiliyordu.

Uzakta, çöken toz dumanının arasından belli belirsiz bir gün ışığı görünüyordu.

*

Normal bir günde Prag'ı sarsan deprem Büyükelçi Nagel'in endişe duyulacak konular listesinin başında yer alırdı. Ama o sırada, CIA Direktörü Judd ile yapacağı görüşmeyle kıyaslandığında önemsiz kalıyordu.

Bağlantı kurulur kurulmaz direktör, deniz piyadelerine, "Kelepçelerini çıkarın," diye emretti. "Odanın dışında nöbet tutun. Kimse içeri girmesin ve kimse dışarı çıkmasın."

Nöbetçiler odadan çıktıklarında Judd sesini alçalttı. "Finch kontrolden çıktı. Bu durumu, koruyucu gözetim olarak düşün." CIA direktörü daha fazla açıklama yapmadan Gessner'ın korkunç itiraflarını meşrulaştırmaya çalışan bir monoloğa başladı. Judd gerekçelerini sıraladıktan sonra ciddi ama anlaşılmayı bekleyen bir ifadeyle kameraya doğru eğildi.

"Silahlanma yarışındayız Heide," dedi. "Ve düşmanlarımız her geçen gün daha da güçlenip agresifleşiyor. Amerika Birleşik Devletleri'ne karşı yapılan planlar son derece gerçek ve sonuçları yıkıcı olabilir. Ve bu planları gerçekleşmeden önce öğrenmek zorundayız. Eşik, istihbarat teşkilatımızın ülkemizin yaklaşmakta olan fırtınayı atlatabilmesine yardım etmek için ihtiyacı olan avantajı temsil ediyor. İnsan zihni teknolojisinde avantajlı konumda olamazsak başka biri *olacak*... Ve biz de izleyici yerine izlenen olacağız."

Nagel, *hiç eskimeyen bahane,* diye düşündü. *Madem bunu birisi yapacak, o zaman biz yapalım.*

Tarihteki en tehlikeli ve etik açıdan en tartışmalı bilimsel girişim –atom bombası yapmak– da benzer bir gerekçeyle ortaya çıkmıştı. Etik ve siyasi tartışmaların dışında, Amerika'nın atom bombasına sahip olan ilk ülke oluşu, yıkıcı bir savaşı sona erdirmiş ve ABD'yi yarım yüz yıl boyunca süper güç haline getirmişti. Amaca giden her yol mubahtır sözünün ikna edici bir örneğiydi. Ama bu farklı bir durumdu.

Nagel bu videonun dünya sahnesinde nasıl yer alacağını tahmin bile edemiyordu. Şok edici gizli bir teknolojiyi ortaya çıkarmakla kalmıyor, aynı zamanda dehşet verici ve affedilmez bir gerçeği de gözler önüne seriyordu: CIA kaçırdığı Rus psikiyatri hastaları üzerinde testler yapıyordu. Ve bu hastalardan biri olan Dmitri Sysevich programda hayatını kaybetmişti. *CIA tepeden tırnağa linç edilecekti... ve linçe direktörden başlanacaktı.*

Judd, "In-Q-Tel'in Eşik ile bir ilgisi yoktu," dedi. "Finch'i Londra ofislerine inandırıcı bir paravan ve operasyonel destek olacağı için yerleştirmiştim. Ama haddini aştı." Direktör pişman görünüyordu. "Ona bu kadar çok yetki vermemeliydim."

Kapı tıklatıldı ve büyükelçilik muhafızlarından biri başını içeri uzattı.

Muhafız, "Sayın büyükelçim," diye seslendi. "Böldüğüm için özür dilerim. Ama bir acil durum aramanız var."

Nagel, *zaten bir acil durum görüşmesindeyim,* diye bağırmamak için kendini zor tuttu. "Kim arıyor?"

Deniz piyadesi, "Çavuş Kerble," dedi. "Folimanka Park'ta yeraltında büyük bir patlama olduğunu söylüyor."

118. BÖLÜM

Yıkımın merkez üssüne üç yüz metre mesafede, Haç Burcu'na giden yeraltı tramvay tüneli fazla zarar görmemişti ama artık elektriği gitmiş, ışıkları sönmüştü. Eşik'in girişinin önündeki küçük platform moloz yığınları ve toz içindeydi.

Rayların yer aldığı beton kanalın içinde yerde yatan bir figür kımıldadı.

Golĕm kör karanlığın içinde ayağa kalkarken hayatta kaldığı için şanslı olduğunu biliyordu. Eşik'ten kaçışı planladığı gibi gitmemişti. Tam tramvaya ulaştığı sırada patlama onu beton kanala fırlatmıştı.

Şimdi asıl soru Golĕm'in bu yeraltı mezarından çıkıp çıkamayacağıydı. Arkasındaki yol yıkılarak enkaz yığınlarıyla kapanmıştı. Önündeki uzun ve kapkaranlık tünel ise basınç dalgası yüzünden her an çökebilirdi ve Haç Burcu'na çıkan asansör boşluğunun hâlâ yerinde durduğundan emin olmasına imkân yoktu. Yorgunluktan tükenmiş olmasına rağmen, burada can vermeyi göze alamayacağını biliyordu.

Sasha'yı kurtarmak için buradan çıkmalıyım.

Bu düşünceyle gücünü toplayan Golĕm kanalın yan duvarını bulup elini üzerine koydu ve karanlığın içinde yürümek için kendini zorladı. Yönünü kaybetmemek için elini duvarın üzerinde sürükleyerek sabit bir tempoyla ilerledi. Platform tabanlı botları patlama enkazının dağıldığı engebeli zemini ezerken bacakları attığı her adımla daha da ağırlaştı.

Koruyucu melekler uyumaz.

*

Yara bere içindeki Langdon ile Katherine devrilmiş araçların ve yıkılmış beton parçalarının arasında ilerleyerek loş garajda santim santim yol aldılar. Tek ışık kaynağına, tozlar indikçe daha da parlaklaşan incecik gün ışığına doğru hareket ettiler.

Sonunda ışığa ulaştıklarında Langdon garajın devasa sürgülü kapısının rayından çıkmış olduğunu gördü. Kapı panelinin alt kısmı dışa doğru bükülmüş, alçak ve dar bir boşluk oluşturmuştu. Langdon eğilip boşluktan bakınca arkasındaki eğimli garaj yolunun ilk birkaç metresini görebildi.

Diğer tarafta neyle karşılaşacaklarını bilmeyen profesör önden gidip yan yattı ve boşluğa doğru kendini kaydırdı. Başı önde olacak şekilde kendini azar azar ileri itti. Aralık tahmin ettiğinden daha dardı ve yolu yarıladığı sırada yeni bir klostrofobi dalgasının yükseldiğini hissetti. Kalçası dışarı çıkıncaya kadar çaresizce vücudunu itti ve sonunda elleriyle dizlerinin üstünde açık havaya çıkabildi.

Ama özgür olmanın verdiği rahatlama hissi, saldırı silahlarını göğsüne doğrultmuş siyah üniformalı iki askerin görüntüsüyle anında kayboldu.

Aman ne harika!

Uyarmasına fırsat kalmadan Katherine boşluktan sürünerek çıkmaya başlamıştı. İnce bedeni garaj yoluna çıkarken fazla güçlük çekmedi. Başını kaldırdığında ikinci asker silahını ona doğrulttu.

"Kimlikler!" diye bağırdı. "Hemen!"

Langdon etrafına bakınırken tam da korktuğu şeyi gördü. Daha önce fark ettikleri, çok sıkı korunan ve çitlerle çevrili üçgenin içindeki inşaat girişindeydiler.

Bir adım öne çıkan asker yeniden bağırdı. "Kimlikler! Yoksa size..."

"GERİ ÇEKİL ASKER!" Garaj yolunun tepesinden otoriter bir ses Amerikan aksanıyla seslendi. Eksiksiz tören üniformasıyla heybetli bir ABD deniz piyadesi eğimden aşağı inmeye başladı. "BU İKİSİ BENİMLE BİRLİKTE!"

Şaşıran muhafızlar daha yüksek rütbedeki askerin emrine itaat ederek Langdon ve Katherine'den bir adım uzaklaştılar. Kısa bir konuşma oldu ve daha yüksek rütbeli birinden emir almaktan memnun görünmeyen iki asker geri çekilerek eğimli yolun başına çıktılar.

Langdon artık kendilerine nişan alan bir silah olmadığına seviniyordu ama şimdi de Katherine ile birlikte daha ciddi bir durumla karşı karşıya kalmaktan korkuyordu.

Kim bu deniz piyadesi? CIA mi? Finch'in işbirlikçilerinden biri mi?

Askerler giderken deniz piyadesinin tavırları yumuşadı ve ciddi üniformasıyla tezat oluşturan içten bir ifade takındı. Ayağa kalkmalarına yardım ederken, "Bay Langdon... Bayan Solomon," dedi. "Ben Scott Kerble. Büyükelçi Nagel için çalışıyorum."

Langdon onun doğruyu söylüyor olmasını diledi. "Onu hemen görmemiz gerek."

Deniz piyadesi tam cevap vereceği sırada muhafızlardan biri garaj yolundan aşağıya indi. Üçünün birlikte fotoğrafını çektikten sonra yokuştan yukarı geri döndü. Bu sırada telefonla birini aradı.

Kerble sessizce küfretti. "Sizi buradan hemen çıkartmalıyım."

"Büyükelçiliğe mi?" diye sordu Langdon.

"Bunu arabada konuşuruz," derken eğimden yukarı yürümeye başlamıştı. "Beni takip edin."

Konuşmak mı? Bu cevap Langdon'ı büsbütün kuşkulandırmıştı. "Aslına bakarsanız, herhangi bir yere gitmeden önce Büyükelçi Nagel ile görüşmek istiyoruz."

"Aynı fikirdeyim," dedi Katherine. "Eğer biz..."

"İkiniz de beni dinleyin." Aniden durup onlara doğru dönen deniz piyadesinin samimi tavrı kaybolmaya başlamıştı. Geri dönüp yanlarında durdu. "Büyükelçi, CIA direktörünün emriyle gözaltına alındı. Listesinde ondan sonra *sizin* isimlerinizin yazdığına eminim."

119. BÖLÜM

Büyükelçilik arabasının direksiyonundaki Scott Kerble nehir boyunca kuzeye doğru hızla ilerliyordu. Karşı şeritte bir dizi kurtarma aracı Folimanka Park'a doğru gidiyordu.

Kurtaracak hiçbir şey kalmadı, diye düşündü Kerble.

Arka koltukta oturan Langdon ve Solomon sağ çıktıkları facianın boyutunu kavradıktan sonra şok sessizliğine bürünmüşlerdi. Folimanka bomba sığınağından geriye taş, toprak, parçalanmış beton ve bükülmüş çelikle dolu derin bir çukurdan başka bir şey kalmamıştı.

Kerble patlamaya neyin sebep olduğunu tahmin edemiyordu. Anlayabildiği kadarıyla yangın çıkmamıştı ve sıcaklık yoktu, tam aksine sadece soğuk vardı. Sovyet bomba sığınağının Amerikan Ordusu Mühendisler Birliği tarafından son birkaç yıldır restore edildiğini ve işin içinde patlayıcıların yer almadığını biliyordu.

Langdon, "Bizi nereye götürüyorsun?" diye sordu.

Kerble, *iyi bir soru,* diye düşündü. Büyük resmi tamamıyla çözememişti ama Büyükelçi Nagel ile CIA Direktörü Judd arasında ortaya çıkan güç mücadelesinin bir kısmında Langdon ile Solomon'ın olduğunu biliyordu.

Kerble patlamadan sonra tepeden büyükelçiliğe doğru ilerlerken güvende olup olmadığını öğrenmek için Nagel'i aramıştı. Büyükelçi, direktörle bir görüşmedeydi. Kerble sarsıntının Folimanka Park'ın altındaki bir patlamadan kaynaklandığını açıkladığında Nagel ilk olarak, Langdon ile Solomon'ın nerede olduklarını sormuş ve Kerble'a hemen olay yerine gidip onları aramasını emretmişti.

Kerble, büyükelçi ile CIA direktörünün arasındaki sorunun ne olduğunu bilmese de diplomatik keseyi büyükelçilikten çıkarma kararını vererek tarafını seçmişti. Bu tam zamanında verilmiş bir karardı çünkü direktör neredeyse anında büyükelçilik süitinin ve Kerble dahil tüm personelinin aranmasını emretmişti.

Kese bende olsaydı CIA onu çoktan ele geçirmişti.

Arabasının takip edilme ihtimaline karşı büyükelçiliğe doğru ilerlerken Kerble'ın içgüdüleri, Langdon ile Solomon'ı CIA direktörüne teslim etmesinin Nagel'in istemeyeceği bir şey olduğunu söylüyordu. Ayrıca, arka koltukta oturan Amerikalıların kendisinden birçok şey sakladıklarını da hissedebiliyordu.

Langdon içinde bulundukları şartlar altında şaşırtıcı bir şekilde otoriter çıkan bir sesle, "Dışarı çıkmalıyız," dedi. "Size detayları veremem ama büyükelçinin *ölümcül* bir tehlike içinde olduğuna emin olabilirsiniz, özellikle de CIA direktörü onu gözaltına aldıysa."

Ölümcül tehlike mi? Judd'un ulusal güvenlik söz konusu olduğunda acımasız olduğu bilinen bir gerçekti. *Ama büyükelçiye gerçekten zarar verebilir mi?* Kerble, direktörün bulmaya kararlı olduğu diplomatik keseden bahsetmeyi düşündü ama sonra büyükelçinin keseyle ilgili emri aklına geldi. *Kimseye bundan bahsetme*

Langdon kendinden emin bir sesle açıkladı. "Büyükelçinin bu durumdan fiziksel veya siyasal olarak kurtulmasının tek bir yolu kaldı. Ve ben de bu yolu bulabileceğimi düşünüyorum."

Bu çok iddialı bir söylemdi ama Kerble, Langdon'ın en azından söylediği şeye *inandığını* hissetti. "Peki, ne arıyoruz?" diye sordu.

Langdon, "Aradığımız bir şey değil," diye karşılık verdi. "Bir *kişi*."

Kerble bakışlarını dikiz aynasına dikip Langdon ile göz göze geldi. "Kim o?"

Langdon, "İsmi Sasha Vesna," dedi. "Ve büyükelçinin bu fırtınayı atlatabilmek için ihtiyacı olan şey, Sasha'nın kafasının içinde."

*

Robert, Sasha'yı nasıl bulacağını biliyor mu?

Katherine bir an için Langdon'ın blöf yaptığını düşündü ama güvence veren bir şekilde başını sallayışından onun ciddi olduğunu anladı.

Sasha'yı bulmak her şeyi çözüme kavuşturacak...

Sasha'nın *kendisi,* Eşik'in varlığına, Katherine'in patlama sırasında kaybettiği dosyadan çok daha iyi bir kanıttı. Basit bir beyin taraması, bu gelişmiş implantın gerçek olduğunu ve CIA'in genç bir Rus psikiyatri hastasını kandırarak tıbbi bir test deneği olarak kullandığını kanıtlayacaktı.

Sasha'yı bulmak artık çok daha önemliydi. Eşik'in yok olması, onları fazlasıyla tehlikeli bir duruma sokmuştu. CIA hasar kontrolüne başlayacak ve işledikleri suçlara ait tüm kanıtlar artık Folimanka Park'ın altına gömülü olduğu için durumu kolaylıkla kontrol altına alabileceklerdi.

Ama Robert ile ben hâlâ sorun teşkil ediyoruz, diye düşündü Katherine. *Sasha Vesna ve Dmitri Sysevich de öyle.*

Katherine, Eşik'te gördükleri ürkütücü figürü hatırladı. Kendini "Sasha'nın koruyucusu" olarak tanıtmıştı ve büyük ihtimalle bu adam Sysevich'ti; Sasha gibi bir enstitüden alınan siyah saçlı Rus epilepsi hastası. Katherine tıbbi kayıtlarına ilk bakışta onun öldüğünü düşünmüştü ama artık başına *başka bir şey* geldiğini düşünüyordu. Belki de ellerinden kaçmıştı. Bütün yaşadıklarından ötürü, geri dönüp kendisine akıl almaz işkenceler uygulayan tesisi yok etmek için yeterli sebebi olduğu çok açıktı.

Katherine onun mental sıkıntıları olduğunu düşünüyordu. *Adam kendisini kille kaplamış ve Eşik'i yok etmek için hayatını feda etti.* Katherine, Dmitri'nin önceden bir psikolojik rahatsızlığı var mıydı yoksa beyin ameliyatından ve psikedelik maddeye maruz bırakıldıktan sonra mı böyle olduğunu merak ediyordu.

Adam, *Sasha güvenli bir yerde,* demişti.

Katherine, "Robert, gerçekten Sasha'yı nerede bulacağını biliyor musun?" diye sordu.

Langdon, "Biraz önce anladım," diye cevap verdi. "Tek bir yerde olabilir... ama onu bulabilmemiz için önce dairesine girmem gerekiyor..."

Kerble, "Orada değil," diye araya girdi. "Harris'in cesedini ben buldum. Sasha orada değildi. Ekibimiz Harris'in cesedini alıp daireyi kilitledi ve oradan ayrıldık."

Langdon onayladı. "Anlıyorum ama yine de içeri girmem gerekiyor. Bize yardımı dokunacak bir şey almam lazım. Dairesine nasıl girdiniz?"

"Meslektaşım Dana Daněk'te anahtar vardı."

Langdon, "Krazy Kitten anahtarlığına takılı bir anahtar mı?" diye sordu.

Kerble omzunun üzerinden ona baktı. "Bunu nereden biliyorsunuz?"

"Çünkü anahtarı Bayan Daněk'e *ben* verdim. Ve şimdi de ondan bir an önce geri almam gerekiyor."

Kerble başını "hayır" der gibi salladı. "Bu imkânsız. Anahtar artık Dana'da değil."

Langdon alçak sesle küfretti. "Kimde?"

Kerble cebinden küçük bir nesne çıkarıp Langdon'a fırlattı. "*Sizde* profesör."

*

Prag'da büyük bir patlama?!

Jonas Faukman bilgisayarındaki *New York Times* bildirimini telaşla okurken patlamanın bir tesadüf olduğuna kendisini inandırmaya çalıştı. Langdon'ın patlamanın yakınlarında bulunması istatiksel açıdan düşük bir ihtimal değilse de Faukman arkadaşının belanın merkezine dalmak gibi bir alışkanlığı olduğunu biliyordu.

Langdon'ın e-postayı göndermesinin üzerinden bir saat geçmişti ve o zamandan beri ondan haber alamamıştı. Editör gittikçe artan endişesinden kurtulmak için Prag'daki Four Seasons Otel'i arayıp Landgon'ın odasına bağlanmayı rica etti.

*

Golěm kapanmış tünelde karanlığın içinde ilerlemeye çalışırken ayak seslerinin yankısındaki ani değişimi fark etti.

Daha az yankılanıyor, artık açık alandayım.

Elini duvarın üzerinde gezdirip bir çıkıntı buldu ve sonunda Haç Burcu'nun altındaki perona ulaştığını anladı. Çıkıntı göz hizasında, tahmininden daha yüksekteydi ve kendisini yukarı çekmesi gerekiyordu.

Ağır pelerinini ve platform tabanlı botlarını çıkardı, üst üste koyup bir yığın haline getirdi. Sonra, tabure gibi kullandığı yığının üzerine çıktı ve el yordamıyla çıkıntının yüksekliğini anlamaya çalıştı. Kollarıyla platforma tutunabilmek için oldukça yükseğe zıplaması gerekecekti.

Buradan kurtulmak zorundasın. Sasha'nın hayatı buna bağlı.

Onu düşünmenin verdiği motivasyonla eğildi ve tüm gücüyle zıplayıp platforma tutunmayı başardı. Yorgun bacaklarından birini yukarı doğru savurdu ve topuğunu çıkıntıya yerleştirmeyi başardı. Yerçekimi ve yorgunlukla mücadele ederek kendini metal platforma attı ve yere yığıldı.

Yaklaşık bir dakika boyunca gözleri kapalı bir şekilde derin derin nefes alarak dinlendi.

Sonunda gözlerini açtığında karanlıkta bir şey, parlak küçük bir daire gördü.

Tünelin sonundaki ışık.

Bu, Haç Burcu'na çıkan asansörün düğmesinin ışığıydı.

120. BÖLÜM

Soğuk bir rüzgâr eserken Eski Şehir Meydanı'na yakın bir yerde büyükelçiliğe ait sedan araçtan Langdon ile birlikte inen Katherine temkinli davranmaya çalışıyordu. Langdon'ın ricası üzerine Çavuş Kerble büyükelçiliğe gitmeden önce onları burada bırakmayı kabul etmişti.

Umarım Robert ne yaptığını biliyordur.

Langdon son birkaç dakikadır deniz piyadesine anlaşılmaz bir mesafeyle yaklaşıyor, Sasha'nın bulunduğuna inandığı yeri söylemekten kaçınıyordu. Tüm söylediği, yardımı dokunacak bir şeyi bulmak için Sasha'nın dairesine gitmesi gerektiğiydi. Kerble ise Langdon'ın ağzı sıkı davranmasını anlıyor hatta belki de takdir ediyor gibiydi. *CIA direktörü, Sasha'nın yerini bulmaya can atıyor; eğer sorgulanırsa Kerble bilmediği bir şeyi söyleyemez.*

Kerble yanlarında kalsa Katherine kendini daha güvende hissedecekti ama anlaşılan o ki, büyükelçiliğe gitmesi gerekiyordu. Büyükelçinin tarafındaki tek kişi o olabilirdi ve her ne pahasına olursa olsun Bayan Heide Nagel'i CIA direktöründen korumak için yanında durmaya kendini mecbur hissediyordu.

"Büyükelçi emeklerinize müteşekkir olacak," diyen Kerble hızlıca vedalaşmak için camını indirmişti. "Bol şans. *Her nereye* gidiyorsanız."

Langdon, "Anlayışınız için teşekkür deriz," dedi.

"Operasyonel güvenlik stratejisi. Siz de deniz piyadesi olabilirmişsiniz."

"Ürkütücü bir düşünce," diyen Langdon camdan içeri uzanıp deniz piyadesinin elini sıktı. "Şahsi numaranız bende var. Herhangi bir şeye rastladığımız an sizi arayacağım."

"Sasha'yı bulursak onu güvenli bir yere götüreceğiz," dedi Katherine. "O zaman büyükelçi sizi korumak için ihtiyaç duyacağı gücü elde edecek."

"Umarım haklısınızdır," dedi Kerble. "Askeri mahkemeler hafta sonlarını berbat eder."

Deniz piyadesi uzaklaşırken Langdon kolunu Katherine'e doladı ve hareketli meydanda ona yolu gösterdi. Karşı tarafa vardıklarında kemerli bir geçitten bir dizi dar ara sokağa girdiler. Meydanın gürültüsü arkalarında kalırken Katherine artık aralarında özel konuşabileceklerine karar verdi.

"Neler oluyor?" deyiverdi. "Ve nereye gidiyoruz? Sasha nerede?"

"Onun dairesine gidiyoruz. Sasha'nın oradan hiç ayrılmadığını anladım. Ayrılmış *olamaz*. O hâlâ içeride."

Katherine yürümeyi bıraktı. "Deniz piyadesi, Sasha'nın orada *olmadığını* söyledi."

"Yanılıyor."

"Olay yeri inceleme ekibinin daireyi aradığını söyledi!"

"Evet ama her yeri aramadılar."

"Anlamıyorum."

Langdon, *"Anlayacaksın,"* derken Katherine'in elinden tuttu. "Gel benimle."

Katherine, Prag'ın şehir meydanını çevreleyen ara sokaklarda Langdon'ın peşinden gitti. *İyi bir hafızasının olması müthiş,* diye düşündü Katherine. Langdon o gün daha erken saatlerde Sasha'nın onu geçirdiği yollardan gidiyordu. Ara sokaklar daha da daralmış, akşamüstü ışığında parke taşından kaldırımlara gölgeler düşmeye başlamıştı.

"Burası," diyen Langdon önünden geçtikleri diğer kapılara benzeyen sıradan bir kapının önünde durdu.

"Emin misin?" Katherine herhangi bir sayı veya işaret görmüyordu.

Langdon kapının yanındaki pencereyi işaret ettiğinde, kendisine bakan iki çift gözü gören Katherine şaşkınlığa uğradı. İçeriden dikkatle bakan iki Siyam kedisi, sanki sahiplerinin dönmesini bekliyordu. Kediler bu yerin Sasha'nın dairesi olduğunu teyit etse de, tam tersi biçimde onların varlığı Langdon'ın neden Sasha'nın hâlâ burada olduğuna inandığı konusundaki şüphesini artırıyordu. "Robert bu kediler sahiplerinin dönmesini bekler gibi görünüyor."

"Öyleler," dedi Langdon. "Sadece burada olduğunu bilmiyorlar."

Bu cevap Katherine'e hiç mantıklı gelmemişti.

"Şu sokağa bir bak," diyen Langdon eliyle etrafı gösterdi. "Bu sabah Sasha'nın kapısının altından bırakılan notla ilgili söylediklerimi hatırlıyor musun? Notu aldıktan saniyeler sonra bu sokağa koştum ama bırakan kişi kayıplara karışmıştı bile. Öyle bir anda ortadan yok olmuş olamazdı."

Katherine sokağa bakındı. *Gerçekten de saklanacak hiçbir yer yok.*

"Ama sonra cevabın çok açık olduğunu anladım. Notu bırakan kişi buradan *hiç* ayrılmamıştı. En yakın yere saklanmıştı o kadar."

Katherine aklı karışmış bir halde etrafa bakındı. "Nereye?"

"İşte tam şuraya," diyen Langdon parmağıyla işaret etti.

Katherine bakışlarıyla Langdon'ın uzattığı parmağı takip etti. Binanın cephesinde, Sasha'nın dairesinin tam üstündeki pencereleri işaret ediyordu. Üst kattaki tüm pencereler tahta panjurlarla kapatılmıştı.

"Yukarıdaki daire," dedi Langdon. "Gessner her iki daireye de sahip olduğunu, hasta annesine bakmak için burada kaldığını söylemişti. Şimdiyse Sasha'nın alt kattaki dairede kalmasına izin veriyor ve üst kattaki daire... boş."

Katherine boş dairenin kapalı pencerelerine bakarken Dmitri gibi birinin Sasha'nın kapısının altından bir not bıraktığını ve Langdon boş yere sokağı ararken sessizce üst kata saklandığını hayal etti. *Bu mümkün...*

Langdon binanın çapraz çıtalı kalın ahşaptan yapılmış ve önünde demir kafesi bulunan dış kapısına doğru yürüdü. Cebindeki Krazy Kitten anahtarlığı buldu, kapının kilidini açtı ve Katherine'i köhnemiş girişten içeri soktu.

Bina girişinin mütevazılığına rağmen Katherine, Sasha'nın bu yeri eve çevirdiğini görebiliyordu. Hemen sağ taraftaki daire kapısını saksı bitkileriyle, mor salkımdan bir kapı çelengiyle ve üstünde LÜTFEN PATİLERİNİZİ SİLİN yazan bir paspasla süslemişti.

Bina girişinin karşı tarafında tavana kadar eski kolilerle dolu bir depo alanı vardı. Katherine'in şaşkın bakışları altında Langdon doğruca oraya doğru yürüdü ve göğüs kafesi kolilere değecek kadar yakınına gitti. Sanki mimari yapısını incelermiş gibi yukarı baktı, başını salladı ve eliyle Katherine'e yanına gelmesini işaret etti.

Katherine yaklaşırken Langdon sağ tarafa doğru adım attı ve deponun duvarıyla koliler arasında kalan fark edilmesi güç bir aralıkta gözden kayboldu. Hayrete düşen Katherine hemen arkasından gitti ve dar aralıktan geçti. Kolilerin yanından sola, sonra tekrar sola dönünce kendini Langdon'ın yanında buldu. Kolilerin arasından süzülen loş ışıkta, karanlığa doğru çıkan dar bir merdivenin altında durduklarını görebiliyordu.

Burası bir depo falan değil, diye düşündü Katherine. *Burası bir merdiven sahanlığı.*

"İlk başta bina girişinde ikinci kata çıkan bir merdivenin olmadığını fark etmemiştim. Ama sonra bir yol olması gerektiğini anladım ve ayrı bir giriş bulunmadığına göre, her iki daireye de ana girişten gidilmeliydi. Ayrıca bu, birinin Sasha'nın kapısının altından notu bıraktıktan hemen sonra nasıl ortadan yok olduğunu da açıklıyor."

Katherine onaylayarak başını salladı. "Birkaç adım ötede saklanmış. Çok akıllıca."

"Evet ve ben hızla Petřin Kulesi'ne doğru yol alırken o da saklandığı yerden çıktı, Sasha'nın dairesine girdi, ya onu yukarı çıkmaya ikna etti ya da bir şekilde etkisizleştirdi. Her iki durumda da onu yukarıda bırakmış olmalı, bu sayede Harris'i öldürdüğünü görmeyecekti."

Temiz iş. Katherine onaylayarak başını salladı. "Büyükelçilik Harris'in cesedini bulduğunda Sasha yoktu, bu yüzden olay yerinden kaçtığını düşündüler."

"Kesinlikle."

Katherine, "Peki, daireye nasıl girmeyi düşünüyorsun?" diye sorarken merdivenden yukarı baktı.

"Kapıya vurup Sasha'nın beni duymasını dileyeceğim."

"Planın bu mu? Ya verilen ilaçlar yüzünden seni duyamayacak haldeyse? Ya bağlandığı için kapıya gelemiyorsa?"

Langdon kaşlarını çattı. "O zaman B planımı uygulayacağım."

Karanlık merdivenden yukarı çıkmadan önce ışık düğmesine bastı ama hiçbir şey olmadı.

Katherine başlarının üstündeki boş duran aydınlatma armatürünü işaret etti. "Ampul yok."

Sasha'nın evine gidip oradan bir fener almasını söyleyecekti ama bu sıkışık yerden çıkmaya can atan Langdon karanlığa doğru yürümeye başlamıştı bile.

Langdon kapalı yerlerde kalmaktan ne kadar hoşlanıyorsa Katherine de karanlık yerlerden o kadar hoşlanıyordu ama kendini zorlayıp Langdon'ın peşinden gitti. Sallanan tırabzana sıkıca tutunarak üst kata çıktı ve yarı karanlıkta, bir kapının önündeki küçük bir sahanlıkta duran Langdon'a elini uzattı.

Langdon kapıya vururken, "Sasha?" diye seslendi. "Orada mısın?!"

Sessizlik.

Şimdi kapıya daha kuvvetli vuruyordu. "Sasha? Ben Robert Langdon! İyi misin?"

Bir şey olmuyordu.

Langdon kapıyı açmayı denedi. Kilitliydi.

Kapıya biraz daha vurduktan sonra on saniye boyunca kulağını kapıya dayadı. Sonunda geri çekilip başını iki yana salladı. "Burası çok sessiz. Umarım bir şeyi yoktur."

"B planın ne?" diye sordu Katherine. "Bir levye veya çekiç mi bulmalıyız?"

Biraz düşünen Langdon, "Bundan daha kolayı var galiba," dedi. "Bu dairelerin ikisi de Gessner'a ait ve hasta annesinin üst katında kalıyordu..." Karanlıkta kapının koluyla oynuyor gibiydi.

Katherine onun ne yaptığını görmek için gözlerini kıstı. "Kilidi maymuncukla mı açacaksın?"

"Pek sayılmaz," diye yanıt verdi Langdon. Bir süre daha kapı kolunu salladı ve sonra Katherine kapı kilidinin trink sesini duydu. Langdon kolu kaldırıp kapıyı nazikçe itti. Kapı açıldı.

Katherine ona bakakalmıştı. "Ne oldu?"

Langdon, Krazy Kitten anahtarlığı kaldırıp gösterdi. "Gessner burada yaşıyordu, her iki daire de ona aitti ve annesi hastaydı. Yani, her iki dairenin de kapısını açan tek bir anahtar işleri kolaylaştırırdı öyle değil mi?"

Elbette, diye düşündü Katherine. *Ayrıca Sasha buraya taşındığında kilidi değiştirmesine gerek yoktu çünkü ikinci daire zaten boştu.*

Kapı gıcırtıyla içeriye doğru açılınca Langdon ile Katherine kendilerini kapkaranlık bir yerde buldular. Pencerelerdeki kalın panjurlar dikkate alınınca bu durum hiç de şaşırtıcı değildi. Katherine kapı kasasının yanlarını eliyle yoklayarak elektrik düğmesini buldu. Düğmeye bastığında ikisi birden hayretle geriye doğru sendeledi. Karşılarındaki aydınlatılmış manzara yabancı dünyaya aitti.

Boş dairenin tamamına ürkütücü bir mor ışık hâkimdi.

121. BÖLÜM

Golĕm kille kaplı yüzüne aynada bakarken bunun bir daha asla görmeyeceği bir yüz olduğunu biliyordu. Sona yaklaşmıştı ve bu tam da hayal ettiği gibi bir sondu.

Ben Golĕm'im. Vaktim neredeyse doldu.

Gessner'ın laboratuvarına çıkmıştı ve şimdi de Haç Burcu'nun bir kat altında, küçük laboratuvar tuvaletindeydi.

Lavaboda alnına kabaca kazınmış İbranice üç harfi inceledi. Terden ve tozdan biraz bozulmuş olsa da kadim kelime gücünü koruyordu.

אמת

Gerçek.

Golĕm bu anın geleceğinin her zaman bilincindeydi. *Gerçek, ölüme dönüşür.*

Haham Judah Loew'ın yüzyıllar önce kilden canavarı öldürüp azat etmek için yaptığı gibi işaretparmağını kurumuş kalın kile bastırdı. En sağdaki harf olan *alephi* kaybolana kadar parmağıyla kazırken kendisini kaybolmuş ve kimliksiz hissetti.

Kadim protokoldeki gibi alnında artık tamamıyla farklı bir kelime yazıyordu.

מת

İbranice ölüm.

Golĕm dışarıdan bir farklılık görmüyordu ama iç benliğinin, ruhunun, bilincinin değişmeye başladığını hissedebiliyordu. Emanet bedeninden sonsuza kadar ayrılmaya hazırlanıyordu.

Golĕm birçok kez ölmüştü ve ruhunun kalacağını biliyordu ama aynı zamanda, *bu* seferin farklı olduğunu da biliyordu. Bu sefer, ölümü kendi tercihiydi.

Ben bu âleme onun yaşayabilmesi için geldim.

Ve onun yaşayabilmesi için buradan gidiyorum.

O gün birçok şey ölmüştü. Eşik ölmüştü. Sasha'ya işkence yapanlar ölmüştü.

Ve yakında Golĕm de ölecekti.

Golĕm aynaya arkasını dönüp üzerinde kalan giysileri çıkardı. Çıplak kalınca laboratuvarın acil durum duşuna girip suyu açtı. Ilık suyun başını ve omuzlarını rahatlattığını hissetti.

Dönüşümünü kabullenerek ıslak kilin solgun teninden aşağı kayışını, gri suların son kez giderden aşağı akışını izledi.

122. BÖLÜM

Robert Langdon tereddütle daireden içeri girerken gördüğü manzaraya anlam vermeye çalıştı. İçerisi tamamen siyah ışıkla aydınlatılmış olan evde ürkütücü mor bir aydınlık hâkimdi. Duvarlar, yerler ve tavanlar simsiyah boyanmıştı. Köşede ucuz bir sandalye ve yarısı dolu bir bardağın üstünde durduğu bir masa vardı.

Burada gerçekten biri mi yaşıyor?

Langdon'ın burada kalan gizemli kişinin Dmitri Sysevich olduğunu anlaması uzun sürmedi. Bu farkındalık beraberinde pek çok cevaplanmamış soru getiriyordu ama en azından adamın geri dönmeyeceğine emindi.

Eşik'in altında kalmış olmalı.

Büyük olasılıkla Sasha ev anahtarının yukarıdaki daireyle ortaklaşa kullanıldığını bilmiyordu. Ama Dmitri'nin bildiği kesindi. *Kendini Sasha'nın koruyucusu ilan etmiş bu adamın Sasha'nın evine kilitli olsa bile doğrudan erişimi vardı.* Bu düşünce Langdon'ın tüylerini ürpertti.

İçeriye doğru yürürken, "Sasha?" diye seslendi. "Benim, Robert Langdon. Burada mısın?"

Sessizlik. Havada pis bir koku vardı ve onlar hareket ettikçe parkeler çatırdıyordu.

"Sasha?!" diye seslendi Katherine.

Bu dairenin biçimi Sasha'nınkinden farklı olsa da eşit derecede bakımsızdı. Langdon ile Katherine her yeri aradı. Mutfak bomboştu, buzdolabında iki şişe mineralli su hariç hiçbir şey yoktu. Yatak odasının önündeki giyinme odasında sadece bir askı borusuyla üç boş askı duruyordu.

Langdon burasının ikametten çok ara sıra uğranılan bir sığınak olduğunu düşünmeye başlamıştı.

"Yatak odasının ışığı yok," diyen Katherine ışık düğmesini açıp kapattı.

Langdon yatak odasının kapısında Katherine'in yanına geldi. "Sasha?"

Cevap alamayınca Katherine'i geçip karanlığa doğru ilerledi ve kollarını öne doğru uzatarak odada kör gibi yürüdü. Pencere veya panjurları açmanın bir yolunu bulmayı umut ediyordu. Odanın yarısına geldiğinde yerde yumuşak bir şeye bastığını fark etti; bir yastık veya bir tür kilim olmalıydı.

Arkasından gelen kükürtlü kibritin tutuşma sesiyle olduğu yerde dönünce Katherine'in alçak bir masanın önünde çömeldiğini ve bir dizi mumu yaktığını gördü. Alevler büyürken, üstünde üç mumla bir buket kurutulmuş çiçeğin durduğu bu masanın bir tür sunak olduğunu anladı. Masanın gerisindeki duvarda bir kadının fotoğrafı asılıydı.

Langdon sarışın kadını hemen tanıdı. "Aman Tanrım... bu Sasha," dedi Katherine'e. Ürkütücü resme doğru yürürken Dmitri'nin Sasha'ya karşı olan ilgisinin takıntıya vardığını anladı. *Onun koruyucusu,* diye düşünürken hâlâ parçaları bir araya getirmeye çalışıyordu.

"Bak," diyen Katherine orta yerde duran büyük matı gösteriyordu.

"Sanırım ara sıra burada uyumuş."

"Sanmıyorum Robert. Bu *uyku* için değil. Yastık yok. Çarşaf yok. Ve... bir *ağız tıkacı* var."

Langdon matın üstündeki siyah bir plastik top tutturulmuş kemerli deri başlığı gördü. Yumuşak neopren top, ağzı tıkanan kişinin boğulmaması için delikli yapılmıştı. "Yani, burası bir çeşit... seks odası mı?" diye sordu.

"Ağız tıkacının *seks* için olduğunu sanmıyorum," dedi Katherine. "Epilepsi nöbeti geçirirken dişleri ve dili koruması için kullanıldığını düşünüyorum."

Şaşıran Langdon, sınıfındaki ilk yardım setinde yer alan ve epilepsi nöbetleri için üretilmiş ağız koruyucuyu gözünde canlandırdı. Bu delikli top aynı görevi görürdü.

"Dmitri bu odayı güvenli bir yerde nöbet geçirmek için kullanmış olmalı," dedi Katherine. "Yastıklar boğulmasına neden olabilir, çarşaflarsa dolanabilir. Burası güvenli bir ortam sunuyor. Özellikle de toplu bir ağız tıkacı takıyorsa."

Gessner'ın epilepsi çubuğuna sahip olan birinin nöbetleri engellemeyi tercih etmemesi Langdon'a tuhaf gelmişti. Ama farklı bir açıdan düşününce, nöbetlerden sonra gelen zihin berraklığı ve mutluluk hissinin yaşadıkları fiziksel travmaya değdiğini iddia eden bazı epilepsi hastaları vardı. Görünüşe bakılırsa Dmitri'nin elindeki epilepsi çubuğu onun her iki dünyayı da tatmasını sağlıyordu. *İstediği yerde ve zamanda nöbet geçirebiliyordu. Böylece, güvenli ve kontrol edebildiği bir ortamda oluyordu.*

Her nasıl olursa olsun Langdon artık Sasha'nın burada bulunmadığından emindi. Geriye kalan kontrol etmedikleri tek yer banyoydu. Katherine yatak odasındaki mumları üflerken Langdon koridora yöneldi. Banyo ve küvet boştu. Dmitri'nin Sasha'yı bu daireye saklamadığı belliydi.

Banyonun lambasına dairenin geri kalanında olduğu gibi siyah ampul takılmıştı ve beyaz renkli küvetle lavabo bu yüzden parlıyordu. Tuhaf bir şekilde, lavabonun üstündeki yerinden sökülmüş olan ayna, duvarda boş vida delikleri bırakmıştı.

Langdon lavabonun yanındaki rafta bir el aynası, bir spatula, bir boya kâsesi ve beyaz lastik boneler buldu. Bunun dışında üç kutu UltraMud isimli tiyatro makyajı malzemesi vardı. Üstündeki etikette bir aktörün çatlamış kalın çamura bulanmış korkutucu bir fotoğrafı bulunuyordu. Makyajı fazlasıyla tanıdıktı.

Langdon banyonun geri kalanını gözleriyle ararken lavabonun altındaki çöp kutusunda parlayan bir şey fark etti. Kana bulanmış gibiydi... *çok* kana.

Dehşete kapılan profesör çöp kutusunu kaldırıp bezi lavaboya düşürünce yanıldığını hemen anladı. Lavabodaki buruşturulmuş ve çamura bulanmış beyaz bir boneydi.

Kan değilmiş, diye düşündü rahat bir nefes alırken. Mor ışık yüzünden rengini ayırt edememişti.

Ama boneye bakarken ışıkta parlayan bir şey fark etti; bu, lastiğe yapışmış ince bir lifti. O kadar küçüktü ki ışıkta parlamasa Langdon fark etmeyecekti.

Göründüğü şey olmasına imkân yok...

Elini uzatıp dikkatlice lifi boneden çekti ve ışığa tuttu. Gördüğü şeyin ne olduğuna hiç şüphe yoktu ama Langdon burada ne işi olduğunu bir türlü anlayamıyordu.

Hiç mantıklı değil.

Ardından beklenmedik bir kaygı duydu. *Ama tabii...*

Langdon sembolizm derslerinde bir özdeyişi sıklıkla tekrarlardı. *"Bakış açısını değiştirmek genellikle gizli bir gerçeği ortaya çıkarır."* Bu düşünce pek çok açıdan profesörün meslek hayatını şekillendirmişti. Bir soruna farklı bir açıdan bakma kabiliyeti, başkalarının gözden kaçırdığı gerçekleri defalarca görebilmesini sağlamıştı.

Şimdiyse parmaklarının arasında tuttuğu minik nesneyi incelerken o anlardan birini yaşadığını düşünüyordu.

Zihnine üşüşen düşüncelerle başı dönen Langdon, dengesini sağlayana kadar lavaboya tutundu. Zihin gözünde bulmacanın bugün topladığı tüm parçalarını bir araya getirebiliyordu. Parçalar dağılıyor, havada uçuşuyor, tekrar bir araya geliyor ve toprağa düşüyordu. Langdon'ın zihnindeki görüntü yepyeni bir resim oluşturdu.

Aman Tanrım... Bunu nasıl gözden kaçırdım?

Hayal bile edilemez bir fikirle karşı karşıyaydı ama yine de içgüdüleri ona doğru olduğunu söylüyordu. Tüm saf gerçeklikler gibi bu da her soruya cevap veriyor, her anormalliği çözüme kavuşturuyor ve en başından beri gözlerinin önünde duruyordu.

"Yerleşik olmayan bilinç..." diye fısıldadı. "Katherine haklıydı."

*

Yüksek sesle, "Gözden kaçırmışım!" diyen Langdon hızla banyodan çıktı ve kapıya yöneldi. "Gitmemiz gerek. Sonra açıklarım!"

Neyi gözden kaçırdın?! Katherine peşinden giderken aklında bu soru vardı. *Bekle!*

Katherine kapıya vardığında Robert hızla merdivenden inmeye başlamıştı. Ona yetiştiğinde Langdon'ı girişte, Sasha'nın kapısının önündeki paspasın üstünde çömelmiş buldu. Kapının altını eliyle yokluyor gibiydi. *Ne yapıyor?!* "Robert anahtarımız var eğer..."

"Zaten *mümkün* değildi!" dedi Langdon heyecanla. Hemen ayağa fırladı ve elini cebine götürüp bir kâğıt çıkardı. Katherine bunun Sasha'nın kapısının altından itilen not kâğıdı olduğunu anladı.

Katherine'in şaşkın bakışları altında profesör kâğıdı defalarca kapının altından itmeye çalışsa da her seferinde başarısız oldu. Kâğıt soğuğu kesmek için kapıya tutturulan yalıtım bandına çarpıp duruyordu.

"Zaten mümkün değildi," diye yineleyen Langdon sonunda ayağa kalktı. "Daha önce yalıtım bandını görmüştüm ama o zaman idrak edemedim. Bu notu kapının dışından içeri itmenin imkânı yok!"

"Bunu anladım," dedi Katherine. "Ama..."

"Anlasana Katherine. Not dışarıdan itilmemiş... Notu bırakan kişi en başından beri dairenin *içindeymiş!*"

Katherine'in tüm vücudunu bir ürperti kapladı. *İçeride saklanıyormuş.* "Koridordaki dolapta..." diye fısıldarken koyu renk saçlı Rus'un uygun bir boşluk anını beklediğini, dolaptan çıktığını, notu kapının önüne bıraktığını, kapıyı yumrukladığını ve hemen yeniden dolaba girdiğini hayal etti. Zekice bir aldatmacaydı. Hem Sasha hem de Langdon kanmıştı.

"Hayır," diyen Langdon'ın benzi atmıştı. "Dolapta değildi." Katherine onun daha önce hiç böylesine dağıldığınıu görmemişti. "Dolapta *kimse* yoktu. Çok daha zekice bir yerde saklandı." Şimdi sesi titriyordu. "Bunu daha önce anlamadığıma inanamıyorum..."

"Neyi anlamadın? Anlamıyorum."

"Dün akşamki konuşmanda bundan bahsettin." Langdon gözlerini Katherine'e dikti. "Bundan yerleşik olmayan bilincin ispatı diye bahsettin... Beyinlerimizin bir alıcı gibi çalıştığının kanıtı dedin. Eğer zarar görürse sinyaller karışıyordu..."

"Ani Savant Sendromu'ndan mı bahsediyorsun? Tamam ama anlamıyorum..."

"Hayır! Bundan hemen *sonra* anlattığın şeyden bahsediyorum!"

Katherine konuşmasının sıralamasını düşünerek biraz duraksadı ve sonra bir anda Langdon'ın neden bahsettiğini anladı. Ona anlattığı şeyi tam olarak anlaması biraz daha zaman aldı. "Ah, Robert... Sen şey mi demek istiyorsun?..."

Langdon, "Bunu banyoda buldum," derken başparmağıyla işaretparmağı arasına sıkıştırdığı o minik şeyi gösterdi. "Kirli bir bonenin iç yüzeyine yapışmıştı."

Katherine, Langdon'ın elinde ne tuttuğunu gördü.

Eğer haklıysa o zaman Golěm figürüyle ilgili düşündükleri her şey kökten yanlıştı.

123. BÖLÜM

Haç Burcu'ndaki laboratuvar duşunun içi buharla dolmuştu. Golĕm başını geriye atıp yüzüne çarpan suyun yumuşaklığının keyfini çıkardı. Avuç içleriyle yanaklarına nazikçe masaj yaparken son kuru kil parçalarının teninden ayrılışını hissetti. Golĕm'den geriye son kalanlar da yok oluyordu.

Elini başına götürdüğünde bonesini çıkarmayı unuttuğunu fark etti. Dar bonenin kenarına parmak uçlarını geçirip geriye doğru sıyırdı. Bu sırada birkaç tel saçı da koptu.

Golĕm boneyi yere atıp kafasına masaj yapmaya başladı. Kalın saçlarının arasından akan su kalan son kil parçalarını da temizliyordu. Gidere doğru dönerek akan suyun tamamen berraklaştığına emin olduğunda duştan çıktı.

Bir havluya sarınıp lavabonun başına gitti ve aynada kendini inceledi.

Kan çanağına dönmüş gözlerinde yorgun bir ifade vardı... Yüzü acımasız bir geçmişin izlerini taşıyordu. Güzel olmadığını biliyordu ama ona verilen yüz buydu.

İçindeki güzelliği görmeyi öğrendim, diye düşündü.

Golĕm zaman içinde bu yüzü, sarı saçlarının omuzlarına dökülüşünü ve masum mavi gözlerini çevreleyişini sevmeyi öğrenmişti. Çarpık burnunun bile ona bir çekicilik kattığını düşünüyordu. *Svatyně*'sinin duvarındaki mum ışığıyla aydınlanan fotoğrafı hayal ederken gülümsedi.

Aynadaki yansımasına, "Sasha," diye fısıldadı. "Keşke beni tanısaydın."

Aynadaki sarışın kadın bir karşılık vermedi.

Sasha'nın banyodaki bedensel varlığını hissetmesine rağmen başka hiçbir şey duymadı. Golĕm onu kimsenin hatta kendisinin bile farkında olmayacağı uyku haline benzer bir boşluğa hapsetmişti.

Bedenlerini paylaşıyor olsalar bile, Golĕm uzun zaman önce hâkimiyeti ele almış, Sasha'nın neye şahit olacağına, hatırlayacağına ve anlayacağına karar vermişti. Bunu onun narin ruhunu korumak için yapmıştı. Golĕm, onun acılarını saklayan bir kasa, onun savaşlarını veren bir ordu olmuştu.

Beni sen çağırdın Sasha... ve ben de çağrına karşılık verdim.

Golĕm, Rusya'daki psikiyatri hastanesinde yaşanan o korkunç anı asla unutmayacaktı. Sasha'nın daha fazla acıya katlanamayan ruhu çaresizce evrenden yardım istemişti.

Doğduğum an... Çok az insan varoluş anını hatırlardı ama o kendisininkini hatırlıyordu. Aniden bilinçlenmiş, yaşadığı zulmün farkına varmış ve acımasızca dövülen bir bedende sıkışıp kaldığını fark etmişti. Acı ve öfkeden beslenerek içgüdüsel olarak ayağa kalkmış, vücudunun asla sahip olmadığı bir güce kavuşarak saldırganın boğazına yapışmıştı. Golĕm, Sasha'nın gece hemşiresinin cansız bedeninin yanında ayakta dururken kendi boğuk sesini ilk kez duymuştu.

"Ben senin koruyucunum Sasha. Artık güvendesin."

*

Sasha'nın dairesinin dışındaki antrede duran Katherine Solomon'ın beyni, Langdon'ın sözleriyle aklına gelen rahatsız edici düşünceleri toparlamakta zorlanıyordu. Langdon ona geçen akşamki konuşmasında –yerleşik olmayan bilincin açık bir kanıtı olduğuna inandığı– hasarlı bir beynin birçok sinyal alması anlamına gelen ani Savant Sendromu'ndan bahsettiğini hatırlatmıştı.

Langdon *ayrıca* kayda değer *ikinci* bir olgudan bahsettiği konusunda da haklıydı.

Katherine seyircilere, "Ani Savant Sendromu'yla bağlantılı ilginç bir durum daha var," demişti. "Bu, beynin birden fazla sinyal alma yeteneğini gösteren bir durum. Klinik ismi, 'dissosiyatif kimlik bozukluğu' ama çoğumuz bunu 'çoklu kişilik bozukluğu' olarak biliyoruz. Bu, *bir* bedende *birden fazla* kişiliğin bulunduğu psikolojik bir durum."

Dünya çapında belgelenmiş bu rahatsızlık daha çok, fiziksel ve cinsel istismara uğrayan kadınlarda bir başa çıkma mekanizması olarak ortaya çıkıyordu. İkinci kişilik, beden sahibinin acısını onun yerine göğüsleyen, ıstıraba dayanan, buna dair tüm anıları bloke eden ve beden sahibinin kendi acısından "ayrışmasına" olanak tanıyan bir nevi vekil kurbandı.

Alternatif ya da "alter" olarak bilinen ikinci kişilik, genellikle akut travma sırasında ani bir bölünmeyle ortaya çıkıyordu. Alter ortaya çıktıktan sonra konağa kalıcı olarak yerleşebiliyor, yıllarca ya da ömür boyu bir tür koruyucu olarak varlığını sürdürebiliyordu. Hatta kişinin en kötü anılarını bir tür seçici hafıza kaybıyla içine alarak, onun temiz bir sayfa açmasını sağlayabiliyordu. Koruyucu alterin vücudun kontrolünü ele alıp *baskın* kişilik haline gelmesi ve travmatize olmuş kişinin ne zaman ve nasıl "ortaya çıkabileceğine" karar vermesi bu vakalarda sık karşılaşılan bir durumdu.

Dissosiyatif kimlik bozukluğu ilk olarak 1800'lerde "çift bilinç" adıyla teşhis edilmiş bir tür uyanık uyurgezerlik haliydi. Bu durumda, bireyi ele geçirmiş gibi görünen başka bir bilinç, bireyin izni, bilgisi olmadan birtakım eylemler gerçekleştiriyor ve birey bunları sonradan hatırlamıyordu.

Tarihteki olağanüstü vakalardan ikisi o kadar titizlikle belgelenmişti ki, *The Three Faces Of Eve**, *Strangers in My Body*** ve *Sybil* gibi çok satan kitaplara ilham olmuştu. Bu psikolojik durumla ilgili yazılan en ünlü kitap ise Robert Louis Stevenson'un *Dr. Jekyll ve Bay Hyde* idi.

Katherine çoğu dissosiyatif kimlik bozukluğunda *birden fazla* alter olduğunu biliyordu. Şaşırtıcı olarak hepsinin farklı sesleri, aksanları, elyazıları, becerileri, yemek seçimleri ve hatta cinsel kimlikleri vardı. Farklı şekilde yürüyorlar, farklı yaşam alanları tercih ediyorlardı. Hatta farklı fiziksel rahatsızlıklara, IQ'lara ve görme yeteneğine sahip olabiliyorlardı.

---

* Eve'in Son Yüzü

** Bedenimdeki Yabancılar

Farklı istasyonları çeken bir radyo...

Psikiyatristler alterler arasındaki bu keskin farklılıkların nasıl mümkün olabileceği konusunda fikir birliğine varamamışlardı. Hatta bazı şüpheciler bu hastaları dikkat çekmeye çalışan yetenekli aktörler olmakla suçlamıştı. Ama hastalar MR, yalan makineleri ve karmaşık sorgulamalar gibi yoğun testlere tabi tutulduklarında sonuçlar hep aynı çıkmıştı; hepsi *gerçekten* de bir bedende var olan farklı bireylerdi.

Bazı alterler "sistem" olarak adlandırılan şeyin içinde onlarla birlikte yaşayan diğer alterlerin *farkındaydı.* Onlara "eş bilinçli" alterler deniyordu. Buna karşılık bazı alterler sistemin varlığından habersizdi ve bedenin içinde yalnız olduklarına inanıyorlardı. Daha güçlü olan alterler onları devre dışı bırakıp, "öne çıkma" eylemiyle zihnin kontrolünü ele geçirdiklerinde hafıza boşlukları yaşıyorlardı.

Katherine, Langdon ile karanlık antrede dururken bonedeki sarı saçı düşünüyordu. Langdon'ın vardığı sonuç şok edici ama mantıklıydı. *Golěm ile Sasha'nın aynı kişi olduğunu düşünüyor.*

Robert haklıysa artık Sasha'yı bulmak mümkün değildi. Sasha Vesna'nın hayatını kurtarmak için ortaya çıkan psikolojik rahatsızlık trajik bir şekilde onun hayatına son vermişti. Golěm büyük ihtimalle patlamada ölmüş ve Sasha'yı da beraberinde götürmüştü.

*

Golěm giyinmiş, aynada kendi yansımasına bakıyordu. Görüntüsü ona her zaman yabancı gelmişti ama dünyada çoğu zaman bu görüntüyle var oluyor, her sabah Sasha gibi giyiniyordu.

O günkü kıyafeti –kot pantolon, beyaz bir bluz, spor ayakkabılar ve bir parka– Golěm'in tam da bu an için Sasha'nın ofisinde bıraktığı giysilerdi. Görüntü pek hoş değildi, ıslak ve matlaşmış saçları ona acınası bir ifade veriyordu ve kendisine acınmasına ihtiyacı vardı.

Lütfen Sasha'ya yardım et...

Golěm, Sasha'nın hayatında sessiz bir ortak olmak için elinden geleni yapmış, onun zihninin en kuytu köşelerinde saklanmış, Sasha yeni hayatına, hak ettiği geleceğine cesaretle yön verirken onu izlemişti. Golĕm ara sıra Sasha'yı korumak için müdahale ediyordu. Öne çıkıp sessizce kontrolü ele alıyor, Sasha'nın bedenini ele geçirip sesini ve hareketlerini taklit ediyordu. Bu müdahaleler onu tehlikeli durumlardan, acı verici bilgilerden ya da vermeye hazır olmadığı zor kararlardan korumak içindi.

Sasha için bu anlar, hayatındaki ve hafızasındaki kısa boşluklardı. Hayallere dalmış bir şekilde araba sürerken vardığınız noktaya nasıl geldiğinizi hatırlamamak gibiydi. Hafızasının inişli çıkışlı olduğunu kabullenmişti. Son zamanlarda Golĕm'in müdahaleleri azalmıştı çünkü Sasha hiç olmadığı kadar mutlu görünüyordu.

Mutluluğunun sebebi Michael Harris'ti.

Sasha âşık olmuştu.

Yakışıklı ataşe Sasha'nın hayatına tesadüfen girmişti ya da öyle görünüyordu. Golĕm fiziksel olarak yakınlaşmalarından rahatsız olsa da müdahale etmemeye karar vermişti. Sasha ilk aşkını yaşamayı hak ediyordu ve Michael da düzgün bir adama benziyordu.

Ama görüntünün yanıltıcı olabileceği anlaşılmıştı.

Üç hafta önce Golĕm, *Svatyně*'sindeki kenevir matın üzerine uzanmış, postiktal mutluluk anı yaşarken aşağıdaki dairede birinin dolaştığını duymuştu. Kulağını yere dayayınca birisinin Sasha'nın dairesini *aradığını* anlamıştı. Giyinip inmek üzereyken aşağıdaki kişi yüksek sesle konuşmaya başlamıştı.

Ses, Michael Harris'e aitti.

Golĕm, Harris ile Amerikan büyükelçisi arasında geçen konuşmayı şok içinde dinlemişti. Görüşme, Harris'in Sasha ile arkadaşlığının farklı sebepleri olduğunu ve Sasha'nın güvendiği akıl hocası Doktor Brigita Gessner'ın da ikiyüzlü olduğunu ortaya koyuyordu.

Golĕm hemen Sasha'nın sahip olduğunu sandığı rüya gibi hayatı yeniden değerlendirmişti. Sasha'ya uygulanan ağır tıbbi tedavilerin farkındaydı ama Brigita Gessner'ın Sasha'yı şefkatle tedavi ettiğine ve sonuçları daha da iyileştirmek için birtakım prosedürler uyguladığına inanmıştı.

Ama Golĕm artık farklı gerçeği görüyordu.

O andan itibaren hep var olmuş, Sasha'nın gözlerinden izlemiş, incelemiş, dinlemiş ve gerçeği ortaya çıkarmak için fırsat kollamıştı. Golĕm sonunda bu fırsatı yakalamış, Gessner'ı laboratuvarında yakalamış ve ihanete son vermişti. Kayda aldığı Gessner'ın itirafında her şeyi ortaya koyuyordu; ameliyatlar, implantlar, Dmitri'nin ölümü, psikedelik ilaçlar, Bay Finch, CIA ve Prag'daki gerçek amaçları...

Golĕm laboratuvarın tuvaletinden koridora çıkarken, *Eşik artık yok,* diye düşündü. Robert Langdon ile Kartherine Solomon'ın kurtulmuş olmalarını umut ediyordu. Amerikalı profesör o gün Sasha'ya son derece nazik davranmıştı ve bilim insanı arkadaşı da evreni, sadece Golĕm gibilerin tam anlamıyla kavrayabileceği şekilde anlayabiliyordu.

Gün zaferle bitmiş olsa da öngörülemeyen zorlukları da beraberinde getirmişti. Golĕm'in ilk şoku Burç'ta ÚSZI memurlarıyla karşılaşmak, ikincisi Langdon'ı Gessner'ın cesedi üzerine eğilmiş bir halde görmek ve üçüncüsü de Gessner'ın laboratuvarında durduramadığı –şüphesiz, ilk ikisinin tetiklediği– bir epilepsi nöbetine yakalanmak olmuştu.

Nöbetlerle ilgili sorun Golĕm'in beyninin nöbet sonrası her zaman ilk sahibine –Sasha'ya– dönmesiydi. Sasha her zaman yalnız ve savunmasız bir halde uyanıyordu. Nöbet sonrası Sasha'nın bilinci açık ve kontrol sahibi oluyor, Golĕm'in kontrolü ele alması birkaç dakika sürüyordu. Bu yüzden Golĕm, eteri aldığında Sasha'nın yabancısı olduğu bir odada uyanmaması için *Svatyně*'sini zifiri karanlık tutuyordu.

O sabah, Gessner'ın cesedinin yanında geçirdiği nöbetten sonra Golĕm bilincin kontrolünü ele aldığında kendisini Robert Langdon'ın kollarında bulmuştu. Eşik'e inişi ertelemesi gerektiğini anlayıp profesörü görünüşte Sasha ile kaçmaya ikna etmişti. Ama profesör karlı tepeden Folimanka Park'a inerken Golĕm her adımında onun yanındaydı.

Harris'in Sasha'nın dairesine gelecek olması, Sasha'ya en acımasızca ihanet eden kişiyi cezalandırmak için mükemmel bir fırsat sunmuştu. Golĕm basit bir illüzyonla –bir parça kâğıt, kapının çalınması, banyoya kısa bir ziyaret– Langdon'ı zarar görmemesi için uzaklaştırmıştı. Langdon notu bulduktan sonra çoraplarıyla sokağa fırlamış, Golĕm'in Sasha'nın penceresinden onu izlediğini asla anlamamıştı.

Burç'ta yaklaşık bir saat önce o kadın ajan kendisine saldırmıştı. Ajan ellerini göğsüne götürüp Sasha'nın memelerini hissettiği an yüzünde beliren şaşkınlık gözünün önünden gitmiyordu.

Ben sandığın şey değilim.

Ve son zorluğu da Eşik'in altında yaşamıştı. Yeni bir nöbet geçirmiş ve manyetik çubuğunu kaybettiğinden nöbeti zarar almadan atlatabilmek için kubbeli odada saklanacak güvenli bir yer aramıştı. Sonunda yumuşak iç kaplaması olan EPR tanklarından birinin içinde saklanmaya karar vermişti. Burası onun çok iyi bildiği bir yerdi.

Orada birçok kez öldüm.

Golĕm, Gessner'ın deneylerinin gerçek amacını –Sasha'yı defalarca ölümün eşiğine götürüp geri döndürmek– hatırlayınca ürperdi. O zamanlar, Gessner'ın cömertliğine inanıyordu ve bu deneylerin acısını kendisi çekmek, Sasha'yı mümkün olduğu kadar rahat ettirmek için elinden geleni yapmıştı. Sasha, Gessner'ın kendisini tekerlekli sandalyeyle Eşik'e götürdüğünü, ameliyathanede ve kabin odasında üzerinde pek çok deney uyguladığını hatırlamıyordu.

Ama ben hatırlıyorum.

Anıların silik izleri onu hâlâ rahatsız ediyordu.

Başka bir hayat, diye düşündü. *Bu, geçmişte kaldı.*

Gelecek yakındı. Sasha için planladığı, Sasha'nın hak ettiği gelecek yakındı. *Yakında onu özgür bırakacağım ve sonra da yok olacağım.* Artık tek yapması gereken yeraltındaki bu dünyadan çıkmak ve Amerika Birleşik Devletleri Büyükelçiliği'ne ulaşmaktı.

124. BÖLÜM

Sasha Vesna'nın mutfağındaki Langdon, hâlâ Katherine ile ortaya çıkardıkları gerçeği kabullenmeye çalışıyordu. Sasha'nın iki Siyam kedisi ayak bileklerine sürtünüyor, ev hâlâ Rus Karavan çayı kokuyordu. Buna rağmen içinde bulunduğu ortam Langdon'a şu anda çok yabancı geliyordu.

Ben buradayken herhalde gerçek Sasha ile konuşmuyordum.

Bunu fark etmek son derece rahatsız ediciydi ama Sasha'nın psikolojik rahatsızlığı pek çok soruyu cevaplıyordu: Golĕm'in Haç Burcu'na girmesini, Sasha'nın hafıza kayıplarını, yukarıdaki tuhaf daireyi hatta belki de Sasha'nın neden ona ev anahtarını verdiğini ve geri dönmesini istediğini. *Harris'in cesedini benim bulmamı ve zarfı büyükelçiye iletmemi mi istedi?* Her halükârda Sasha'nın kim olduğunu anlamak duruma açıklık getiriyordu.

Evi iyice aradıktan sonra Katherine mutfakta onun yanına geldi. Sonra da aklındaki soruyu dile getirdi. "Eşik'te beden dışı deneyimlere yatkınlıkları sebebiyle mi epilepsi hastalarını denek olarak seçiyorlar yoksa bu hastalar Brigita'nın şüphe uyandırmadan beyin ameliyatı yapması için mükemmel bir kamuflaj mı sağlıyor?"

Yerinde bir soruydu ve Langdon her ikisinin de geçerli olduğunu düşünüyordu. "Ne olursa olsun, bu durum kabul edilemez. Dmitri konusunda işlerin feci derecede ters gittiğini ve kayıtlarından anlaşıldığı kadarıyla öldüğünü sanıyorum."

Uzun bir sessizlik boyunca Langdon mutfağın o tatlı, çocuksu dekorasyonunu inceledi.

"Peki bu ikisi ne olacak?" Katherine çömelip Sasha'nın tertemiz ve bakımlı kedilerini sevdi. "En son ne zaman *mama* verildi?"

Doğru, diye düşündü Langdon. *Birinin onları sahiplenmesi gerekecek.* Evyenin altındaki dolaptan mama torbasını çıkarttı.

"Ben yaparım," diyen Katherine torbayı elinden aldı. "Sen telefon aç."

Langdon duvardaki telefonun yanına gitti ve Scott Kerble'ın verdiği numarayı aradı. Çalmaya başladığında Sasha Vesna'yı sorarsa Kerble'a ne diyeceğini düşündü. *Onu bulamadık. Eşik'te öldü. Bu arada, Michael Harris'i o öldürdü.* Langdon bir yandan Sasha hâlâ Harris'i severken koruyucusunun Harris hakkındaki gerçeği nasıl bildiğini ve ondan nefret ettiğini anlamaya çalışıyordu. *İki kişi. Tek vücut.*

Bir zamanlar tecavüzle suçlanan William Milligan, görülen davasında yalan makinesinden geçmiş ve üstüne atılan suçları hatırlamadığını kanıtlamıştı. Sonunda Milligan'da çoklu kişilik bozukluğu olduğu ortaya çıkmıştı. Yaşattığı karakterlerden biri onun bilgisi dışında bu suçları işlemişti. Beraat eden Milligan bir psikiyatri kliniğine yatırılmıştı.

Modern psikiyatrik tedavilerden önce kişilik bölünmesi yaşayanlar o zamanlar bulunabilen tek psikiyatri uzmanına götürülüyordu, yani rahiplere. Kilise bu gibi kişilere sıklıkla "içine şeytan girmiş" teşhisini koyuyor ve kabul gören tedavi planını reçete ediyordu; "şeytan çıkartma" ritüelini. Zihinsel bozukluk yaşayanlara bugün bile hâlâ şeytan çıkartma ritüeli uygulanıyordu ve Langdon bu tutum karşısında dehşete düşüyordu. Yine de Katherine'in yerleşik olmayan bilinç tarifinin yeni bir bakış açısı getirdiğini kabul etmek zorundaydı.

Belki de rahip aslında kişinin bedeninden şeytanı çıkartmıyordur. İstenmeyen istasyonu engellemek için vücudun alıcısını farklı bir frekansa ayarlamaya çalışıyordur.

"Ben Kerble," diyen telefondaki tanıdık sesle Langdon düşüncelerinden sıyrıldı.

"Merhaba, ben Robert Langdon."

"Aramanızı bekliyorduk beyefendi. Lütfen bekleyin, Büyükelçi Nagel ile görüşeceksiniz."

Langdon büyükelçinin konuşabilecek durumda olmasına şaşırdı. *Tutuklandığını sanıyordum.* Büyükelçilikte bir şeylerin değiştiği anlaşılıyordu.

"Profesör," diye söze başladı büyükelçi. "Her ikinizin de sağlığının yerinde olması beni nasıl rahatlattı anlatamam. Scott bana... ucuz atlattığınızı söyledi."

"Gerçekten de ucuz atlattık. Biz de CIA direktörünün sizi tutukladığını sanıyorduk."

"Evet ama Direktör Judd tutuklanmamın güvenliğimi sağlamak için geçici bir önlem olduğunu söyledi."

"Ona inanıyor musunuz?"

"İnanmak istiyorum," dedi Nagel. "Endişeliydi, çünkü Finch'in... bilemiyorum... Her neyse, son görüşmemizden bu yana Finch'ten hiç haber alamadım."

"Finch öldü," dedi Langdon lafı hiç dolandırmadan. "Onu patlamadan hemen önce Eşik'te gördük. Katherine ile ben son anda dışarı çıktık ama Finch..."

"Tamam," diye sözünü kesen Nagel'in sesi iyi gelmiyordu. "Telefonda olmaz. Yüz yüze konuşalım."

"Size anlatacak çok şey var," dedi Langdon. "Büyükelçilik konuşmak için güvenli bir yer mi?"

"Bundan emin değilim," diye yanıtladı Nagel. "Kaldığınız oteli düşündüm ama orası da çok ortada, ayrıca güvende olacağımızı garanti edemem. Henüz değil." Bir süre durdu. "Damlataş Duvarı'nı biliyor musunuz?"

"Biliyorum," diyen Langdon onun halka açık bir yer seçmesine şaşırmıştı... Özellikle de böylesine ürkütücü bir yeri.

"Büyükelçiliğe yakın ama emin değilim..."

"Mümkün olduğunca hızlı oraya gelin."

*

ÚZSI merkezindeki Teğmen Pavel kilitli dolabında kalan son kişisel eşyasını topladı. Yeni amiri onu uzunca bir süre sorguladıktan sonra rütbesi indirilmiş ve üç aylığına görevden uzaklaştırılmıştı.

Geri dönmeyeceğim. Pavel böyle olacağını biliyordu.

Artık her şey farklıydı. Bugüne ait hatıraları bulanık olsa da dayısının vadide yatan buz tutmuş cesedinin görüntüsü asla aklından çıkmayacaktı. Pavel ne kadar itiraz etmeye çalışsa da yüzbaşının ölümü kaza olarak resmi kayıtlara geçmişti ve yapabileceği bir şey yoktu. Bundan başka, ÚZSI'nin daha fazla soruşturma yapması ABD büyükelçisi tarafından engellenmişti. İki ünlü Amerikalıyı tutuklamak için Janáček'in hileli yöntemler kullandığını ortaya çıkarınca büyükelçinin eli kuvvetlenmişti.

Binadan çıkan Pavel yorgun adımlarla otobüs durağına yürüdü. Durakta otobüs bekleyen bir kadın vardı. Pavel kibar yüzlü kadına hafifçe gülümsedi.

"To je ale zima," dedi nazikçe. *Çok soğuk.*

Kadın hemen arkasını dönüp durağın diğer ucuna gitti.

Pavel o anda dünyada çok yalnız olduğunu hissetti.

Otobüs geldiğinde bindi ve arka tarafa yürüdü. Diğer yolcular başını kaldırıp bakmadı, hepsi dikkatini ellerindeki cihaza vermişti. Bir koltuğa geçen Pavel kendi telefonunu çıkarttı ve sanal flörtleşme simülatörü Dream Zone uygulamasını açtı.

Yeni istekler alarm verince yeni olasılıklara eşlik eden o sıcaklığı hissedeceğini sandı. Ama bu akşam elindeki cihaz soğuk geliyordu. Uzunca bir süre ekrana baktı, sonra da telefonu kapatıp yeniden cebine atarak kendini de şaşırttı. Daha sonra gözlerini kapattı, dayısı için bir dua okudu ve kendisini eve götüren otobüsün sesini dinledi.

125. BÖLÜM

Prag'ın gerçeküstü cazibe merkezlerinden biri olan Damlataş Duvarı erimiş kayalardan oluşmuş yüksek bir tepeye benzer. Wallenstein Bahçesi'nin yaklaşık on iki metre üzerinde yükselen bu gizemli on yedinci yüzyıl heykeli, adeta bir lav nehrinin, akışının ortasında sertleşerek sarkıtlardan, şişkin çıkıntılardan ve şekilsiz oyuklardan oluşan bir duvara dönüştüğü izlenimini verir.

Resmi anlamda Grotto olarak bilinen bu duvar Prag'ın en ürkütücü yerlerinden biridir. Taş yüzeyindeki doğal dalgalanmaların yarattığı fantastik etki, ziyaretçilere kendilerine bakan ürkütücü suratlar olduğunu düşündürür. Yüzyıllardır kilise yetkilileri duvarın lanetli olduğunu ve kötü ruhları çektiğini iddia ederek duvarı yıkmak için dilekçeler vermiştir. Turistler duvarı ziyaret ettikten sonra kâbus gördüklerini belirtmiş, önde gelen bazı yetkililer duvarın önünde dururken midelerinin bulandığını söylemişlerdi.

Büyükelçi Nagel onlardan biri değildi.

Karşısında duran duvara bakarken, *beni sakinleştiriyor,* diye düşündü. Grotto o anda özellikle çok güzel görünüyordu. Akşamüstü ışığında üzerindeki yüzlerin girinti ve çıkıntılarına yerleşmiş beyaz kar tutamlarıyla sessiz ve iddiasız bir güzelliğe bürünmüştü.

Nagel solgun gün ışığında beklerken karşısındaki duvarda yeni yüzler belirdiğini gördü. Mimarın amacı bu etkiyi yaratmaktı. Gördüğü yüzlerin yalnızca birkaçının gerçekten orada olduğunu biliyordu. Diğer yüzleri ise kendisi hayal ediyordu; bu, *pareidolia* olarak bilinen psikolojik bir olaydı. Beynin anlamsız çizgilerden anlamlı şekiller çıkarmaya doğal bir yatkınlığı vardı ve insanlar her şeyde;

bulutlarda, kumaş desenlerinde, çorba kâselerinin içinde, gölün üzerine düşen gölgelerde yüzler görebiliyordu. Tek gereken iki nokta ve bir çizgiydi. Geri kalanını insan beyni tamamlıyordu.

Nagel, CIA'de çalışırken komplo teorisyenlerinin bir tür bilişsel pareidolia yaşadıklarına ikna olmuştu. Olmayan yerlerde şüpheli örüntüler görüyor, kaostan bir düzen oluşturmaya çalışıyorlardı. Everett Finch ise tam tersini yapıyordu. O *gerçek* örüntüleri belirliyor ve dünyada bir tür düzen oluşturmak adına onları kaos yaratmak için kullanıyordu. Finch'in ölümü, Nagel'in biraz olsun rahatlamasını sağlamıştı ama bu onun kutlayabileceği bir haber değildi. CIA'deki kariyeri sırasında basit bir gerçeği öğrenmişti: *İyilik ve kötülük saf halleriyle var olmazlar.* Finch'in acımasızlığının, beyin teknolojisinde sağlam bir yer edinmeye çalışan teşkilata duyduğu bağlılıktan kaynaklandığını biliyordu.

Damlataş Duvarı'nın ürkütücü yüzeyinde yankılanan boğuk bir ses arkasından, "Baykuşlar uyuyor," dedi.

Nagel bir an için bunun gizli bir parola olduğunu düşündü ama arkasını döndüğünde tanıdık iki yüzle karşılaştı. Robert Langdon ile Katherine Solomon, Wallenstein'in baykuşlarının başlarını kanatlarının altına sokarak hareketsizce durdukları kuşhaneden ona doğru yaklaşıyorlardı.

Nagel gülümseyerek çiftin ellerini sıkarken sadık koruyucusu Scott Kerble gölgelerin arasından çıkıp yanlarına geldi. Langdon ile Solomon'ın üzerlerinde paltoları yoktu. Neyse ki Nagel görüşmeyi içeride yapmaya karar vermişti. Nagel, "Beni izleyin," diyerek onları Damlataş Duvarı'na doğru yönlendirdi. "İçeride konuşacağız."

Langdon şaşkın bir ifadeyle duvara bakarken, "İçerisi... *neresi?*" diye sordu.

Nagel başka bir şey söylemeden yanındakileri duvarın dibine doğru yönlendirip yaklaşık bir metre yüksekliğindeki küçük tahta bir kapının önünde durdu. Kapının etrafı, kafatasına benzer ürkütücü şekillerle doluydu. Nagel cebinden bir anahtar çıkarıp kapıyı açarken Langdon büyük bir şaşkınlıkla onu izliyordu.

Nagel, *Amerikan büyükelçisi olmanın ayrıcalıklarından biri,* diye düşündü. Bu gizli kapının arkasındaki şeye sahip olan varlıklı Amerikalılar, Nagel'in burayı sık sık ziyaret etmesini umut ederek –Nagel de etmişti– ona bir anahtar vermişlerdi.

Büyükelçi, içeri girerlerken nereye gittiklerini bilmesi durumunda Langdon'ın ne düşüneceğini merak ediyordu. Bu duvarın arkasında, mum ışığıyla aydınlatılan altı odadan birinde, profesör kendini granit bir taşın üzerinde çırılçıplak yatarken ve bornozlu çalışanlar tarafından tenine sıcak balmumu dökülürken bulabilirdi.

*

Anahtarı mı var?

Hafızası onu yanıltmıyorsa Prag'ın ünlü Damlataş Duvarı on üçüncü yüzyıl Augustine Keşişhanesi'nin –Aziz Thomas Manastırı– arka cephesine inşa edilmişti. Bu da biraz önce duvarın içindeki kadim koridorlara girdiği anlamına geliyordu.

Artık o kadar da kadim sayılmaz, diye düşündü Langdon.

Büyük manastır, Avrupa'daki birçok manastır gibi, gittikçe laikleşen dünyanın ihtiyaçlarına hizmet etmek üzere yeniden düzenlenmişti. Bu örnekte de Marriott Otel'e dönüştürülmüştü. Keşişlerin eski birahanesi artık son derece havalı Refectory Bar olarak hizmet veriyordu. Manastırın orijinal yazı odası, içindeki eski metinler, yazı gereçleri ve kamış kalem açacağı taşlarla birlikte olduğu gibi korunmuştu.

Nagel onları dar bir geçitten bir servis kapısına doğru yönlendirirken, "Sessiz olalım," diye fısıldadı. Kapıyı açtığında Langdon kendisini çay ağacı, tütsü ve okaliptüs kokan zarif bir koridorda buldu.

Üzerindeki levhada uzmanlık alanları olan –manastır ritüeli dahil– çeşitli uygulamaların listelendiği altın renginde bir kapının önünde durduklarında Langdon, "Bizi bir *spaya* mı getirdiniz?" diye sordu. Tabii ki manastır ritüellerinin lavanta kokulu mumlar ve kolajen yüz maskeleri içermediğini çok iyi biliyordu.

Nagel alçak sesle, "Burada güvendeyiz," dedi. "Personeli tanıyorum ve duvarlar da ses geçirmez."

Büyükelçi içeri girerken peşindekilere beklemelerini işaret etti. Birkaç saniye sonra elinde bir anahtarlıkla geri döndü, konuklarına koridorda ilerlemeleri için rehberlik edip spanın özel, uygulama sonrası dinlenilen *salóneks*'lerinden birinin kapısını açtı.

Penceresiz odada titreşen elektrikli mumlar, vitray süslemeler ve fon müziği olarak Gregoryen ilahilerle yapay bir kilise atmosferi yakalanmaya çalışılmıştı. Seçilen müzik, manastırın tarihinden dört yüz yıl önceye aitti. Zaman uyumsuzluğu bir kenara bırakılırsa Langdon o sırada çok daha kötü bir yerde olabileceklerinin farkındaydı. *Gözlerden uzak ve sıcak bir ortam.* Daha da iyisi Kerble onlara yiyecek bir şeyler getirmek için otel tarafına gitmişti.

Nagel mantosunu çıkarıp onlara oturmalarını işaret ederken hemen konuya girdi. "Öncelikle bugün yaşadıklarınızı tahmin bile edemiyorum. İyi olduğunuzu görmek beni inanılmaz rahatlattı ve konuşmamız gereken çok fazla şey olduğunun farkındayım. Ama esas konuya girmeden önce size iyi bir haber vermek istiyorum." İkisine de yorgun bir ifadeyle gülümsedi. "Eşik'le ilgili edinmeye çalıştığımız suçlayıcı delillerin *elimizde olduğunu* söylemek isterim."

Langdon içinden, *nasıl,* diye sorguladı. Eşik'in varlığına dair tüm fiziksel kanıtlar, en güçlü kanıt olan *Sasha Vesna* ile birlikte enkazın altında gömülüydü.

Nagel yorgun ama enerjik bir ifadeyle onlara baktı. "Görünüşe bakılırsa koruyucu bir meleğimiz var. Daha doğru ifade etmek gerekirse Sasha Vesna'nın koruyucu bir meleği var."

Langdon bu söylem karşısında şaşırmıştı. Kendisini Sasha'nın koruyucusu olarak tanıtan pelerinli figürü düşündü. *Nagel onda çoklu kişilik bozukluğu olduğunu biliyor mu?*

Büyükelçi, "Ve onun koruyucu meleği bana *bunu* gönderdi," diye ekledi.

Nagel bir kâğıt parçası çıkarıp önlerine koydu. Katherine kâğıdı görünce derin bir nefes aldı. Langdon kedi temalı mektup kâğıdına yazılmış mesajı okurken benzer bir hüzün hissetti.

LÜTFEN SASHA'YA YARDIM EDİN.

Langdon, Sasha'yı bu notu, bu yardım çağrısını, tuhaf bir şekilde Sasha'nın habersiz olduğu bu yalvarışı yazarken gözünün önüne getirdiğinde kendini çok tuhaf hissetti.

Büyükelçi hızlı bir şekilde mesaja eklenmiş URL'nin Gessner'ın Eşik hakkında tüm bildiklerini –insanlar üzerinde yapılan testler, beyin ameliyatları, implantlar, psikiyatrik ilaçlar, ölüme yakın deneyimler, bunlarla ilgisi olan insanların listesi ve diğer her şeyi– itiraf ettiği bir videoyu açtığını anlattı.

Nagel, "Bu videoyu izlemek çok zor," dedi. "Ama varlığı, CIA'in bir daha asla peşinize düşemeyeceğini garantiliyor."

Anlattıklarını iyice sindirmelerini bekledi.

"Bir kopyasını aldım ve yedeklerini de alacağım. Kısacası, bundan sonra ne olursa olsun, bu video sizin sigortanız." Gözleri mum ışığında parlıyordu. "Sizin atom bombanız."

Katherine fısıldadı. "Umarım, *sizin için de* öyledir.".

Nagel başıyla onayladı. "Aslında, bu videoya ne kadar ihtiyacımız olacağından emin değilim. Direktör de Eşik'te olan bazı şeyleri öğrendiğinde benim kadar şaşırmış görünüyordu."

Langdon, "Olanları *mutlaka* biliyordu," diye itiraz etti. "O, *direktör*!"

Nagel, "Evet, bu yüzden *bilmiyor* olabilir," dedi. "Teşkilat, süreci birimlere ayrılarak yönetiyor. Bu da makul inkâr imkânı ve otokratik güç sağlıyor. Direktör, Finch'i görevlendirmiş, bu yüzden sadece Finch'in ona anlattığı kadarını biliyor olabilir."

Langdon, *böyle olabilir de olmayabilir de,* diye düşündü. Mektubu eline alırken büyükelçinin Sasha'nın durumuyla ilgili hiçbir şey bilmediğini hissetti. "Peki, Sasha'nın koruyucusu bunu neden *size* gönderdi? Neden videoyu doğrudan basına vermedi?"

Nagel, "Bu videoda Doktor Gessner benim Eşik'in gerçek amacı hakkında hiçbir şey bilmediğimi ve varlığını öğrendiğimde dehşete kapılacağımı itiraf ediyor. Sasha'nın koruyucusunun videoyu bu yüzden *bana* gönderdiğini düşünüyorum. Ona yardım edebilecek nüfuzum olduğunu ya da bir fark yaratabileceğimi düşünmüş olmalı. Sasha'yı bulursak, zavallı kıza yardım etmek için elimden geleni yapacağımı söylememe gerek bile yok. O bir kurban ve ne yazık ki Eşik'in var olmasında benim de rolüm var, her ne kadar kandırılmış ve habersiz olsam da." Gözleri bir anda uzaklara daldı. Titreyen bir sesle, "Ama Michael Harris..." dedi. "Onu yapmaya zorladığım şey... Finch için Sasha'yı gözlemlemesini istedim ve bu, Michael'ın hayatına mal oldu." Bakışlarını tekrar onlara çevirdi. "Bunun vicdan azabını ve utancını hayatım boyunca taşıyacağım."

Langdon, Nagel'in Harris'in katili hakkındaki karmaşık gerçeği öğrendiğinde ne hissedeceğini merak ediyordu. *Harris'e baştan çıkarmasını emrettiğin kadın, onu öldüren kişiydi.*

Katherine, "Sasha'nın koruyucusu," dedi. "Sizin deyişinizle onun 'koruyucu meleği'. Kim olduğunu öğrenebildiniz mi?"

Nagel, "Tam olarak değil," diye cevap verdi. "Videoda kısa bir an görünüyor ve tanınmayacak şekilde giyinmiş. Ama kim olduğuna dair iyi bir tahminim var."

Langdon ile Katherine birbirlerine baktılar.

Nagel, "Gessner'a videoda işkence eden adamın Rus aksanı vardı," dedi. "Ve Gessner'a, Sasha'nın güvenine ihanet ettiği için onu cezalandırdığını söyledi. Ama öfkesinin *kişisel* bir sebebi olduğu izlenimine kapıldım... Sanki o da Eşik'in test deneklerinden biriymiş gibi konuşuyordu."

Langdon, *öyleydi*, diye içinden geçirdi. *Bir bakıma, o üç numaralı denekti.* Langdon DKB'nin özelliklerini tam olarak bilmiyordu ama Gessner'ın Sasha üzerinde uyguladığı prosedürler alteri tarafından da hissedilmiş olabilirdi. Özellikle de bu alter koruyucu bir kişilikse ve Sasha'nın hayatının acı veren taraflarına katlanmayı seçmişse. Katherine'e göre, dominant alter belirli bir anda hangi kimliğin bilinçli ve devrede olacağına karar veriyordu.

Nagel, "Direktör bana Eşik'in ilk test deneğinin de Rus olduğunu ve Sasha ile aynı enstitüden getirildiğini söyledi. İsmi, Dmitri Sysevich imiş. Finch onun programda *hayatını kaybettiğini* söylemişti ama direktör onun öldüğüne dair bir kanıt görmediğini söyledi. Finch'in bir sebeple bu konuda yalan söylüyor olabileceğini düşünüyor."

Langdon, *Finch yalan söylemedi,* diye düşündü. *Dmitri öldü. Onun tıbbi dosyasını gördük.*

Nagel üzgün bir ses tonuyla, "Videodan yola çıkarak, direktör ile ben Dmitri Sysevich'in bir şekilde programdan kurtulduğu ve intikam almak için geri döndüğü sonucuna vardık," diye fikrini açıkladı.

Rahatsız edici sessizlikte Langdon ile Katherine birbirine baktı. İkisi de ne yapılması gerektiğini biliyordu. Büyükelçinin gerçeği öğrenmesinin vakti gelmişti.

Langdon ona doğru dönerek, "Efendim," dedi. "Gessner'ı öldürdüğünü gördüğünüz kişi Dmitri Sysevich *değildi.*"

126. BÖLÜM

Nagel, Langdon ve Solomon Damlataş Duvarı'na geldiğinden bu yana ne kadar zaman geçtiğinin farkında değildi. *Bir saat mi oldu? İki mi*? Wallenstein Bahçesi'ne karanlık çökmüştü ve gölgeler kötü bir şeyin habercisi gibiydi.

Langdon'ın Sasha hakkında anlattıkları yüzünden allak bullak olmuştu. Bir noktada gerçekleri kabul etmek zorunda kalacağını bilse de o gerçeklerden birinin sonsuza dek yüreğine bir hançer gibi saplanıp kalmasından korkuyordu.

Michael Harris'i Sasha öldürdü.

"Ama unutmamalısınız," diye üsteledi Katherine. "Bunu Michael'a yapan Sasha değildi. O Michael'ı seviyordu. Onları *iki* farklı kişi gibi düşünmelisiniz."

Yine de aldığı haber büyükelçinin yeni bir suçluluk duygusuna kapılmasına sebep olmuştu. Hem Michael'dan hem de Sasha'dan af dilemek istiyordu... ama ikisi de ölmüştü.

Şu anda Wallenstein Bahçesi bile cansız görünüyordu; çalı güllerine çuval geçirilmiş, havuz kış için boşaltılmıştı. Nagel gelecek bahar açtıklarını göreceğinden emin değildi. Daha birkaç saat önce istediğini yapabilecek siyasi üstünlüğe sahipti ama artık bir ABD büyükelçisi olarak Prag'da yaşayamayacaktı.

Hiç burada olmamalıydım, diye düşündü. *Beni buraya bir kukla gibi gönderdiler.*

Büyük olasılıkla mevcut krizi aşana kadar büyükelçiliğe yardım etmek için bir ay kadar bekleyecek ve daha sonra istifasını sunacaktı. Daha sonra ne yapacağına dair bir fikri yoktu ama hâlâ kendinde mücadele edecek gücü ve verecek çok şeyi olduğunu hissediyordu.

Şu anda öncelikli kaygısı Scott Kerble'ın Dana'nın eşyalarını koyduğu kutuyla birlikte büyükelçilikten kaçırdığı USB'yi geri almaktı. Biraz sonra Kerble onu almak için Dana'nın evine gidecekti.

Bahçeden çıktıkları sırada Nagel döndü ve peşinden gelirken kendi aralarında konuşan Langdon ile Solomon'a baktı. Her ikisinin de çok yorgun olduğu ve uyumaları gerektiği ortadaydı.

Kerble sanki aklından geçenleri okumuştu. "Ben onları otele götürürüm," dedi. "Sizi büyükelçiliğe bıraktıktan hemen sonra."

Sokak lambalarının aydınlığına çıktıklarında Nagel içlerinden en çok Kerble'ı özleyeceğini düşündü. Yumuşak bir sesle, "Scott," dedi. "Bugün benim için ne kadar çok risk aldığının farkındayım... Bana gösterdiğin sadakati hafife almadığımı bilmeni isterim."

Deniz piyadesinin gülümsediği nadir anlardan biriydi. Eliyle şapkasına dokundu. "Ben de öyle efendim."

127. BÖLÜM

Langdon, Avrupa'daki en rahatsız edici ve etkileyici sanat eserinin *Komünizm Kurbanları* olduğunu düşünürdü. Anıt, geniş bir beton merdivenden inen gerçek insan boyutunda altı bronz erkek heykelinden oluşuyordu. Her biri farklı bir basamakta duran adamların hepsi zayıf ve sakallıydı. Altı erkek de aynı kişiydi ama her biri çöküşün farklı bir aşamasındaydı; birisinin tek kolu, diğerinin kafasının yarısı yoktu, diğerinin göğsünde ise bir yarık vardı.

Langdon sanatçının mesajını hatırlayarak, *meydan okuma ve dayanıklılık*, diye düşündü. *Bu kişi, ne kadar acı çekse de ayakta kalmayı başarıyor.*

Langdon, Prag'ı bu ziyaretinde heykeli görmeyi planlamamıştı ama büyükelçiliğin arabasıyla Újezd Caddesi'nden hızla geçerken camdan kısa süreliğine de olsa görme fırsatı yakalamıştı. Katherine'e de göstermek isterdi ama omzunda uyuyakalmıştı.

Çavuş Kerble, Nagel'i büyükelçiliğe bıraktıktan sonra Langdon ile Katherine'i dinlenmeleri için Four Seasons Otel'e götürüyordu. Legion Köprüsü'nden sola döndüklerinde Langdon gözlerini kapatıp Katherine'in nefes alıp verişini dinledi ve yaşamın bu güven verici sesiyle rahatladığını hissetti.

O gün *ölüm* kavramı çok fazla gündemde olmuştu. Sadece konuşmalarda değil Langdon'ın gerçekliğinde de...Vltava Nehri'nde neredeyse donarak ölüyordu, sonra Pavel onu az kalsın vuruyordu ve son olarak da Eşik'ten canını kıl payı kurtarmıştı.

Son bir yıldır Katherine'den bilinç hakkında öğrendikleri ölüme bakış açısını değiştirmiş, yaşlanmak ve ölmekle ilgili endişelerini bir hayli yatıştırmıştı. Katherine'in yerleşik olmayan bilinç modeli doğruysa bu Langdon'ın varlığının, ruhunun, zihninin bir parçasının beden ölümünden sonra da var olmaya devam edeceği anlamına geliyordu.

Omzuna yaslanmış Katherine'in başının sıcaklığını hissederken, *ama bunu öğrenmek için hiç acelem yok*, diye düşündü.

Önceki gün Vyšehrad'ı gezerlerken Aziz Valentine'e ait olduğu iddia edilen kürekkemiğini sergileyen bir rölikere* rastlamışlar ve Katherine çok basit bir soru sorarak onu gafil avlamıştı.

Ölümü nasıl tarif edersin?

Langdon ölümü somut terimlerle hiç düşünmediği için şaşırmış ve öğrencilerinden duymayı bekleyeceği yavan bir cevap vermişti. *Ölüm, yaşamın yokluğudur.*

Katherine cevabının resmi, tıbbi tanıma çok yakın olduğunu söyleyerek onu şaşırtmıştı. *Tüm hücre fonksiyonlarının geri dönüşümü mümkün olmayacak şekilde durması.* Sonra, ona resmi tıbbi tanımlamanın yüzde yüz doğru olmadığını söylemişti.

Katherine, "Ölümün, fiziksel bedenle hiçbir alakası yok," diye açıklamıştı. "Ölümü, *bilinç* üzerinden tanımlıyoruz. Beyin ölümü gerçekleşmiş, yaşam destek ünitesine bağlı bir hastayı düşün. Teknik olarak bedeni canlı ama biz onu ölü sayıp fişini çekiyoruz. Bilinci olmayan insan bedenini *ölü* olarak görüyoruz, üstelik fiziksel fonksiyonları son derece sağlam olsa da."

Langdon, *doğru*, diye düşünmüştü.

Katherine, "Zıttı da eşit derecede doğru," diye devam etmişti. "Bedensel tüm fonksiyonlarını kaybetmiş tekerlekli sandalyedeki bir insanın bilinci yerindeyse hayatta sayılıyor. Stephen Hawking bedeni olmayan bir zihindi. Birisinin onun fişini çekmeyi teklif ettiğini düşünsene!"

Langdon konuyu hiç bu açıdan düşünmemişti.

Katherine, "Robert bilincin bedenin *dışında,* beynin sınırlarının ötesinde var olabileceğine dair kanıtları daha fazla göz ardı edemeyiz... Bilincin ve dolayısıyla da *ölümün* yeni bir tanımını yapmamızın vakti geldi," diye sözlerini tamamlamıştı.

---

* Ünlü aziz ve şehitlerden geriye kalan eşyaların ve kemiklerin saklandığı, farklı materyallerden yapılmış kutu

Langdon onun haklı çıkmasını ve ölümün çoğu kişinin düşündüğü gibi bir "son" olmadığını umut ediyordu. Profesör, Asklepios'un kadim öğretilerini hatırladı:

"Birçok kişi ölümden korkuyor ve bunun başlarına gelebilecek en büyük felaket olduğunu düşünüyor: oysa ne dediklerini hiç bilmiyorlar. Ölüm, tükenmiş bir bedenin çözülüşüdür... Bir beden yeteri kadar geliştiğinde nasıl anne rahminden ayrılıyorsa bir ruh da mükemmeliyete ulaştığında bedenden ayrılır."

Langdon karşılaştırmalı dinler dersini aldığı yıllarda reenkarnasyon ve ölümden sonra yaşam vaadinin –varlığını sürdürmeyi başarabilmiş her dini inancın vaat ettiği yegâne güvence– *evrenselliğini* keşfetmişti. Bu tutarlı özelliği her zaman Darwin'in "Güçlü olan hayatta kalır." felsefesinin bir örneği olarak görmüştü. *Ayakta kalmayı başaran dinlerin hepsi, insanoğlunun en büyük korkusuna bir çözüm üretenlerdi.*

Langdon'ın spiritüel tarafı, ebedi yaşam vaadinin belki de dinlerden bile önce var olduğunu düşünüyordu. Belki de kökleri kadimlerin unutulmuş bilgeliğinde, insan zihninin evreni saran en derin gerçekleri algılayabilecek kadar duru olduğu bir zamanda atılmıştı.

Araba, Four Seasons Otel'in önünde yavaşlarken bu konuyu *başka bir gün* irdelemeye karar verdi.

Katherine'e, "Hey, uykucu," diye fısıldadı. "Otele geldik."

*

Faukman telefonu anında cevapladı. "Alo?"

Hattın diğer ucundaki bariton ses, "Jonas, ben Robert," dedi. "Otele biraz önce geldim. Müdür birçok kez aradığını söyledi."

Faukman heyecanla, "Aradım tabii ki!" dedi. "Prag'daki patlama? Çok endişelendim..."

"Kusura bakma. İkimiz de iyiyiz."

Faukman rahat bir nefes aldı. "Biliyor musun Robert, birçok yazarın beni endişelendirmelerinin sebebi metinlerini geç teslim etmeleri ama senin son derece sinir bozucu bir..."

Langdon gülerek, "İlgin için teşekkür ederim," diye araya girdi. "Ama patlamanın yakınında değildim."

Faukman gülümsedi. "Bunu duyduğuma sevindim, tabii her ne kadar inanmasam da... Riskli işlere ne kadar yatkın olduğuna birçok kez şahit oldum."

"Ben de senin paranoyak varsayımlarına."

Faukman güldü. "Bu çok hızlı bir karşılıktı... *senin* için bile Robert. Bir AI sohbet robotuyla konuşmadığımdan nasıl emin olabilirim?"

"Çünkü AI senin son yirmi yılın en çok satan kitaplarından birini sırf yazarı çok fazla üç nokta kullanıyor diye reddettiğini bilemez."

"Hey! Bunu sana sır olarak söylemiştim!"

Langdon, "Evet, ben de bu sırrı mezara götüreceğim ama bugün değil," diye karşılık verdi.

Faukman bir umut, "Katherine'in kitabıyla ilgili bir gelişme var mı?" diye sordu.

Langdon üzgün bir sesle, "Üzgünüm," dedi. "Keşke sana iyi bir haber verebilseydim..."

*

Langdon kral dairesindeki buhar duşunu kapattığında saat yediye geliyordu. Henüz yeni akşam olmuştu ama Prag'ın üzerine kışın karanlığı çoktan çökmüştü bile. Katherine ile erken yatmaya karar vermişlerdi.

Langdon beline bir havlu sarıp duştan çıktığında Katherine'in küvetin içinde olduğunu gördü. Elindeki tıraş bıçağıyla zarifçe havaya kaldırdığı bacağını tıraş ediyordu.

Langdon şaşırarak, *bacaklarını tıraş mı ediyor,* diye düşündü. "Dışarı mı çıkıyoruz?"

Katherine bir kahkaha attı. "Hayır Robert! Dışarı çıkmıyoruz. Gerçekten bir kadının yatmadan önce bacaklarını neden tıraş ettiğini bilmiyor musun?"

"Ah..." Tereddüt ederek, "Ben... yorgun olduğunu düşünmüştüm," dedi.

"Yorgundum. Ama seni duşta görünce ayıldım." Langdon'ın şekilli karın kaslarını işaret etti. "Senin yaşındaki birine göre oldukça iyi görünüyorsun Aquaman."

"*Benim yaşımdaki* mi? Sen benden büyüksün!"

"Gerçekten bu konuya girmek istiyor musun?"

"Hayır hayatım... istemiyorum." Langdon küvetin kenarına oturup elini şefkatli bir şekilde Katherine'in boynuna koydu. "Söylemek istediğim; senin çok güzel, çok zeki, çok komik olduğun ve ben sana tapıyorum." Katherine'i yavaşça dudaklarından öptü. "Yatakta görüşürüz."

*

Katherine hazırlıklarını tamamlayıp küvetten çıkarken, *ona resmen âşığım,* diye düşündü. Langdon'a belki de en başından beri âşıktı. Sonunda zamanlamayı tutturmuşlardı. Artık birlikteydiler. Önemli olan tek şey buydu. *Bu anların tadını çıkar.*

Kurulandıktan sonra lavabonun altına uzanıp daha önce oraya sakladığı zarif paketi aldı. İçinde, Katherine'in şimdiye kadar satın aldığı en şık iç çamaşırı vardı. *Simone Pérèle macchiato ipeği.* Langdon'ın bu tek parça çamaşırı beğenmesini diledi.

Saçlarını açtıktan sonra havlusunu çıkarıp kuş gibi hafif iç çamaşırını giydi. Çamaşır ılık tenine değdiğinde ipeğin verdiği lüksü hissetti. Bu tek parça ipek, vücuduna mükemmel bir şekilde oturmuştu. Her zaman kullandığı Balade Sauvage parfümünü sıkmak yerine, çamaşırla birlikte hediye gelen Mojave Ghost parfümünün eşantiyonunu denemeye karar verdi. Parfümü havaya sıkıp içinden geçerken misk ve pudramsı menekşe aromalarıyla kendinden geçti.

Kendisini son bir kez aynada inceledikten sonra banyonun kapısını açtı ve Langdon'ın ışıkları kapatmış olduğunu görünce memnun oldu. Arkadan vuran ışık sayesinde kıvrımlı vücut hatlarının ince çamaşırın içinden çok daha iyi görüneceğini düşündü. Cilveli bir şekilde gülümseyerek kapıya yaslandı ve baştan çıkarıcı bir poz verip Langdon'ın tepkisini bekledi.

Ama aldığı tepki Langdon'ın yumuşak ve ritmik horultuları oldu.

128. BÖLÜM

Dejvice semtindeki mütevazı dairesinde Dana Daněk tek başına koltukta oturmuş televizyon seyrediyordu. ABD ordusu, Folimanka'daki patlamanın sorumluluğunu üstlenmişti. Görünüşe göre patlamaya yeni dökülen betonun kuruması için mühendislerin büyük miktarda biriktirdiği doğalgaz sebep olmuştu. Bağımsız sayısız inşaat uzmanı bu tekniğin kış aylarında nemli yeraltı inşaatlarında sıklıkla kullanıldığını ve böylesi bir kazanın ilk defa yaşanmadığını belirtmişti.

Buna rağmen siyaset uzmanları hikâyeyi sorgulamaya başlamıştı. Patlamaya neyin sebep olduğundan bağımsız olarak ABD ordusu bölgeyi kapatmış ve büyük bir temizlik operasyonuna başlamıştı.

O sırada biri kapıya vurdu ve apartman koridorundan gelen bir erkek sesi, "Bayan Daněk?" diye seslendi. "Ben Çavuş Kerble."

Dana şaşkınlıkla kapıya doğru yürüdü ve delikten baktı. Gelen, büyükelçinin başgüvenlik personeliydi. *Başım dertte!* Şimdiye dek hiçbir deniz piyadesi muhafızı evine gelmemişti. Giydiği eşofman üstü, gözündeki gözlükleri ve makyajsız haliyle Çavuş Kerble'ın kendisini tanıyacağından pek emin değildi.

Kapıyı açtığında bebek yüzlü deniz piyadesi nezaketen belirli bir mesafede duruyordu. "Bayan Daněk," dedi. "Sizi evinizde rahatsız ettiğim için üzgünüm. Büyükelçi benden Ateşe Harris'in vefatından dolayı derin bir üzüntü duyduğunu bir kez daha bildirmemi istedi. Elbette tüm büyükelçilik çok sarsıldı ama büyükelçi ikinizin çok iyi arkadaş olduğunuzu söyledi."

"Teşekkür ederim Scott."

"Bundan başka, büyükelçinin tutuklanmasının bir yanlış anlama olduğunu belirtmeliyim, kendisinden özür dilenerek serbest bırakıldı."

"Buna pişman olabilir," diyen Dana arkasındaki televizyonu eliyle işaret etti. "Boğazına kadar bu işe batacak. Hükümetiniz şimdiden eleştiri oklarının hedefinde."

"Evet, tüm bu durum biraz..."

"Boktan mı?" diye sordu Dana.

Kerble gülümsedi. "Ben siyasi açıdan incelikli diyecektim."

"O zaman belki benim halkla ilişkiler işimi sen devralmalısın."

"Aslına bakarsanız, bu yüzden buradayım. Büyükelçi geri gelmenizi ve bu krizde halkla ilişkiler işini yürütmenizi umut ediyor."

Dana yüksek sesle kahkaha attı. "Scott bugün başıma gelenleri biliyor musun? Kadının biri yüzüme silah doğrulttu, erkek arkadaşım boğularak öldürüldü, büyükelçilikten askerler eşliğinde çıkarıldım ve Folimanka Park havaya uçtu! Atladığım bir şey var mı?!"

Kerble derin bir nefes aldı. "Üzgünüm Dana, itiraf etmeliyim ki bugün biraz..."

"Siyasi açıdan incelikli mi?"

"Ben 'boktan' diyecektim."

Dana sonunda gülümseyebildi. "Peki, ne halt oluyor böyle?"

"Tüm bilgilere sahip değilim. Yarın işe döndüğünüzde büyükelçiye sorabilirsiniz."

"Tavsiyen bu mu?"

"Ben hiçbir zaman iyi bir satış elamanı olamadım. Lütfen bunu biraz düşünün."

"Düşünürüm. İyi akşamlar."

Dana tam kapıyı kapatacağı sırada Kerble bir adım atarak yaklaştı. "Aslında, şu koliye bakmak istiyordum." Arkasındaki oturma odasında duran, ofisindeki kişisel eşyasını koyduğu kutuyu gösterdi. "Sanırım o kutunun içinde büyükelçiye ait olan bir diplomatik kese var. Korkarım onu sizin kutuya yanlışlıkla düşürdüm. İçeri gelebilir miyim?"

Dana sahte tavlama girişimlerinden fazlasıyla çekmişti. Çavuş Kerble'a saygı duymasa onun da böylesi bir taktik uyguladığını düşünürdü. Yine de kapıda beklemesini işaret etti. "Ben sizin için bakarım."

Genç kadın kutunun başına gidip içini kurcaladı. Üstünde Büyükelçi Heide Nagel'in isminin yazdığı mühürlü diplomatik bir kese bulunca hayrete düştü. Kesenin üstünde bir post-it kâğıdı vardı.

Kimseye bundan bahsetme. Seninle birisi temas kuracak.

Dana şok içinde yüzünü çavuşa döndü. "Bu da ne böyle?! Ve benim kutumun içinde ne arıyor?"

"Çok üzgünüm," diye yanıt verdi Scott. "Onu oraya ben koydum. Ve şimdi geri istiyorum."

*

ABD Büyükelçiliği'ndeki Heide Nagel ofisinde tek başına oturmuş, şimdi boş duran Becherovka bardağına bakıyordu. Nadiren sert içki içerdi, günde iki kokteyli ise hiç içmezdi.

Bugün değilse ne zaman?

Direktörle bir tür yumuşama politikası yürütmüşler ve bir anlaşmaya varmışlardı. Buna rağmen ipleri ona bırakıp körcesine güvenecek değildi. *Videonun kayıtlı olduğu USB hâlâ bende.*

Kerble, USB'yi almaya Dana'ya gitmişti ve şimdi mermer basamaklardan ayak sesleri geliyordu ama arkasını dönüp baktığında kapıda gördüğü yüz Kerble'a ait değildi. Büyükelçiliğin yeni deniz piyadelerinden biri gelmişti.

"Efendim?" diyen genç adam tedirgin görünüyordu. "Üzgünüm ama ön kapıda sizin ilgilenmeniz gereken bir durum var."

"Bugün başka durumla ilgilenmem. Lütfen söyle ekibiniz halletsin."

"Bizim yetkimiz yok efendim. Bu diplomatik bir sorun."

Nagel'in zihni bulanıktı. *Diplomatik sorun mu?... Ön kapıda mı?*

İçeri giren genç adam bir kâğıt uzattı. "Bu size geldi."

Kâğıdı alan Nagel elyazısıyla yazılmış iki kelime gördü.

САША ВЕСНА

Sinirlenerek, "Ben bunun ne olduğunu anlamıyorum," dedi. "Rusça bilmiyorum."

Deniz piyadesi şaşırmış görünüyordu. "Kim olduğunu bildiğinizi söyledi."

"Anlamadım, kim?"

"Kapıdaki Rus. Michael Harris ile görüşmek istiyormuş."

Michael'ı arayan bir Rus mu? Burada mı? Şimdi mi?

"Ondan ismini yazmasını istedim." Deniz piyadesi kâğıdı gösterdi. "Sanırım 'Sasha Vesna' diye okunuyor."

129. BÖLÜM

Çavuş Kerble arabayla Dana'nın apartmanından uzaklaşırken tükendiğini hissediyordu. Uyanık kalmak için radyoyu açtı. Diplomatik kese yanındaki koltukta duruyordu ve söylendiği gibi bir an önce büyükelçiye teslim etmesi gerekiyordu.

Vítězné Meydanı'ndaki büyük döner kavşağın ortasında cebindeki telefonun titreştiğini hissetti. Telefonu çıkarıp arayan numaraya baktı, Amerikan Büyükelçiliği dahili hattıydı.

Radyonun sesini kısıp, "Kerble," diye cevap verdi.

"Tanrı'ya şükür açtın!" Kadının sesi tanıdıktı ama hiç olmadığı kadar endişeli çıkıyordu.

"Büyükelçim?" Kerble anında teyakkuza geçti. "Her şey yolunda..."

Nagel araya girdi. "Şu an neredesin?" Büyükelçinin bu telaşı çok sıra dışıydı ve Kerble onun içkili olduğunu hissetti, ki bu da onun karakterine uygun değildi. "Dejvice'den çıkmak üzereyim. İstediğiniz şeyi aldım ve oraya doğru..."

"Senden başka bir şey yapmanı istiyorum. Hemen."

Büyükelçi ona yapmasını istediği şeyi açıklarken Kerble bir terslik olduğunu hissetti. Daha önceden kararlaştırdıkları güvenlik protokolünü uygulayarak, "Efendim, sizi duymakta zorlanıyorum," diye yalan söyledi. "Şehirde misiniz? İşlerinizi mi hallediyorsunuz?"

Nagel, "Tanrı aşkına Scott!" diye patladı. "Benim işim falan olmadığını biliyorsun. Sana söylediğim şeyi yap!"

*

Büyükelçi Nagel mermer merdivenden elçiliğin zarif girişine doğru inerken kalbi hızla çarpıyordu. Büyükelçiliği sokaktan ayıran bekleme alanında her zaman bir deniz piyadesi nöbet tutardı ama o akşam Nagel'in isteği üzere girişte kaslı üç deniz piyadesi duruyordu. Hepsinden sorumlu olan onbaşı onun geldiğini görünce rahatladı.

Nöbetçilerin yanında kot pantolonlu, parkalı, spor ayakkabılı sarışın bir kadın vardı. Omuz hizasındaki saçları ıslak ve dağınıktı. Çok yorgun ya da yaralıymış gibi kambur duruyordu.

Nagel önceden fotoğraflarını gördüğü için kadını hemen tanıdı. *Sasha Vesna... Savaştan çıkmış gibi görünüyor.*

Rus kadının perişan ama canlı bir halde orada oluşu, Nagel'de şok etkisi yarattı. Sasha'yı görünce onun karmaşık kişiliği hakkında öğrendikleri yüzünden bir an için ne yapacağını bilemedi. Langdon ile Solomon, kadının dissosiyatif kişilik bozukluğu olduğu konusunda haklılarsa Nagel'in yapması gereken ilk şey, kendisine ne kadar tuhaf gelse de büyükelçiliğe gelenin *hangi* Sasha olduğunu anlamaktı.

Büyükelçi mesafesini koruyarak nazikçe, "Bayan Vesna," dedi. "Ben Büyükelçi Nagel. Öğrendiğim kadarıyla Michael Harris'i arıyormuşsunuz?"

Kadın ağır bir Rus aksanıyla, "Evet," dedi. "Michael benim arkadaşım. Başım derde girerse buraya gelip onu görmemi söylemişti." Genç kadın soğuktan titrerken güçlükle, "Ve... sanırım başım dertte," dedi.

Nagel, *başın dertte, öyle mi,* diye bağırmak istedi. *Michael Harris'i öldürdün ve çok gizli bir hükümet tesisini havaya uçurdun!* Ama tam aksine sakin bir ses tonuyla konuşmaya devam etti. "Maalesef, Michael şu anda burada değil." *Ve sen bunu zaten biliyorsun. Öyle değil mi?*

Sasha, "Gelecek mi?" diye sordu. "Michael tehlikede olduğumu hissedersem haber vermeden gelebileceğimi söylemişti."

Nagel, "Tehlikede misiniz?" diye sordu.

Sasha ağlamaklı bir sesle cevapladı. "Evet, ben... sanırım."

"Kim tarafından?"

Sasha gözyaşları içinde, "Bilmiyorum!" dedi. "Bana ne olduğunu bilmiyorum! Kafam karışık ve ben hiçbir şey hatırlamıyorum... Sadece güvenli bir yerde olmam gerektiğini biliyorum!"

Büyükelçi, "İltica talebinde mi bulunuyorsunuz?" diye sordu.

Nagel'e doğru bir adım atarken, "Bunun ne demek olduğunu bilmiyorum," dedi. "Benim sadece..."

Nagel, "*Sasha dur!*" diye bağırırken iki deniz piyadesi aralarına girip Sasha'yı anında durdurdu. Yanlış bir şey yaptığı için gerçekten korkmuş gibiydi.

Nagel sakinleşip, "Bayan Vesna," dedi. "Size yardım etmek istiyorum ama ilk önce beni dikkatle dinleyin. Söyleyeceklerim çok önemli."

Sasha başıyla onayladı.

"Bu büyükelçilik, Amerika Birleşik Devletleri'nin toprağı sayılıyor ve Amerika Birleşik Devletleri vatandaşı olmayan birisi Amerika Birleşik Devletleri toprağında sığınma talebinde bulunursa buna 'iltica talebinde bulunmak' denir. Tüm iltica başvuruları, kıdemli bir konsolosluk görevlisi tarafından acil bir değerlendirme mülakatı yapılmasını gerektirir. Bu durumda, bunu yapacak kişi de benim."

Sasha anladığını ifade eden bir şekilde başını salladı.

Nagel, "Bu mülakatların kuralları çok katıdır," diye devam etti. "İltica Değerlendirme Çerçevesi kapsamındaki standart protokol, 'kontrollü gözaltı' olarak adlandırdığımız usule ilişkin bir zorunluluğu gerekli kılar."

Nagel çoğu şeyi uydurduğu için Sasha'ya en yakın duran deniz piyadesi şüpheli gözlerle Nagel'e bakıyordu.

"Kulağa öyle gelse de başınız dertte değil Bayan Vesna. Kontrollü gözaltı, iltica protokolümüzün zorunlu bir parçası. Önleyici bir tedbir ve hem sizin hem de elçilik çalışanlarımızın güvenliği için..."

Sasha kollarını öne doğru uzatıp bileklerini birleştirerek, "Anlıyorum," dedi. "Beni gözaltına alabilirsiniz."

Sasha'nın anında rıza gösterişi karşısında şaşıran Nagel açıklamaya devam etti. "İşbirliğiniz için teşekkür ederim. Ekibim protokollerimiz gereği sizi gözaltına alacak. Güvenli bir konferans odasına yerleştirileceksiniz. Yemek, su, tuvalet ve tıbbi ihtiyaçlarınız karşılanacak."

Deniz piyadelerinin hafif bir tereddüdü Nagel'in hançer gibi delen bakışlarıyla karşılaşmalarına neden oldu ve onbaşı hemen harekete geçti. Saniyeler içinde Sasha'nın bileklerine tek kullanımlık plastik kelepçeleri taktı ve diğer nöbetçilerle birlikte genç kadını güvenlik bölmesinden geçirdi.

Nagel bu sırada saatine bakıyordu. Saat 20.30'du. "Müsait olduğum anda yanınıza geleceğim Bayan Vesna ama işim biraz uzun sürebilir. Bu sırada personelim sizin ısınmanızı ve karnınızı doyurmanızı sağlayacak."

Büyükelçi yanından geçerken Sasha gözyaşları içinde zar zor duyulan bir sesle, "Nezaketiniz için teşekkür ederim," dedi.

Nagel kendisini toparlayıp yukarı çıkarken beklenmedik birtakım kararlar almak zorunda olduğunun farkındaydı.

Ve bunun için çok hızlı hareket etmesi gerekiyordu.

130. BÖLÜM

Manhattan'ın kaldırımları, Broadway'e doğru ilerleyen Faukman'ın ayakları altında parlıyordu. Akşamüstü yağan yağmur nihayet bitmişti ve artık eve dönme zamanıydı.

Langdon telefonda fazla açıklama yapmak istemediği için Prag ile kısa bir telefon görüşmesi yapmıştı. Katherine ile kendisinin güvende olduğuna onu temin etmiş ve kitapla ilgili yaşanan her şeyi yüz yüze konuşmak için eve dönerken New York'a uğramayı düşündüklerini bildirmişti.

Konuşacak fazla bir şey kalmadı, diye düşünerek kederlendi Faukman. Katherine aklındakileri toparlayıp kitabı baştan yazmaya kalksa bile CIA'in bunu engellemek için bir şeyler söyleyeceği kesindi. Editör için bu kitabı kaybetmek mesleki açıdan önemli bir darbeydi ama yine de Robert ile Katherine'in iyi olmaları ona teselli veriyordu.

Columbus Meydanı'na yaklaştığında koyu kavrulmuş kahvenin topraksı kokusunu aldı ve şehrin en kalabalık Starbucks'ına girdi. Bugün eve giderken fazladan kafein alınabilecek yegâne gündü.

Robert'tan özür dilerim, diye düşündü siparişini verirken.

Harvard'lı profesör, klasik bir sembolü "vahim derecede kötüye kullanıyorlar" diyerek uzun zaman önce onları boykot etmişti.

Faukman firmadaki her bir bardağın üstüne basılmış o tanıdık logoya bakarken kendi kendine güldü.

"Starbucks logosundaki *denizkızının çift kuyruğu* var," diye yakınmıştı Langdon. "Bu da demek oluyor ki, o bir denizkızı değil, *siren*. Denizcileri kendine çekerek kaza yaptıran ve sonunda *ölmelerine* neden olan baştan çıkarıcı kötü bir dişi! Frappuccinolarını ölümcül bir deniz canavarıyla süslemeden önce ikonografi araştırması yapmayı ihmal eden bir firmaya güvenemem..."

İyi bir bardak kahveyi ancak bir sembolog mahvedebilir. Şehirdeki en kremalı sütlü espresso'dan mis gibi bir yudum alan Faukman hiçbir suçluluk hissetmedi. Ardından, gri renkteki denizci kabanının yakasını kaldırarak dışarı çıktı ve eve doğru yürümeye başladı.

131. BÖLÜM

Robert Langdon karanlıkta Prag'ın üzerinde süzülüyordu. Aşağıdaki Karl Köprüsü'ne baktı. Gaz lambaları siyah nehrin üzerinde inci taneleri gibi parıldıyordu. Kendisini her şeyden kopmuş ve tüy gibi hafif hisseden profesör, aşağı doğru süzülüp şelalenin üzerinden geçerken uzaktan duyulan bir kapı vurulma sesinin verdiği rahatsızlıktan başka hiçbir şey hissetmiyordu. Ses gittikçe yükselirken bir anda yerçekiminin etkisine kapılıp serbest düşüşe geçti. Gittikçe artan bir hızla buz gibi soğuk nehre doğru çekildi... ve cam gibi buzlaşmış yüzeyine çarptı.

Panik içinde uyanıp yatağın içinde doğruldu. Rüya gördüğünü anlamamış olmasına şaşırdı. Bu, yani insan zihninin kendini son derece bariz bir imkânsızlığın içinde bulduğunda bu durumu bir *gerçek* gibi kabullenişi ve her türlü mantıksızlığı göz ardı ederek aslında ne olduğundan hiç şüphelenmeyişi onun anlayamadığı bir paradokstu.

Rüyanın adrenalini yüzünden tamamıyla uyanan Langdon karanlık otel odasına göz gezdirdi. Yanında uyuyan Katherine'in hafif nefes alıp verişleri dışında odanın içerisi son derece sessizdi. Katherine'in egzotik parfümünün kokusu hâlâ havada asılıydı ve Langdon onun yatağın kenarına oturup alçak sesle, "Seni uyandırdığım için özür dilerim profesör..." derken üzerinde olan şeyin yumuşak dokusunu şu an bile hissedebiliyordu.

Ondan sonra yaşananlar güzel bir rüya gibiydi. *Doktor Solomon, beni istediğiniz zaman bu şekilde uyandırabilirsiniz.*

Yavaşça yataktan çıktı ve üzerine bir bornoz geçirip süitin oturma odasına gitti. Duvardaki antika saat 21.00'ı biraz geçiyordu.

Neredeyse hiç uyumamışım.

Cumba pencereden dışarı bakınca tuhaf rüyasına çok da şaşırmaması gerektiğini fark etti. Beyni büyük ihtimalle bu pencereden aşağı, buz gibi soğuk suya düşüşünün yarattığı travmayı atlatmaya çalışıyordu. Rüyalar Langdon'ın her zaman çok ilgisini çekerdi ve Katherine o gün rüyalara neyin *sebep olduğunu* anlattığında şok olmuştu.

Katherine'in deneyleri *rüya gören* bir beynin, ölen bir beyne benzediğini ortaya koymuştu. GABA seviyeleri düşüyor, bu da beynin filtrelerinin kalkmasına ve daha geniş bir bilgi ağına ulaşmasına neden oluyordu. Filtrelenmemiş veri akışı, rüyaların mantıksız görüntü ve fikirler olarak ortaya çıkmasının sebebiydi. Bu da, en canlı rüyaları bile uyandıktan saniyeler sonra unutmamızın sebebini açıklıyordu. Beyin yeniden ayarlanıyor, GABA seviyeleri yükseliyor ve filtreler yeniden devreye giriyor, bilgiler temizlenip gerçeklik algımız yeniden düzenleniyordu.

Katherine ölümün tıpkı rüya görmek gibi hissettirdiğini söylemiş; rüyada kendimizi ağırlıksız, kütlesiz varlıklar gibi algılayıp nesnelerin içinden geçebildiğimizi, havada uçabildiğimizi ya da mekân değiştirebildiğimizi –bir anlamda, fiziksel formu olmayan bir bilinç haline geldiğimizi– açıklamıştı. Langdon, *Tibet'in Ölüler Kitabı*'ndaki *bardo beden* tanımını hatırladı. Birçok kültürde, rüya halindeki beden yaşamla ölüm arasında gidip gelebildiği için kutsal sayılıyordu.

Bilinç zincirlerinden kurtulduğunda algı gücümüz artıyor.

Süitin içindeki tüm telefonlar aynı anda çalmaya başladığında Langdon hâlâ pencerenin önünde duruyordu. Salondaki telefona koşup arayanın Katherine'i uyandırmamış olmasını umut ederek ahizeyi kaldırdı.

Tanıdık ses, "Bay Langdon, ben gece müdürü," dedi. "Sizi uyandırdıysam özür dilerim. Kapınızı tıklattım ama cevap veren olmadı."

Rüyamdaki kapı vurulması sesi. "Evet. Bir sorun mu var?"

Müdür endişeli bir sesle, "Bilmiyorum efendim," dedi. "Burada Amerikan Büyükelçiliği'nden Kerble isminde bir deniz piyadesi var. Büyükelçinin sizinle derhal görüşmek istediğini söylüyor."

*

Golĕm, Amerikan Büyükelçiliği'ndeki kilitli bir konferans odasında bileklerindeki kelepçeleri inceliyordu. *Sasha'nın kendisini kelepçeli görmesine izin vermeyeceğim,* diye düşündü. *Enstitüdeki yılları boyunca yeteri kadar şeye maruz kaldı.* Golĕm, Eşik'in enkazından çıktığından beri Sasha'yı serbest bırakmamıştı ama o an yaklaşıyordu.

Her şey plana uygun ilerliyor.

Sasha şu anda resmen gözetim altında olsa da Golĕm, büyükelçinin kendisine şefkatli yaklaşacağına inanıyordu.

Gessner'ın itirafı, bilmem gereken her şeyi ortaya çıkardı.

Gessner, "Büyükelçi Nagel'in hiçbir şeyden haberi yok!" demişti. "Burada olanları bilse dehşete düşerdi. Prag'da olmasının tek nedeni Finch'in onu işi sebebiyle tuzağa düşürmesi. Müttefiki olacak bir diplomata ihtiyacı vardı."

Golĕm, *benim de var,* diye düşünüp ona ulaşmaya karar vermişti.

Lütfen, Sasha'ya yardım edin.

Büyükelçinin, Sasha'ya yardım etmenin anlamını çözmeye çalıştığına şüphe yoktu ama işe yarar tek bir senaryo olduğunu fark etmesi uzun sürmeyecekti. Golĕm bu fikrin tohumlarını o kadar ince bir şekilde ekmişti ki çoktan etkisini göstermeye başlamıştı.

Büyükelçi dakikalar önce Golĕm'in duymak istediği kelimeyi söylemişti.

İltica.

132. BÖLÜM

Heide Nagel bütün ömrünü ülkesine hizmet etmekle geçirmişti. Daima genelin iyiliğini üstün tutmak üzere eğitilmişti ve kendini pek düşünmezdi. Ama şu anda yaptığı tam olarak kendini düşünmekti.

Büyükelçilikten istifa edip Prag'dan ayrılma kararını çoktan vermişti. Aslında bunu yıllar önce yapmak istiyordu ama şimdi, birdenbire tüm dünyası altüst olmuştu. Finch ölmüştü ve artık en şiddetli siyasi fırtınalara bile dayanabilecek güce sahipti.

Buna rağmen hayatta kalmak onu nedense teselli etmiyor, son birkaç saattir bir boşluk içini kemiriyordu.

Hayatım... sadece hayatta kalmaktan daha fazlası üzerine kurulmalı.

Ve sonra Sasha Vesna büyükelçiliğin kapısından içeri girmişti.

*

Katherine Solomon gerçek hayatın içine çekildiğinde, derin bir uykuya dalalı sanki daha birkaç dakika geçmişti.

Burada ne yapıyoruz?!

Çavuş Kerble onları Büyükelçi Nagel'in ofisine getirmişti. Nagel barın yanında ayakta durmuş, büyükelçilik mührünü taşıyan üç porselen fincana kahve dolduruyordu. "Bu kadar geç bir saatte çağırdığım için bir kez daha özür dilerim," dedi. "Ama maalesef bir saat kadar önce çok önemli bir gelişme oldu ve sizi hemen buraya getirtmek zorunda kaldım. Bu bilginin hem aciliyeti var hem de durum çok hassas."

"Bize *burada* mı anlatacaksınız?" diye sordu Langdon. "Artık büyükelçilikteki gizliliğe güvenmediğinizi sanıyordum."

"Güvenmiyorum," diye yanıtladı Nagel. "Ama her şey değişti. Sizinle paylaşacağım bilgiyi CIA direktörüyle de paylaşmaktan başka çarem yok." Arkasını dönen büyükelçi, oturma köşesine doğru elinde kahve tepsisiyle yürümeye başladı. "Dinliyorsa dinlesin."

"Ne değişti?" Katherine kendi taraflarında olan tek kişinin aralarındaki ittifakı yeniden düşünmeye başladığından korkuyordu.

"Bazı belirsizlikler var." Onlara oturmalarını işaret etti. "Her ikinizi de doğrudan etkileyen gelişmelerle başlamak istiyorum."

Bu söyledikleri Katherine'in hoşuna gitmemişti.

"Almanya'daki Ramstein Hava Üssü'nden bir ABD askeri görev gücünün buraya doğru yola çıktığı bilgisini aldım. Kısa süre içinde Folimanka Park'ı kapatmak ve temizliğe başlamak için burada olacaklar." Kahveleri sehpanın üzerine bırakan Nagel karamsar bir ifadeyle onların karşısına geçti. "Bundan başka, patlamadan kimin sorumlu olduğunu öğrenmek için gizli bir soruşturma başlatmak üzere Langley'den bir CIA ekibi de buraya geliyor. Bana soruşturmaya *sizinle* başlayacakları söylendi."

"Bizimle mi?!" Katherine şok içindeydi.

Büyükelçi ciddi bir şekilde başını salladı. "ABD ordusunun elinde, yetkisi bulunmayan iki sivilin, yani ikinizin, patlamadan birkaç dakika sonra tesisten çıktığını gösteren fotoğraflar var."

Kahretsin. Katherine gergin bir ifadeyle dinleyen Langdon'a baktı.

"Tesise girmeniz yasadışıydı," dedi Nagel. "Bu da sizi sabotaj şüphelisi yapıyor. Kitap konusunda teşkilatla ters düştüğünüz düşünülecek olursa intikam için geçerli bir sebep sayılabilir..."

"Ama video var," diye itiraz etti Langdon. "Doktor Gessner'ın itirafı var, dediniz ki..."

"Evet, üstünlük *bizde.* Sizi koruyabilirim, koruyacağım da. Ama asıl soru, sizi nasıl uzak tutacağımız. Bunun cevabı, birkaç saat içinde *nasıl* davranacağımıza bağlı."

"Pekâlâ. Bir planınız var mı?" diye sordu Langdon.

"Evet, var. Korkarım ilk duyduğunuzda pek hoşunuza gitmeyecek. Bu yüzden ben açıklamaya başlamadan önce CIA ile ilgili bilmeniz gereken bazı şeyler var... ve neyle karşı karşıya olduğumuzu da bilmeniz gerek."

Katherine ile Langdon aynı anda kahve fincanlarına uzandı. Yakın zamanda uyku yüzü görmeyecekleri belli oluyordu.

Nagel konuşmaya devam etti. "Direktörle yaptığım telefon konuşmasında Eşik'te yapılanların, teşkilatın on yıllardır süregelen çalışmalarının devamı olduğunu teyit etti. Uzaktan algılama üzerine basit keşiflerle işe başlamışlar, daha önce sizin de ismini verdiğiniz Stargate Projesi'nden bahsediyorum. Ancak zaman geçtikçe Eşik çok daha kapsayıcı bir şeye, gelecekte beliren önemli sorulara cevaplar bulmak için tasarlanan bir projeye dönüşmüş. İnsan bilincinin doğası nedir? İnsan zihni başkalarının zihinleriyle doğrudan iletişim kurabilir mi? Makineler yardımıyla bu yapılabilir mi? Uzak mesafelerden yapılabilir mi? Hatta belki diğer boyutlarla iletişim kurulabilir mi?"

"Müsaadenizle," diyerek sözünü kesti Katherine. "İnsanlığın en derin felsefi sorularını araştırmak için en iyi aracın bir askeri istihbarat teşkilatı olduğunu hiç sanmıyorum."

Nagel ellerini kenetlerken dudakları incecik bir çizgiye dönüştü. "Bayan Solomon," dedi. "Bu mesele felsefi bir soruyla ilgili değil. Lütfen alınmayın ama siz ve Profesör Langdon akademinin koridorlarında rahatça bilim ve tarih keşifleri yapabiliyorsanız bunun tek bir sebebi var, o da ulusumuzun istihbarat teşkilatının özverili çalışmaları. Elbette ben de saf bilimin cazibesinin farkındayım ama bizim gibileri ulusumuzu yeryüzünden silmeye fırsat kollayan düşmanlardan koruyan şey o bilimin *uygulanıyor* olması."

Katherine kendini savunmak için derin bir nefes aldı ama anlaşılan büyükelçi konuşmasını bitirmemişti. Nagel gözlerini kırpmadan Katherine'e bakıyordu. "CIA direktörüne göre, Amerika'nın geleceği insan bilincinin *potansiyelini* ilk keşfeden ulus olmamıza bağlı. Ayrıca bana, 'Einstein atomda yüklü miktarda enerji depolandığını öngördüğünde Amerikan hükümeti gizli fizik araştırmalarına milyonlarca dolar akıttı ve bu sayede atom bombasını herkesten önce biz ürettik,' diye gururla hatırlatmada bulundu. Şimdi ikiniz de bir düşünün; ya atom bombasını biz bulmasaydık ne olurdu? Ya bombayı tek başına Ruslar bulsaydı? Veya Almanlar? Veya Japonlar?"

Katherine bunun haklı bir iddia olduğunu kabul ediyordu.

Nagel konuşmaya devam etti. "İnsan bilincinden yararlanma yarışı da bundan farklı değil. Ruslar halihazırda ultrasonla beyin dalgalarını okuyabiliyor; Çinliler Neuralink'in beyin implantları için yüklü miktarda sipariş veriyor; bot hesaplarla dolu sosyal medya kampanyaları seçimleri etkiliyor ve kısa süre önce denizaşırı ülkelerin sosyal medya uygulamalarına beyni kontrol eden teknolojiler yerleştirildiğini keşfettik. Sakın yanılgıya düşmeyin, doruk noktasına ulaşmış olan gizli bir yarışın içindeyiz ve samimi olmak gerekirse bu hepimizin kazanmak isteyeceği bir yarış."

Büyükelçi arkasına yaslandı ve kahvesinden bir yudum aldı.

"Kusuruma bakmayın," diyen Katherine gönül alıcı bir sesle konuşuyordu. "Teşkilatın yaptığı işleri takdir etmiyormuş gibi konuştuysam veya söylediklerim dünya meselelerini anlamıyormuş gibi geldiyse kendimi yanlış ifade etmiş olmalıyım. Ben sadece, kişilerin bilgisi veya rızası olmadan girişimsel beyin ameliyatı yapılarak etik kurallara uyulmadığıyla ilgili temel sorunun altını çiziyordum."

"Bu konuda size sonuna kadar katılıyorum," diye yanıt verdi Nagel. "Sorun şu ki, Direktör Judd'a ölen bir hastayla ilgili veya Finch'in denek temin etme yöntemleriyle ilgili bilgi verilmemiş."

"Buna *inanıyor* olamazsınız," dedi Langdon.

Nagel omzunu silkti. "Finch onlara haber verdi mi vermedi mi bilemem ama genellikle CIA direktörünün olanlara gözünü kapamaktan başka çaresi yoktur. Ulusal güvenlik dünyasında *sonuçlar* yöntemlerden daha önemlidir. Diğer seçeneklerin ne olduğunu anlayıncaya kadar insanın kabul edememesi normaldir. Bazen en iyi seçenek, en az sakıncalı sonuçtur."

Langdon alçak bir sesle, "Sayın büyükelçi," dedi. "Katherine de ben de CIA'in üstlendiği görevin ne kadar zor olduğunun bilincindeyiz ama bizi buraya tehlikede olduğumuzu söylemek için çağırdınız. Bizi uzak tutmak için bir planınız vardı... Her şey ilerideki saatlerde ne yapacağımıza bağlı demiştiniz."

"Evet," diyen Nagel kahve fincanını sehpanın üstüne bıraktı. "Karmaşık bir durum ama bir çıkış yolu olduğunu fark ettim. *Doğru* olan, *dürüst* bir yol." Öne doğru eğilirken bu defa bakışlarını Langdon'a dikmişti. "Ama bunu başarmak için yardımınıza ihtiyacım var profesör."

Langdon şüpheyle büyükelçiye baktı.

"Yaklaşık yarım saat önce Sasha Vesna büyükelçilikten içeri girdi... ve son derece canlıydı."

133. BÖLÜM

İltica mı?

Robert Langdon büyükelçinin ofisinde volta atarken düşüncelerini toparlamaya çalışıyordu. Sasha'nın hayatta olduğu haberi hem fiziksel hem de duygusal olarak gerilmesine neden olmuştu. Langdon onun kurtulmasına sevinmişti ama varlığı rahatsız edici hassas soruları da beraberinde getiriyordu.

İlk aklına gelen, *tehlikeli mi,* sorusuydu. Ancak Sasha'nın gözaltı için korumalı bir konferans odasına kapatılmış olmasıyla bu ihtimal kontrol altına alınmıştı. Bu biraz acımasızca görünse de tüm olanlar göz önüne alındığında Nagel'in başka çaresinin olmadığı açıktı.

Langdon, Sasha'nın kendisini istismar etmiş bir hükümetten neden iltica talebinde bulunduğunu anlayamıyordu. *Acaba kendisine neler yaptıklarını bilmiyor olabilir mi?* Diğer ihtimal, alterinin Sasha rolü yaparak oraya gelmiş olmasıydı ama bu da çok mantıklı değildi. Sasha'nın alteri onu korumak istiyordu ve Amerikan hükümetinin kucağına atmak bu amacına ters düşüyordu.

Büyükelçi fincanlarına biraz daha kahve doldururken Langdon, Katherine'in yanındaki koltuğuna geri döndü. Büyükelçi, "Bu akşam erken saatlerde Doktor Solomon bana Sasha'nın ve alterinin iki *farklı* kişi olduğunu ve bu şekilde değerlendirilmeleri gerektiğini söylemişti. Bunu kabullenmek benim için ne kadar zor olsa da Sasha Vesna'nın –tek başına değerlendirildiğinde– masum bir kurban olduğuna karar verdim. Sasha gizli bir programda fiziksel ve ruhsal olarak istismar edilmiş epilepsi hastası bir çocuk. Büyük ihtimalle fiziksel olarak istismar edilişi zihinsel sorunlarını daha da artırıp bu hale gelmesine neden olmuş."

Katherine, "Size katılıyorum," dedi. "Sasha kesinlikle bir kurban."

Büyükelçi sehpanın üzerinde duran elyazısıyla yazılmış notu gösterdi. "Ve bir de elimizde *bu* var."

LÜTFEN SASHA'YA YARDIM EDİN.

Büyükelçi, "Katillerden emir almak gibi bir alışkanlığım olmasa da bu notun üzerinde çok düşündüm ve şartlar göz önüne alındığında, Sasha'ya yardım etmek etik olarak doğru olacak."

Langdon, *ahlaki zorunluluk duyuyor,* diye düşündü.

"Sorun, Sasha Vesna'nın iki kişi olması." Büyükelçi içini çekerek başını salladı. "O masum bir kurban... ve kurnaz bir katil. Birine iltica hakkı tanıyıp diğerini yargılamak gibi bir şansımız yok. Sasha farkında olsa da olmasa da içinde tehlikeli bir suçlu var. Ayrıca, beyninde son derece gizli bir prototip çip taşıyor ve onun serbestçe dolaşmasını göze alamayız."

Langdon büyükelçinin gözlerinden Sasha konusunun son derece karmaşık olmakla birlikte onun için fazlasıyla kişisel bir hal aldığını anlayabiliyordu.

Nagel, "Diğer sorun," diye devam etti. "Vaktimizin çok kısıtlı olması. Prag, Sasha için güvenli değil. Sabah olur olmaz büyükelçilik uluslararası bir soruşturma saldırısına maruz kalacak ve Folimanka Park'taki olaylarla ilgili adli soruşturma talebinde bulunulacak. Haç Burcu'nun her yerinde Sasha'nın parmak izleri var. Büyük ihtimalle cesetlerin üzerinde de bulunacak. Ayrıca, Sasha'nın yüzü –ya da *yüzleri*– gözetleme arşivlerinde ortaya çıkacak ve geçmişteki hareketleri de dikkatli bir şekilde izlenecek. Dedektiflerin parçaları bir araya getirip Sasha'nın şüpheli kişi olduğuna karar vermeleri fazla zaman almayacaktır."

Langdon kapana kısıldıklarını hissederek, *ben ve Katherine ile birlikte,* diye düşündü.

Nagel gözlüklerini çıkarıp onlara doğru eğildi. "Sasha'nın *hayatta* olduğunu henüz kimseye söylemedim ama Direktör Judd'un yakında öğreneceğini tahmin ediyorum. Aslına bakarsanız, Sasha'nın büyükelçilikte olduğunu çoktan öğrenmiş olabilir."

Langdon, "Nasıl?" diye sordu.

"Gözetleme kameraları, personelden bilgi sızıntısı, en büyük olasılıkla da GPS. Sasha'nın beynindeki çipte bir tür izleyici olabilir."

Langdon, *kesin vardır,* diye düşündü.

"Kötümser olmak istemem ama," diye devam etti. "Bu projenin hassasiyeti göz önüne alındığında... çipte uzaktan imha özelliği de olabilir. İleri teknolojilerde uygulanan yaygın bir protokol ve uydu telefonlarından denizaltılara kadar her şeye yerleştiriliyor. Teknoloji, onu tersine kullanmaya çalışacak bir düşmanın eline geçerse diye alınan önlem gibi düşünebilirsiniz."

Langdon, "Bir dakika," dedi. "Siz Sasha'nın beynindeki çipin uzaktan *imha* edilebileceğini mi düşünüyorsunuz? Umarım bu, uzaktan kapatılması ya da silinmesi gibi bir anlama geliyordur, *patlatılması* değil?"

Nagel, "Kesinlikle bu kadar dramatik bir şey değil," dedi. "Ama Q'nun, bir telefon aramasıyla tüm işlemciyi eritebilecek, içinde hidroflorik asit bulunan çiplerin patentine sahip olduğunu biliyorum."

Katherine şok içinde, "*Beyninin* içinde mi?!" diye sordu. "Bu onu öldürür!"

Nagel, "Büyük ihtimalle," dedi. "Ama Sasha'yı öldürmek, bence teşkilatın son seçeneği olur. Direktör bunu anlaşmamızın açık ihlali olarak değerlendireceğimi biliyor ve buna karşı önlemlerim olduğunun da farkında. Şu anda önceliğim direktörle açık iletişimi sürdürmek. Soğuk Savaş'ın bize karşılıklı kesin yıkım hakkında öğrettiği bir şey varsa o da *iletişimin* ne kadar önemli olduğu. Düşmanınızın ne yaptığınızı *tahmin etmesine* izin vermeyin, bilmesini sağlayın. Direktör Judd, Sasha'nın bu işin içinde olduğundan şüphelenirse *tüm* detayları *hepimizin* iyiliği için önceden benden öğrenmesi daha iyi olur."

Langdon büyükelçinin olayları tartma ve stratejik düşünme şeklinden çok etkilenmişti. *Nagel müthiş bir avukat olmalı.*

Katherine meraklanmıştı. "Peki, video? Sizce CIA'i uzak tutmaya yetecek mi?"

Nagel, "Tek başına yeterli olmayabilir ama patlama ve Doktor Gessner'ın ölümü, videonun sahte olduğunu iddia etmelerini zorlaştıracaktır. Ettikleri takdirde, teşkilat için oldukça zarar verici sonuçlar doğurabilir," diye açıkladı. Eşik'in hayatta kalan tek test deneğinin aşağıdaki bir odada kilitli olduğunu bilen Langdon, "Peki ya Sasha?" diye sordu. "Sizce video *onu da* koruyacak mı?"

Büyükelçi, "Evet ama Sasha'nın ona ihtiyacı yok," dedi. "Sasha son derece nadir bir korumanın keyfini çıkarıyor, teşkilat için *dirisi* ölüsünden daha değerli. Direktör, Eşik'i burada olmasa da *başka bir yerde* mutlaka yeniden inşa edecektir ve Sasha milyar dolarlık bir programın vazgeçilmez bir değeri sayılacaktır. Sasha yıllardır devam eden bir Ar-Ge araştırmasını temsil ediyor ve Direktör Judd'un yapacağı ilk şeyin Sasha'nın iadesi için bizimle pazarlığa oturmak olacağından hiç şüphem yok."

Bunun düşüncesi bile Langdon'ın tüylerini ürpertmeye yetti. "Peki, Sasha'yı onlardan nasıl koruyacağız?"

Nagel derin bir nefes aldı. "Koruyamayacağız."

Bu cevap Langdon'ı çok şaşırttı. "Pardon?"

Nagel sert bir ses tonuyla tekrar etti. "Koruyamayacağız."

Langdon sesini yükselterek, "Büyükelçi Nagel," dedi. "Sasha'yı CIA'ye geri vereceğimizi mi söylüyorsunuz?"

"Tam olarak bunu yapacağız. Tek seçeneğimiz bu."

Katherine, "Kesinlikle olmaz!" diye haykırdı. "Eşik bir hastayı öldürdü! Bunu yapamazsınız! Sasha'yı onlara geri..."

Nagel sert bir sesle, "*Yapamaz mıyım?*" diye sözünü kesti. "Size bu büyükelçiliğin içindeki en üst düzey yetkilinin ben olduğumu hatırlatırım. Ve ikinizden de bana ne yapıp ne yapamayacağımı söylemeden önce sözlerimi bitirmeme izin vermenizi rica ediyorum."

Büyükelçi onlara anlattıklarını sindirebilmeleri için zaman tanırken Katherine arkasına yaslanıp meydan okurcasına başını iki yana salladı.

Nagel sakin bir ses tonuyla, "Bunlar gerçekler," dedi. "Sasha Vesna'nın son derece özel bir bakıma ihtiyacı var; hem fiziksel hem de psikiyatrik bakıma. Çok tehlikeli olduğunu biliyoruz. Bu da onunla ilgilenecek kişinin önlem almasını ve Sasha'nın durumunu *tam manasıyla* anlamasını gerektiriyor. Sasha'nın beynindeki donanımı düşünürsek onun bakımını sağlayabilecek nitelikteki kurumların listesi oldukça kısa. Bir tane bile olabilir. Beynindeki gelişmiş yapay nöronlar hakkında bana anlattıklarınızı göz önüne aldığımda, Sasha'ya gerekli tıbbi yardımı sağlayabilecek kişilerin *sadece* Eşik'le ilgi bilim insanları olduğunu kabul etmek zorundayım."

Langdon onun kurduğu mantığı anlayabiliyordu ama büyükelçinin planı özünde, Sasha'yı bir laboratuvar hayvanı gibi kullanan insanlara teslim etmekti. Yanında oturan Katherine hâlâ ikna olmamış bir şekilde başını iki yana sallıyordu.

Nagel, "Yanlış anlaşılmasın," dedi. "Sasha'yı Eşik'e eski şartlarla teslim etmeyi teklif etmiyorum. Sasha Vesna'nın üzerinde daha fazla test yapılmasına kesinlikle müsaade etmeyeceğim. Programın en kıymetli değeri olacak şekilde geri dönecek, el üstünde tutulacak ve iyi bir hayatı olacak. Sasha bir zafer; programın bugüne kadarki en büyük zaferi ve onun varlığı paha biçilmez bir araştırma fırsatı sunuyor. Direktöre, Sasha'nın beyninde yapılan deneylerin onun akıl sağlığını daha da kötüleştirdiğini hatta belki de bozulmasına *sebep olduğunu* belirteceğim. Başka bir deyişle Sasha'nın akıl sağlığının teşkilatın nihai ahlaki sorumluluğu olduğunu anlamasını sağlayacağım. Sonuç olarak, Direktör Judd, Sasha'nın genel sağlığını güvence altına almaya istekli olacak çünkü benim parmağım tetikte onu izlediğimi bilecek."

Uzun bir sessizlikten sonra Langdon kendisini tarihin kadim ve arketipsel mücadelesinin, mitolojide bilinen adıyla Apolloncu-Dionisosçu çatışmasının içinde buldu. *Beyin kalbe karşı.* Langdon'ın Apolloncu beyni, Nagel'in planındaki mantığı ve düzeni anlayabiliyordu ama Dionisosçu kalbi sadece kaos ve haksızlık görüyordu.

Katherine sessizliği bozdu. "Güzel bir resim çiziyorsunuz ama Sasha hayatında Eşik'in olmasını hiçbir zaman talep etmedi."

"*Siz de* etmediniz Doktor Solomon ama buradayız." Nagel kararlı bir ifadeyle, "Elimizdeki kartlarla oynamak zorundayız. Sasha Vesna'nın sağlıklı bir hayat yaşayabilmesi için Eşik Projesi'ne belirli bir ölçüde dahil olması gerekiyor. Bunun ne kadar olacağına kendisi karar verecek. Belki projenin sadece bilinç araştırmalarıyla ilgili kısmına katılır. Sasha'nın akıl sağlığı stabil hale geldiğinde bir ekibin parçası olmanın ona bir amaç ve daha önce hiç sahip olmadığı bir statü kazandırabileceğine inanıyorum."

Langdon tedirgindi. *Hepimizin bir amaca ihtiyacı var.* Ama Nagel'in tarif ettiği yaşam, teşkilatın doğru olanı yapmasına bağlıydı ve Langdon bunu yapacaklarına pek inanmıyordu.

Nagel, Langdon'ın şüphelerini sezmiş gibi, "Bu durumda *güven* duymanın zorluğunun farkındayım," dedi. "Özellikle de teşkilatla ilgili şahit olduklarınızdan sonra. Ama lütfen şunu unutmayın; şimdiye kadar yaşadıklarınız Everett Finch'in bakış açısıyla ilgiliydi. *Artık,* Direktör Gregory Judd ile muhatap olacaksınız. Direktörün hatası, Finch'e çok fazla serbestlik tanımasıydı. Ancak ben ahlaksız seçeneklerle dolu bir dünyada Judd'un her zaman düzgün bir adam olduğuna inandım. En azından dürüst biridir."

Katherine, "Dürüst mü?" diye sorguladı. "Onun kıdemli hukuk danışmanıydınız ama size yalan söyledi. Size Stargate'in başarısız olduğunu söyledi."

Nagel eliyle geçiştirdi. "Dezenformasyon amaçlı aldatma. Sıkça kullanılan bir yönlendirme taktiğidir. Yanıltıcı söylemler gerçeği bilmemesi gereken çalışanları korumak içindir. Söylediğimiz yalana *inandığımızda* daha iyi yalan söyleriz. Açıkçası Stargate teşkilatın hakkında yalan söyleyip sonra yeniden başlattığı *tek* gizli proje değil. Judd'a güvenmekte haksız çıkarsam, ona başının üzerinde sallanan Demokles kılıcını hatırlatacağım ve teşkilatın, Sasha'ya olan ahlaki sorumluluğunu yerine getirmediği takdirde o kılıcı indirmeye kararlı olduğumu net bir şekilde anlamasını sağlayacağım."

Bir süre üçü de sessiz kaldıktan sonra büyükelçi, "Sasha'nın başka herhangi bir senaryoda savunmasız kalacağından ve büyük ihtimalle tutuklanıp vatana ihanet, terör ve cinayet suçlarından yargılanacağından bahsetmeme gerek bile yok," diye ekledi.

Katherine yavaşça Langdon'a döndü. Gözlerinde hâlâ tereddüt vardı ama başını yorgun bir ifadeyle sallayışı açık bir mesaj iletiyordu. *Senin kararını destekleyeceğim.*

Langdon aşağıda kilit altındaki Sasha'yı düşündü. Büyükelçinin planları konusunda endişeleri vardı ama daha iyi bir seçenek göremiyordu. Kabul etmek zor olsa da onun için dünyadaki en güvenli yer büyük ihtimalle Langley, Virginia'daydı. Genç kadına zulmeden kişilerin artık onun koruyucuları olacağı fikri Langdon'a son derece paradoksal geliyordu ama bir yandan da buna mecburdu.

Belki de en akıllıca olanı budur.

Sasha'nın büyükelçiliğin kapısında belirmesi Langdon'a onun gizemli koruyucusu olan Golěm'in belki de tüm bunları planlamış olabileceğini düşündürdü. Üstünlük sağlayacak kozu Nagel'e sunmuş ve sonra da basit bir istekte bulunmuştu.

Lütfen Sasha'ya yardım edin.

Langdon, büyükelçinin biraz önce anlattıklarını düşünürken kafasının içinde henüz cevaplanmamış bir soru yankılanıyordu.

*

Quis custodiet ipsos custodes?

Büyükelçi Nagel, Latince bilmemesine rağmen Langdon'ın biraz önce sorduğu soruyu anlamıştı. Bu, hükümet karşıtı muhbirlerin meşhur savaş narasıydı.

Kim kendi gözcülerini gözleyecek?

Nagel bunun cevabını çoktandır biliyordu ve yüksek sesle söylediğinde sesinde yıllardır eksik olan bir amaç duydu.

Langdon'a bakarak kararlı bir sesle cevap verdi. "Ben koruyacağım." Bu sözü verirken duygularının yükseldiğini hissetti ve Sasha Vesna'yı korumanın kendi yıpranmış ruhunun ihtiyacı olan kurtuluş olabileceğini fark etti... Prag'da yaşanan olaylardaki kayıtsızlığı için zamanla ödeyeceği bir kefaretti.

Michael Harris'e olanları asla telafi edemeyeceğim... ama deneyeceğim.

134. BÖLÜM

Langdon büyükelçinin ofisinin önündeki mermer merdivenden tek başına inerken elini demir tırabzandan ayırmadı. Sadece önündeki birkaç dakikada değil, gelecek aylarda da ne yapacağı konusunda kararsızdı.

Nagel gözcülere gözcülük mü edecek? Büyükelçinin ofisinde konuştuklarını aklından geçiriyordu. Büyükelçi proje burdan sonra tekrarlanırken kendisinin bir tür genel müfettiş veya belki de direktör olarak atanmasını sağlayarak Eşik'i *şahsen* denetlemek istiyordu. Eşik'i yeniden inşa etmenin ulusal güvenlik açısından çok önemli ve çok gerekli olduğunda ısrar etmişti ama bunun *doğru* yapılması gerekiyordu.

"Eğer biz projeden çekilmezsek üstünlüğü elimizde tutabiliriz," demişti Nagel. "Ben Sasha Vesna'nın kişisel avukatı gibi orada bulunacağım; yaşam koşullarını, güvenliğini ve akıl sağlığını denetleyeceğim. İleride programa katılacak olan kişiler için de aynısını yapacağım." Nagel bir süre sustu ve belli belirsiz bir iç çekti. "Denetimi elimde tutarak çok önemli başka bir konuda, *kendimi* ve yaptığım korkunç hataları affettirme konusunda da bir fırsat elde edeceğim."

Langdon onun seçtiği kelimelerin ardındaki derin duyguları hissedebiliyordu.

Nagel konuşmaya devam etmişti. "Düşündükçe, bunun hem Sasha, hem CIA, hem de bizim için en iyisi olduğuna daha çok inanıyorum. Ama Direktör Judd'ı aramadan ve *bizim* için yapacaklarını ona söylemeden önce aşmamız gereken bir engel daha var."

"Sasha," demişti Katherine. "Onu ikna etmeniz gerekiyor."

Nagel onaylayarak başını sallamıştı. "Onun bu plana rıza göstermesi son derece önemli... Kabul etmezse bunların hiçbiri olmaz. Size söz veriyorum bu teşkilat onu veya başka birini, isteği veya bilgisi dışında herhangi bir deneye katılmaya bir daha asla zorlamayacak."

Langdon onun hassasiyet göstermesini takdir etmişti. "Kabul edeceğinden emin olamayız."

"Sanırım bu da *nasıl* sorulduğuna bağlı."

Gerçek bir diplomat gibi konuştu, diye düşünmüştü Langdon. "Onu ikna edebileceğinizi düşünüyor musunuz?"

"*Benim* onunla doğru düzgün bir iletişimim olmadı, bu yüzden yapabileceğimi sanmıyorum," diyen Nagel dikkatle Langdon'a bakıyordu. "Ama siz yapabilirsiniz sanırım."

Langdon başını yana eğmişti. "Anlamadım? Sasha ile benim konuşmamı mı istiyorsunuz?" Nagel daha önce Langdon'ın yardımına ihtiyaç duyacağını söylemişti ama profesörün hayal ettiği yardım bu değildi.

"Bu odadaki üç kişi arasından daha önce Bayan Vesna ile vakit geçiren tek kişi sizsiniz profesör. Bu dünyada konuşmak isteyebileceği yegâne kişi siz kalmış olabilirsiniz."

Bu düşünce bir süre sessizlikte asılı kalmıştı. "Aslına bakarsanız kiminle karşılaştığıma emin değilim," diyerek karşı çıkmıştı Langdon. "Bir süre için Sasha ile konuşuyor gibiydim ama pek çok açıdan onun diğer kişiliğiyle konuşmuş olmam daha mantıklı geliyor. Belki de Sasha gibi davranıyor ve bu sırada her şeyi planlıyordu. Hangisi olduğunu bilmeme imkân yok."

"Her kimle konuşmuş olursanız olun, yardımsever ve nazik davrandınız ve diğer kişiliği bunu gördü. Ne de olsa sizi bir değil, tam iki kez korudu."

Doğru. Eşik'ten kaçmasına yardım ettiğini ve Harris'i öldürmeden önce Sasha'nın evinden çıkması için onu kandırdığını hatırlamıştı.

"Sasha size güvendiğini gösterdi," demişti Nagel. "Merak ediyorum; sizce bize, bana, bu plana ve Amerika'da başlayacağı yeni bir hayata güvenmesini ne sağlar?"

Langdon çok fazla zorlanmayacağını düşünmeye başlamıştı. "Ona birçok açıdan hayalinin gerçek olduğunu hatırlatırdım. Ayrıca başına gelenleri ne kadar hatırladığına veya anladığına bağlı olarak, bundan sonra ilerleyebilmek için sadece kendisinin değil ilgili herkesin bir şeyleri affetmesi gerektiğini anlatırdım. Bunu diğer kişiliği de anlayacaktır. Sasha'nın onun güvenine ihanet eden teşkilatı affetmesi, teşkilatın da kendisine zarar veren insanlardan ve tesisten intikam alan deneği affetmesi gerekiyor. Eğer hem Sasha hem de teşkilat geçmişi geçmişte bırakabilirse ve genelin iyiliği için karşılıklı affedebilirse o zaman herkesin faydasına olacak yeni bir gelecek var demektir."

Nagel ile Katherine etkilenmiş bir ifadeyle başlarını sallamıştı. Sonra büyükelçi şöyle demişti: "İşte ben de tam olarak bu yüzden *sizin* konuşmanızı istiyorum profesör."

*

Langdon büyükelçiliğin lambri kaplı konferans salonunun kapısını araladı ve içeriye göz gezdirdi. Sasha Vesna çok uzun bir masanın en sonunda tek başına oturuyordu. Sarı saçları karışmıştı ve yüzü solgun görünüyordu. Omzuna bir havlu almıştı ve önünde yarısı yenmiş bir tabak yemek duruyordu. Kucağında duran ellerinin bağlı olduğuna hiç şüphe yoktu.

Langdon içeri girip kapıyı kapatmadan önce onu iyice inceledi. Yüzünde tatlı bir gülümsemeyle yavaşça ona yaklaştı. "Merhaba Sasha."

Onu gördüğüne sevinmekten çok ürküyor gibiydi.

"İyi olduğunu gördüğüme sevindim," dedi Langdon. Ondan yaklaşık üç metre kadar uzaktaki bir sandalyeye oturdu.

"Teşekkür ederim." Sasha kuşkulu gözlerle ona baktı.

Langdon o anda bu görüşmenin büyükelçinin hayalindeki sıcak ve içten buluşmadan çok uzak geçeceğini anladı. "Sasha," diye söze başladı. "Sana önemli haberler getirdim ve bunları..." Doğru kelimeleri seçmek için biraz duraksadı. "Sana anlamlı gelecek şekilde aktardığıma emin olmak istiyorum."

"Peki," diyen Sasha hiçbir şey belli etmiyordu.

Langdon bir süre düşüncelerini toparladı ve içindeki huzursuzluğun izin verdiği ölçüde sakin konuştu. "Sasha bu akşam buraya yardım istemek için geldiğini biliyorum. Büyük bir mutlulukla diyebilirim ki büyükelçi sana yardım etmek istiyor. Tehlikede olduğunu hissettiğinin farkında ve seni korumak, sana kendini güvende hissettirmek istiyor. Bunun için bir planı var. Ben planını duydum, *mükemmel* bir çözüm değil ama mümkün olan en iyisi bu... Ayrıca büyükelçi senin bundan sonra güvende kalarak normale yakın bir hayat sürmen için elde edebileceğin en büyük şans olduğuna inanıyor."

Sasha'nın ifadesi biraz olsun gevşemişti.

"Sana ne olduğunu anlatmadan önce, üzgünüm ama alışılmadık bir soru sormak zorundayım," dedi Langdon. "Dürüstçe cevap vermen son derece önemli. Bu olmazsa hiçbiri olmaz." Konuşmayı bırakan Langdon bakışlarını onun açık renkli gözlerine dikti. "Sorduğum için beni bağışla ama bilmem gerekiyor. Şu anda kiminle konuşuyorum? Bu *sen misin* Sasha?"

Genç kadın bir süre Langdon'a baktıktan sonra başını iki yana salladı. "Hayır," diye yanıt verdi boğuk bir sesle. "Sasha'nın güvenliği için henüz onu serbest bırakmadım."

135. BÖLÜM

Katherine büyükelçinin kanepesinde uyuyakaldığını fark ederek anında doğruldu. Robert henüz dönmemişti ve büyükelçi dalgın gözlerle pencereden dışarıdaki karanlığa bakıyordu. Katherine'in kıpırdandığını fark edince odaya doğru dönüp saatini kontrol etti.

"Yarım saat oldu," dedi. "Hâlâ konuşuyorlar."

Katherine, "Bu iyiye işaret olabilir," diye fikir yürüttü. "Robert... kılı kırk yarabiliyor."

Nagel, Katherine'in yanına otururken, "Fark ettim," dedi. "Beni bir kenara çekip kayıp metninizle ilgili *her açıdan* sorguya çekerek CIA'den onu iade etmesini istememi söylemişti."

Katherine umutlu bir ifadeyle, "Sonuç ne oldu?" diye sordu.

Nagel başını iki yana salladı. "Maalesef direktör, Q'nun operasyon ekibinin tüm kopyaları imha ettiğini söyledi."

Katherine dudak büktü. "Buna inanmıyorum."

"Maalesef doğru. WikiLeaks'ten sonra teşkilatın sakıncalı bulduğu bilgilerin anında imha edilmesini düzenleyen yeni protokoller uygulamaya başladık. Çok üzgünüm ama kitabın gerçekten imha edildiğini düşünüyorum."

Katherine ne kaybettiğini düşünmemeye çalışarak kanepenin kumaşını çekiştirdi. "CIA'in kitabı yok etmesi çok ironik. Aslında, içindeki fikirler teşkilata terör yönetimi kuramı konusunda yeni bir bakış açısı sağlayabilirdi."

Nagel bu yorum karşısında şaşırmıştı. "TYK hakkında mı yazdınız?"

"Çalışmalarımla oldukça bağlantılı." *Sizinkiyle olduğu gibi.*

Terör Yönetimi Kuramı, askeri istihbarat tarafından bir toplumun belirli tehlikelere vereceği tepkileri öngörmek için kullanılıyordu. Bulguları çok sağlamdı. İnsan kaygısının sayısız kaynağı vardı; nükleer savaş korkusu, terör, finansal yıkım, yalnızlık gibi ve TYK, insan davranışlarının ardındaki en büyük korkunun ve en güçlü motivasyonun inkâr edilemeyecek şekilde ölüm korkusu olduğunu kanıtlamıştı. Öleceğinden endişe duyan bir insanın beyni bu korkuyu "yönetmek" için son derece iyi belirlenmiş stratejiler kullanıyordu.

Normal şartlarda öleceğimizi bilmek –ölüm farkındalığı– inkâr, maneviyat, farkındalık pratikleri ve çeşitli felsefi düşünce türleri dahil geniş bir strateji yelpazesiyle yönetilirdi.

Ancak savaş, suç, şiddetli çatışmalar gibi uç durumlarda tüm insanlar ya kendilerini kurtarmak için savaşır ya da tehlikeden kaçardı. Bu durum savaş ya da kaç tepkisi olarak biliniyordu ve askeri stratejistler için ikisi arasından *hangisinin* gerçekleşeceğini ön görmek çok faydalı oluyordu.

Katherine, "Savaş ya da kaç, beynin ölüm korkusuna verdiği *tek* tepki değil," dedi. "Yıllar içinde kademeli olarak gerçekleşen başka bir şey var. Dünyamızın güvenli bir yer olmadığından endişe duymaya başladığımızdan beri insanlar bunu yapıyor."

Nagel, "Bu mantığa dayalı bir korku," dedi.

"Her gün, yok olan çevremiz, gittikçe artan nükleer tehdit, gelecek olan pandemiler, soykırım ve dünyanın bitmek bilmeyen vahşetlerini bize hatırlatan medya yayınlarına maruz kalıyoruz. *Tüm* bunlar beynin terör yönetimi stratejisinin geri planda düşük bir seviyede çalışmasına neden oluyor, savaş ya da kaç modunda değil ama en kötüsüne hazırlıklı olarak. Dünyamız daha ürkütücü bir hale geldikçe bilinçaltımız bizi ölüme daha çok *hazırlıyor.*"

Nagel, Katherine'in tüm bu anlattıklarıyla nereye varmaya çalıştığını anlamıyor gibiydi. "Ölüme mi hazırlıyor? *Nasıl*?"

Katherine, "Sanırım, bu sorunun cevabı sizi şaşırtacak," dedi. "*Beni* çok şaşırtmıştı. Ölüm farkındalığını ve beyni araştırırken, yoğun ölüm korkusunun tutarlı bir dizi davranışsal tepki ürettiğini öğrendim ama hepsi de *bencilceydi.*"

"Pardon?"

Katherine, "Korku bizi *bencilleştiriyor,*" dedi. "Ölümden ne kadar çok korkuyorsak *kendimize,* eşyalarımıza, güvenli alanlarımıza... bizim için tanıdık olan şeylere o kadar çok tutunuyoruz. Yoğun milliyetçilik, ırkçılık ve dini hoşgörüsüzlük sergiliyoruz. Otoriteyi reddediyoruz, toplumsal ahlaki değerleri umursamıyoruz, kendimiz için başkalarından çalıyoruz ve daha materyalist bir hale geliyoruz. Gezegenin kaybedilmiş bir dava olduğunu ve hepimizin zaten sonunun geldiğini düşünerek çevremize karşı sorumluluk duygumuzu kaybediyoruz."

Nagel, "Bu endişe verici," dedi. "Bunlar küresel huzursuzluğu, terörizmi, kültürel ayrışmayı ve savaşı besleyen davranışlar."

"Evet ve bu da CIA'in işini zorlaştırıyor. Her şey bir illüzyona dönüşüyor. İşler ne kadar kötüleşirse biz de o kadar kötüleşiyoruz. Ve biz kötü davrandıkça işler daha da kötüleşiyor."

"Ve sizin teorinize göre, bu endişe verici döngü insanların ölüm korkusundan kaynaklanıyor?"

Katherine, "Bu *benim* teorim değil," dedi. "Bu; gözleme dayalı analizler, davranışsal deneyler ve bilimsel anketlerle toplanan istatistiksel veriler aracılığıyla bilimsel olarak kanıtlanmış. Araştırmanın en önemli noktası, ölümden *korkmayanların* daha iyiliksever, saygılı, yardımsever ve çevreyi önemseyen davranışlar sergilemeye yatkın olduklarını ortaya koyması. Bu da şu anlama geliyor; zihinlerimizdeki ölüm korkusundan kurtulabilirsek..."

"Çok daha gelişmiş bir dünyada yaşayabiliriz."

Katherine, "Kesinlikle," dedi. "Ünlü Çek Psikiyatrist Stanislav Grof'un dediği gibi, 'Ölüm korkusunun ortadan kalkması, kişinin dünyada varoluş şeklini değiştirir.' Grof, Batı'nın mekanik paradigmasının yol açtığı küresel krizden kurtulabilmemiz için bilinçte radikal bir içsel dönüşümün tek umudumuz olduğuna inanıyor."

Nagel biraz daha kahve doldururken, "Bu doğruysa dünyadaki su kaynaklarına anksiyete ilaçları katmalıyız," dedi.

Katherine güldü. "Xanax'ın çözüm olduğunu sanmıyorum ama ufukta umut var."

Nagel kahvesinden yudum alırken durdu. "Öyle mi?"

"Kitabımda bahsettiğim gibi, ölüm hakkındaki görüşlerimizin değişeceğine inanıyorum. Dünyadaki birçok önemli bilim insanı gerçekliğin *hiç de* inandığımız gibi olmadığını düşünüyor. Bu da ölümün bir illüzyon olabileceği... bilincimizin fiziksel ölümden *kurtulduğu* ve var olmaya devam ettiği fikrini beraberinde getiriyor. Bu doğruysa ve kanıtlayabilirsek birkaç nesil sonra insan zihni tamamıyla farklı bir öncül –ölümün o kadar da korkunç bir şey olmadığı inanışı– doğrultusunda çalışmaya başlayacak."

Katherine'in sesi tutku doluydu. "Bunu bir düşünsenize. İnsanoğlunun bu kadar yıkıcı davranışlarda bulunmasına neden olan *o* evrensel korku yok olacak. Kendimizi havaya uçurmadan ya da gezegenimizi yok etmeden bu dönüşüme ulaşmayı başarabilirsek türümüz tahmin bile edemeyeceğimiz kadar huzurlu bir geleceği başlatacak felsefi bir dönüm noktasına ulaşabilir."

Büyükelçi suskun kaldı ama Katherine onun gözlerinde, dünyada şahit olduklarına rağmen umut isteği gördü. Nagel alçak sesle, "Umarım haklısınızdır," dedi.

Robert dakikalar sonra kapıda belirdi.

Nagel ayağa fırladı. "Nasıl geçti?"

Langdon yorgun bir ifadeyle gülümsedi. "Büyükelçim, sanırım artık direktörü aramanızın vakti geldi."

*

Direktör Gregory Judd eski baş hukuk danışmanı Heide Nagel ile o günkü ikinci video görüşmesini tamamladığında Langley, Virginia'da akşam olmak üzereydi.

Onu kovmakla aptallık ettim, diye düşündü. Böyle düşünmesinin sebebi Nagel'in onun peşini bırakmayacak olması değil, işinde çok iyi olmasıydı. Çok az insan Nagel gibi lafı dolandırmadan konuya girerdi. Çoğu avukat yasalara göre yönetilen siyah beyaz bir dünyada yaşarken Nagel gerçek dünyada –gri tonlardaki, değişken ve karmaşık bir manzarada– yaşıyordu.

Nagel açıklık, alçakgönüllülük ve şaşırtıcı bir şeffaflıkla ona Sasha Vesna ile ilgili beklenmedik gelişmeleri anlatmış ve Eşik'in yeniden inşası konusuna değinmişti. Nagel her iyi pazarlıkçı gibi Judd'un *onun* kararına varmasına yardımcı olurken fikrin direktöre aitmiş gibi görünmesini sağlamıştı.

Direktör bilim insanı değildi ama CIA'in insan zihniyle ilgili araştırması Judd'un gençken hayal bile edemeyeceği bir gerçeği ortaya çıkarmıştı. Judd'un işi gerçekliğin doğasını anlamak değil ulusuna en iyi şekilde hizmet etmek için onun gücünden yararlanmaktı.

Judd ara sıra oturup Eşik gibi programların insan zihinleri arasındaki bağlantıyı kanıtladığı, korku ve rekabet yerine empati ve anlayışa dayalı küresel bir topluluğun kapılarını araladığı bir gelecek, ulusal güvenlik kavramının geçmişte kaldığı bir dünya hayal ederdi.

Ama şu anda yapması gereken başka işler vardı.

136. BÖLÜM

Václav Havel Havaalanı'ndaki özel terminalin dışında duran Heide Nagel, uygulamaya koyduğu planın ağırlığını hissediyordu.

İltica.

Kendine bunun doğru bir karar olduğunu söyledi. *Tek karar.*

Scott Kerble biraz ileride, boşta çalışan büyükelçiliğe ait sedan aracın direksiyonunda oturuyordu. Aracın bagajı Sasha Vesna'nın aceleyle giysilerini ve özel eşyasını doldurduğu spor çantalarla doluydu. Halen elleri bağlı olan Sasha arka koltukta sessizce oturuyor, yanında duran taşıma kutularının içindeki iki Siyam kedisiyle oynarken sakin görünüyordu.

Terminaldeki hangardan çıkan küçük bir özel uçak onlara doğru döndü. Bu uçak daha erken saatlerde Finch'in geldiği aynı Citation Latitude idi. Pilotlar Virginia'daki Langley Hava Kuvvetleri Üssü'ne isimsiz iki yolcuyu "hayalet uçuşla" taşımak üzere bizzat CIA direktöründen emir almıştı.

Yolcu listesi yok.

Nagel uçağın yaklaşmasını izlerken Direktör Judd'a gittikçe güvendiğini hissetti. Buna rağmen CIA'de geçirdiği yıllar ona körü körüne inanmanın tehlikeli olduğunu öğretmişti. Ulusal güvenlik dünyasında ülkenin gereksinimleri vatandaşların gereksinimlerine baskın geldiğinde güven bağı hatta güçlü bir sadakat bile ihanete uğrardı. Çoğunluğun iyiliğini düşünmek asil bir davranış olsa da Nagel'e bu kadarı yetmişti.

Elde ettiği avantajı sağlamlaştırmak için büyükelçiliğin deposundan dört adet IronKey 256-bit şifreli sabit sürücü almış, her birine Gessner'ın sorgu videosunun birer kopyasını yüklemiş, bu akşam belirlediği ve sadece kendisinin bildiği on altı karakterli bir şifreyle korumaya almıştı. Sürücülerden biri cebindeydi, biri şahsi kasasında duruyordu, diğer ikisini ise diplomatik çantalara koyarak biri Avrupa'da diğeri ise ABD'de bulunan iki avukat arkadaşına göndermişti. Çantalarla birlikte sadece Nagel'in zamansız ölümü veya ortadan kaybolması halinde açılmasını tembihleyen birer talimat yollamıştı.

*Yedekli, çift-kör, ölü adam anahtarı prensibiyle işleyen bir sistem.**

Şu durumda öngörülemez tek şey Sasha Vesna idi ve sıra dışı rahatsızlığı ne yapacağını tahmin etmeyi veya ona güvenmeyi güçleştiriyordu. Genç kadının psikiyatrik tedavi görmesi gerektiğine şüphe yoktu ama hayatı boyunca katlanmak zorunda kaldıkları düşünülecek olursa aynı zamanda bir evi, arkadaşları, güvenliği ve bir dereceye kadar normal bir hayat sürmeyi de hak ediyordu. Onu koruyan diğer kişiliği sadece insanlar Sasha'ya zarar vermeye kalktığında ortaya çıkıyordu ve Nagel de zaten bundan kaçınacak bir plan hazırlamıştı.

Sasha'ya sığınacak bir liman sunmalıyım, diye düşündü. *Mevcut şartlar altında mümkün olan en güvenli ortamı sunacağım.*

Büyükelçi Sasha'yı uçağa bindirip Prag'dan göndermek için sabırsızlanıyordu. Patlama alanının "onarımı" için bir saate kadar Almanya'daki Ramstein Hava Üssü'nden gerçek bir ordu uçakla buraya gelecekti. Nagel'in anladığı kadarıyla kraterdeki moloz yığınları mikro patlamalarla ufalanacak ve üzerine beton dökülecekti. Bunun üstüne bir çakıl tabakası, onun üzerine toprak ve en son olarak rulo çim döşenecekti. Her şey plana uygun ilerlerse birkaç hafta içinde Folimanka Park'ın yeşilliği sanki hiç bozulmamış gibi olacaktı.

Gömülüp gidecek, diye düşündü. *Eşik'in var olduğunu bir avuç insandan başkası bilmeyecek.*

---

* Çift-kör; kimse ne zaman nasıl tetikleneceğini bilmiyor anlamına geliyor
Ölü adam anahtarı; başına bir şey gelirse bilgiler otomatik açıklanacak anlamına geliyor

Citation yaklaşırken araçtan inen Kerble, Nagel'in yanına geldi. "Efendim, Bayan Vesna oldukça rahat görünüyor. Çantaları yükleyeyim mi?"

"Teşekkürler Scott," dedi Nagel. "Onunla birlikte seyahat ettiğin için teşekkür ederim. Transfer edilene kadar ihtiyatı elden bırakmamak gerekiyor. Yere indiğinizde direktörün ekibi sizi karşılayacak ve onu teslim alacak."

"Tabii efendim."

"Direktör bana Sasha yere indiğinde orada olacağının sözünü verdi. Ona bunu verebilir misin?" Nagel şifreli sabit sürücüyü cebinden çıkarttı ve Kerble'a uzattı. "İçinde ne olduğunu biliyor. Ona bunun dört kopyadan biri olduğunu söyle ve eğer içeriği teyit etmek isterse şifreyi almak için beni arayabilir."

"Evet efendim." Kerble sürücüyü cebine yerleştirdikten sonra gitmek üzere arkasını döndü.

Bu sırada bir kez daha düşünen Nagel ona seslendi. "Aslına bakarsan, sen ona Kissinger'ın en sevdiği sözün kelimelerinin baş harflerinden oluştuğunu söyle."

Kafası karışmış gibi görünen Kerble, çantaları almak üzere yanından ayrıldı.

Nagel uçağa doğru yürürken Robert Langdon ile Katherine Solomon'ın artık kendilerini daha rahat hissediyor olmalarını diledi. Şimdi her ikisi de güvendeydi çünkü ülkedeki en güçlü adam onların başına bir şey gelmesini göze alamazdı. Judd'a Katherine'in terörle mücadele teknikleriyle ilgili düşüncelerinden bahsettiğinde duydukları direktörün öylesine ilgisini çekmişti ki Nagel'e Doktor Solomon'ı Eşik ekibine katılmaya ikna edip edemeyeceğini sormuştu.

Hiç şansın yok, anlamında bir cevabı münasip bir siyasi üslupla dile getiren Nagel ona Katherine'in teşkilat yüzünden çektiği sıkıntıları hatırlatmıştı. *Ayrıca kitabını yeniden yazmaya karar verebilir.*

*

Sasha Vesna sıklıkla çok derin bir uykudan uyandığını ve çok önemli bir şeyleri kaçırdığını hissederdi. Genellikle hafızasında yoğun boşluklar oluşan böylesi günlerde kendini huzursuz hissederdi. Ama şimdi tam tersine, gün içinde yaşadıklarına dair bulanık kareler hatırlamasına rağmen kendini hiç olmadığı kadar huzurlu hissediyordu. Güvenmeyi öğrendiği içsesi ona her şeyin yoluna gireceğini hatta *harika* olacağını fısıldıyordu.

Yarım saat kadar önce yoğun bir sisten çıktığında, kendini sıcak bir sedan aracın arka koltuğunda bağlı bulmuştu. Yanındaki koltukta taşıma kutularının içinde Harry ile Sally vardı. Üniformalı bir adam aracı kullanıyordu. Kendini ABD büyükelçisi olarak tanıtan yolcu koltuğundaki kadın arkasını dönmüş, Sasha'ya bakarak neler olduğunu açıklıyordu.

Ellerinin bağlı olması veya yanında yabancıların bulunması tuhaf bir şekilde Sasha'yı paniğe sürüklememişti. Tam tersine kendini bu ana hazır hissediyor, içsesi ona tüm bunların kendi iyiliği ve güvenliği için olduğunu söylüyordu.

Büyükelçi kelepçe taktıkları ve bu kadar acil ayrılmak zorunda kaldığı için özür dileyerek detaylı bir açıklama yapmıştı. Sasha söylediklerinin çok azını anlamıştı. Siyasi iltica, dışişleri bakanlığı yönetmelikleri, uluslararası deniz üzerinden uçmak gibi şeylerden bahsetmişti ama bunların hiçbirinin onun için önemi yoktu. Tek bir şey duyuyordu.

Amerika'ya gidiyorum.

İçsesi ona şükran duymasını ve işbirliği yapmasını söylese de bunları duymaya ihtiyacı yoktu. Kendini romantik filmlere kaptıran küçük bir kız olduğu günlerden beri hayali Amerika'ya gitmekti. Belki bir gün Central Park'ı, Katz's Deli'yi ve Empire State Binası'nı görmek için New York şehrine gidebileceğini düşündü.

Tüm bunların nasıl gerçekleştiği Sasha için bir muammaydı. Belki Doktor Gessner'ın yanında sebat ederek çalışmasının bir ödülüydü. Bildiği tek şey bunu ABD büyükelçisinin gerçekleştirdiğiydi.

Ona güvenebilirim. Yeni bir arkadaşım oldu.

Sedan aracın sıcak ortamında kedileriyle birlikte oturan Sasha zihnindeki belirsizliklerin dağılmasını bekledi. Deniz piyadesinin çantalarını uçağa taşımasını izlerken artık onu Prag'a bağlayan hiçbir şeyin kalmadığını fark etti. Brigita olmadan Sasha'nın ne bir işi, ne bir evi, ne de... Birden geride bıraktığı diğer şeyi, Michael Harris'i hatırladı. *Ona hoşça kal diyemedim!* Michael'a dair hatıraları, sanki çok uzak geçmişten kalma bir sevgiliymiş gibi şaşırtıcı bir hızla siliniyordu. Seyrettiği romantik filmlerden birinde, *ilk aşklar önemlidir,* diyordu. *Çünkü kalbimizi gelecek olana açar.*

Ama gelecek olan ne, diye düşünen Sasha hayatında ilk kez sınırsız olasılıklar dünyasına girdiğini hissetti. O ses yine zihninde fısıldamaya başlamıştı. *Geçmişini sorgulama Sasha. Geleceğe bak.*

Bu sesi sıklıkla duyardı. Michael'ın dediğine göre bu onun sezgilerinin, üst benliğinin, bilinçaltının sesiydi. Herkesin fısıldayan, güven veren ve yön gösteren bir içsesi, ruhundan bir parçası vardı. Sasha yerleşir yerleşmez Michael'a bir mektup yazacaktı. Ama belki de peşini bırakmak en iyisiydi. Son zamanlarda romantik ilişkilerinin sonlarına geldiklerini hissediyordu.

Pencerenin dışından biri ona seslendi. "Bayan Vesna?" Deniz piyadesi geri dönmüş, kapısını açıyordu. "Sizi bekliyorlar." Sasha'nın emniyet kemerini çözdü ve araçtan inmesine yardım etti.

Ardından arabanın arka tarafına uzandı ve kedi taşıma kutusunu aldı. "Harry ile Sally'yi uçağa bindirelim, olur mu?"

Sasha minnetle başını salladı. "Teşekkür ederim bayım."

"Bana Scott diyebilirsin," diyen adam arkasını dönerek ona gülümsedi. "Bugün birlikte uçacağız. Ben de sana Sasha diyeyim mi?"

"Tabii!" Sasha uçağa yaklaşırken içindeki heyecanın arttığını hissetti. Hoşça kal demek için beklediği anlaşılan büyükelçi uçağın merdiveninin başında bekliyordu.

Onlar yanına vardığında, "Çavuş Kerble," dedi. "Bu iki kediyi soğukta bırakmayın, Bayan Vesna'yı almaya sonra gelirsiniz."

"Elbette efendim." Harry ile Sally'yi merdivenden yukarı taşıdı ve uçağın içine girerek gözden kayboldu.

Büyükelçi, Sasha'ya kaygıyla baktı. "Tüm bunların çok ani olduğunu ve özümsemenin zor geldiğini biliyorum. İyi misin?"

Aniden bastıran minnettarlık, şaşkınlık, heyecan ve hayret dalgasına kapılan Sasha sükûnetini korumaya çalışıyordu. Büyükelçi her şeyin ilerideki günlerde daha mantıklı geleceğine dair defalarca söz vermişti. Ayrıca kısa süre içinde Birleşik Devletler'e yanına gelecekti. Bu düşünce Sasha'ya derin bir dinginlik hissi veriyordu.

"Ben iyiyim," diyebildi Sasha. "Aklım biraz karışık ama bana çok kibar davrandığınızın farkındayım." Ağlayacak gibi oldu. "Size nasıl teşekkür edebilirim?"

Şimdi büyükelçi de duygulanmıştı. "İster inan ister inanma ama... teşekkür ettin bile Sasha."

Genç kadın gözyaşlarına boğulurken büyükelçi ileri çıkıp ona uzunca bir süre sarıldı. Bu kucaklama Sasha'ya henüz dört beş yaşlarındayken annesinin ona nasıl sarıldığını hatırlattı... O zamanlar henüz kimse tarafından sakata ayrılmamıştı. Sasha'ya uzun, çok uzun yıllardır kimse böyle sarılmamıştı.

137. BÖLÜM

Kış güneşi Prag'ın üzerine henüz doğmuştu, soluk ışıkları kulelerin oluşturduğu siluet üzerinde parlıyordu.

Langdon o akşamüstü Katherine ile birlikte ülkeden ayrılmadan önce çözmesi gereken son meseleyi düşünerek geriliyordu.

Ona daha önce neredeyse söylüyordum, diye düşündü. Ne olduğunu anlatmayı çok istese de bir türlü doğru zamanı bulamamıştı. *Kahvaltının tadını çıkar,* diye içinden geçirdi. *Her şey yoluna girecek.*

Doksan dakika önce büyükelçiyle yaptıkları önemli görüşmeden ve Sasha'yla vedalaşmalarının ardından Katherine ile birlikte büyükelçilikten çıkmış ve arnavutkaldırımlı meydanda yirmi adım yürüyerek Nagel'in tavsiyesi üzerine Alchymist Otel'in meşhur "prosecco kahvaltısına" gitmişlerdi.

Otel kusursuz bir şekilde restore edilmiş on altıncı yüzyıldan kalma Barok tarzı bir malikâneydi. Geniş iç avlusunun üzeri her kış bir tenteyle kapatılıp buz pateni pistine dönüştürülüyordu. Yemek salonu kırmızı döşemeli sandalyeleri, ışıltılı Murano avizeleri ve burgulu Korint tarzı altın sütunlarıyla adeta bir masal filminden fırlamış gibiydi.

Piste bakan sessiz bir masada oturan Katherine ile Langdon yenilebilir altın yapraklarla süslenmiş incir tatlısıyla sonlanan görkemli bir kahvaltıyı bitirmişlerdi. Karınlarını iyice doyurmuş, sabahki olayları uzun uzadıya konuşmuşlardı. Şimdi de sessizce hindiba kahvelerini yudumlarken buz pistini izliyorlardı. Genç bir kadın pistin kenarında patenlerini bağlıyordu.

Langdon kendilerine servis yapan garsonun yüzyıllar önce burada ölen ve ara sıra pistte kayarken görülen bir rahibeyle ilgili anlattığı hayalet hikâyesine gönderme yaparak, "Patenci *rahibe* mi?" dedi.

Genç kadının mantosunun altından beyaz payetlerle birlikte gümüş rengi boncuklarla süslenmiş dar ve gösterişli bir buz pateni kostümü çıkarırken Katherine, "Sanmıyorum," dedi.

Genç kadın piste çıktığında bu kadar gösterişli bir kostüm giyen birine göre oldukça acemi olduğunu fark ettiler.

Langdon onun sendeleyerek pistin ortasına gidip orada duruşunu ve saçlarını kabarttıktan sonra cebinden çıkardığı telefonla selfie yapışını izlerken, *ne kadar tuhaf,* diye düşündü.

Langdon, "Gizem çözüldü," dedi. "Instagram patencisiymiş."

Katherine gülümsedi. "Yeni gerçeğimiz."

Langdon, Katherine'e dönerek, "Bu seni endişelendirmiyor mu?" diye sordu. "Gençlerin sürekli bu şekilde kendilerini dünyaya yayınlayışları? Kampüste her gün görüyorum. Dünyanın en zeki insanları bile *gerçek* dünyadan çok çevrimiçi dünyayla ilgili."

Katherine kahvesinden bir yudum alırken, "Haklı olabilirsin," dedi. "Ama birincisi, bunu yapan *sadece* gençler değil. İkincisi, çevrimiçi dünyayı da gerçek dünyadan saymalısın."

"Sevginin emojilerle gösterildiği ve 'beğenilerle' ölçüldüğü bir gerçek dünya mı?"

"Robert telefonuna yapışmış birini gördüğünde, başka bir dünyaya *dalmış* birini değil de bu dünyayı *görmezden gelen* birini görüyorsun... Aslında orası da tıpkı bu dünya gibi topluluklardan, arkadaşlardan, güzellikten, korkudan, sevgiden, karmaşadan, doğru ve yanlıştan oluşuyor. Orada da hepsi var. Çevrimiçi dünya bizim dünyamızdan çok farklı değil... Sadece tek bir farkı var." Katherine gülümsedi. "Yerleşik değil."

Bu yorum Langdon'ı hazırlıksız yakalamıştı.

Katherine, "Çevrimiçi dünya, bulunduğumuz konumdan bağımsız. Orada bedensiz bir zihiniz ve fiziksel kısıtlama yaşamadan var oluyoruz. Hiç çaba sarf etmeden istediğimiz yere gidebiliyor, istediğimiz şeyi görebiliyor, öğrenebiliyor, diğer bedensiz zihinlerle etkileşime geçebiliyoruz."

Langdon interneti hiç bu açıdan düşünmemişti. Bu hem şaşırmasına hem de merakının uyanmasına neden olmuştu. *Çevrimiçiyken*, bedensiz bir bilincim…

Katherine, "Kendimizi sanal dünyada kaybettiğimizde, birçok yönden beden dışı deneyime benzeyen, yerleşik olmayan bir tecrübe yaşatıyoruz. Kendimizi her şeyden kopmuş, ağırlıksız hissediyoruz ama aynı zamanda her şeyle de bağlantılıyız. Filtrelerimiz kalkıyor… Bir ekrandan tüm dünyayla etkileşime geçebiliyoruz ve neredeyse *her şeyi* deneyimleyebiliyoruz."

Langdon, Katherine'in son derece haklı olduğunu fark etti.

Katherine kahvesinden son yudumunu alıp keten peçetesiyle hafifçe dudaklarını sildi. "Tüm bunlara kitabımda yer vermiştim. Biraz sıra dışı bir fikir ama şu anda yaşadığımız teknolojik patlamanın aslında *ruhsal* bir evrimin parçası, nihai kaderimiz olan varoluşa yönelik bir tür eğitim alanı, fiziksel dünyayla bağlantısız ama aslında her şeyle bağlantılı bir bilinç olduğuna inanıyorum."

Langdon arkasına yaslandı. Katherine'in öncü fikirleri karşısında çok etkilenmişti.

Katherine tutkulu bir şekilde, "Bunların hepsi daha büyük bir kavramda birleşiyor," dedi. "Ölüm bir son değil. Daha yapacak çok iş var ama bilim tüm bunların ardında *gerçekten de* bir şeyler olduğuna dair kanıtlar keşfetmeye devam ediyor. *Bu* mesajı dağların tepelerinden herkese haykırmalıyız Robert. Bu, sırların sırrı! İnsan ırkının geleceği üzerinde yaratacağı etkiyi bir düşünsene!"

"İşte bu yüzden kitabını yayınlaman gerekiyor!"

Bu yorum Katherine'in kaşlarını çatıp bir anda gerçekliğe dönmesine neden olunca Langdon bu düşüncesini paylaştığına pişman oldu. Ama CIA direktörünün Katherine'in kitabının –birkaç hassas paragrafı çıkarması ve tabii ki patent başvurusundan bahsetmemesi şartıyla– ileride yayınlanmasına müdahale edilmeyeceğini kabul ettiğini öğrenmek Langdon'ı çok heyecanlandırmıştı. Katherine ise bu haberi büyük bir coşkuyla karşılamamıştı. Teşkilata hâlâ kızgın olduğu ve tüm kitabı yeniden yazmak zorunda kalacağı göz önüne alındığında bu pek de şaşırtıcı bir tutum değildi.

Langdon onu üzdüğünü düşünerek huzursuzca yerinde kıpırdandı.

"Pekâlâ, uçağa binmeden önce hâlâ Prag Kalesi'ni görmek istiyor musun?" diye sordu.

Katherine başını kaldırıp ona baktı. Kafasını dağıtacak bir şeyle meşgul olmak istediği belliydi. "Kesinlikle. Konferansın olduğu gece fazla bir şey göremedim ve sen de Aziz Vitus'un mutlaka görülmesi gerektiğini söylemiştin."

Langdon montuna uzanırken, "Harika," dedi. "Buradan tepeye kadar kısa bir yol yürüyeceğiz." Aklına yine halletmesi gereken son iş geldi. Katherine'in bu haberi nasıl karşılayacağı konusunda şüpheleri vardı.

Katherine garsona bakındı. "Hesabı ben öderdim ama biliyorsun, çantamı kaybettim."

Langdon gülümseyerek, "Sorun değil," dedi. "Kahvaltının Amerikan Büyükelçiliği'nin ikramı olduğu söylendi."

*

Otelden çıktıklarında büyükelçiye el sallayarak teşekkür etmek için penceresine baktılar ama kimseyi göremediler. Sasha'nın ülkeden ayrılışının sorunsuz geçtiğini ve Heide Nagel'in dinlenmeye çekildiğini umut ettiler.

Büyükelçi o sabah otellerine içinde yolculuk harcırahı, iki tane birinci sınıf uçak bileti ve eve sorunsuz bir şekilde varmalarını güvence altına alacak iki diplomatik mektubun bulunduğu bir paket bırakılacağına söz vermişti. Nagel, "Son yirmi dört saatte yaşadıklarınızı telafi etmez ama büyükelçilik olarak en azından bunu yapalım," demişti.

Katherine kaleye çıkan taş döşeli şirin Tržiště Sokağı'na sapan profesörü takip etti. Birlikte yürümeye başladıklarında Langdon kolunu beline dolayıp onu kendine doğru çekti ve yanağından öptü. Tepeyi tırmanmaya henüz başlamışlardı ki Langdon aniden durdu.

Katherine, Langdon'ın Patagonia şişme montuna parmağını bastırıp, "Ne oldu, yokuş bu hantal montla çıkılmayacak kadar dik mi geldi?" diyerek ona takıldı. Langdon'a defalarca onu bu yüzyıla ait bir montla değiştirmesini söylemişti.

"Hayır..." Montunun kolunu çekip Mickey Mouse saatine baktı. Kaşlarını çatarak, "Şimdi aklıma geldi," dedi. "Havaalanına gitmemize birkaç saat var ve Prag'dan ayrılmadan önce birtakım evrak işlerini halletmem gerekiyor. Seninle yukarıda buluşsak olur mu?"

Katherine, "Evrak işleri mi?" diye sordu.

Langdon, "Üzgünüm," dedi. "Sana her şeyi anlatmak isterdim ama çok kaotikti ve halletmem gereken son bir iş var."

Katherine bir önceki sabah Robert'ın lüks bir otelin boşaltılmasına sebep olduğunu ve Çek polisinden kaçtığını düşününce neyin peşinde olduğunu daha çok merak etti. "Her şey yolunda mı Robert? Büyükelçiye haber vermemiz gerekiyor mu?"

Langdon, "Her şey yoluna girecek," dedi. "Söz veriyorum."

"Seninle geleyim mi?"

"Teşekkürler ama senin bu yürüyüşü yapmanı çok istiyorum." Yürüyüş yolunu göstererek, "Muhteşemdir. Ben hemen bir taksiye atlayıp işimi halledeceğim. Büyük ihtimalle kaleye aynı anda varırız."

Katherine hâlâ biraz huzursuzdu. "Nasıl istersen. Nerede buluşacağız?"

Langdon biraz düşündükten sonra cevapladı. "Yedi kilitli kapının önünde buluşuruz."

Katherine ona bakarken, "Yedi kilitli bir kapı mı var?" diye sordu.

Langdon başıyla onayladı. "Avrupa'nın en gizemli kapılarından biri. Oraya vardığında kapıyı sor."

Katherine, "Robert," diye çıkıştı. "Neden normal insanlar gibi danışmanın önünde buluşmuyoruz?"

Langdon onu yanağından öpüp, "Çünkü..." dedi. "*Normal* çok fazla abartılıyor."

138. BÖLÜM

Karanlık okyanusun çok yukarısındaki Scott Kerble üzerine yorgunluk çöktüğünü hissetti. Uçak doğan güneşin önünde batıya doğru ilerlerken gözlerini kapatmadan önce son bir kez kontrol etmek için uçağın arka tarafına gitti. Sasha Vesna deliksiz uyuyordu.

Kerble, Sasha'nın kolundaki kelepçeyi çıkartmış, onun yerine koltuğuna bağladığı tek bir ayak kelepçesi takmıştı. Ayrıca Harry ile Sally'yi taşıma kutusundan dışarı bırakmıştı. Şimdi ikisi birbirine dolanmış tek bir tüy yumağı halinde Sasha'nın yanındaki koltukta mırıldanarak kestiriyordu.

Koltuğuna geri dönen Kerble ceketini çıkarırken cebindeki şifreli sabit sürücü eline geldi. Çıkartıp baktı ve içindeki hangi bilginin büyükelçiye böylesine tartışmasız bir güç verdiğini merak etti. Dahili tuş takımını incelerken direktöre on altı karakterli şifre ile ilgili ne söyleyeceğini hatırladı.

Kissinger'a ait en sevdiği sözde yer alan kelimelerin baş harfleri.

Bir süre buna kafa yoran Kerble sonunda cep telefonunu çıkarttı ve ChatGPT'ye CIA Direktörü Gregory Judd'un herhangi bir konuşmasında Henry Kissinger'dan alıntı yapıp yapmadığını sordu. Görünüşe bakılırsa Judd pek çok defa aynı sözü tekrarlamış ve bu sözüne hemen her seferinde bir açılış cümlesi eşlik etmişti: "Böylesine karmaşık bir gerçeği yalnızca Kissinger on altı kelimeyle izah edebilirdi."

Dış politikasında ahlaki bir mükemmelliğe ulaşmayı talep eden bir ülke, ne mükemmelliğe ne de güvenliğe kavuşabilir.

DPABMUTEBÜNMNDGK. Sürücünün kilidini kolaylıkla açıp içinde saklı olan veriye ulaşabileceğini biliyordu ama aynı zamanda büyükelçinin güvenine ihanet etmeyeceğini de biliyordu. Hiç düşünmeden sürücüyü direktöre iletmek üzere spor çantasının içine koydu. *Daima sadık,* diye düşünerek uyumak üzere gözlerini kapattı.

*

Karanlık kabinin arka koltuğundaki Golĕm gölgelerin arasından belirdi. Uykuya dalmış olan Sasha'nın zihninin ön planına süzüldü ve gözlerini açıp pencereden dışarıyı seyretti. Aşağıda sadece karanlık vardı... Eski Dünya'yla Yeni Dünya'yı birbirinden ayıran büyük boşluk.

Amerika tarih boyunca milyonlarca insan için olduğu gibi Sasha için de yeni bir başlangıç olacaktı. İkinci bir şans. Golĕm sonunda Sasha'ya kendini adamasının ve ona duyduğu sevginin ödüllendirileceğine emindi. *Evren kendisini anlayanlara yardım eder.*

Büyükelçinin gözetimi altında Sasha'nın güvende olacağına inansa da Golĕm'in onu tamamen bırakmaya niyeti yoktu. Henüz değil. Gölgelerin arasından, her gün biraz daha geriden onu izlemeye devam edecekti. Gittikçe hayatında daha az yer kaplayacak, zihnindeki bir fısıltı olarak kalacaktı. Bu düşünce onu biraz kederlendirse de aynı zamanda bir başarı hissi de veriyordu.

Bana ne kadar az ihtiyacı olursa, ona o kadar çok faydam dokunmuş demektir.

Sasha'yı tamamen terk edebilecek, tüm bağlarını koparabilecek ve geldiği âleme geri dönebilecek güce sahip olduğunu bilmekle beraber, bir parçasının koruyucu bir melek gibi sonsuza dek onun yanında kalacağını biliyordu. Tıpkı diğer meleklerin belirdiği gibi; bir içgüdü, önsezi, sezgi olarak sessizce varlığını hissettirecekti. Başka bir dünyadan gelen, daha deneyimli bir ruhtan, Sasha'ya faydası dokunacak bir dürtü olacaktı.

Sasha hak ettiği hayatı yaşayacak. Ruhu huzur bulmuş bir şekilde gözlerini kapatan Golĕm, kendisine uzun zamandır tatmadığı derin bir uykuya dalma iznini verdi.

"Spokoynoy nochi miliya," diye fısıldadı. *İyi geceler tatlım.*

Uykuya dalarken sol eli kendiliğinden uzandı ve yanındaki koltukta mırıldanan iki Siyam kedisini nazikçe okşadı.

139. BÖLÜM

Katherine dik tepeyi tırmanışını bitirdiğinde biraz durup soluklanmaya ve karşısındaki yapının büyüklüğünü hazmetmeye ihtiyaç duydu. Prag Kalesi bir kale değil... adeta surlarla çevrili bir *şehirdi.*

Langdon'ın anlattığına göre tepe üzerindeki bu kale on beş dönümden fazla bir alanı kapsıyordu ve içinde dört saray, iki toplantı salonu, bir hapishane, bir cephanelik, bir başkanlık konutu, bir manastır ve dünyanın en büyüklerinden biri olan Aziz Vitus Katedrali dahil olmak üzere beş farklı kilise yer alıyordu.

İki akşam önce Katherine buraya konuşmasını yapmak üzere özel bir arabayla getirilmiş ve yapının güney tarafında yer alan sade sütunlu girişten geçirilip doğrudan Vladislav Salonu'na götürülmüştü. Karşısında duran Matthias Kapısı'na bakarken, *büyük ihtimalle ürkmemem için böyle yaptılar,* diye düşündü.

Kaleye giriş, beş kat yüksekliğinde devasa bir çevre duvarıyla engellenmişti. Bu duvarın önünde ise sivri uçlu yüksek demir parmaklıklar yer alıyordu. Dövme demirden yapılmış parmaklıklar silahlı iki asker tarafından korunuyordu. Parmaklıkların arasında yer alan tek açıklığın her iki yanında kendilerinden daha güçsüz adamları mızraklayan, bıçaklayan ve ezen kaslı dev adamların heykelleri yer alıyordu.

Katherine, *mesaj alındı,* diye düşündü.

Kapıdan geçti, avlular ve tünellerden oluşan bir labirentin içinden ilerleyip geniş, taş döşeli bir meydana çıktı. Açık alana adımını atar atmaz bakışları yukarıya yöneldi. Karşısında duran yapının cephesini incelerken kale duvarları içerisinde bu kadar büyük bir binanın bulunmasına hayret etti.

Aziz Vitus Katedrali.

Bu katedral hakkında tek bildiği şey, Langdon'ın ondan bir mimari başyapıt olarak bahsetmesiydi. Langdon katedralde en çok, Avrupa'nın en büyük çanlarından birini barındıran yüz metre yüksekliğindeki çan kulesine hayrandı. Zikmund olarak bilinen yaklaşık on yedi tonluk dev çan o kadar yüksek bir ses çıkarıyordu ki yankısının eski kuleye zarar vermemesi için sadece Noel'de ve Paskalya'da çalınıyordu.

Katherine girişe doğru ilerlemeden önce kısa bir süre durup büyük çan kulesini inceledi. Biraz önce bir nöbetçiden katedralin içinde olduğunu öğrendiği meşhur kapıyı görmek için sabırsızlanıyordu.

Yedi kilitli kapı. Ne olduğu hakkında hâlâ en ufak bir fikri yoktu ve Langdon'ın oraya kendisinden önce varmış olmasını diliyordu. Tepeye tırmanışı tahmininden uzun sürmüştü ve Langdon taksiye bindiği için evrak işlerini çabucak halletmiş olabilirdi.

Aziz Vitus Katedrali tam olarak Katherine'in beklediği gibiydi. Daha önce gezdiği tüm katedraller gibi heybetli, gösterişli ve etkileyiciydi. Salgın hastalıkların, savaşların ve kıtlığın milyonlarca inançlı insanın ölümüne neden olduğu bir dönemde insanların bu kutsal yapıları her şeye gücü yeten, müşfik Tanrı adına inşa etmek için yüzyıllar boyunca çalışmaları onu çok şaşırtıyordu. İnandıkları Tanrı'nın insanların acılarına kayıtsız mı yoksa bu acıları durdurmaktan aciz mi olduğunu sorgulamadan edemiyordu. Öyle olsa bile, "ebedi yaşam" vaadinin, evrensel ölüm korkusunu yatıştıran karşı konulmaz bir teselli olduğu çok açıktı.

Langdon'ı arayarak kilisenin iç taraflarına doğru ilerlerken, *hâlâ da öyle,* diye düşündü. Aziz Vitus o saatte neredeyse boştu ve görevliye gizemli kapıyı sorduğunda adam nefin orta koridorunun üzerinden sağ taraftaki, katedralin merkezinin biraz ilerisindeki kemerli açıklığı işaret etti.

Alçak sesle, "Wenceslas Şapeli," dedi görevli.

Boş görünen nefes kesici güzellikteki şapelin zemini gri mermerle döşenmişti. Fresklerle süslü birkaç kat yüksekliğindeki duvarları tonozlu bir tavana doğru uzanıyordu. Şapelin tam ortasında birkaç katlı ve her katı renkli mücevherlerle süslenmiş, üzerinde bir tente bulunan dikdörtgen şeklinde büyük bir sanduka duruyordu.

Kraliyet lahdi.

Bu sanduka, aslında hiçbir zaman kral olmamış ama iyi kişiliğinden ötürü meşhur bir Noel ilahisinde yanlışlıkla kral olarak ölümsüzleştirilen bir prense aitti. Katherine, İyi Kral Wenceslas'ın mezarının *aynı zamanda* yedi kilitli kapının ardında bir kasada korunan paha biçilmez Bohemya Kraliyet Mücevherleri'ne açılan bir geçit olduğunu okuyunca aradığını bulduğunu anladı.

Katherine hızla köşedeki gri metalden yapılmış kapıya doğru ilerledi. Yüzeyi, çapraz yerleştirilerek perçinlenmiş destek şeritleriyle örülüydü. Böylece ortaya çıkan elmas desenlerinin içleri Çek armasındaki iki sembolle –şahlanan aslanlar ve kartallarla– süslenmişti. Kapının sol tarafında dikey olarak sıralanmış süslü anahtar delikleri vardı. Katherine yedi tane olduklarını görünce hiç şaşırmadı. Her biri kalın zırhlı plakalarla korunuyordu.

Omzunun üzerinden boş şapeli kontrol ettikten sonra kapıyı açmayı denedi.

Kilitli.

Birkaç dakika daha Langdon'ı bekledikten sonra ana ibadet alanına çıkıp ayaklarını dinlendirmek için yakındaki bir sıraya oturdu. Oturmak iyi gelmişti ama Langdon için endişelenmeye başlamıştı. *Bir sorun mu çıktı acaba?*

Başka şeyler düşünmeye çalışarak gözlerini ana mihraba dikti; vitray camların önünde yükselen altın kafes kulelerinden oluşan heybetli bir yapıydı. Bu binanın insan eliyle yaratılmış olağanüstü bir sanat eseri olduğu inkâr edilemezdi.

Katherine yanındaki sütuna monte edilmiş ince oyma işleriyle bezeli kürsüye bakarken onun bile bir başyapıt olduğunu düşündü. Zarif bir sarmal merdivenle çıkılan altıgen biçimli yüksekçe kürsü, altın yaldızlı melek figürleriyle süslenmiş bir kubbeyle taçlandırılmıştı. Bu kutsal kürsü konuşmacıya neredeyse ilahi bir otorite kazandırmak için tasarlanmış gibiydi.

Kilisenin arka tarafından boğuk bir ses, "İşte, buradasın!" diye seslendi.

Arkasını döndüğünde Langdon'ın aceleyle Wenceslas Şapeli'nden çıkıp kendisine doğru geldiğini gördü. Üzerinde hâlâ Patagonia montu vardı. Yanına vardığında nefes nefeseydi. "Seni içeride göremeyince benden ümidi kestiğini düşündüm. Yedi kilitli kapıyı buldun mu?"

Katherine, "Evet," dedi. *"Ve kilitliydi.* Ne kadar şaşırtıcı değil mi?"

Biraz daha sakinleşmiş görünen Langdon gülümsedi. "Kapıyı açmamı istiyorsan yedi telefon görüşmesi yapmam gerekiyor. Cumhurbaşkanını, başbakanı, Prag başpiskoposunu, temsilciler meclisi başkanını, belediye başkanını, metropolitan katedral bölümü dekanını ve senato başkanını aramalıyım."

"Bunu nereden bildiğini sormayacağım Robert. İşlerini hallettin mi?"

Langdon başını salladı. "Evet. Hazırız."

Katherine rahatladı. "Bana neler olduğunu anlatacak mısın?"

Langdon, "Evet..." derken dikkati kürsüye kaymış gibiydi. "Bekle biraz..." Boş katedralde etrafına bakındıktan sonra tekrar Katherine'e döndü. "Burada kal. Sana bir şey göstermek istiyorum." Kürsünün merdivenlerine doğru ilerleyip önündeki kadife kordonun üzerinden ustalıkla atladı.

"Robert ne yapıyorsun?"

Sarmal merdiveni tırmandı. Tepesine ulaşıp kürsünün üzerinde açık duran büyük İncil'in gerisinden baktığında sadece başı görünüyordu. İçten bir sesle, "Katherine sana birkaç bölüm okumak istiyorum," dedi. "Sadece kalbini aç ve dinle."

İncil'den bölüm mü okuyacak? "Ben anlamı..."

Langdon, "Sadece dinle," dedi. "Bu kelimelerin ruhuna huzur vereceğine inanıyorum."

Robert şişme montunu çıkartıp yerleşirken Katherine hayretler içinde onu izliyordu. Belirli bir bölümü arıyormuş gibi İncil'in sayfalarını karıştırmaya başlamıştı. Hazır olunca hafifçe öksürüp Katherine'e baktı ve sonra bakışlarını tekrar kürsüye çevirdi. Konuşmaya başladığında tanıdık bariton sesi kilisede yankılandı. Dramatik bir ifadeyle, "*Bebeklerin* doğumdan itibaren bilinçli deneyimler yaşadıkları kanıtlanmıştır," diye okudu. "Bu da bilincin zamanla geliştiğini öne süren mevcut modelimizi çürütmektedir."

Pardon? Katherine'in kafası karışmıştı. *Biraz önce ne dedi öyle?*

Langdon birkaç sayfa çevirip okumaya devam etti. "Daha da önemlisi, beyin ölürken yoğun gama dalgası aktivitesi gerçekleştiğine dair inkâr edilemez kanıtlar tespit ettik."

Artık neyi okuduğunu anlamış olan Katherine ayağa fırladı. *Bu imkânsız!* Langdon başka bir bölüm okumaya hazırlanırken kürsüye koştu.

Profesör devam etti. "GABA seviyeleri ölüm anından önce hızla düşer ve bununla birlikte beynin normalde bilinmeyen, en geniş insan deneyimleri yelpazesini filtreleme yeteneği de kaybolur."

Katherine kalbi hızla çarparken sarmal merdiveni tırmandı. Kürsüye ulaşıp büyük İncil'in üzerinde duran tanıdık lazer baskı kâğıtları görünce hayret içinde, "Robert!" diye seslendi. "O benim *metnim* mi?"

Langdon omuzlarını silkip Katherine'in hoşlanmaya başladığı çarpık gülümsemesiyle, "Görünüşe bakılırsa öyle," dedi.

Katherine onun metni şişkin montunun altında taşıdığını anladı. "Ama..." Kelime bulmakta zorlanıyordu. "Ben... onu *yaktığını* sanmıştım!"

Gülümseyerek, "Sadece biyografini yaktım hayatım..." dedi. "Metnin geri kalanını kütüphanenin balkonundaki raflarda duran eski kitapların arkasına sakladım."

Şok içindeki Katherine, Langdon'ın metal basamaklarda çıkardığı yangını ve aşağı dökülen yanmış kâğıt parçalarını hatırladı. "Ama... alevler çok *yoğun* görünüyordu."

Langdon, "Öyleydi," dedi. "Kırk iki sayfa çift aralıklı kaynak listesi yazmak da *sana* yakışırdı zaten. Yayıncının bunu senin yerine hallettiğini *biliyorsun*, değil mi? Her neyse, oradaki eski defterlerin birinden kopardığım birkaç boş parşömen sayfasını da ateşe atmıştım. Hayvan yağı *çok fazla* siyah duman çıkarıyor."

Katherine içinden geçen duygu seline karşı koymaya çalıştı. Rahatlama, minnettarlık, şaşkınlık ve biraz da öfke hissediyordu. *Kitabım yok olmamış mı?* "Neden bana söylemedin?!" diye sordu. "Resmen yıkılmıştım!"

Langdon içten bir pişmanlıkla ona bakıyordu. "Katherine inan bana söylemek istedim. Acı çektiğini görmek dayanılmazdı ama kaosun içindeydik ve neredeyse tutuklanıp sorguya çekilecektik. Yalan söylemek zorunda kalmanı istemedim. Her şey yoluna girene kadar kitabını kaybetmediğini bilmemenin senin için daha güvenli olacağını düşündüm. ÚZSI'nin ya da başka birinin kitaba el koyması istediğim en son şeydi."

Katherine hiç iyi yalan söyleyemezdi ve bunu ikisi de çok iyi biliyordu. Robert'a hak verdi. Nagel'in dediği gibi, *dezenformasyonla aldatma,* diye düşündü. Langdon telefonda bu konudan Jonas'a bile bahsetmemişti.

Langdon yalvarır gibi, "Umarım beni affedersin..." dedi. "Saklaması çok zor bir sırdı."

Katherine ne hissettiği anlaşılmayan bir ifadeyle ona uzun uzun baktıktan sonra koşup boynuna sarıldı. Langdon o anda adeta eridiğini hissetti. "Evrak işiymiş... Cidden mi?"

Profesör, "Önemli evrak işi," diye onu düzeltti. "Yakılamayacak kadar önemli."

Katherine ona daha da sıkı sarıldı. "İnanmakta zorlandığım bir şey var. Saygın Profesör Langdon eski bir kitabın parşömen sayfalarını mı yaktı?"

Langdon, "*Boş* sayfalarını," dedi. "Büyük bir kayıp değil. Ayrıca hazırlık sınıfı İngilizce öğretmenim Bay Lelchuk bize şöyle derdi: 'Doğru kitap doğru zamanda hayatınızı kurtarabilir.'"

Katherine bir kahkaha attı. "Bunu demek istemediğine eminim."

Langdon onu kendine daha çok çekerken, "Büyük ihtimalle," dedi.

Aziz Vitrus Katedrali'nin tepelerinde çalan çanlarıyla gerçek dünyaya döndüklerinde, Katherine ne kadar zamandır bu şekilde sarmaş dolaş vaiz kürsüsünde kaldıklarının farkında bile değildi. Kitabını geri kazanmanın verdiği sevinç ve kollarındaki adama karşı hissettiği sevginin içinde kaybolmuştu.

Alçak sesle, "Seni seviyorum Robert Langdon," dedi. "Bunu anlamam bu kadar uzun sürdüğü için özür dilerim."

SON

TEŞEKKÜR

Her şeyden önce, bir yazarın sahip olabileceği en iyi editör olan Jason Kaufman'a hikâye anlatma yeteneği, mizah anlayışı ve bu zorlu süreçte benimle birlikte yorulmadan çalıştığı için teşekkür ederim. Eşsiz menajerim Heide Lange'ye, onlarca yıllık özverisi, dostluğu ve kariyerimin her aşamasını benzersiz bir coşkuyla yönlendirdiği için teşekkür ederim.

Sadık ve güvenilir yayıncılarım Maya Mavjee ve Bill Thomas'a bu kitabı yazarken gösterdikleri sarsılmaz destek ve sabırları için, en önemlisi de yayımlanma sürecindeki bağlılıkları, yaratıcılıkları ve heyecanları için teşekkür ederim.

Doubleday ve Penguin Random House'da çalışan dünya çapındaki ekibe; özellikle tanıtım ustası Todd Doughty'ye; yenilikçi pazarlama ekibinden Heather Fain, Judy Jacoby, Erinn McGrath ve Abby Endler'a; titiz çalışmaları ve neşesi için sevgili asistan editör Lily Dondoshansky'ye; üretim editörlüğündeki titizliği için Nora Reichard'a, ayrıca Vimi Santokhi, Barbara Richard, Kirsten Eggart ve Casey Hampton'a; yaratıcı sanat yönetmenleri ve kapak tasarımcıları Oliver Munday ve Will Staehle'ye; dünyanın en iyi satış ekibine ve özellikle Beth Meister, Chris Dufault, David Weller ve Lynn Kovach'a; hukuk uzmanı Claire Leonard'a; IT ve güvenlik ekibinden Chris Hart, Tom Saal, Mike DeMasi ve Zafar Nasir'e; sesli kitap bölümünden Amanda D'Acierno'ya; cep kitapları bölümünden Beth Lamb'a; sevgili arkadaşım Suzanne Herz'e; ve elbette şirket merkezinde Nihar Malaviya, Jaci Updike ve Jeff Weber'in güven veren ellerine teşekkür ederim.

Bu kitapları küresel bir başarıya dönüştürmek için dağları yerinden oynatan ve evimden uzakta bana geniş bir aile olan elli yedi uluslararası yayıncımı minnetle anıyorum. Dünyanın dört bir yanında bu kitapları hayata geçiren yetenekli çevirmen ekibine sonsuz teşekkürler. Özellikle, Prag, Çek kültürü ve Çek diliyle ilgili paha biçilmez araştırma ve rehberliği için, ayrıca Prag'ı mistik bir ışık altında görmemi sağladığı için Çek editörüm ve dostum Petr Onufer'e; Prag'daki Argo Publishing'in yöneticileri Milan Gelnar ve Hana Gelnarova'ya teşekkür ederim. İlk romanımdan beri bana harika bir dost olan dâhi İngiltere yayıncım Bill Scott-Kerr'e de şükranlarımı sunuyorum.

Olağanüstü zihinlerden oluşan Noetik Bilimler Enstitüsü'ne duyduğum içten hayranlık ve minneti ifade etmek isterim; yaptığınız önemli ve aydınlatıcı çalışmalar için teşekkür ederim. Eski Çek Cumhuriyeti Büyükelçisi Norm Eisen'e, Prag'daki misafirperverliği ve muhteşem Petschek Villası'ndaki akşam yemeklerinde paylaştığı büyüleyici hikâyeler için teşekkürlerimi sunarım.

Son altı yıl boyunca çeşitli bilim insanları, tarihçiler, küratörler, dinler tarihi uzmanları, devlet yetkilileri ve özel kuruluşlar bu romanın araştırmalarında cömertçe yardım ettiler. Uzmanlık ve görüşlerini paylaşma konusundaki yardımseverlikleri ve açıklıkları için hepsine olan minnettarlığımı kelimelerle anlatmam mümkün değil.

Yıllardır gösterdiği sadakati, bağlılığı ve perde arkasında bu trenin rayında kalması için yaptığı her şey için güvenilir kişisel asistanım Susan Morehouse'a teşekkür ederim. Çevrimiçi dünyamı yöneten (ve ayrıca elyazmamı çalmaya çalışan korsanları bulan) teknoloji ustası Alex Canon'a teşekkür ederim. William Morris Endeavor'daki rüya ekibime; özellikle Ari, Sylvie, Conor, Ryan, Michael ve CJ'e yarattıkları heyecan verici iş birlikleri için teşekkür ederim.

Seçkin hukukçu Karl Austen'a uzmanlığı ve ilk romanımda NSA kriptoloğu olarak yer aldığı için teşekkür ederim. Stanford J. Greenburger Associates'teki herkese; özellikle sayısız ayrıntıyı zarafet ve titizlikle yönettikleri için Iwalani Kim ve Madeline

Wallace'a; sayısal konulardaki yetkinliği için Charles Loffredo'ya teşekkür ederim. Peter Fahey, Philip McCaull, Jennifer Rouleau, Ginny McGrody, Glenn Greenfader ve ekip arkadaşlarına *Fructus Laborum*'u ustalıkla yönettikleri için teşekkürler.

Ayrıca Dr. Mona Laifi'ye, Dr. Elizabeth Klodas'a, Dr. Bob Helm'e, Dr. Chad Prusmack'e, MIT Plazma Bilimi ve Füzyon Merkezi'nden Dennis G. Whyte'a, su altı uzmanlıkları için Georgie Venci ve Charlie Venci'ye, mutfak becerileri için Carl Schwartz'a, beni masamdan kaldırıp hareket etmemi sağlayan antrenörüm Evan Schaller'e, misafirperverlikleri için Four Seasons Otel Prague'a, Prag Turizm Bürosu'na, Karl Üniversitesi'ne, Klementinum'a, ABD büyükelçisinin güvenlik ekibinden Carlton Cuse'a, yenilmez Emanuel Swedenborg'a, Global Consciousness Project'e, Center for Consciousness Science'a, Rose Schwartz'a, Eric Brown'a, Neil Rosini'ye teşekkür ederim. Ayrıca, zarafet ve nezaketin rol modeli olan sevgili dostum Michael Rudell'i sevgiyle anıyorum.

1994'te beni yemeğe çıkararak müziğe ara verip bir roman yazmamı öneren merhum büyük edebiyat ajanı George Wiser'a minnettarım. *Mi agradecimiento al distinguido caballero Roberto Batalla por baberme servido de guia en el paisaje costarricense.* (Kosta Rika'yı gezerken bana rehberlik eden Saygıdeğer Beyefendi Roberto Batalla'ya teşekkürlerimi sunarım.)

İlk taslağımı okuyan Gregory Brown, Rebecca Kaufman, Heide Lange, Iwalani Kim, Madeline Wallace, Lily Dondoshansky ve diğerlerine... çok uzun bir elyazmasına verdikleri erken geri bildirimleri için teşekkür ederim.

Beni daima meraklı olmaya ve zor soruları kucaklamaya teşvik eden ebeveynlerim Connie ve Dick Brown'a ömür boyu minnettar olacağım.

Ve son olarak, bu kitaba gömülmüşken sabrı, sevgisi ve hayranlık uyandıran mizah anlayışıyla yanımda olan nişanlım Judith Pietersen'a...

PRAG
Petschek Villası
(Amerikan Büyükelçiliği
Václav Havel Havaalanı
Vltava Nehri
Aziz Vitus Katedrali
Damlataş Duvarı
Wallenstein
Bahçesi
Prag Kalesi
Vladislav Salonu
0 Mil 0.25 0.50
0 Kilometre 0.50
Mánesův
Köprüsü
Kafka Heykeli
Eski Yahudi Mezarlığı
Four Seasons Otel
Eski Şehir Meydanı
Letenzká Caddesi
Tržiště Caddesi
Alchymist Otel
Amerikan Büyükelçiliği
Karl
Köprüsü
Klementinum
Újezd Caddesi
Detaylı Harita
Kampa
Müzesi
Mozart Prag Otel
Petřin Kulesi
Ayna Labirenti
Legion
Köprüsü
Petřin Finüküleri
Petřin Tepesi
Strahov Yüzme Merkezi
Dans Eden Ev
Vltava Nehri
Haç Burcu
R2-D2
Folimanka Park
Sekaninova Caddesi
©2025 Jeffrey L. Ward
Eski Yeni Sinagog
Kafka Heykeli
Mánesův
Köprüsü
Křižovnická
Caddesi
Yahudi Mezarlığı
Kaprova
Caddesi
Astronomi Kulesi
Four Seasons
Otel
Vltava Nehri
Eski Şehir
Meydanı
Platnéřská Caddesi
Klementinum
Kütüphanesi
Black
Angel's Bar
Karl
Köprüsü
Klementinum
0 Mil 0.25
0 Kilometre 0.25